Thorsten Becker

DAS EWIGE HAUS Roman

Rowohlt

1. Auflage Januar 2009

Lektorat Thomas Überhoff
Satz Trinité PostScript (InDesign)
bei Pinkuin Satz und Datentechnik, Berlin
Druck und Bindung CPI – Clausen & Bosse, Leck
Printed in Germany
ISBN 978 3 498 00656 3

Wir haben in dieser Welt nichts zu suchen,
aber alles in ihr zu finden.

MAN hat mich beauftragt, Gisbert Gutsche durch die Herausgabe und Redaktion seines nachgelassenen Romans zum Märtyrer zu verklären. Ich zweifle weder an dem Sinn noch an dem Zweck des von Moskau ausgegangenen Befehls und bezeuge also dadurch, daß ich mich hingesetzt habe, dem Desideratum die erwünschte Gestalt zu verleihen, meinen Gehorsam. Bin ich schon von den Verderbern unseres geliebten Vaterlandes als Deserteur gebrandmarkt, bleibe ich doch Soldat genug, jeden in mir sich regenden Widerspruch gegen die Anordnungen meiner Vorgesetzten auszuschalten. Ich bin nicht der erste und wahrscheinlich nicht der letzte, den man unzureichend gewappnet ins Feuer schickt.

Dies hingeschrieben, wird mir mit einer geradezu beglükkenden Schlagartigkeit bewußt, daß ich jenes von mir verlangte Übertreiben und Pathetisieren, für das ich mich so ungeschickt hielt, durch den bloßen Willensakt bereits zu beherrschen beginne. Hier zeigt sich denn, daß sogar jemand, der wie ich seine Lebensberechtigung ursprünglich auf die Macht des Wortes gegründet hatte, generell dazu neigt, dessen Wirkung auf den Hervorbringenden selbst weit zu unterschätzen.

Ich notiere diese Beobachtung, da sie mir bedeutsam erscheinen will neben der Binsenweisheit, der zufolge jegliche Art der Aufzeichnung allein dadurch, daß sie Aufzeichnung ist, dem Geschehenen, dem sie sich zu widmen vermeint, verformende und verändernde Gewalt antut. Die Tinte ist ein ganz besonderer Saft, und hat das Papier nur den ersten Tropfen davon gesogen, entwickelt es sogleich einen Durst, den selbst der Strom der Ewigkeit nicht mehr zu stillen vermöchte.

Seit einem guten halben Jährchen schleppe ich jenes Konvolut von Manuskripten, das ich jetzt vermittels geistvoller Auswahl und Anordnung sowie gelegentlicher Einschaltung geeigneter Erläuterungen und Kommentare zu einem lesbaren und propagandistisch effektstarken Ganzen fügen soll, in der Weite des Sowjetreiches mit mir herum. Warum man sich am maßgebenden Ort erst in der jüngst verflossenen Woche dazu durchringen konnte, von diesen Blättern den Gebrauch zu machen, zu dem sie sich vom Moment meines Frontwechsels angeboten, um nicht zu sagen, aufgedrängt haben, soll von meinem Stillschweigen übergangen werden. Zur eigenen Entschuldigung will ich lediglich anmerken dürfen, daß in der Kürze der Frist, wie sie mir so plötzlich als verbindlich gestellt worden ist, auch ein berufener und berufsmäßiger Schriftsteller das hochgesteckte Ziel nicht mehr zu erreichen vermöchte.

Verschwindend gering muß daher ich meine Chance veranschlagen, bei diesem Parforceritt im Sattel zu bleiben, ich, der ich ein Zivilleben lang der schreibenden Zunft gegenüber nie in anderem Verhältnis als dem der Dienerschaft gestanden habe. Wie der Priester dem Propheten war ich in meinem Beruf den Dichtern unterstellt, mußte mich darauf beschränken, ihre Schöpfungen zu zelebrieren, ihren Geist der Gemeinde weiterzureichen. Wenn ich hiermit kundtue, daß ich dem vielbeneideten Völkchen der Schauspieler angehört habe und nach Beendigung dieses unseligsten aller Kriege auch wieder anzugehören gedenke, versteht sich daraus eine gewissermaßen natürliche Scheu und Hemmung, eigene Worte vor diejenigen zu setzen, die vormals einem Begnadeten zugeflossen sind. Ich empfinde schon jetzt, in diesem zaghaften Vortasten, auf eine mehr als peinliche Weise das Sündhafte meines Unterfangens; und daß ich dazu von höherer, moralisch in keinem Sinne anzuzweifelnder Instanz veranlaßt bin, erteilt mir nicht die Absolution.

Ich rede von Sünde und Lossprechung und bin doch alles andere als das Musterbeispiel eines gläubigen Christen. Zum allerersten Mal in meinem vergleichsweise bewegten Leben finde ich Ursache, diesen Tatbestand zu bedauern, denn gerade an den Kreis der Gottvertrauenden soll die Schrift, deren Erstellung mir aufgetragen ist, sich wenden.

Den deutschen Protestanten war der Name des Pfarrersohns und ehemaligen Studenten der Theologie Gisbert Gutsche, dessen Freitod das Naziregime verschweigt oder verschleiert, Symbol. Es liegt nun an mir, ihn durch die Herausgabe der von mir geretteten Bruchstücke seines Romans um den Begründer der evangelischen Konfession sowie durch die hineinzuflechtende Mitteilung seiner im erlösenden Gastod gipfelnden Lebensumstände zum Fanal werden zu lassen.

Die Faschistenclique an der Spitze muß abgesägt werden, bevor die Alliierten ins Reich einmarschieren, darauf kommt alles an. Nur darauf. Die Christen, die Stillen im Lande, die als der bis heute den Faschisten nicht wirklich gefährliche Teil der Opposition in ihrer Mehrzahl noch nicht vertrieben, eingesperrt oder ermordet sind, sie müssen aufgerüttelt werden, ehe unsere letzte Stadt in Schutt und Asche gelegt, ehe der letzte Landser, dessen Hände so dringend benötigt werden, wenn unsere Heimat nach dem Krieg wiederaufgebaut werden soll, verendet ist in der Weite der Steppe.

Mir ist nicht allein die Lizenz erteilt, nein, mir ist als eine mich ehrende Verpflichtung auferlegt worden, den Anreger zu diesem hier zögernd sich einleitenden Werk namentlich zu erwähnen. Es ist Erich Weinert, inzwischen Präsident des «Nationalkomitees Freies Deutschland», der mich zum Baumeister von Sockel und Bildsäule für das Denkmal Gisbert Gutsches ernannt hat. Er zeigte sich, als wir einander bei Stalingrad begegneten, über das enge und herzliche, und ich darf, ohne unbescheiden zu wirken, wohl auch sagen, künstlerisch überaus fruchtbare Verhältnis zwischen Gisbert und mir im genauesten Bilde. Das Ende des von ihm über die ideologischen Barrieren hinweg geschätzten Kollegen war ihm nahegegangen, und die Schilderung der Einzelheiten, die er mir abverlangte, rührte ihn kaum weniger als das Massensterben in der eingekesselten Armee von General Paulus. Ich zögerte nicht, ihm den am Abend von Gisbert Gutsches Verewigung in dessen Haus gemachten Fund zu melden. Die Nachricht schien ihn über den heftigen Schmerz zu trösten, und er dankte es mir, meinen Arm bis zum Schultergelenk hinauf schüttelnd, im Namen der vereinigten Gegner des Hitlerregimes, das kostbare Material eigenmächtig sichergestellt und den Händen der Gestapo, in die es unweigerlich gefallen wäre, entrissen zu haben.

Iris und mir ist eine unter den herrschenden Verhältnissen hochkomfortabel zu nennende Zweiraumwohnung im Dachgeschoß einer Villa am Stadtrand von Alma Ata zugewiesen worden, und ich schaue aus dem Fenster vor meinem Schreibtisch auf die endlosen Reihen der Apfelbäume hinaus, die diesen Ort berühmt gemacht und ihm seinen Namen geschenkt haben. Zu meiner größten Freude halte ich seit einigen Tagen einen hochamtlichen Wisch mit dem Stempel des NKWD in Händen, der mir das Verbleiben von Gisberts Stieftochter bis zum Abschluß der Redaktion hier an meiner Seite verbürgt. Iris' Anwesenheit, das Ansprechende des Lokals, die kleine Menage, die wir hier miteinander führen, der durch die bewilligten Sonderrationen beinahe ins Bürgerlich-Behagliche gehobene Lebensstil, all das erleichtert es mir ungemein, mich in die trügerische Zehlendorfer Idylle zu versetzen, in der Gisbert mit seiner Frau Eva und mit Jessica, der jüngeren der beiden Stieftöchter, seine letzten Jahre zugebracht hat. Unter Aufbietung meines erlernten, technisch gesicherten Einfühlungsvermögens und mit einer gutbemessenen Zuteilung an Glück könnte es mir gelingen, mich in seine Person und Persönlichkeit hinein zu gaukeln und zu schaukeln, mich in jenen Schriftsteller zu verwandeln, der, von seiner Frau, diesenorts durch ihre leibliche Tochter Iris vertreten, liebevoll umsorgt und unterstützt, die eigene Häuslichkeit auf diejenige von Martin Luther und Katharina von Bora in geschichtlicher Ferne abspiegelt.

Unter dankbarer Würdigung solch begünstigender Aspekte möchte ich das Datum des heutigen Tages festhalten, an dem ich mit der Niederschrift meiner Erinnerungen an Gisbert Gutsche beginne, weil wir nämlich den 31. Oktober, den Reformationstag des Jahres 1943, feiern. Eine Biographie Gisbert Gutsches im eigentlichen Verstande zu liefern ist mir aus mehr als einem Grunde versagt. Dennoch will ich die Eindrücke von Gisberts Herzensart und Lebensweise, wie sie sich mir im Laufe der zahlreichen Begegnungen in die Erinnerung eingegraben haben, mit aller mir zu Gebote stehenden Genauigkeit und Ausführlichkeit reproduzieren. Ich beginne mit dem 11. Dezember 1942, Gisberts Todestag.

Es war für den Abend dieses Tages eine Vorstellung von Gutsches Versdrama «Katte» auf der großen Bühne des Potsdamer Schauspielhauses angesetzt worden. Der Betrieb des Theaters war schon mit Ende der Spielzeit 41/42 eingestellt, das Ensemble und die Mitarbeiter der verschiedenen Abteilungen an die einzelnen Fronten verstreut, teils auch in Berlin und Umgebung kriegswichtig eingesetzt worden.

Die Schizophrenie in der Haltung des Naziregimes Gisbert gegenüber zeigt sich alleine schon daran, daß Hermann Göring regelrecht vernarrt war in das Stück und die Inszenierung, und nichts bezeichnet den Wahnwitz dieser Operettenfigur mit dem verhängnisvollen Penchant für den Massenmord in markanterer Weise als die Grille, das Theater für eine einzige Vorstellung wieder zu öffnen. Ich selbst hatte in der durchaus nicht nur von Göring, sondern auch von ernstzunehmenden Theaterfachleuten geschätzten Aufführung den Part des Königs Friedrich Wilhelm. Mein Name ist übrigens Wolfgang von Wolzogen, und vielleicht ist er einem oder dem anderen, der ihn nie auf einem Theaterzettel gelesen hat, aus den Siegesmeldungen der Nazipresse bekannt, denn meine Bf 109 F-4 trug über ein halbes Hundert Balken am Steuerruder, als ich sie im Hangar des Flugplatzes bei Olmütz zurückließ.

Im Dezember 42 steuerte ich sie noch unter der Hakenkreuzfahne, war aber fest entschlossen, dem Beispiel des Leutnants Heinrich Graf von Einsiedel zu folgen, und hatte es bereits seit dem September vermieden, feindliche Flieger abzuschießen. Die Abberufung von der Front, die Aufforderung, die Uniform der Luftwaffe mit dem Kostüm des Soldatenkönigs zu tauschen, mußte mir also schon von daher mehr als willkommen sein. Bei all dem Skeptizismus, den ich durchblicken lasse, glaubte ich darüber hinaus an eine göttliche Fügung, die mich zu Gisberts Retter auserkoren hatte und es mir auftrug, mit meiner fliegerischen Fortune beim Reichsjägermeister eine Aufhebung der gegen die Gutsches gerichteten Repressalien zu erwirken.

Die Vorgesetzten beim Stab, die ihre Kenntnis der militärischen Lage aus zuverlässigeren Quellen schöpfen konnten und deshalb genauer wußten als ich, daß das letzte Fünkchen Hoffnung für Paulus' Armee erloschen war, hatten mich durch Andeutungen ahnen lassen, worin der diplomatisch-politische Hintergrund von Görings Potsdamer Initiative bestand. Die «Katte»-Reprise wurde exklusiv für den schwedischen Gesandten in Berlin veranstaltet, von dem ich aus Briefen Gisberts, die ich mit der Feldpost erhalten hatte, zweierlei wußte: erstens, daß er an der Universität Uppsala mit einer Arbeit zur preußischen Geschichte promoviert hatte, zweitens, daß er als begeisterter Leser von Gutsches Roman über den Soldatenkönig Neigung gezeigt hatte, nach Iris auch Jessica, der jüngeren der beiden Stieftöchter, die Ausreise nach Schweden möglich zu machen.

Um verstehen zu können, warum es für Gisbert und Eva allerhöchste Eisenbahn war, die kleine Jessica ins neutrale Ausland zu verfrachten, muß man wissen, daß Mutter und Stiefvater zu jener Zeit täglich, nein, stündlich mit dem Abtransport des Mädchens in ein Konzentrationslager zu rechnen hatten. Eva Gutsche, geborene Holzkamp, war nämlich rein jüdischer Abstammung, jedoch dank ihrer Verehelichung mit dem attestierten Arier Gisbert Gutsche vorläufig, im Unterschied zu ihrer Tochter Jessica, der äußersten Maßnahme noch nicht ausgesetzt.

Mein erster Weg in Berlin führte mich zum Grab meiner Frau. Ich bete nicht, habe auch als Kind nicht gebetet, aber an Hedwigs Grab kann ich mit dem Unsichtbaren Zwiesprache halten. Sie war zeitlebens sehr christlich, hat sich, als sie schon gezeichnet war von ihrer Krankheit, allsonntäglich von ihrem Sterbebett zum Gottesdienst in die Kirche geschleppt. Ich habe ihren Glauben, den ich nie teilen konnte, nicht nur stets respektiert, ich habe ihn aufrichtig bewundert. Hedwig war meine Verbindung zu jener Welt, in der sich nichts beweisen, nichts nachprüfen, die sich nur entweder annehmen oder ablehnen läßt, und sie hält für mich diese Verbindung, die mir bei dieser Arbeit so unabdingbar ist, bis auf den heutigen Tag.

Hedwig und Eva waren vom ersten Abend unserer Bekanntschaft mit den Gutsches wahre Herzensfreundinnen gewesen, und so billigte sie nicht allein, was ich mir ausgedacht, nein, mein hingegangenes Weib, oder vielleicht besser ihr Geist, der in meiner Vorstellung über ihrem Grabstein schwebte, war tief gerührt, als ich mein Vorhaben erklärte. Es ist bestimmt ein sehr egoistisches Motiv, aber ich ersehne die rasche Niederlage der Wehrmacht schon deshalb, weil ich wünsche, daß meine Knochen dereinst in der Grabstelle neben ihr ruhen.

Vom Friedhof begab ich mich zu einem Hotel in der Nähe des Flughafens Tempelhof, wo man mir, da die Luftwaffe in Potsdam nicht über derlei Fazilitäten verfügte, ein Zimmer reserviert hatte. Unsere Wohnung in Weißensee, in der ich nach Hedwigs Tod alleine gelebt hatte, war ausgebombt. Im Hotel angelangt, versuchte ich sogleich, mit Gisbert zu telefonieren, aber es meldete sich niemand am anderen Ende der Leitung.

Für 16 Uhr war im Theater eine Durchsprechprobe für alle Beteiligten angesetzt. Als sich das Ensemble im Konversationszimmer versammelt hatte, blitzte mir ein Ahnungsschimmer auf von der fürchterlichen Wendung, die die Dinge im

Hause Gutsche genommen haben mochten. Jessica, die kleine Gutsche, war nämlich nicht erschienen. Ich vergaß zu erwähnen, daß sie eine kleine stumme Rolle im «Katte» hatte. Jörg Glimpflich, unser Regisseur, der keinen Aufwand gescheut hatte, das Werk mit allem einem Theater nur zur Verfügung stehenden Pomp auf die Bühne zu bringen, hatte das Personenverzeichnis des Dramas nicht nur um ein Pferd, sondern dazu noch um die minderjährigen Prinzessinnen und Prinzen am Hof des Soldatenkönigs erweitert. Eine dieser Prinzessinnen wurde von Glimpflichs eigener Tochter Laura, eine andere, die Ulrike, von Gutsches Stieftochter Jessica verkörpert.

Nun war das Mädchen von Gesetzes wegen gezwungen, den Judenstern zu tragen. Ihr Ausbleiben mochte, so versuchte ich mich zu beruhigen, mit einem neueren Rassegesetz zusammenhängen, das Juden den Besuch von Opernhäusern, Theatern, Konzerthallen und dergleichen verwehrte, oder auch mit einer direkten Verfügung Görings, der sich den Abend nicht durch den Anblick von Israels Kindern verderben wollte. Vielleicht war sie einfach krank und konnte deswegen nicht kommen. Das hielt ich aber für wenig wahrscheinlich, denn es hatte niemand ihr Fehlen entschuldigt. Mir schwante, daß im Hause Gutsche etwas Schreckliches vorgefallen sein mochte, aber ich durfte keinen Gedanken daran verschwenden. Die meisten seiner Verse hatte Gisbert für meine Rolle geschrieben. Die Textsicherheit ist nie meine stärkste Seite gewesen, und gerade bei dieser von Göring veranstalteten Gala-Vorstellung, die, wie ich zu jener Stunde noch glauben durfte, im Schicksal von Gutsches Familie die Wende zum Glücklichen oder doch wenigstens zum Glimpflichen durchsetzen konnte, wollte ich Silbe für Silbe alles haargenau so bringen, wie es vom Autor gedichtet worden war.

So schloß ich mich in der Stunde vor Vorstellungsbeginn in meiner Garderobe ein, um den Text meiner Rolle noch einmal zu repetieren, und ging erst hinunter, als der Zuschauerraum schon vollständig besetzt war. In dem Moment, da Göring es sich mit seiner Emmy und seinen schwedischen Gästen in den Fauteuils der Mittelloge bequem gemacht hatte, flog schon der Lappen hoch.

Gisberts Roman über Friedrich Wilhelm I., aus dem er den Stoff für das Theaterstück herausgezogen hatte, war, als wir mit den Proben begannen, schon bei einer verkauften Auflage von einer Viertelmillion angelangt. Später, als Gisbert längst aus der Reichsschrifttumskammer ausgeschlossen war und man ihm mit dem Entzug seiner Sondergenehmigung drohte, falls er sich nicht von seiner jüdischen Frau scheiden ließ, hatten sie von dem bald tausend Seiten starken Wälzer sogar eine Ausgabe für die Soldaten im Felde veranstaltet. Gisberts Stilisierung Friedrich Wilhelms I., bis dahin von der Geschichtsschreibung vorwiegend als Psychopath charakterisiert, zum eigentlichen Begründer eines vom Militär her geordneten Staates war in der gesamten Nazipresse überschwenglich gelobt worden, wenn damit freilich eine gewisse Herabsetzung Friedrichs II., den man für seine vorbildliche Geringschätzung des Völkerrechts und die Bedenkenlosigkeit seiner Eroberungskriege glorifizierte, verbunden sein mußte.

Die Betonung der pietistisch geprägten religiösen Antriebe des Soldatenkönigs, wie Gisbert sie sowohl im Roman als auch im Drama vorgenommen hatte, war von der Kritik nirgends moniert worden, man hatte im Gegenteil Argumente für die Gleichschaltung der Kirchen, für den Einbau der Geistlichkeit in die faschistische Kriegsmaschinerie daraus gezogen. Allerdings hatten es die Geistlichen selbst ganz anders gelesen. Sie entdeckten in Friedrich Wilhelms Verkleidung einen preußisch-protestantischen Widerstandskämpfer gegen die Nazi-Barbaren und entzifferten damit genau die Botschaft, die Gisbert zwischen die Zeilen zu streuen versucht hatte.

Was mich quält, ist die Frage, ob so etwas wie ein «christliches Drama» überhaupt existiert. Die Unvereinbarkeit von göttlichem und menschlichem Gesetz, die die tragische Kollision auslöst, erscheint doch, vom christlichen Standpunkt aus, als überwunden. Eher schon könnte ich mich mit dem Gedanken eines «christlichen Romans» anfreunden, und es wurmt mich fürchterlich, daß mir der Aufsatz, den Gisbert selbst zu diesem Thema geschrieben hat und der einmal in einem Kirchenblatt abgedruckt war, jetzt nicht zur Hand ist.

«Bad workmen complain to their tools», sagt der Engländer, und da ich mich ungern selbst einen untüchtigen Handwerker schimpfe, bin ich lieber still und hänge mich an den Slogan, den mir der General von Seydlitz in Lunowo eingeschärft hat: Von der Sowjetunion lernen heißt siegen lernen. Der Spruch klingt vielleicht sonderbar im Munde des nach Paulus prominentesten Stalingraders, der am energischsten gegen die vom OKH dekretierte Passivität aufmuckte, dann aber, als ihm von der Wolfsschanze die unmittelbare Befehlsgewalt über die Truppen unter Paulus' Oberkommando erteilt war, doch wieder einschwenkte und sein besseres Wissen an den Teufel verschenkte.

Seydlitz wußte um das Utschitsa, Utschitsa, Utschitsa. Die Technik der Kesselschlacht hatten die Russen unzweideutig von den Deutschen gelernt, und nach Seydlitz sollten die Deutschen nun von den Russen das Lernen lernen.

Es gab auch die Generale der Gegenfraktion, und wie man hört, gibt es sie immer noch, ich meine die, die sich unter den

Augen der russischen Wachmannschaften beim Frühstück mit Heilhitler begrüßen und in der Katastrophe von Stalingrad den größten Triumph der Kriegskunst der Wehrmacht erblikken, denn schließlich ist sie hier mit ihren ureigensten Waffen, die ihr die Rote Armee gewissermaßen gestohlen hat, besiegt worden. Im Jargon des Nationalkomitees werden sie die «Unbelehrbaren» genannt, und diese Bezeichnung drückt nicht nur die Enttäuschung der sowjetischen Politoffiziere und all derer aus, die sich wie ich davon haben überzeugen lassen, daß die letzte und einzige Überlebenschance für Deutschland im Sturz der Hitlerregierung besteht; sie verrät noch einen tieferen Sinn, wenn man sie mit Seydlitz und Lenin begreift.

So fabelhaft diese Generale beim Überfall und beim Vormarsch all die großen und kleinen Mängel in der gegnerischen Kriegsführung auszunutzen verstanden, so komplett einfallslos wurden sie, als die Dinge nicht mehr so abliefen, wie sie im Sandkasten durchgespielt worden waren. So mörderisch und unschlagbar die von den Preußen ererbte, im Weltenrund bewunderte und gefürchtete «perfekte» Organisation dieser Armee im Angriff gewesen sein mag, so fatal wurde die Abhängigkeit des einzelnen Kämpfers vom Funktionieren des gesamten Systems, sobald im Apparat irgend etwas zu stocken begann.

Die Sowjets waren überrascht von der Wucht und der Geschwindigkeit der deutschen Invasion und deswegen von der ersten Stunde an gezwungen zu improvisieren. Je blutiger eine Niederlage, desto konsequenter die Lehre, die sie aus ihr zogen. Es verhält sich, glaube ich, mit den Völkern, Nationen, Armeen nicht viel anders als mit den einzelnen Menschen. Das, was ihnen ihre größten Erfolge beschert, ist schließlich auch das, was sie zu Fall bringt. Daß es auch andersherum gehen kann, das zeigt uns mit jedem Tag deutlicher das Schicksal der Roten Armee.

Was sie auf die Breite einer Hand dem Abgrund genähert hat, ist verwandelt in den Schlüssel zum Sieg: die Fähigkeit, auf unvorhergesehene Situationen prompt und angemessen zu reagieren. Die Deutschen sind bei der Eroberung des unermeßlichen Sowjetreiches nicht an ihrem Größenwahn, der nach der Niederlage dem tückischsten Schuldgefühl und Minderwertigkeitskomplex Platz machen wird, sie sind erst recht nicht an dem vielbeschworenen General «Winter» gescheitert, sondern einzig an ihrer splendiden Organisation, an jenem Wesen, das die Genesung des Menschengeschlechtes erzwingen sollte.

Schon im ersten Bild, in dem der König seinem zahlreichen Nachwuchs und den an der Familientafel mitspeisenden Offizieren die Maximen seiner Staatsphilosophie auseinanderlegt («Daß ein jeder es endlich kapiere / Preußens Rückgrat sind die Offiziere / Die Soldaten sind Muskeln und Sehnen / Die sich zusammenzieh'n und sich dehnen / Der ganze Körper ist Preußens Armee / An Rhein, Elbe, Oder und Spree»), ließ der Dicke in der ordensbehangenen Phantasieuniform ostentativ wie ein kolossales Rülpsen klingende Lachsalven aus der Loge in das Parkett hinabdröhnen. Nachdem Göring, der das Stück wahrscheinlich so liebte, weil er in dem brachialen Bildungsverächter Friedrich Wilhelm seinen Wesensbruder und politischen Vorläufer zu erkennen glaubte, seine Parteinahme mit dieser Deutlichkeit markiert hatte, beeilte sich das sorgfältig ausgewählte Volk im Zuschauerraum, in die vorgegebene Linie zu rücken, und lauerte auf Gelegenheiten, den Mann in der Loge, den Mann der Geschichte, der als einziger nach dem

Prinzen Eugen von Savoyen den Titel eines Reichsmarschalls trug, in den Kundgebungen seiner Sympathie für den hemdsärmeligen Militaristen wie in denen seiner Antipathie gegen den verweichlichten Flötenspieler und französisierenden Verseschmied nach Möglichkeit noch zu überbieten.

Später zitiert der König aus der verräterischen Korrespondenz zwischen Grumbkow und dem kaiserlichen Gesandten in London, die in die Hände der Engländer geraten, ihm von Hotham überreicht worden ist und die er als raffinierte Fälschung entlarvt zu haben glaubt: «Es ist Grumbkows Feder, Grumbkows Tinte / O England! Du Meisterin der Finte! / Ich wurd' vom Schreiber ‹Dicker› meist genannt / ‹Fettwanst›, den Grumbkow führt am Gängelband.»

Das sprach ich zur Loge hinauf, so, als seien die Frotzelworte auf den Reichsmarschall und nicht auf den Soldatenkönig gemünzt. Es war ja allgemein bekannt, daß Göring jeden neuen Witz über ihn, den man ihm erzählte, mit einer Prämie von fünf Mark honorierte. Die hatte ich mir wohl verdient, denn er schien es saukomisch zu finden, in solcher Öffentlichkeit als Fettwanst, der sich am Gängelband führen ließ, bezeichnet zu werden, und schlug vor Vergnügen die Hand mit den beringten Wurstfingern ein paarmal auf den Samtbezug der Balustrade.

Mit dem fünften Akt war mein Friedrich Wilhelm in der Wahrnehmung des Publikums mit dem anderen Dicken schon zur Einheit verschmolzen, und die von Grumbkow kolportierten Beschwichtigungsversuche der übrigen europäischen Herrscher riefen auf das lebhafteste die Erinnerung an das Appeasement und an den Völkerbund wach. Die Mitarbeiter der verschiedenen, Göring unterstellten Kanzleien und Ministerien, von denen etliche verteilt im Zuschauerraum saßen, mußten verblüfft sein von der Lebensnähe des historischen Schinkens, der ihnen da vorgeführt wurde.

Mein einziger Monolog in dem Stück besteht, wofür Gisbert sich häufiger bei mir rechtfertigen mußte, aus genau zwei Zeilen: «Tod für den Kronprinz, Leben für den Sohn? / Da hilft uns höchstens noch die Religion.» Genau betrachtet ist aber in diesem Schnipsel der ganze Hamlet-Monolog zusammengezogen; zumindest habe ich es mir immer so eingeredet, um etwas daraus machen zu können.

Das Theater, wie es sich bei uns in Deutschland entwickelt hat und sich mit wesentlichen Einschränkungen unter der Diktatur der Nazis erhält, ist ja nie ein reiner Amüsierbetrieb, es ist immer auch Bildungsveranstaltung gewesen. Der Gewinn für die Bildung wird zur Hauptsache aus der Trennung von Dramatik und Aufführung gezogen. Glimpflich hat verschiedenes in dem Stück gefunden, von dem sein Autor nie vermutet hätte, daß es darin vorhanden gewesen wäre. Es ist vielleicht nicht von zwingender Logik, bedient aber den dem besseren Menschen eigentümlichen Sinn für Ausgleich und Balance, daß anderes, das es gab und dem Unbefangenen bei erster flüchtiger Lektüre hätte ins Auge springen müssen, flachfiel oder wenigstens durch den Regisseur zur Bedeutungslosigkeit abgeplattet wurde.

Ich spreche von den Monologen der beiden Todgeweihten Friedrich und Katte in ihren Zellen in der Küstriner Festung. Gisbert, der sich als Pfarrerssohn und angehender Verfasser seines Luther-Romans für die Feinheiten und Abspaltungen in der reformierten Theologie interessierte, hat sich bemüht, den Kronprinzen Friedrich in seinem Gespräch mit dem Tod als Anhänger der calvinistischen Richtung zu charakterisieren.

Der aus dem Dogma der Gnadenwahl nicht für Calvin, wohl aber für den Calvinisten Friedrich sich ableitende Fatalismus, dem er zwar noch vor Ende des Stücks offiziell abschwört, der jedoch so manches Merkwürdige im Verhalten des späteren «großen» Königs erklärt, ist der Grundakkord, aus dem Gisbert die Variationen dieses Schwanengesangs entwickelt: «Was wir auch ins Werk zu setzen suchen / An Edlem, Wahrem, Gutem: Verfluchen / Wird uns stets die Welt. Die Auserwählten / Aber, die vom Schöpfer Abgezählten / Können selbst mit Dolchen und mit Giften / Etwas andres nicht als Wohltat stiften.»

Dies allgemeine Gesetz kann und muß er natürlich auch anwenden auf den eigenen Fall: «Wenn jetzt der Vater mir das Leben nimmt / So war's, eh' er mich zeugte, vorbestimmt.»

Diese Welt- und Selbstanschauung führt, obwohl ursprünglich aus der Religion hergeleitet, notwendig zum Bruch mit dem, was die Religion zum Bedürfnis und den Menschen stets so kostbar gemacht hat: dem Glauben an das Jenseits und das Leben nach dem Tode. Gisberts Friedrich bringt es auf die Formel: «Wir müssen in die Finsternis zurück / Komödie endet wie das Trauerstück.»

Diese Verse von Gisbert Gutsche niederschreibend, kommt mir ein Gedanke, den ich gerne festhalten möchte. Daß Komödie und Tragödie jedenfalls dies gemeinsam haben, daß sie enden, will Gisbert sagen, und man könnte es leicht als eine schimmlige Banalität abtun. Aber: Ob der Held auf der Bühne seinen letzten Seufzer aushaucht oder ob er am Schluß des letzten Aktes sein Mädel kriegt und fortan mit ihr in Freuden lebt, für den Zuschauer ist der eine, sobald sich der finale Vorhang vor ihm senkt, so mausetot wie der andere.

Es kommt aber doch immer noch etwas, und ich verhehle

es nicht, daß ich als Theaterbesucher von der ersten Minute an darauf hinfiebere: der Applaus. Die Toten müssen noch einmal auferstehen, wir würden das Theater sonst mit einem miesen Gefühl verlassen und nie wieder zu ihm zurückkehren wollen. Von Churchill war neulich zu hören, er äße nur, damit nachher die Zigarre wieder schmecke, und vielleicht führen wir Komödien und Tragödien nur auf, um uns in der hochkultischen Handlung des Applauses als Totenerwecker fühlen zu dürfen.

Gisbert hatte, wie ich aus unseren Unterredungen weiß, im fünften Akt mit einer technischen Schwierigkeit zu kämpfen, die für ihn zugleich eine substantielle darstellen mußte. Er wollte ja ein *christliches* Drama erschaffen. Er konnte wohl die Bekehrung und die Unerschrockenheit Kattes dem über ihn verhängten Tod gegenüber gestalten, ihn in die nächste Nähe des Heilands rücken, aber was immer er an Poesie aufbot, es seinem verklärten Katte in den Mund zu legen, es kam in seiner Wirkung auf den Zuschauer doch nicht an die Abgeklärtheit Friedrichs heran.

Ich kann mich nicht mehr daran erinnern, was ich ihm seinerzeit, als er mir diese Schwierigkeiten offenbarte, geantwortet habe. Hier und heute deute ich sie mir als einen weiteren Beleg für meine im Nachdenken über Gisbert entstandene Vermutung, daß es mit dem christlichen Theater, das er sich wünschte, an und für sich nichts sein kann, weil eben das Theater eine heidnische Veranstaltung ist und bleibt. Die Puritaner und Calvinisten, die das Theater verboten sehen wollten, scheinen also durchaus im Bilde gewesen zu sein. Über diesen Durchblick verfügte Gisbert Gutsche, zu unserem Glück, möchte ich sagen, als er den «Katte» schrieb, nicht.

Am Ende wirft Friedrich sich dem König zu Füßen, küßt

ihm die Stiefel. Nicht nur aus dem Egoismus der Rolle, sine ira et studio betrachtet, ist dies und nicht Kattes Enthauptung der entscheidende Effekt des Dramas, und mit dem nächsten Vers markiere ich den stärksten Eindruck des Abends: «Ja, da ist dein Platz: zu meinen Füßen.»

In die kleine Zäsur, die ich hier setzte, kam der Beifall eines einzelnen Zuschauers. Es war der Reichsmarschall, der sich in der Loge von seinem Sessel erhoben hatte, um diesen Triumph seines knallharten Friedrich Wilhelm über die Allüren des Französlings zu goutieren. Bevor die Meute es ihm nachtun konnte, ging ich weiter: «Weil ich dich liebe, laß ich dich büßen.»

Nüchtern und sachlich blättere ich den ganzen Katalog der ruhmlosen, mühseligen Tätigkeiten, wie sie den kleinen Fritz als subalternen Beamten in der Reichs- und Domänenkammer erwarten, herunter und fasse zusammen: «So wirst du in tausend kleinen Dingen / Durch Arbeit dir Meisterschaft erringen.»

Schweigen im Saale. Betretenes Schweigen. Friedrich, noch immer mit seinem Kopf an meinen Stiefeln, hört sich das an: «Das erste leise Wort von Politik / Des sei gewiß, es bricht dir das Genick / Verboten sind die Bücher wie die Flöte / Und wenn selbst Gelegenheit sich böte / Französisches nimm nicht in deinen Mund / Durch deutsche Sprache wird dein Geist gesund.»

Da kommen plötzlich Rufe aus dem Parkett: «Deutschland! Deutschland!» Und wenn es gewöhnlich die Zuschauer bei dieser Schlußszene kalt überlief, so war jetzt ich wie von Eiswasser übergossen. Es sollte wohl spontan wirken, war aber mit Sicherheit abgekartet und wurde von einem Häuflein besonders fanatischer Brandstifter, das seine Plätze ganz strategisch ausgewählt hatte, in der üblichen Gewissenlosigkeit exekutiert. Meine Stimme muß gezittert haben bei den Versen, die mir noch blieben bis zu: «Solltest du im Dienste dich bewähren / Nehme ich dich wieder auf in Ehren / Von Gnadenwahl und Prädestination / Nie mehr ein Wort. Verstehst du mich, mein Sohn?» Friedrich: «Mein Vater, ich unterwerf mich Ihnen / Ich will nichts als dienen, dienen, dienen.» Das ganze Publikum im Chor: «Deutschland!! Deutschland!!» Es war widerlich. Es riß sie von ihren Sitzen, sie streckten ihre Arme zum Führergruß und brüllten: «Deutschland!!» Immer wieder: «Deutschland!!» Ich bin mir beinahe sicher, daß der Vorhangzieher im Einverständnis mit diesen Verrückten war, denn es dauerte eine kaum zu ertragende Ewigkeit, bis der Lappen endlich fiel und mich vom Anblick der rasenden Horde erlöste.

Mir war wirklich speiübel, und ich müßte lange überlegen, um etwas nennen zu können, das mich mehr Überwindung gekostet hat als das Hinausgehen und die Verbeugungen vor dem mordsüchtigen Mob. Die Bravos, die mir entgegengeschleudert wurden, trafen mich empfindlicher als all die unverdienten Buhrufe, die ich in einem langen Theaterleben denn doch auch habe einstecken müssen.

Ich wollte nun unbedingt Gisbert sehen, bevor ich ins Stadtschloß zu dem vorbereiteten Empfang für den schwedischen Gesandten ging, um dort auszuloten, was Göring allenfalls für die Bedrohten zu tun bereit war. Ich war schon auf der Straße, als mich das knatternde Organ des Dicken in den Rücken traf.

«Wolzogen! Wohin so eilig? Sie fahren mit mir!»

«Ich wollte noch ...», versuchte ich, in der Schnelle unbeholfen, nach einer Antwort zu fischen, aber da hatte er mich schon auf den Rücksitz der Staatskarosse geschoben.

Seine Pausbacken leuchteten puterrot, und die Verbrecheraugen blitzten gefährlich.

«Wolzogen, Wolzogen», sprach er mich von der Seite an, als wir uns in Fahrt gesetzt hatten. «Mitdenken war nie Ihre Stärke. Das mit den Engländern hätten Sie weglassen müssen.»

Ich hätte ihm darauf gerne eine Antwort à la Friedrich Wilhelm gegeben, denn ich war aus der Rolle noch nicht mit allem zurückgekehrt in die private Person, zu meinem Glück aber ausreichend eingeschüchtert, um mich dumm stellen und unverständig mit dem Kopf wackeln zu können. Es half.

«Schwamm drüber», sagte Göring gönnerisch, «den Schweden hat es gefallen.»

«Sie waren begeistert», bestätigte Emmy vom Beifahrersitz aus.

Göring wechselte den Ton. Aus dem Kunstsammler und Theaterfreund wurde der Reichsluftfahrtminister und Oberbefehlshaber der geflügelten Streitkräfte.

«Etwas anderes, mein lieber von Wolzogen.»

Daß er das Adelsprädikat setzte und mich «lieber» nannte, rief meine höchste Wachsamkeit auf.

«Wie steht's in Stalingrad?»

Ich sagte ihm nur, was er selbst wissen mußte.

«Schlecht.»

«Sie enttäuschen mich, Wolzogen», sagte er mit einer Stimme, die sich wie eine Drahtschlinge um meinen Hals zog.

Was mich vorläufig rettete, war, daß wir das Potsdamer Stadtschloß schon erreicht hatten.

«Wir reden noch darüber», sagte Göring, bevor er sich von seinem Fahrer den Schlag öffnen und aus dem Wagen helfen ließ. Jetzt hätte ich noch einmal Gelegenheit gehabt, zu entwischen und mich um Gisbert zu kümmern. Da war aber kein Fahrzeug für mich bereit, über die Lange Brücke fegte der eisige Dezemberwind, und mir knurrte der Magen. Das sind schwache Ausreden, ich weiß. Aber ich hätte zu diesem Zeitpunkt, selbst wenn ich unverzüglich aufgebrochen wäre, die Gutsches nicht mehr ins Leben zurückholen können.

Das Arrangement im Schloßsaal war recht ansprechend getroffen. Es fiel auf, daß die Einladung den Hinweis an die Herren enthalten haben mußte, dem Frack vor der Parteiuniform den Vorzug zu geben. Die braune Elite war angehalten, neben dem Patriotismus und der Preußentreue das Möglichste an Weltoffenheit zur Schau zu tragen. In betonter Zwanglosigkeit waren Vierertische über den Saal verteilt, nur der Gastgeber hielt in der Mitte eine etwas größere Tafel. Die Tischkärtchen waren so ausgefüllt worden, daß je ein Schauspieler oder eine Schauspielerin mit einem Militär oder einem Angehörigen des Diplomatischen Corps samt Gattin zusammensitzen mußte. Aufgestockt wurde mit Industriellen und Offizierswitwen sowie mit Vertretern des sogenannten öffentlichen Lebens. Gedeckt war mit kostbaren Museumsstücken aus der Königlich Preußischen Porzellanmanufaktur.

Ich hatte ein betagtes ungarisches Pärchen und einen aus dem Oldenburgischen stammenden Fabrikanten von Berufsbekleidung an meinem Tisch, der mich in ein langatmiges Gespräch über eine von ihm entworfene neuartige Dienstkleidung für das Flugpersonal der Lufthansa verwickelte. Ich hatte ihm dummerweise erzählt, daß ich nicht nur Schauspieler bin, sondern auch bei einer Staffel der Richthofen-Flotte diente, und er muß beobachtet haben, wie ich aus Görings Automobil ausgestiegen war. Beides zusammen wird ihm die Hoffnung eingeflößt haben, durch meine Vermittlung ein Geschäft unter Dach und Fach bringen zu können.

Die unbeirrbare Geschäftstüchtigkeit meines Tischgenossen war kurz davor, mir alles zu vermasseln, denn mit Schrekken mußte ich beobachten, wie gleich nach dem Dessert an Görings Tafel sich der schwedische Gesandte erhob und Miene machte, sich zu verabschieden. Das hätte im nächsten Augenblick den allgemeinen Aufbruch bedeuten können, und in der Tat riß der Abmarsch der Schweden größere Kontingente der illustren Gästeschar mit sich. Allein, Görings bekannte Neigung, derlei Anlässe zum Saufgelage und Thing zu kultivieren, verschaffte mir doch noch die ersehnte Okkasion, mich für meinen Freund zu verwenden.

«Hierher, Fritz-Willy!» rief er mir zu, «hier spielt die Tabagie!»

Das war seine Art, mit seinen rudimentären Kenntnissen preußischer Geschichte zu brillieren. Er dirigierte mich auf einen der frei gewordenen Stühle an seinem Tisch. Ich hatte mich noch nicht zurechtgesetzt, da umkrallte er schon meine Schultern mit seiner Pranke. Er hatte mächtig geladen, wohl nicht nur Alkohol. So war er am zugänglichsten, aber auch am gefährlichsten. Ich hieß nicht mehr «lieber», nicht mehr «von Wolzogen», ich hieß jetzt schon «Wolfgang».

«Wolfgang» – ein Rülpser, der nach Entenbrust und Roquefort stank –, «Wolfgang. Hast du gesagt, im Osten steht's nicht gut?»

Ich schaute an dem Dicken vorbei zu Emmy, die seine Stimmungslage sicherer beurteilen konnte. Sie zog die Brauen zusammen und formte die Lippen zu einem Schnütchen, was ich dahin verstand, der Reichsmarschall sei nicht in der Laune, Unangenehmes aus der Wirklichkeit anzuhören, ich täte besser daran, ihn ungestört schwadronieren zu lassen.

«Ich habe dem Führer versprochen», ging es schon los, «ich

habe dem Führer mein Soldatenehrenwort gegeben, daß ich Paulus' Armee Mann für Mann durchfüttere aus der Luft, bis wir die verfluchten Bolschewiken eingekesselt haben in ihrem Kessel. Stalingrad muß gehalten werden. Um jeden Preis. Amen.»

Wie Görings Worte wohl klangen, wenn man sie dort aus dem Radio hörte? Einmal so satt sein wie Göring und sterben, mußten die Landser denken, die dort für die Ehre des Vaterlandes verhungerten und erfroren.

«Stalingrad ist ein Symbol. Wir haben dort prächtige Männer verloren und leider auch ein paar Flugzeuge. Wir sind unter uns, mit dir kann ich ohne diplomatische Rücksichten sprechen. Es war mir von vornherein klar, daß sich mit diesen Rumänen und Italienern, mit Zigeunern und Spaghettifressern, nichts ausrichten läßt, daß sie nicht einmal als Kanonenfutter taugen. Aber wir werden Stalingrad trotzdem verteidigen, wenn es sein muß, mit der letzten Patrone. Daß es so weit nicht kommt, dafür habe ich heute gesorgt. Die Sache mit Heß war im Prinzip richtig gedacht von unserem Führer, nur hätte er eben nicht diesen Versager mit der Mission beauftragen dürfen. Ich war nie für den Krieg mit England. Und deshalb werden wir noch in diesem Jahr einen Waffenstillstand mit England bekommen. Dann können wir alle Kräfte an die bedrängte Front werfen und das kommunistische Gesindel zerquetschen. Ich hätte am liebsten einen echten Hohenzollern mit meinen Vorschlägen nach London geschickt. Aber die Nachfahren unserer Könige und Kaiser vernachlässigen auf das sträflichste ihre Pflicht gegen das deutsche Volk, das in diesem Krieg seiner bisher schwersten Prüfung ausgesetzt ist. Wer Jude ist, das bestimme ich. So habe ich es gesagt. Und jetzt sage ich: Wer Hohenzoller ist, das bestimme ich auch. Wolfgang, ich befördere dich hiermit zum Hohenzollern. Du wirst morgen mittag im Reichsluftfahrtministerium erscheinen, wo ich dir einen Koffer mit Dokumenten überreichen werde. Den fliegst du noch in der Nacht nach Schweden hinüber. Dort wirst du die Maschine wechseln, nach London fliegen und in meinem persönlichen Auftrag an der Stelle, die man dir nennen wird, den Koffer übergeben.»

Ob er mir eine Falle stellte? Es saßen die unzuverlässigsten Leute mit uns am Tisch. Was konnte es bedeuten, wenn er mir in solcher Gesellschaft den geheimsten aller Geheimaufträge erteilte?

Ich nahm an. Ich konnte, ganz gleich, was dahinterstecken mochte, für mich darin ausschließlich Vorteile erblicken, erhielt praktisch für die Fahnenflucht, die mir vorschwebte, den Führerbefehl.

«Verehrter Herr Reichsmarschall», sagte ich, wobei ich mir Mühe gab, das Operettenhafte des Tons nicht in die Karikatur abrutschen zu lassen, «ich müßte ein Dichter sein, um die Dankbarkeit in die passenden Worte kleiden zu können, die Dankbarkeit, die ich empfinde angesichts des Vertrauens, mit dem Eure Exzellenz mich beschenken.»

Göring strahlte. Ich wußte, daß er sehr empfänglich war für solchen Kitsch.

«Auf die Gefahr, unverschämt zu erscheinen», setzte ich fort, «möchte ich Sie als von Ihnen so überaus reich Beschenkter bitten, Ihre Gunst auf den Dichter auszudehnen, der im Fall des Gelingens dieses für unser Volk möglicherweise lebensentscheidenden Planes durch sein Werk einen ehrlichen Anteil daran erworben hat.»

Göring schien nicht ganz zu begreifen.

«Wolfgang möchte sich bei dir für Gisbert Gutsche einsetzen, Hermann», half Emmy, die an seiner Seite saß, ihm auf die Sprünge.

Es dauerte noch ein paar Sekunden, bis der Groschen fiel und er verstand, daß vom Autor seines Lieblingsstückes die Rede war.

«Ich denke», sagte er schließlich, «dem Manne kann geholfen werden. Was stimmt nicht mit ihm?»

«Mit ihm stimmt alles», sagte ich, «aber mit seiner Frau, die er so liebt, daß er sich unter keinen Umständen von ihr trennen würde, stimmt etwas nicht. Sie ist nämlich mit einem rassischen Makel behaftet.»

«Mischehe, verstehe», brummte Göring. «Das hätte mir doch jemand sagen können, ehe ich den Kerl vor aller Welt zum völkischen Dichter erkläre.»

Emmy traf ein strafender Blick, aber im nächsten Moment hatte er seinen Zorn auf ein anderes Ziel gerichtet.

«Sonst spielt sich Doktor Goebbels immer als der schärfste unter den Wachhunden auf. Er hat sich heute morgen noch am Telefon bei mir dafür entschuldigt, daß er nicht zu der Aufführung kommt. Aber kein Sterbenswörtchen davon, daß dieser Gutsche mit einer Jüdin verheiratet ist. Er wird mir Vorwürfe machen, mich anschwärzen beim Führer, und wir werden Streit wegen der Sache bekommen. Aber eigentlich ist wieder einmal er derjenige, der den Fehler begangen hat, und er zwingt mich förmlich dazu, daß ich das Weib arisiere.»

«Du bist sooo gut, Hermann», seufzte Emmy und drückte ihre Wange auf seine Faust, an der etwas von ihrem Rouge klebenblieb.

«Dummerweise», sagte ich, «ist die Angelegenheit sehr dringend geworden, und es handelt sich in erster Linie auch gar nicht um seine Frau, sondern um sein Töchterchen, genauer um *ihr* Töchterchen. Die Kleine steht bei der Jüdischen Gemeinde schon auf der Liste und rechnet täglich damit, daß sie abtransportiert wird.»

«Daß ihr mit euren Töpfen immer erst dann zu mir kommt», regte Göring sich auf, «wenn der Pudding angebrannt ist.»

Hätte ich mich gegen diese Vorhaltung rechtfertigen sollen? Ich hielt es für klüger, sie zu überhören.

«Ihre ältere Schwester», sagte ich ruhig, «ist schon 1938 ausgereist und lebt bei Pflegeeltern in Schweden. Bestimmt würde auch die Kleine dort Aufnahme finden.»

«Dann sollen doch die Schweden sich um den Fall kümmern», schnaubte Göring. «Sehe ich aus wie der Weihnachtsmann, daß alle mit ihren Bagatellen immer zu mir laufen?»

«Von der schwedischen Seite ist», beharrte ich, «soviel ich weiß, alles klar. Aber Innenminister Frick muß sich geweigert haben, grünes Licht zu geben.»

«Und selbst wenn sie Jüdin ist», schaltete Emmy sich ein, «es ist doch ein hilfloses Kind.»

«Dann soll Wolzogen sie in drei Teufels Namen mitnehmen und sie bei diesen schwedischen Juden abliefern.»

«Danke, Hermann», sagte Emmy gerührt, und ein Kuß landete auf seiner Pausbacke, wo der Lippenstift den Abdruck ihres Mundes hinterließ.

«Nur, weil du mir doch wieder die ganze Nacht in den Ohren gelegen hättest damit», schraubte Göring in seiner eigentümlichen Bescheidenheit sein Verdienst herab, «und weil ich wieder kein Auge zugetan hätte. Und eh ich's vergesse, natürlich nur unter einer Bedingung: Über die Sache wird allerstrengstes Stillschweigen bewahrt!»

Er durchmusterte die Runde mit seinem finstersten Mörderblick.

«Herr Reichsmarschall!» sagte ich feierlich, indem ich mich erhob und ihm die Hand reichte. «Gott hin oder her, die wahren Werke menschlicher Güte sind die, die sich im stillen vollziehen und unbedankt bleiben. Aber im Sinne ebendieser Diskretion, die Sie klugerweise anmahnen, möchte ich zu bedenken geben, ob man den Eventualitäten nicht am sichersten vorbaut, wenn man die Eltern gleich mit aus dem Reich entfernt.»

«Und wer garantiert mir, daß der Mensch, wenn er draußen sitzt, nicht gegen uns schreibt?»

Es war klar, was Göring hören wollte, und ich zögerte nicht, es zu äußern.

«Daß er das nicht tun wird, dafür garantiere ich. Mit meinem Soldatenehrenwort von Pilot zu Pilot. Ich kenne Gutsche. Er ist durch und durch Patriot. Der unwiderlegliche Beweis sind seine Romane und seine Stücke. Er wäre ohne seine Ehe nie und nimmer in Konflikt mit dem Nationalsozialismus geraten.»

Das war gewagt, denn wenn Göring es auch bislang offensichtlich versäumt hatte, seine Erkundigungen über Gisbert einzuziehen, war die Wahrscheinlichkeit, daß er es am folgenden Morgen nachholen würde, nicht eben gering, und dabei hätte er dann erfahren müssen, daß der Mann, für den ich mich verbürgte, bis 1932 Mitglied der SPD gewesen war.

Göring stemmte seinen gewichtigen Leib in die Höhe, indem er sich mit beiden Händen auf der Tischplatte abstützte. Er antwortete mir mit der gleichen Feierlichkeit.

«Wenn das Ehrenwort eines deutschen Fliegers nichts mehr gilt, dann möchte ich nicht mehr Hermann Göring heißen. Gutsche soll in Schweden bleiben und mit seinem Judenpack nicht renommieren. Lese ich seinen Namen unter irgendeinem Emigrantengeschmier, stelle ich dich vor ein Kriegsgericht.»

Ich salutierte.

Als Görings Chauffeur mich kurz darauf in Nikolassee absetzte, hatte der Wind nachgelassen, die Schneeflocken schwebten sanft auf die Rabatten und Kieswege hernieder. Alles atmete adventliche Stille, selbst das Geräusch meiner Schritte wurde vom Neuschnee gedämpft.

Auf mein wiederholtes Klingeln entstand nicht die geringste Bewegung im Innern des Hauses. Ich kannte das Versteck für den Schlüssel zur Kellertür, aber zu meiner Überraschung war sie überhaupt nicht zugesperrt.

Ich wollte mir mit meinem Benzinfeuerzeug leuchten, ließ es aber, denn gleich beim Eintreten stach mir mit der modrigen Feuchtigkeit der Gasgeruch in die Nase. Ich habe im Krieg sehr viele Leichen gesehen, aber nie hat mich der Anblick eines Toten mehr berührt und erschüttert als das Gesichtchen der siebenjährigen Jessica, die mit gefalteten Händen auf ihrem Kinderbett lag. Ich fand sie nicht gleich. Die erste Leiche, auf die ich stieß, nachdem ich im Erdgeschoß die Fenster geöffnet hatte, war die von Gisbert selbst. Er war auf eine Ottomane gestreckt, und als ich ihm die Lider über die Augen geschoben hatte, sah er aus wie in friedlichem Schlummer, es lag ein Lächeln auf seinen Lippen. Er war in seinen besten Anzug gekleidet, hatte beim Ersticken nicht einmal den Knoten seiner Krawatte gelockert. Wenn ich mir jetzt sein Bild wieder vorführe, will es mir scheinen, als sei er geschminkt gewesen. Seine Lippen waren nicht blau wie sonst bei Gasleichen, sie waren rosiger, als ich es vom lebenden Gisbert kannte, seine frischpolierten Lackschuhe berührten den auberginefarbenen Samt, mit dem das Polster der Ottomane bespannt war, eine Freiheit, die man von ihm zu Lebzeiten niemals gesehen hätte.

Sein rechter Arm hing schlaff zum Teppich hinunter. Als ich den Puls prüfte, fühlte ich mit einer unangenehmen Sensation, daß seine Hand in dem überheizten Salon schon erkaltet war. Wahrscheinlich hatten sie das Gas bereits am Vormittag aufgedreht. Mit dem linken Arm preßte er seine abgegriffene, zerlesene Bibel gegen die Rippen.

Eva kniete in der Küche vor dem Gasherd. Sie hatte ihren Kopf in die Backröhre geschoben. Ich mußte an die exquisiten Zimtsterne und Lebkuchen denken, die sie in der Adventszeit nach altem Nürnberger Familienrezept zu bereiten pflegte und sicher auch in diesem Winter wieder gebacken hatte.

Ich schloß die Küchentür hinter mir und öffnete sie bis zum Verlassen des Hauses nicht mehr. Ich stieg die hölzerne Wendeltreppe zur ersten Etage hinauf, lüftete auch hier und fand dabei die Kleine. Wohl eine halbe, vielleicht auch eine volle Stunde saß ich an ihrem Bett und hielt während der ganzen Zeit ihre erstarrte Hand in der meinen. Ich sehe wieder die Tapete des Kinderzimmers mit den Szenen aus Grimms Märchen vor mir, den Hans im Glück, Dornröschen, Schneewittchen in ihrem gläsernen Sarg …

Die Manuskripte!

Ich mußte Gisberts Manuskripte sicherstellen, das war der einzige Gedanke, der mich von dem getöteten Kind losreißen konnte. Ich wollte in Gutsches Arbeitszimmer, wurde aber aufgehalten, denn ich wunderte mich darüber, daß die Leiter zum Dachboden heruntergeklappt war und die Luke offenstand. Ich kletterte hinauf. Eva, so kombinierte ich, mußte, nachdem sie das Gas bereits aufgedreht hatten, noch einmal von Zweifeln gepackt worden sein.

Ein Pappkoffer war – das konnte ich an den Spuren im Staub erkennen – an die Leiter beim Einstieg geschleift, dann aber dort stehengelassen worden. Ich hob ihn an. Er war schwer, zu schwer für Eva, die im Todeskampf auf die Idee gekommen sein mußte, ihn vom Dachboden in die bewohnten Räume zu schleppen. Ich nahm ihn mit hinunter, und die Untersuchung seines Inhalts bestätigte mir die Vermutung, daß er mit Papieren gefüllt war.

Teils waren es Typoskripte, teils Handgeschriebenes, nicht nur in lateinischen, auch in hebräischen Zeichen. Der Verdacht, daß sich in diesem Koffer Aufzeichnungen befinden mußten, die Eva vor ihrem Mann geheimgehalten hatte, lag nahe, und ich bekenne, daß mir sein Inhalt schon deswegen von höchstem Interesse war.

Der literarische Nachlaß des Schriftstellers selbst war, wie sich zeigte, seinem Umfange nach bedeutend geringer. Gisbert hatte alles, was zu posthumer Veröffentlichung bestimmt war, säuberlich auf seinem Schreibtisch angeordnet, was ich leichtsinnig, ja im Grunde noch verantwortungsloser fand als den Suizid en famille. War denn in dem Freitod *nur* Verzweiflung und nicht eine Spur von Protest gegen die schandbaren Machthaber, die das Paar in diese aussichtslose Enge gedrängt hatten? Wie konnte Gisbert, der dieses Ende doch augenscheinlich vorhergesehen und herbeigeführt hatte, das Manuskript seines unvollendeten Romans, das Tagebuch, die Korrespondenz, die ich inzwischen eingehend studiert habe und die die meisten seiner Briefpartner als Gegner der Nazis bloßstellt, der Polizei, der Gestapo, seinen Mördern überantworten? Warum hatte er das Material nicht fortgeschafft und der sicheren Obhut eines Freundes übergeben? War der letzte, nicht mehr umzukehrende Schritt dann doch so etwas wie eine unkontrollierte Kurzschlußhandlung gewesen?

Gisberts Tagebuch lag neben den akkurat verschnürten Mappen mit den verschiedenen Kapiteln des «Ewigen Hauses» aufgeschlagen auf seinem Schreibtisch. Die letzte Eintragung darin lautet: «Heute sterben wir. Auch das liegt bei Gott.»

Knapper hätte es wahrhaftig nicht ausgehen können! In der Sekunde genau, da ich hinter den letzten Satz den Punkt auf das Papier gedrückt hatte, läutete die Türglocke. Als ich öffnete, stand dort ein freundlich-erheiterter Rotarmist, der mir einen heute morgen aus Moskau eingelaufenen Funkspruch überreichte. Es handelt sich um eine Einladung in das Kriegsgefangenenlager von Jelabuga, wo ich aus Gutsches Luther-Fragment vorlesen soll.

Hätte mein Telegrammbote nicht auf seinem Weg ein bißchen gebummelt und hier und dort eine kleine Rast eingelegt, bei Gott!, ich wäre verkauft und verraten gewesen. Ich wäre wieder an der Schwelle des Totenhauses aufgehalten gewesen und hätte es wohl nimmermehr über mich gebracht, das schaurige Erlebnis dem Papier anzuvertrauen ...

Mir ist nun leichter, da ich mir diese gewiß beklemmendste Szene meines Lebens von der Seele geschrieben habe, und ich bin nicht einmal in der Not, mir eine Ausrede für Jelabuga ausdenken zu müssen. Ich werde hinfahren, habe schon zugesagt und werde dort ein Kapitel vortragen, das sich in Gisberts Mappen unter dem Titel DIE NONNEN FLIEHEN DAS KLOSTER findet. Katharina von Bora allein in ihrer Klosterzelle sollte den Anfang des Luther-Romans machen, und ich werde auch hier den Reigen von Gisberts Fragmenten mit diesem Stückchen eröffnen.

Da ich fürs erste abberufen werde aus meiner alma-atischen Klausur, die mir gerade so lieb zu werden begann, weil ich im Anschluß an den Auftritt in Jelabuga auch noch nach Moskau zitiert bin, will ich mich sputen, in der möglichsten Knappheit zu schildern, über welche Stationen mein Weg mich aus dem Gutscheschen Totenhaus in die kasachische Hauptstadt geführt hat. Es war ja wahrhaftig ein langer Tag mit einem langen, langen Abend gewesen, an dem mir mehr begegnet ist als manchmal in Wochen und Monaten, und ich danke es der Konsequenz, mit der ich mir jeglichen Aufenthalt bei Einzelheiten versagt habe, daß mein Bericht nicht schon jetzt sich auf Buchstärke gebläht hat.

Eine sentimentale Gestimmtheit, bei den Leichen Wache zu halten, konnte ich niederringen. In Evas Pappkoffer fand auch Gisberts literarische Hinterlassenschaft noch ihren Platz, und ich hatte das Gepäck nicht weiter als bis zur Station Nikolassee zu befördern, denn die ersten Morgenzüge der S-Bahn waren im Einsatz.

Mit der Fracht in meinem Tempelhofer Hotel angekommen, wären mir noch ein paar Stündchen für den nachzuholenden Schlaf verblieben, aber die empfangenen Eindrücke hatten mich in eine Unruhe versetzt, die mich wach hielt, bis das fahle Licht des Wintermorgens meine Stube erhellte. Entkräftet und übernächtigt also erschien ich in Görings Ministerium, aber der Dienstherr war überhaupt nicht präsent. Er hatte sich, wie mir indiskreterweise mitgeteilt wurde, noch in der Nacht aus dem Potsdamer Stadtschloß auf einen Anruf hin zur Schorfheide hinauskutschieren lassen, wo angeblich der Löwe, den er sich hielt, vergiftet worden war. Von dort hatte er seine mich betreffende Order telefonisch erteilt.

Der Koffer mit seinen Entwürfen für den Waffenstillstand mit England, von dem er mir geredet hatte, war nur eine handliche Ledermappe. Sie wurde mir aus dem Safe gebracht. Eine abflugbereite Maschine stand, da ja die geheime Mission in reichsjägermeisterischer Schnapslaune bei unsinnigster Übereilung ausgerechnet mir zugedacht worden war, natürlich nicht zur Verfügung. Hektisches, wohl über eine Stunde währendes Herumtelefonieren und Herumgeschnauze, das nach und nach Görings gesamten Stab involvierte, konnte schlußendlich erwirken, daß ein bereits gestarteter Transporter mit Nachschub für Stalingrad zu seinem Flugplatz im Mecklenburgischen zurückbeordert wurde. Ich traf an selbigem nach ätzender Fahrt in unbeheiztem Kübelwagen gegen acht Uhr abends ein, um die Maschine zu übernehmen. Da die Deutschen zu ihrem Verhängnis von den Nazis darauf dressiert worden sind, nichts zu tun, was man ihnen nicht ausdrücklich befiehlt, hatte man sich die Mühe gespart, die Fracht zu löschen. Ich darf aber sagen, daß den leidenden Kameraden im Kessel nichts entgangen ist, denn statt mit Mehl oder Brot waren die Stauräume mit Bonbons, Gewürzen, Kragenbinden, Dachpappe und Stacheldraht gefüllt. Mit all dem Plunder also landete ich, wie vorgesehen, kurz nach Mitternacht auf dem Stockholmer Zivilflughafen.

Es war ein minderer Beamter des Außenministeriums namens Gustafson, der mich beim Aussteigen auf dem Rollfeld begrüßte. Er erbat sich mein Verständnis dafür, daß man schwedischerseits alles so eingerichtet hatte, daß jegliches Aufsehen, das die Präsenz eines deutschen Militärfliegers wohl erregen konnte, vermieden wurde. Daraus erkläre sich auch meine Unterbringung nicht in einem der repräsentativen Hotels der inneren Stadt, sondern in einer schlichten

Pension in einem Außenbezirk. Es waren dort auf die Fernschreiben aus Berlin natürlich außer dem Zimmer für mich auch solche für Eva, Gisbert und die kleine Jessica reserviert worden, und es lag jetzt an mir, Gustafson davon zu unterrichten, warum ich ohne die angekündigte Begleitung bei ihm erschien.

Er nahm meine dreifache Todesanzeige ohne sichtliche Erschütterung auf, sagte mir nur, daß er über die Kartei der Fremdenpolizei Iris' Aufenthalt bereits ermittelt habe. Die Familie, bei der sie untergebracht war, bewohnte ein einsames Haus auf einer der Stockholm vorgelagerten Schären. Man müsse am nächsten Tag mit einem Boot zu dem Inselchen hinaus und das Mädchen auf die schonendste Weise in Kenntnis des Vorgefallenen setzen.

So geschah es, und ich bin Gustafson dankbar geblieben, nicht nur für seine taktvolle Begleitung auf dem schweren Gang, sondern auch dafür, daß er für die Fahrt eigens einen Eisbrecher organisierte, weil die Benutzung der üblichen Kähne mit Außenbordmotor unter den herrschenden Witterungsverhältnissen mit hohen Gefahren für Leib und Leben verbunden gewesen wäre. Aus Erzählungen von Kameraden, die auf Heimaturlauben die Witwen und Waisen von Gefallenen in das traurige Bild hatten setzen müssen, war mir die Szene, die mir bevorstand, einigermaßen geläufig. Die Überbringer der Unglücksbotschaften waren in der Regel schon beim Öffnen der Wohnungstür von den Ehefrauen ihrer im Felde gebliebenen Freunde mit den Worten empfangen worden: «... ist tot.» So wird auch der ans Ufer des winzigen Eilands geeilten Iris, während sie unser sich hinziehendes Landemanöver, bei dem wir das Beiboot zu Wasser lassen mußten, klargeworden sein, daß das Äußerste geschehen war.

«Ist etwas mit Jessica?» war, nachdem sie mich erkannt hatte, ihre Frage an mich, bevor ich überhaupt den Mund zu öffnen vermochte. Erst als die Goldschmidts, ein aus Nürnberg stammendes, mit Eva Gutsche weitläufig verwandtes, jetzt im Ruhestand lebendes Ärztepärchen, uns ins Innere des Hauses gebeten und wir uns am Kaminfeuer und durch Grog, den sie uns reichten, etwas aufgewärmt hatten, fand ich die Kraft, Iris zu sagen, daß nicht nur ihre Schwester, daß auch ihr Stiefvater und ihre Mutter nicht mehr auf dieser Welt weilten. Daß Iris sich beim Empfang der Nachricht nicht Herrn oder Frau Goldschmidt in die Arme warf, vielmehr an meiner Brust den Strom ihrer Tränen erstickte, entschied eigentlich schon, daß sie bei mir bleiben würde. Ihre Adoptiveltern waren ihr herzensgut gewesen, hatten ihre Erziehung zu einer letzten Lebensaufgabe gemacht und ihr jeden Wunsch von den Augen gelesen, aber als ich ihr verweintes Gesicht an meine Schulter drückte, flüsterte Iris mir ins Ohr, daß sie es, da nun die Hoffnung, ihre Familie wiederzusehen, erloschen war, bei den alten Herrschaften nimmermehr aushalten könne.

Die Goldschmidts waren denn auch ohne sonderliche Vorbehalte einverstanden damit, daß Iris auf dem Eisbrecher mit uns nach der Stadt zurückkehren und die nächsten Tage bei mir in den von den Schweden gemieteten Zimmern jener kleinen, übrigens sehr gemütlichen Pension zubringen sollte. Es galt ja, unter anderem praktische Fragen, beispielsweise die der Erbschaft, zu klären.

Der Begriff der Tapferkeit hat, da er in diesem Krieg für alles Mögliche, doch nur äußerst selten für das, was er bezeichnen sollte, benutzt worden ist, das meiste seiner Bedeutung verloren. Ich möchte ihn trotzdem anwenden auf Iris und ihr Verhalten, auf ihr bewunderungswürdiges Vermögen, die Last des über sie hereingebrochenen Schicksals zu schultern. Eigentlich ein Kind noch – sie hatte in dem vor unserem Aufbruch von der Schäre hurtig zusammengepackten Köfferchen den Teddybär nicht vergessen –, konnte ich mit ihr über alles, was uns fortan gemeinsam betraf, in völliger Offenheit sprechen.

Ich will nicht behaupten, daß sie die gesamte Tragweite meiner Handlungsweise erfaßte, dafür waren schon ihr akuter Seelenschmerz und ihre Trauer zu groß. Was Fahnenflucht für einen Soldaten, für einen Sproß des preußischen Adels, was die Entführung einer Maschine der Luftwaffe in die Sowjetunion bedeutet, das ging sicherlich über ihre damaligen Begriffe hinaus. Daß Rache für das, was man ihr und den Ihren angetan hatte, mit darin lag, hat sie erkannt. Sie verstand, daß sie zur Komplizin eines Verbrechens gegen das Deutsche Reich wurde, das mit dem Tode bedroht ist. Nicht so leicht fiel es ihr einzusehen, daß ich gegen die Gesetze Schwedens auf ähnlich gravierende Weise verstieß, wenn ich sie mitnahm. Da es ausschied, auf den vielleicht sogar hie und da abzukürzenden bürokratischen Wegen offiziell ihr Vormund zu werden, hätte ich mich, wo etwas schiefging, wegen Menschenraub zu verantworten gehabt.

Wenn im Gegenteil alles glattlief, wenn mir die Bekanntschaft mit Freisler und selbst mit schwedischen Gerichten erspart blieb, so hat es daran gelegen, daß meine Anwesenheit in Stockholm all den getroffenen Maßnahmen zum Trotz eben doch Aufsehen erregte. Es ist hier nicht der Platz, das Loblied dessen zu singen, was in den von den Fesseln des Kapitalismus befreiten Teilen der Erde die «Unsichtbare Front» genannt wird. Ihr Anteil an dem bevorstehenden Sieg der sowjetischen Waffen läßt sich kaum überschätzen, und es ist mir schon deswegen Gebot, dieser Front ihre Unsichtbarkeit zu bewahren.

Die Schweden, die uns immerhin noch frische Pässe mit den Sichtvermerken zur Einreise nach England besorgt hatten, sich aber strikt weigerten, uns, wie es mit Göring ausgehandelt war, eines ihrer Flugzeuge zur Verfügung zu stellen (es war nur am Chassis des Transporters ein wenig herumlackiert worden), befanden sich in dem irrigen Glauben, ich würde Kurs auf London nehmen, als sie uns die Startbahn freigaben. Die Rotarmisten an den Radarschirmen hingegen konnten das fliegende Objekt, das über dem Nordmeer in ihren Luftraum eindrang, präzis identifizieren. Göring hat denn also seiner erklärten Absicht entgegen zumindest für das wehrhafte Bolschewistenvölkchen doch noch den Weihnachtsmann gespielt. Nicht am Heiligen Abend, dafür aber am zweiten Weihnachtstag durfte ich als sein fliegender Engel die Russen mit einem Transporter, der seither beste Dienste geleistet hat, mit Zentnern von Dachpappe, Stacheldraht, Bonbons und Gewürzen bescheren. Manches Gute kommt eben doch aus dem Westen, und mit der Ledermappe aus dem Safe des Reichsluftfahrtministeriums habe ich, glaube ich, eines der kostbarsten Dinge unter den Weihnachtsbaum im Kreml gelegt.

Es folgten dreieinhalb Wochen, denen man, etwas hochtrabend, den Namen einer Odyssee anhängen könnte. Unter anderen Umständen hätte man es als eine Bildungsreise entlang der Seidenstraße genießen können, die uns beispielsweise – stets in ortskundiger Begleitung – die Besichtigung der architektonischen Wunder von Taschkent, Samarkand und Buchara eintrug. Da mir aber jede Auskunft darüber, was meine dauernde Verwendung in der Sowjetunion sein würde, verweigert blieb, hatte ich Zustände furchtbarer Beklemmung zu durchleben, die dadurch, daß ich sie dem Kind in meiner Obhut gegenüber natürlich wegspielen mußte, noch eine pikante Steigerung erfuhren.

Die uns zugeteilten Begleiter, die man bei weniger freundlicher Einschätzung unbedingt als Bewacher hätte empfinden müssen, versäumten, wenn ich Ansätze von Unmut durchblikken ließ, nie den Hinweis auf meinen Status als Kriegsgefangener. Einzig die Androhung von Repressalien konnte mich bestimmen, Iris in Taschkent zurückzulassen, um mich an die Stalingrader Front fliegen zu lassen. Es war aber die Wende zum Guten, weil es die erwähnte Begegnung mit Erich Weinert herbeiführte. Als ich auf kriegsbedingten Umwegen das uns dann prompt zugewiesene Quartier in Alma Ata erreichte, hatte Iris unser apartes Logis über den Apfelwäldern bereits bezogen. Sie hatte, losgerissen von ihrem Beschützer, im Gewahrsam der Politoffiziere nicht nur den Teddybären und ihre übrigen Habseligkeiten, sondern auch das schwere Erbe der Eheleute Gutsche wie eine Löwin behütet, so daß ich hier, wie angekündigt, das für meine Lesung in Jelabuga ausgewählte Kapitel nach der Reinschrift von Eva Gutsche einrücken kann.

HERR im Himmel, schenke meinem Herzen die Ruhe!

Katharina von Bora lag auf dem Bett in ihrer Zelle und schaute zu der kleinen Fensteröffnung nahe der Decke hinaus. Das Tiefblau der Nacht war verblaßt, die Sterne waren erloschen, ein fahler Schimmer kündete den kommenden Tag, und Katharina fürchtete sich.

Es hingen keine Wolken unter dem Himmel, und die aufgehende Sonne würde bald die gekalkten Wände ihrer Zelle röten und vergolden, würde sich in das kleine Viereck heben, Katharina blenden, ihr das Gesicht streicheln mit wärmender, liebender Hand. Sie, das große, nährende Gestirn, rief alles, was geschlummert und geruht hatte, ins Leben zurück, aber für Katharina gab es dieses Zurück nicht. Nur Beten.

Ein erstes, zaghaftes Zwitschern schon von einem der Vögel unten im Garten des Klosters.

Und wenn jetzt der Frühling kommt und nach ihm der Sommer, seufzte Katharina bei sich, dann wird es nur schlimmer.

Seit einiger Zeit schon war die Sache nämlich die, daß ihr die eigene Stimme fremd klang in den lateinischen Gebeten, in denen, die sie allein sprach, und in den gemeinsamen mit den Schwestern und der Äbtissin, die ihnen der Tag vorschrieb. Aber vielleicht war ebendieses Sich-selbst-fremd-Werden eine unverzichtbare Sprosse auf der Leiter, die hinaufführte zu Gott.

Nein. Katharina fand keine Ruhe bei diesem Gedanken. Wenn man mit einem Menschen sprechen könnte! Mit einem

Menschen, der den nämlichen Kampf ausfocht, dessen Brust ebenso zerwühlt war wie die Katharinas. Die Beichte.

Die Beichte war gut. War gut, weil man sprechen durfte von sich, weil man sich anklagen durfte. Dann aber doch auch wieder unbefriedigend, weil die Stimme des unsichtbaren Beichtvaters sie nicht weiter hineinpeitschte in die Zweifel an jener Reinheit, die sie im Namen trug, so wie Katharina sich das gewünscht hätte. Statt dessen wurde Buße verordnet. Nie hatte diese Buße, sie mochte sie doppelt und dreifach ableisten, ihr die verheißene Erlösung geschenkt, nicht einmal Erleichterung.

Dies Ausbleiben der reinigenden Wirkung nach Beichten und Büßen, dies durch Fasten und Nachtwachen nur vorangetriebene Blühen des Fleisches, das machte den Zweifel immer mächtiger. Katharina mußte den Zweifel besiegen. Der Zweifel, das war der Teufel.

Schweigen. Das war die Übung des Klosters. Schweigen.

Wenn man doch nur in seinem Kopf auch schweigsam sein könnte! Wenn man sich die Gedanken darin nur ausreißen könnte wie die Haare, die auf ihm sprießen! Wären es nur die unzüchtigen Gedanken, mit denen wäre man leicht fertig. Da käme der Teufel nicht weit, besäße er kein anderes Mittel, uns mit Gott zu entzweien, als das der Verführung zur Sünde.

Daß wir überhaupt Gedanken haben, das reicht ihm. Da setzt er an mit seinem Werk der Zerstörung. Es ist überhaupt nicht nötig zu sündigen, um sich von Gott zu entfernen.

Welche Sünde hätte man auch begehen sollen, hier, eingeschlossen in die Mauern des Klosters? Katharina führte die Hand unter das Nachtgewand und kraulte das Fell über dem Schambein.

Und das soll Sünde sein! Pah! Daß ich nicht lache!

Katharina lachte wirklich. Das erst ließ sie zusammenzukken, das war etwas, tauglich, sich selbst zu erschrecken. Das Lachen. Nicht das Kraulen. Sicher hatte Schwester Ave in der Nachbarzelle das Lachen gehört.

Wenn ich mich mit ihr verabredet hätte und sie schöbe nebenan auf ein Zeichen von mir, sagen wir zum Exempel dies Lachen, das mir gerade entfuhr, sie schöbe auf dieses Zeichen jetzt wie ich den Finger über den Hügel hinunter in das taufeuchte Tal und dächte dabei an mich ...

Das wäre dann Sünde. Nein, es ist zu anstrengend. Die Klostermauern sollen uns beschützen vor der Sünde, aber sie schirmen uns schon ab vor der Versuchung. Und was, frage ich, ist das für eine Enthaltsamkeit, der die Versuchung unbekannt ist? Stöhnt Ave? Oder bild ich's mir ein?

Als ob der Teufel sich abhalten ließe von ein paar Steinen, die Menschenhände aufgeschichtet haben zu einer Mauer! Zur Sünde braucht es die Welt, braucht es den falschen Schein und die Verführung. Die Welt ist ausgesperrt, so ist es richtig. Die Welt ist ausgesperrt, nicht wir sind eingesperrt, dafür stehen die Mauern.

Wir sind nicht verwickelt in die Kämpfe ums Dasein. Wir sind da. Wenn wir gebetet haben, steht die Suppe schon auf dem Tisch. Wir sind auserlesen. Unser Leben gehört Gott. Die Mauern umgrenzen Seinen Bezirk, wir atmen den Heiligen Geist. Wir läutern die eigene Seele mit jedem Wort, das wir sprechen, läutern sie so lange, bis sie nicht mehr die eigene Seele ist, bis sie aufgeht in Gott.

Wär es so weit! Wäre aller Verstand aus mir entwichen, wäre ich ganz vom Glauben erfüllt! Gott, Du siehst alles. Siehst Du nicht, wie ich mich Dir öffne? Warum zögerst Du? Warum kommst Du nicht und gießt mich voll mit dem Glauben an

Dich? Wo soll ich hin mit meinem Verstand, wenn Du ihn nicht raubst?

Du bist kein Räuber, ich weiß.

Nur dem Weltlichen ist der Verstand von Nutzen. Überhaupt Nutzen. Verstand und Nutzen, das ist eigentlich ein und dasselbe. Der Verstand ist der Diener des Nutzens. Der Teufel kann nichts dafür, daß er der Teufel ist. Der Mensch, wenn er dem Teufel die Hand reicht und sich zu seinem Knecht macht, ist böse. Und hätten wir Schwestern mit unseren zarten Fingern, die doch nur beten können, die allerhöchstens vielleicht noch liebkosen könnten, wenn sie es dürften oder dazu die Gelegenheit hätten, hätten wir selbst mit diesen Fingern die Mauern um uns herum erbaut, die Welt hätten wir zwar ausgesperrt, aber der Teufel läßt sich nicht überlisten.

Wir sind beschützt vor der sündigen Welt, wir können keine Sünde begehen. Wir beichten nicht Sünden, wir beichten sündhafte Gedanken. Der Gedanke ist die Sünde. Muß sich der Teufel nicht freuen, daß man uns hier eingesperrt hat zu leichterem Fang?

Es trug sich beim Chorsingen vor der ersten Kollation ein Zwischenfall zu.

Ave von Schönfeld, diejenige also unter den Nonnen des Klosters zu Nimbschen bei der Stadt Grimma, die nicht nur die der Katharina von Boraschen nächstgelegene Zelle bewohnte, sondern ihr auch nach der Art des Herzens und in der Seelenverfassung die verwandteste war, stürzte mitten in der Ekstase, in welche sie sich inbrünstiger als ihre Mitschwestern hineinzusingen verstand, aus den höchsten Höhen des Himmels sozusagen bewußtlos auf die kalten Steinfliesen in der Kapelle. Die Äbtissin, die den Chor dirigierte, besah es mit einem Lächeln, das natürlich ganz unmerklich war, kaum von einer Bewegung ihrer Lippen ausging, nur ein Abglanz war eines kurz am Himmel aufblitzenden Leuchtens. Es wäre ihr nicht in den Sinn geraten, den Choral zu unterbrechen, um etwa der Gestürzten zu Hilfe zu eilen und sich um sie zu kümmern. Ein dann doch schon merkliches Zusammenziehen der Brauen ermahnte diejenigen unter den Schwestern, die bei Aves Unfall jäh verstummt waren, in ihrer gottgefälligen Übung nicht innezuhalten, nur weil eine von ihnen die höchste Höhe erreicht hatte und gestreift worden war vom göttlichen Funken. Margarete von Haubitz ließ sich sogar hinreißen zu einer Geste, der etwas unpassend Weltliches anhaftete. Sie führte die geöffnete Hand wie eine Schaufel, ja, wie eine Mistforke, hätte man treffender vergleichen wollen, von der Linie, wo sich unter ihrem Skapulier die Knie befanden, bis über Augenhöhe hinauf, als wolle sie ihre kleine Herde gegen das Firmament schleudern, daß ihnen das nämliche geschähe wie der beseligten Ave.

Da es der Wächterin über die Frommheit aus Altersgründen an Inbrunst gebrach, den Aveschen Engelsflug nachahmen und den Nachstrebenden als zusätzliche Wegweiserin dienen zu können, suchte sie durch Druck, mit dem sie aus den Lungen auf die Stimme preßte, den Schwung im Chor zu verstärken. Es war eigentlich hier, daß das feste Band ihres Gelübdes, das Katharina von Bora mit dem Orden verknüpft hatte und das durch wochenlanges Nagen des Zweifels an seiner dünnsten Stelle kaum noch Fadenstärke besaß, zerriß.

Erst, als das letzte Echo des Schlußakkords im kahlen Gemäuer verhallt war und sie die Notenblätter eingesammelt hatte, ließ es die Domina zu, daß sich die Schwestern über die Verunglückte beugten, um festzustellen, was mit ihr war.

Da zeigte es sich dann, daß aus Aves schlanker, feingebildeter Nase ein Rinnsal dunklen, steifflüssigen Blutes auf den Fußboden floß. Die aufgeregten, besorgten Schwestern winkten ihre Vorsteherin herbei, die aber, offensichtlich angeekelt vom Anblick des Blutes, nicht ganz zu der Verletzten herantrat, nur aus der gemessenen Entfernung mit kalter Stimme Anweisung gab, sie in das Siechenhaus hinüberzutragen.

Katharina von Bora gehörte zu den vier Nonnen, die sie zu diesem Dienst bestimmte. Katharina ahnte bei aller Furcht und Sorge um die Gesundheit der leichenblassen und dabei blutenden Ave schon hier, daß Gott eingegriffen hatte und dabei war, ihre Wege in eine unvermutete Richtung zu lenken.

Katharina war nicht die erste derer von Bora, die man in Ermangelung der zu standesgemäßer Vermählung erheischten Mitgift dem Herrn Jesu zur Braut gegeben hatte. Ihre Tante Magdalena hatte schon ein Menschenalter vor ihr Schmuck und Mode von sich tun müssen, um die Ordenstracht anzulegen und das inzwischen ergraute und ausgedünnte Haar unter der Haube zu bergen.

Magdalena von Bora war die Leitung des Siechenhauses anvertraut, was sie der unmittelbaren und ständigen Aufsicht durch die gestrenge Äbtissin entzog und ihr darüber hinaus, durch die Kranken und Sterbenden unter ihren pflegenden Händen, die mannigfaltigsten Kontakte zur Außenwelt schuf. Mit ihrer Nichte Katharina, die ihren siebenten Lenz bei den Zisterzienserinnen erlebte und die sie gerne in der Heilkunst unterwiesen und zu ihrer Nachfolgerin bestimmt hätte, hatte sie in all der Zeit kaum mehr Worte gewechselt, als zusammengenommen ungefähr den Umfang des Rezeptes für eine Kräuterpaste ausgemacht hätten.

Es ist daher nur gar zu verständlich, daß die Freude, sich

mit der jugendlichen Verwandten austauschen zu dürfen, die Bestürzung über die Verletzte, die man ihr brachte, stark überwog. Die Schwestern, die beim Tragen geholfen hatten, zogen sich, als man die Bewußtlose in einem der Krankenzimmer gebettet, dies fühlend, zurück und überließen die alte von Bora ihrem Gespräch mit der jungen.

«Schön bist du geworden, mein Kind», sagte Magdalena von Bora zu ihrer Nichte, als sie Ave das Gesicht gewaschen und ihr Nasenbluten gestillt hatte.

«Fromm hätte ich werden sollen, Mühmchen Magdalena, nur fromm», antwortete Katharina und schaute verlegen zu Boden.

«Wir sind Menschen», sagte Magdalena, als Katharinas Augen ihren Blick wieder hielten. «Wir können nichts tun für unsere Frömmigkeit, nichts für das Heil unserer Seele. Wir können nur glauben. Das andre wirkt Gott.»

Da hörte Katharina es nun ausgesprochen, was sie fühlte seit Wochen, was ihr aber doch zu ungeheuerlich war, um es in Worte fassen zu können.

«All das Beten und Singen, all die Exerzitien, sie haben mich um kein Haar frommer gemacht.»

Katharinas Bekenntnis war offenherziger als je eine Beichte. Ave von Schönfeld seufzte leis auf ihren Kissen.

«Sie kommt zu sich», sagte Magdalena zu Katharina.

Die Heilkundige hielt der jungen Nonne ein Fläschchen mit Riechsalz unter die Nase. Mit einem lauten Niesen schlug Ave die Augen auf.

«Wo bin ich?» flüsterte sie, nachdem sie sich staunend in dem Zimmer umgeschaut hatte.

«Schwester Ave, du bist im Siechenhaus», erklärte ihr Katharina. «Hier darfst du sprechen.»

Statt den Mund aufzutun, sah Ave ängstlich zu Magdalena von Bora. Katharina lachte auf.

«Aber weißt du denn nicht, Ave», sagte sie, «das ist doch Schwester Magdalena, mein Mühmchen.»

Ave erfuhr, was ihr passiert war.

«Ich war wirklich im Himmel», kam ihr die Erinnerung an ihre Halluzination. «Glaubt mir, Schwestern, ich konnte fliegen!»

«Du hast es versucht», sagte Magdalena von Bora bemutternd. «Wir haben alle einmal gewünscht, Engel zu werden. Wir sind Menschen geblieben.»

Katharina wandte irritiert den Kopf zu ihrer Tante. Was war mit ihr? Warum betonte sie unentwegt, daß sie Menschen waren?

«Jawohl: Menschen», wiederholte Magdalena, die Katharina den Gedanken von der Stirn las, obgleich diese doch vom Weihel bedeckt war.

«Aber warum, Mühmchen», fragte Katharina, «warum ist das so wichtig geworden?»

«Aber ihr erfahrt ja dort nichts», wich Magdalena kopfschüttelnd aus, «eingesperrt in eure Zellen.»

Ave und Katharina wechselten Blicke miteinander, in denen Bestätigung lag für die bittere Wahrheit, die Magdalena aussprach, aber auch Auflehnung dagegen, daß die Alte sie für dumm und ahnungslos hielt. Katharina von Bora wußte, daß es schon hochmütig gewesen wäre, ihre Ordensschwester und leibliche Tante im Glauben überbieten zu wollen, daß es von einer geradezu verwerflichen Sündhaftigkeit zeugte, wenn sie jetzt versuchte, ihren Verstand an dem der anderen zu messen, aber es gelang ihr nicht, an sich zu halten.

«Sicher haben wir nicht wie du, Mühmchen, tagtäglichen

Verkehr mit der Welt», sagte sie, und ihr Ton war dabei so schnippisch, daß er aus dem Mund einer Nonne unbedingt gotteslästerlich klang, «denn wir leben streng unser Gelübde. Aber das haben wir denn doch auch schon begriffen, daß wir Menschenkinder sind und Menschen bleiben bis zum Jüngsten Gericht.»

Magdalena nahm Katharinas Bemerkung mit einem Blick auf, der mehr Bedauern als Mißbilligung ausdrückte.

«Das Zeitalter ist in großer Bewegung», sagte sie gravitätisch.

Was sollte nun das wieder sein?

«Das Zeitalter? Mühmchen, was meinst du damit?»

«Es geschehen viele Dinge außer dem Kloster», glaubte sich jetzt Ave Katharina im Wissen voraus, «das ist, was deine Tante sagen will. Dinge, die uns nur allzu nah angehen, von denen wir aber nichts hören.»

«Und woher weißt *du* es?» war Katharinas berechtigte Frage an Ave.

Magdalena von Bora sah nicht recht, wo beginnen, wenn sie ihrer in Ahnungslosigkeit gehaltenen Nichte mit möglichst knapper Rede wenigstens die belangreichsten Entwicklungen der jüngsten Vergangenheit andeuten wollte.

«Unser Kurfürst Friedrich hat vor einigem eine Universität gegründet», versuchte sie es.

«In Wittenberg», sagte Katharina, um ihrer Tante anzuzeigen, daß sie ein klein wenig mehr voraussetzen durfte.

«So hast du schon von Doktor Martinus gehört?» versicherte sich Magdalena von Bora, froh, diese ersten Stufen überspringen zu können.

«Martin Luther, gegen den der Papst eine Bulle hat ausgehen lassen», sagte Katharina.

«Eine päpstliche Bulle, mit der sich Doktor Martinus zu Wittenberg den Hintern gewischt hat», ergänzte Ave von Schönfeld von ihrem Bett aus.

«Nun, nicht eben den Hintern gewischt», stellte Schwester Magdalena richtig, «aber er hat sie mit seinen Studenten vor dem Elstertor verbrannt, das ist wahr.»

«Und dabei ist er doch nur ein einfacher Mönch», unterstrich Katharina die Vermessenheit des Autodafés.

«Er trägt noch die Kutte», pflichtete die Tante ihr bei. «Aber das Schwarze Kloster der Augustinereremiten zu Wittenberg, das bewohnt er jetzt ganz alleine. Es hat außer ihm nur der Prior noch eine Stube in dem riesigen Haus. Die übrigen Mönche sind nämlich samt und sonders entflohen.»

«Wie? Entflohen?» Katharina von Bora glaubte, unter einer Hörschwäche zu leiden.

«Es ist vielleicht nicht ganz der passende Ausdruck», wurde Schwester Magdalena genauer. «Sie sind fortgegangen. Einige haben sich Weiber genommen.»

«Und das Gelübde?» empörte sich Katharina.

Ave zog das weiße Linnen, mit dem man sie zugedeckt hatte, über den Kopf. Sie konnte ein Kichern nicht unterdrücken.

«Martin Luther schreibt», sagte Magdalena von Bora respektvoll, als sei dies die Antwort auf das, was Katharina sie fragte.

«Wir schreiben doch alle», sagte Katharina darauf, und es war in ihrem Ton wieder das Schnippische, das ihrer Tante so wenig behagte.

«Bruder Martin ist zwar ein Mönch», stellte Magdalena von Bora, sich jetzt ein wenig dem Gestus der Äbtissin nähernd, fest, «aber er ist zugleich Magister der Sieben Künste und Doktor der Theologie.»

Katharina sah durchaus nicht ein, warum ihn das von seinem Gelübde lossprechen sollte.

«Doktor Martinus», fuhr Schwester Magdalena fort, «schreibt nicht nur. Was er schreibt, das wird auch gedruckt.»

Die beiden jungen Nonnen schwiegen, und es malte sich Verlegenheit auf ihren hübschen Gesichtern. Weder Ave noch Katharina war je eine gedruckte Schrift vor die Nase gekommen. Entfernt hatten sie davon läuten gehört, aber eine sonderlich plastische Vorstellung war ihnen von der Sache doch nicht entstanden. Magdalena von Bora fühlte, daß sie eine Erklärung schuldig war.

«Fragt mich nicht», sagte sie, aus der Apodiktik der Domina jäh in die jungfernhafteste Unsicherheit zurückfallend, «wie Menschenverstand es möglich gemacht hat. Jedenfalls gibt es Maschinen – ich habe keine Ahnung, wie sie aussehen mögen –, mit denen man das, was man geschrieben hat, vervielfältigen kann.»

«Vervielfältigen?» fragte Ave nach, und sie dachte ans Kinderkriegen dabei.

«Genau», nickte Magdalena. «Du steckst auf der einen Seite der Maschine ein Blatt hinein, und auf der anderen kommen tausend Blätter heraus. So ungefähr. Doktor Martinus ist ein eifriger Verfasser solcher Druckschriften.»

«Jetzt sag bloß noch, Mühmchen», bestaunte Katharina die Verwegenheit ihrer Tante, «du hast diese Schriften gelesen!»

«Es sind fromme Schriften!» verteidigte Magdalena von Bora sich vorbeugend, denn sie dachte an das einzige dieser neumodischen Erzeugnisse in ihrem Besitz, an ihr Exemplar vom «Hexenhammer» der Kölner Dominikaner. «In einer von ihnen hat Doktor Martinus bewiesen, daß der Cölibat Gottes Wort widerspricht.»

«Das ist ja nicht möglich», meinte Katharina, «das hieße ja, das Gelübde wär Sünde.»

«Das ist es mehr oder weniger», enthüllte ihr Magdalena, «was Martin Luther behauptet.»

«Dann ist er wirklich ein Ketzer!» rief Ave von ihrem Bett, plötzlich über die Maßen entrüstet, «und es wäre unsere heilige Pflicht, das Holz für seinen Scheiterhaufen zusammenzutragen.»

«Du trägst vorläufig gar nichts», entgegnete ihr Magdalena von Bora, «weil ich dir nämlich bis Ostern Bettruhe verordne.»

«Aber Ostern wollten wir doch ...», setzte Ave zu einem Protest an.

Schwester Magdalena ergriff rasch ihren Unterarm und gebot ihr mit dem Zeigefinger an den Lippen Schweigen. Katharina hatte nicht darauf geachtet.

«Mühmchen, du sagtest doch, die Augustiner in Wittenberg hätten sich Weiber genommen», fragte sie nachdenklich.

«Das ist weithin bekannt», bekräftigte Schwester Magdalena, «und die Papisten haben sehr wütend dagegen geschrieben.»

«Die was?» geriet Katharina neuerlich in Zweifel über die Wahrnehmungsleistung ihres Gehörs.

«Die Papisten», sagte Magdalena von Bora gelassen. «So nennt man neuerdings die Anhänger des Papstes.»

«Bist du etwa keine Papistin?!» wurde ihr die Frage ihrer Nichte entgegengeschleudert.

Das Zögern der Tante war Katharina von Bora Antwort genug. Betretene Stille füllte das Krankenzimmer, und Katharina fiel auf, daß sie in der verflossenen Viertelstunde mehr gesprochen hatte als in den sieben Jahren seit ihrem Eintritt ins Kloster. Sie sah schon den strafenden Blick, mit dem sie die

Äbtissin bei ihrer Rückkehr empfangen würde. Sie zupfte ihren Habit zurecht und verabschiedete sich mit einem Knicks von der Patientin und ihrer Pflegerin. Magdalena von Bora hielt sie an der Türe zurück.

«Und du, Katharina?»

«Ja, mein Mühmchen?»

«Bist du noch Papistin?»

«Ich fürchte Gott», murmelte Katharina.

Magdalena von Bora zog ihre Nichte wieder in das Zimmer zurück und drückte sie auf einen Schemel.

«Martin Luther fürchtet ihn auch», sagte sie dann. «Und weil er Gott fürchtet, deswegen hat er keine Angst vor dem Papst.»

«Aber der Papst ist doch Gottes Stellvertreter auf Erden», mahnte Katharina.

«So haben wir es gelernt», gab Magdalena ihr zu. «Aber wenn Luther recht haben sollte, dann ist er der Antichrist.»

«Wer ist der Antichrist? Martin Luther oder der Papst?» wollte Ave von Schönfeld die Doppeldeutigkeit klären.

«Eines oder das andere wird jedenfalls bald ans Licht kommen müssen», versuchte es Magdalena von Bora diplomatisch.

Die beiden jungen Nonnen sahen mit drängenden Augen zu der betagten Schwester. Sie wollten, wenn schon nicht die Wahrheit, so doch Magdalenas Meinung erfahren.

«Der große Papst in Rom droht dem kleinen Mönch in Wittenberg mit Gewalt», eröffnete sie deswegen den Jüngeren ihr Bedenken. «Du, liebe Ave, hast ja eben selbst vom Scheiterhaufen gesprochen. Luther soll widerrufen. Aber Luther widerruft nicht. Er ist standhaft geblieben, selbst vor dem Kaiser und dem versammelten Reichstag. Wenn man ihm seinen Irrtum beweist aus der Schrift, sagt er, dann widerruft er mit Freuden. Der rohen, der menschlichen Gewalt will er nicht weichen.»

«Er muß aber doch», sagte Katharina von Bora und hatte, obwohl sie dabei mit ihren etwas bäuerlich-derben, aber nicht unschönen Fingern an dem Kruzifix auf ihrer Brust spielte, offensichtlich das maßgebendste aller Beispiele, das des Herrn Jesu, vergessen.

«Ob wir wirklich müssen», meldete sich jetzt eine Ketzerstimme vom Bett.

«Wir haben unsere ganze Liebe dem Heiland geweiht», entgegnete Katharina mechanisch.

«Martin Luther ist aus freiem Entschluß, gegen den erklärten Willen seiner Eltern ins Kloster gegangen», setzte Magdalena von Bora ein Argument wie ein Theolog in der Disputation.

«Und wir sind gegen unseren Willen hierher abgeschoben worden», ging Katharina sofort darauf ein, «weil es unseren Eltern an einer Aussteuer fehlte. Mühmchen, mir fällt auf, du kennst dich hervorragend aus mit diesem Herrn Luther, mit seinen nahen und nächsten Lebensumständen. Ist es, weil er, nachdem er mit seinen Brüdern die Ordensregel von sich geworfen hat, wie im Herbst die Bäume das Laub von sich werfen, quasi auf Freiersfüßen spaziert?»

Magdalena von Bora hatte hierauf keine Antwort, nur ein müdes, überlegenes Lächeln.

«Liebe Schwester Magdalena, da du so wundersam unterrichtet bist über all diese Dinge», stellte Ave jetzt die von Katharina vorbereitete, aber nicht ausgesprochene Frage, «sag uns doch bitte, was das für Weiber waren, mit denen sich die Wittenberger Mönche verheiratet haben.»

«Nonnen», war die ebenso kurze wie schlagende Antwort.

Das einzelne Wort stand lange im Raum.

«Doktor Martinus beweist es aus der Schrift», führte Magdalena von Bora aus, nachdem eine Weile verstrichen war. «Es ist nicht gut, daß der Mensch allein sei. Deshalb hat Gott ihm eine Gefährtin gemacht. Der Mensch wird sündig, wenn er etwas gelobt, was er nicht zu halten vermag. Ob er recht hat oder sich irrt, das werden bald nicht mehr die Professoren in Paris oder in Leipzig zu entscheiden haben. Es wird nicht nötig sein, daß der Papst ein Konzil einberuft, das über Rechtgläubigkeit oder Ketzerei in Luthers Lehre befindet. Jeder einfache Geistliche, Schwestern, was sage ich euch, jeder Laie wird nächstens imstand sein, den Einklang seiner Thesen mit Gottes Wort zu überprüfen. Denn Doktor Martinus übersetzt die Bibel in unsere Sprache.»

«Das kann er?» zeigte sich Katharina verblüfft.

Langsam dämmerte ihr, daß Gott etwas vorhaben könnte mit diesem Mann.

«Das Neue Testament hat er vollständig verdolmetscht», packte Magdalena die nächste Tatsache aus. «Es ist gedruckt worden und wird überall, wo man deutsch spricht, gelesen. Unsere Äbtissin hält selbst ein Exemplar davon in ihrem Schrank verschlossen. Ich hatte bislang noch nicht den Mut, sie danach zu fragen. Es gab jedoch unter meinen Kranken und ihren Besuchern viele, die es vernommen haben, wie Gott deutsch zu ihnen spricht. Schwestern, ich sage euch, es waren andere Christen. Und jeden Tag werden es mehr.»

«Wenn er Gott seine Zunge zu leihen vermag», kombinierte Katharina, «wenn er Gottes Wort lebendig fühlt in seinem Busen, dann ist es auch möglich, daß er recht behält gegen den Papst.»

«So zumindest denkt unser weiser Kurfürst Friedrich, der

ihn beschützt», wurde sie in diesem Zulassen des eigentlich ganz und gar Unzulässigen von ihrer Tante bestärkt. «Er hat ihn nicht ausgeliefert, wie von Kaiser und Reichstag verlangt. Er hat ihn auf der Wartburg versteckt.»

«Schade», seufzte Ave.

«Warum schade? Was meinst du damit?» wurde sie von Katharina gefragt.

«Na, wir sind doch auch Nonnen», glaubte Ave, sich ihr erklären zu können.

«Es ist schwer, sehr schwer, in Frieden zu kommen mit dem, was uns das Mühmchen heute eröffnet», bemühte sich Katharina von Bora, sich und den anderen den eigenen Standpunkt anzugeben, «aber was du da schnatterst, Ave, das ist mir so fremd wie der Mond.»

«Ich glaube, unsere gute Ave will sagen», vermittelte Schwester Magdalena, «daß Doktor Martinus wenig tun könnte für uns, wenn er auf der Burg des Kurfürsten eingesperrt wäre. Aber frohlocket! Er ist längst wieder frei, er doziert seinen Studenten, er predigt dem Volk tagtäglich in Wittenberg von Katheder und Kanzel.»

«Gerade eben, Mühmchen, hast du noch gesagt, er verdolmetsche die Bibel», sagte Katharina von Bora.

«Das macht er nebenbei!» versetzte Schwester Magdalena, und ihre Stimme hatte dabei etwas von dem Elan, der den Unglaublichen auszeichnen mußte.

«Nein, umgekehrt», verbesserte sich Magdalena schon wieder. «Die Verdeutschung von Gottes Wort, das muß sein Hauptgeschäft sein, mit dem er zu Bett geht und mit dem er erwacht. Das übrige fließt ganz von selbst aus ihm heraus. Er beschäftigt ja, wie ich euch sagte, die Drucker mit ihren Pressen zu Wittenberg und an anderen Orten nicht allein mit beiden Teilen der Heiligen Schrift, er muß sich auch noch wehren gegen die Angriffe der Papisten und seine neue Lehre verbreiten.»

«Schade, wolltest du sagen, nicht wahr?» wandte sich Katharina mit spitzer, wenig nonnenhaft anmutender Zunge an Ave.

«Warum schade? Was meinst du damit?» war jetzt Aves Frage an Katharina.

«Na, wenn der Mann so beschäftigt ist», antwortete ihr Katharina, «wie soll er sich dann ein Weib nehmen, ihr Kinder machen und die Sorgen des Alltags mit ihr teilen?»

«Wie alt ist er eigentlich, Schwester Magdalena, euer Doktor Martinus, von dem ihr so schwärmt?» wurde Ave direkt.

Da stellte es sich denn heraus, daß Magdalena von Bora mit dem wichtigsten Merkmal des scheinbar so bedeutenden Mannes aus ihrer rätselhaften Quelle gar nicht versorgt worden war. Sie nach der körperlichen Beschaffenheit des geistlichen Titanen befragen zu wollen erübrigte sich. So war denn eine jede der drei Nonnen mit ihren Gedanken wieder eine Weile bei sich.

«Ob er nun jung oder alt ist, ob hübsch oder häßlich», kam Magdalena von Bora als erste heraus, «das, liebe Schwestern, kann ich euch nicht angeben, und es ist in mir noch genug von einer Braut Jesu, daß ich behaupten darf, es spielt für mich nicht die mindeste Rolle. Was feststeht, ist immerhin, daß Doktor Martinus bei allem, was er leistet mit Tinte und Feder, mit Wort und Gebärde, noch die Zeit findet, sich um die Klöster im Lande zu kümmern. Freilich nur im kurfürstlichen Sachsen, denn im herzöglichen erwarten sie ihn mit dem Edikt des Kaisers und der Bulle des Papstes in der Hand.»

«Die Mönche können ja fortlaufen aus ihren Klöstern»,

sagte Katharina gedehnt, und man spürte, wie sich ihr Sinn nach dem Praktischen neigte, «und ihre Kutte mit der Tracht des Handwerkers tauschen. Aber wir Nonnen, wo sollten wir hin?»

«Martin Luther wäre nicht Martin Luther, liebste Nichte», redete das Mühmchen ihr sehr beruhigend zu, «fragte er sich das nicht selbst und besäße nicht Auskunft, ehe er das Wort Tat werden ließe. Er will ja nicht die Kirche zerstören, er will sie erst bauen. Natürlich weiß er, daß wir Nonnen anders behütet sind als die Mönche, weiß, daß unsere Familien Gründe hatten, uns hier unterzubringen, und uns nicht aufnehmen würden, wo es uns einfallen wollte, an die elterliche Pforte zu klopfen.»

«Das würde zumindest jenen Familien übel bekommen», kannte Ave sich aus, «die ihre Sitze im Sachsen von Herzog Georg haben, der den Luther lieber heute als morgen am Spieß braten würde.»

«Doktor Martinus hat eine eigene Schrift ausgehen lassen», übte Schwester Magdalena sich weiter in der Verbreitung von Wittenbergs Geist, «die vom ersten bis zum letzten Buchstaben den Ehestand preist als die einzig fromme Art für Christen, miteinander zu leben.»

«Ich habe es mir auch so manches Mal gedacht, daß zwischen einem Hurenbock und einem Mönch kein gar so großer Unterschied ist», sagte Katharina von Bora mit dem Ernst weiser Erkenntnis und löste bei den beiden Schwestern schallendes, befreiendes Gelächter aus.

«Für Freudenmädchen und Nonnen gilt es wohl auch», sagte Schwester Magdalena in Anspielung auf die Heilige, deren Namen sie trug.

«Wenn man sich sein Lebtag um nichts anderes kümmert»,

äußerte Ave von Schönfeld mit einem philosophischen Tiefsinn, der überraschte und ihrer kindlichen Erscheinung etwas ganz Entzückendes lieh, «als darum, den Schrei des eigenen Fleisches zu knebeln, da kann eine sich eigentlich ebensogut betäuben lassen von dessen Gebrüll.»

«Gott hat dem Mann und dem Weibe befohlen, beieinanderzuliegen», zog Magdalena von Bora abermals die Essenz, «aber nicht buhlerisch, sondern um einander im Herzen zu erkennen.»

«Entweder, Schwestern, ist es die schiere Sünde, der Leibhaftige selbst, was aus uns spricht», sagte Katharina, unentschieden, ob es der Schrecken des Todes war oder die Erlösung zum Leben, was sie durchzuckte.

Es war zu mächtig. Katharina konnte den angefangenen Satz nicht vollenden.

«Oder?» drängte sie daher Ave, auch die festgehaltene Alternative über die Lippen zu stoßen.

«Oder», kam es denn auch aus Katharina heraus, «es ist die reine Wahrheit, die aus unseren übervollen Herzen hervorquillt.»

«Aus unseren Herzen, die so rein sind wie diese Wahrheit», ergänzte Ave von Schönfeld mit verhaltenem Triumph, «auch wenn sie noch nicht von einem Manne erkannt worden sind.»

«Und wenn es die Wahrheit ist», blieb Katharina im Schwung, «wofür uns ja die Tatsache bürgt, daß Gott ruhig bleibt und uns nicht niederschmettert mit Donner und Blitz; wenn es also die Wahrheit ist, dann müßte Martin Luther herkommen und uns entführen aus diesen Mauern, die der Teufel gebaut hat, uns in seiner Abhängigkeit zu erhalten.»

«Dazu darf ich dir zweierlei sagen, liebste Nichte», sprach Magdalena von Bora so ruhig und gefaßt, daß den beiden

Jüngeren der Eindruck entstand, sie hätte unbeirrt fortgeredet, wäre jetzt die Äbtissin in der Tür des Krankenzimmers erschienen. «Mit dem einen hast du recht, mit dem anderen nicht. Daß Gott uns gewähren läßt, ist noch lange kein Zeichen für die Untadeligkeit unseres Tuns. Wenn es nämlich so wäre, bliebe uns nichts, als den Ungläubigen beizupflichten, die sich weigern, zu ihm zu beten, weil seit Adam und Eva so viel Böses geschehen ist, dem Gott tatenlos zugeschaut hat. Gott straft nicht, Gott belohnt nicht. Das ist die Wahrheit, und drum muß Antichrist heißen, wer die Sündenvergebung verkauft. Der frömmste unter den Menschen kann durch den vorbildlichsten Wandel sich nicht das Heil seiner Seele verdienen, so wie dem höchsten Gipfel des höchsten Berges auf dieser Erde der Himmel unerreichbar entfernt bleibt. Gott schenkt die Gnade. Oder er schenkt sie nicht. Unsere Schuld, unser Verdienst, sie sind nichtig in seinem Auge. Alle, ausnahmslos alle guten Werke des Menschen sind eitel. Vor Gott gilt einzig der Glaube. Zutreffender, Katharina, ist deine Vermutung auf Martin Luther. Der Oberkeit schulden wir Gehorsam, ob es nun eine gute Oberkeit ist oder eine schlechte, daran will er keinen Zweifel aufkommen lassen. Aber ein Gelübde, durch welches wir, weil wir irregeleitet waren, geglaubt haben, uns vor Gott auszeichnen zu können, ein solches Gelübde darf uns nicht binden. Der weltlichen Oberkeit ist das Schwert geliehen von Gott. Es ist ihr geliehen, damit sie es führe. Im Glauben sind wir frei, in der Kirche kann es weder Zwang noch Oberkeit geben. Diejenigen unter uns, denen das Licht aufgegangen ist, die Gott nicht fürderhin lästern wollen durch Erfüllung von Geboten, die er nie aufgestellt hat, will Doktor Martinus aus dem Kloster entführen. Oder besser muß ich sagen: diejenigen unter *euch*. Denn für mich kommt es leider zu spät. Mein Leib hat unter den Jahren des Irrtums seine Fruchtbarkeit eingebüßt.»

«Du bist mit uns, Katharina», betonte Ave von Schönfeld, was doch hätte Frage sein müssen.

Katharina wurde klar, daß die Freundin ihres Herzens, schon bevor sie das Krankenzimmer betreten, im Einverständnis mit der Tante gestanden hatte. Wahrscheinlich war auch ihre Ohnmacht im Chor nur ein Schauspiel zur Einleitung dieser Verschwörung im Siechenhaus gewesen. Wie wohl Ave das Nasenbluten zustande gebracht hatte? Katharina fragte sich das, aber es interessierte sie nur nebenher.

«Wie sollte ich bleiben, wenn ich weiß von eurem Verbrechen», sagte sie mit Verärgerung, denn man hatte sie, wenn vielleicht auch zu ihrem Besten – das mußte sich zeigen! –, so doch zum Narren gehabt.

«Wenn du es mit dem Papst halten willst und mit der Äbtissin», gab Ave zurück, «das steht dir frei.»

«Ich will diesen Martin Luther sehen!» stieß Katharina von Bora unerwartet heftig mit Glanz in den Augen hervor. «Und koste es mich das Heil meiner Seele.»

Magdalena von Bora bekundete mit einem kurzen, brummenden Laut ihren Unmut über die Nichte, die ihrem Diskurs offenbar nicht gefolgt war oder ihn wenigstens nicht hatte eindringen lassen in ihren Verstand.

«Schon wieder täuschst du dich, Katharina», sagte sie dann mürrisch. «Ich weiß es von deinen Eltern, du warst schon als Kind schwer zu erziehen. Doktor Martinus wird natürlich nicht in Person vor unseren Mauern erscheinen. Er ist schließlich kein Raubritter, sondern ein Gelehrter, der das Vertrauen unseres Kurfürsten genießt.»

«Verzeih, Schwester Magdalena», fiel ihr Ave ins Wort, «vielleicht sollten wir Katharinas Entscheidung abwarten, ehe wir ihr alles erzählen.»

Katharina hatte verstanden.

«Ungern, sehr ungern, Mühmchen», sagte sie und mußte gegen Tränen ankämpfen dabei, «so ungern laß ich dich im Kloster zurück. Aber wenn ich mich prüfe, so ist es, glaube ich, ein Versprechen, das ich abgeben darf, weil ich es halten kann, wo mir Gott hilft, daß ich dich nämlich, falls ich draußen einen Mann finde, der mich heiraten will, nachholen werde.»

«Das laß bei Gott, liebe Nichte», ging Magdalena von Bora mit einem Nachdruck auf ihrer Stimme über die Rührung hinweg.

«Wer sind die Schwestern, die mit uns fliehen, und wer wird uns holen?» wollte Katharina jetzt wissen.

Ave nannte ihr die Namen der sieben, die eingeweiht waren. Es verstimmte Katharina, daß sie als letzte gefragt worden war, und sie verspürte einen leisen Reiz, das ganze Complot zu verraten.

«Du kennst Leonhard Koppe», sagte Schwester Magdalena, «hast ihn vielleicht auch schon gesehen.»

Katharina schüttelte verneinend den Kopf.

«Er ist Kaufmann und Ratsherr zu Torgau», erklärte ihr die Tante. «Es ist der, der uns die Fässer mit den gesalzenen Heringen liefert.»

Ein Lächeln breitete sich über Katharinas etwas holzpuppenhaft geschnittenes Gesicht. Nie wieder gepökelte Heringe essen zu müssen, das war beinahe eine verlockendere Aussicht als das Heiraten und Beieinanderliegen mit einem Mann.

«Dieser Leonhard Koppe», fuhr Schwester Magdalena fort, «ist ein glühender Anhänger des Doktor Martinus und seiner Lehre. Er hat selbst den Vorschlag gemacht und sich in Wittenberg angeboten für die Mission. Denn eine Mission ist es ja, wie ihr mir zugebt. Er verfügt über das nötige Fuhrwerk, und außerdem steht er in dauernden Geschäften mit der Äbtissin. Ihr wißt, daß das Kloster auch in Torgau Hintersassen hat, die ihm zinspflichtig sind. Von Koppe hat übrigens die Äbtissin die durch Luther verdeutschte Heilige Schrift. Sie wird staunen, wie ernst ein Mann es meinen kann mit seinem Glauben und welche Gefahren er einzugehen bereit ist, ihn zu beweisen. Die beiden Klosterburschen, die ihm, wenn er aus Torgau Ware bringt, beim Abladen zur Hand gehen, hat er bestochen. Sie werden euch behilflich sein, die Mauer zu ersteigen. In der Nacht von Karfreitag auf Ostersonnabend soll es geschehen.»

EIN zweifelhafter Erfolg war es, den ich mit der Lesung bei den Gefangenen im Lager von Jelabuga eingeheimst habe. Die Berichte der Lagerkommandantur und der beiden in Jelabuga arrestierten Wehrmachtsgeistlichen dürften, denke ich, dennoch günstig ausfallen, und so hoffe ich, meine Tätigkeit als Gisberts Biograph und Herausgeber in der liebgewonnenen Muße fortsetzen zu können.

Eine leise Irritation klingt, wenn ich dies schreibe, immerhin durch, und diese hängt mit dem Abstecher nach Moskau zusammen, den ich gleich berühren möchte. Zunächst habe ich die Aufmerksamkeit der Veranstaltung in Jelabuga zu widmen.

Die Bedingungen waren denkbar gut. Die Teilnahme an meiner Darbietung, in deren Genuß nur rund zweihundert der Gefangenen gelangten, war als Auszeichnung denen zugestanden worden, die sich den im Lager arbeitenden Aktiven des Bundes Deutscher Offiziere lernwillig oder wenigstens gesprächsbereit gezeigt hatten. Der Speisesaal des von den Gefangenen selbsterrichteten großen Holzhauses außerhalb des eigentlichen Klosterkomplexes war liebevoll geschmückt, und es war an jeden meiner Zuhörer eine Tasse mit süßem Punsch auf Wodkabasis ausgeschenkt worden.

Die Stimmung meiner Zuhörerschaft war also bestens präpariert, bevor ich zu lesen begann, und natürlich spielte mir auch der Zufall in die Hände, daß das von mir ausgesuchte Material wie die Gefangenen von Jelabuga in ein Kloster einquartiert ist. Die Requisition vormals vom Klerus genutzter Baulichkeiten und Ländereien für die Bedürfnisse des Staates, wie sie von der Sowjetregierung praktiziert wird, hat ja gewissermaßen in der Lutherschen Reformation ihr Vorbild.

Auch, daß die Lesung nicht im eigentlichen Kloster, sondern in dem genannten Annex anberaumt war, paßte zum Text. Bezugreicher noch hätte ich im Lazarett des Gefangenenlagers vortragen müssen, was aber ausschied, da dort wegen der vielen Fleckfieberfälle Hochbetrieb herrschte.

Man wird mir zugeben, daß eine Versammlung von Stalingradkämpfern in russischer Kriegsgefangenschaft nicht das ideale Auditorium für Glaubensgespräche unter Nonnen am Ausgang des Mittelalters darstellt. Aber die Figuren, die bei der Roman-Lektüre vor dem geistigen Auge erscheinen, werden nicht aus den Physiognomien, die bei der Niederschrift dem Autor vorschwebten, sondern aus solchen, wie sie dem Lesenden in seinem eigenen Leben begegnen, zusammengebaut. Zwangsläufig nahm deshalb Magdalena von Bora als Vorsteherin des Siechenhauses im Kloster Nimbschen die Züge der Ärztin an, die in Jelabuga den Lazarettbetrieb leitet. Ich sehe sie vor mir, die kleingewachsene, zarte, aber um so energischere Person, und es fällt inzwischen sogar mir nicht mehr ganz leicht, mein Bild der Magdalena von Bora von der Erscheinung der Larissa Sacharowa zu trennen.

Die Jüdin Larissa Sacharowa schafft mehr für die Umerziehung der deutschen Soldaten als je dies werdende Büchlein, als je das ganze Nationalkomitee «Freies Deutschland» mit dem Bund Deutscher Offiziere bis zur Niederwerfung der Hitlerbande wird ausrichten können. Daß sie ihren aufopfernden, lebensgefährlichen Kampf gegen die Seuche überhaupt führen muß, ist die Schuld der Gefangenen selbst, weil einige von ihnen bei der Einlieferung ihren Ehrgeiz dareingesetzt haben, Teile ihrer Uniform und ihrer persönlichen Habe an der

Desinfektion vorbeizuschmuggeln. So gelang es etlichen der Läuse, jenen todbringendsten, verheerendsten unter all den Stalingradkämpfern, bei lustiger Vermehrung der eigenen Spezies die Schlacht gegen Hitlers Soldaten in den zu Schlafräumen für die Gefangenen umfunktionierten Klosterzellen fortzusetzen.

Die Sacharowa war eigentlich bei einer Poliklinik in Moskau angestellt und hat sich freiwillig für den Dienst im Lazarett des Lagers gemeldet. Das Gegenteil also vom alttestamentarischen Auge-um-Auge-Zahn-um-Zahn, nicht allein Vergebung für die Judenmörder, nein, selbstloser Einsatz für deren Errettung aus der von Gott verhängten Strafe. Gisbert! Hättest du deinen Mut nicht sinken lassen! Hättest du diese Frau kennengelernt!

Wir waren bei Käthchen im Kloster. Ich will nicht Luthers Einwände gegen diese der katholischen Kirche angegliederten Einrichtungen wiederholen, aber wenn jemals ein Kloster ein Ort der Einkehr und der inneren Läuterung gewesen ist, dann das Kloster von Jelabuga seit seiner Belegung mit den Resten der geschlagenen, ausgehungerten und verlausten Armee des General Paulus.

Ernsteste Mienen, männlicher Ausdruck, als ich mit Gutsches Manuskriptblättern vor mein Auditorium trete, auch auf den Gesichtern der Burschen, die Hitler als halbe Kinder an die Wolga geschickt hat. Der Mann auf dem Podium hatte sich bislang in der Uniform als Jagdflieger, im Kostüm als Darsteller grimmiger Machtmenschen und handfester Bösewichte bewährt. Jetzt sollten glaubhaft aus ihm die Glockenstimmen junger Nonnen ertönen? Um mir den Einstieg in die Figur der Katharina von Bora von innen zu erleichtern, habe ich sie mit Iris identifiziert. Wahrscheinlich hat Gisbert bei der jungen Katharina selbst auf Iris geschaut, die so sehr nach ihrer Mutter geraten ist – jedenfalls erkenne ich an verschiedenen Stellen Anzeichen dafür.

Was Cranach getan hat, als er den Jüngern Jesu die Gesichter der Wittenberger Professoren und der Gäste seiner Weinstube aufmalte, entspricht haargenau Gutsches Technik, die Heilige Familie seines Propheten als Abbild seiner Nikolasseer Hausgemeinschaft zu zeichnen. Die Aufmerksamkeit meines Publikums, die merklich von Minute zu Minute anwuchs, war, wie mir inzwischen klar ist, in der Hauptsache weder der bestrickenden Prosa des Meisters noch meiner Vortragskunst geschuldet. Die Überschrift, mit der ich den Auszug aus Gutsches Roman versehen hatte, sie blieb Parole und Stichwort, durch die sich die Ohren offen und gespitzt erhielten: «Die Flucht aus dem Kloster».

Die Soldaten müssen geträumt haben, das Spektakel sei von langer Hand ausgeheckt, sie aus unverdächtigem Nonnenmund die Anweisungen für ihren Ausbruch hören zu lassen. Eine befriedigendere Deutung will mir nicht in den Sinn kommen für die allgemeine Enttäuschung, die sich im Saal verbreitete, als ich an der bezeichneten Stelle abbrach. Der dürre Applaus am Ende wurde mit ostentativem Zögern gespendet.

Meine Rückreise nach Alma Ata ging über Moskau. Ich hatte versprochen, das dort Vorgefallene mit einigen Worten zu umreißen. Das im Russischen heutzutage geläufige Wort für eine Dienstreise ist «Kommandirowka», und man wird mir sofort beipflichten, wenn ich sage, daß diesem Ausdruck ein unangenehmer Beigeschmack anhaftet. Die Einladung zu einem «Meinungsaustausch» mit den Genossen aus dem Büro 99 war überaus sachlich, aber doch nicht eigentlich unhöflich formuliert. Daß sie mir erst in Jelabuga überreicht wurde, ließ allerdings leise Skepsis in mir aufkommen, und ich fühlte mich tatsächlich ein bißchen «ab-» oder «herankommandiert».

Die Reise in den Versorgungszügen der Roten Armee war nicht eben komfortabel; daß mir in der Hauptstadt das Hotel Lux zum Quartier angewiesen war, ließ mich immerhin hoffen, mich bei der Ankunft für die Strapazen der mehrtägigen Eisenbahnfahrt einigermaßen entschädigen zu dürfen. Der Gebäudekomplex in der Gorkistraße, Gründung eines geschäftstüchtigen Bäcker- und Konditormeisters aus der kurzen Epoche des Aufblühens des Kapitalismus in Rußland, war mir schon Begriff und Legende gewesen, als ich noch der Göringschen Luftwaffe diente.

«Lux» heißt bekanntlich «Licht», aber man sollte nach dem Wunsch des Erbauers natürlich auch oder zuerst an Luxus denken, wenn man den Hotelnamen hörte, und so funktioniert es bis heute. Die Spitzenfunktionäre der kommunistischen Parteien aus den von Hitler eroberten Ländern Europas, so stellt man es sich wohl gerne vor, werden dort vom Roten Zaren verwöhnt und gehätschelt. Meine etwas intimere Bekanntschaft mit den sowjetischen Verhältnissen hatte bereits erhebliche Abstriche an diesem Klischee vorgenommen. Dennoch war ich über das, was ich als Realität vorfand, mehr erschüttert als enttäuscht.

Schon die Kategorisierung «Hotel» ist irreführend, weil man unwillkürlich an livrierte Etagenkellner, Pagen, Liftboys und dergleichen denkt. Die Bewohner der großdimensionierten Herberge sind ausnahmslos Dauergäste, die Einquartierung für ein oder zwei Nächte findet nur in ganz speziellen Fällen statt, worunter eben der meinige zählte.

Die ärmlich und noch dazu wenig geschmackvoll gekleidete Weibsperson österreichischer Nationalität, die mich vom Bahnhof abholte und mich in einem altersschwachen Automobil zum Lux chauffierte, war zwar von der eisigen Unfreundlichkeit, wie sie generell das Personal sowjetischer Gastronomie und Hotellerie charakterisiert; daraus aber schließen zu wollen, sie sei eine Angestellte des Lux, wäre unrichtig gewesen. Sie gehörte vielmehr dem erlauchten Kreis der Residenten an, war Mitglied des Zentralkomitees der österreichischen KP im Exil und, wenn schon von Naturell und Erscheinung das Gegenteil einer reschen Wienerin, außerdem noch von vorsätzlicher Grantigkeit dem Piefke gegenüber.

Konversation lehnte sie ab, wollte ein Gespräch höchstens über politische Gegenstände zulassen, und so wurde ich denn noch vor meiner Ankunft im Lux über die veränderte Linie in Stalins Deutschland-Doktrin aufgeklärt. Von der Teheran-Konferenz war zwar in Alma Ata verschiedentlich die Rede gewesen, konkreter waren jedoch erst jetzt die stenogrammartigen Mitteilungen der so erstaunlich bärbeißigen Dame am Steuer. Die Wiederherstellung der österreichischen Souveränität war als wichtiger Punkt auf die Nachkriegsagenda gesetzt. Jene Gefangenen, die in der Wehrmacht diskriminierenderweise «Ostmärker» genannt wurden, sollten aus dem Nationalkomitee «Freies Deutschland» und aus dem Bund Deutscher Offiziere ausscheiden und innerhalb ihrer jeweiligen Lager selbständige Organisationen aufbauen.

Stalin hat sich eben schon unter Lenins Anleitung zu einem Experten in der Nationalitätenpolitik ausgebildet, der rasche und durchschlagende Erfolg der jüngsten Anwendung seiner bewährten Prinzipien kam in der Haltung meiner Fahrerin deutlich zum Ausdruck. Innerlich gratulierte ich mir, nie

Parteikommunist geworden, nie gezwungen gewesen zu sein, mir die wunderlichen Schachzüge von Väterchen Stalin als die einzig berechtigten Folgerungen aus der wissenschaftlichen Weltanschauung einreden zu müssen.

Zwar darf ich nach meinem Frontwechsel sowenig wie ein Seydlitz oder Einsiedel den Status eines Außenstehenden für mich beanspruchen, aber die Erklärungen der Linientreuen, warum die von Stalin angeordnete Auflösung der Kommunistischen Internationale eine besonders internationalistische Maßnahme darstellt, habe ich mir mit einer Mischung aus Mißtrauen und Amüsement angehört. Der Stählerne habe dem Druck seiner anglo-amerikanischen Verbündeten nachgegeben, die sich durch von Moskau gesteuerte Parteien in ihren Ländern beunruhigt fühlten, wurde ich belehrt, durch solches Entgegenkommen aber schließlich auch Churchill und Roosevelt zur festen Zusage einer Invasion am Ärmelkanal verpflichtet.

Vielleicht hat uns die Konferenz in Teheran dem Entlastungsangriff der westlichen Verbündeten, den, wie es scheint, Roosevelt und Churchill am liebsten erst nach der deutschen Niederlage starten würden, um das Blut ihrer Soldaten zu schonen, wirklich nähergebracht. Wenn sie nächstens etwas in größerem Stil unternehmen und das Sterben nicht so völlig der Roten Armee überlassen, dann sicherlich nicht, weil sie von Stalin mit Geschenken dazu verführt werden. Die beinahe täglich erfochtenen Siege der kriegführenden Arbeitermacht sind es, die in Washington und London die Dinge beschleunigen, denn die Generale dort können es an den Fingern der Hand errechnen, daß die Russen das kaum noch verteidigungsfähige Reich bis an den Rhein aufrollen werden, wenn sie nicht baldigst eigene Truppen auf den Kontinent werfen.

Der Empfang beim Lux ähnelt mehr dem Wachhäuschen an einem Kasernentor als der Rezeption eines Hotels von Weltruf. Es gehört Vorstellungskraft dazu, zu glauben, daß die unbeheizte Halle einmal eine mit mondänem Flair erfüllte Lobby gewesen ist, mich hat sie mehr an einen vernachlässigten Hangar erinnert.

Es wird strengstens kontrolliert, wer die Gebäude betritt. Dazu hat man vor dem Zugang zu Treppen und Lift einen Bretterverschlag errichtet. Ob nun die Dame, die dort in der vom bestens befeuerten Bollerofen erzeugten tropischen Wärme die Aufsicht führt, im Falle eines kluggeplanten Anschlags den Attentätern effektiven Widerstand zu leisten fähig wäre, will ich lieber nicht beurteilen, mich hat sie aber in der klirrenden Kälte vor ihrer Bude für eine ganze Weile zum Stehen gebracht.

«Propusk» lautete die Parole, und ich habe die Verhandlungen nach einem kurzen, komplett gescheiterten Anlauf gern der Österreicherin übergeben, die sich mit Zähigkeit und Geschick wahrscheinlich nicht so sehr für meine Person, sondern für die Aufrechterhaltung bestimmter Prinzipien schlug und am Ende den Propusk für mich erkämpfte. Propusk ist eigentlich eine harmlose Vokabel, für die das Wörterbuch die deutsche Bedeutung «Passierschein» angibt, aber das stundenlange Gefeilsche, immer kurz vor der Handgreiflichkeit, wurde von den beiden Frauen mit solcher Verbissenheit geführt, als entscheide sich an dem Fetzen Papier das Schicksal des gesamten Krieges und die Zukunft der sozialistischen Revolution.

Das für mich reservierte Zimmer befand sich in einem der oberen Stockwerke, was ich in Unkenntnis der Verhältnisse zunächst für eine Bevorzugung hielt. Im Lux ist es nämlich umgekehrt wie im gewöhnlichen Leben; je höher man steigt, desto ungemütlicher wird es. Die erste Garnitur der diversen KPs ist in der Beletage untergebracht, wo eine Behaglichkeit waltet, die noch ganz andere Ansprüche befriedigen könnte als die von Arbeiteraristokraten. Mit jeder Treppe, die der Gast zu erklimmen hat, wenn, wie während der Dauer meines Aufenthalts, vor der Lifttür das «Remont»-Schild prangt, nimmt proportional zur Stellung der Bewohner innerhalb der politischen Hierarchie der Standard ab.

Die mir zugedachte Kammer war winzig, nicht einmal eine Waschschüssel war darin vorhanden. Da das Reinigungspersonal offenbar nur sehr geringe alpinistische Ambitionen hegt, kommt es entsprechend selten in die höheren Regionen, was den Zustand des einzigen Klosetts auf meiner Etage erklärt. Um aber nicht ungerecht oder wie ein verwöhnter Luftwaffenlackel zu wirken, will ich lobend erwähnen, daß mein Logis ausgezeichnet geheizt war. Schon bis auf die Unterwäsche entkleidet, schwitzte ich immer noch wie in der Sauna und versuchte deswegen, das Fenster zu öffnen. Da diese Bemühung ohne Erfolg blieb, wollte ich eine Regulierung der Raumtemperatur herbeiführen, indem ich die Zimmertür einen Spalt offenließ, was ich jedoch schnell als unklug erkennen mußte, da es mir unerwünschten Besuch bescherte. Eine angesichts der im Lande herrschenden Lebensmittelknappheit unfaßbar wohlgenährte Ratte mußte es als eine an sie gerichtete Einladung mißverstanden haben.

Meine höchst garstigen wie auch lautstarken Beteuerungen des Gegenteils kümmerten sie wenig, und die Fußtritte, die ich ihr zu verpassen suchte, schien sie als Aufforderungen der tänzerisch-spielerischen Sorte aufzufassen. Natürlich war ihre Vertrautheit mit dem Terrain dem Neuankömmling gegenüber von souveräner Überlegenheit, und mit dem einzigen im Schrank vorhandenen Kleiderbügel war sie aus den wenigsten der von ihr geschickt genutzten Rückzugswinkel zu vertreiben. Hauptsächliches Resultat des entstehenden Tumults war, daß ich das neugierige Interesse ihrer Familienangehörigen und Artgenossen auf meine Zimmernummer zog, wo sie sich immer zahlreicher einzustellen begannen. Es mischten sich unter diese hinzueilenden neben halbwüchsigen Exemplare von noch bestaunenswürdigerer Beleibtheit, und ich entschloß mich nach kurzem zur Kapitulation ohne Bedingung.

Leicht stellt man sich die Ratlosigkeit vor, in der ich mich, unversehens vom Jäger zum Gejagten geworden, barfuß, mit nichts als Unterhemd und Unterhose angetan, in der empfindlichen Kälte des dürftig beleuchteten Korridores befand. Was mich am meisten beunruhigte, war bezeichnenderweise, daß ich bei der Flucht den Propusk auf dem Schlachtfeld zurückgelassen hatte und nun fürchten mußte, die siegreichen Scharen könnten ihn aus der Brusttasche meines Mantels hervorzerren und ihn aus lauter Bosheit gemeinsam verspeisen.

Jetzt, aus dem Abstand, lächle ich schon wieder über das Durchlebte, darf aber sagen, daß ich klamme Minuten mitgemacht habe und mich, wäre ich auf der Straße von Banditen ausgeraubt und in die Kanalisation hinabgestoßen worden, kaum unwohler gefühlt haben würde. Ungefähr von diesem Ausmaß stelle ich mir den Schrecken im Innern des jungen Martin Luther vor, als er, bei der Wanderung vom Gewitter überrascht, seinem Gott, falls er ihn noch einmal befreien sollte aus der hoffnungslosen Situation, schwor, ins Kloster zu gehen.

Meine Errettung war menschlicher Natur. Der Kampf mit den Nagern hatte meinen Zimmernachbarn aufgeweckt, der mich heranwinkte, mich zu sich hereinzog, um schnell die Tür hinter mir wieder schließen und den Spalt am Boden mit einer eingerollten Decke verstopfen zu können.

Der Mann war unbekleidet, woraus ich ihm keineswegs einen Vorwurf zu machen gedachte, denn schließlich hatte ich seine Nachtruhe gestört und ihn aus seinem Bett aufgeschreckt. Eigenartig war es aber doch, in Unterwäsche einem Nackten gegenüberzustehen. Mein Wohltäter sprach ein sauberes Russisch mit einer merklichen Vorliebe für seltene und altertümliche Wendungen, was auf eine intensive Dostojewski-Lektüre hinwies, und wir hatten mehrere Tassen Tee miteinander getrunken, eine halbe Schachtel Zigaretten miteinander geraucht, bis sich herausstellte, daß wir Landsleute waren, und wir in unsere Muttersprache wechselten.

Ich hatte beim Eintreten auf dem ans Fenster gerückten Tisch eine Schreibmaschine mit einem eingespannten Bogen bemerkt, die er rasch beiseite geräumt hatte, um mich bewirten zu können. Sie zog während der Unterhaltung immer wieder meine Blicke auf sich, und mein freundlicher Gastgeber fühlte sich dadurch aufgefordert, auf die stumme Frage Antwort zu geben.

«Ja, ich schreibe», sagte er.

Ich muß ihn etwas sonderbar angeschaut haben, so, als sei mir der sachliche Zusammenhang zwischen seiner Nacktheit und seiner schriftstellerischen Betätigung aufgegangen.

«Ich ziehe mir gern etwas über, wenn es Sie stört», bot er mir an.

Ich glaubte, ihm bereits mehr als genügend Unannehmlichkeiten verursacht zu haben, und bestand jetzt darauf, daß er sich durch meine Anwesenheit nicht noch weiter in seiner häuslichen Bequemlichkeit einschränken ließ. Außerdem war ich ja selbst nicht eben vorschriftsmäßig bekleidet. Mein Gegenüber dankte es mir mit einem Lächeln und einer angedeuteten Verbeugung.

«Hier im Lux haben sie sich inzwischen so ziemlich daran gewöhnt», sagte er dann. «Sie halten mich für übergeschnappt. Es hat seine Vorteile, glauben Sie mir. Den eleganten Herrn vom NKWD, der mich anwerben wollte, habe ich in demselben Aufzug empfangen. Ich schätze, es war das kürzeste Gespräch, das er je in diesem Hause geführt hat. Die Zimmermädchen amüsieren sich kaum noch darüber. Der Fürst Myschkin heiße ich bei ihnen, und ich fühle mich sehr geehrt durch den Namen. Wer im Lux wohnt, muß ja verrückt sein. Bei mir ist es eben so. Wenn ich irgend etwas am Leib habe, kann ich nicht schreiben. Ich könnte beim Arbeiten nicht einmal einen Ring oder eine Armbanduhr tragen.»

Es war mehr floskelhaft und aus meiner begreiflichen Verlegenheit gesprochen, daß ich ihm sagte, ich verstünde ihn bestens.

«Dann müssen Sie selbst ein Schriftsteller sein», entgegnete er voll Dankbarkeit und Erleichterung.

«So halb und halb», sagte ich.

«Nein!» widersprach er. «Das gibt es nicht. Schriftsteller ist man entweder ganz oder gar nicht.»

«Eigentlich bin ich Schauspieler», klärte ich ihn auf, «aber aus Not und Zufall mache ich nun doch noch meine erste schriftstellerische Erfahrung.»

«Als Vorübung für den Schriftsteller ist die Schauspielerei an und für sich gar nicht schlecht», nahm er das auf, «denn auf dem Papier die Worte aneinanderzureihen ist für den, der berufen ist und seiner Berufung gehorcht, das leichteste an dem ganzen Geschäft. Es geht vorher darum, die Seele zu reinigen, damit sie ein Spiegel werden kann. So muß ja auch der Schauspieler aufräumen in sich selbst, das Persönliche entfernen, um Platz zu schaffen für den Charakter, den er darstellen soll. Der Standpunkt des Schriftstellers, wenn er sich zu dieser Radikalität durchringen kann, ist der des Toten, oder noch richtiger, der des Ungeborenen. Er muß auf die Menschen und ihr Treiben schauen können, als ginge es ihn selbst nicht im mindesten an.»

«Dann müßte ja einer erst Eremit werden, bevor er eine Feder in die Hand nehmen darf», führte ich seine Theorie in die Absurdität ihrer Konsequenz.

«Sie treffen den Nagel auf den Kopf», bestätigte er. «Deshalb bin ich meinem Schicksal so dankbar, daß es mich in dieses Irrenhaus geführt hat. Es kommt in seinen Auswirkungen auf mein gesellschaftliches Sein, das, wie wir wissen sollen, das Bewußtsein bestimmt, der entlegensten Einöde gleich. Ich habe mit niemandem, der unter diesem Dach wohnt, irgend etwas zu tun. Überall klappern die Schreibmaschinen. Die Leutchen dienen der Propaganda, und sie tun es mit dem besten Gewissen. Ich verurteile keinen von ihnen. Aber ich sehe diesen Krieg anders. Es ist mir vollkommen gleichgültig, wer ihn gewinnt. Sie staunen? Ich würde es jedem sagen, der sich die Zeit nimmt, mir fünf Minuten lang zuzuhören. So unwahrscheinlich das klingt, Sie sind der erste in all diesen Jahren, der mir hier begegnet ist und es geschafft hat. Weil Sie in Not waren.»

Daran hatte sich durch den Vortrag des Nackten im Prinzip nichts geändert. Ich hätte es aber unschicklich gefunden, ihn mit dem Hinweis darauf zu unterbrechen.

«Nur von dieser Seite interessiert mich der Krieg», fuhr er fort, «weil er den Menschen hervorbringt in seiner Roheit, in seiner Nacktheit. Den Menschen herausreißen aus seiner Gebundenheit, aus seiner Dumpfheit, das kann keine Revolution, das kann nur der Krieg. Ob es dereinst eine Menschheit geben wird, die keine Kriege mehr führt? Ich habe aufgehört, mir die Frage zu stellen. Mich gibt es nicht mehr. Ich habe den, der ich war, ausgelöscht, ich bin zu der Schreibmaschine geworden, die Sie hier sehen. Was ich vom Krieg halte, ist ohne Bedeutung. Ich schreibe ihn auf. Stalingrad. Das wird das Wort sein, das alles menschliche Leiden umfaßt. Nicht der Christus am Kreuz.»

Ich will ihm zutrauen, daß er mit dem Buch, das er schreibt, das Geschehen von Stalingrad zum Begriff und Zeichen verdichtet, das dann bei seiner Aufrufung so gut wie der Gekreuzigte das Leiden relativiert, das gerade den Aufrufenden plagt.

Von der Nacht war nicht mehr viel übriggeblieben, und obwohl die Bekenntnisse des Sonderlings alles andere als einschläfernd waren, fühlte ich mich zu müde, ihnen weiter mit der gebührenden Aufmerksamkeit lauschen zu können. Ich entschuldigte mich bei ihm und äußerte meinen Wunsch, mich nun doch – Ratten hin, Ratten her – für die wenigen Stunden nebenan aufs Ohr legen zu wollen.

Er war deswegen überhaupt nicht beleidigt. Wenn schon nicht unbedingt mit Christo, so schien er es doch entschieden mit der Nächstenliebe zu halten, denn er erklärte sich bereit, falls es mich zu sehr ekele vor den Ratten, sein eigenes Lager mit mir zu teilen. Darauf wollte ich lieber verzichten, und um immerhin an mir das ihm Mögliche getan zu haben, schnitt er mir zum Abschied von einer Wurst, die er aus der Schublade seines Nachttisches hervorholte, ein fingerdickes Stück ab. Das sollte ich irgendwo im Korridor auslegen, es würde die lästigen Tierchen schon aus meinem Gemach hervorlocken.

Die Ratten hatten sich, als ich in mein tristes Stübchen zurückkehrte, schon aus eigenen Stücken getrollt. Den ablenkenden Köder warf ich trotzdem aus, verstopfte die Türritze nach dem Vorbild des Nachbarn mit meinem Mantel und schlief in dem frisch aufgezogenen, angenehm nach Waschmittel duftenden Bettzeug ohne weitere Störung bis in den Morgen.

Mit einem sanften Klopfen an die Zimmertüre weckte mich eine sonore, aber gutherzige Männerstimme, die in bayrischer Färbung meinen Namen und die Uhrzeit nannte, verbunden mit der Bitte, mich in einer Viertelstunde zur gemeinschaftlichen Abfahrt nach dem Büro 99 in der Lobby einzufinden. Es war der berühmte Dichter Johannes R. Becher, dessen Stimme ich vom Rundfunk her kannte und der mir die Ehre erwiesen hatte, all die Treppen hinaufzusteigen, um mich auf diese diskrete Art zu begrüßen.

Die Sätzebauer und Verseschmiede reagieren im allgemeinen freundlich gerührt, wenn sie das, was sie zu längst vergessener Stunde einmal zu Papier gebracht haben, aus fremdem Munde wieder vernehmen. Die Sprachmagie des sogenannten Expressionismus hat nach dem Weltkrieg starken Einfluß auf mein Lebensgefühl und auf meine Herzensbildung geübt, und besonders tiefe Spuren haben Bechers Gedichte bei mir hinterlassen. Beim Ankleiden und beim Abstieg über die vielen Treppen konnte ich eines davon komplett aus dem Gedächtnis rekonstruieren, und als ich es ihm unten, nachdem wir einander die Hände geschüttelt und uns vorgestellt hatten, mit absichtsvoller Beiläufigkeit rezitierte, wirkte wohl etwas von diesem starken Eindruck auf ihn zurück.

Nun ging es im Bus durch das morgendlich geschäftige Moskau, ich durfte neben dem bewunderten Poeten sitzen und mit ihm plaudern. Dabei lüftete sich die mysteriöse Vorstellung, mit der sich mir die abstruse Bezeichnung «Büro 99» umrankt hatte. Dessen Gründung dankte sich, wie ich jetzt von Becher erfuhr, der auf englisch-amerikanischen Druck verfügten Auflösung der Kommunistischen Internationale. Die verschiedenen nationalen Sektionen arbeiteten unter solchen Decknamen weiter, die deutsche eben als Büro 99.

Es war in einem weitläufigen Verwaltungstrakt untergebracht, aber bevor es an die Besichtigung der Räumlichkeiten und an das bürokratisch-revolutionäre Tagewerk ging, steuerte die Besatzung des Autobusses erst einmal die Kantine im Erdgeschoß an. Man begriff gleich beim Eintreten, warum die mich begleitenden Funktionäre ihre Zuteilung zum Büro 99 als hohe Auszeichnung empfanden. Das Gütesiegel Lux hätte auf diese «Betriebskantine» seine volle Berechtigung gehabt.

Man wurde an weißgedeckten Tischen von Kellnern bedient, deren Zuvorkommenheit jeder gastronomischen Akademie in Frankreich als Muster zu dienen vermocht hätte. Was mir Becher im Bus als «kleines Frühstück» annonciert hatte, erwies sich als opulente Schlemmerei. Kaviar in Mengen, geräucherter Fisch aus Flüssen, Meeren und Seen, kalter Braten, auch Suppen, Eierspeisen nach Wunsch, frisches Obst und so weiter.

Verständlich, daß sich die Tafelei in die Länge zog, und man hätte eigentlich gleich sitzenbleiben können, um auf das Mittagessen zu warten. Das wäre wohl auch geschehen, hätte nicht eine der Sekretärinnen des Büros, die wußte, wo wir zu finden waren, uns gemeldet, Professor Mirin von der Lomonossow-Universität, der oben auf uns warte, sei ungeduldig geworden, da er am Nachmittag noch Vorlesungen zu halten habe.

Erstaunlicherweise funktionierten hier sogar die Fahrstühle. Es wäre auch widersinnig gewesen, die treuesten Diener der Arbeiterklasse ihre mit solchem Zeitaufwand eingenommenen Kalorien beim Treppensteigen gleich wieder verbrennen zu lassen.

Meine Unterredung mit dem Genossen Professor Michail Michailowitsch Mirin war Zweck und Anlaß dafür gewesen, daß man mich nach Moskau zitiert hatte; von daher ist es verständlich, daß mein Vorgefühl nicht aus eitler Freude bestand. Ich ahnte vielmehr, daß die wissenschaftliche Autorität in Sachen Luther und Bauernkrieg beauftragt war, mich zu maßregeln und meine Gutsche-Arbeit in die engen Schranken der Ideologie einzupferchen.

Um so überraschter war ich, in Mirin einen Gelehrten anzutreffen, der eher in das Wittenberger Kollegium um Luther und Melanchthon als in das Priesterseminar des Marxismus-Leninismus gepaßt hätte. Er war ein auffallend kleiner Mann mit listig aus dicken Brillengläsern linsenden blauen Äuglein. Vom Teint und vom kräftigen Haarwuchs her hätte man ihn für einen Kaukasier gehalten, aber er war in Smolensk geboren und stammte aus rein russischer Familie. Er trug einen maßgeschneiderten Dreiteiler aus grauer Wolle, dazu ein blütenweißes, korrekt gebügeltes Hemd mit einer schlichten Krawatte.

Die Manschettenknöpfe mußten Erbstücke sein, Brillanten, kunstvoll in Rotgold geschmiedet, passend zu dem eleganten Ring an seiner Rechten. Die Hände stimmten übrigens nicht zu dem filigranen Gesamteindruck des Persönchens, sie waren kräftig gebildet und ließen vermuten, daß Mirin in seiner Kindheit und Jugend auf dem Land gearbeitet hatte. Das bestätigte sich später, als er mir mit begeistertem Respekt von Karlstadt sprach und davon, wie dieser Weggefährte Luthers, als die Radikalisierung der Reformation sich ihrem Scheitelpunkt näherte, Talar und Robe mit dem Bauernkittel vertauscht hatte, um in Demut von den Früchten seines Ackers zu leben.

Während sich die Mitarbeiter des Büros 99 nun doch an ihre Tagesgeschäfte machten – man hatte mir die Säcke mit der erbeuteten Feldpost gezeigt, die es zu sichten galt –, nahm ich mit dem Professor in den Clubsesseln eines Konferenzzimmers Platz. Sein Forschungsgebiet ist das, was im sowjetisierten Curriculum unter «Geschichte der frühbürgerlichen Revolution» läuft. Er ist seit Jahren mit der Abfassung eines Standardwerks über die Reformation und den Bauernkrieg in Deutschland beschäftigt.

Die eigentlich wenig spektakuläre Nachricht von der geplanten Herausgabe der Fragmente von Gisberts Luther-Roman unter den Fittichen des Nationalkomitees «Freies Deutschland» ist an Stalins Ohr gedrungen und hat den mit Verantwortung überladenen Lenker von Staat und Armee von der Erledigung tausendmal dringenderer Verpflichtungen für einen Moment abzuziehen vermocht.

«Zu der mit Lenin, Alexander Newski und Iwan Grosni größten Persönlichkeit in unserer Geschichte hören Sie jetzt etwas von mir», sagte Michail Michailowitsch in seinem makellosen, nur durch das Näseln der Stimme und sein Lispeln leicht entstellten Deutsch, «das auf dieser Welt nur sehr wenige Menschen wissen und wissen sollen.»

Ich spürte in der Pause, die der Professor hier setzte, deutlich die nervöse Erhitzung meines Blutes, und ich hätte die

Eröffnung eines so schwer zu tragenden Geheimnisses gerne verhindert.

«Stalin ist gläubig.»

Geht es dem Leser so, wie es mir erging, als Mirin diesen Satz in einer mir völlig unverständlichen Trockenheit und Gelassenheit aussprach? Muß er tief durchatmen?

«Die antireligiöse Grundhaltung der Klassiker des wissenschaftlichen Sozialismus ist Ihnen bekannt», setzte Mirin, der meine Erschütterung bemerkt haben mußte, fort.

Wenn ich etwas wußte von dieser Weltanschauung, dann, daß Marx behauptet hatte, Religion sei Opium fürs Volk.

«Bitte verzeihen Sie mir», sagte Mirin mit einem Schmunzeln, das einer gewissen Selbstgefälligkeit nicht entbehrte, «wenn ich Sie in Ihrer Muttersprache korrigiere und Sie ausgerechnet über den bedeutendsten Theoretiker, den Ihre Nation hervorgebracht hat, belehre. Bei Marx steht nicht: ‹Religion ist Opium *fürs* Volk›, das Zitat lautet vielmehr: ‹Die Religion ist das Opium *des* Volkes.› Sie sehen den Unterschied, denn er springt ja ins Auge. Kennen Sie Marx' berühmte Abfertigung Luthers aus der Einleitung zur Kritik der Hegelschen Rechtsphilosophie?»

Ich legte die Stirn in Falten, aber Mirin merkte gleich, daß ich nie im Leben davon gehört hatte.

«Luther hat», half er mir aus, «die Knechtschaft aus Devotion besiegt, weil er die Knechtschaft aus Überzeugung an ihre Stelle gesetzt hat. Er hat den Glauben an die Autorität gebrochen, weil er die Autorität des Glaubens restauriert hat. Er hat die Pfaffen in Laien verwandelt, weil er die Laien in Pfaffen verwandelt hat. Er hat den Menschen von der äußeren Religiosität befreit, weil er die Religiosität zum inneren Menschen gemacht hat.»

Ein starker Tobak, wie man mir zugeben wird. Ich holte mir einen der im Konferenzzimmer bereitliegenden Schreibblöcke, dazu einen der frisch gespitzten Bleistifte, und bat Mirin, mir die Passage zu diktieren. Ich will annehmen, daß seine Wiedergabe die wörtliche war, und so habe ich sie hier eingerückt.

«Aber wie», fragte ich ihn, «ist es, wenn man die Verhältnisse so einschätzt, möglich, an Luther ein einziges gutes Haar zu lassen?»

«Er hat den entscheidenden Schlag im Kampf gegen den Papismus geführt», erinnerte Mirin an das historische Hauptverdienst des Wittenbergers.

Noch nicht durch diese Feststellung, erst durch das listige Grinsen des Professors wurde mir klar, daß es sich bei dem Glauben Stalins natürlich nicht um den katholischen oder evangelischen, sondern um den orthodoxen handelte, der die Autorität des Papstes nie anerkannt hat.

«Eine Schande eigentlich», schloß Mirin, «und ein Jammer jedenfalls, daß ich als der hiesige Experte für die deutsche Geschichte im Übergang vom Feudalismus zum Kapitalismus das Land nie bereist habe. Ich bete jeden Morgen, daß die Macht von Hitlers Bande so schnell wie möglich gebrochen wird, denn ich wünsche, Nürnberg, Augsburg und Erfurt zu besichtigen, bevor sie in Schutt und Asche gebombt sind.»

Ich rechnete mit der Aufforderung, mich bei meiner Gutsche-Edition nach Kräften zu beeilen. Mirin wollte aber weiter sein Kolleg über die Metaphysik im Marxismus mit mir halten.

«Kennen Sie Lunatscharskis Buch ‹Sozialismus und Religion›?» wurde ich examiniert.

Ich schüttelte den Kopf.

«Es ist eine Frucht des Gottsuchertums», erklärte Mirin.

«Es handelte sich bei den Gottsuchern um eine Fraktionsbildung in der Partei, und Lenin war schon deshalb dagegen. Lunatscharskis Plädoyer ging dahin, den Marxismus als die fünfte Weltreligion zu begreifen. Spiritus rector der Gruppe war Gorki, sie vereinigten sich nach der gescheiterten Revolution von 1905 auf der Insel Capri. Dort hat als eine Art von philosophischem Fundament Bogdanow seinen ‹Empiriomonismus› geschrieben. Er wollte Materialismus und Idealismus miteinander versöhnen. Das alles hat Ähnlichkeit mit der Reformation. Ich denke gerade an die Polemik zwischen Erasmus und Luther um den freien Willen. Lenin fühlte sich zu einer Kampfschrift herausgefordert. ‹Materialismus und Empiriokritizismus› heißt das Werk, mit dem er aus Zürich Bogdanow zu widerlegen versucht hat. Ein unglückseliger Vorgang aus meiner Sicht, denn Lenin hat den Begriff des Materialismus in dieser Schrift auf verhängnisvolle Weise verkürzt.»

Ich sah noch nicht ganz, was das alles mit mir, Gisbert Gutsche und Martin Luther zu tun haben sollte.

«Der Genosse Stalin», wurde ich von Mirin aus meiner Ungewißheit geholt, «ist der Ansicht, es könne im Prinzip nicht schaden, wenn ich Sie bei der Sichtung und Bearbeitung des Ihnen vorliegenden Materials ein wenig berate. Das ist freilich ein unverbindliches Angebot von unserer Seite», setzte Mirin, um meine spürbare Beunruhigung zu dämpfen, hinzu, «und es liegt ausschließlich bei Ihnen, ob Sie eine derartige Unterstützung in Anspruch nehmen oder lieber selbständig weiterarbeiten möchten.»

«Mir scheint aber doch», wagte ich zu meiner oder Gisberts Verteidigung zu äußern, «daß es sich bei der geplanten Mitwirkung um etwas mehr handelt als um eine fachlich-wissenschaftliche Beratung.»

«Ihr verstorbener Freund stammte, wenn man mich zutreffend unterrichtet hat, aus einer Pfarrersfamilie?» setzte mich Mirins Frage in anderen Zusammenhang.

«Gisbert ist nicht verstorben, er hat sich umgebracht», sagte jetzt einmal ich in dem belehrenden Ton, der mir auf die Nerven zu gehen begann.

«Da sind Sie sicher?» staunte Mirin. «Mir hatte man erzählt, er sei von der Gestapo ermordet worden.»

«Ich habe seine Leiche gesehen, als sie noch warm war.»

«Selbstmord. So, so. Das ändert die Sache.»

«Auch die Leiche seiner Frau und seiner Stieftochter habe ich gefunden», ergänzte ich. «Sie sind gemeinsam aus dem Leben geschieden. Freiwillig, wie man so sagt.»

«Da wären wir wieder bei dem alten Streit zwischen Erasmus und Luther», meinte Mirin. «Sie wissen natürlich, daß für einen gläubigen Christen der Selbstmord nicht in Frage kommt. Und ein kollektiver Selbstmord ist, denke ich, sogar für Ungläubige eine Angelegenheit, die mehr als moralische Zweifel aufwirft.»

Ich erläuterte ihm meinen mit Erich Weinert entworfenen Plan, durch die Art und Weise des Kommentars den Tod der Gutsches als Wirkung des braunen Terrors erscheinen zu lassen. Mich wunderte, daß Mirin das Nationalkomitee «Freies Deutschland» überhaupt nicht konsultiert hatte und von der propagandistischen Absicht der Veröffentlichung kaum etwas wußte.

«Ich bin zwar nicht kunstbegabt, sondern nur ein schlichter Kopfarbeiter und müßte mich des Urteils enthalten», fädelte er unser Gespräch von dieser Seite neu ein, «aber wenn die Bruchstücke, die Gutsche hinterlassen hat, nicht für eine eigenständige Publikation taugen, könnte die hineingeflochtene Deskription seiner Lebensumstände nach meinem Gefühl tatsächlich so etwas wie eine gewisse Abrundung ergeben. Übrigens sind Sie mir die Antwort auf meine Frage nach seinem Elternhaus schuldig geblieben.»

Ich bestätigte ihm, daß Gisberts Vater Pfarrer gewesen war und daß er selbst einige Semester Theologie studiert hatte.

«Da wird er doch eine ziemlich einseitige Verherrlichung Luthers im Sinn gehabt haben», schloß Mirin.

Er dachte einen Moment nach und fuhr dann, ohne meine sachkundige Beurteilung verlangt zu haben, fort.

«Also könnte so ein Buch, gemischt aus seinen Notizen und Ihren biographischen Zutaten, bestenfalls zeigen, wie der Lutherglaube die natürlichen menschlichen Widerstandskräfte lähmt und zu welchen fatalen, tödlichen Konsequenzen er führt.»

«Sie meinen also, verehrter Professor», sagte ich, um überhaupt etwas dagegen zu sagen, «es wäre richtiger gewesen, Gutsche hätte abgewartet, bis man seine Frau und das Kind in ein Konzentrationslager verschleppt?»

«Ich bin kein Jude», sagte er, seinen Standpunkt auf ähnlich unsinnige Weise rechtfertigend.

Wie aufs Stichwort schaute er nach seiner Armbanduhr.

«Schade», sagte er, aber sein Bedauern klang nicht sonderlich echt, «ich muß zu meinen Studenten. Sie sind gieriger auf Geschichte denn je. Jeder von ihnen kann tagtäglich zur Front abberufen werden, und wenn sie ihr Leben geben, wollen sie verständlicherweise wissen, wofür. Wie lange gedenken Sie in Moskau zu verweilen?»

Die Frage ärgerte mich, denn schließlich war ich seinetwegen hinbestellt worden und hätte ohne seine Zustimmung kaum an mein stilles Arbeitsplätzchen zurückkehren dürfen.

«Hängt das nicht von Ihnen ab?» gab ich schicksalsergeben retour.

«Oh, das freut mich», strahlte Mirin, «das freut mich wirklich außerordentlich, daß Sie unser Angebot annehmen wollen. Kommen Sie morgen früh in die Universität. Sie finden mich in meinem Büro.»

Ich hatte wenig Zeit, die Begegnung zu verdauen und Mirins Gestalt in mein System einzuordnen, denn kaum hatte ich den Professor verabschiedet, nahm mich schon wieder Johannes R. Becher in Beschlag. Er mußte in der Zwischenzeit im Gespräch mit den übrigen Mitarbeitern des Büros herausgekriegt haben, daß ich in Theaterkreisen einen gewissen Ruf genoß. Er schlug mir vor, ins Lux zurückzufahren und in seinem Logement den Nachmittagstee einzunehmen.

Becher bewohnt mit seiner Frau Lilly in der vornehmsten Etage des Lux eine dreizimmrige Suite. Der Stil seiner Einrichtung erinnerte mich auf eine höchst verstörende Weise an das Gutschesche Interieur, es fehlte eigentlich nur die gotische Madonna, auf die der Verewigte stolzer gewesen war als auf all seine Romane und Theaterstücke zusammen. Sonst hätte ich mich in einem Déjà-vu-Erlebnis in die kleine Villa in Nikolassee versetzt gefühlt. Es roch auch genauso wie dort.

Andererseits sind Gisbert und Becher denn doch auch wieder zwei Typen, wie sie gegensätzlicher schwer zu erfinden wären. Die Bürgerlichkeit Bechers ist profund und kosmopolitisch, bewährt sich hier in der Fremde. Er trägt sie in seiner Person, und von dort strahlt sie aus auf seine Umgebung; sie entstünde auch, wenn er auf Holzkisten lebte. Bei Gisbert hatte sie stets etwas Erzwungenes und Miefiges, war eine Fassade, an der er sich hochzog.

Während der Autofahrt war unsere Unterhaltung von Mirin zu Gutsche gewandert, für dessen Hervorbringungen Becher wenig Hochachtung zu hegen scheint.

«Daß er sich umgebracht hat, macht seine Sachen nicht besser», war eine der scharfen Formulierungen, die mir im Ohr geblieben sind.

Eingeführt in die behaglichen Regionen des Lux, war meine erste Frage an Becher, der sich mir gegenüber keineswegs wie ein Hotelgast, sondern ganz wie der Hausherr gebärdete, die danach, wie es mit seinen Hoffnungen für die politische Zukunft bestellt war. «Sind Sie sicher, daß Deutschland auferstehen wird aus seinen Ruinen?»

«Dazu hat Stalin alles gesagt. Die Hitlers kommen und gehen, das deutsche Volk bleibt.»

«Am Sieg der russischen Waffen ist wohl nicht mehr zu zweifeln», pflichtete ich ihm bei. «Nur sind die Deutschen obrigkeitstreuer als irgendein anderes Volk ...»

«Sie wissen das Gegenteil», wurde ich von Becher unterbrochen. «Die deutschen Bauern sind damals viel weiter gekommen als die Franzosen mit ihrer Jacquerie oder die Engländer unter Wat Tyler.»

«Dafür sind sie aber von den deutschen Fürsten auch viel gründlicher besiegt worden als die französischen und die englischen Bauern», beharrte ich.

«Ich beneide Sie nicht um Ihr Thema», meinte Becher. «Es wird Ihnen schwerfallen, aus den Erfahrungen des Bauernkriegs ein anregendes Beispiel für die deutschen Landser zu destillieren. Erst recht, wenn Sie dabei auf eine Vorlage von Gutsche angewiesen sind. Hat Ihnen Mirin schon die Lichter aufgesteckt, wie Sie sich allenfalls aus den Kalamitäten des Stoffs herauslavieren könnten?»

Mir behagte die Art nicht, wie er mit Gisbert, dem auf seine Art doch wohl auch begnadeten Dichter, umsprang.

«Wenn es sich um Kalamitäten handelt, verehrter Herr Becher», sagte ich, «wie Sie das ausdrücken, dann doch um Kalamitäten der deutschen Geschichte und nicht bloß um Kalamitäten der deutschen Literatur.»

«Sie müssen unbedingt, solange Sie hier sind, Plivier kennenlernen», warf Becher ein. «Er schreibt einen Roman über Stalingrad. Es ist ein Spleen bei ihm, daß er nackt schreibt. Grundsätzlich. Das hat ihn vor Fronteinsätzen mit den Propagandaabteilungen bewahrt. Ich halte ihn übrigens für einen höchst unsicheren Kantonisten. Er hat das denkbar beste Material für seinen Roman, man hat ihm die erbeutete Feldpost der Stalingradsoldaten zur Verfügung gestellt. Es hängt teils an dieser Einseitigkeit seines Materials, teils an der Unlauterkeit seiner literarischen Gesinnung, daß er die Schlacht ausschließlich aus der deutschen Perspektive darstellt. Das ist, wie ich inzwischen herausgefunden habe, ein gravierender Mangel. Sosehr der Zynismus der faschistischen Propaganda, der sie den Vergleich mit den Thermopylen heranziehen ließ, meinen Ekel erregt, auch hieran haftet ein Körnchen der Wahrheit. Der Dimension nach war Stalingrad eine Schlacht, die in eine Reihe mit Salamis und Marathon gehört, eine Schlacht, die das Schicksal der Zivilisation auf Generationen zur Entscheidung gebracht hat. Eine Tragödie, wenigstens vom Kaliber der Shakespeareschen Histories, müßte sich formen lassen aus diesem Stoff. Im Roman wird er, denke ich, verschwendet oder, noch schlimmer, verbogen in subjektive Wahrheit, die an der Geschichte vorbeizielt. Es wird uns, fürchte ich, noch häufiger ärgern, daß wir Plivier zum Thukydides dieses Krieges gemacht haben.»

Am nächsten Morgen machte ich mich weisungsgemäß bei Mirin im Universitätsgebäude vorstellig. Der gute Professor war – ich weiß nicht, auf welchem Weg – inzwischen in den Besitz einer Abschrift des von mir in Jelabuga vorgetragenen Auszugs aus Gisberts Roman gelangt. Er machte mir jetzt Komplimente darüber, als sei ich und nicht Gisbert der Autor der frommen Prosa. Eine grundlegende Technik in der literarischen Form der Kritik scheint wohl darin zu bestehen, daß der Kritisierende, wenn er ein Werk loben will, mit der Aufzählung seiner Mängel beginnt, im umgekehrten Falle aber, wo er es zu zerpflücken gedenkt, mit seinem Plädoyer in panegyrischem Ton anhebt. Ein Schriftsteller mit hinreichender Erfahrung wäre bestimmt vorbereitet gewesen auf den abrupten Schwenk, mit dem Mirin von der süßredenden Lobhudelei zur brutalen Niederwerfung überging.

Ich empfand körperlichen Schmerz, da ich mich dummerweise in die Verwechslung von Autor und Herausgeber, die mir zunächst schmeichelte, hatte hineinziehen lassen.

«Das ist wunderhübsch gemacht», sagte Mirin, «wirklich wunderhübsch, wie Sie die Katharina von Bora einführen. Überhaupt gefällt mir diese listige Anlage des Romans, daß Sie sich über die Frauen heranpirschen an Luther. Aber Sie werden das Kapitel neu schreiben müssen.»

Das Männlein, mag es tausendmal Stalins Beichtvater sein, dachte ich bei mir, das Männlein ist übergeschnappt, und ich werde ihm die Gurgel zudrehen.

Die Luft zwischen uns verdichtete sich zu einer Wand und besorgte uns eine längere Weile des Schweigens, in der ich mit vor der Brust gekreuzten Armen und vorgeschobener Unterlippe die Intransigenz des Beleidigten zeigte, während der Professor durch seine dicken Brillengläser in den Blättern seiner Kopie von der Szene im Nimbschener Nonnenkloster herumforschte, ob sich nicht irgendwo zwischen den Zeilen etwas beiderseits Befriedigendes herausklauben ließ. Schließlich gab er es auf, schob den kleinen Stapel beiseite und hob, unsicher geworden, seinen Blick wieder zu mir.

«Herr von Wolzogen», druckste er, «meine Frage wird Sie jetzt überraschen: Wie halten Sie es mit den Frauen? Ich meine, so ganz generell und natürlich auch im speziellen.»

Was war das jetzt wieder?

«Sie verstehen, was ich meine?» suchte er sich zu versichern.

«Dazu, Professor, müßten Sie deutlicher werden», bat ich ihn.

«Sind Sie verheiratet?»

«Verwitwet.»

«Haben Sie Kinder?»

«Nein», sagte ich, ohne recht erkennen zu können, worauf diese Befragung hinaus sollte.

«Um es abzukürzen», faßte sich Mirin ein Herz, «wäre es nicht vorstellbar, daß Katharina von Bora eine Hexe gewesen ist?»

«Aber das ist doch albern, Herr Professor», sagte ich und war drauf und dran, sein Büro zu verlassen.

«Ich gebe zu, daß es gewagt ist», lenkte Mirin ein. «Nehmen Sie doch bitte wieder Platz. Immerhin wäre es eine Möglichkeit, das Ansehen Martin Luthers zu retten.»

Ich setzte mich wieder, jedoch nicht, ohne Mirin in aller Form dargelegt zu haben, daß ich mich auf diesen ganzen Kuhhandel, erst mit Weinert und dem Nationalkomitee «Freies Deutschland», dann mit dem Büro 99 und jetzt auch noch mit ihm ausschließlich eingelassen hatte, um dem Ansehen meines verewigten Freundes zu dienen. In ebendieser hehren Absicht versuche er mich nach Maßgabe seiner Kräfte und Kenntnisse zu unterstützen, meinte Mirin. Und wenn Gutsche bestimmte Lernprozesse, die ihm wie der übrigen Menschheit durch den Gang der geschichtlichen Entwicklung notwendig auferlegt worden sein, mit seinem Freitod mutwillig abgeschnitten habe, sei es die Pflicht der ihm wohlgesinnten Nachwelt, die angefallenen Korrekturen nicht zu versäumen.

«Mit anderen Worten», versuchte ich, Mirin bei seiner Ungeheuerlichkeit zu fixieren, «Sie wollen Gisbert posthum zum Bolschewisten umerziehen?»

Mirin zeigte sich von meiner Zuspitzung eher mäßig schokkiert.

«Und, was, bitte, hatten *Sie* mit ihm vor?» gab er zurück.

Er mußte sich von mir den wirklich gutgemeinten Ratschlag anhören, sich abwechslungshalber von seinem weichgepolsterten Lehrstuhl zu erheben und sich einen kleinen Urlaub von seinen lateinischen Handschriften, an denen er sich die klugen Äuglein verdarb, zu gestatten, um einmal persönlich in den verschiedenen Lagern das Gespräch mit den gefangenen Nazi-Offizieren zu suchen.

«Da würden Sie denn vielleicht auch auf den Trichter kommen», hielt ich ihm vor, «gleich, ob Sie je in Nürnberg gewesen sind oder nicht. Gutsche ist vor allem der Autor des monumentalen Romans über den Soldatenkönig Friedrich Wilhelm I., den auch jetzt noch so mancher Befehlshaber der Wehrmacht in seinem Bunker als Kopfkissen benutzt. Gutsche ist der Ideologe des protestantischen Preußentums, wie Sie das ausdrükken würden. Sie haben sich tief in das deutsche Mittelalter gekniet, Sie haben die Mystiker, haben Meister Eckart, Jakob Böhme und Johannes Tauler studiert. Aber was in den Köpfen dieser Befehl-ist-Befehl-Denker wirklich herumschwirrt, das steht nicht bei Marx, steht nicht bei Engels und erst recht nicht bei Lenin. Wenn man sie umdrehen will gegen Hitler, wenn man sie von der Aufrichtigkeit der sowjetischen Vorschläge zur Rettung von Vaterland und Armee überzeugen will, dann kann man sie nur an ihrer christlichen Seele, an ihrem Preußentum packen.»

«Sie müssen sich nicht echauffieren», sagte Mirin, der uns hatte Tee bringen lassen. «Daß wir hier beieinandersitzen, daß wir in solcher Offenheit miteinander diskutieren, beweist Ihnen doch, wie ernst wir Ihre Angelegenheit nehmen. Es ist ja nicht meine Schuld, wenn ich diese Dinge hier mit Ihnen bespreche und nicht mit Ihrem Freund Gutsche. Wer weiß, ob er nicht in vielem sogar einsichtiger wäre als Sie. Sie werfen mir vor, daß ich mich noch nicht in Person beteiligt habe an der Überzeugungsarbeit, die wir bei den deutschen Kriegsgefangenen zu leisten versuchen. Bitte glauben Sie mir, daß ich mich nicht verweigert hätte, wäre ich von der zuständigen Behörde dazu aufgefordert worden. Immerhin halte ich mich auf dem laufenden, so gut ich kann, und lese regelmäßig die Zeitung des Komitees, höre die Ansprachen im Funk. Dabei ist mir aufgefallen, daß einige der Feldgeistlichen, die jetzt gegen den Krieg predigen, den sie vorher mitangefacht haben, ihren Blick nicht mehr vor der Tatsache verschließen, daß die Unterschiede zwischen Christentum und Sozialismus rein dogmatischer Natur sind, daß sie in der gesellschaftlichen Praxis ein und dasselbe ergeben. Was wäre die Abschaffung der Ausbeutung des Menschen durch den Menschen anderes als die konsequente Durchführung des Gebotes der Nächstenliebe?»

«Mit Verlaub», entgegnete ich, «das sind ja ganz entzükkende Phrasen, die Sie da dreschen, verehrter Herr Professor.

Das Problem liegt allein darin, daß sie bei dem kriegsmüden deutschen Soldaten, der an seinem Gott verzweifelt wie einst Christus am Kreuz, bei dem also, der erreicht werden soll mit all den abgeworfenen Flugschriften, mit der pausenlosen Infiltration über den Äther, so ziemlich das Gegenteil bewirken. Aha, denkt sich dieser Soldat, da lassen sie also die Katze schon aus dem Sack. Wenn wir unser tausendjähriges Reich nicht bis zur letzten Patrone verteidigen, dann werden sie uns auch in der Kirche von der Kanzel herunter ihr kommunistisches Manifest predigen, und es wird keinen Ort mehr geben, an dem der Mensch in Ruhe und Freiheit über sich nachdenken kann.»

Die Rede von dem Ort, an dem der Mensch in Ruhe und Freiheit über sich nachdenken kann, das waren tatsächlich meine Abschiedsworte an Mirin, und wahrlich beginne ich, es einem Herrgott zu danken, daß es ihm gefallen hat, mich fern von den blutigen Wirren der Zeit an solch ein stilles Plätzchen zu versetzen. Hätte der gute Gisbert sich nur den Antikommunismus nicht gar so tief einimpfen lassen! Vielleicht wäre ihm ein Weg offengestanden, ähnlich dem, den ich beschritten habe.

Gleichviel. Sollte sich für ihn sein Glauben bewahrheitet, sollte seine Seele den Hingang des Fleisches überstanden haben, dürfte Mangel an Ruhe jedenfalls nicht mehr zu seinen Problemen gehören. Mir ist sie für die nächste Weile, die ich zu überschauen vermag, wiedergeschenkt. Ich will darum dankbar sein.

Iris hat sich während meiner Abwesenheit intensiv nicht nur mit den Romanskizzen ihres Stiefvaters, sondern vor allem mit den von ihrer Mutter hinterlassenen Papieren beschäftigt. Eva, die ein nicht unbeträchtliches, in der Modebranche erworbenes Vermögen in die Ehe mit dem Schriftsteller eingebracht hatte, war, seit sie ihn gefunden hatte, nie wieder berufstätig geworden. Sie hatte aber das erwählte Leben als eine Berufung wie auch als einen Tätigkeit von ihr fordernden Beruf aufgefaßt. Sie hatte Gisbert nicht nur von den oftmals so enervierenden, tagtäglich anfallenden Verpflichtungen gesellschaftlicher und organisatorischer Natur weitgehend entlastet, sie hatte namentlich die Reinschriften all seiner Manuskripte auf dem Daktylographen besorgt.

Wie wertvoll diese Hilfe für Gisbert war, hat er mir mehrfach im Gespräch anvertraut. Er selbst hegte eine Abneigung gegen das Schreiben auf der Maschine. Er hatte in der Schlußphase der Republik und noch in den Anfangsjahren des Hitlerregimes in verschiedenen Redaktionen beim Rundfunk gearbeitet, hatte dort alles Administrative, aber auch das, was er für die Sendungen an Texten schrieb, auf der Maschine gemacht. Das waren, wie es die Künstlerseele nennt, um es recht weit von sich schieben zu können, sogenannte Brotarbeiten gewesen, und Gisbert lehnte es ab, sich bei seinen inspirierten Produktionen, in denen sich nichts als sein künstlerisches Selbst verwirklichen sollte, desselben Instruments zu bedienen. Er vertrat eine Ansicht, die mir damals kapriziös und geckenhaft vorkam, die ich ihm aber inzwischen nachfühlen kann, nämlich die, daß das Geräusch der klappernden Tasten die Engel, die ihm seine Zeilen einflüstern sollten, verscheuche.

Abgetippt werden mußte das Zeug aber, sonst hätte es der Verlag nicht genommen. Hier stand Gisbert eine zweite Scheu im Wege, denn es widerstrebte ihm, das, was einmal aufs Papier gebracht war, nochmals durch seinen Kopf zu jagen. Was ihm beim Entlassen der Tinte aus seiner Füllfeder als notwendig erschien, machte beim Wiederlesen zu seinem höchsten Verdruß einen ganz anderen Eindruck auf ihn. Da wirkte dann plötzlich alles zufällig und von tausenderlei Mängeln behaftet, so daß er unwillkürlich zu ändern und umzuarbeiten begann. Natürlich war so jeder Einfall, jede Formulierung der Gefahr ausgesetzt, anschließend von ihrem Autor wieder kaputtgeschrieben zu werden.

Aller dieser Kalamitäten wurde er durch Evas Zupacken enthoben. Ihre maschinenschriftliche Fassung seiner Texte ging dann in der Regel direkt in die Setzerei, ohne daß er sie noch einmal korrigiert oder auch nur angeschaut hätte. Das muß man wissen, um verstehen zu können, wie aufregend die Entdeckung ist, die Iris gemacht hat.

Es stellt sich heraus, daß Eva beim Abtippen von Gisberts Handschriften zum «Ewigen Haus» zu einer immer freier werdenden Bearbeitung ihrer Vorlagen übergegangen ist. So lobenswert Iris' Fleiß und Neugier auf der einen Seite ist, so unangenehm muß mir auf der anderen die Tatsache sein, die durch diese Tugenden ans Licht gebracht wurde. Welche zusätzlichen Schwierigkeiten sie damit vor mir als dem Herausgeber auftürmt, ist nicht ganz leicht zu ermessen.

Ich habe gestern in einer verwickelten und langwierigen Diskussion mit Iris nach einer Lösung für das Problem gesucht. Um schlafen gehen zu können, haben wir uns spät in der Nacht darauf geeinigt, das Kapitel, von dem in Gisberts Handschrift nur der erste Satz nachweisbar ist, so, wie es in dem von Eva gefertigten Typoskript vorliegt, hier wiederzugeben.

BRINGT mich ins Kloster zurück, Doktor Martinus.»

«Nenn mich nicht ‹Doktor› und sag ‹Du› zu mir, Katharina.»

«Martin, bitte. Bitte. Bring mich ins Kloster zurück.»

«Laß deinen Mut nicht sinken, gutes Käthchen. Wir werden schon noch einen Mann für dich finden.»

«Wie denn? Jetzt, wo der Baumgärtner in Nürnberg eine andere geheiratet hat.»

«Du mußt ihm vergeben. Nürnberg, das ist eine große Stadt, Handel und Wandel auf allen Gassen. Es ist schon der halbe Weg nach Venedig. Hast du ihn denn immer noch lieb, deinen Baumgärtner?»

«Wie sollt ich ihn weiter liebhaben! Wenn ich schreiben könnte, Martin, schreiben wie du, der tät schon was hören von mir.»

«Aber du kannst doch schreiben, Käthchen. Nur zu!»

«Das meine ich nicht. Eine Kampfschrift müßte es sein und gedruckt, gewürzt mit Flüchen und Schimpf, daß sich die Leut landauf, landab reißen darum.»

«Ich könnte dir schon helfen zu einem kräftigen Traktat. Aber, liebe Käthe, bedenke es gut.»

«Was gäbe es da noch zu bedenken? Schämen sollt sich das Mannsvolk allüberall, daß sie das Evangelium hernehmen und die neue Lehre, um ihre Geilheit und ihre Untreue damit zu decken.»

«So müßte er dich sehen, dein Baumgärtner, so wie du jetzt bist. In deinem Zorn und in deiner Rage. Ich will nicht die vier

Evangelisten Deutsch gelehrt haben, wenn er nicht auf der Stelle sein neues Weib verstieße und herkäme zu dir.»

«Soll er der Metze nur treu bleiben, jetzt, wo er mich unglücklich gemacht hat fürs Leben.»

«Katharina, so darfst du nicht reden.»

«Ja, so hättet ihr's gern. Das Weib schweige in der Gemeine. Aber der Schöpfer hat doch auch uns ein Mundwerk geschenkt. Und ein Herz, das größer ist als bei euch Männern. Nicht weicher, wie ihr oft denkt, nur größer. Und wenn so ein Herz einmal überquillt aus seiner Fülle, wer hätte die Kraft und hielte das Mundwerk?»

«Meister Cranach ist auch ungehalten deswegen. Er sagt immer, du schwatzest zuviel mit seiner Kundschaft, und die Leute kämen überhaupt nicht dazu, bei ihm etwas zu kaufen.»

«Ich will dem alten Krämer gar nicht mehr dienen. Wem verdankt er denn sein gutes Geschäft? Wer ist denn reich geworden an deiner Bibel? Wer beschäftigt denn zwei Gesellen, allein um den Stich vom Doktor Martinus zu drucken, der in Stadt und Land bei den Frommen den Platz der Heiligenbilder einnimmt?»

«Man kann euch Weibern dreimal den Mund verbieten, ihr haltet ihn doch nicht.»

«Oh, Martin, ich habe das Schweigen gelernt. Ich war im Kloster.»

«Und wie glücklich warst du, als du heraus warst!»

«Wir waren alle glücklich, denn der große Kuppler, der nicht Kaiser fürchtet noch Papst, hat uns Nonnen die Ehe gepredigt und uns Männer versprochen.»

«Allerdings habe ich die Ehe gepredigt. Und habe ich euch nicht Männer gefunden? Du sagst ja, daß du ihn immer noch liebhast, deinen Baumgärtner.»

«Hast du noch Stroh von deiner Matratze im Ohr? Daß ich ihn *nicht* mehr liebhabe, das hab ich gesagt.»

«Ich hör's halt so gerne, wenn du es sagst.»

«Die Freude am Schaden des anderen, lieber Doktor Martinus, das ist nicht die Freude des Christenmenschen.»

«Laß es dem Baumgärtner sein Schaden sein. Wirst sehen, Käthe, es findet sich noch alles zu einem guten Ende für dich.»

«Wenn ich im Kloster zurück bin.»

«Es gibt keine Klöster mehr.»

«Vielleicht nicht hier, wo der Karlstadt und der Müntzer gewütet haben unter eurem Kurfürsten, der so weise ist, daß er zu allem das Ja und Amen betet. Aber sieh einmal hier, Martin, was da unter meinem Rock hervorschaut. Füße sind das. Und wahrlich, ich sage dir, die können laufen. Bist ja selbst in deinen Sandalen bis Italien hinuntergekommen.»

«Da stand auch noch alle zwei Meilen ein Kloster auf meinem Weg.»

«Ein Heuschober oder ein Kuhstall tut's auch.»

«Aber du wirst doch verhungern. Oder willst du betteln auf deiner Reise?»

«Ich hab beim Cranach manch einen Pfennig gespart.»

«Deine Pfennige werden dir die Strauchdiebe stehlen.»

«Ich wett mit dir, sie legen mir eher noch einen oder den anderen Gulden darauf.»

«Käthe!»

«Einen Mann zum Heiraten find ich ja doch nicht mehr. Und ich glaub auch keinem mehr, der um mich freit. Diese Brüste werden welken, ohne daß je ein Kind an ihnen gesaugt haben wird.»

«Was machst du da, Käthe!»

«Dem Baumgärtner haben sie gefallen. Wie große, reife Äpfel liegen sie dem Mann in der Hand, hat er immer gesagt.»

«Er hat an deinen Brüsten gespielt? Ihr wart doch gar nicht verlobt!»

«Es braucht keine Verlobung dazu. Kannst es selbst ausprobieren, Martin. Greif zu.»

«Mir scheint, daß du doch verheiratet bist. Mit dem Potiphar nämlich.»

«Dann hoff ich, daß du nicht so fromm und keusch bist wie des Jakobs Sohn.»

«Fromm bin ich schon. Das weiß Gott.»

«Vor dem Teufel fürcht ich mich nicht. Denn von der Ave weiß ich ja, was der Doktor Martinus empfiehlt, wenn man ihn erschrecken und fortjagen will.»

«Sicher ist sicher.»

«Dann wollen wir einmal zusehen, ob du ein Teufelchen bist oder ein Engel.»

«Ich bitte dich, Katharina. Führe mich nicht in Versuchung.»

«Das habt ihr nicht richtig verdolmetscht. Ich weiß es vom Goldhahn. Ja, man erfährt mancherlei beim Cranach in seiner Apotheke. Führe mich *in der* Versuchung. So muß es heißen.»

«Aber der Mann kann sich doch nicht führen lassen vom Weib.»

«In der Versuchung muß er's wohl tun. Genesis. Sonst bleibt er halt keusch bis zum Jüngsten Gericht.»

«Daß die christliche Ehe die wahre Keuschheit ist, das hab ich gepredigt.»

«Dann hast du eben der Gemeinde den Wein gepredigt, und selbst trinkst du Wasser.»

«Dahin kann's allerdings kommen, wenn man den Laien

den Kelch läßt. Sie saufen ihn aus, und dem sorgenden Hirten bleibt nichts. Käthe, sei mir so gut. Ich flehe dich an, bedeck deinen Hintern. Er macht mich ganz starr vor Entzücken. Als hätten sich sämtliche Engel des Himmels um mich versammelt. Geh in den Keller und hol mir einen Krug Wein.»

«Ich springe schon und hole ihn dir, voll bis zum Rand. Du wirst sehen, ich werde in allem eine gehorsame Dienerin sein. Und mehr.»

«Und mehr? Was meint sie damit? Und weiß, daß man den Teufel am sichersten mit Furzen vertreibt. Habe das Mittel auf der Wartburg erfunden und glänzende Siege damit über den Widersacher erfochten. Denn natürlich mußte er's zu hintertreiben suchen, als ich die Aposteln vor mich in die Schulbänke gedrückt. Der Ave soll ich erzählt haben davon? Müßte dann wohl ein paar Kannen Bier zuviel gehabt haben. Passiert immer beim Bier, daß ich meine schönsten Perlen so vor die Säu streu und weiß anderntags nichts mehr davon.»

«Mit wem sprichst du da, Martin? Sucht er dich schon wieder heim? Hier ist der Wein, schau. Voll bis zum Rand und kein Tropfen verschüttet. Jetzt sag, ob ich dir zur Hausfrau taug oder nicht. Und wenn du dich vor mir genierst, dem Teufel auf die Nase zu furzen, weil wir nicht verheiratet sind, ich tu es gerne für dich.»

«Laß gut sein, Käthe. Und nimm auch einen Becher. Stoß mit mir an.»

«Worauf?»

«Auf den Wein und den Gesang. Soll ich dir ein Liedchen spielen?»

«Recht so, Martin. Wer den Wein predigen will, der muß auch ein Trinkfester sein. Ich hol dir die Laute.»

«Nein, laß. Ich singe dir später. Jetzt bleib einmal sitzen, daß ich dich anschaun kann, so übers Glas. Kein Mensch kann Gottes Gnade verdienen. Gott schenkt sie.»

«Oder er schenkt sie nicht.»

«So ist es wahr. Sein Gebot müssen wir halten. Du weißt, daß ich demütig bin. Ich bin dran geraten, daß das Volk mich verehrt.»

«Deshalb reicht es nicht, wenn du nur predigst. Voranschreiten mußt du den Leuten mit deinem Beispiel.»

«Lang hin kann's nicht mehr sein, daß sie mich ins Feuer werfen wie damals in Konstanz den Hus. Wer die Gans gebraten hat, der brät auch den Schwan.»

«So will ich, bis Gottes Schweißhunde dich aufgespürt haben und dich herauszerren aus deinem Nest, den stolzen Schwan schon ein wenig rupfen.»

«Laß das, Käthe. Wir sprechen von Gott.»

«Sei getrost. Ich führe dich in der Versuchung. Ich hab's dir versprochen.»

«Hör endlich auf. Wenn ich wirklich heiraten würde, dann müßte es schon freiwillig sein.»

«Oho! Da wäre noch Philipp Melanchthon davor. Drängt er dich nicht jeden Tag, daß du schreiben sollst gegen Erasmus? Daß es nichts ist mit der Freiheit des Willens?»

«Das ist ein weites Feld, Käthchen. Ich bin doch wohl auch zum Heiraten schon viel zu alt. Wenn ich dich zur Lutherin machte, dann wär's nur, damit du nicht als alte Jungfer gehen mußt, sondern deinen Stolz hast und deine Ehre als eine würdige Witwe. Denn das glaub mir, daß ich noch in diesem Jahr zum Märtyrer werde.»

«Der Baumgärtner hat mir immer erzählt, wie lieb er mich hat und daß er nicht könnt ohne mich sein in der Welt. Aber geheiratet hat er mich nicht.»

«Wenn Gott es hätte fügen wollen, so hätt er's gefügt.»

«Und wenn er mich nun hätte aufbewahren wollen für dich? Vielleicht gar der Liebe zum Trotz?»

«Ich sag's ja, daß ich dich nehme.»

«Aber die Ave wäre dir lieber gewesen.»

«Sie hat mir Augen gemacht. Und hat's doch viel besser getroffen jetzt mit ihrem Basilius Axt.»

«Das muß die Zeit erst noch zeigen. Mit der Verliebtheit ist's manchmal so wie mit der Trunkenheit, Martin, nicht wahr? Manches Paar ist aufgewacht nach der Hochzeit, und die Verliebtheit war verflogen wie ein übermächtiger Rausch.»

«Ich glaub's auch, daß ins Verliebtsein viel Eitelkeit eingemischt ist.»

«Du bist ein berühmter Mann, Martin, und ich bin nur ein verlorenes Wesen. Aber wenn ich dich anschaue, wenn ich dir zuhöre, dann ist da etwas, das berührt mich tiefer als alle Freud und aller Schmerz dieser Erde. Es ist die Einsamkeit, die nach dem Tod schmeckt, süß und bitter zugleich. Wenn ich das empfinde – und ich empfinde es immer, wenn ich mit dir bin –, dann kenne ich dich, kenne dich wie mich selbst. Wir nennen das nicht Verliebtheit. Und ob es schon weniger ist als diese, so ist es doch auch viel mehr.»

«Möchtest du meine Frau werden, Käthe?»

«Ja, Martin, das möchte ich. Von meinem ganzen Herzen möchte ich es und mehr noch von meiner Seele. Und wenn wir diesen Bund schließen, ihn schließen miteinander, ihn schließen vor Gott, so wird diese Liebe, von der wir erst sehr wenig spüren, wachsen, sie wird wachsen zwischen uns und um uns herum. Denn das wirkt der Heilige Geist.»

«Amen.»

HIER schweigt des Dichters Höflichkeit. Es ist mein Eindruck, daß die Szene, in der Gisbert Luther neben seiner Käthe aufwachen läßt, unmittelbar anschließen sollte.

DEFTIG und nicht sonderlich sittsam war es zugegangen in diesem Traum, wo die Parade der Phalloi der Altvorderen, immer wachsend, immer zeugend, an Luther vorbeidefilierte, aber doch eigentlich noch mit Ordnung und Bürgerlichkeit, schon weil er in den phantastischsten Gaukeleien stets die theologischen Fragen mit in der Bewegung erhielt. Jetzt aber, im Erwachen, wurde er von einem panischen Schrecken geschüttelt.

Ein Zopf!

Kein Traumgespinst, ein echter, wahrhaftiger Zopf, geflochten aus aschblondem Haar, lag neben ihm auf dem Strohsack. Hätte er sein Tintenfäßchen zur Hand gehabt, ohne Zweifel hätte er mit ihm nach der Erscheinung geworfen. Der, der ungerührt gestanden hatte in Worms, ungerührt von den Drohungen der kaiserlichen Räte und der päpstlichen Legaten, ihm klapperten die Zähne im Angesicht der Schlange, die ihn da heimsuchte auf seinem Lager.

Nie im Leben hatte er sein Bett mit einem anderen Menschen geteilt. Er war wohl eingedrungen in diesen Leib, von dem jetzt unter der Decke nur der Zopf hervorschaute, aber ungleich stärker schien ihm die Gewalt, mit welcher das weibliche Wesen, das da so zufrieden-ungeniert auf der ungepflegten Bettstatt des Mönches schlummerte, die Gewalt, mit der das Wesen des Weiblichen hereingebrochen war in den festgefügten Raum seiner Seele. Die Unruhe, die Luther ergriff, hätte nicht peinigender sein können, wäre ihm dieser Zopf aus der eigenen Stirn hervorgewachsen.

Hatte er Käthe entjungfert?

Der Wein war's gewesen und die gute Laune, die ihm das Singen gemacht, die beiden wieder, der Wein und der Gesang, sie waren schuld dran gewesen, daß er gegen den Vorsatz ganz vergessen hatte, darauf zu achten. Wenn ihr nun die Jungfräulichkeit schon vor ihm von dem Nürnberger geraubt worden war? Zugeben würde Käthe es gewiß nicht mehr.

Sein Herz pochte mit schnellen, heftigen Schlägen, kurz ging ihm der Atem. Er schob die Finger seiner Hände ineinander, preßte die Flächen gegen die Rippen. Oh, oh, dachte er, da hat mich also der Mangel an Standhaftigkeit in einer einzigen Stunde den langen, schönen Aufbau eines ganzen Lebens gekostet! Lieb ich sie denn?

Käthe lag auf dem Rücken, und Luther besah prüfend ihr Antlitz. Sie atmete regelmäßig wie der Blasebalg in einer Schmiede. Das Ausstoßen der Luft durch die Zähne erzeugte ein nicht besonders lautes, aber doch unangenehmes Geräusch, ließ die Oberlippe flattern wie ein Segel im Wind. Luther entdeckte, daß sie von einem zarten Flaum bedeckt war.

Daß er mit ihr das Küssen lernen werde, sagte sich Luther, und daß sie schöne Zähne hatte. Nicht vom Weiß der Perlen, das nicht. Aber vom Weiß der Milch. Vielleicht schmückt sie nicht wie die Perle, die Milch, aber sie nährt. O Gott, die Ernährung! Wie soll ich es denn ernähren, mein Weib? Wie hast Du Dir das bloß gedacht? Das mache ich gar nicht erst zu meiner Sorge. Das überlasse ich Dir. Du hast sie mir gegeben, nun find heraus, wie ich sie nähre. Der Luther mußte zu einem ganzen Mann werden, es war an der Zeit. Dem Geist kann es nur nützen, wenn er in einem beruhigten, befriedeten Fleisch wohnt. Andererseits kommt viel Unfrieden von den Weibern wohl auch. Mir ist, als hört ich es schon, das Kindergeplärr, die hohle Betriebsamkeit im ganzen Haus.

Recht soll mir das sein. Ich hab ihn nie gekannt, den inneren Frieden, der ja angeblich der Lohn der wahrhaften Frömmigkeit sein soll, den ich aber doch für eine Errungenschaft der Laschen halte und den sicher auch die Heuchler genießen. Mir haben sie immer die Mäßigung anempfohlen. Mäßigung, Mäßigung und noch mehr Mäßigung, der Spalatin und der Melanchthon haben mir erst gestern wieder damit in den Ohren gelegen. Wo wir wohl angekommen wären, hätte ich mich gemäßigt und die Sache eurem Temperament überlassen?

Das mögt ihr mir glauben, daß es mich bitter ankömmt, den Abwiegler spielen und die Heißblütigen kühlen zu müssen. Die Herzen in Flammen zu setzen, ja, das war nach meiner Lust und nach meiner Art! Und soll jetzt mit dem Eimer nach dem Brunnen rennen, um Löschwasser zu schöpfen! Der Holden hier neben mir, ihr werdet ihr es zu danken haben, wenn sie den Wüterich, der gerast ist wie ein unbändiger Leu gegen den Antichristen und all die Ablaßkrämer in seinem Troß, zur Sanftmut erzieht. Es hätte sonst den Kurfürsten leicht reuen können, daß er so lange über mich seine schützenden Hände gehalten.

«Mit wem redest du, Martin?»

«Schlaf, Käthe, schlaf nur wieder ein. Es ist noch nicht Tag.»

«Ich kann nimmer schlafen.»

«Ei, warum nicht?»

«Ich schäme mich so.»

«Ei, um was willst dich denn schämen, mein gutes Käthchen?»

«Um was schon. Es ist doch Sünde, was wir getan haben. Schämst du dich denn nicht?»

«Doch, Käthe, ich schäme mich auch. Aber nicht so wie du. Nicht um der Sünde willen.»

«Ei, Luther, jetzt machst du mich wach. Von der Sünde willst nichts wissen, aber schämen tust du dich doch. Da muß man wohl Theolog sein, um das zu verstehen.»

«Nicht so laut, Käthe, sprich nicht so laut.»

«Hört uns wer?»

«Hast du mich lieb?»

«Bei dir sein will ich, Martin. Will dir gehören.»

«Hast ein gar feines Stimmchen, wenn du so redest.»

«Wenn ich mein Ohr so auf deine Brust leg, Martin, und hör's brummen dadrinnen, das ist wie …»

«Wie?»

«Ich fühl mich da so beschützt und geborgen. Da möcht ich dir Kinder schenken, viele Kinder.»

«Lasset die Kinderlein kommen, sagt der Herr Jesus.»

«Spiel nicht mit dem, was du ißt, und treibe mit Gottes Wort nicht deinen Scherz.»

«Da wird es aber strenge zugehen, wenn wir erst eine Familie sind.»

«Martin, nimm deine Hand da weg.»

«Auf einmal. Gestern hast du sie selbst hingelegt.»

«Wenn wir verheiratet sind.»

WIE hätte ich ohne Iris' Mitwirkung herausfinden sollen, daß das «Ewige Haus» nicht nur ein Roman über eine merkwürdige Ehe werden sollte, daß es vielmehr, wenn nicht ursprünglich, so doch in einem frühen Stadium seiner Realisierung, als Abbildung und Produkt der teils einander ergänzenden, teils in Kampf miteinander liegenden Lebensstrebungen eines anderen Ehepaares gedacht und verabredet war?

Das längere Melanchthon-Kapitel, das nun folgen wird, bringt uns darauf. Iris weiß wohl mehr, als sie mir bisher gesagt hat. In welchem menschlichen Verhältnis hätte je eine dichtere Verschwörung geherrscht als in dem zwischen Mutter und Tochter? Wenn Iris auch durch den Tod ihrer Mutter die Geheimnisse, die sie mit ihr geteilt hat, nur um so eifersüchtiger umklammert, ist mir doch aus unvorsichtigen Andeutungen und aus aufschlußreichen Nebensächlichkeiten, die sie versehentlich herausgeplappert hat, halbwegs klargeworden, daß die beiden Frauen Gisbert in mancherlei Hinsicht zum Narren hatten. Sowenig wie in die Zukunft sollte der Mensch in die Vergangenheit spekulieren, aber ich möchte hier trotzdem meine Vermutung aussprechen, daß Iris' so ungeheuer dankenswerte Errettung durch die Schweden innerhalb des Gutscheschen Hauses eine folgenschwere Veränderung des Gleichgewichts nach sich gezogen hat. Wäre Iris in Berlin geblieben, wäre es möglicherweise nicht zu jener panischen Reaktion gekommen, in der Gisbert sich mit der Frau und der jüngeren Tochter ums Leben gebracht hat.

EINER war doch schon auf und saß bei der Lampe. Melanchthon, der wie immer unausgeschlafen aussah mit seinen unter der vorspringenden Stirn tief in den Höhlen liegenden Augen und dem in ständig wechselnder Unordnung befindlichen Haar. Diesmal war er aber auch tatsächlich unausgeschlafen. Anna, sein dreijähriges Töchterchen, hatte sich einen Schnupfen geholt. Während der Nacht war sie mehrfach weinend aus ihren Fieberträumen erwacht und hatte so auch die Eltern um das meiste ihres Schlafes gebracht.

Zuletzt hatte Melanchthon sie einwiegen können mit einem Liedchen, das er von Luther gelernt, und da er nicht mehr hoffte, selbst in den Schlaf zurückfinden zu können, hatte er sich über das Nachthemd seinen wollenen Hausmantel geworfen und im Kamin seiner Studierstube ein neues Feuer entfacht. Obwohl er kurz davor gewesen war, sein geliebtes Töchterchen auf das sündhafteste zu verfluchen, wußte er ihm jetzt sogar Dank dafür, daß es ihn so zeitig vor dem Sonnenaufgang munter gemacht und auf die Beine gestellt hatte.

Der Tag war vollgepflastert mit Vorlesungen, seinen eigenen philosophischen und vertretungsweise übernommenen theologischen. Dazu kamen zwei Stunden, die mit der mühseligen Einpaukerei des Griechischen hingehen würden, zuletzt dann noch die Übungen zur Verbesserung des lateinischen Stils, die Melanchthon seinen Studenten im Übermut angeboten hatte. In den kurzen Pausen dazwischen warteten die mannigfaltigsten Pflichten ungeduldig auf ihre Erledigung, und so war er mehr als froh darüber, wenigstens diese letzten

Nachtstunden der Beschäftigung mit sich, mit seinen nächsten und innersten Gedanken weihen zu dürfen.

Am Buchständer auf seinem Arbeitstisch lehnte der schwere Foliant mit der Bibel in hebräischer Kalligraphie. Daneben war sein abgegriffenes Exemplar von *De rudimentis hebraicis* aufgeschlagen, jenes Werks, mit dem sein im Jahr von Annas Geburt mit Tod abgegangener Großonkel Reuchlin sich um die humanistischen Studien in Deutschland so verdient gemacht hatte. Ihm verdankte er nicht allein die gräzisierte, aus Schwarzerdt in das so unvergleichlich klangvollere «Melanchthon» umgewandelte Form seines Namens. Vor allem ging seine Berufung an die Universität zu Wittenberg, die Gelegenheit mithin, seine Kenntnisse und Fertigkeiten in die Verdeutschung von Gottes Wort einbringen zu dürfen, auf die Empfehlung Reuchlins zurück.

Diesmal hatte Reuchlins Werk keine Antwort auf Melanchthons Frage, und so sah er sich genötigt, die hebräische Grammatik des Johannes Böschenstein, für deren Druck er ein Nachwort aus eigener Feder geliefert, zu Rate zu ziehen. Eigentlich hätte er das nächste Kapitel aus dem Buch Hiob vorbereiten sollen für die Übersetzung, denn er war verabredet auf den Abend mit Goldhahn, Luther und den anderen, hier endlich die Stolpersteine aus der Erde zu hacken, an denen sie nun schon mehrere Wochen aufgehalten waren, ohne einen einzigen Vers weiterrücken zu können …

Aber merkwürdig. Wie schon so häufig suchte seine linke Hand, die dem Herzen nähere und die, welche er zum Blättern in den hebräischen Schriften verwandte, ganz selbsttätig nach den Seiten mit dem kurzen Buch des Propheten Joel und hatte, bevor Melanchthon es recht gewahr wurde, den Finger schon wieder auf der vieldeutigen Stelle.

«Und nach diesem», so hatte Luther gemeinsam mit ihnen den Schluß des zweiten Kapitels ins Deutsche gesetzt, «will ich meinen Geist ausgießen über alles Fleisch / Und eure Söhne und Töchter sollen weissagen / Eure Ältesten sollen Träume haben / Und eure Jünglinge sollen Gesichte sehen.» An diesem «Ausgießen» hing alles. Immer war es Melanchthons Meinung gewesen, daß sie in die Irre liefen damit.

Hätte der alte Reuchlin weitergewußt, nie wäre Melanchthon auf den Schatten, der am Elbufer die Nacht durchstrich, aufmerksam geworden. So aber, von seinem berühmten «versippten Freunde» im Stich gelassen, hatte er sich von seinem Platz erhoben, um aus dem Gestell an der Wand den Böschenstein herbeizuholen. Deshalb war er aus der Blendung durch seine Tischleuchte herausgetreten und hatte, sich kurz von einem Hauch der kalten Winterluft anwehen und erfrischen zu lassen, das nach Garten und Fluß gelegene Fenster geöffnet.

So hatte er denn die Weibsperson erspäht, die sich zu solch ungehöriger Stunde, die Deckung der Mauern und Umzäunungen suchend, vom Schwarzen Kloster nach den Werkstätten von Meister Cranach bewegte. Melanchthon, ansonsten kein Mann von übergewöhnlich sicheren Instinkten, war ohne Zweifel darüber, woher die Frau kam und welches ihr Ziel war.

Es konnte also nur die Katharina von Bora sein, die zurückkehrte von einem heimlichen Besuch bei Luther, nahm Melanchthon seinen Beweis übers imputierte Indiz, denn der Umriß ihrer Gestalt vor dem leicht glänzenden Wasserspiegel des träge dahingleitenden, Eisschollen mit sich führenden Flusses zeichnete sich ihm nicht deutlich genug, um aus dem Augenschein solches Urteil rechtfertigen zu können. Nächtliche Umtriebe hatte es in Wittenberg zur Zeit der Unruhen, da Luther sich auf der Wartburg versteckt halten mußte, gewiß zur Genüge gegeben, aber sie waren doch längst aus der Mode geraten. An Hexen, die nächtens auf ihren Besen die Lüfte durchreiten, hatte Melanchthon im Gegensatz zu seinem Freund Luther niemals geglaubt.

Es war, was er halb sah und zur anderen Hälfte erahnte, nichts als die Bestätigung eines Verdachts, der schon seit geraumer Zeit in ihm gärte, daß sich nämlich im verborgenen eine Verbindung anspann zwischen dem Anwalt der Ansprüche des Fleisches und der letzten aus seinem Nonnenfang übriggebliebenen Jungfer. Ihm selbst gegenüber hatte sich Luther mehr als einmal in solcher Richtung geäußert.

Schon damals hatte es bei Melanchthon den stärksten Widerwillen erregt, als sich der Freund von Leonhard Koppe in die Nonnenentführung hatte hineinziehen lassen. Erst recht war ihm Luthers Emsigkeit in dessen Betätigung als Heiratsvermittler auf die Nerven gefallen. Und das Ende vom Lied war, wie hätte es anders sein können, daß der große, mutige Mann, auf dem der Hauptteil der Verantwortung für die evangelische Bewegung lastete, sich selbst in ein solches Liebes- und Heiratsabenteuer verstrickte.

Dogmatisch gab es nichts einzuwenden gegen die Eheschließung zwischen Nonnen und Mönchen. Andrerseits war es Melanchthon aber doch nicht wahrscheinlich, daß Luther die ungeheure Taktlosigkeit eines solchen Schrittes verkannte. So oder so, zuallererst mußte er sich Gewißheit verschaffen. Schließlich war es seine eigene stehende Rede an die Studenten, wenn er ihnen den Aristoteles las, sich vor haltlosen Spekulationen zu hüten. Melanchthon kleidete sich an, ging durch die Hintertüre zum Garten. Da es geschneit hatte in der

Nacht, brauchte er nach den Spuren nicht lange zu suchen. Er verfolgte sie nach beiden Seiten, und sie führten, genau wie er vermutet, von der Lutherschen zu der Cranachschen Wohnung.

Damit stand's also fest. Wenn sich die beiden ohnedies schon zu einem Fleisch gemacht hatten, war's sogar besser, wenn auch geheiratet wurde. Zurückgekehrt in seine aufgeräumte, gutdurchwärmte Studierstube, hätte Melanchthon den Gedanken, da er ihn angenommen und als unabänderlich erkannt, gern wieder von sich geschoben, um sich neuerlich über das Buch des Propheten Joel zu beugen, aber die Vorstellung von Luthers Hochzeit blieb an ihm kleben und stahl ihm das Hirn.

Wenn er wenigstens irgendwie zu einem Ehemann taugte! Aber: Unverbesserlicher Polterer, der er nun einmal ist, versessen aufs Disputieren und geistliche Händel, wie will er sich mit einem herrschsüchtigen Weib unter dem gemeinsamen Dache vertragen? Denn wenn ein Weib auf dieser Erde herrschsüchtig genannt werden darf, dann ist es die Bora. Schon, daß er sich unbedingt auf eine vom Adel einlassen muß. Wie sie den Kopf trägt, wenn sie über den Markt stolziert. Man möchte glauben, sie sei eine Nichte des Kaisers. Und dabei häßlich wie eine Eule. Was es nur ist, womit sie die Männer an sich heranzieht? Ich habe schon beim Baumgärtner nicht verstehen können, was er an ihr gefunden. Ein so weltgewandter Junge. Kannte sich wie kein zweiter hier in Wittenberg mit den Lehren des Kopernikus aus, besaß einen Globus und hörte aus den feinsten Feinheiten des Terenz noch Feinheiten heraus. War verguckt in die Meißener Trine. Ich sag's wieder, daß der Mensch sich hüten soll vor Spekulationen und dem Griff nach den Sternen. Da hat sie geglaubt, daß sie auf des

Baumgärtners Buckel die ganz großen Bahnen ziehen wird in den Nürnberger Patrizierkreisen. Das war des Baumgärtners Glück, daß seine Leut ihn haben abbringen können von dem scheußlichen Fehltritt. Wenn nur ich dasselbe bei meinem Freund Luther vermöchte!

Er hat ja recht, wenn er sagt, daß die wahre Keuschheit der Ehestand ist. Hätte sich der gute Martin doch nur um zehn Jahre früher zu dieser Wahrheit bequemt. Ungünstiger hätte der Zeitpunkt gar nicht ausgewählt werden können. Die Schwarmgeister, die man abgefertigt zu haben glaubte, sie standen kurz vor ihrem endgültigen Triumph. Der Sturm braute sich zusammen im Süddeutschen und würde, wenn er denn losbrach und bis in die thüringischen und sächsischen Länder gelangte, alles hinwegfegen, was er unter Spalatins Aufsicht mit Luther so sorgsam und mühevoll aufgebaut hatte.

Melanchthon war, als ob ihn ein Auge anblitzte aus der aufgeschlagenen Bibel über dem Tisch. Davon, von grad solchen Erlebnissen, hatten sie gesprochen, die Propheten aus Müntzers früherer Wirkungsstätte Zwickau. Melanchthon sah sie jetzt wieder sitzen bei sich in der Stube, sah ihre Augen wie bei den Irrsinnigen glitzern und funkeln, wenn sie ihm gesprächsweise ihre Gottesbegegnungen herbeizuholen versuchten.

Dort beim Fenster hatte der Bakkalaureus Markus Thomae, den sie Stübner nannten, gesprüht. Unter dem Bücherbord mit den grammatischen Werken hatte Thomas Drechsel auf dem Hocker gewippt und alle Schriftgelehrsamkeit zum Teufel gewünscht. Nikolaus Storch, der allerfeurigste unter den dreien, er hatte sich wie ein Derwisch auf den Dielenbrettern niedergelassen und in Verzückung flüsternd Melanchthon die

Worte wiederholt, wie sie ihm der Herr im Himmel persönlich in die Ohren gegossen.

In jenem schweren Jahr war's gewesen nach dem Reichstag zu Worms, da Luther sich nicht hatte zeigen dürfen, alle Verbindung zu ihm nur über Spalatin lief. Natürlich ging's gegen Luther, des Müntzers Geist war's gewesen, was geblitzt hatte aus den Augen, was gesprochen hatte aus den Mündern jener Zwickauer Propheten. Oder nicht vielleicht doch eben Gott? Da war ja der Beweis aus der Schrift. Hier im Buch des Propheten Joel. Daß Gott sich kundtut. Unmittelbar. Den Greisen in gleichnishaften Träumen, den Knaben in direkten Visionen ...

Melanchthon, der sich damals ja nicht hatte besprechen können mit seinem Gewissen Luther, weil der eben ferne gesessen hatte und eingesperrt gewesen war auf seiner Burg, ja, und nochmals ja: Er hatte geschwankt. Und was, nur so zum Exempel, was war vorhin mit diesem Auge, das mich aus dem Buch heraus angeschaut hat? Einbildung? Folge meiner Abgespanntheit und Übernächtigung? Soll ich eher an der eigenen Wahrnehmung zweifeln als daran, daß Gott auch dieses ist, vielleicht allem voran dieses ist, daß er sich offenbart?

Dann die bohrende Frage, die sich schon damals gegen Luther gekehrt hatte und jetzt wiederum peinigend aufstand in Melanchthons Gedanken: Wenn dich, wie du behauptest und in der Fülle deiner Treuherzigkeit fortlaufend beteuerst, eben damals, als ich mich ohne deinen Stecken und Stab herumschlagen mußte mit diesen Schwarmgeistern aus Zwickau, dort auf der Wartburg der Teufel besucht hat in Leibhaftigkeit seiner Gestalt, warum willst du es ausschließen, daß der Barmherzige seinen Sündern erscheint?

Die weltliche Oberkeit! Wie sie gewackelt hat auf ihrem

Stuhl, weil es allerorten hieß, die Häscher des Papstes haben den Luther ergriffen und heimlich erwürgt. Wie habe ich mir ein ums andere Mal die Zunge zerbissen, weil ich's nicht sagen durfte: Unser Luther, er lebt! Er ist in sicherer Obhut, nie wird der Kurfürst ihn ausliefern an die römischen Schergen, und ebensowenig beugt er sich seinem Kaiser.

Langmütig war unser Kurfürst, und er ist es jetzt, Friedrich der Leise. Das Volk nennt ihn weise. Deswegen. Ich war anderer Meinung, und – welch Glück! – ich konnte am Ende Spalatin davon überzeugen. Luther hat nicht auf die Erlaubnis des Fürsten gewartet. Er war wieder hier in Wittenberg unter uns und hat den Aufruhr gedämpft, hat die Hitzköpfe gekühlt, er, der hitzigste Hitzkopf von allen! Jetzt will er heiraten. Man müßte Spalatin bitten, daß er zum Kurfürsten geht. Soll er ihn wieder verhaften und auf der Wartburg verstecken vor dieser Schlange von Bora, denn wahrlich, wahrlich, ich sage euch, sie ist tückischer als alle Päpste und Kaiser zusammen.

Liebe trägt nicht, Liebe macht träge. Katharina, ich traue deinen geschlitzten Glupschaugen nicht. Weiß es selbst, weiß es aus der eigenen Erfahrung, wie listig der Vatikan seine seidenen Fangschlingen auslegt. Je näher einer dem Luther steht, so ausgepichter stellen sie's an. Im letzten Sommer noch – nein, wär's mir nicht an meinem eigenen Leibe widerfahren, ich dürft es nimmer glauben! –, letzten Sommer, als ich die Meinen besuchte in Bretten, hat mir der Legat Lorenzo Campeggio vom Nürnberger Reichstag seinen Sekretär Nausea in die elterliche Wohnung geschickt. Da hat mich der Hilfsteufel einen Tag lang beschwätzt mit Engelszungen, hat mir Himmel und Erde versprochen, wenn ich zurückkehr zum katholischen Glauben.

Ja, mein lieber Martin, man hat auch seine Proben bestanden. Nur prahlt man damit nicht vor Gott und der Welt. Hab weder dir noch dem Spalatin davon berichtet. Eingeschlossen ist's und versiegelt, hier in meinem Busen. Ich hätt auch anders können. Magst dem Teufel ins Gesicht furzen, mit dem Tintenfaß nach ihm werfen; seine Machenschaften, die kennst du längst nicht und wirst sie nie kennen.

Und das da vergangenen Sommer, das kam noch von einem Papst, der sich wenig schert um unsere Reformation, von dem jetzigen nämlich, dem Klemens, der ein Sproß der Medici ist, mit dem vorvorigen, welcher dir – bei Gott – ans Leder gewollt hat, also versippt, aber doch viel zu bekümmert um die Geschäfte seiner florentinischen Firma. 's ist ungefähr, als säße Jakob der Reiche, der Fugger aus Augsburg, auf dem unheiligen Stuhl. Dem Klemens bleibt schlicht nicht die Zeit, sich mit Gottes Wort zu befassen und die Schrift auszulegen. Seine Kardinäle müssen jetzt die doppelte Buchführung erlernen und Kriegsgüter beschaffen. Aber nicht etwa, daß die christlichen Heere, wofür sie von Reichstag zu Reichstag höhere Steuern gefordert, gegen den Türken losschlügen, nein, unser Papst zieht einmal mehr mit dem römischen Kaiser wider den französischen König und nächstens mit dem französischen König wider den Karl.

Von diesem Papst haben wir wenig zu fürchten, Klemens wirbt keine Landsknechte an, um die Zeremonien, die Bilder, die Sakramente, die Messen zu schützen und zu bewahren. Anders sah die Sache noch bei Hadrian aus. Bei dem war Kaiser Karl in die Schule gegangen, und leicht hätte die Zange zuschnappen können. Wenn du dich gütig mit mir erinnerst, mein werter Doktor Martinus, hatte noch Hadrian die Tiara auf seinem nicht einmal unschönen Kopf, als Koppe für dich in Nimbschen auf Nonnenfang ging. Der Hadrian, das war ein Fuchs, ein Holländer, mit allen Wassern gewaschen, der hat noch den Erasmus hinter dem Licht herumgeführt wie ein Hündchen am Seil. Der wußte es wohl und war sich einig darin mit seinem kaiserlichen Eleven, daß Rom seine deutschen Einkünfte verliert, wenn nicht Schluß gemacht wird mit dem Luther und seiner vermaledeiten Reformation.

Was wäre nun, wenn sie dein Borakätzchen abgerichtet hätten beizeiten?

Die Tatsache machen aus dem Wormser Edikt, dich an den Galgen hängen, dich wie deine Bücher auf dem Scheiterhaufen verbrennen, das konnten sie nicht. Ohne die sächsische Kurstimme wäre Karl niemals Kaiser geworden. Zwar hatte der Fugger unserem Fürsten die Stimme bezahlt, aber das hätte den schlauen Friedrich wenig bekümmert. Schließlich hatten andere Kurfürsten die ihrige auch zweimal verkauft. Ohne den Sachsen geht nichts im Reich. Wir hätten sonst wohl kein Wittenberg und erst recht keine Universität.

Wenn sie ergo es mit dir nicht so anstellen konnten wie dazumal mit dem Hus, warum nicht den Luther einspinnen und ihm das freche Maul stopfen an den drallen Brüsten eines gefügigen Weibes? Gefügig freilich dir nur zum Scheine und wahrhaftig gefügig dem Heiligen Vater zu Rom. Wo wären je raffiniertere Liebeskünste gelehrt worden als hinter den Mauern der Klöster? Sie sollten über tausend Jahr die Dialektik geübt haben und unfähig sein, der frommen Jungfer einzureden, daß sie ihrem Bräutigam Christo die Treue einzig beweist, indem sie den Luther auf dem Ehebett unterwirft und ihm die Ketzerei aus dem Hirn hinausbläst?

Wäre ich nur früher draufgekommen. Da hätte man sie in aller Stille fortschaffen können. Es hätte dann einfach geheißen, sie wär zu ihrem Schatz, dem Hieronymus Baumgärtner, nach Nürnberg gegangen. Daß ich nicht hellhöriger war! Es hätte mir doch ins Aug stechen müssen, daß der Luther seit Wochen auf der Kanzel kein lieberes Thema mehr hat als den Ehestand, die gottbefohlene Lebensform für jeglichen Christen. Dann seine wiederkehrende Rede davon, daß sie ihn holen, daß er Blutzeuge wird fürs Evangelion und daß er aus diesem Grunde unbedingt heiraten muß. Hab's bei mir abgetan als ein hohles Gefasel, wie es ja unterläuft, wenn einer kannenweise Wein und Bier durcheinander säuft. Weil es auch gar zu ungereimt ist. Daß man heiratet, um zu sterben. Es klang mir so, als ob er sich's geradezu wünscht, daß ihn die Römischen nach Golgatha führen. Nicht ohne Hoffart und Gottesversuchung ist das gesprochen, und mir wär's lieber, ich hätt's nie gehört.

Verständlich war's mir nur, weil uns die wirkliche Gefahr gar nicht mehr von den Feinden der Reformatio droht, sondern von ihren falschen und übereifrigen Freunden. Was hat nicht der Luther beim Spalatin gekratzt und gekratzt, daß er dem Kurfürsten im Nacken sitz und endlich, endlich dafür sorge, den Karlstadt und den Müntzer des Lands zu verweisen. Da hat er den Schwarmgeist mitsamt dem Rottengeist dem Bundschuh doch geradenwegs in die Arme getrieben.

Natürlich hatten unsere deutsch gesinnten Fürsten ihr Wohlgefallen an unserer schönen Reformatio, weil wir es ihnen als Christenwerk ausgelegt haben, wenn sie die Kirchengüter kassieren. Wen wundert's, wenn jetzt auch der Bauer auf den Trichter verfällt, sich weigert, den Pfaffen zu zinsen, und Schriftbeweis an Schriftbeweis reiht, um zu zeigen, daß Frondienst und Leibeigenschaft unchristlich sind?

Wenn diese Zeitungen, die wir aus dem Elsaß, die wir aus Schwaben, aus Franken empfangen, sich bestätigen sollten, wenn's wahr ist, daß die Bauern in großen Haufen und bewaffnet durchs Land ziehen, Klöster, Schlösser, auch Burgen plündern und brennen, ganze Städte in ihre Gewalt gebracht haben, dann wird der Müntzer nicht zögern, seine teuflische Saat in die wohlbereitete Furche zu streuen.

Satan müßte ein Lämmlein sein und unbeholfen dazu, wär es ihm nicht eingefallen, sich hineinzumengen in unsere Reformatio. Das willigste Werkzeug war ausgebildet und drängte sich ihm auf, lauter von Predigt zu Predigt. Hatte in Zwickau, in Allstedt, in Mühlhausen Teufelsbrut scharenweise um sich versammelt.

Der Luther hat seinen ganz besonderen Riecher, hat's früher als wir anderen gewittert, daß wir uns werden hinstellen müssen und die Sache der Fürsten verfechten, unbarmherziger, blutiger als je ein Dominikaner. Wären wir allein auf unseren Herrn Christum gewiesen, wie ständen wir da? Hätte nicht Saulus sein Damaskus erlebt, bei Gott, wir wären verkauft und verloren. Der Apostel Paulus, wieder der Apostel Paulus und abermals der Apostel Paulus. Gebt dem Kaiser, was des Kaisers ist. Damit käm man nicht weit. Das bestreitet unter den aufsässigen Bauern nicht einer. Dem Kaiser wollen sie steuern, aber nicht ihren Grundherrn.

Wir Wittenberger Professoren, wir müssen's jetzt ausbaden, daß die Oberkeit nicht zur Oberkeit taugt. Spielt sich auf in Worms, dieser Lauselümmel von einem Kaiser, der's dem Fugger in Augsburg und unserem sächsischen Kurfürsten Friedrich zu danken hat, daß er überhaupt Kaiser sein darf, verhängt die Reichsacht über Freund Luther, und jetzt soll derselbe Luther ihm die Kastanien aus dem Feuer holen, die er in seiner Kurzsichtigkeit hat anbrennen lassen.

War's denn nicht auszurechnen an den Fingern der Hand,

was passieren mußte, wenn er, nachdem er in Pavia auf dem Schlachtfeld den Franzosenkönig gefangen, die deutschen Landsknechte aus seinen Diensten entläßt und sie mit knurrenden Mägen über die Alpen nach Haus schickt? Die werden sich Rat geholt haben unterwegs bei den Schweizern. Und dann nach Haus! Wo sie längst kein Zuhause mehr haben, weil sie eben Landsknechte sind.

Hätt er sie im Solde behalten, sich den deutschen Adel unterworfen an ihrer Spitze, hätte womöglich am Ende noch etwas Frommes dabei herausschauen können. Jetzt wüten die Landsknechte, die ihre Sache auf die Sache der Bauern gestellt haben, wüten, schwer bewaffnet und kriegserfahren dazu, wie nie und nirgends eine Pest zu wüten vermocht hat.

Den Bauern kann man den Römerbrief predigen. Das geht wohl noch an und muß auch getan sein. Steht gewappnet ein Landsknecht mit in der Gemeine, kann's auf der Kanzel der allerungemütlichste Platz im ganzen Gotteshaus sein. Paulus zun Römern am dreizehnten: «Jedermann sei untertan der Oberkeit / Die Gewalt über ihn hat. Denn es ist keine Oberkeit / Ohne von Gott / Wo aber Oberkeit ist / Die ist von Gott verordnet. Wer sich nun wider die Oberkeit setzt / Der widerstrebet Gottes Ordnung / Die aber widerstreben / Werden über sich ein Urteil empfangen. Denn die Gewaltigen sind nicht den guten Werken / Sondern den bösen zu fürchten. Willst du aber nicht fürchten vor der Oberkeit / So tue Gutes / So wirst du Lob von derselbigen haben / Denn sie ist Gottes Dienerin / Dir zu gut. Tust du aber Böses / So fürchte dich / Denn sie trägt das Schwert nicht umsonst / Sie ist Gottes Dienerin / Eine Rächerin zur Strafe über den / Der Böses tut. So seid nun aus Not untertan / Nicht alleine um der Strafe willen / Sondern auch um des Gewissens willen.»

Luther hielt das Wort, das er seiner Katharina gegeben, er hielt seine Predigt über den Ehestand an dem Sonntag, welcher auf jene Nacht folgte, in der sie einander auf seinem Strohlager erkannt hatten. Die Kunde von den Erfolgen der Bauernhaufen, die sich mit Fug wohl schon Bauernheere nennen durften, weil in ihren Reihen besoldete Landsknechte fochten und sich namhafte Ritter wie der Götz von Berlichingen zu ihnen gesellt, all diese Kunde sickerte durch. Deswegen war die Stadtkirche zu Wittenberg an diesem Sonntag, da der Luther den Bugenhagen auf der Kanzel vertrat, dicht gestopft, es standen die Leute bis zur Straße hinaus.

Das war denn wohl wert, ein Stündchen oder länger stehend in der Kälte zu harren, wenn man erfuhr, was dran war an den Gerüchten, die sich teils wie altertümliche Märlein anhörten, teils aber bestürzend nah an das gingen, was manch Wittenbergischer Handwerker, den Winter über an den langen Abenden seinem frischen Bibelwissen nachsinnend, als Schluß und Folge daraus gezogen. Da der Luther ihnen Paulus zun Römern am dreizehnten wieder und wieder vorgekäut hatte, ahnte man ungefähr, wie er sich stellen würde zum Aufruhr der Bauern, aber gewiß war das bei diesem Manne durchaus nicht.

Mit Spannung also wurde der Gewichtige erwartet, und daß er nicht in der Schloßkirche, sondern in der Stadtkirche predigen wollte, war geeignet, Vermutungen zu nähren, er möchte in der großen Sache vielleicht doch nicht den Fürsten, sondern den Bauern beispringen. In der vordersten Bank nicht nur Meister Cranach mit seiner Familie und seinen tüchtigsten Gesellen, dazu beinah vollzählig von der Universität die Doktoren und die Magister, sondern auch, was ganz und gar ungewöhnlich war und für sich dem Ereignis die äußerste Bedeutung beimaß, des Kurfürsten geheimer Sekretär Spalatin, der seinem Herrn Luthers Predigt Wort für Wort rapportieren, sie in der Beratung mit ihm gutheißen würde oder verwerfen. Peter Rörer, der schneller zu schreiben vermochte, als andere sprechen, ja schneller, als manch einer denkt, saß mit der gespitzten Rabenfeder und dem geöffneten Tintenfäßchen bei ihm.

Luther verzog. In der Menschentraube, die das Tor zur Kirche verstopft hielt, öffnete sich ein Spalier. Es war aber nicht Luther, es war Melanchthon, der eintrat. Er sah noch übermüdeter aus, sein Haar war noch etwas ärger zerzaust als gewöhnlich. Statt sich durch die Stehenden nach vorne zu drängen, ließ er hinten die am Ende einer Bank Sitzende rutschen und schob die Hälfte seines schmalen Hinterns auf das frei gewordene Stück.

Bedachtsam hatte er dies unbequeme Plätzchen gewählt, weil sich von hier vorzüglich die zwei Reihen vor ihm sitzende Katharina von Bora beobachten ließ. Von schräg hinten betrachtet hatte sie einen hübschen Aspekt, mußte er zugeben, das unter dem stark gewölbten Hinterköpfchen stramm zum Zopf gebundene Haar brachte die Wohlgestalt ihrer Ohrmuschel zur Geltung, und der zierliche Goldschmuck ließ schon ahnen, daß sie durchaus in der Lage sein würde, Figur zu machen an der Seite des berühmtesten Mannes im Lande.

Katharina war der Einstich von Melanchthons Blick nicht entgangen; sie fuhr sich mit der Hand in den Nacken und kratzte die Stelle, die er begutachtet hatte. Diese Feinfühligkeit wieder erschreckte Melanchthon. Er würde achtgeben müssen, den ganzen Umfang seiner Abneigung und seines Mißtrauens vor ihr zu verbergen. Fest stand, daß Luther die häusliche Gemütlichkeit im glücklicheren der anzunehmenden Fälle kaum weniger schaden würde als das tagtägliche Gezänk um Niedriges und Niedrigeres, wie es kaum ausbleiben konnte, wenn zwei Menschen solch unterschiedlicher Veranlagung und von solch gewaltigem Abstand der Altersstufen zusammengesperrt wurden. Von ihr in die Pflichten eines gewöhnlichen Familienoberhauptes gezwängt, würde er in seinem Haushalt genau diejenigen Kräfte verschwenden, auf die das Land gerade in dieser Stunde der Not angewiesener war als jemals zuvor.

«Und am dritten Tage ward eine Hochzeit ...»

Da war sie schon, die Stimme, die tragende, wohlklingende, auch im Sprechen noch irgendwie singende, die Herzen öffnende Stimme. Von einem der Wunder Jesu zu reden hub sie an, und der Menschensohn, aus dem sie in ihrer kraftvollen Schönheit hervorquoll, war selbst wie durch ein Wunder oben in die Kanzel gestellt. Zu Hunderten hatten sie seiner geharrt, und doch hatte ihn niemand hinaufsteigen sehen.

«Und am dritten Tage ward eine Hochzeit zu Cana in Galilea / Und die Mutter Jesu war da. Jesus aber und seine Jünger wurden auch auf die Hochzeit geladen ...»

Melanchthon sah deutlich, wie sich Katharinas Wange vor Glück und Scham rötlich verfärbte. Sie senkte das Haupt und vergrub ihr Gesicht in den Händen.

Also doch! Melanchthon verschlug es den Atem. Um den Luther war es geschehen. Wollte er die, die da dürsteten nach dem Wort, etwa zu Narren haben, daß er ihnen ausgerechnet mit dieser Schriftstelle kam? Niemand hatte daran gezweifelt, daß er ihnen etwas aus der Apokalypse des Johannes auslegen würde, ihnen von Harmagedon, von der verfluchten Rüstung, von den unglückseligen Kriegsleuten predigen würde. Jetzt aber die Hochzeit von Cana!

«… und da es an Wein gebrach», setzte Luther fort, und Melanchthon empfand beinahe Ekel über den pathetischen Ton, welcher den Vers aufs frivolste mit der persönlichen Sphäre des Predigers durchtränkte.

«Und da es ihnen an Wein gebrach / Spricht die Mutter Jesu zu ihm / Sie haben nicht Wein. Jesus spricht zu ihr / Weib, was habe ich mit dir zu schaffen? Meine Stunde ist noch nicht kommen. Seine Mutter spricht zu den Dienern / Was er euch saget, das tut / Jesus spricht zu ihnen / Füllet die Wasserkrüge mit Wasser. Und sie fülleten sie bis oben an. Und er spricht zu ihnen / Schöpfet nun / Und bringets dem Speisemeister. Und sie brachtens. Als aber der Speisemeister kostet den Wein / Der Wasser gewesen war / Rufet der Speisemeister den Bräutigam / Und spricht zu ihm / Jedermann gibt zum ersten guten Wein / Und wenn sie trunken worden sind / Als dann den geringen / Du hast den guten Wein bisher behalten. Das ist das erste Zeichen, das Jesus tat / Geschehen zu Cana in Galilea / Und offenbarte seine Herrlichkeit. Und seine Jünger glaubten an ihn.»

Einer oder der andere unter den Kirchgängern mochte wohl noch glauben, daß Luther ihnen von dem Wein sprechen würde, an dem sich dem Hörensagen zufolge die aufrührerischen Bauern beim Plündern von Klöstern und Schlössern berauschten. Einzig Philipp Melanchthon und Katharina von Bora wurden nicht getäuscht in ihrer Erwartung.

«Liebe Freunde, dieweil ihr jetzt das Evangelium, wie der Herr Jesus Christus, Gottes und der reinen Jungfrau Marien Sohn, mit seiner lieben Mutter und seinen Jüngern zur Hochzeit zu Cana in Galilea gangen ist, gehöret habet, will ich den ehelichen Leuten zu Troste, auch sonderlich denen, die noch wollen ehelich werden, etwas vom Ehestand sagen.»

Am meisten fühlten sich die Studenten gefoppt. Sie hatten schon hie und da in den Vorlesungen ihre Dozenten herauszufordern gesucht. Weder Luther noch Melanchthon war es entgangen, daß sie sich untereinander verabredet hatten und abwechselnd immer wieder ihre Fragen nach genau den Bibelstellen richteten, an welchen die umstürzlerischen Auslegungen der vertriebenen Theologen aufgehängt waren. Es stand zu vermuten, daß sie von Müntzer oder von Karlstadt Briefe und Instruktionen empfingen.

War es nun feiges Ausweichen vor den Rottengeistern und Schwärmern, die frech das Evangelium als Vorwand, ja als Waffe für ihre raubmörderischen Unternehmungen hernahmen, oder war es im Gegenteil die verschlagene Kühnheit, die Luther zum christlichen Helden gemacht hatte, wenn er so tat, als seien dies weltliche Händel der gewöhnlichsten Sorte, die sich noch dazu in weiter Ferne abspielten und ergo Wittenberg, das Herz der Erneuerung im Glauben, nicht ausreichend betrafen, um an sie in der Predigt das Wort zu vergeuden? Hätte Melanchthon weiter vorne gesessen, er hätte den Unmut nicht nur auf den Gesichtern der Studenten, sondern auch auf denen der Drucker, die beinahe eine ganze Kirchenbank füllten, bemerkt. Sie hatten durch ihr Gewerbe ein noch genaueres Bild vom Stand der Dinge als die Studenten.

Die Kolporteure, die mit ihren Erzeugnissen über Land zogen, hatten ihnen berichtet, daß die Lutherschen Schriften, die man ihnen noch vor Jahresfrist förmlich aus den Händen gerissen, jetzt kaum noch absetzbar waren. Gutes Geld hingegen wäre mit dem, was der Müntzer herausbrachte, zu verdienen gewesen. Aber den hatte der Kurfürst auf Luthers Drängen hin verscheucht, und die Nürnberger, sie machten jetzt mit den Hetzschriften die allerbesten Geschäfte. Vorlagen hatten sich die Wittenberger durch ihre Kolporteure natürlich verschafft, aber sie zu drucken, das wollte denn doch keiner wagen.

Ob sich die Bundschuhleute, wenn sie sich auf ihren Raubzügen an den Lagerfeuern versammelten, durch Vorlesung aus einem Sexternlin über die große Ehre des Ehestandes ergötzen würden?

Nicht siebenfach, so konnte, wer Ohren hatte, es hören, nein, gleich achtfach sollte die Ehre des Ehestands sein. Es hatte für Melanchthon trotz alledem etwas Belustigendes, mit welchem Feuereifer sein Freund sich die Konsequenzen aus dem begangenen Fehltritt schönzureden versuchte: «Und Gott schuf den Menschen ihm zum Bilde / Zum Bilde Gottes schuf er ihn / Und schuf sie ein Männlein und Fräulein. Und Gott segnete sie / Und sprach zu ihnen / Seid fruchtbar und mehret euch und füllet die Erden.»

«Und macht sie euch untertan», konnte Melanchthon ergänzen, denn dies war ein Stück, an dem er mitgewirkt hatte. «Und herrschet über Fisch im Meer / Und über Vogel unter dem Himmel / Und über alles Vieh ...»

Ganz ähnlich spann sich in Katharinas Köpfchen das Gotteswort fort. Sie sah den Fischteich, den sie anlegen würde, hatte auf dem Grundstück des Schwarzen Klosters schon die Plätze für die verschiedenen Gatter und Ställe bestimmt, die sie jetzt unter der Predigt phantasiehalber mit Hühnern, Enten und Gänsen anfüllte. Für Schweine und Kühe würde man Land am anderen Ufer der Elbe hinzukaufen müssen.

«Nun bedenkt, liebe Freunde und Kinder», erklang von der Kanzel die Aufforderung an die Gemeinde, «ob das nicht eine große Ehre des Ehestands ist, daß er von Gott herkommt, als der ganzen heiligen Dreifaltigkeit Werk.»

Luther mußte es selbst bemerkt haben, daß bei Druckern und Studenten, aber auch sonst im Auditorium wenig Neigung bestand, derlei zu bedenken, denn er improvisierte einen Schlenker in seine Rede hinein, der das mißmutige Volk wenigstens kurzfristig aufhorchen ließ: «Wenn nun ein Kaiser als eine hohe Person etwas stiftet und verordnet, ach, wie pranget man da, wie rühmet man's als ein hoch alt kaiserlich Gestifte. Nun, was ist der Kaiser, ein sterblicher Mensch, gegen Gott zu achten? Nicht anders, denn ein Pfund Blei gegen einen großen güldenen Berg zu rechnen.»

Melanchthon verstörte die kaufmännische Gesinnung, die sich in Art und Auswahl dieses Vergleichs offenbarte. Das war's doch gerade, was den Ehestand so unehrenhaft machte, daß er beim Bräutigam mit der Sorge um seinen Anhang den Krämergeist einziehen ließ. Wie weit war derjenige, der Gott mit einem Berg von Goldstücken verglich, noch entfernt von der Anbetung des zur Kalbsgestalt umgeschmolzenen edlen Metalls?

Gott zum Dank ging denen vorne das Verwerfliche dieser Stelle der Predigt nicht auf. Wer aber den Teufel aufsitzen läßt, der wirft ihn nicht so leicht aus dem Sattel, und so trieb er Luther zu noch offenkundigerer Selbstentblößung voran: «Oh, wenn einen solchen Ruhm die Mönch und Nonnen hätten, daß ihr Orden oder Stand Gottes Ordnung und Stiftung wäre, wie sollten sie prangen und prahlen. Da trotzen und pochen sie vor der Welt auf Franciscum, Dominicum, Benedictum, die nur Menschen gewesen und ihre Orden und Satzungen gestiftet haben. Aber daß der Ehestand aus Gottes Verfassung herstammt, des achten wir gering. Oh, Blindheit über Blindheit!»

Was, Luther, was in der Welt kann blendender sein als die

fleischliche Liebe? Melanchthon lag's auf der Zunge. Um ein Haar wäre er aufgesprungen und hätte es laut durch die Kirche gerufen.

Nach der ersten Ehre des Ehestands, daß er von Gott gestiftet war, sollte nun seine zweite darin bestehen, daß der Schöpfer den heiligenden Akt an keinem geringeren Orte als an dem des Paradieses vorgenommen hatte.

Über Katharinas Gesicht ging ein Strahlen, als sie's vernahm. Mit all den Tieren, Beeten, Obstbäumen und mit dem, was sie sonst noch an Einrichtungen plante, würde der Garten ums Schwarze Kloster dem von Eden in nächster Zukunft sehr ähnlich werden.

Die dritte Ehre, die dem Ehestand jetzt von Luther zugezählt wurde, hatte solideren Grund und wurde besonders von Aurogallus vorn bei den Professoren mit beifälligem Lächeln begrüßt: «... ist die, daß in dem Ehestande gelebet haben alle Patriarchen und Propheten als Adam, Enoch, Noah, Abraham, Isaak, Jakob, Joseph, Moses, Esaias, Hoseas, Zacharias, Ezechiel, Daniel, ausgenommen Jeremias, dem es sonderlich verboten ward, ein Weib zu nehmen.»

Bei der vierten Ehre wurde Katharina von Bora von Hitze und Schamesröte überlaufen. Ein Fleisch sollten sie sein und waren's heimlich bereits, wie aber kam's, daß sie so geschwind auch eines einzigen Geistes geworden? Sie war eben bei den Rosenbeeten mit ihren Gedanken, dabei, wie man dieselben am geschicktesten einhegen könnte, ohne ihrer Schönheit Abbruch zu tun, und just da predigte das andere Stück ihres Fleisches aus der Kanzel: «Wie einer, der einen schönen Gewürz- oder Rosengarten hat, den er liebet und nicht will, daß jemands dareinsteigen, etwas abknicken oder sonst Schaden darinne anrichten soll, der macht einen Zaun darum. Also tut

Gott auch hie mit dem sechsten Gebot: Du sollst nicht ehebrechen.»

Melanchthon fuhr sich mit der Hand in den Schopf und zerzauste, was noch zu zerzausen war an seinem Haar. Das sollte dem Ehestand zur Ehre gereichen, daß zu seiner Erhaltung ein sonderliches Gottesgebot nötig war? Fadenscheiniger noch die fünfte, die Luther darin erblicken wollte, daß im fünften Buch Mose am vierundzwanzigsten der fünfte Vers den Frischvermählten mit solchen Vergünstigungen winkt: «Wenn jemand neulich ein Weib genommen hat / Der soll nicht in die Heerfahrt ziehen / Und man soll ihm nichts auflegen. Er soll frei in seinem Hause sein ein Jahr lang / Daß er fröhlich sei mit seinem Weibe, das er genommen hat.»

Wie, Luther, wie wäre es gewesen, du wärest bei der Vorbereitung deiner Predigt mit deinem Finger im Text deiner eigenen Übersetzung um einen Absatz nach oben an den Anfang des Kapitels gerutscht? Was hättest du dort wohl gelesen?

«Wenn jemand ein Weib nimmt und ehelicht sie / Und sie nicht Gnade findet vor seinen Augen / Um etwa einer Unlust willen / So soll er einen Scheidebrief schreiben / Und ihr in die Hand geben / Und aus seinem Hause lassen.»

Wirst du uns jetzt als sechste Ehre verkünden, daß Jesus ehelos blieb, als die siebente, daß dieser Unverheiratete die Scheidung verbot, die doch Moses ausdrücklich billigt, wenn er Vorschriften zu ihrer Abwicklung aufsetzt?

Nein, beinahe noch drolliger: «Die sechste Ehre ist die, daß auch unser Herr Jesus Christus, Gottes Sohn, nicht von einer schlechten, freien Jungfrau geboren ist, sondern von Marien, die doch, wie Matthäus und Lukas schreiben, Joseph, ihrem Manne, vertrauet war als sein rechtes Eheweib.»

Die siebente Ehre soll sein, daß Jesus der erwähnten Hochzeit in Cana beigewohnt hat, die achte, daß er sein erstes Wunder ausgerechnet auf dieser Hochzeitsfeier, wo es an Wein gebrach, vollbracht hat.

Gewiß, in der Logik war keine Gnade. Die Gnade ist einzig in Gott. Dieser Punkt hatte Melanchthon am Ende aller Dispute immer wieder für Luther gestimmt. Aber hier konnte er es nicht wehren, daß sie seine Beobachtungen zu der Schlußfolgerung zwang, dies Männlein, welches sich mit derlei schwächlichen und herbeigezogenen theologischen Vernünfteleien in den Lebensbund mit dem Fräulein hineinzuschwatzen mühte, möchte in der fürchterlichsten Unsicherheit schweben darüber, ob denn nun dies ganz bestimmte Fräulein von Gott für ihn wenn schon nicht gemacht, so doch wenigstens auserwählt worden war. Hatte er denn nicht als der ergebene Gottesknecht, als den Melanchthon ihn kannte, vormals ebendiese Weibesperson dem Nürnberger Baumgärtner zur Ehefrau geben wollen?

In der Predigt ging es des breiteren darum, daß nicht nur der Vater, sondern namentlich auch der Sohn sich dazu verpflichtet hatte, Eheleute nie darben zu lassen, ihnen nötigenfalls das Wasser in Wein zu verwandeln.

Das Anhören dieser Passage war bei Melanchthon von besonders peinlichen Sensationen begleitet. Wenn Luther wie der schäbigste Krämer Vater und Sohn im Himmel seine aufgeblätterten Rechnungsbücher hinhielt und sie auf ihre Versprechungen hinwies, für die aus der Eheschließung hervorgehenden Unwägbarkeiten in seinen Budgets und Bilanzen zu bürgen, dann mußte der sonst so Felsenfeste von fürchterlichen Ängsten um seine Zukunft und um die seiner in der Gründung befindlichen Familie geplagt sein.

Der zweite Teil der Predigt handelte davon, wie die, die ehelich werden wollen, ihren Ehestand göttlich anzuschauen haben: «Daß ein Mensch im Herzen also sage: Siehe, lieber Gott, da höre ich, daß der Ehestand dein geschaffen Werk ist und dir wohl gefällt, derhalben will ich mich auf dein Wort darein begeben. Es gehe mir darinne, wie du willst, so soll es mir alles gefallen und behagen. Wer erkennt, daß der Ehestand Gottes Schöpfung und Werk ist, der findet Lust und Freude in ihm, obgleich ein anderer, der Gottes Wort nicht erkennt und ansieht, eitel Unlust und Jammer darinne findet.»

War das auf Katharina gesprochen? Oder wollte Luther sich selbst das endlose Gezänk, das ihn erwartete, das Gewäsch der Alltäglichkeiten, mit dem sie ihm langsam, aber sicher alle großen Gedanken aus dem Hirn spülen würde, schon einmal vorbeugend als Gottesdienst einreden?

Luther brachte, was Melanchthon unpassend schien, den 22. Vers aus dem 18. der Sprüche Salomo an diesem Platz: «Wer eine Ehefrau findet / Der findet was Guts / Und kann guter Ding sein im Herrn. Wenn sie das fänden, so würde ihnen kein Weib so häßlich, so böse, so unartig, so arm, so krank sein, daran sie nicht Lust des Herzens fänden, darum sie immerdar Gottes Werk, Schöpfung und Willen aufrichten könnten. Weil sie sehen, daß es ihres lieben Gottes Wohlgefallen ist, können sie Frieden im Leid, Lust mitten in der Unlust, Freude mitten in der Trübsal wie die Märtyrer im Leiden haben.»

Ach, armer Luther, die Befürchtungen, die dich da umzutreiben scheinen, die beschwichtigst du auf solche Art nicht und auch nicht mit dem 19. Spruch, wo du Salomo sagen läßt: «Haus und Güter erben die Eltern / Aber ein vernünftig Weib kommt vom Herrn.»

Denn die Betonung, die liegt hier, wie uns der Aurogallus gezeigt hat, durchaus auf dem Adjectivum «vernünftig», und einen Vers vorher heißt es ja auch: «Ein zänkisch Weib ist ein stetiges Triefen.»

Melanchthon erinnerte sich jetzt an seine und des Aurogallus Freude, als Luther diese deutsche Entsprechung eingefallen war, dies stetige Triefen. Ein stetiges Triefen war aber vor allem diese von vorne bis hinten mißratene Predigt, der nur noch fehlte, daß sie sich selbst widersprach. Aber auch hierauf ließ Luther Melanchthon nicht warten.

«Eine Tochter und ein Sohn soll sich nicht verloben heimlich im Winkel ohne Wissen und Willen der Eltern, denn es ist eine große Sünde wider das vierte Gebot Gottes, welches gebietet, den Eltern gehorsam zu sein. Die Kinder, die sich heimlich verloben und verheiraten, die tun nicht allein unrecht, sondern auch törlich, dieweil es so ein gefährlich, langweilig und mühselig Ding um den ehelichen Stand ist, wenn er nicht wohl gerät. Denn da müssen sie ihr Leben lang geplagt sein und Unglück haben, daraus ihnen niemand helfen kann denn der Tod. Und es ist zu besorgen, wenn man Vater und Mutter verachtet, ohne ihren Willen, ohne ihr Wissen heiratet und also den ehelichen Stand mit Sünden anfängt, es werde Gott weder Glück noch Heil dazu geben.»

Melanchthon erriet Luthers Absicht, vor der Hochzeit seine Eltern im Mansfeldischen zu besuchen. Hätte Luther das vierte Gebot immer so streng gehalten, wie er es hier von den Heiratswilligen einforderte, er wäre nie der Luther geworden.

Alle Ehre war dem Vater im Himmel. Dem Zimmermann Joseph hatte Jesus nirgends Hochachtung gezollt, geschweige denn den Gehorsam geleistet. War nicht Vater Luder – schon in der abgewandelten Schreibform des Familiennamens steckte Verleugnung der Herkunft –, war nicht dieser aufopfernde und treusorgende Vater außer sich gewesen vor Zorn, als Sohn

Martin die juristischen Studien, die eine Stange Geld gekostet, hingeschmissen hatte und ins Kloster verschwunden war, um fortan nur noch sich selbst zu leben und sich in den Qualen des eigenen Gewissens zu aalen? War es jetzt Reue über die Versündigung am vierten Gebot, daß Luther den Segen des Vaters zu seiner höchst verspäteten Verheiratung einzuholen gedachte? Wenn Luther nach Mansfeld ging, so war das besser als gut.

Die Stirne mußte man den Müntzerschen bieten, mußte heraus aus dem Winkel, mußte auf dem offenen Schlachtfeld erproben, was das Lutherwort galt bei den Knappen in den Kupfer- und Silberbergwerken, wo sie, den Klagen des Grafen von Mansfeld zu glauben, im Begriff standen, sich den tollwütigen Bauern zu verbünden. Dem Luther mußte vor Augen, was die mordbrennenden Rotten aus ihrem ehrwürdigen Evangelion gemacht, darauf kam's an.

Etwas anderes mußte unbedingt und so schnell als möglich aus diesen Augen heraus. Das Käthchen nämlich. Und wenn, was in dieser Sekunde Beschluß wurde, Melanchthon ihn begleiten würde auf der Reise nach Eisleben und Mansfeld und dann bestimmt weiter nach Thüringen hinüber, wo die Müntzerschen sich festgesetzt hatten, dann war wohl hier oder dort die Gelegenheit, ihm die täppischen Heiratsideen zu zupfen und ihn wieder in die Bahnen seiner eigentlichen und eigensten Schicksalsbestimmung zu lenken.

Deinen Fleiß willst du mehren? Gut denn, Luther, so will ich dein Sporn sein. Aber glaube mir bloß nicht, daß du mir mit Sakramentreichen durchkommen wirst. Deinen Leib wirst du ein wenig durch die Lande bewegen und das gute Evangelion verteidigen in Thüringens Kirchen gegen den Müntzergeist mit schwitzender Stirn und, wenn es sein muß, auch mit blutender Nase.

Das beste würde sein, gleich nach Beendigung des Gottesdienstes vor der Kirche den Spalatin abzupassen, sich mit ihm unter vier Augen zu beraten, wie man Luther aus dem gefährlich gewordenen Winkel reißen und als die fürchterlichste Waffe der Oberkeit im Westen gegen die Bauernhaufen einsetzen konnte. Ganz war die Hoffnung nämlich noch nicht beim Teufel. In seiner Auslegung des Apostelbriefs blieb unter der Verliebtheit jenes Gemisch von Poltergeist und Behäbigkeit, das ihn ausmachte, vorläufig noch erkennbar: «Daß er sie nicht soll achten, als wäre sie sein Fußtuch, wie sie denn auch nicht aus einem Fuße geschaffen ist, sondern aus des Mannes Rippe mitten im Leib, daß sie der Mann nicht soll anders halten, als sei sie sein eigen Leib oder Fleisch. Und wie zärtlich und freundlich er mit seinem Leibe umgehet, ist der schwarz, so verwirft oder verstößt er den nicht derhalben, ist der krank, so pflegt und wartet er sein, und ob er's nicht allezeit gleich macht, so hält er's ihm alles zugute. Also soll es der Mann mit seinem Weibe auch machen. Und ob gleich ein anderes Weib, schöner, besser beredt, klüger, weiser und gesünder ist denn dein Weib, so sollst du doch die nicht so sehr lieben als deinen eigenen Leib. Nein, nein, sondern dein Weib sollst du lieben als deinen eigenen Leib, und ob sie dir's nicht allezeit gleich machen kann, trag mit ihr Geduld wie mit deinem eigenen Leibe und tue, wie der Weingärtner mit seinem schwachen Weinstock tut. Wie denn der Heilige Geist im 128. Psalm das Weib einen Weinstock heißt. Wenn man den will anbinden, der sonst an ihm selber schwach ist wie ein Weib, daß er tragen und Früchte bringen soll, so nimmt der Weinmeister nicht dazu eine große eiserne Wagenkette oder einen groben Hanfstrick, sondern ein fein behend Strohbändelein. Damit bindet er sie an. Also soll man auch die Weiber regieren. Nicht mit großen Knütteln, Flegeln oder ausgezogenen Messern, sondern mit freundlichen Worten, freundlichen Gebärden und mit aller Sanftmut, damit sie nicht schüchtern werden, wie der Apostel Petrus im ersten am dritten sagt, und erschrecken, daß sie hernach nicht wissen, was sie tun sollen.»

Katharina schien selig, in Anwesenheit solch vielköpfiger Zeugenschaft diese Garantien verbuchen zu dürfen. Melanchthon hingegen verlor seine Selbstkontrolle so weit, daß ihm ein hörbares Murren entfuhr. Er hätte Luther wohl doch eher zu schweren Wagenketten und Schiffstauen geraten. Zumal der weinkundige Prediger seinem Strohbändelein das letzte Vertrauen doch nicht entgegenzubringen schien: «So soll denn des Weibes Wille, wie Gott sagt, dem Manne unterworfen sein, und der soll ihr Herr sein. Das ist: daß das Weib soll nicht ihres freien Willens leben, wie denn geschehen wäre, wo Eva nicht gesündiget, so hätte sie mit Adam, dem Mann, zugleich regiert und geherrscht als sein Mitgehilfe. Jetzt aber, nun sie gesündiget und den Mann verführet, hat sie das Regiment verloren und muß ohne den Mann nichts anfangen oder tun.»

Melanchthon wurde unruhig, es hielt ihn nicht mehr auf seiner Bank. Die ausgedrückte Angst vor der eingeborenen Herrschsucht der Weiber konnte ihm nach seinen Vorgedanken nur wie der Hilfeschrei eines Ertrinkenden klingen, und als er sich von seinem Platz erhob, zog er Luthers Blick auf sich. Trotz seiner Kurzsichtigkeit glaubte er, in Luthers Augen das an ihn gerichtete Flehen erkennen zu können. Melanchthon beantwortete es mit einem festen, entschiedenen Kopfnicken, und Luther schien es so zu verstehen, als solle er den Rest seiner Predigt nach Möglichkeit abkürzen. «Also haben wir nun gehört, was Mann und Weib im Ehestand tun sollen. Wollen nun hören das letzte Teil, ob sich auch Mann und Weib wieder von einander scheiden mögen. Also ist die Frage: Mögen sich auch Mann und Weib wieder von einander scheiden? Antwort: Nein. Denn es heißt, wie Christus spricht Matthaei am 19.: ‹Was Gott zusammengefügt hat, das soll kein Mensch scheiden.› Gebe Gott Gnade, daß eins dem andern in Krankheit und Nöten diene und sich nicht scheide, allein Gott tue es durch den natürlichen Tod. Dazu helfe uns allen Gott der Vater, Gott der Sohn und Gott der heilige Geist. Amen.»

Melanchthon beobachtete von der Judenstraße aus, wie sich die Menge aus dem Gotteshaus auf den Kirchplatz ergoß. Die Fetzen, die er aus den Gesprächen der Vorübergehenden auffing, überzeugten ihn, daß selten die Botschaft einer Predigt so eindeutig dechiffriert worden war. Ihr Luther, der tapfere Mönch, wollte ein Ehegemahl werden. Die, welche trotz allem taub geblieben oder einfach mit ihren Gedanken nicht bei den Worten der Predigt gewesen waren, wurden nun von den Hellhörigeren aufgeklärt.

Die Skala der Reaktionen reichte von der Begeisterung bis hin zur Empörung. Dieser Beobachtung konnte Melanchthon immerhin abgewinnen, daß Luther dem Geschwätz der einfachen Leute, dem Klatsch der Marktfrauen und Budenbesitzer mit seinen Heiratsplänen eine kräftige Nahrung darbot, die im glücklichen Falle einige Zeit vorhalten und sie vor der Agitation durch die Sendboten vom Bundschuh und von Müntzers geheimer Vereinigung beschützen mochte.

Die Honoratioren kamen als letzte aus der Stadtkirche heraus auf den Platz. Melanchthon sah Spalatin an der Seite Cranachs in angeregtem Gespräch. Der Maler würde den engsten Vertrauten und wichtigsten Ratgeber des Kurfürsten mit Wahrscheinlichkeit auf einen besonders edlen Tropfen in seine Weinstube laden. Da bliebe dann gewiß auch der Luther nicht ferne. Der würde sich, wie Melanchthon ihn kannte, die von der wortreichen Predigt ausgetrocknete Kehle ordentlich befeuchten, Cranachs durch Spalatins Anwesenheit gesteigerte Freigebigkeit nutzen und sich von dem in der Schrift an so vielen Stellen gelobten Trunk einmal mehr über die Grenzen von Maß und Vernunft hinausführen lassen.

Spalatins Schwäche für die Kapriolen und Derbheiten, auf welche der hochgelehrte Doktor Martinus unter dem Einfluß des Rebensaftes regelmäßig verfiel, war allgemein bekannt. Es hing wohl damit zusammen, daß Spalatin selbst einen jeden seiner Schritte, ein jedes seiner Worte wenigstens dreimal erwog und bedachte, bevor er etwas in die Welt hinausgab oder -tat. Deshalb liebte und bewunderte er Luther, der, ob er gleich tiefer in den Heiligen Geist eingedrungen, auch von dem, was Spalatin als Verantwortung vor der Geschichte auf seinen Schultern lasten fühlte, ein mehr als gehöriges Stück mittrug, sich bei Gelegenheit von alledem freimachen und sich toller aufführen konnte als die Hofnarren seines Kurfürsten. Melanchthon hatte verschiedentlich zuschauen müssen, wie Spalatin Luther die Laute gereicht und ihn zu allerlei Tralala und Hopsasa angetrieben hatte. Bei dem empfindlichen Mißbehagen, das solche Szenen in Melanchthon erregten, lag Tröstliches für ihn darin auch. Ebenjene punktuelle Unzurechnungsfähigkeit ihres Wortführers und Inspirators, sie war es neben Luthers Unzulänglichkeiten im Griechischen und Hebräischen, die ihn, Melanchthon, zum Unentbehrlichen gemacht und als dritte Instanz den beiden anderen installiert hatte. Ähnlich wie an diesem Tage hatten die Dinge nun schon so manches Mal gelegen, und dann hatte er mit Spalatin gemeinsam über den Feuerkopf hinweg die Lage beurteilt und die Entscheidung getroffen.

Das beherzte Handeln, das Losdreschen ohne Berücksichtigung der Gefahren und der unerwünschten Nebenwirkungen, das war Luthers Sache, nicht die seinige und erst recht nicht diejenige Spalatins. Es kostete Melanchthon Überwindung, an Cranach und Spalatin heranzutreten, mit höflich schmeichelnden Floskeln gegen den Maler, Unternehmer und Ratsherrn den Mittler zwischen geistlicher und weltlicher Sphäre seiner angenehm-unverbindlichen Konversation zu entziehen und ihn um die so dringlich anstehende Unterredung von Mann zu Mann zu ersuchen. Auf ein halbes Stündchen allerhöchstens wollte Cranach Spalatin den Urlaub von seiner Weinstube gestatten, und Melanchthon mußte versprechen, ihm den so seltenen wie hohen Gast auf das pünktlichste zurückzuführen.

So saßen denn die beiden in den für Spalatin eingerichteten Amtsräumen auf dem Schloß, wo sie ungestört waren, einander gegenüber. Spalatin, der, klassische Wendungen in seine Rede einflechtend, vor Melanchthon gerne den Humanisten herauskehrte und mit ihm in der Beherrschung höflicher und höfischer Formen zu wetteifern suchte, wollte mit Erkundigungen nach dessen Zuständen und Befindlichkeiten beginnen.

«Luther will heiraten», schnitt Melanchthon das, zum allerersten Mal deutsch mit Spalatin sprechend, ab.

«Wenn es das war, Magister, was Ihr mir zu eröffnen hattet», gab Spalatin zurück und setzte dabei sein Spaßvogelgesicht auf, das immer in so irritierender Weise gegen die Würde seines Amtes und den gewichtigen Ernst seiner Rede stand, «so muß ich Euch die Enttäuschung bereiten, daß Doktor Martinus mir seine Absicht vor Wochen schon in einem Brief mitgeteilt hat.»

«So wißt Ihr auch, wer die Glückliche ist.»

«Ob man sie eine Glückliche nennen darf, daran wag ich zu zweifeln, Melanchthon. Und es ist wohl nicht nötig, Euch diese Zweifel auseinanderzulegen. Ihr kennt unseren Luther doch gründlicher und mehr aus der Nähe als ich. Ich weiß jedenfalls, wen er sich auserwählt hat, um unser Evangelion auch in diesem Punkt durch seine Person zu beweisen.»

«An dieser Erwählung, hochwürdiger Spalatin», meinte Melanchthon mißmutig, «hege nun wiederum ich meine Zweifel. Ihr kennt die Weibsperson von Angesicht?»

«Dies Vergnügen hatte mir gerade Meister Cranach in Aussicht gestellt, als Ihr dazwischenkamt und uns unterbracht. Er befürwortet übrigens die Eheschließung von ganzem Herzen und mit seiner ganzen Person. Und zwar für beide Seiten.»

«Wenn Cranach etwas von ganzem Herzen befürwortet und mit seiner ganzen Person, dann sieht er gewiß schon den Pfennig, der ihm aus der Sache herauswachsen wird.»

«Nein, Melanchthon. Wenn Ihr mir den Cranach schlechtmachen wollt, dann sind wir hier fertig, und ich gehe gleich zu ihm hinüber.»

Melanchthon schwieg, den Blick stur auf seine Fingernägel geheftet.

«Es wird Euch nie gelingen, mir den Cranach madig zu machen», fuhr Spalatin, schärfer werdend, jedoch ohne die Stimme zu heben, fort. «Ihr habt es von mir gehört, und ich will es hier ein letztes Mal wiederholen. Dem Kurfürsten wäre der Dürer lieber gewesen. Schließlich hatte er die Begabung früher als andere entdeckt und Geld in die Ausbildung gegeben. Cranach hält als Künstler dem Vergleich mit Dürer nicht stand. Bestimmt ist auch Dürers Seele tiefer von der Furcht Gottes erfüllt, und sicher hängt eins mit dem anderen zusammen. Aber Ihr hadert zu Unrecht mit mir. Alle Beredsamkeit, alle Schätze dieser Welt hätten einen Mann wie Dürer nie in diesen wenig trostreichen Winkel zu ziehen vermocht. Drum bin ich froh, daß wir den Cranach haben. Ihr habt Euch etwas von der Karlstadtschen Aversion gegen die Bilder bewahrt. Es ist Euch ebenso zuwider wie mir, wenn der Pofel die Kirchen stürmt und, was Künstlerhände in gottbegnadeten Stunden geschaffen haben, von den Wänden rupft und zertritt. Aber, so fragt Ihr Euch, warum gutes Geld hergeben, um neue malen zu lassen? Recht habt Ihr, Melanchthon, es ist Frevel wider den Heiligen Geist, wenn wir die Bibel bebildern. Wären wir in unseren Handlungen so streng wie in unseren Gedanken, den Katalog mit den Abbildungen von den 5005 Reliquien, ‹Die Zeigung des hochlobenswürdigen Heiltums der Stiftskirche Allerheiligen zu Wittenberg›, den Cranach damals auf Begehren unseres Kurfürsten gefertigt, wir müßten ihn verbrennen lassen vom Henker, weil es natürlich Götzendienst ist. Aber Luther wird gewußt haben, warum er mit seinen Thesen, durch welche dies sonderbare und weitgreifende Spiel in Gang kam, bei der 95. aufgehört, nicht noch fünf gegen die Reliquien hinter der Türe, selbst nicht gegen den Gewinn, den der Kurfürst in klingender Münze aus denselben gezogen, angehängt hat, um das runde Hundert zu füllen. Wie hätten wir denn etwa gegen die römische Blutsaugerei aufstehen können, wäre da nicht des Gutenbergs löbliche Erfindung gewesen? Was hätten wir ausrichten können gegen das Heer der Prälaten und Prädikanten, gegen die Meute der Äbte und Mönche, hätten wir nicht gegen sie unsere Druckschriften geworfen? Und ich sage Euch, sie hätten die Hälfte ihrer Wirkung versäumt, hätten nicht zwischen den Buchstaben die Bildwerkelein aus der Cranachschen Werkstatt gestanden. Ich frage mich manchmal, ob nicht unsere Kirchengeschichte einen gänzlich anderen Lauf genommen hätte, wäre unter den Jüngern Jesu ein Maler gewesen.»

«Ich bitt Euch, laßt uns diese Fragen ein andermal auf ihren Grund führen», sagte Melanchthon, der Spalatin mit wenig Aufmerksamkeit und viel Geduld zugehört hatte. «Luther will heiraten, und ich fürchte daraus große Nachteile für unsere Sache.»

«Aber Ihr selbst seid doch verheiratet, Magister Philippus.»

«Weder war ich Mönch, noch habe ich mir eine Nonne zum Weibe genommen.»

«Luther hat es uns doch bewiesen aus der Heiligen Schrift, daß das Heiratsverbot für die Priester ein von den Papisten eingeführtes Hirngespinst ist, daß die Gelübde, die dem Menschen unerfüllbar und noch dazu Gott nicht wohlgefällig sind, nicht binden.»

«Die Mönche sollen ehelich werden, genau wie die Nonnen, die einen mit den anderen meinetwegen. Ihr, Spalatin, habt es gerade eben wieder betont, daß der Luther gelesen wird, daß ein jedes seiner Worte Funken schlägt in Tausenden und Abertausenden Herzen. Als Philosoph vom Fach möchte ich sagen, Luther ist längst kein Name mehr, er ist ein Begriff. Ein Mensch darf und soll heiraten, aber nicht ein Begriff.»

«Vergebt mir, Melanchthon, wenn ich Eure Meinung nicht teile. Aber ich sehe ungefähr, worauf Ihr hinauswollt. Lassen wir's für heute unentschieden, ob unser Doktor Martinus unter die Propheten gehört. Wahr wäre daran zumindest dies, daß er im eigenen Lande nichts gilt. Weniger jedenfalls als in der Ferne. Wir haben manch unflätigen Scherz aus seinem

Munde gehört, ihm zugesehen, wenn er eine und die andere Kanne mehr getrunken hatte, als der Durst ihm gebot. So kennen wir ihn. Wer seinen Geist einzig aus seinen Schriften empfängt und beurteilt, wer sich die Züge des Menschen nach den Kupfern aus Cranachs Hand vorzustellen gezwungen ist, dem mag er leicht als ein Sendbote Gottes erscheinen. Selten ist Gottes Wort in einem Menschen reiner erklungen. Dort draußen kennen sie ihn als den, der seine Thesen gegen den Ablaß an die Kirchentüre genagelt, der sich in Worms vor dem Reichstag geweigert, seine Lehre zu widerrufen, der die Bulle des Papsts mit den Büchern des kanonischen Rechts in die Flammen geworfen hat. Heiratet er nun, so verstehe ich Euch, wird er dem Bild, das sich die Leute in Städten und Dörfern gemacht haben von ihm, Schaden zufügen.»

«Daß er ausgerechnet jetzt heiraten muß, das ist es, was mir diese Sorgen bereitet.»

«Irgendwann muß es doch einmal sein. Schließlich ist er der Jüngste nicht mehr.»

«So laßt es mich offen sagen: Wenn er jetzt heiratet, heißt es, die Freunde, die wir dem Evangelion mit solchen Opfern gewonnen, geradenwegs dem Müntzer und den Rotten der Bauern zuzutreiben.»

Endlich wurde Spalatin nachdenklich.

«Ihr habt gewiß zuverlässigere Nachrichten als ich», machte Melanchthon vom Verstummen seines Gegenübers Gebrauch. «All das aber, was teils an ungefährer, teils an verbürgter Kunde zu mir gedrungen, fügt sich bei mir zu dem Eindruck, als sei's diesmal ein gar ander Ding mit dem Aufruhr der Bauern. Nicht, als ob sich, wie es das gegeben hat seit Menschengedenken, an einem Ort die gestaute Wut gegen eine besonders tyrannische Herrschaft in einem gewaltsamen Ausbruch entlüde. Es ist ein regelrechter Krieg, den der Herr Omnes ausgerufen hat und in die weite Fläche entfaltet, den er ohne die Spur einer Barmherzigkeit führt wider jede Sorte von Oberkeit, ganz einfach darum, weil sie Oberkeit ist.»

«Nicht gegen jede», warf Spalatin ein.

Melanchthon erschrak.

«Ihr wollt mir nicht sagen, Spalatin», kam es stammelnd und stimmlos aus ihm heraus, «Ihr hieltet es mit den Bauern.»

«Ich halt es mit Gott», sagte Spalatin entschlossen.

«Und wenn Gott es mit den Bauern hält ...»

Spalatin richtete sich in seinem hochlehnigen Amtsstuhl auf. «Die kurfürstliche Ansicht geht dahin ...», versuchte er, neu anzusetzen.

Melanchthon entspannte sich. Es wäre auch ein gar zu tolles Ding gewesen, den Hofprediger von der Oberkeit abrücken zu sehen. Spalatin führte aber seinen begonnenen Satz nicht zu Ende.

«Die kurfürstliche Ansicht geht dahin ...», erinnerte ihn deshalb Melanchthon.

«Nun, mein lieber Melanchthon, glaubt es mir oder glaubt es mir nicht, Herzog Friedrich, unser weiser Kurfürst, deutet sich die Vorgänge, von denen wir hören, so, daß es Gottes Beschluß sein könnte, dem gemeinen Mann das Regiment zu übertragen.»

«Das Regiment?» fragte Melanchthon nach, um sicherzugehen.

«Das Regiment», bestätigte Spalatin und schaute Melanchthon dabei furchtlos ins Auge.

«Und das Schwert?» erkundigte sich Melanchthon überflüssigerweise, denn irgendwie hielt er es für einen Spuk, was sie da miteinander besprachen.

«Das Regiment und das Schwert», antwortete Spalatin ruhig. «Es ist ein und dasselbe, wie uns der Apostel Paulus zun Römern am dreizehnten gelehrt hat.»

«Was aber, Spalatin», entsetzte sich Melanchthon, «soll das für eine Oberkeit sein, die keine Unterkeit unter sich hat?»

«Das würde mich, wie Ihr versteht, ebenso brennend interessieren wie Euch. Leider hatte der Kurfürst, als ich ihn mit Vorsicht und Umstand danach befragte, keine Antwort für mich. Ob es nun hinterlistige Fuchsschläue ist bei denen, die für die Bauern die Flugschriften verfassen, oder ob sie es ernst damit meinen wie die unschuldigen Lämmer, man merkt ihre Sorgfalt, bei allen Angriffen auf Pfaffen und Adel den Fürsten Friedrich von Sachsen auszunehmen und als das leuchtende Beispiel einer gerechten Herrschaft zu preisen.»

«Und ich glaubte unseren Fürsten immun gegen die Schmeicheleien des Pofels.»

«Unser Kurfürst, ich sage es Euch im Vertrauen, ist nicht mehr ganz von dieser Welt. Er fühlt, daß seine Tage gezählt sind, und wird der Voraussicht nach den Sommer nicht mehr erleben.»

«Weiß Luther das?»

«Er soll es, wenn ich ihn bei Cranach noch treffe, erfahren.»

«Wie stellt sich Herzog Johann, der denn unserem geliebten Kurfürsten bald, so es Gottes Wille ist, ihn zu sich zu berufen, im Amte nachfolgen wird, zu der Sache der Bauern?»

«Er schwankt, wie sein regierender Bruder. Es sind die zwölf Artikel, auf welche die Bauern alle die schwören lassen, die von ihrer Gewalt verschont werden möchten. Der Kurfürst, der Rückschau zu halten beginnt auf sein verfließendes Leben, hat mich versichert, daß er in der Gründung unserer Universität zu Wittenberg das christlichste seiner Werke erkennt. Er wünscht sich ein Gutachten darüber, ob die Bauern mit ihren Artikeln zu Recht auf unser Evangelion pochen.»

«Des Auftrags, Spalatin, habt Ihr Euch soeben entledigt. Ich hab Euch das Gutachten fertig, ehe ich noch den ersten Buchstaben dieser verfluchten Bauernartikel gelesen.»

«Zwar wünscht sich der Hof, die Überprüfung möge von Luther vorgenommen sein, jedoch angesichts der Bedeutsamkeit, welche leidigerweise der Sache einmal zugewachsen ist, wäre, denke ich, eine zusätzliche gelehrte Beurteilung gewiß nicht von Schaden. Ich glaube, ich darf Euch, ohne mit kurfürstlichen Gnaden Rücksprache gehalten zu haben, die fünfzig Gulden, die mir für Luthers Gutachten bewilligt sind, gleichfalls zusagen.»

«Und wenn ich fünfzig Gulden draufzahlen müßte, ich schwör's Euch, Spalatin, hier in die Hand, nur her mit den Artikeln, so will ich nicht faul sein, dem Teufel seinen evangelischen Flitter vom Leibe zu reißen.»

«Es wird vielleicht noch ein wenig Zeit damit haben. Wir halten eine Abschrift der Bauernartikel, die wir übrigens Karlstadt verdanken, der an der Tauber zu Rothenburg weilt, im kurfürstlichen Archiv zu Weimar verschlossen. Bis wir klug geworden, wie sich das Begehren der Bauern zur Wahrheit der göttlichen Offenbarung verhält, ist es unsere Aufgabe nicht, das Schriftstück dem sächsischen Volke unter die Nase zu reiben. In unseren Landen ist's vorläufig ruhig, und ich sagte ja schon, daß sie unseren Fürsten von allen Vorwürfen wider die Oberkeit ausdrücklich ausgespart haben. Wenn ich es mir nicht gar zu schief deute, so schwebt ihnen vor, sie könnten unseren Friedrich, der bei der letzten Wahl sehr weise dem spanischen Karl den Vortritt gelassen, noch zum römischen Kaiser erheben.»

«Pfui, Karlstadt, der du mein Lehrer warst, den ich geliebt und geachtet, daß du dich am Ende unter die schlimmsten Rottengeister gemischt hast!»

«Nein, Melanchthon. Den Karlstadt nehm ich vor Euch in Schutz. Daß er ein Schwärmer war und geblieben ist, das geb ich Euch zu. Ich hab ihm aber sein Verdienst um unser Evangelion und um unsere Universität nicht vergessen. Wenn er sich jetzt bei den Aufständischen tummelt, hat Luthers Eifersucht dazu beigetragen. Er predigt dort unten die Friedfertigkeit und hat selbst unter der Unbändigkeit der Bauern zu leiden.»

«Wollen sehen, was es für ein Ende nimmt mit dem Karlstadt. Ob er am Galgen hängen wird oder ob ihn die Bauern erwürgen. Daß sie an Sachsens Schranken haltmachen werden mit ihrem Morden, Brennen und Rauben, nur weil sie ohne unseren Kurfürsten gar nicht wüßten, was in den Biblien steht, bester Spalatin, das glaub ich Euch nicht. Gewiß, ohne unseren Fürsten, ohne Euch hätte Luther nie und nimmer so weit gehen können, wie er gegangen ist, ohne auf dem Scheiterhaufen zu landen. Daß sie Gottes Wort jetzt auch aus den alten Büchern der Juden in deutscher Sprache empfangen, dazu habe wohl auch ich ein Bescheidenes zuhelfen dürfen. Es wär, der Wahrheit die Ehre zu lassen, auch ohne unseren Aurogallus nicht zustandegekommen, auch wenn's den Luther inzwischen reut, daß er so viel Aufhebens davon gemacht hat, daß Jesus, unser Herr, ein geborener Jude gewesen. Kurz und gut, ich will sagen, der Luther hat's gewiß nicht alleine gemacht, aber gemacht hat es doch er. Und dies Machen, Machen, Machen, das hat ihm der Müntzer abgeguckt und stürzt uns jetzt alle damit in den Abgrund. Sie haben ihn fortgejagt in Zwickau, sie haben ihn fortgejagt in Prag, aus Allstedt haben wir ihn fortjagen lassen, aber in Mühlhausen hat er sich doch festgesetzt. Es tanzen die Mühlhäuser Ratsherren jetzt nach seinem Pfeifer. Es sind Briefe aus Nürnberg gekommen. Ihr wißt ja, daß sie ihm dort seine Hetzschriften gegen Luther gedruckt. Er hat aber aus seinem Aufenthalt in der Stadt noch viel teuflischeren Nutzen gezogen. Er hat sich mit den Pulvermachern, den Geschützgießern und den Waffenschmieden befreundet. Für die hebt jetzt das Himmelreich an, denn sie liefern den Heeren der Fürsten wie den Haufen der Bauern. Wenn unser Land verwüstet daliegen wird vom Rhein bis zur Elbe, werden die Nürnberger, die Tag und Nacht all die hübschen und blinkenden Mordwerkzeuge erschaffen, in nie geahntem Reichtum erstrahlen. Es gibt aber auch in Mühlhausen Männer, die sich aufs Handwerk verstehen. Es heißt, sie hätten im Kloster der Barfüßer eine Geschützgießerei eingerichtet. Ich wett mit Euch, Spalatin, der Müntzer träumt schon davon, mit seinen Batterien Wittenberg zu erobern.»

«Da sei Gott vor.»

«Nicht süß wie der Apfel, den die Hewa dem Adam gereicht», versuchte Melanchthon Spalatin den außerordentlichen Ernst der Lage zu illustrieren, «saurer noch als sauer wird der sein, in den wir zu beißen haben. Wir werden nämlich gezwungen werden, mit dem Albertiner, der Papst und Fugger mit solch unverbrüchlicher Treue anhängt, gemeinsame Sache zu machen. Die Hauer, die sich in den Stollen der Mansfeldischen Grafen durch den Kupferschiefer hämmern und sägen, sie sind doch schon im vergangenen Jahr Sonntag für Sonntag auf die Goldene Aue gepilgert, um in Allstedt beim Müntzer die Predigt zu hören. Ich mag nicht wissen, wie viele von ihnen in sein unchristliches Verbündnis geschworen haben. Der Herzog Georg, der Bärtige, der Widerwärtige – wir werden uns rasch abgewöhnen müssen, bei Nennung seines Namens dreimal auf die Erde zu speien! –, der Herzog Georg also, der ein um das andere Mal seinen Vetter, unseren Fürsten, gedrängt, das Wormser Edikt durchzuführen und Luther dem Papst auszuliefern, ihm werden wir, er wird uns zur Seite zu springen haben, wenn es gilt, die Bauern zu züchtigen für ihre Untat.»

GISBERT war in ruhig und doch rasch fließendes Gewässer geraten mit dem Kahn seiner Erzählung, und es schmerzt mich nicht weniger als seinen Leser, daß ich ihm das Vergnügen, dieser angenehm gleitenden Bewegung zu folgen, an dieser Stelle schon wieder rauben und Kommentar einschalten muß. Wie ich Gisberts Tagebüchern entnehme, hatte er sich im Februar des Jahres 1938 gemeinsam mit Eva einen Wochenendausflug nach Wittenberg gegönnt. Neben Verärgerung über die Einbindung der Wallfahrtsstätte in die nationalsozialistische Propagandamaschinerie, neben tiefempfundener Scham über die Weigerung der Hotels, seine jüdische Frau aufzunehmen, stehen wunderbar poetische Passagen, die das Aufleben ursprünglicher Zärtlichkeit bis hin zu wildem Begehren in den durch die Routine des Alltags abgestumpften wechselseitigen Gefühlen der Eheleute besingen.

Bei Dienern des Lutherkults, die es zur Bekennenden Kirche hinzog, fanden die Gutsches nicht nur Quartier und Bewirtung, sondern auch Verständnis für ihre Situation. Der protestantische Geistliche, der im Tagebuch mit dem Buchstaben P. abgekürzt ist und bei dem sie übernachteten, offenbarte sich als ein das Werk bis in seine im zartesten Pastell hingewischten Feinheiten würdigender Leser von Gisberts Roman über den Soldatenkönig.

Dieser P. muß auch die passenden Worte besessen haben, um dem in prekärsten Lebensumständen schaffenden Schriftsteller Mut für die geplante Arbeit am Luther-Stoff zuzusprechen.

«Bestand haben, wenn auch ohne äußeren Erfolg, kann

wohl in der kommenden Zeit nur das Buch, das die Zuflucht in der Kirche erschließt», trug Gisbert im Anschluß an das Gespräch mit P. in sein Journal ein.

Das unter dem Strich beglückende Erlebnis in Wittenberg scheint ihm die Physiognomien seines Romanpersonals recht plastisch vor Augen gestellt und den zügig fortlaufenden Arbeitsprozeß bis in die Osterzeit des Jahres 1938 angeregt zu haben. Der Einschnitt, durch den diese produktive Zeit unterbrochen wurde, läßt sich genau bestimmen durch Gisberts Eintrag unter dem Datum des 27. 4. 1938: «Das neue Gesetz: Bestandsaufnahme jüdischen Vermögens, auch in arisch-nichtarischen Mischehen. Ausnahmen sind nur die persönlichen Gebrauchsgegenstände und der Hausrat. Dann § 7: Der Beauftragte für den Vierjahresplan kann die Maßnahmen treffen, die notwendig sind, um den Einsatz des anmeldepflichtigen Vermögens in Einklang mit den Belangen der deutschen Wirtschaft sicherzustellen.»

Von Evas Annäherungen an seinen Wunsch, sich taufen zu lassen, die er immer wieder mit Äußerungen wahrer Herzensfreude aufgezeichnet hatte, ist nun auf lange Zeit nicht mehr die Rede. Was statt dessen Gegenstand des ehelichen Gesprächs war, wird deutlich aus einer Eintragung unter dem 3. 5. 1938: «Eva war gestern der Hausangelegenheit wegen bei Rechtsanwalt Haug. Er sagte, es gäbe nur eins, und es sei ein Glück, wo dieses möglich: alles dem arischen Teil übergeben. So soll nun das neue Haus mein Haus sein. Ich sehe, wie Gottes freundlichste Verheißungen sich erfüllen. Aber dies alles geschieht unter einem Schatten, der es mit dem letzten Ernst erfüllen muß.»

Ich bilde mir, wenn ich mir eines von Gisberts Tagebüchern unter die Nase halte und daran schnuppere, ein, immer noch das Gas riechen zu können, das ihn, Eva und die kleine Jessica getötet hat. Der Leser wird vielleicht nachfühlen können, was ich empfinde, wenn ich, darin blätternd, auf solche Zeilen stoße: «Beim Abendessen sagt Eva: Alle Juden verkaufen, brechen ab, wandern aus. Und ich baue mit dir! Wie ist das von Gott her? Meine Antwort an Eva: Alle menschlichen Erwägungen sagen nein. Der Glaube sagt ja. Zum irdischen und zum EWIGEN HAUS.»

In derselben Woche notierte Gisbert die gesetzliche Bestimmung, die den Juden zum 1. 1. 1939 vorschrieb, als zweiten Vornamen «Israel», den Jüdinnen, als zweiten Vornamen «Sara» zu führen. «Die Liste der Vornamen», bemerkt er weiter, «die für neugeborene Judenkinder festgesetzt sind, bedeutet zu achtzig Prozent eine sadistische Verhöhnung. Die biblischen, berühmten Namen sind den Juden gesperrt.»

Als Schauspieler mit einer starken Liebe zu den Figuren, die Henrik Ibsen der Bühne geschenkt hat, reizt es mich bisweilen, von Eva und Gisbert ausgehend, solche dramatischen Charaktere zu gestalten. Freilich fehlt mir dazu Ibsens Genie, und deshalb lasse ich es. Was jedoch, vermöchte ich es, zu einer Eva Gutsche nachempfundenen dramatischen Person unbedingt als tragender, vielleicht tragisch zu nennender Wesenszug gehören müßte, wäre ihre *Unzertrennlichkeit*.

Wer sie kannte, dem würde wahrscheinlich, nach ihrem hervorstechendsten Merkmal befragt, zuerst ihre Attraktivität einfallen. Der Bezeichnung nachdenkend, bemerke ich, daß sie vergleichsweise häufig auf Frauen, höchst selten dagegen auf Männer angewandt wird. Leichter ist man geneigt, bestimmten Männern Schönheit zu attribuieren, als ihnen Attraktivität zuzugestehen. Bei den Frauen, interessanterweise, steht die Attraktivität nicht in direkter Korrelation zu ihrer Schönheit. In Eva haben wir das Beispiel einer Frau, die man nicht unbedingt schön finden mußte, deren Attraktivität aber für einen Müllkutscher so unbezweifelbar war wie für den Staatspräsidenten.

Für Gisbert, den sie durch diese geheimnisvolle Kraft an sich band, war das Phänomen, wenn er mit ihr in Gesellschaft ging, eher lästig. Es gibt Männer, die eine Befriedigung ihrer Eitelkeit daraus ziehen, wenn man sie um ihre Frauen beneidet. Gisbert gehörte nicht zu dieser Sorte von Männern. Mochte in den ersten Jahren seiner Ehe mit Eva Eifersucht in ihm aufgekommen sein, wenn eine Abendgesellschaft sich wie unter Gravitätsgesetzen um sie gruppierte, so hat er später diese Empfindung in sich unterdrückt oder ganz einfach abgelegt.

Ich nehme an, daß diese Veränderung mit einer Entdekkung zusammenhing, die er gemacht haben könnte. Er könnte herausgefunden haben, daß die weibliche Attraktivität, abweichend von Vorurteil und gemeinem Verstand, mehr noch als die Schönheit ein Geschenk der Natur darstellt und damit, wie jedes Geschenk, gleichzeitig auch eine Last. Die Anziehungskraft bindet nämlich den Anziehenden nicht weniger als den, der angezogen wird. Damit wäre ich wieder bei der Unzertrennlichkeit, von der meine kleine Reflexion über die Attraktivität ausging.

Die Berufswahl, wie sie Gisbert getroffen hatte, entspringt heutzutage in aller Regel dem Wunsch nach einer relativ losen Stellung zu dem gesellschaftlichen Gefüge. Diese bedingt die Unsicherheit der materiellen Versorgung. Mit Heranziehung dieser Gemeinplätze will ich darauf hinaus, daß in dem Gespann Gisbert derjenige war, dessen innere Tendenz auf Unabhängigkeit zielte. Es ließen sich jetzt Hunderte von Stellen aus seinen Tagebüchern anführen, die eine in die Knochen gehende Angst um das tägliche Brot bezeugen. Die evangelische, speziell lutherische Impfung hat also offensichtlich bei Gisbert so gut wie keine Wirkung gezeitigt.

Studiert man jene Passagen, auf die ich anspiele, genauer, so erkennt man in den Manifestationen seiner Existenzangst mit einiger Deutlichkeit die Zweifel des Autors an seiner Berufung. Von hierher war die Tatsache, daß Eva über ein nicht unbeträchtliches Vermögen verfügte, gewiß eine Bedingung für seinen Heiratswunsch. Ich behaupte aber, daß sie nicht dessen Ursache war.

Es ist nicht ganz frei von komischen Effekten, was Gutsche in sein Tagebuch schrieb, um seine Liebedienerei bei den Abteilungsleitern im Rundfunk und bei den Zeitschriftenredaktionen vor sich selbst als ein notwendiges Übel zur Erlangung der totalen dichterischen Freiheit während seiner wenigen Mußestunden erscheinen zu lassen. Das geht dann ins Peinlich-Lächerliche hinüber, wenn er seine Brotherrn verflucht und bejammert, daß in dem Moment, da er, abgehetzt und ausgepumpt von der Erledigung seiner Auftragsarbeiten, seine «eigenen» Werke vornimmt, die Muse eben doch nicht zum Kusse bereit ist. Verfolgt man über die Jahre dies Lamento wider die Einrichtung der Welt, durch die ihm von den Administratoren des Kulturbetriebs das Genialische aus den Adern gesaugt wird, so ist man nicht wenig erstaunt, daß diese Klagen nach der Hochzeit mit einer reichen Frau keineswegs verstummen, ihre Lautstärke sich ganz im Gegenteil sogar noch erhöht.

Dabei war außerdem noch eingetreten, was Luther in seiner Predigt über die mannigfachen Ehren des Ehestandes den Heiratswilligen geradezu garantieren zu können glaubte. Buchstäblich beim Verlassen des Standesamtes hat Fortuna ihr Füllhorn über Gisbert Gutsche ausgeschüttet. Der Roman über den Soldatenkönig, seine in geschäftlicher Hinsicht mit großem Abstand erfolgreichste Hervorbringung, darf wohl als eine Frucht und göttliche Segnung von Evas und Gisberts Aufstieg in den geheiligten Stand angeschaut werden. Es war ihr Geld, das ihn für einen längeren Zeitraum aus den Ketten des Feuilletons löste und es ihm möglich machte, die tausend Seiten mit seiner Friedrich Wilhelm I. geweihten Prosa zu füllen.

Es zeigte sich, daß Evas Riecher, mit dem sie in der Modebranche reüssiert hatte, auch auf dem literarischen Feld taugte, die Investition zahlte sich hundertfach aus, denn ich erwähnte ja schon, in welch schwindelerregender Höhe sich die Auflage des Buches bewegte, Gisbert kommt in seinem Journal immer wieder mit fühlbarem Stolz auf diese Ziffern und die ihnen korrespondierenden Honorare zu sprechen.

So üppig diese Einnahmen fließen, entlasten sie ihn nicht im mindesten von den panischen Sorgen ums Überleben. Das erste Haus, das Eva aus ihrem Vermögen für die Familie erworben hatte, mußte einer stadtplanerischen Maßnahme wegen abgerissen werden, und nichts scheint für Gisbert in seinem Leben fester gestanden zu haben als die daraus abgeleitete unumgängliche Folge eines Neubaus. Ehemann und Hausbesitzer, das waren in Gisberts Gedankenwelt Synonyme.

Der Hausbau, so will es mir scheinen, war nicht allein Wahnwitz, er war der erste, später nicht mehr umkehrbare Schritt in den Tripelselbstmord. Es war, wie es ja durch die zitierten Tagebuchstellen hindurchschimmerte, Gisbert, der zu dieser Installation auf dem bereits in lichterlohem Brande befindlichen Boden der Reichshauptstadt drängte. Eva hätte sich wohl lieber an das Beispiel der ihr befreundeten Juden gehalten, um mit dem allenfalls noch Rettbaren ins Ausland zu fliehen.

Warum kam diese Variante für Gisbert nie in Betracht?

Die Wirkung des letzten großen Exodus in der Geschichte des jüdischen Volkes war, wie wir wissen, daß ein Nachbarland des Deutschen Reiches nach dem anderen den Nachkommen Abrahams seine Grenzen verschloß. Mit tiefem Schmerz verzeichnet Gisbert den dahin zielenden Erlaß der Regierung Hollands im Mai 1938.

Seit Etablierung der Hitlerdiktatur bedeutet, ein deutscher Schriftsteller im Ausland zu sein, gegen Deutschland zu schreiben. Die Situation läßt keine Ausnahme zu. Innerhalb der Gilde mußte sich die Machtergreifung der Verbrecherclique mit ihrer höhnischen Berufung aufs Deutschtum gerade auf Autoren von Gisberts Gepräge am allernachteiligsten auswirken. Die demokratischen und sozialistischen Schriftsteller haben das Land gewechselt, nicht die Gesinnung. Im Lux, im Büro 99 und, soweit sich das von hier aus Kasachstan beurteilen läßt, auch in dem nach Amerika übergesiedelten Teil der deutschen Exilliteratur wird auf Hochtouren an einem Patriotismus der vollendeten Doppelzüngigkeit (Deutschland ja – Hitler nein) gewerkelt. Ein solcher Patriotismus konnte Gisberts Sache nicht sein. Er durfte sich ausrechnen, daß er im Kreis der in den verschiedensten Schattierungen antifaschistisch denkenden und arbeitenden Emigration nur noch verlassener gewesen wäre als in seiner unwirtlichen Heimat. Was ihm noch offenstand, war das, was man etwas widersinnig die innere Emigration nennen müßte. Sie war durch das Luthertum in ihm angebahnt. Für die Konsequenz, daß die Ankunft bei Gott die gewaltsame Herauslösung aus dem Reich von dieser Welt einschließen würde, war er blind.

Wir wollen, wenn wir Gisberts Option für den Hausbau als fatale Fehlentscheidung bezeichnen, als mildernden Umstand berücksichtigen, daß er unter dem vom Regime auf die Juden ausgeübten Druck handelte, ohne selbst Jude zu sein. Er bezog die Gefahr in seine Kalkulation ein, ohne sie an Leib und Seele zu spüren. Unter solchen Voraussetzungen findet der Mensch selten den Ausweg aus einer hoffnungslosen Situation.

Nehmen wir jetzt die psychologische Komponente wieder hinzu. Ich sprach von Evas Attraktivität und setzte sie in ihrer Bedeutung der Unzertrennlichkeit gleich.

Gisbert war weder gut aussehend noch charmant, weder sportlich noch witzig, und er war zudem, als Eva ihn kennenlernte, das, was volkstümlich ein armer Schlucker genannt wird. Sie konnte davon ausgehen, daß sie bei einer ehelichen Verbindung mit ihm, selbst ohne die Nazis und deren raubgierige Rassengesetze, ihr Vermögen würde daransetzen müssen. Was trieb sie, seiner Werbung stattzugeben und den übrigen Freiern, die sämtliche von Frauen an Männern geschätzte Eigenschaften aufwiesen, den Korb zu reichen? Ihre Attraktivität, so meine These, die es ihr unerträglich machte, ihr die bittersten Qualen verursachte, wenn der einmal Herangezogene sich wieder von ihr entfernte. Daß Gisbert Schriftsteller war, meine ich, muß für sie den Ausschlag gegeben haben.

Schon der Beruf des Rechtsanwalts, dem sie nicht in die Kanzlei und auf das Gericht folgen konnte, wie ihn ihr erster, verstorbener Ehemann, der Vater von Iris und Jessica, ausgeübt hatte, war für Eva unbequem bis peinigend gewesen. Sie wollte ununterbrochen beaufsichtigt sein und hatte auch am Flirten und Tändeln nur dann den rechten Geschmack, wenn Gisbert zugegen war. Ob er mit seinen Werken Gnade vor dem kritischen Gericht der Weltliteratur fand, ob er auf die Gunst des kauflustigen Lesepublikums stieß, das war ihr ganz gleichgültig, solange er unter ihrem Dache schrieb und sie beim anschließenden Entspannungsspaziergang an seiner Seite behielt. Ich verbessere mich: Gisberts literarischer Erfolg war ihr sogar unangenehm. Der Ruhm ließ aus den vier Himmelsrichtungen die Einladungen zu Lesungen und Signierstunden heranflattern und forderte ihr also ab, den Behausten und Behüteten wenigstens tageweise zu beurlauben, wenn sie ihn nicht bei all diesen Exkursionen in die Öffentlichkeit begleiten wollte. Das mit dem Ausschluß aus der Reichsschrifttumskammer über Gisbert verhängte Auftrittsverbot kann ihr von dieser Seite nur recht gewesen sein.

Der Eindruck, den Gisberts Tagebücher vermitteln, muß hingegen als äußerst zwiespältig klassifiziert werden. Er litt unter dieser Beschneidung seines Geltungsdrangs, hätte aber auch in dem anderen Falle, wo ihm die unmittelbare Berührung mit seinem Publikum gestattet gewesen wäre, zu leiden gehabt, an der eigenen Seele nämlich einerseits, unter den vorübergehenden Trennungen von Eva, die damit verbunden gewesen wären, dann aber noch mehr unter den Schmerzen, die es ihr zugefügt haben würde. Da blieb er lieber zu Hause und redete sich ein, es handele sich um eine begünstigende Fügung, wenn man ihn von der persönlichen Begegnung mit seinen Lesern und Bewunderern abschnitt, um ihn an seinen Schreibtisch gefesselt zu halten. Der Schriftsteller – so machte er sich's zum Credo – habe Gott, das hieß, seinem Werk, nicht seinen Lesern zu dienen.

Man verkennt nicht den Aufwand an Selbstüberredung, den es ihn kostet, wenn er wieder und wieder im Tagebuch solche Prinzipien und goldenen Regeln niederzulegen versucht. Die Autosuggestion gehört unbestritten zu den grundlegenden

Fähigkeiten, die ein Romanschriftsteller an sich auszubilden bemüht sein muß, und da schwächelte Gisbert, solange ihm zu schaffen vergönnt war. Seine Selbstermahnungen reichten bei weitem nicht hin, ihn zu dem Erwünschten zu zwingen, es mußte Handgreiflicheres her. Nämlich das Haus.

Er benötigte den Beistand der Maurer, weil er allein mit dem Herzen Eva nicht zu umklammern vermochte. Eine im elterlichen Pfarrhaus erworbene Neigung zur Idylle, zur Verkleinerung der Welt auf befriedbare, beherrschbare Maßstäbe wird mitgespielt haben. Haupttrieb blieb aber, daß er der starken Anziehung und Anhänglichkeit seiner Frau von seiner Seite etwas entgegenbauen mußte, wenn er in seiner Selbsteinschätzung nicht zum Objekt, ja, zum Spielball der von ihr ausgehenden Kräfte herabsinken wollte.

Sie bediente unbewußt diese Tendenz, wenn sie dem Projekt des Hausbaus Widerstände entgegenbrachte, was sie selbstverständlich unter einem judenfreundlichen oder nur toleranten politischen System nicht getan haben würde. Um so mehr konnte sich Gisbert als der Erbauer und Herr des neuen Hauses empfinden. Mit dem Tag des Einzugs in das neue Heim der Familie in Nikolassee erblickte er in sich den Begründer und Behüter dieser unverrückbaren Einheit in Stein und Gefühl. Ein mehr als beredtes Zeugnis legen seine Notate im Journal hiervon ab.

Mit voller Absicht bin ich bei der Analyse der in dieser schwierigen Beziehung waltenden Kräfte so ausführlich gewesen. Man muß, will man das traurige Ende verstehen, erkennen, wie problematisch Gisberts Part in dem Quartett aus den Voraussetzungen heraus war. Evas Töchter hatten den natürlichen Vater verloren. Der hatte aus der Perspektive der Kinder sein Geld irgendwo draußen verdient, die häusliche Gemeinschaft stets nur als die Sphäre seiner Rekreation genossen. Gisbert mußte innerhalb des Hauses seiner Arbeit eine Schutzzone einrichten, was nur durch strenges Reglement durchsetzbar war. Klar, daß die Mädchen die Einschränkungen, die er ihnen auferlegte, als tyrannisch empfanden. Zwischen diesen Fronten rieb Eva sich auf, aber den tausend kleinen kultischen Handhabungen der Hausfrau, dem beinahe täglich erneuerten Blumenschmuck, der stimmungsvollen Kerzenbeleuchtung des Abends in sämtlichen Räumen, all diesen Verrichtungen zum Trotz blieben die Penaten bockig und reserviert.

Die Welt wollte auch, nachdem Gisbert sie auf das erworbene Grundstück und das auf ihm nach den eigenen Plänen errichtete Haus verkleinert hatte, nicht heilen. Ich weiß von Iris, daß sie es ihrer Mutter gegenüber wie eine unverzeihliche Schuld getragen hat, Gisbert nicht lieben zu können, wie eine Tochter den Vater liebt und wie Eva es von ihr erwartete. So schrecklich es für Iris gewesen ist, von ihrer Mutter losgerissen zu werden, so war ihre Ausreise nach Schweden doch auch die Erlösung von einer unverschuldeten Last auf ihrem Gewissen.

Die tägliche Routine im Haus hätte sich reibungsfreier abspulen sollen, nachdem Iris bei den Schweden in Sicherheit gebracht worden war. Es muß aber im Frühsommer des Jahres 1938 zwischen den Eheleuten unter der Forcierung des antijüdischen Terrors zu schwerwiegenden Auseinandersetzungen gekommen sein. Ich schließe dies aus der Tatsache, daß Gisbert Anfang August eine zweite Reise auf Luthers Spuren unternahm, und zwar ohne Evas Begleitung.

Gisbert wollte sich Anschauung schaffen von der Kampfzone des Bauernkrieges, von den Plätzen, an denen Luther im

April und Mai des Jahres 1525 aufgetaucht war, um mit seiner Person und Autorität die Empörung zu beschwichtigen und niederzuringen. Daß Gisbert ohne Eva zu dieser Exkursion aufbrach, paßt so ganz und gar nicht zu ihm, paßt nicht zu Eva und paßt überhaupt nicht zu der übersteigerten Kohäsion, die den beiden schon eine Trennung auf Stunden zu foltergleicher Qual gemacht hatte.

Über Ursachen und Gegenstand ihres Zerwürfnisses kann ich nur mutmaßen. Jedenfalls ergibt sich aus dem Zustand des uns vorliegenden hand- und maschinenschriftlichen Materials für Iris und mich das eindeutige Bild, daß Eva die Zeit von Gisberts Abwesenheit dazu genutzt hat, im Roman den Rahmen ihrer gemeinsamen Architektonik zu verlassen, um die Gestalt Luthers unter Pointierung der Frauenfiguren ins Zwielicht zu schieben. Wir bringen hier das anzunehmenderweise ohne Gisberts Wissen und Kenntnis von ihr verfaßte Gespräch im Hause Melanchthon.

WOLLA, die Magd der Katharina Melanchthon, betrat den Laden der Cranachschen Apotheke am Markt. Das auf den Vatersnamen getaufte Knäblein, von dem ihre Herrin vor kaum einem Monat entbunden, schwitzte im Fieber daheim in seiner Wiege und schrie. Der Apothekergeselle, welcher der Kundschaft hätte aufwarten sollen, hatte sich schon zu der Weinstube hinüberbegeben und begonnen, den Abend zu feiern.

In der hinter den Verkaufsräumen gelegenen Arzneiküche saß Katharina von Bora beim Lampenschein und bereitete Salben. Sie kam jetzt, als Wolla sich bemerkbar gemacht hatte, nach vorn in den Laden und fragte die Magd nach ihrem Begehr. Sorgfältig und geduldig zuhörend wie ein Arzt, ließ sie sich von Wolla Zustand und Benehmen des kleinen Philipp erzählen. Sie wolle ein Pulver mischen, versprach sie, es dann selbst hinübertragen ins Melanchthonsche Haus, es dem leidenden Säugling mit der Ziegenmilch einflößen. Wolla dankte, verabschiedete sich und gab ihrerseits das Versprechen, sogleich die Ziegen zu melken.

Die beängstigte Mutter empfing Katharina von Bora an der Türe des Hauses.

«Schön, daß Ihr kommt», empfing sie die Helferin der Cranachschen Apotheke und zukünftige Lutherin. «Ich bin in solcher Sorge um das kranke Geschöpf.»

«Mein Trunk wird ihn heilen», beruhigte Katharina von Bora sie. «Ich dächte, sein Vater schwebt in größerer Gefahr.»

Es ritten jetzt täglich die Boten zwischen den Schlössern in Lochau und Weimar, brachten Nachrichten vom stetigen Anwachsen der aufständischen Haufen. Wie es aber Luther und Melanchthon erging, die ausgezogen waren, durch Verkündigung des Evangeliums die Bauern zu Gehorsam und Hörigkeit zurückzubringen, davon wußten sie nichts.

Philipp Melanchthon junior litt an einer gewöhnlichen Grippe, Katharina von Bora brauchte einen einzigen Blick, das zu erkennen. Sein Fieber war nicht sehr hoch. Trotzdem rührte sie ihr Pulver mit Ziegenmilch und Zucker zu einem Brei, den sie ihn aus einem verknoteten Tuch nuckeln ließ.

«Wenn er ausgeschlafen hat, wird er wieder gesund sein», sagte sie zu der Mutter, als die Medizin verabreicht und Klein Philipp mit einem zufriedenen Rülpserchen entschlummert war.

«Bleibt noch und trinkt einen Becher von der frischen Ziegenmilch mit mir», bat Katharina Melanchthon. «Wolla hat uns einen Butterkuchen gebacken.»

Katharina von Bora nahm die freundliche Einladung, da sie beim Fortgehen die Apotheke abgeschlossen hatte, gern an.

«Da sollt Ihr also die Lutherin werden», begann Katharina Melanchthon, als sie ihrem Gast am Küchentisch die Milch und den Kuchen aufgetragen hatte, sehr unvermittelt das Gespräch.

«Ihr wi-wi-wißt ...», stotterte Katharina von Bora mit der Bleiche des Schreckens über ihrem Gesicht.

«Wie sollte ich nicht wissen», antwortete Katharina Melanchthon. «Ist nicht mein Mann Luthers Begleiter auf seiner Reise nach Mansfeld, wo er den Segen für Eure Heirat bei den Eltern einholen will?»

Katharina von Bora nickte stumm. Katharina Melanchthon hätte ihre Namensvetterin gern darauf hingewiesen, daß Luthers geplanter Übertritt in den gepriesenen Ehestand in Wittenberg und Umgebung eine weithin bekannte Tatsache war, verbiß es sich aber mit Not.

«Doktor Martinus hat damals dem Magister Philipp sehr zugeraten», sagte sie statt dessen.

«Wobei hat er ihm zugeraten?» fragte schüchtern Katharina von Bora, denn ihr war nicht ganz klar, worauf Frau Melanchthon ihre Worte bezog.

«Na, daß er mich zu seinem Weib nimmt», machte sich Katharina Melanchthon unmißverständlich.

«Was hätte der Magister sich Besseres wünschen dürfen, als mit der Tochter des Bürgermeisters von Wittenberg ehelich zu werden?» gab Katharina von Bora mit leiser Empörung ihre Meinung dazu.

«Nun. Eine außerordentliche Schönheit bin ich wohl nicht», nahm Katharina Melanchthon ihren Gespons gleich wieder in Schutz.

«Mit Verlaub, Frau Magisterin», hielt Katharina von Bora dagegen, «ich möchte doch wohl sagen, daß Euer Philipp unter den Mannsbildern sicherlich nicht durch seine körperlichen Vorzüge hervorsticht.»

«Die Schönheit tut nicht so viel zur Liebe, wie wir oft meinen», sagte Katharina Melanchthon mit verklärtem Auge.

Katharina von Bora glaubte, daß die Erinnerung ihr Bilder aus der Vergangenheit aufsteigen ließ.

«Das war's aber nicht», setzte Katharina Melanchthon nach einer Pause fort. «Melanchthon wollte überhaupt nicht heiraten.»

«Ei, wie das?» wunderte sich Katharina von Bora. «Er ist doch nie unter die Mönche gegangen.»

«Hätte er eine Lea oder eine Rebekka in mir gefunden», scherzte Katharina Melanchthon, «und er hätte sein Hebräisch an mir probieren können, dann wäre es vielleicht eine andere Sache gewesen. Oder wenigstens eine Xanthippe, das hätte zumindest sein Griechisch verbessert. Philipp hatte Angst, daß seine Studien leiden unter der Ehe. Wäre nicht Luther gewesen, es wäre bei der Männerwirtschaft geblieben in diesem Hause bis heute.»

Dann hätten die Ziegenbärte sich gegenseitig gemolken, dachte Katharina von Bora bei sich und mußte darüber lachen. Natürlich sagte sie ihren Einfall der anderen nicht.

«Philipp hat auch sehr gestört, daß wir gleichaltrig waren», sagte die Melanchthon, ohne die Bora nach dem Grund ihres Auflachens zu fragen.

«Die Männer haben doch immer Angst», sagte Katharina von Bora, «daß wir ihnen auf die sanfte, unmerkliche Weise über die Länge den Zepter entwinden.»

«Heimlich wünschen sie es.»

«Das glaube ich auch. Aber mein Martin – wenn er denn der Meinige werden soll – hat es laut von der Kanzel verkündet, daß er mich an Sanftheit und Nachgiebigkeit überbieten will, um sein gottbefohlenes, gottgefälliges Regiment im Ehestand zu bewahren.»

«Nicht mit großen Knütteln, Flegeln und ausgezogenen Messern, sondern mit freundlichen Worten. Philipp hat von der Predigt erzählt. Ich hätte sie selbst gerne gehört, aber ...»

Katharina Melanchthon zeigte auf den schlafenden Winzling in seiner Wiege.

«Ich glaube fast, daß er den Luther so zu dieser Reise gedrängt hat», ergänzte sie bitter, «weil er sich fürchtet vor den Ausbrüchen seiner Wut über das Kindergeschrei. Aber der Mensch drückt sich einmal nicht aus wie der Terenz, wenn er frisch auf die Welt kommt.»

«Beim Luther ist es genau andersherum», äußerte Katharina von Bora, «ihn ängstigt die Stille, hat er gesagt, weil sie ihn an das Kloster erinnert und an die Gewissensqualen, die er dort durchmachen mußte.»

«Ach, was das betrifft», seufzte Katharina Melanchthon, «so geht es in diesem Hause manchmal strenger zu als im Kloster. Es verstreichen oft Tage, was sage ich, Wochen verstreichen, ohne daß das Wort gewechselt wird zwischen Philipp und mir. Ich schicke schon aus Vorsicht die kleine Anna zum Spielen zu den Nachbarskindern hinüber, denn es könnte ja sein, daß es ihr einfällt, das Verbot zu übertreten und die Türe zur Studierstube des Vaters zu öffnen. Das macht Philipp besonders böse, weil er die Kleine ja liebhat als sein eigen Fleisch und Blut und nicht mit ihr schimpfen kann und sie bestrafen, wie er wohl müßte. Die Dinge des Haushalts bespreche ich mit Wolla im Flüsterton, um bloß den Gelehrten aus den Gassen Athens, wohin er sich träumt, nicht wieder auf das harte Wittenberger Pflaster zu werfen.»

«In der ganzen Cranachschen Werkstatt gibt es keine Farben so düster wie die, mit denen Ihr mir den Ehestand malt», sagte Katharina von Bora, weniger betrübt als vielmehr mit einem Einschuß der Schadenfreude, denn sie hatte sich schon gedacht, daß der griesgrämige Melanchthon ein recht unangenehmer Hausgenosse sein mußte.

«Ich will Euch nur warnen», sagte Katharina Melanchthon. «Wenn Ihr erst einmal verheiratet seid, und Ihr findet nie mehr eine ruhige Minute, weil zwischen all dem Waschen, Putzen und Kochen ständig eines der Kinder etwas von Euch verlangt, und zum Lohn für die Plagen werden Euch die miesepetrigen, tadelnden Blicke Eures Hausvaters, dann wünscht Ihr Euch vielleicht mit Sehnsucht in Euer Kloster zurück.»

«Magisterin, Ihr redet grad so, als wär nicht Euer Mann, als wäret Ihr selbst aus dem Grundsatz gegen das Heiraten gewesen.»

Das Wort blieb stehen, und es breitete sich ein verlegenes Schweigen über die beiden Frauen am Küchentisch. Die Peinlichkeit zu überwinden, wollte die Gastgeberin der Bora noch ein Stück von Wollas Butterkuchen anbieten. Katharina von Bora dankte sehr höflich. Weit her war es nicht mit den Backkünsten der Magd, dachte sie sich, und das Bürgermeistertöchterlein hatte es wohl erst recht nicht gescheit gelernt. Sie, die Borasche, war von Adel, das hatte sie nie im Kloster, hatte es auch jetzt, wo der Cranach sie kaum besser als eine gewöhnliche Magd hielt, nicht vergessen. Aber das hinderte sie nicht, Kuchen zu backen, um welche die tüchtigste Bauersfrau sie beneidete und nach denen sich bald, sehr bald die Gäste an Luthers Tafel die Finger lecken würden ...

Katharina von Bora webte schon wieder an ihren Lieblingsgedanken und merkte gar nicht mehr darauf, daß zwischen ihr und Frau Melanchthon das Gespräch ausgegangen war.

«Ich mußte», sagte Katharina Melanchthon tonlos und mit gesenkten Lidern.

Katharina von Bora hatte es nur mit halbem Ohre gehört, und es dauerte, bis sie verstand, was gemeint war.

«Ihr seid selbst ein Weib und wißt, wie schnell eine ihre Unschuld verliert», erklärte sich Katharina Melanchthon.

Es lag darin so viel Offenheit und Geständnis, daß Katharina von Bora ihr die gleichzeitig enthaltene Anzüglichkeit nicht zu verübeln vermochte.

«Wie das so ist», ging Katharina Melanchthon weiter in ihrer Beichte, «die Leute haben getuschelt. Wir haben uns dann auch sehr beeilt mit der Hochzeit.»

«Dann war es doch um so anständiger vom Doktor Martinus», sagte Katharina von Bora gedehnt, «daß er dem Magister Philipp so tief ins Gewissen geredet und dafür gesorgt hat, daß er Euch zu seinem Eheweib nimmt.»

«Ja, ich hab's ihm zu danken», bestätigte Katharina Melanchthon. «Nicht, daß ich Euch Furcht einjagen möchte. Es ist bloß ...»

«Ich bitt Euch, sprecht nur frei und ohne Rücksicht. Ich bin ein starkes Geschöpf und kann vieles tragen.»

«Ich wollt Euch nicht ängstigen, wenn's nur mein stiller Verdacht wär und meine Vermutung. Aber Philipp hat ganz gegen seine Art in aller Deutlichkeit mit mir darüber gesprochen. Melanchthon ist fest überzeugt, daß Luther den Fehler seines Lebens beginge, wenn er jetzt heiraten würde. Er sieht nie wiedergutzumachenden Schaden für das Ansehen des Evangeliums voraus. Ja, die deutsche Nation – ich kenn den Ausdruck nur aus Melanchthons Mund und habe mir bis heute nichts Rechtes vorstellen können dabei –, die deutsche Nation, sagt er, würde sich von solchem Rückschlag nicht wieder erholen. Deshalb war's ihm so wichtig, daß Luther aufbricht und daß er ihn begleitet. Er glaubt, er kann ihn auf der Reise bekehren, daß er ehelos bleibt.»

«Aber Magisterin, warum habt Ihr mir das nicht beizeiten gesagt!» schrie Katharina von Bora, ungestüm von ihrem Stuhle aufspringend und den Tisch verrückend, so daß sich die Ziegenmilch auf die Schürze der Hausherrin ergoß.

Katharina Melanchthon hatte keine Antwort darauf.

«Melanchthon, Melanchthon, so lern ich dich kennen!» schimpfte Katharina von Bora und stapfte wütend in der Küche umher. «Wahrlich, wahrlich, du bist mir ein feiner Reformator und Humanist! Ein Misogyn im Ehestand!»

«Ihr tut auch immer so stolz und erwidert den Gruß nur so von oben herab, wenn man Euch auf der Straße begegnet», suchte Katharina Melanchthon von ihrer leicht verspäteten Verteidigung gleich die Verbindung zum Angriff, «wie hätte ich Euch ansprechen sollen? Und dann in einer solch vertraulichen Sache!»

«Aber wir Weiber müssen doch zusammenhalten in dieser Welt!» steigerte Katharina von Bora sich weiter in ihren Eifer.

«Wo steht das geschrieben?»

«Hier im Herzen, da steht es geschrieben!» gab Katharina von Bora, sich auf den Busen klopfend, zurück.

«Liebste Schwester Ka...»

«Nennt mich nicht Schwester!» wurde sie harsch unterbrochen. «Ich bin los von meinem Gelübde, und Ihr seid nicht meine Äbtissin!»

«So beruhigt Euch doch in Gottes Namen!»

«Wenn Ihr nicht schweigt, werde ich noch wütender werden in drei Teufels Namen!»

«Ihr tut nachgerade so», polterte Katharina Melanchthon, der nun gleichfalls die Zornesader anschwoll, «als wäre ich diejenige gewesen, die den Luther von seiner Heiratsidee hätte losschwatzen wollen!»

Das riß Katharina von Bora für einen Moment aus ihrer Rage in die Nachdenklichkeit.

«Seid mir doch lieber dankbar», setzte Katharina Melanchthon eilig nach, «daß ich Euch reinen Wein eingeschenkt habe, heute, da endlich die Gelegenheit war.»

Katharina von Bora hätte jetzt wirklich gern einen Schluck Wein, und zwar einen recht kräftigen Schluck, zu sich genommen.

«Und wenn der Luther Euch wahrhaftig liebt», sprach Katharina Melanchthon wieder etwas gefaßter, «so wird er sich doch von meinem Philipp nichts einflüstern lassen.»

Katharina von Bora sank auf ihren Stuhl zurück, legte die Unterarme auf die Tischplatte, ließ ihren Kopf darauf fallen und weinte. Katharina Melanchthon trat zu ihr, wollte sie trösten und ihr den Becher mit der Ziegenmilch an die Lippen führen. Katharina von Bora schob sie mit einer heftigen Armbewegung von sich.

«Ihr wißt doch genau, daß mich der Luther nicht liebt», schluchzte sie. «Er erzählt es jedem, der es zu hören verlangt.»

«Das stimmt nicht», widersprach Katharina Melanchthon schmeichelnd. «Ihr tut Euch nur unnötig weh, wenn Ihr so redet. Und Eurem guten, treuen Martin, dem tut Ihr unrecht darüber hinaus.»

Das schien für Katharina von Bora nicht sonderlich tröstlich, denn sie schluchzte nur lauter.

«Daß er nicht *ver*liebt in Euch ist, das hat er gesagt», versuchte sich Katharina Melanchthon nicht ohne Geschick in Sophistik. «Und das ist doch wohl ein ganz ander Ding. Wie sollte denn der Mann auch noch verliebt sein können in seinem Alter?»

Katharina von Bora trocknete sich mit der Schürze die Tränen.

«Er hat Euch ja lieb», führte Katharina Melanchthon ihr Argument weiter aus. «Das hat er nämlich auch gesagt, und zwar wörtlich zu meinem Philipp. Ich weiß es von ihm. Und wenn Ihr bedenkt, wer und was er ist, ich meine damit nicht bloß sein Alter, sondern was er getan hat für Evangelium und deutsche Nation, dann zählt Euch das doch eigentlich mehr als die Verliebtheit, die ja im Grunde nichts anderes sein kann als ein Strohfeuer, wie es vielleicht bei den Backfischen vorkommt.»

«Liebt Ihr Euren Melanchthon?»

«Ich vermisse ihn, jetzt, wo er fort ist.»

«Ist das alles?»

«Ich habe auch einmal geglaubt, verliebt in ihn gewesen zu sein.»

«Wart Ihr es denn etwa nicht?»

«Ich war das, was ich eben einen Backfisch genannt habe. Der Mensch, wenn er jung ist, wird doch mitgerissen in diesen allgemeinen Aufruhr und Wirbel der Natur, wenn der erste Frühlingswind weht.»

«Und wenn der Frost kommt und die Bäume ihren Laubschmuck abwerfen», hing sich Katharina von Bora an der Poesie ihrer Gesprächspartnerin auf, «dann sucht man den Schutz und die Wärme seines Nächsten.»

«Auf die Natur ist kein Verlaß», brachte Katharina Melanchthon ein erstaunliches philosophisches Urteil.

«Wie meint Ihr das, liebe Magisterin?»

«Sie verwirrt uns zu unserem Schaden, wenn sie uns vorgaukelt, wir hätten eben genau denjenigen gefunden, der ausersehen ist für uns, an seiner Hand durchs Leben zu schreiten.»

«Aber manchmal ist er's doch», glaubte Katharina von Bora einschränken zu können.

«Ich hing aber auch sehr an Wittenberg und den Meinen, hätte sie selbst um höheren Preis nicht verlassen», antwortete Katharina Melanchthon zweideutig.

Katharina von Bora ging nicht darauf ein.

«Ihr wärt ja wohl lieber fortgezogen», insistierte Katharina Melanchthon ein wenig gehässig.

«Warum?» wollte Katharina von Bora es abtun.

«Wart Ihr nicht diesem schneidigen Nürnberger versprochen?» kostete Katharina Melanchthon es aus. «Ein außerordentlich vielseitig gebildeter Mann, nach allem, was man gehört hat.»

«Nicht so gebildet wie Luther», rückte Katharina von Bora zurecht. «Was nützen dem Mann schließlich all sein Wissen und all seine Begabungen, wenn es in seinem Herzen nicht stimmt? Der Baumgärtner – denn von dem redet Ihr ja und legt Euren Finger auf den wundesten Fleck in meiner Seele –, er hat mir viel erzählt vom Kopernikus, der entdeckt haben will, daß unsere gute alte Mutter Erde in Wirklichkeit eine Kugel sei, auf der man mit dem Schiff rundherum segeln kann, ohne herunterzufallen. Da hat er doch am Ende gar keinen Platz mehr für Gott. Ob er an seinem Gott zweifle, habe ich ihn einmal gefragt. Nein, hat er mir geantwortet, ohne auch nur ein Sekündchen zu zögern. Wer aber an seinem Gott nicht zweifelt, der hat keinen. Das weiß ich bestimmt, denn ich weiß es von Luther. Und übrigens hätte ich es auch ohne Luther gewußt, denn es ist die Erfahrung, die ich in meinem Herzen gemacht habe.»

«Ihr wart aber doch verliebt in den Baumgärtner.»

«Seid gnädig mit mir, Magisterin, ich bitt Euch. Ich mag nicht mehr reden über den Menschen.»

«Ihr habt aber doch gerade von ihm geredet und, wie mir schien, nicht ohne Vergnügen. Ihr seid von Geblüt und auf eine Art doch zu schade für unser ödes Nest am hintersten Rande der Welt. Was hätte nicht in Nürnberg werden können aus Euch!»

«Wenn ich Euch doch drum bitte. Ich mag nicht schon wieder weinen.»

«Ich quäl Euch doch nicht zu meiner Lust», entschuldigte sich Katharina Melanchthon. «Ich fühl's Euch nach, viel besser, als Ihr zu glauben vermögt. Ich war ja selbst vor Melanchthon in einen anderen vergafft.»

Katharina von Bora war nicht gelaunt, mit ihr das peinliche Verhör anzustellen, das sie ihr anbot.

«Hilft es uns denn in unserem Schmerz, wenn wir wissen, daß wir einander gleichen?» fragte sie Katharina Melanchthon, ohne eigentlich eine Antwort von ihr zu fordern. «Mit der Liebe beginnen und dann ehelich werden, das scheint, wenn ich Euch verstehe, auch Eure Meinung zu sein, hieße, von der Natur sich foppen lassen. Besser ist, den Ehestand ohne solche Voraussetzung zu wählen, denn die Liebe kommt mit der Zeit von alleine dazu.»

«Da Ihr es mit solcher Gewißheit aussprecht, mein liebes Edelfräulein», schob Katharina Melanchthon mit bitterer Ironie ein, «so könnt Ihr mir vielleicht auch angeben, wie lange genau man im Ehestand ausharren muß, bis sich die Liebe einstellt.»

«Im schlimmsten Fall muß das Weib eben versuchen, den Mann in den gemeinsamen Kindern zu lieben», hatte Katharina von Bora immerhin eine Antwort parat. Sie merkte aber, kaum daß sie dieselbe aus ihren Lippen entlassen, daß es mit der Gemeinsamkeit wenigstens bei dem älteren der Melanchthonschen Kinder prekär stand.

«Und dabei predigen sie ja ununterbrochen die Liebe», sinnierte Katharina Melanchthon, «die Liebe, immer wieder die Liebe und nochmals die Liebe.»

«Da möchte ich Euch widersprechen, Frau Magisterin», meldete sich Katharina von Bora mit ganz gelösten Zügen, als habe sich der Schalk wieder in ihren Nacken gesetzt. «Für meinen Geschmack predigen sie's viel zuwenig. Das Wort Gottes, das Wort Gottes, das geht doch immer allem voran, und manchmal werde ich den Eindruck nicht los, als trieben sie's wie die Ritter mit ihren Spielen, daß sie sich nämlich gegenseitig auszustechen versuchen und miteinander ringen, wer sich besser auskennt bei all den Königen, Propheten und Richtern. Unser Herr Jesus ist aber nicht mit Folianten bepackt über das Wasser gelaufen.»

Katharina Melanchthon freute sich. Das kannte sie nicht von ihrem Philipp, daß der biblischen Geschichte auch solche humoristischen Aspekte abzugewinnen waren.

«Mir deucht», blieb Katharina von Bora im Zug, «daß wir uns doch etwas ganz anderes denken bei dem Wort ‹Liebe› als unsere Magister und Professoren.»

«Ich bin froh, das aus Eurem Munde zu hören, denn ich denke es auch jeden Tag.»

«Da wollen sie dann in jeden Weiberschuh einen Apfel der Hewa hineinpressen, nur um zu beweisen, daß unsere Liebe unrettbar mit dem Fleischlichen vermischt und verunreinigt ist. Ich kann es aber mit derselben Magister- und Doktorenklarheit hier an Eurem Küchentisch erhellen, daß sie das Ding in sein Gegenteil drehen.»

Katharina Melanchthon war nicht nur belustigt, auch gespannt wie bei einem mit dialektisch geschärften Klingen ausgetragenen Gelehrtenturnier.

«Wird nicht ein Mann stolz wie ein Gockel, der über seine Hühner regiert, wenn er ein Weib von ausnehmender Schönheit, das noch dazu jung ist, zu sich in den Ehestand holt?»

Katharina Melanchthon konnte nicht umhin, es zu bestätigen.

«Also daß sie die Frau genießen können in ihrem Bett wie eine köstliche Frucht?»

Katharina Melanchthon nickte auch dazu.

«Und ist es nicht umgekehrt so, daß wir Weiber den Schönen und stark Gebauten stehenlassen, um uns an den zu binden, der uns durch seine Klugheit und sein freundliches Wesen bestrickt?»

Der Beweis war perfekt, Katharina Melanchthon konnte die Schlußfolgerung ziehen:

«Die Männer lieben das Fleisch, und wir Weiber lieben den Geist.»

«Könnt ich nur selber Hebräisch wie Euer Melanchthon, es nähme mich nicht wunder, wenn ich's herausbrächte, daß sich die Kirchenväter bei der Verdolmetschung vertan haben. Daß es nämlich der Adam gewesen ist und nicht, wie behauptet, die Hewa, dem es zuerst in den Sinn kam, von den verbotenen Früchten zu naschen.»

«Man müßte einmal den Aurogallus danach befragen.»

«Wär nur der Luther in dem Punkt nicht gar so närrisch», bedauerte Katharina von Bora, «und so verrückt in seiner Eifersucht auf die Juden, ich ließe mich von unserem Goldhähnchen gern darin unterweisen, die Bücher von hinten nach vorne zu lesen.»

«Ich wäre schon zufrieden, wenn mein Philipp mir ein oder das andere Täßchen von seinem Griechisch eintrichtern würde. Da wollt ich denn finden, wie's unser Herr Jesus gemeint hat mit seiner Liebe, von der er in den vier Evangelien allerweil spricht, ob mehr nach unserer Art oder nach der unserer Professoren.»

«Ich bin eigentlich sicher, daß Jesus Christus mit Maria Magdalena verheiratet war.»

«Wenn das der Luther hören würde! Der wär auf den Schlag wieder Papist und ließe Euch als Ketzerin verbrennen.»

«Die Ehre gönnt man uns nicht. Wir Weiber sind doch zu

dumm für die Theologie. Man hat ja auch noch keine Ente gerichtet, weil sie irrige Lehren vertrat.»

«Immerhin eine Gans», witzelte Katharina Melanchthon mit der Namensbedeutung des Jan Hus.

«Wenn sie eins von uns Weibern auf den Scheiterhaufen legen», ging Katharina von Bora darüber hinweg, «dann, weil uns der Teufel als Werkzeug gebraucht. Der Baumgärtner war übrigens der Ansicht, es gäbe gar keine Hexen und hätte auch nie und nirgends welche gegeben.»

«Und der Teufel?»

«An den glaubt der Baumgärtner auch nicht.»

«Nicht an den Teufel zu glauben», empörte sich Katharina Melanchthon, «das ist nun wirklich die pure Ketzerei. Seid nur froh, daß nichts geworden ist aus Euch beiden.»

«Ihr verratet's dem Melanchthon aber nicht?»

«Was?»

«Das, was ich von der Maria Magdalena gesagt hab.»

Katharina Melanchthon zögerte, ihr Versprechen zu geben. Es schien doch gar zu verführerisch, mit diesem einzigen kleinen Nadelstich die ganze Luthersche Hochzeit zum Platzen zu bringen.

«Es wird wohl überhaupt besser sein», sagte sie nach kurzem Bedenken, «wenn Magister Philippus nichts erfährt von unsrem Gespräch. Selbst von Euren Heilkünsten will ich ihm schweigen, daß er's dem Doktor Martinus nicht hinterbringt und ihm's einredet als Hexerei.»

«Wir wollen beten, daß Gott die beiden am Leben erhält und sie uns heil wieder zurückbringt von ihrer Reise.»

WAS wäre Eva denn anderes geblieben, als mit Gisbert die Steine zur Baustelle des «Ewigen Hauses» zu schleppen? Ich weiß nicht, ob das bei allen Schriftstellern so ist, aber meine Gespräche mit Gisbert verließen selten den Themenkreis des Buches, an dem er gerade arbeitete. Er wird also in den intensiveren Phasen der Niederschrift Evas Nerven recht punktförmig belastet haben. Das einfachste, sollten ihre Unterhaltungen während der Mahlzeiten und auf den gemeinsamen Spaziergängen nicht zu reinen Monologen verkommen, war deshalb für sie, auf genau diesen Punkt auch ihre eigenen Kräfte zu ordnen.

Man male sich spaßeshalber das Bild des ehelichen Schlafgemachs aus. Das Doppelbett ein in Weimar ersteigertes Rokokomöbel aus dem Besitz eines hohen Beamten von Herzog Carl August. Im Schein der Nachttischlampe Gisbert bei der Lektür eines Folianten der Lutherschen, ebenfalls in Weimar veranstalteten Werkausgabe. Neben ihm sein holdes Weib Eva, die sich im Lichtkegel der anderen Lampe der Heiligen Schrift selber widmet. Die Engel, die über ihnen schweben und ihren frommen Zustand bewachen, entstehen ohne Wirkung des Pinsels aus der Leinwand heraus. Gisbert ist so vertieft in Luthers Widerlegung der Lügen der Juden, daß ihm entgeht, wie die Leserin an seiner Flanke Evangelien und Apostelgeschichte neben das Bett sinken läßt und von dort den schweren Band mit den Büchern des Alten Testaments hervorholt. Sie macht das alles mit langgezogenen Bewegungen und Unterbrechungen, während deren sie die Zimmerdecke anstarrt. Ob sie die Engel, die dort hängen, sieht oder ob sie sich die geflügelten

Mittler zwischen ihr und dem Unaussprechlichen bloß einbildet, sie lenken ihre Gedanken auf traum- und rosengesäumte Pfade.

«Nehmen wir einmal an, *ich* wäre diese Katharina von Bora», spricht sie zu sich oder vielleicht zu den Engeln, «und der Madensack hier neben mir, das wäre also der sagenumwobene Luther. Oder nein. Es wäre Luther, aber doch nicht so arg von der Sage umwoben, wie wir Heutigen ihn zu kennen glauben. Er wäre vielleicht nicht viel anders als du, Gisbert. Ach, nein, ich glaube, er wäre doch etwas anders. Mein erster Mann hat genug getrunken. Ich freue mich, daß du nicht trinkst, Gisbert. Du hast es auch nicht nötig, denn Hans hat sozusagen dein Kontingent schon vorweg für dich mitgetrunken. Ich an Katharina von Boras Stelle führe doch mal nach Nürnberg und suchte mir diesen Baumgärtner. Auf nach Nürnberg. Auf zu den jüdischen Verwandten. Sie haben Verbindungen auch nach dem Süden. Es kann doch nicht wahr sein, daß China das einzige Land auf dieser Erde sein soll, das noch Juden aufnimmt. Mitten im Krieg.»

Man verzeihe mir die etwas über mein Amt gehende Improvisation. Ich habe mich oft gefragt, was mit den Träumen geschieht, wenn Mann und Weib miteinander das Bett teilen. Die ersten bahnbrechenden Schriften Sigmund Freuds, die Gründung der Psychoanalytischen Vereinigung fallen in die Nähe meines Geburtsjahres, ich bin also etwa gleichaltrig mit dieser neuartigen Wissenschaft von der Seele. Eva versprach sich von ihr, nicht von der Religion die Antwort auf die Zukunftsfragen der Menschheit.

Sie hatte neben ihrer Schwärmerei für die Psychoanalyse ganz allgemein einen Hang zu Okkultismus und Geheimwissenschaften. Unsere Gespräche, wenn wir alleine miteinander waren, hielten sich meistens in diesen Gegenden auf. Iris hat übrigens von ihrer Mutter das Handlesen und das Kartenlegen gelernt und übernommen. Eva war bewandert in der Astrologie, ihre Nürnberger Verwandten dankten ihr mit kostbaren Geschenken für die Horoskope, die sie ihnen stellte. Auch hatte sie sich einmal von einem namhaften Rabbiner in den Talmud einweisen lassen.

Gisbert war kein Verehrer von Goethes «Faust». Man fragt sich, wie so etwas möglich ist bei einem Schriftsteller, der auf sich hält. Es ist merkwürdig, daß er, der sich als «Historiendichter» begriff, kaum Neigung verspürte, sich der deutschen literarischen Tradition, der Romantik und der Klassik, zu verbinden. An der Klassik stieß ihn vor allem die heidnische Gesinnung, die Ironie gegen das Christentum ab. Es ist wohl zutreffend, daß, wie er einmal formulierte, Goethe dem Teufel nicht mit der gehörigen Achtung begegnet sei. Ich erwähne dies nur, um deutlich zu machen, daß Gisbert nie auch nur in die Nähe jenes Punktes geraten ist, an dem er sich der Magie hätte ergeben müssen. An Eva aber schätzte er die Koketterie mit den verborgenen Mächten, ja ich möchte behaupten, daß sie eines der für ihn fesselndsten Elemente ihrer Persönlichkeit war. Das hinderte ihn übrigens nicht, an ihr sein Bekehrungswerk fortzusetzen und sie zur Taufe zu drängen.

Eine meiner Unterhaltungen mit Eva, in denen wir die Grenzen vernünftiger Erfaßbarkeit der Welt streiften, hat sich beinahe unversehrt in meinem Gedächtnis erhalten. Ich habe noch den Klang ihrer Stimme und ihren Tonfall im Ohr.

«Da haben sich also», sagte sie, «seit der Mensch über sich selbst nachzudenken und Götter zu erfinden begann, Generationen und noch mehr Generationen von Philosophen und Theologen mit dem Spalten von Begriffen und Haaren verbraucht, und es mußte erst unser Sigmund Freud auftauchen, um einmal dem Traum die Aufmerksamkeit zukommen zu lassen, die ihm für die Selbstdeutung des Menschen gebührt.»

Ich hatte mir sogar den Wälzer, in dem Freud seine Traumtheorie ausbreitet, von ihr ausgeliehen, kam aber niemals dazu, mich darin zu vertiefen. Sie hatte verschiedene Einwände gegen Freuds Auffassung vom Gegenstand, wenn denn der Traum in diesem Zusammenhang sich «Gegenstand» nennen lassen will, die ich im einzelnen nicht wiedergeben kann. Immerhin registrierte ich es als eine bemerkenswerte Aufsässigkeit gegen die ansonsten von ihr durchweg verteidigte Autorität des Wiener Seelenforschers.

Eine Frage, die sie aufbrachte und über die wir gemeinsam nachdachten, war die, ob bei einem Liebespaar, wenn es aneinandergeschmiegt schläft, so daß sich die Schädeldecken berühren, wechselseitiger Einfluß auf die Träume stattfindet. Sie hielt dafür und nannte mir Beispiele, denn sie hatte Gisbert nach anfänglichen Widerständen dahin gebracht, ihr beim Frühstück seine Träume zu erzählen. Über ihre eigenen Träume führte sie seit ihrer Pubertät Buch. (Iris kannte diese Kladden. Zu unserem Bedauern finden wir sie unter dem Material, das gerettet werden konnte, nicht.)

Wie recht Eva hatte! Um wieviel ehrenvoller wäre der menschliche Forschergeist, den in unseren heutigen Tagen die Rüstungsindustrien zur Erfindung von Massenvernichtungsmitteln vernutzen, auf die Erkundung der geheimnisvollen Traumwelten angewandt worden! So aber stand Eva mit ihren Hypothesen und Untersuchungen auf Neuland. Die Entdekkungen, die sie mir mitteilte, waren aufregend, die Schlußfolgerungen, die sie aus ihren Beobachtungen zog, überzeugend.

Als die Essenz aus ihnen bringe ich, daß der Spruch, den Seinen gäbe es der Herr im Schlaf, an Gisberts Beispiel schlagend bewiesen werden kann. Das Personal seiner Romane bevölkerte seine Träume und improvisierte wie auf einer Experimentierbühne Szenen, aus denen Gisbert nach Belieben das Gelungenste aufpicken konnte, um es nach dem Erwachen niederzuschreiben. Diese halb gestalteten, halb sich selbst gestaltenden Phantome besaßen die Kraft und die Fähigkeit, die Schädeldecken der aneinander schlummernden Eheleute zu penetrieren, und tummelten sich nach Laune und Gelegenheit auch in Evas Träumen.

Derartige Eröffnungen machte mir Eva zu jener Zeit, als Gisbert noch an seinem Roman über den Soldatenkönig schrieb. Selbst wenn Iris sowenig wie ich für die Entstehungszeit der hier zu präsentierenden Fragmente gesicherte Aussagen treffen kann, spricht alle Wahrscheinlichkeit dafür, daß sich die manufakturmäßige Organisation des Traumlebens im Gutscheschen Ehebett nach Abschluß des preußischen Romans nur fortentwickelt hat.

Diese Voraussetzung will gemacht sein, um verstehen zu können, wie es möglich war, daß Eva mit den von Gisbert geschaffenen Figuren derart souverän zu schalten und zu walten vermochte, ohne in die historischen Quellenwerke, die er sich besorgt hatte, Einsicht zu nehmen. Hätte sie das nämlich getan, wäre sie nicht ohne dichterische Notwendigkeit vom verbürgten Hergang abgewichen. Was ihre Schilderungen der berühmten Leipziger Disputation anlangt, so haben sie Mirins Approbation. Er wundert sich nur, daß sie auf den Achsenbruch beim Einzug der Kutsche mit den Wittenbergern verzichtet hat, weil er glaubt, es wäre ein hübscher Gag gewesen.

KATHARINA von Bora wußte nur, daß Andreas Bodenstein von Karlstadt eine Zeitlang die Pfarre in Orlamünde gehalten hatte.

«Ganz und gar verdorben hatte der Karlstadt seine Gemeinde», wurde sie jetzt von Katharina Melanchthon ins Bild gesetzt. «Ich sag's ehrlich, ich find's schade um den Mann. Er war die eigentliche Leuchte und Zier der Leucorea und stand ja auch dem Luther vor als ihr Direktor. Er hatte in Köln studiert und war auf dem Weg, sich einen Namen zu machen in der Scholastik. Dann hat der Luther, der nicht gerade sein Schüler war, aber sein Untergebener jedenfalls, ihm das ganze schöne Lehrgebäude umgerissen mit seiner sola fides. Das sollte also alles eitel Menschenwerk sein und gar nichts zu schaffen haben mit dem wahrhaftigen Glauben und der göttlichen Gnade. Er hat seine Theologie umkrempeln müssen von oben nach unten, von hinten nach vorne und den Aristoteles und den Thomas von Aquin daraus verscheuchen, weil ihm's der Luther eingeblitzt hatte mit seinen Augen, die einen Löwen zum Lamm machen können, aber ein Lamm auch zum Löwen. Was erzähl ich Euch alles vom Karlstadt? Ihr hört es doch gerne?»

Katharina von Bora hatte gegähnt. Jetzt schüttelte sie kurz den Kopf und versicherte Katharina Melanchthon, sie sei sehr interessiert, mehr über Karlstadts Geschick zu erfahren, schon weil Luther regelmäßig mit Verstimmung das Thema verließ, wenn der Name angetippt wurde.

«Gescheit ist er, der Karlstadt, und muß sich mit seinem Bibelwissen nicht schämen, nicht vor Luther und nicht vor

Melanchthon. Aber Ihr habt's ja eben selbst gesagt und den Vergleich hergezogen mit den Rittern und ihren Turnieren. Alle drei haben sie sich aufgeregt, daß der Papst im Lateran solche Spiele veranstaltet, wo sie sich mit ihren Lanzen aus den Sätteln zu stoßen versuchen; haben's als einen Beweis mehr ausgeschrien, daß sich der Antichrist zum Stellvertreter Gottes auf Erden gemacht. Daß sie selbst mit der christlichen Botschaft, die doch, wie wir sie verstehen, die Botschaft der Liebe ist und sonst nichts, immer nur fechten wollen, wo sich's grade ergibt, daran finden sie nichts. Sie kennen nichts Schöneres in den Himmeln und auf der Erden als Disputationen. Grad, als hätten sich die Christen im alten Rom danach gedrängelt, unter den Augen der Cäsaren und des versammelten Pofels mit wilden Tieren kämpfen zu dürfen. Ich seh sie noch sich in der Vorfreude die Hände reiben, als die Herausforderung kam von dem berühmten Eck, dem Liebling der Päpste und Intimus des reichen Fugger in Augsburg. Er wollte mit Karlstadt zu Leipzig disputieren und ihm die Wittenberger Ketzereien samt und sonders zerpflücken. Das war's aber beim Karlstadt, daß er nie sonderlich getaugt hat zum Disputieren. Mein Melanchthon taugt auch nicht dazu, schon weil er diesen Sprachfehler hat. Aber der sieht's wenigstens ein. Der Karlstadt mit seiner Stimme, die piepst wie ein Rotkehlchen, war aber ganz wild und versessen aufs Disputieren. Es ist ja mit diesen Disputationen zwischen den Koryphäen der Gottesgelehrsamkeit auch nicht viel anders, als wenn unsereins einmal ein Argument hat mit einer Marktfrau, die ihr Gemüse zu teuer verkauft. Wer da eigentlich im Recht ist, darauf kommt's nur so nebenher an, vor allem gilt's tüchtig geschimpft und die andere bei ihren schwächsten Stellen erwischt. Ein Glück nur, daß der Karlstadt nicht allein hingefahren ist zu dem Eck. Der Spalatin, der ihn gut kannte und wußte, daß er gegen den Eck, einen Mann vom Ritterschlage, keine Figur machen würde, hat darauf bestanden, daß Luther mitfuhr, und Luther wiederum hat sich Melanchthon ausbedungen als seinen Begleiter. Spalatin hat dann bei Herzog Georg für alle drei das freie Geleit ausgehandelt, und damit sie in Leipzig einziehen konnten wie die Gladiatoren, hat er von unserem Kurfürsten seine beste Kutsche erbeten und ein Gespann prachtvoller Rösser. Den Leipzigern ist's im Gedächtnis geblieben, der Einzug unserer Disputatores, eskortiert von einer Abordnung unsrer Studenten, die den Degen am Gürtel trugen für alle Fälle. Aber so prunkvoll das Geschirr, so jämmerlich hat der Karlstadt versagt vor dem Eck, der ihn mit seiner Stentorstimme niedergeschmettert und vor dem Auditorium lächerlich gemacht hat. Wollten sie nicht mit Schande vom Kampfplatz gefegt sein, blieb den Unseren nichts, als den Luther an Karlstadts Stelle ins Treffen zu führen, denn unser Doktor Martinus verfügt ja, wie Ihr wißt, über ein Organ, das kaum weniger kräftig ist, als das von dem Eck gewesen sein muß. Auch hat er gute Nerven und besteht Situationen, vor denen jeder andere Reißaus nehmen würde. Schließlich und endlich ist dem Luther bei all seiner Gelehrsamkeit und all seinen Verdiensten das geblieben, was man mit Fug den Mutterwitz nennt, auch hat er aus seinem Stamm ein gut Teil Bauernschläue ererbt, die sich, wenn es der Vorteil erheischt, schon einmal dumm stellen kann. Kurz und gut, der Eck, der den Sieg schon sicher geglaubt hatte, ist ordentlich aufgelaufen auf unseren Felsen. Daß der Luther so beherzt auftrumpfen konnte, lag aber daran, daß Melanchthon vorn bei den Zuschauern saß und ihm dauernd Zettelchen zugesteckt hat, auf denen er die Widersinnigkeiten, in die sich der Eck immer tiefer verstrickte, notierte und dazu gleich die passenden Bibelstellen, die der Luther seinem Gegner dann bloß noch um die Ohren zu dreschen brauchte. Da war er ja in seinem Element, und Ihr könnt Euch ungefähr ausmalen, wie er es angestellt hat. Dem Eck hat das Blut gekocht, daß ihm schier nichts mehr einfallen wollte von seiner ganzen Theologie. In seiner Verzweiflung hat er den Luther als böhmischen Ketzer beschimpft. Davon hat sich der Luther natürlich nicht einschüchtern lassen, hat sich hingestellt und gesagt: ‹Ja, lieber Eck, nicht alles ist falsch, was der Hus gelehrt hat, einige seiner Thesen sind in völliger Übereinstimmung mit dem Evangelio.› Der Donnerschlag hat denn auch gesessen, und wir haben unsere Disputatoren bei ihrer Heimkehr gebührend gefeiert. Der Eck hat, als er wieder daheim bei sich in Ingolstadt war, die Disputation drucken lassen und sich zum Sieger erklärt, damit aber am Ende doch nur dem Luther und dem Evangelio neue Freunde auch bei den Süddeutschen gewonnen. Was erzähle ich Euch diese ganze Geschichte von Leipzig?»

«Ihr hattet begonnen von Luthers Besuch in Orlamünde», brachte Katharina von Bora sie zurück auf die Schnur.

«Ganz richtig. Es versteht sich ja beinahe von selbst, daß der Karlstadt, der unsere Universität und unseren Kurfürsten blamiert haben würde bis auf die Knochen, hätte ihm nicht der Luther aus der Patsche geholfen, nicht mehr derselbe Mann war, als er aus Leipzig zurückkam. Er wurde kaum noch richtig ernst genommen von den Studenten, die der Disputation beigewohnt hatten, und deshalb gefiel es ihm in Wittenberg auch nicht mehr so wie vordem. Es hing an der Pfründe aus der Stiftskirche, mit der Karlstadt sein Aufwand für die Leucorea sehr großzügig entschädigt wurde, noch das Pfarramt in Orlamünde. Dort hatte er sich wie seine Vorgänger immer vertreten lassen. Weil's zufällig wieder vakant war, hat er diesmal keinen Ersatzmann geschickt, ist vielmehr selbst hingegangen. Da hat er also auf die eigentliche Pfründe verzichtet und sich mit dem knappen Gehalt für den Prediger der Gemeinde zufriedengegeben. Damit er's aushalten konnte, hat er sich selbst gleich noch einmal extra gedemütigt, hat sich als Bauer verkleidet und seinen eigenen Acker bestellt. Der Luther hatte schön disputieren von der Laienkirche und davon, daß jeder Getaufte den Gottesdienst abhalten kann, aber der Karlstadt hat's wirklich durchgeführt bei seinen Orlamündern, hat sich nur noch als Bruder Endres anreden lassen. Dann war's auch nicht mehr lang, bis das Bilderstürmen anging. Da hat's denn Beschwerden gehagelt, und unser Kurfürst hat nicht mehr durch die Finger schauen können, wie es sonst seine Art ist. Der Spalatin ist zum Luther gekommen und hat mit ihm darüber beraten, wie dem Übel zu steuern wäre, wie man die angezeigten Umtriebe in Orlamünde wohl abstellen könnte. Der Luther, der den Karlstadt gern gehabt hat und ihm auch über war seit der Sache in Leipzig, hat's für das beste gehalten, in Orlamünde in eigner Person zu erscheinen, um den Karlstadt wieder in seine Schranken zu weisen und die Leutchen gehörig zur Ordnung zu rufen. Wer in Worms vor dem Reichstag und in Leipzig vor dem Eck bestanden hat, muß sich der Luther gedacht haben, der wird's in Orlamünde schon mit dem kleinen Fingerlein richten. Aber weit gefehlt, es hat ihn da gleich beim Stadttor die Schildwache sehr höhnisch begrüßt. Die Leute waren so verhetzt von dem Karlstadt, daß unserem guten Luther die Kinder auf der Straße nachgelaufen sind und mit ihren Schmutzfingern auf ihn gezeigt haben. ‹Seht, da kommt der neue Papst-Esel›, haben sie ihm hinterhergerufen und wüstere Sprüche noch und sogar fertige Spottverslein. Die Eltern, die's ihnen beigebracht hatten, wollten Luthers Predigt natürlich nicht hören. Der Karlstadt, dem die Visitation zwar nicht angezeigt worden war, der aber doch gewußt haben mußte davon, hatte sich in weiser Voraussicht unter irgendeinem Vorwand aus dem Örtchen entfernt. Das Völkchen hat ihn zum Anstifter auch schon gar nicht mehr gebraucht. Als der Luther seines Wegs ziehen wollte, weil er einsehen mußte, daß hier nichts zu verrichten war im Sinne von Ruhe und Ordnung, haben sie ihn noch ein gutes Stück auf der Landstraße verfolgt, nicht mit Schmähungen bloß und Unflat, sondern auch mit allerlei Unrat, den sie nach ihm geworfen, so daß er sich noch glücklich schätzen durfte, daß sie ihm nicht mit ihren Dreschflegeln und Sensen zu Leibe gerückt sind. Den Karlstadt hat er dann erst in Jena zur Rede gestellt. Am liebsten hätte er öffentlich mit ihm darüber disputiert, wo die Reformation aufhört und die Ketzerei anfängt. Davon wollte, wie Ihr versteht, der Karlstadt nichts wissen. Es muß Sekten geben, das hat der Luther immer gesagt, und wenn einer nicht zum Aufruhr treibt und Gewalt gegen die Oberkeit predigt, soll er die Schrift nach seiner Art auslegen dürfen. Weil es Gott nämlich wohl gefällt, wenn gestritten wird um sein Wort und seine Wahrheit. Weil der Karlstadt große Augen gemacht hat und erst gar nicht begreifen wollte, daß er ihn so in das Gesicht hinein auffordert, gegen ihn und seine Lehre zu schreiben, hat der Luther einen Goldgulden aus seinem Beutel gezogen. ‹Sieh hier den Goldgulden, mein lieber Karlstadt›, hat er zu ihm gesagt, ‹den schenke ich dir, damit du wirklich gegen mich schreibst.›»

«Hat Karlstadt etwa den Goldgulden genommen?» fragte Katharina von Bora ungläubig, und es war ihr anzusehen, daß sie die Geste ihres Zukünftigen für leichtsinnig und verschwenderisch hielt, daß sie tausend bessere Verwendungen für das Geld gewußt hätte.

«Freilich hat er den Gulden genommen», bestätigte Katharina Melanchthon.

«Und hat er gegen Luther geschrieben?»

«Das ist wieder eine lange Geschichte», antwortete ihr Katharina Melanchthon, die etwas erschöpft wirkte und fürchten mußte, sich mit neu ansetzender Exposition im Weitläufigen zu verlieren.

«Vielleicht hätte der Luther *mir* den Goldgulden geben sollen», meinte sie nach einem Päuschen, «damit ich einmal die wahre und ausführliche Historia schreib von unserer Wittenberger Reformation.»

«Meine Hand leg ich dafür ins Feuer, der Gulden würd sich verzinsen», lobte Katharina von Bora den Plan, «so daß dem schlimmsten Wucherer im ganzen heiligen Reich die Augen platzen müßten vor Neid.»

«Ist Euch aufgefallen», blieb Katharina Melanchthon mit sichtlicher Freude beim Thema, «wie Euch die Drucker hofieren, seit man munkelt, daß Ihr nächstens die Lutherin werdet?»

«Sie haben sich mir gegenüber immer recht freundlich betragen», wollte Katharina von Bora es abtun.

«Aber neuerdings schmeicheln sie Euch», insistierte Katharina Melanchthon. «Und wartet erst ab, bis der Luther Euch feierlich vor den Zeugen auf das Beilager geführt hat. Die Hochzeit wird ihnen zum willkommenen Vorwand, Euch die kostbarsten Geschenke in die Wohnung zu tragen.»

«Sollt ich's ihnen verwehren?» fragte Katharina von Bora und stellte sich dabei beleidigt, schon jetzt der zu erwartenden Mißgunst von Melanchthons Frau prävenierend, die nicht gar so eifrig umworben wurde von Wittenbergs Druckkern. «Die Buchhändler haben doch größeren Vorteil aus der

Reformation als selbst der Kurfürst, der all die Pfründe und Liegenschaften der Ordensbrüder und -schwestern an sich gezogen. Noch dazu beim Luther! Der schreibt deutsch, bei meiner Seel, und wenn *er* schreibt, können sie ihren Gewinn von vorneherein doppelt und dreifach berechnen, weil gleich wieder zwei andere kommen, die gegen ihn schreiben. Und der Luther nimmt, Ihr wißt es genau, für seine Manuskripte von den Druckern nicht einen Groschen.»

«Das wäre ja wohl auch noch schöner», ereiferte sich Katharina Melanchthon, «wenn er sich bezahlen ließe für die Verkündigung von Gottes Wort! Da könnte er ja gleich einen neuen, eigenhändigen Ablaß verkaufen.»

Katharina hielt die Idee für nachdenkenswert, gab es aber natürlich nicht zu.

«Wie haltet denn Ihr es mit den Geschenken, die von den Buchdruckern kommen?» fragte sie Katharina Melanchthon in dem Ton, in dem sie nach dem Rezept von Wollas Butterkuchen gefragt haben würde. Ihr war, als habe sie im Haus ein und das andere Schmuckstück aus dieser Quelle entdeckt.

«Es handelt sich da um solche Kleinigkeiten», zog sich Katharina Melanchthon heraus, «daß es beleidigend wäre, ja, daß ich die guten Menschen geradezu vor den Kopf stoßen würde, wenn ich sie zurückweisen wollte.»

Katharina von Bora hätte es gut sein lassen können damit, war aber doch nicht fromm genug, die kleine Garstigkeit, die ihr auf der Zunge lag, für sich zu behalten.

«Wenn der Melanchthon nicht immer lateinisch schreiben», sagte sie, «und hier oder dort für den Geschmack der Leute einmal eine stramme deutsche Redensart einfließen lassen wollte, so kämen wohl bald auch andere Geschenke.»

«Ich seh's, daß Ihr sehr gut lutherisch denkt», wehrte sich

Katharina Melanchthon dagegen. «Mein Melanchthon hat sich ein für alle Male entschieden, daß er nicht Gott und dem Mammon zugleich dienen kann. Und zwar, weil das seine Natur ist, nicht, weil's im Paulusbrief steht.»

«Das kann der Doktor sowenig wie der Magister», bekam sie von Katharina von Bora retour. «Aber sein Eheweib, das nicht dauernd im Himmelreich schwebt, sondern sich recht häufig auf der Erde bewegt, schon weil es manchmal seinen kleinen Kindern nachkrabbeln muß, kann wohl gelegentlich dem anderen Herrn dienen, ohne damit den Zorn des Apostels auf sich zu ziehen.»

«Ich habe es immer geahnt», ließ sich Katharina Melanchthon mit versiegender Stimme vernehmen und versuchte, das Gesicht auf die Hände gestützt, nach dem Vorbild der Bora zu schluchzen und Tränen aus den Augenwinkeln zu pressen, was ihr aber mißriet.

Katharina von Bora verschob ihre Züge zu einer höhnischen Grimasse und wartete ab, bis die andere aus ihrer Pose aufgetaucht war.

«Nun? Was habt Ihr immer geahnt?» fragte sie dann mit Spott auf den Lippen.

«Daß der Teufel nicht müßig sein würde!» brach es jetzt aus Katharina Melanchthon, da ihr die Verzweiflung nicht zu Gesicht stehen wollte, mit Wut und Donner hervor. «Daß sich der Leibhaftige einschleichen würde in unsere schöne Reformation.»

«Das hat er wohl», bestätigte mit ruhiger Gelassenheit Katharina von Bora, «und sich Eurem Melanchthon in den Nakken gesetzt, damit er seinen Freund Luther abhält, in den achtfach geheiligten Stand der Ehe zu treten. Wenn nicht vorher Ihr es gewesen seid, die mich bei ihm schlechtgemacht hat.»

«Gottes Strafe treffe Euch hier auf der Stelle», rief Katharina Melanchthon mit einem Kreischer, in dem Wut und Verzweiflung doch noch zu ausgewogener Mischung gelangten.

«Ihr wißt genau, was mich trifft», sagte Katharina von Bora beinahe sanft, und daß sie ihre Fassung bewahrte, steigerte noch die Wirkung, die ihre Rede auf die andere übte. «Es ist die Gloriole, die Luthers heiliges Antlitz umstrahlt und die auch meinem Scheitel einen anderen Glanz leihen wird, wenn wir erst miteinander verheiratet sind. Gott ist barmherzig. Er wird Euch nicht strafen, auch wenn Ihr wißt, daß der Neid unter die Todsünden zählt. Wenn es Euch nicht geraten will in Euerem Ehestand mit dem Philipp, dann, weil Ihr die Kraft für den Glauben nicht aufbringt. Nicht aufbringen *wollt*, um es geradeheraus und genauer zu sagen. Denn das ist es schließlich mit dem ganzen menschlichen Willen und seiner Freiheit, daß er diese Freiheit aufopfern kann und sich Gottes Barmherzigkeit unterwerfen.»

«Spart Euch diese Reden auf die Zeit», sagte Katharina Melanchthon, die sich ebenfalls wieder aufgeräumt hatte, «wenn Ihr erst einmal ein paar Jährchen hinter Euch habt in Eurem tausendfältig geheiligten Stand. Mag sein, daß der unvergleichliche Doktor Martinus, wenn er zur Abwechslung und Entspannung eines der Weinfässer, die ihm von seinen Gönnern in den Keller gerollt werden, bis auf den Grund geleert hat, die Sternenfunken, die sein trunkenes Haupt umschwirren, für den Schein der Heiligen hält. Eine Hemmung, sich mit fremden Federn zu schmücken, zeichnet den Mann jedenfalls nicht aus, soweit ich beobachten konnte. Wer weiß, ob er nicht gar dem Thomas Müntzer gnädig geblieben wär, wenn der nicht vor ihm in seiner Kirche die deutsche Liturgie eingeführt hätt.»

«Wollt Ihr, weil ich mir von Euch nicht am Zeug flicken laß», entgegnete Katharina von Bora, mit Mühe den Zorn niederhaltend, der erneut in ihr aufzusteigen begann, «jetzt etwa gegen den Luther gehen, dem wir alle so viel verdanken, dem Ihr es verdankt, daß Ihr ehelich werden durftet?»

«Ist er denn mehr als ein Madensack?» meldete Katharina Melanchthon tatsächlich ihre Zweifel an Luthers christlicher Demut an.

«Freilich ist er ein Madensack», sagte Katharina von Bora schnell. «Wie wir alle Madensäck sind. Habt Ihr denn nie eine seiner Schriften gelesen? Er hebt's doch hervor und baut seine Lehre darauf, daß der Mensch sündig ist und sündig bleibt, daß ihn vor Gott nichts als seine Reue und sein Glaube rechtfertigen können. Und was den Wein betrifft, braucht er gewiß meine Fürsprache nicht, denn er ist, denk ich, von beiden Teilen der Heiligen Schrift hinlänglich empfohlen, und bestimmt hat's seinen Grund, daß es den Türken vor dem edlen Getränk wie den Teufel vor dem Weihwasser graust. Es tät auch dem Melanchthon dann und wann ein Schoppen nicht schaden, ich möcht glauben, es bekäm sein Gesicht eine frischere Farbe davon. Vielleicht hätte der Eck damals in Leipzig bei dieser Disputation als ein Argumentum für die Römischen anführen sollen, daß unter ihrem Himmel die Reben besser gedeihen.»

«Ein Segen ist's doch», meinte Katharina Melanchthon scherzhaft-konziliant, «daß wir Weiber nicht zugelassen werden zur Disputation. Denn, wahrlich, ich käm gegen Eure Sophistereien nicht auf. Ich will's zugeben und dem Luther gratulieren zu diesem Ehgemahl, das so ganz nach seiner Herzensart schlägt. Denn feucht-fröhlich wird's zugehen in Eurem gemeinsamen Haus, die Wette darf gelten.»

«Wer ein wahrer und rechtschaffener Christ sein will, der sieht's als seine Pflicht und Schuldigkeit an gegen den Herrn, fröhlich zu sein», hatte Katharina von Bora plötzlich Luthers Theologie in die griffigste aller Formeln gepackt.

«Das wäre allerdings neu», bekannte Katharina Melanchthon. «Ich hatte es von den Handwerkern etwas anders gehört. ‹Wer schaffen will, muß fröhlich sein.› So hatte ich es im Ohr.»

«So auch und so um so mehr», freute sich Katharina von Bora, daß Einigkeit zwischen ihr und Katharina Melanchthon entstand. «Deshalb will Doktor Martinus auch die vielen Feiertage abschaffen. Denn der Mensch ist zur Arbeit geboren wie der Vogel zum Fliegen. Hiob am fünften.»

«Kein frommes Werk, keine Buße kann uns lösen von unserer Schuld», pflichtete Katharina Melanchthon ihr bei.

«Und ein Mensch, selbst nur von einem Menschen zum Priester geweiht, kann es erst recht nicht», setzte Katharina von Bora darauf. «Wer das leugnen, wer behaupten will, der Mensch sei fähig, aus eigenen Stücken frei von der Sünde zu werden, der sieht nicht das Zeichen des Kreuzes, der erkennt nicht unseren Herrn. Auf das Wort ist aller Glaube gegründet. Wir sind Gottes Geschöpfe und nach seinem Ebenbilde von ihm geschaffen. Nur durch unser Schaffen, durch unsere Arbeit können wir uns ihm ähnlich erhalten.»

«Das habt Ihr wacker gesprochen», sagte Katharina Melanchthon anerkennend und ohne sich weiter Hintersinn zu bewahren. «Da will es mir just wie eine Sünde vorkommen, daß wir den Abend lang am Tisch miteinander hocken und schwatzen.»

«Das kann auch zur Sünde werden, daß man sich selbst mehr als billig der Sünde verdächtigt», suchte Katharina von

Bora ihr diese Bedenklichkeit zu zerstreuen. «Ich weiß davon mein Liedchen zu singen. Ich war eingesperrt in meine Zelle so viele Jahre. Hab es in diesem aufgezwungenen Irrglauben für meine Berufung gehalten, jede kleinste Regung der eigenen Seele nach ihrer Sündhaftigkeit zu durchforschen. Ich wär wohl noch heute dabei und prahlte vor Gott, wie weit ich's gebracht in diesen Stücken, wäre nicht dem Doktor Martinus der löbliche Einfall gekommen, uns Nonnen aus den Klostermauern zu brechen.»

«Ganz ohne Eigennutz hat es der rühmliche Nonnenbefreier nicht unternommen, wie sich jetzt zeigt», meinte Katharina Melanchthon bereits wieder stichelnd.

«Wir sollen den alten Adam in uns erschlagen», stellte Katharina von Bora fest. «Aber doch nicht so, wie Kain seinen Bruder Abel erschlug. Mich ärgert's auch – wenn Ihr mir gestatten wollt, dies nebenbei zu bemerken –, daß wir Weiber nicht aufgefordert sind, in uns die alte Hewa zu überwinden, sondern, mit den Mannsbildern in uns nach dem alten Adam zu suchen. Da ist eine Schiefheit, die in der neuen Lehre noch zurechtgerückt werden muß. So viel weiß ich aber schon jetzt und kann es Euch sagen mit Freimut und Überzeugung, daß Ihr über den Eigennutz zu einseitig denkt. Wir haben uns daran gewöhnt, weil uns von den Papisten die Schrift immer so ausgelegt worden ist. Als ob jede Handlung, aus der uns Vorteile wachsen, schon wider das Christentum wär. Die Sache ist nur die, daß Gottes Wort nicht zeugt für die Behauptung. Im Gegenteil wimmelt's in der Biblia nur so von Stellen, an welchen der Herr seinem Geschöpfe gebeut, es sich den Schweiß kosten zu lassen und sich die Hände schmutzig zu machen. Was sollt es denn etwa anderes sein als der Eigennutz, wenn der Mensch das Vieh hütet, über das Gott ihn gesetzt hat, wenn er seine Kühe melkt, sein Pferd vor den Pflug spannt, seine Schweine mästet und schlachtet ...»

«... wenn er seine Schaf schert und die Schur zur Wolle verspinnt», kam ihr Katharina Melanchthon bei der weiteren Herzählung zuvor. «Sicher, liebste Jungfer von Bora, hat all das Gottes Segen und vieles, vieles, was dieser Art ist. Das ist aber doch nicht der Eigennutz, den ich mein. Der Eigennutz, von dem ich red und den ich für verwerflich halt – von mir aus mit den Papisten –, ist der, der bei allem, was er anfäßt, nur an den Groschen denkt, der am Ende für ihn dabei herausschauen wird.»

«Oh, solcher Eigennutz ist erst recht nicht verwerflich», bestand Katharina von Bora auf ihrem Argument, «und hat Gottes Segen bestimmt. Wer dient wohl seinem Nächsten mehr? Der, der sein Schwein mästet, es selbst schlachtet und es anschließend alleine auffrißt, oder der, der die Sau, wenn sie ihr Gewicht hat, für klingende Münze an den Fleischer verkauft?»

Katharina Melanchthon bedachte es, zögerte aber ihre Antwort hinaus.

«Ich will doch denken, der zweite», sagte deshalb Katharina von Bora. «Schon, weil er bei dem Fleischer die Eigennützigkeit weckt. Der denkt auch nur an den Groschen, den er gewinnt, wenn er Wurst für mehr Geld aus der Sau macht, als sie selbst ihn gekostet. Die Freude hat der Schuster, dem ein leckerer Braten im Küchenherd schmort, ohne daß er je gezwungen war, einen Schweinepferch zu betreten.»

«Und fehlte dem Schuster der Eigennutz», ließ Katharina sich endlich auf den Gedankengang ein, «so müßten wir allesamt auch jetzt im Winter barfuß dahergehen.»

«Da Milch und Honig in unseren Landen nicht in Bächen

daherfließen wollen», sagte Katharina von Bora, «muß es so sein. Je mehr Geld unter das Volk kommt, so größer an allen Ecken und Enden der Nutzen. Wie wär's denkbar ohne das Geld, daß sich all die verschiedenen Zünfte am Leben erhielten? Einzig das Geld kann den Handel bewegen wie die Räder den Wagen, und es macht, daß immer neue Gewerbe entstehen. Ich nenn zum Exempel nur die Drucker, weil wir von denen so ausführlich geschwatzt. Zeigt es nicht, daß der schiere Eigennutz nicht allein dem Nächsten, sondern selbst Gott die wertvollsten Dienste zu leisten vermag? Der Drukker, der nur auf seinen Eigennutz starrt, der nicht an Gottes Wort glaubt, ja, es nicht einmal kennt, dem nichts ins Auge sticht außer dem Groschen, den er aus dem Verkauf seiner Ware herausschlagen wird, er bringt tausendmal mehr Biblia unter die Leute, macht tausendmal mehr Heiden zu Christen als der frömmste unter den Mönchen, der ein Leben damit verbringt, mit dem Gänsekiel den Text der Vulgata nachzukritzeln.»

«War's nicht der Gutenberg in Mainz, der die Druckerpresse erfunden?» fragte Katharina Melanchthon, die bei all den Namen, die, wenn Magister Philippus einmal gut gelaunt war, bei ihren Gesprächen während der Mahlzeiten fielen, nicht die volle Übersicht behielt.

«Wenn es wirklich ein Mainzer gewesen sein sollte», meinte Katharina von Bora, «so ist wenigstens etwas Gutes aus der Pfaffengasse gekommen. Hätten sich die Bischöfe-Kurfürsten im Rheinland beizeiten vereinigt und diesem Gutenberg, oder wie er hieß, seine Erfindung zerstört, hätten sie jetzt nicht die Mühe, die ungezählten Drucke von Luthers Schriften einzusammeln und zu verbrennen.»

«Ob unser Luther überhaupt da wär», sinnierte Katharina

Melanchthon, «hätt es nicht vorher den Mainzer gegeben mit seiner Erfindung?»

«Dann wär also nach Eurer Meinung dieser Gutenberg der wahre Prophet», spöttelte Katharina von Bora, «oder doch wenigstens der Prophetenmacher, der jedenfalls mehr gelten muß als der eigentliche Prophet.»

«Ich mein gar nichts, liebe Katharina von Bora. Ich spinn nur so herum, weil Ihr mich lustig dazu gemacht habt. Jetzt ist es spät geworden, und wir wollen doch morgen recht früh aus dem Bett heraus, da wir nicht wie die Vögel zum Fliegen, sondern zum Placken auf diese Welt gebracht worden sind. Und wirklich, Ihr habt mich klüger gemacht. Ich will's in Gottes Namen nicht scheel ansehen, wenn Ihr mit Eurem Fleiß und Eurer Tüchtigkeit dem Luther die Einkünfte mehrt. Hab's auch schon beinahe verstanden, warum der Luther das Betteln nicht leiden will. Drum werd ich doch weiter meine Almosen reichen, wär's auch katholisch. Nein! Widerredet mir nicht. Ein andermal. Für heute geht mit meinem Dank um die Arznei, die Ihr dem Kleinen gemischt. Und schlaft recht emsig, damit Ihr fröhlich erwacht, wie's der Herr im Himmel von uns verlangt.»

MAN wird, wenn man sich die weiter oben dargereichten Kostproben aus Gisberts Tagebüchern in die Erinnerung ruft, bei der Lektüre des hiernach folgenden Kapitels die Überzeugung gewinnen, daß sich der vermutliche Streit zwischen Eva und Gisbert an der Judenfrage entzündet haben muß. Evas teils offenes, teils verdecktes Mitweben am Stoff konnte selbstverständlich nicht ohne Rückwirkung auf Gisberts Lutherbild und Lutherempfinden bleiben. Gutsche war erklärtermaßen angetreten, nicht um Luther zu verteidigen, sondern um ihn zu verherrlichen. Wer einmal Luthers späte, für seine Verhältnisse ungewöhnlich umfangreichen Hetzschriften vorgenommen, wer mit seinen Expertisen, in denen er den Fürsten zur Judenvertreibung rät, bekannt ist, der mag sich vorstellen, mit welchen Schwierigkeiten Gisbert zu kämpfen hatte, wenn er den Mann vor Eva als Propheten und Halbgott aufbauen wollte. Ich bin nicht der Meinung, daß er Luther zu schmähen oder auch nur herabzusetzen beabsichtigte, wenn er ihn uns im Gespräch mit dem Grafen von Mansfeld als verfressenen Antisemiten bietet.

Es entsteht leicht der Eindruck, nicht ich, sondern Gisbert selbst habe sich in Moskau bei Mirin einer Gehirnwäsche unterzogen, wenn er uns die Karikatur eines Fürstenknechts liefert. Indessen scheint mir der Fall anders zu liegen. Gisbert stattet seinen Heroen mit fragwürdigen Zügen aus, um der Gefahr seiner Verkitschung entgegenzuwirken. Denkbar ist, daß Gisbert im Religionsstreit mit seiner Frau auf Argumentationsmuster aus Luthers antijüdischen Pamphleten zurückgriff, woraus ihr klargeworden sein muß, daß die nationalsozialistische Ideologie sich nicht ohne Anknüpfungspunkte auf den Wittenberger als einen Ur- und Kronzeugen für den massenmörderischen Rassenwahn beruft.

Sollte es sich im ehelichen Disput in dieser oder ähnlicher Weise abgespielt haben, so wird Eva, wie ich sie kannte, kaum gezögert haben, ihren angebeteten Gatten der geistigen Nähe zur braunen Pestilenz zu verdächtigen. Den Lutherschen Antisemitismus als Nebensache, als bedauerlichen Fehltritt in zweitrangiger Angelegenheit zu behandeln wäre Gisbert im Anschluß an eine derartige Auseinandersetzung freilich nicht mehr möglich gewesen. Da war es, wollte er den Kern der Nuß, die Hauptleistung, die Restauration des evangelischen Christentums, retten, klüger, wacker voranzuschreiten und selbst mit dem Finger auf den schändlichen Flecken an der Schale zu weisen.

Ich gestatte mir diese Interpretation, weil sich die Erwähnung der Katharina von Bora im Gespräch zwischen Luther und Albrecht von Mansfeld als eine wenig verblümte Liebeserklärung Gisberts an Eva liest.

LUTHER saß mit dem Grafen von Mansfeld in dessen bescheidener Residenz am Marktplatz zu Eisleben beim Frühstück. Seine Begleiter auf dieser Reise an den Harz lagen noch in wohligem Schlummer unter ihren Federbetten, doch Luther hatte sich wie zu Klosterzeiten lange vor Aufgang von dem herrschaftlichen Lager, wo vor ihm schon Bischöfe und Kurfürsten, allerdings auch päpstliche Nuntien geruht, erhoben und war auf der Stiege dem Grafen begegnet, den in diesen Tagen die Schlaflosigkeit plagte.

Luther hatte sich vorgenommen, den Weg hinüber nach Mansfeld zu seinen Eltern zu machen, und da er dem Grafen schon das freundliche Anerbieten, sich seiner Kutsche oder wenigstens eines guten Reitpferds zu bedienen, abgeschlagen hatte, wollte der gastfreie Herr ihn zumindest nicht ohne eine stärkende Mahlzeit aus seinem Hause entlassen. Luther hatte denn auch nichts darwider, daß eine der Hausmägde aufgeweckt wurde, in der Küche den Herd zu befeuern, in einer großen Pfanne Speck und Eier für ihn zu braten. Dazu wurden ihm auf einer silbernen Platte Reste des am Vorabend genossenen Wildschweinschlegels und eingelegte Gurken gereicht.

Luther war mit seinen Begleitern am Vortage, von Halle kommend, entlang des Süßen Sees, wo sie zu Mittag in einem Gasthaus am Ufer vorzügliche Forellen mit einem sehr süffigen Rheinwein genossen, dann weiter durch die Talsohle über Rißdorf nach Eisleben gewandert. In diesem Dorf, das Luther schon, als sie sich ihm näherten, auf eine unerklärliche Art unheimlich und furchterregend erschienen war, hatte ihn plötzlich mitten auf der einzigen Straße ein kalter Wind wie eine eiserne Faust im Nacken gepackt.

«Das wird der Götz von Berlichingen gewesen sein», scherzte Graf Albrecht, als ihm Luther kauend und schmatzend von seinem kleinen Abenteuer und der daraus hervorgegangenen Unpäßlichkeit sprach.

Luther versuchte noch einmal, den Kopf auf den Wirbeln zu schwenken. Es gelang nicht, der Hals blieb steif wie ein Stock. Der Graf schaute ihn mitleidig an.

«Das wird ein schwerer Gang werden bis Mansfeld mit dem steifen Genick. Warum legt Ihr Euch nicht auf ein warmes Kissen und verschiebt den Besuch bei den Eltern, bis Ihr wieder beweglicher seid?»

«Mir hat in meinem Leben der Teufel so manches am Leibe zu leiden gegeben», sagte Luther, nachdem er sich lobend über den Braten verbreitet hatte, der ihm kalt und mit geraspeltem Rettich sogar noch besser mundete als bei dem Abendschmaus, wo er frisch vom Spieß gekommen war, «aber dieser Schlag in den Nacken ist mir gar zu sonderbar. Als hätten sie mir durch ein langes Rohr den Eiswind genau auf die Stelle geblasen, mich zur Salzsäule erstarren zu lassen.»

«In Rißdorf, sagtet Ihr, war's?» fragte Graf Albrecht nach.

«In Rißdorf», bestätigte Luther.

«Ich habe meinen Ärger mit dem Flecken», sagte der Graf mit säuerlichem Ausdruck.

«So?» sagte Luther, der es wissen wollte.

«Es ziehen sich in diesem Rißdorf die Jüden aus der ganzen Grafschaft zusammen, es sind sogar welche aus Böhmen darunter. Zum Schabbath pilgert uns alles mit Kind und Kegel nach Eisleben zur Synagoge herein.»

«Und Ihr duldet's?» fragte Luther, dem vor Verwunderung

fast ein Stück Speck in dem versteiften Hals steckengeblieben wäre.

«Ach, Luder», meinte Graf Albrecht, der ihn etwas ostentativ in dieser Form seines Familiennamens ansprach, «Ihr werdet, wenn Ihr von den Eltern den Segen erhaltet und in den Ehestand tretet, auch mancherlei dulden müssen, von dem Euch jetzt noch nicht träumt.»

«Erzählt's, wenn er aufgestanden ist, dem Melanchthon», replizierte Luther mürrisch. «Ich mag's nimmer hören. Ich hätt's ganz für mich behalten sollen. Ich hab's Euch gesagt und bin nicht faul, es nochmals zu wiederholen: Eure Wildsau schmeckt ausgezeichnet und tröstet mich fast über den bösen Nacken. Mich macht's schier melancholisch, wenn ich denk, daß ich sie nicht werde aufessen können. Noch leckerer wär's wahrscheinlich mit einem Schluck Bier.»

Der Graf ließ ihm eine Kanne Dünnbier holen.

«So ist es Euer Weib», fuhr Luther fort, während die Magd nach dem Bier lief, «das die Jüden beschützt?»

«Eure Schuld, Luder, daß sie es tut.»

«Wie denn?»

«Daß Jesus Christus ein geborener Jud war. Kennt Ihr den Autor der Schrift?»

«Ich hätt's nie tun dürfen», zeigte sich Luther reuig und zerknirscht ob der begangenen Sünde. «Die Jüden haben mir nicht viel Dank darum gewußt. Haben glauben wollen, wir hätten unsere ganze Reformatio nur angezettelt, um sie zu emanzipieren. Wenn einmal ruhigere Tage kommen, und wir finden die Muße, das Alte Testament bis auf das letzte Buch und den letzten Psalm mitsamt den Apokryphen in unser gutes Deutsch herüberzudolmetschen, dann wird's *unsre* Befreiung sein aus dem Würgegriff der Hebräer.»

«So habt Ihr Eure Meinung über die Jüden geändert», stellte der Graf mit Genugtuung fest.

«Mir ist's so gegangen», flocht Luther eine Anekdote in ihr Gespräch, die für ihn nicht ohne Bedeutung und Folgen gewesen, «drei gelehrte Jüden kamen zu mir, der Hoffnung, sie würden einen neuen Jüden an mir finden, weil wir in Wittenberg die hebräischen Studien auf eine neue Höhe geführt. Da ich nun mit ihnen das Disputieren anfing, taten sie nach ihrer Art und gaben mir ihre Glossen. Als ich das aber nicht leiden und sie zum Text zwingen wollte, da wichen sie mir nach allen Richtungen aus und sprachen, sie müßten ihren Rabinen glauben wie wir unserem Papst und unsren Doktoren. Nu hatte ich Barmherzigkeit mit ihnen und gab ihnen willig meine Fürbitte an die Geleitsleute, daß sie sie sollten frei fortziehen lassen. Ich erfuhr aber hernach, wie sie mir den Christum einen Tola genannt hatten, das ist ein erhängter Schächer.»

«Das hätt ich mir wohl gedacht», sagte Graf Albrecht, «daß es ihnen sauer werden würde, aus Euch einen Rabinen zu machen. Mit meinem Weibe, da haben sie leichteres Spiel, und sie ist durch den vielen Umgang mit den Jüden mir schon zu einer halben Rebezinerin worden.»

«Ich werd doch einmal etwas schreiben müssen wider die Lügen der Jüden», sagte Luther, dem das zu solch früher Stunde genossene Bier Schwung lieh, «bis sie es zugeben, daß unser Jesus Christus kein anderer ist als der Messias, den die Schrift ihnen verheißen hat. Sie sind aber verstockter als der Pharao oder mein Hals.»

«Mögen sie immer ärgerlich sein», wollte Graf Albrecht das Thema beenden, «mag ihr Anblick das Christenherz krampfen, so ist doch der Schade, den sie ausrichten, nicht sonderlich arg.»

«Nicht sonderlich arg?!» brauste Luther auf, mit dem unheimlichen Funkeln in seinen Augen, vor dem auch jetzt ihm gegenüber Graf Albrecht erschrak. «Mein steifer Hals? Der böse Zauber, den mir die Rißdorfer Kabbalisten ins Genick gejagt haben? Ist das etwa nicht arg? Die Jüden trachten mir nach dem Leben. Habt Ihr womöglich noch Zweifel daran?»

Graf Albrecht schwieg betreten. Natürlich wußte er um das Wormser Edikt, das ja im Prinzip auch ihn verpflichtete, Luther zu verhaften und den Römischen auszuliefern. Andererseits war es eine gleichermaßen feststehende Tatsache, daß, wer es wagen wollte, seine Hand an den Gottesmann zu legen, es nicht nur mit Sachsens Kürfürsten zu tun bekommen, daß er sich dazu eine Ritterfehde auf den Hals ziehen und sich zur ersten Zielscheibe des Bauernaufstands machen würde. Luthers Verfolgungswahn war nicht eben aus der Luft gegriffen, nein, so ließ es sich nun auch wieder nicht sagen, und bestimmt hatte er Mut bewiesen, aber die Übertreibung, das Kokettieren mit der Bedrohung und ihr eitles Hervorkehren, das mißfiel dem Grafen und verstimmte ihn sichtlich.

«Im Elsaß, wo der Herr Omnes zuerst aufgestanden», sagte Luther mit veränderter, lieblich säuselnder Stimme und treu dreinglotzenden Augen, denn er, der sich großen Hansen wie dem Grafen von Mansfeld, wie auch noch viel größeren Hansen gegenüber mit der äußersten Schroffheit zu betragen vermochte, wußte immer genau, wie er, wenn er wütend hinter sich die Tür zugeschlagen, sich zur anderen Seite wieder hineinscharwenzeln konnte, «im Elsaß, wo die Bauern unter dem Namen des Bundschuh ihr Rotten und Morden begonnen, da sind sie anfangs wider die Mönche und wider die Jüden zugleich losgegangen.»

Luther machte eine Pause und hoffte, der Graf möge den

Gedanken, den er ihm so nahegelegt hatte, ergreifen. Der zwirbelte aber nur die Spitzen seines Schnurrbarts und schaute geistesabwesend durchs Fenster auf den Markt hinaus, der eben von der aufgehenden Sonne in Gold getaucht wurde.

«Ich hab ja in meiner Schrift, mit welcher ich den Bauern ihre Artikel verwiesen», versuchte Luther, seinen Gedanken, den er selbst nicht aussprechen mochte, dem Grafen noch näher zu tragen, «nicht in Abrede gestellt, daß sie Gründe haben für ihren Zorn. Ich hab die Fürsten vermahnt, sie möchten's endlich gut sein lassen und nicht alleweil darauf denken, wie sie den gemeinen Mann noch ärger bedrücken und auspressen könnten, hab ihnen gezeigt, wohin's führt, wenn sie den Leibeignen mit jedem neuen Tag, den Gott gibt, neue Lasten aufbürden. Da fordern sie den Herrn doch gradwegs heraus, sich aus dem bedrängten Ackervolk eine Rute zu schnitzen und dreinzufahren unter die großen Hansen, die seiner spotten bei ihren Gelagen und Hurereien. Hab drum auch gegen den Wucher geschrieben.»

«Das war nicht klug, daß Ihr gegen den Wucher geschrieben habt», warf Graf Albrecht ein, ohne seinen Blick von dem ergötzlichen Farbenspiel auf dem Pflaster des Marktes zu wenden.

Luther, der sich bestens daran gewöhnt hatte, als Ketzer beschimpft und verdammt zu werden, der sogar etwas für seine Eitelkeit Befriedigendes daraus zog, wenn man ihn als den neuen Papst zu Wittenberg titulierte, war nach wie vor bis zur Weißglut erbost, wenn jemand seine geistige Potenz oder seine Geschicklichkeit beim Hineingreifen in die weltlichen Zwistigkeiten in Frage zu stellen wagte. Es kostete ihn Mühe, seine Wallung dem Grafen verborgen zu halten.

«Dann wäre ich also klüger gewesen, hätte ich *für* den Wucher geschrieben», sagte er, und seine Stimme klang dabei schon sehr viel weniger säuselnd, eher etwas gepreßt.

«Ist's nicht deshalb, daß Euch die Fürsten so wohl sind», wurde er von Graf Albrecht erinnert, «weil Ihr das Reich Christi so reinlich geschieden habt vom weltlichen Reich? Was war Eure Not, die hübschen Pfähle, mit welchen Ihr zum allgemeinen Frieden die Grenze so deutlich abgesteckt hattet, mit den eigenen Füßen wieder niederzutrampeln? Ich wollt's erst gar nicht glauben, als ich gehört hab, der Luder schreibt gegen den Wucher. Und was ich dann gelesen hab in Eurem Traktätchen, ich sag's Euch, das hat mich nicht eben beruhigt. Grad, daß Ihr nicht so weit gegangen seid wie in Erfurt der Strauß und es für Sünde erklärt, wenn der Schuldner dem Gläubiger die rechtmäßigen Zinsen auf das Geliehene zahlt. Ich bin kein Theolog, Ihr wißt es, und hab nicht Ehrgeiz, einer zu sein. Hab's nur vom Doktor Martinus gelernt, nicht alles, was im Heiligen Buch steht, für bare Münze zu nehmen. Müßte mir sonst wohl die Vorhaut abschneiden lassen und auf den Schweinebraten verzichten. Wozu hätte der Kurfürst zu Wittenberg seine Universität, wenn sie unfähig ist, aus der Schrift zu beweisen, daß christlich tut, wer auf sein verborgtes Geld die Zinsen einzieht? Recht hat Jesus gehabt, als er die Wechsler aus dem Tempel vertrieb. Nur bitt ich, mischt Ihr nicht in unsren Handel und unser Geschäft Eure Theologie.»

Luther war mit seinem Frühstück fertig geworden und rülpste laut über den Tisch.

«Nach einer guten Predigt heißt's: Amen», wurde dem Grafen diese Äußerung seines Wohlbefindens glossiert. Über den Wucher wollte Luther mit dem Mansfelder nicht disputieren. Im stillen gestand er sich's ein, daß die Schrift nicht recht lutherisch, zu lau und zu halbherzig gewesen war. Ihm dämmerte auch, daß er an einer Stelle sehr anzüglich gegen den Fugger geworden war, freilich ohne ihn beim Namen zu nennen. Ein wenig undankbar eigentlich, denn schließlich hatte er einmal zu Augsburg im Hause Jakobs des Reichen geweilt und war nicht übel bewirtet worden dabei. Als Luther sich auf dem Papier diesen kleinen, giftigen Ausfall gegen den Fugger geleistet, hatte er nicht dessen gute Beziehungen zu den Mansfelder Grafen bedacht. Das war unklug gewesen, und er durfte es jetzt nicht verargen, wenn es auch unklug genannt wurde vom Grafen.

«Manch einer will glauben, es sei der Luder», kam Graf Albrecht mit dem zu erwartenden Vorwurf heraus, «der unserem Zeitalter sein Siegel aufgedrückt hat. Verzeiht's mir, aber in meinen Augen ist – bei aller Liebe und Achtung, die ich hege für Euch in meinem Herzen – Jakob Fugger, kein andrer, der Mann, der dem neuen Geist, den wir allerorten verspüren, die Bahn gebrochen hat. ‹Wie sollt das immer mögen göttlich und recht zugehen, daß ein Mann in so kurzer Zeit so reich wird, daß er Könige und Kaiser auskaufen möchte?› Steht's nicht so in Eurer Schrift von Kaufshandlung und Wucher? Ja, hört denn ein Ding deswegen auf, göttlich zu sein, weil es über den Verstand von Doktor Martin Luder hinausgeht? Ihr macht ja eine Leier daraus, daß die Welt nicht nach dem Evangelio regiert werden kann. Ich bitt um Eure gnädige Belehrung darüber, was es der Freiheit des Christenmenschen, die ja, wie man Euch versteht, nur eine innerliche Freiheit sein kann und darf, was es dieser Freiheit antut, wenn die Welt nicht vom Kaiser, sondern vom Gelde regiert wird. Gebt dem Gelde, was des Geldes ist, so müßte das Wort ausgelegt werden, um unseren Zeiten gerechter zu sein.»

«Ich lehre, was der Apostel Paulus gelehrt hat», versuchte

Luther der Verwirrung zu begegnen, «nämlich, daß der Oberkeit das Schwert geliehen ist, um die Bösen zu strafen. Und zwar von Gott, nicht vom Fugger.»

«Luder, Eure Mutter hat Euch hier in Eisleben geboren», nahm Graf Albrecht einen neuen Anlauf zu seiner Apologie des Fugger. «Wir sitzen hier im Mansfeldischen auf dem Kupfer. Drum sind ja Eure Eltern einmal in diese Gegend gekommen, denn es wollt sie, Ihr wißt es, daheim der Pflug nicht mehr ernähren. Ich sag Euch nichts Neues, wenn ich erwähne, daß es etwas anderes ist, unter Tage aus dem Stollen den Schiefer zu hauen, als eine reife Rübe aus dem Acker zu zupfen. Es gehört auch sehr viel mehr dazu, aus dem Schiefer das Kupfer zu hütten, als, sagen wir, ein Fuder Weizen zu zermahlen und zu Brot zu verbacken.»

Luther sah schläfrig-gelangweilt auf den Grafen und ließ seine Finger an der Tischkante trommeln.

«Es sind also bei uns im Bergbau», fuhr der Mansfelder unbeirrt fort, «ganz andere Veranstaltungen nötig als bei den Handwerkern und Bauern. Und diese Veranstaltungen wiederum erheischen Geld. Viel Geld, sehr viel Geld, Mengen von Geld, wie Ihr, Luder, sie Euch vielleicht gar nicht vorstellen könnt.»

Die kleine Spitze ließ Luther hingehen, ohne sie zu parieren. Es hatte ihn, seit er denken konnte, mit Widerwillen erfüllt, sich mit Geld befassen zu müssen. Zu den schätzenswertesten Vorzügen des Klosterlebens hatte es in seinem Empfinden gehört, daß es ihn davon erlöste, diesen unwirklichsten und zugleich wirklichsten aller Gegenstände in die Hände zu nehmen. Von hierher erfuhr auch seine Neigung zu Katharina von Bora ihre möglicherweise kräftigste Förderung, weil sie offenbar seine Scheu vor dem Geld nicht teilte und er ihr zutraute, es für ihn und was ihre Familie sein würde, zusammenzuhalten. Sich all das Geld, das der Fugger besaß, auf einem Haufen vorzustellen, das hätte er mit Überwindung und Anstrengung sogar noch geschafft, aber der reiche Jakob hatte es ja nicht in Augsburg in seinen Kellern oder auf seinen Speichern gestapelt, es durchlief die Welt und war im Grunde unsichtbar. Diese seine Unsichtbarkeit hatte eine Luther spürbare und dafür um so ärgerlichere Verwandtschaft mit der Unsichtbarkeit und Allgegenwart Gottes.

«Die Fugger, die klein angefangen haben als Tuchmacher, als einfache Weber», malte Graf Albrecht das Luther widerwärtige Gespenst immer großflächiger aus, «die sich überhaupt das Bürgerrecht in Augsburg förmlich erarbeiten mußten, sind eigentlich reich erst durch den Bergbau geworden. Es hatte das Ansehen einer Pfändung, wie sie dem Kaiser Maximilian in Tirol Bergwerk für Bergwerk abgenommen haben zum Ausgleich für seine Schulden. Ich hab mich gewöhnt, etwas andres darin zu erkennen. Mir leuchtet von dort die Morgenröte eines neuen Zeitalters entgegen, und ich werde mich nicht sträuben, mit dem Fugger zusammenzugehen, wenn es das Kupfer schneller und in größeren Mengen aus dem Bauch der Erde hervorholt. Es ist, glaubt mir, eine Entwickelung, die sich uns jetzt erst in ihren allerersten Anfängen zeigt, die aber nach und nach alles und jeden mit sich fortreißen und der Welt ein neues Gesicht aufsetzen wird. Des Fuggers Frömmigkeit ist von der herkömmlichen Art, vielleicht ist es nur das, was Euch den Mann so unleidlich macht, und ich finde eigentlich auch, daß es nicht zu ihm paßt. Es waren doch, wenn ich's recht erinnere, Eure Thesen gegen den Ablaß, die Euch auf den Schlag berühmt gemacht haben. Mir kam, als wir diesen Winter auf dem Schloß unsere Papiere geordnet, die

Flugschrift davon zufällig wieder vor Augen. Es ist doch gar nicht unser Luder, wie wir ihn kennen, sagte ich mir, als ich sie durchlas. So vorsichtig und zurückhaltend, so sorgsam auf jedes Wörtlein bedacht, um ganz von der Sache zu sprechen und niemandem persönlich zu nahe zu treten. Es ist mir im nachhinein kaum noch verständlich, wie es die Römischen so hat gegen Euch aufbringen können. Vor allem gefiel mir, daß Ihr in Euren Thesen darauf verzichtet habt, gegen den Fugger zu polemisieren. Grund dazu wäre reichlich vorhanden gewesen. Schließlich waren's Fuggers Faktoren, die die Schlüssel hatten zu den Truhen, in denen der Tetzel die Ablaßgelder gesammelt.»

Luther machte eine abwehrende Handbewegung. Am liebsten wäre er aufgestanden und hätte die Straße nach Mansfeld zum Haus seiner Eltern genommen.

«Ihr wußtet's also nicht», fragte Graf Albrecht, «daß der Hohenzoller, mein Namensvetter, das Erzbistum Mainz, die damit verbundene Kurfürstenwürde beim Papst mit Geld bezahlt hatte, das ihm der Fugger geliehen?»

Luther hätte es gerne geleugnet, hielt jedoch das Gebot und blieb, wider seinen Nächsten nicht falsches Zeugnis zu reden, diesem die Antwort auf seine Frage schuldig.

«Ihr steht Euch aber doch immer noch gut mit dem Bischof?» wollte Graf Albrecht nebenbei wissen.

Luther entließ einen der gefürchteten Blitze aus seinen plötzlich wieder wie im Wahnsinn funkelnden Augen, der beim Gegenüber mit der gewohnten physischen Wirkung einschlug. Getroffen wandte Graf Albrecht seinen Blick ab. Auf dem Marktplatz waren schon die ersten Bauern eingetroffen, die ihre Karren mit Kohlköpfen beladen hatten.

Luther, der mit dem Rücken zum Fenster saß, wollte auch

einmal nach der Quelle der vom Platz hörbar gewordenen Geräusche schauen, mußte sich zum Zweck allerdings des steifen Nackens wegen ziemlich verrenken. Als er gesehen hatte, was vorging, drehte er sich hastig wieder dem Mansfelder zu und löschte mit der flachen Hand die Kerzen des Leuchters, der die kleine Frühstückstafel erhellt hatte.

«Luder, was ist Euch?» fragte Graf Albrecht besorgt.

«Wer Augen hat, der sehe», hauchte Luther mit bebenden Lippen. Es standen ihm Schweißperlen auf der Stirn. «Seid nur froh, daß Ihr sie nicht habt.»

«Was habe ich nicht?» fragte Graf Albrecht, der nicht verstand.

«Die Augen, die Augen!» belehrte ihn Luther sehr heftig, aber mit unterdrückter Stimme. «Die Augen natürlich! Was sonst?»

Luther zog den Grafen fort vom Fenster in die hinterste Ecke des Raumes und tuschelte mit ihm, was nicht ganz unkomisch war, da ihnen ja niemand zuhören konnte.

«Die meisten haben Augen», sagte Luther, «mit denen sehen sie nur, was vor ihnen ist. Einige aber haben solche Augen wie ich. Die sehen mit dem Heiligen Geist.»

«Was zum Teufel ist es denn», fragte Graf Albrecht, erst ebenfalls flüsternd, dann aber, nachdem er sich geräuspert und den Spuk von sich geschüttelt hatte, wieder mit der normalen Zimmerlautstärke, «was ist es, was Ihr seht auf dem Platz und was Euch so zu Tode erschreckt?»

«Die Bauern sind es, die Bauern», brachte Luther, dem das Herz pochte, als habe er einen zimmernden Specht in der Brust, würgend hervor.

Der Graf ließ ihn in der Ecke stehen und trat wieder ans Fenster.

«Ja, da sind Bauern», sagte er hinausschauend. «Aber was ist so besonders daran?»

«Die Karren», zischte Luther von seinem Platz am gekachelten Ofen, wo er stand, als wolle er sich dahinter verkriechen. «Seht Ihr denn nicht ihre Karren?!»

«Selbstverständlich seh ich die Karren», gab ihm Graf Albrecht, dem die Szene ärgerlich zu werden begann, zur Antwort. «Ich guck zwar nicht wie der Heilige Geist, bin aber deswegen doch nicht mit Blindheit geschlagen.»

«Aber, was sie geladen haben auf ihren Karren», kam es von Luther, der sich jetzt ernsthaft hinter den Kachelofen zu quetschen versuchte, was seine Leibesfülle freilich nicht zuließ, «was sie geladen haben, seht Ihr das auch?»

«Kohlköpfe sind's», sagte Graf Albrecht gelassen. «Es ist gut, daß Ihr mich drauf aufmerksam macht. Ich will gleich die Magd schicken, daß sie uns ein paar davon kauft. Ein würziges Blaukraut mit Zwiebeln und Äpfeln, mit Nelken und Zimt ist doch immer das Beste zum Wildbret. Denn ich hoff, daß ich heute was schieß und dem Doktor am Abend einen frischen Braten vorlegen kann. Es ist auch gut für die Säfte, die, ich seh's an Euch, durch allzu tiefes Eindringen in den göttlichen Willen bisweilen aus der Ordnung geraten.»

«Rote Köpfe sind's schon», sprach Luther entrückt, für den Grafen am Fenster kaum noch hörbar, vor sich hin. «Blutige Menschenköpf sind's. Die haben sie den Mönchen und denen vom Adel, allen, die nicht mittun wollen bei ihrem Metzeln, von den Hälsen geschnitten. Sie bieten sie feil auf dem Markt, daß die Hausfrauen ihre Suppen draus kochen.»

Der Graf ging wieder zu Luther hinüber und legte ihm mit tröstender Geste die Hand auf die Schulter.

«Luder, Ihr seid wirklich nicht beieinander», redete er väterlich auf ihn ein. «Ich will's nicht dulden, daß Ihr in diesem Zustand die Eltern besucht. Ich bitt Euch, seid Eurem alten, treuen Mansfelder einmal gefällig. Geht hoch auf Euer Zimmer und legt Euch zu Bett.»

«Wär meine Käthe bei mir», sprach Luther einen Wunsch und Gedanken aus, der Graf Albrecht deutlich vernünftiger schien als das Vorige. «Sie hätte die Worte, die mich aufstellen könnten. Vielleicht auch ein kleines Mittelchen, das ich einnähme und wär wieder der, den Ihr kennt. Ich muß zu den Eltern. Muß heute zu ihnen.»

«Gern ließ ich ihn mischen für Euch, den Zaubertrank Eurer Braut», sagte Graf Albrecht. «Wenn Ihr mir nur die Rezeptur davon angeben könntet.»

«Ja, meine Käthe kennt sich aus mit den Kräutern und ihren heilenden Kräften», sagte Luther, dem es sichtlich wohltat, von den ungewöhnlichen Fähigkeiten seiner Zukünftigen sprechen zu dürfen. «Das hat sie noch von ihrer Muhme im Kloster zu Nimbschen gelernt, die dort dem Siechenhaus vorsteht. Sie weiß Pillen zu drehen, von denen sie zu Wittenberg in unserer Apotheke, wo sie dem Cranach zur Hand geht, niemals gehört haben. Ein Mittel, auf das sie schwört und das auch mir schon geholfen hat, wird aus Pferdemist und zerdrücktem Knoblauch bereitet.»

Der ihn umsorgende Gastgeber sah kein Hindernis, Luther das Verlangte zu beschaffen, und so wurde die Magd vor Besorgung des Rotkohls zu den Pferden in die Ställe geschickt. Luther ließ sich vom Grafen auf sein Zimmer führen, wo er sich bis zur Fertigstellung seiner Arznei auf das Himmelbett streckte. Er faltete die Hände über der Brust und suchte nach regelmäßiger Atmung.

Auch die Fenster dieses Zimmers, das Graf Albrecht für

seine Ehrengäste bereithielt, gingen auf den Markt. Der Graf schaute noch einmal hinunter, um sich zu vergewissern, daß es ordinärer Rotkohl war, was die Bauern dort ihrer Kundschaft anboten. Es war Luther, der, als er sich einigermaßen erholt hatte, seinen Gedanken aussprach.

«Merkwürdig doch, daß man sich vor einem gemeinen Bauern mehr erschrickt und sich schlimmer vor ihm fürchtet als vor dem Kaiser.»

Graf Albrecht hätte Luther gerne auseinandergesetzt, daß, was das Gebiet seiner Hoheit betraf, die hauptsächliche Gefahr nicht von den Bauersleuten, die bislang den Frieden gewahrt hatten, vielmehr von den Knappen in den Kupferminen ausging. Sie standen mehrheitlich unter Müntzers Einfluß, und mehrere hundert von ihnen hatten zu Allstedt feierlich in dessen Bund der Auserwählten eingeschworen. Nicht zu Unrecht jedoch fürchtete er, durch Nennung von Müntzers Namen Luther zu einem neuen Anfall zu reizen, und schwieg also davon, bis die Pastillen aus Roßdung und Knoblauch gebracht wurden. Luther kaute sie wie eine auserlesene Delikatesse.

Die Labung konnte kaum seinen Magen erreicht haben, als er mit wiedererwachender Lebenslust über dies geflissentlich vernachlässigte, dem Herzen aber doch so nahe und dasselbe an Bedeutung vielleicht sogar übertreffende Organ zu extemporieren begann.

«Die Liebe gehe durch den Magen, sagen die Leute. Ihr wißt's, verehrter Graf, daß ich der letzte wär, der den Herrn Omnes mit dem Schwert der Oberkeit umgürtet sehen möchte. Aber die Weisheit gehört einmal ihm, und es wäre aus meiner Verdolmetschung der Heiligen Schrift nie etwas Rechtes geworden, wenn ich nicht ein Leben lang dem Volk so beharrlich und genau aufs Maul geschaut hätte. Es ist mir jetzt grad so, als hätt ich ein Stück von meiner Käthe gefressen. Und schaut: Ich kann auch den Hals wieder bewegen. Wir müssen es wörtlich nehmen, daß Jesus die Blinden wieder sehend gemacht hat.»

Luther war aufgesprungen von seinem Lager, stand mit klarem Blick und leis glühenden Wangen vor dem Grafen und machte ganz den Eindruck, als ob er Bäume ausreißen wolle.

«Es ist doch schad, daß Ihr Euer Fräulein nicht mitgebracht habt», sagte Graf Albrecht dazu.

«Wenn wir hier erst fertig sind mit den Bauern und dem verfluchten Rottenmeister das Handwerk gelegt haben», glaubte Luther seinen Gönner trösten zu können, «dann wird Hochzeit gefeiert. Ihr werdet uns doch die Ehre erweisen und uns in Wittenberg zum Feste besuchen?»

«Erst die Arbeit, dann das Vergnügen», wartete Graf Albrecht mit seinem Wahlspruch auf. «Ich hab's aber im Ernst gesagt, denn ich halte wirklich dafür, daß Eure Käthe uns jetzt und hier die besten Dienste zu leisten imstand wär.»

«Ei, wie das?» fragte Luther verwundert. «Glaubt Ihr etwa, daß es Weibersach ist, die Bauernhaufen auseinanderzutreiben und ihre Anführer an den Galgen zu knüpfen?»

«Mir widerstrebt's, mit dem Schwert unter den Bauern zu wüten», sagte Graf Albrecht, und Luther wollte ihn schon tadeln ob seiner Nachgiebigkeit.

«Wer würde uns denn, wenn wir sie totschlügen, nachher die Äcker bestellen und die Ernte einbringen?» kam aber ein bedenkenswertes Motiv, dem auch Luther sich nicht verschließen durfte, hinterher. «Drum wär's besser, hineinzugehen in die Bauernversammlung und vor ihr ein Wunder zu wirken.»

«Und dazu, meint Ihr», hatte Luther endlich begriffen, «taugt meine Käthe besser als ich.»

«Das mein ich», nickte Graf Albrecht und schloß ein wieherndes Gelächter daran, von dem Luther sich anstecken ließ.

Es wurde später Nachmittag, bis Luther Mansfeld erreichte. Im Grunde war's nicht mehr als ein ausgedehnter Spaziergang von Eisleben bis zu dem Haus seiner Eltern hinüber, aber er hatte noch Stunden mit Graf Albrecht in Beratungen und Auswahl eines passenden Gewandes verloren. Die mönchische oder andere geistliche Tracht wären lebensgefährlich gewesen, und die Schaube, der Talar, der ihn als Doktoren kenntlich gemacht hätte, schied nach kurzer Erwägung ebenfalls aus.

Auch das Anlegen irgendeiner der Livreen des gräflichen Hauses wurde bedacht und wieder verworfen. Ein mehr humoristisch gemeinter Vorschlag von seiten Graf Albrechts war, die Nacht abzuwarten, um Luther auf einem Kaufmannskarren in einem Heringsfaß zu transportieren, so wie einst Koppe die dem Kloster zu Nimbschen geraubten Nonnen nach Torgau gebracht. Daß Fässer von dem benötigten Volumen gewöhnlich nicht für eingesalzene Heringe benutzt werden und deswegen Argwohn hätten erregen müssen, hatte Luther gegen die gräfliche Proposition einwenden können.

Ein Inkognito indessen wurde von beiden in gleicher Weise als wichtig und richtig erachtet. Die Sendboten der Müntzerschen Verschwörung liefen über die Dörfer und hetzten mit selber Schärfe gegen Fürsten wie gegen den «gedichteten» Glauben, der in Wittenberg gelehrt wurde. «Bruder Sanftleben», «Doktor Leisetritt» und ähnliche Schimpfnamen, die Müntzer dem neuen Papst zu Wittenberg in seiner hochverursachten Schutzrede angehangen hatte, gingen von Mund zu Mund. Die Zeiten, in welchen Luther mit dem Charisma des Märtyrers, allerdings auch mit kaiserlichem Geleit, ausgestattet gewesen und auf seiner Reise nach Worms in Dörfern und Städten ihm das Volk jubelnd zugelaufen war, diese Zeiten waren vorüber.

Wie die Dinge jetzt standen, wäre es mehr als untunlich gewesen, sich auf Feldwegen von Ackersmännern oder bei den Schächten von Bergleuten in Erörterungen über die Freiheiten und Pflichten des Christenmenschen verwickeln zu lassen. Nicht anders als von der Kanzel herab wollte Luther seine Stimme erheben und den Gehorsam predigen, welchen der Christ seiner Oberkeit schuldet.

Die Lösung, auf die er am Ende mit dem Grafen verfallen, war die, sich nach der Art der Knappen in den Kupferminen zu kleiden. So hatte man ihn hergerichtet und ihm zur Abrundung der Maskierung mit Ruß nicht ohne Sorgfalt das Gesicht und die Hände geschwärzt. Dies alles hatte ihn, vielleicht nicht unnötig, aber eben doch lange in der gräflichen Residenz am Eislebener Markt aufgehalten.

Zusätzlich hatten ihn diverse Umwege, zu denen er sich gezwungen fühlte, verspätet. Wenn er in seinem Kostüm aus der Entfernung, bei flüchtiger Musterung sogar aus der Nähe, für einen Bergwerker durchgehen mochte, so hätte ihn die Begegnung mit wirklichen Vertretern des Gewerbes rasch bloßstellen müssen. Daß er eigentlich zu groß gewachsen, um in den kaum meterhohen Stollen die Arbeit auf seinen Knien verrichten zu können, war schon das erste. Seinen Händen war selbst unter dem Ruß anzusehen, daß sie außer dem Blättern in Druckwerken und Manuskripten höchstens dann und wann einmal die Saiten einer Laute gezupft hatten. Vollends wäre die Visitation seiner mit Speck und zarter, rosenfarbener Haut überzogenen Knie zum Verhängnis geraten.

Luther war also den Arbeitsstätten der Werktätigen auf Feldern und Minen großräumig ausgewichen und in einem weiten Bogen durch die Wälder am Fuße des Harzes in die elterlichen Gefilde gelangt. Dort hätte ihm allenfalls ein unbefugter Jäger über den Weg laufen können. Einer der hauptsächlichen Bauernartikel hatte schließlieh wider das herrschende Recht den Wild- und Fischbestand zu Gemeineigentum erklärt, an dem ein jeder sich nach Gutdünken bedienen dürfe. Für solche Eventualität hatte sich Luther eine hübsche, vom Text seines Gutachtens über die Bauernartikel stark abweichende Anrede zurechtgelegt. Indessen war sie ihm von den Füchsen und Hasen, die er als einzige lebende Wesen im Wald angetroffen, nicht abverlangt worden.

Jetzt endlich, da sich an dem mit dichten Wolken verhangenen Himmel die Sonne unter den Horizont zu senken begann, stand er vor dem einfachen, aber auch nach außen eine gewisse Behaglichkeit verstrahlenden Gebäude, in welchem er seine Kindertage zugebracht hatte. Der Anblick rührte die mannigfaltigsten Erinnerungen in ihm auf, zuckersüße, wohligste. Und bitterste, tief erschreckende neben ihnen. Sein Sinn für Praktisches, den Alltag Ordnendes, der allerdings, was seine eigensten und unmittelbarsten Lebensumstände anging, erst durch die geplante Verbindung mit Katharina von Bora zum Tragen kommen würde, ließ ihn bei der heftig auflodernden Sentimentalität gleichzeitig erkennen, daß das Häuschen dringend einen frischen Anstrich nötig hatte. Er nahm sich vor, das als ein Geschenk an die Eltern gleich nach Erledigung der Bauern- und Heiratsangelegenheiten besorgen zu lassen. Vielleicht durch den Grafen von Mansfeld.

Luther hielt sich, bevor er zur Tür schritt, noch einmal auf. Er kannte zu gut die eigene Leichtfertigkeit beim Austeilen von Versprechungen und seine damit in keiner Proportion stehende Schwäche bei deren Einhaltung. Was er sich selbst aber nicht, durch Laune veranlaßt, versprochen, sondern feierlich gelobt hatte, das war von ihm stets auch bis in das Reich des Wirklichen hinübergeführt worden.

Es konnte nicht anders sein, es mußte ihm jetzt die Szene präsent werden, in welcher er im Gewitter gestanden und für den Fall seiner Errettung der heiligen Anna den Eintritt ins Kloster gelobt hatte. Er hatte der heiligen Anna seinen Eid gehalten und war ins Kloster gegangen, fürwahr, auch wenn er damit den Zorn des Vaters erregt und ihm Jahre währenden Kummer bereitet hatte. Nun schwor er in einem Anfall heiterheidnischer Ironie der heiligen Anna, daß nur der Tod ihn davon abhalten könne, den Eltern ihr Häuschen frisch anpinseln zu lassen. Dann erst trat er zur Türe und klopfte.

Ein altes, gramgebeugtes, verhutzeltes Weib war es, das ihm nach langem Zögern, und nachdem es mit vernehmlichem Ächzen den schweren Riegel entfernt hatte, die Türe einen Spaltbreit öffnete. Der Anblick des fremden Bergknappen auf ihrer Schwelle schien sie zu ängstigen.

«Wir haben nichts mit eurer Sache zu schaffen», sagte sie mit zitternder Stimme und hob ihre kleinen, gichtigen Finger zu einem Fäustlein, um möglichst bedrohlich zu wirken. «Mit der eurigen nicht und nicht mit der Lutherschen. Wenn wir dreimal so heißen.»

Luther stiegen Tränen ins Auge. Wie hätte es anders sein können? Er fand, als er anheben wollte, keine Stimme in seiner Brust. Nicht einmal die Hände wollten ihm gehorchen, um seiner Mutter Zeichen zu machen.

«Mütterlein, ich bin nicht, der ich scheine», kamen dann irgendwann Worte, gestammelt, die Situation in der Schwebe erhaltend.

Aus dem verfallenen Gesicht der Alten traten jugendlich forschende Augen heraus. Luther erkannte sich im Blut. Die andere mochte auch etwas von ihren Augen und ihrem Blut erkannt haben, war sich aber nicht sicher. Sie ließ ihr Fäustlein sinken und versuchte, verbindlicher zu sprechen.

«In welcher Verwandtschaft stehen wir miteinander?» war ihre Rede.

«Aber du mußt mich doch kennen», sagte Luther, mehr die Worte einzeln herauswürgend als sprechend. Und dann mit der Stimme des nach Hilfe rufenden Kindes: «Mutter!»

Das machte aber die alte Frau Luther nur noch stutziger. Auch kehrte von ihrem anfänglichen Mißtrauen etwas zurück.

«Mein Sohn?» fragte sie, als habe man ihr eine hintersinnige Rätselaufgabe gestellt.

War etwa einer der Knaben, die sie im Kindersarge beerdigt hatte, durch Wunder wieder ins Leben geraten? Oder vielleicht doch der Verlorene, der etwas ganz Großes geworden war in der Welt?

«Martin?» war ihre nächste Frage, und sie klang merklich bestimmter.

Luthers Antwort war, die Türe aufzuschieben und sie in seine Arme zu schließen. Er hob sie dabei ein Stück weit vom Boden und drückte sie so fest, daß sie aufschreien mußte, was wiederum ihn derart erschreckte, daß er sie beinahe fallen gelassen hätte. Jetzt hatte auch die alte Frau Tränen im Auge.

«Jaaa, Martin», sprach sie gedehnt und versuchte, von unten zu ihm heraufblickend, durch den glasigen Schleier ihren Sohn genauer zu mustern.

Luther hatte bei der Umarmung von dem Ruß auf seinem Gesicht auf ihre Wange gewischt. Er sah es jetzt, als er sie behutsam auf die frischgescheuerten Dielen zurückgestellt hatte und unter den verwitterten Zügen nach dem Bild der Mutter, wie es in seinem Herzen verwahrt lag, zu graben begann. Sie kam ihm dabei mit einem breiten Lächeln, zu dem sie die Lippen ihres zahnlosen Mundes zog, auf der halben Strecke entgegen. Das war jener Ausdruck mütterlichen Stolzes, wie ihn der kleine Martin auf ihrem Gesicht hervorgebracht, wenn er am Familientisch mit lateinischen Brocken geglänzt hatte.

Aber nur kurz strahlte diese Wonne auf wie ein Sonnenblitz, der einen finsteren Wolkenhimmel durchdringt, und verschwand gleich wieder unter den Falten des Kummers.

«Bist du denn nicht der berühmte Doktor, dessen Schriften in alle Länder der Christenheit hinausgehen?» fragte sie mit der mütterlichen Sorge, die Luther ein Kinderleben lang begleitet hatte.

Während er noch darüber nachdachte, an welchem Punkt er günstig einsetzen könnte, um ihr seine Vermummung verständlich zu machen, hatte sie schon selbst eine Auskunft gefunden.

«Die Schergen des Papstes sind wieder einmal hinter dir her», sagte sie. Ihr Blick dabei war Tadel und Anerkennung zugleich. «Da hast du dich als Bergmann verkleidet, damit sie dich nicht erkennen.»

Luther hätte vielleicht eine zutreffendere, aber keine kürzere Erklärung für seinen Aufzug gewußt, und deshalb nickte er eifrig, den mütterlichen Spürsinn zu loben.

«Aber gut hast du es gemacht», wurde auch ihm im Gegenzug Zuspruch von seiten der Mutter zuteil. «So gut, daß du die eigene Mutter getäuscht hast. Ob du aber sicher bist vor deinen Häschern hier im Haus deiner Eltern? Martin, Martin, wie ich geweint habe, damals, als es hieß, du habest auf dem

Reichstag dem Kaiser ins Gesicht den Papst den Antichristen genannt und seist zur Strafe von gedungenen Straßenräubern umgebracht worden. Ich hatte schon in Eisleben in der Kirche, in der wir dich getauft, der Heiligen Jungfrau Kerzen gespendet und eine Messe für dich bezahlt, um es dir im Fegefeuer bequemer zu machen. Es waren auch viele deiner Anhänger bei uns, die uns ihr Beileid ausdrücken wollten. Später erfuhr man, daß dich der Kurfürst auf der Wartburg bewirtet hatte. Nein, mein Junge, das war nicht schön von dir. Deiner Mutter wenigstens hättest du einmal einen Boten schicken müssen, ihr den Kummer vom Herzen zu nehmen.»

Schuldbewußt senkte Luther das Haupt. Sie wollte ihm zum Zeichen ihrer Vergebung über das Haar streichen, gelangte aber auch auf den Zehenspitzen mit ihrer Hand nicht so weit hinauf.

«Bestimmt bist du hungrig», sagte sie und ging ihm schon zur Küche voraus.

Luther tappte ihr nach, wie er es als kleiner Bub getan haben würde.

«Hast wohl einen weiten Weg hinter dir», war seine Mutter mit ihm schon wieder auf einem Fuß, als wären sie nie voneinander getrennt gewesen. «Wo kommst du denn jetzt eben her?»

«Von Eisleben», sagte Luther, der es sich am Küchentisch bequem gemacht hatte.

«Von Eisleben. So, so», sagte sie, und es kam die Erinnerung auf an die Zeit, da sie mit ihm schwanger gegangen. «Hast Quartier im Kloster genommen.»

Sie schien nicht auf dem laufenden zu sein, was die Lage der Klöster betraf.

«Ich war bei dem Grafen von Mansfeld zu Gast», sagte Luther, während er verzückt den Duft des Eintopfs einsog, der im Kessel über dem Herdfeuer hing.

«Bei welchem Grafen?» fragte die Mutter. «Beim guten Albrecht oder beim bösen Ernst, der zu Heldrungen sitzt?»

«Beim Albrecht», antwortete Luther.

«Ja, ja, das sagen sie alle», redete die Mutter im Plapperton vor sich hin, während sie ein kleines Treppchen erstieg, das ihr der Vater gebaut haben mußte, um in dem Kessel über dem Feuer rühren zu können, «daß der Martin Luder, der sich gar nicht mehr Martin Luder nennt, sondern Martin Luther genannt werden will von der Welt, daß er alle Tage nur mit den großen Hansen verkehrt. Und sie schauen giftig, wenn sie das sagen. Manchmal drohen sie gar mit der Faust, als ob sie mir's wie eine schlimme Sünde vorwerfen wollten, daß ich dich geboren hab.»

«Es ist noch immer derselbe Löffel», bemerkte Luther, der ihr mit einem unsagbar süßen Vergnügen bei ihren Verrichtungen zusah.

«Welcher Löffel?» fragte sie mit leiser Verstörung, denn sie ahnte schon, was ihr Sohn jetzt ansprechen wollte.

«Na, der große, krumme Holzlöffel da», erklärte ihr Luther, «mit dem du in der Bohnensuppe herumstocherst und den ich abschlecken durfte, wenn du am Sonnabend den Kuchenteig gerührt hattest.»

«Es ist noch derselbe», gestand sie ihm, als sie von ihrem Gerüst wieder heruntergeklettert war.

«Derselbe», sagte Luther, der ihn ihr aus der Hand nahm, «mit dem du mich damals beinahe zu Tode geprügelt, weil ich dir eine Nuß stibitzt hatte.»

«Wärest du wenigstens so klug gewesen, nicht die Schalen unter deinem Bettchen liegenzulassen», sagte sie, um ihn darüber zu belehren, daß sie weniger den Diebstahl, mehr die Tolpatschigkeit bei seiner Ausführung gestraft hatte.

«Ich war nur stolz, daß ich sie geknackt hatte, die Nuß», sagte Luther, ohne zu bemerken, wie geschickt die Mutter mit ihrer kleinen Wendung die Anklage von sich wies und statt dessen ihn zu einer Rechtfertigung zwang.

«Nun hast du ja inzwischen weit größere Nüsse geknackt», sagte sie, noch geschickter das Gespräch von der schrecklichen Mißhandlung des Knaben, der unter den Schlägen des Kochlöffels seinerzeit wirklich beinahe das Leben ausgehaucht hatte, ins Große, Weite und Ungefähre hinausschiebend.

Auch darauf fiel Luther herein.

«Ja, Mutter, das habe ich», sagte er und sah dabei kaum anders aus als an jenem Tage, da er ihr die erste lateinische Sentenz ins Haus gebracht hatte. «Den Kern der Nuß hab ich geborgen, rein und unverletzt. Gottes Wort. In unserer Sprache steht es jetzt da und ist so licht wie der Tag.»

«Das wird den Vater freuen, wenn er es hört», befand die Luderin.

«Mutter, ich komme heute mit einer Botschaft zu euch», sagte Luther und spreizte dabei seinen Ton ins Feierliche, «die den Vater wie auch dich über jedes Maß fröhlich machen soll.»

«So bist du zurückgekehrt in den Schoß der heiligen römischen Kirche», wollte die Mutter bereits mit ihrer Freude beginnen.

«Ach, Mütterlein, von diesen Dingen verstehst du ja nichts», schüttelte der große Theologe vor der unerzogenen Laiin das gelehrte Doktorenhaupt. «Laß es dir nur genügen, daß du zu jeder Suppe das passende Kraut kennst.»

«Hätt ich dummes Weib ahnen können», wurde das Mütterlein schnippisch, «daß mich heute nicht mein braver Sohn Martin, sondern der in der Welt so berühmte Doktor Martinus besucht, hätt ich ihm selbstverständlich einen Festschmaus mit vierzehn Schüsseln gerichtet.»

«Ein stinkender Madensack bin ich, wie jedes Menschlein, das auf dieser Erde herumkreucht», brachte Luther seine Standardreplik auf den oftgehörten Vorwurf, er predige Demut, ohne selbst demütig zu sein.

«In den Badezuber sollt man ihn stecken», blieb die Luderin, die von Allegorik sowenig verstand wie von Topologik und Analogik, beim Literarsinn des Worts, «den Madensack, damit er nicht gar so arg stinkt. Hab keine Angst, Martin, es ist nicht mehr derselbe. Paßtest wohl auch nicht mehr hinein. Wie du dich immer gewehrt hast gegen das Baden! Wärst ohne die starken Arme des Vaters nicht hineinzubringen gewesen. Der Böttcher hat uns einen neuen Zuber gemacht. Von Birkenholz ist er und so schön anzusehen, daß wir ihn in die gute Stube gestellt haben. Der Vater findet, er sei zu schade, um darin zu baden. Vielleicht hat er gewartet auf dich, daß du ihn einweihst. Es wär dann auch eine zweite Taufe für dich.»

«So seid ihr», amüsierte sich Luther. «Vom Götzendienst gleich zur Wiedertäuferei. Aber es hat wirklich mit den Sakramenten zu tun, daß ich herkomm zu euch.»

«Wenn ihr gackert», ermahnte ihn die Mutter, die sich nicht länger von ihm auf die Folter spannen lassen wollte, «sag ich zu meinen Hühnern, dann müßt ihr auch legen.»

«Ich behalt zur Vorsicht den großen Löffel bei mir», sagte Luther, «möchtest dein Söhnlein sonst züchtigen, daß es auf die alten Tage seinen Vorwitz noch immer nicht abgelegt hat. Wir wollen warten, bis der Vater da ist.»

Die Luderin hatte sich ihm gegenüber am Tisch niedergelassen. Für eine Weile schwiegen die Münder, und es sprachen die Augen. Nur das Prasseln des Herdfeuers machte Geräusch.

Mutter und Sohn schreckten gleichzeitig auf. Sie hatten dasselbe gehört. Das Knistern und Knacken der brennenden Scheite formte gut unterscheidbare Worte in deutscher Zunge.

«Schlafe sanft, liebes Fleisch», sprach's aus dem Feuer mit durchdringendem Baß, und man hätte es für den Anfang eines Wiegenliedes gehalten, wäre die Stimme bei ihrer zugegebenen Melodiösität nicht gar so finster und drohend gewesen.

«Martin, ich fürcht mich», sagte die Mutter. «Ist vielleicht nicht der Papst, sondern der Teufel dir auf den Fersen?»

«Der läßt keinen von uns in Ruhe», war dazu Luthers knappe theologische Auskunft.

Ihn schien es nicht sonderlich zu verwundern, daß das Feuer geistvoll und in gestochener Diktion zu ihnen sprach. Er dachte an den brennenden Dornbusch und trat näher zum Herd, auf daß ihm keine der Silben entgehe.

«Ich röche dich lieber gebraten», setzte die mysteriöse Stimme fort, «durch Gottes Grimm, denn in deinem eigenen Süpplein gekocht.»

Das war so weit klar und verständlich. Die Mutter, die altersbedingt unter Schwerhörigkeit litt, hatte es nicht ganz so deutlich vernommen wie Luther.

«Was meint er? Wen will er gebraten?» fragte sie deswegen nach.

Luther machte, um seiner Mutter Stillschweigen zu gebieten, eine Bewegung mit der Hand, die er schon als Kind dem Vater abgeschaut hatte. Es war aber zu spät, er hatte selbst ein Stück des Textes verpaßt. Nur das Wort «Teufel» hatte er aufschnappen können.

«Du bist ein Eselsfleisch», hieß es dann weiter, «du würdest langsam gar und deinen Milchmäulern ein zähes Gericht werden.»

Das war alles. Sie lauschten noch eine Weile ins Feuer hinein, aber das Knistern und Knacken formte sich nicht mehr zu menschlichen Worten, der Geist schien sich ausgesprochen zu haben.

«Du bist ein Eselsfleisch», nahm die Luderin, als sie sicher sein konnten, daß nichts mehr kommen würde, den letzten Satz wieder auf. «Was denkst du, Martin? Wen könnte das meinen?»

«Wer damit gemeint ist?» schnaubte Luther. «Was glaubst du wohl, mein geliebtes Mütterlein, wer damit gemeint, wer ein Eselsfleisch ist? Ich bin damit gemeint. Wer sonst? Darfst dich aber auch selbst angesprochen fühlen. Denn wie könnt ich ein Eselsfleisch sein, wäre ich nicht aus einer Eselin geboren und von einem Esel gezeugt?»

«Den Vater laß aus dem Spiel», glaubte die Luderin ihren Sohn warnen zu müssen. «Er wird jeden Moment hier sein, und du weißt doch, wie ihn deine Scherzworte aufregen können.»

«Und weißt du, wer die Milchmäuler sind?» fragte Luther, «denen er den gebratenen Esel vorsetzen will?»

Woher hätte sie es schon wissen können? Luther erklärte es ihr.

«Meine Wittenberger Freunde sind damit gemeint und meine Studenten. Überhaupt alle, denen das Evangelium etwas anderes ist als der Vorwand zum gotteslästerlichen Aufruhr, zu Raub und Mordbrennerei.»

«Was ist dir, mein Junge?» fragte die Mutter besorgt. «Ich verstehe gar nicht, wovon du sprichst.»

«Natürlich ist's nicht der Papst», gab Luther hitzig zurück, «der mich lieber gebraten will als gekocht. Der Teufel ist's in seiner leibhaftigsten Gestalt. Jetzt sage mir noch, dir sei nie der Name Thomas Müntzer zu Ohren gekommen.»

«Freilich, Martin», sagte die Luderin, froh, wieder mitreden zu können, «freilich hab ich vom Müntzer gehört, hab ihn auch schon gesehen. Er gilt viel bei den Mansfelder Knappen und hat sie im letzten Jahr mehr als einmal besucht.»

«So, so, den Müntzer kennst du», witterte Luther den Verrat bei der eigenen Mutter, «aber seine Stimme, die willst du nicht kennen?»

«Seine Predigt soll etwas gar Gewaltiges haben», bediente sie unwissentlich den Verdacht ihres Sohnes. «Sie sind ja auf den Sonntag bis nach Allstedt gewandert, um ihn zu hören. Aber für mich altes Weib ist der Weg doch zu weit.»

Das reichte Luther, von seiner Mutter das Schlimmste zu fürchten.

«Du hast ihn hier im Hause versteckt.»

Ein Inquisitor beim peinlichen Verhör hätte der alten Frau nicht schärfer ins Gewissen zu dringen vermocht.

«Vor wem versteckt er sich denn?» fragte die Mutter, etwas mechanisch, um nur erst einmal das auf sie gerichtete Schwert von sich zu lenken.

«Aber Mutter, wo lebst du!» sagte Luther, der aufgestanden war und die Fäuste in die Hüften stemmte. «Vor mir versteckt sich der Müntzer!»

«Eben hast du noch so geredet, als verstecktest du dich vor ihm», zeigte die Luderin, daß sie so fern von den Dingen, wie es ihr der Sohn unterstellte, nun auch wieder nicht war.

«Den Kampf anzunehmen, den uns der Teufel aufzwingt», sagte Luther ernst, «sich zum Kriegswerkzeuge Gottes zu machen, das bedeutet wohl etwas anderes, als wenn die Landsknechte am Lagerfeuer ein Fäßchen Bier untereinander ausknobeln. Man packt ihn nicht immer gleich bei den Hörnern, er hat seine Schliche. Wäre wohl sonst der Teufel auch nicht, wenn er sich einfangen ließe wie ein verirrtes Ziegenböcklein. Da muß denn manchmal das Gute zurückweichen vor diesem Bösen, muß zuweilen das Schlachtfeld dem Feind überlassen, um am Ende der Sieger zu sein.»

Sie hörten ein Geräusch an der Tür.

»Jetzt kommt der Vater», sagte die Luderin, und es war ihr anzumerken, daß sie den Moment für ungeschickt hielt.

Es trat aber niemand ins Haus. Es wurde an der Türe so bestimmt wie höflich geklopft. Luther bedeutete der Mutter durch Zeichen, zu öffnen, derweil er sich für alle Fälle erst einmal unsichtbar machen wolle. Daß sich in ihm vor kaum einer Minute der Verdacht geregt, es sei in seinem Elternhause sein Todfeind verborgen, auf den er bei der Suche nach dem eigenen Versteck leicht hätte stoßen können, das war schon wieder vergessen.

An der Türe hatte die Luderin den Gruß eines stattlich gewachsenen jungen Herrn in bürgerlich-amtmännischer Tracht zu erwidern, der ihr, nachdem er seinen Hut gezogen, mit tiefer Verbeugung den gelockten, goldblonden Schopf so nah vor die Nase hielt, daß sie den Geruch des Haares einatmen konnte.

«Gott behüte Euch und Euer Haus», sagte er, als er sich wieder zu seiner vollen Länge gestreckt hatte.

Luther, der seine Zuflucht hinter einem Vorhang, wo Kehrbesen und ähnliches Hausgerät aufbewahrt wurden, genommen und mithorchte, fühlte sich durch Stimme und Tonfall an den Reichsherold Kaspar Sturm erinnert, der ihm damals auf der Reise nach Worms das kaiserliche Geleit gegeben hatte.

Der forsche Jüngling ließ die Hausfrau gar nicht erst zu Wort kommen und meldete sein Begehr, bevor sie sich nach demselben erkundigen konnte.

«Willibald Schmoller der Jüngere ist's, der vor Euch steht, gnädige Frau. Ich bin von Artern, und es ist der Rat unserer Stadt, der mich schickt. Eben komm ich von Eisleben aus dem Hause des Grafen Mansfeld zu Euch geritten. Mein Auftrag ist, den Doktor Martinus Luther zu finden, weil ich ihm dringend vom Rat unserer Stadt etwas ausrichten muß. Es war Graf Albrecht persönlich, der mich beschieden, daß der Doktor heute zu Mansfeld seine Eltern besucht.»

Willibald Schmoller zeigte sogar ein Blatt mit zwei Zeilen, die ihm der Graf zu seiner Empfehlung geschrieben, vor. Mit Geistesgegenwart erbat sich die Luderin das gräfliche Schreiben, sie wolle es drinnen ihrem Gatten, dem Hausvater, zur Begutachtung reichen. Luther streckte ihr aus dem Vorhang einen Arm entgegen, den Wisch an sich zu nehmen, mußte dann aber doch in die Küche ans Kerzenlicht treten, um seinen Inhalt zu prüfen.

Die Empfehlung an Luther, den Sendboten der Arterner zu empfangen, war echt, und der Graf hatte sie überaus dringlich gemacht. Die Luderin führte also den Willibald Schmoller in die gute Stube hinein, wo es der erwähnten Aufstellung des Badezubers wegen eng geworden war. Schmoller wollte den großen Mann, dem er als Bursche auf seinem Triumphzug nach Worms in Sangerhausen vom Straßenrand zugejubelt hatte, in seiner Verkleidung mit dem Ruß auf dem Gesicht nicht gleich erkennen. Luther sagte aber sein «Ich bin's» nicht weniger überzeugend als der Gesalbte beim Evangelisten Johannes, so daß jeder Zweifel zerstob.

«Ihr müßt nach Artern kommen», sagte Schmoller, als sie

sich einander gegenüber in den Lehnstühlen niedergelassen hatten.

Artern, das war hinter Allstedt der nächste größere Ort, in der Goldenen Aue an der Unstrut gelegen. Luther kannte den Flecken, den er einmal auf einer Reise, von Erfurt kommend, berührt. Er hatte in der Burg übernachtet und im sonnigen Morgen den Blick über die endlos sich streckenden Ähren bis zum Kyffhäuser und nach Frankenhausen hinüber genossen. Sogar ein blauer Karren, der in schönem Kontrast aus dem goldgelben Gewoge herausgefunkelt hatte im Sonnenlicht, war in seiner Erinnerung haftengeblieben.

«Schmoller ist Euer Name?» fragte er den jungen Menschen etwas gedankenverloren, während, begleitet von wohligen Sensationen, auch das Bild des Städtchens am Fuße der Burg wieder aufstieg in ihm.

Und da der andere bejahte:

«So bin ich Eurem Vater begegnet. Ist er nicht zu Artern der Bürgermeister gewesen?»

«Ja, bis ins vergangene Jahr hielt der Vater den Vorsitz im Rat.»

Luther sah den Mann vor sich, ein Schlemmer mit starkem Übergewicht, ja, ein wahrer Fettwanst, wenn man es etwas weniger vornehm ausdrücken wollte, der kaum drei Schritte weit ins Freie hinauszugehen vermochte und deshalb immer an den Wänden und Mauern entlangschlich, wo er sich abstützen konnte. Luther suchte nach Ähnlichkeiten zwischen dem feisten Herrn und dessen sehnigem, beinahe dürrem Sohn. Er vermochte keine zu finden.

«Euer Vater», fügten sich immer mehr Einzelheiten zu Luthers Erinnerung, «hat mich zu einem Festschmaus in den Versammlungssaal der Ratsherrn geladen. Das war lange vor

Worms. Ich ging noch in der Kutte als Augustiner und konnte nicht wissen, was mir solche Ehre verschaffte. Aber Euer Vater hatte sehr gute Verbindungen nach Erfurt hinüber, und vielleicht hatten ihm von dort Freunde geraten, dem unscheinbaren Mönch etwas zugute zu tun.»

«O ja», sagte der junge Schmoller nicht ohne Stolz, «der Vater legt Wert auf seine Verbindungen nach Erfurt, hat sie seither stets gepflegt und erhalten. Ich soll selbst hingehen und an der Universität die Rechte studieren. Wenn es übers Jahr in Thüringen oder sonstwo im Reich noch ein Recht geben sollte, heißt das.«

«Ja, es steht nicht zum besten mit diesen Dingen», sagte Luther mit Bitterkeit. «Allerorten wütet der Pofel, und die Oberkeit schnarcht. Wenn wir sie nicht aufrütteln und sie erinnern, zu welchem Behuf ihr das Schwert verliehen wurde von Gott, wird uns bald der Herr Omnes mit Mord und Totschlag regieren. Gewiß hängt's damit zusammen, daß Euer Rat Euch zu mir geschickt hat.»

«Unsere Arterner sind immer brave Leute gewesen», erklärte ihm Schmoller, «Ihr habt sie ja selbst kennengelernt. Aber als ...»

Hier unterbrach er sich, weil ihm einfiel, daß er streng ermahnt worden war, den Namen, der ihm auf der Zunge lag, Luther gegenüber nicht auszusprechen.

«Aber als der Satansknecht», setzte er neu an, «zu Allstedt seine Giftküche aufgemacht hatte, wie wär's wohl zu hindern gewesen, daß von der Teufelsbrühe nicht ein oder der andere Löffel auch über unsere Mauern gespritzt wär? Es stoßen einmal die Felder unserer Bauern an die der Allstedter an. Auf eine Art versteht man den Bauern, wenn er nicht draußen bleiben will aus der Reformation.»

Luther war versucht einzuhaken, um klarzustellen, daß sich die Bauern jegliches Verständnis für ihre Lage, wie natürlich auch er selbst, ja er selbst vielleicht allen anderen voran, es ihnen entgegengebracht haben würde, durch ihren Aufruhr verscherzt hatten, ließ dann aber doch den jungen Mann, der im Zug war, fortreden.

«Schließlich waren es die Bauern, die den Romanisten gefront, auf deren Rücken die Mönche und die Prälaten sich mit Beten und Singen einen schönen Tag gemacht haben.»

Luther hätte aus der eigenen Erfahrung einwenden können, daß einem das Singen und Beten mitunter saurer werden kann, als hinter dem Pfluge zu gehen. Aber auch das unterließ er.

«Was Wunder», fuhr der jüngere Schmoller fort, dessen Geist sich am Klang seiner für das enge Zimmer viel zu lauten Stimme zu entflammen schien, «was Wunder, wenn der Bauer aus der Enteignung der Kirchengüter auch für sich selbst einen Fetzen Acker und ein Stück vom Viehzeug erhofft? Was hätte er denn gewonnen, wenn der weltliche Herr, der die Ländereien seines Klosters übernimmt, von ihm dieselben Dienste und Abgaben erpreßt wie vorher der Abt?»

Schmerzlich bedauerte Luther, den Menschen vorgelassen zu haben. Einzig sein eigener Gehorsam gegen die Grafen von Mansfeld verpflichtete ihn, den Grünschnabel bei sich zu behalten, bis er ihm die Begriffe geradegerückt hatte.

«Der Christenmensch hat auf dieser Welt», hub er an, und schon der Ton, den er anschlug, machte, daß der jüngere Schmoller sich zusammenduckte auf seinem Stuhl, «von irgendwelcher Sorte von Gewinn nicht zu reden, ja, überhaupt nicht erst zu denken. Diese Welt hat für ihn das Kreuz und das Leiden, und die muß er tragen. Das allein ist es, was Gott in weltlicher Hinsicht von ihm verlangt: daß er duldet, ohne zu klagen. Ein leibeigener Bauer, der dem Grundherrn das Seine verweigert, ein großer Kaufherr, der die Ware verknappt und zu Wucherpreisen verkauft, der eine ist ein Dieb so gut oder so schlecht wie der andere. Das Evangelium geht beide nichts an. Die Seligkeit, das ewige Leben, die kann der Mensch nimmer erwerben, wie er vielleicht in Rechtschaffenheit mit seiner Hände Arbeit ein Haus oder einen Garten erwirbt. Die guten Werke, wie sie uns die Papisten verordnen, sind nichtig vor Gott. Er schaut sie nicht an. Vor Gott können wir uns rechtfertigen einzig durch unseren Glauben. Den Glauben aber schenkt Gott. Das ist die Gnade. Wer glaubt, wer der göttlichen Gnade teilhaftig wird, der kann nicht mehr anders handeln denn christlich.»

Der jüngere Schmoller hatte den Kopf gesenkt, den Blick auf den Knien. Sein innerer Zustand war zur einen Hälfte Enttäuschung, zur anderen Zerknirschung. Er fühlte, daß die Ratsherren von Artern ihre Hoffnungen in den Falschen gesetzt hatten. Hätte er davon anfangen dürfen, daß Luther selbst es gewesen war, der Gottes Wort den eifersüchtigen Klauen der Priester entrissen und dem gemeinen Volk zugänglich gemacht hatte? Wäre ihm der Hinweis gestattet gewesen darauf, daß wohl doch noch ein Unterschied bestand zwischen dem Kreuz, wie es einem leibeigenen Bauern, und dem, wie es einem Fugger in Augsburg auferlegt war?

Willibald Schmoller der Jüngere stand auf und bewegte sich zur Tür. Er schien nach einem Wort des Abschieds an den bewunderten Mann, der, wie Willibald es empfand, das, was er mit den eigenen Händen gesät und zur Reife der Ernte gezogen hatte, jetzt im Stich ließ und dem Verderben auslieferte. Passendes wollte ihm nicht in den Sinn kommen, und so verharrte er unschlüssig an der Schwelle der Luderschen guten Stube.

«Was steht Ihr noch?» fragte Luther, der den jungen Menschen abgefertigt zu haben glaubte.

«Hier stehe ich», entgegnete Willibald, «und kann nicht anders.»

«Es ist vielleicht nicht der beste Platz, da an der Türe, um Gottes Ratschluß zu erwarten.»

«Ich weiß schon, ich muß hinaus», sagte Willibald. «Aber ohne Euch kann ich nicht nach Artern zurück. Ich hab's den Herren vom Rate versprochen, daß ich Euch bringe. Oder nimmermehr heimkehr in meine Stadt. Entweder folg ich den Werbern der Fürsten, oder ich schlag mich mit den Bauern für ihre Sach.»

«Wollt Ihr, bis Gott Euch den Weg weist, den Ihr zu gehen habt, meinen Rat hören, so steht mit der Oberkeit, wenn's ans Hauen kommt und ans Stechen.»

«Doktor Martinus!» rief Willibald mit flehender Stimme und sank in die Knie. «Ihr habt's geschrieben, habt's gepredigt, habt's wieder geschrieben und wieder gepredigt, das Evangelium soll siegen durchs Wort und nicht durch das Schwert. Laßt es nicht zu, daß die Fürsten den Aufschrei der Bauern im Blute ersticken. Kommt mit mir nach Artern. Niemand kennt Gottes Wort besser als Ihr. Durch Euch erst haben wir die frohe Botschaft vernommen in der Sprache, die wir verstehen. Wenn sie Euch hören, die Arterner, die immer brave Leute gewesen sind, dann können die falschen Propheten, die jetzt Macht über sie haben, ihre Herzen nicht länger verwirren. Der Graf Ernst von Mansfeld, der in seiner Wasserburg zu Heldrungen die Reisigen sammelt, hat nur darauf gewartet, den Geist der Freiheit, der unser Land zu neuem Leben erweckt hat, mit blutiger Faust zu erwürgen. Er war ja ganz im Gegensatz zu seinem Bruder, dem Grafen Albrecht, von Anbeginn an ein Feind Eurer Lehre und wünschte schon lange, alle Lutheraner in seiner Herrschaft an den Bäumen hängen zu sehen.»

Luther rutschte unruhig auf seinem Stuhl, versuchte durchs Fenster ins Dunkle zu spähen. Sein Vater mußte jeden Moment kommen, und er wollte ihm in Demut gegenübertreten, nicht von ihm dabei ertappt werden, wie er in dessen Haus politische Fäden spann und die ihm vom jüngeren Schmoller aufgedrängte Rolle eines friedensstiftenden religiösen Oberhauptes zwischen oder über den weltlichen Fronten erfüllte. Nun zeigte sich aber, daß der Jüngling bei weitem nicht so taub und verstockt war, wie ihm das vorher erschienen.

Der Besuch und das vorgetragene Anliegen des Arterner Rates, sie kamen ihm zu ungelegener Stunde und an noch ungelegenerem Orte. Andererseits ließ sich nicht leugnen, daß der jüngere Schmoller das schreckliche Dilemma, in welches das frischgezimmerte Schifflein der neuen unsichtbaren Kirche mitsamt ihrer Galionsfigur, die niemand anderer war als er, Luders Martin persönlichst, sehr viel genauer begriff als manch anderer, genauer vielleicht als seine mitstreitenden Begleiter Melanchthon und Agricola, die er in Eisleben bei Graf Albrecht gelassen.

Er winkte Willibald, der noch immer kniete, und bat ihn, sich wieder zu ihm zu setzen.

«So seht Ihr denn also ein», sprach er zu ihm, indem er ihn am Handgelenk packte, «worauf das Spiel des Allstedters und seiner Rottengeister hinausläuft? Die Bauern, denen sie es einreden und einknüppeln wollen, daß im wahren Christentum die Güter gemein seien, daß unter christlichen Brüdern kein Platz sein könne für die Oberkeit und die großen Hansen, diese Bauern dünken sich wohl als die Vollstrecker des neuen Glaubens, den wir von Wittenberg aus aufgerichtet haben und der im Begriff stand, unsere ganze deutsche Heimat zu erfassen. In Wahrheit sind sie dem Evangelio ärgere Feinde als der Antichrist selbst. Die Aufrührer müssen gezüchtigt werden. Dazu ist die Oberkeit da. Mir wollen schier die Lippen vom Maul fallen, wenn ich's wiederhol; so oft hab ich's gesagt, so oft hab ich's gepredigt, so oft hab ich's geschrieben. Was Euch in den Kopf muß, Schmoller, je eher, je besser: Daß der Christen, die vom Glauben erleuchtet sind, immer nur wenige waren und immer nur wenige sein werden. Wir sind Menschen. Wir können Christi Lehre verbreiten. Den Glauben schenken, das können wir nicht. Und erzwingen können wir ihn schon überhaupt nicht. Das ist der Grund, warum ich den Allstedter nicht einen Schwärmer nenn oder einen Ketzer, sondern den Teufel. Er ist Gottes Sache zuwider. Er ist mit den Teufelsknechten, die es auch unter der Oberkeit gibt und immer geben wird, im Bunde, wenn er ihnen eine Pflicht daraus macht, ihn mitsamt seiner Anhängerschaft zu erwürgen. Und das grausamste an dieser Wahrheit ist, wie Ihr es ausgesprochen habt in der Unbekümmertheit Eurer Jugend: Sie erwürgen das Evangelium gleich mit.»

Willibald Schmoller der Jüngere hatte die deutliche Wahrnehmung, daß von seinem Handgelenk, das in Luthers Faust geschraubt war, ein warmer Strom über den Ellenbogen die Schulter hinauf bis in sein Herz floß. Es war dies eine durch und durch wunderbare Erfahrung an seinem Leibe. Er schloß die Augen und gab sich der wohligen, obgleich unheimlichen Sensation hin. Es war ihm, als könnte er schauen trotz der geschlossenen Lider, als blicke sein Herz. Und was er zu sehen vermeinte, war heller und schöner als irgend etwas zuvor.

War's das, was die Jünger berichtet hatten von Jesum? War's das, was gemeint war, wenn es in der Schrift hieß, der Erlöser habe die Blinden sehend gemacht?

Erst, als Luther seinen Arm losließ, konnte Willibald wieder sprechen.

«Verehrter Doktor», sagte er. «Kommt mit mir nach Artern.»

Luther wurde immer geneigter, sich zu dem Abstecher überreden zu lassen, schon weil es ihm gewiß leichter fallen würde, die Mitte zwischen Papisterei und Rottengeist dort zu befestigen, wohin man ihn rief. Gerade den Bauern der Goldenen Aue, die Gott mit dem fruchtbarsten Boden zwischen Pommern und Böhmen beschenkt hatte, gerade ihnen gegenüber würde er mit seiner äußersten Entschlossenheit auftreten können und ihnen im Namen des Schöpfers die Unersättlichkeit und den dreisten Angriff auf fremdes Gut verweisen.

MEIN Eindringen in die dem Publikum verborgenen Bezirke von Gisberts Arbeitsweise, ähnlich etwa dem Erlebnis des Stammgastes in einem Feinschmeckerrestaurant, dem der Zutritt zur Küche gewährt wird, wo er all die kleinen Helfer der kulinarischen Magier in staunenden Augenschein nimmt, um festzustellen, daß hier wie überall mit Wasser gekocht wird, dies also hat mich zu der Überzeugung geleitet, daß die Zugehörigkeit eines bestimmten Autoren zu einer der drei Sparten der wortschaffenden Kunst, zu Lyrik, Dramatik oder Epik, sich nicht in erster Linie an der besonderen Beschaffenheit seines Talentes entscheidet.

Ich will nichts als die Zerschlagung der Hitler-Diktatur, will nichts als die Beendigung dieses Krieges mit einem halbwegs würdevollen Frieden für Deutschland, der die baldige Wiedereröffnung unserer Sprechbühnen ermöglicht. Dann will ich stracks zurückkehren auf jene Bretter, die wer weiß was bedeuten, und, so gut oder so schlecht ich das kann, meine Rollen spielen. Texte sprechen, die von zu diesem höchsten Amt auserwählten und begabten Männern zu Papier gebracht worden sind, ohne Zusatz und Kommentar, sie interpretierend einzig durch Tonfall, Gestik und Mimik. Das will ich. Mein Dilettieren im Fach eines Philologen ist aus purer Verlegenheit entstanden, und nichts läge mir ferner, als diese laienhafte Werkelei, die mir zugegebenermaßen ungeahnte Vergnügungen hat zuteil werden lassen, zu einer Profession zu erheben. Das scheidet schon deswegen aus, weil ich herzhaft und ausdauernd gelacht habe, als Becher mir neulich in Moskau die Definition der Germanistik aus der Feder des führenden, mit ihm im Lux weilenden Kritikers der deutschen Literatur nannte: die Wissenschaft vom Nichtwissenswerten.

Unter solchem Vorbehalt nehme man meine ins Allgemeingültige gezogenen Beobachtungen zur Kenntnis. Die ursprüngliche Beschaffenheit des Talents, will ich behaupten, unterscheidet sich nicht bei denen, die später Lyriker, Dramatiker oder Romanciers werden. Es ist die Lebensform, etwas, das wir allerhöchstens zur Hälfte aus unseren Wünschen und Vorlieben gestalten, das uns zum größeren Teil von den Umständen aufgezwungen wird, was den einen zum Poeten, den anderen zum Stückeschreiber, den dritten zum Romanschriftsteller bestimmt.

Nehmen wir den letztgenannten Typus, da er den Fall vertritt, der uns hier angeht, und lassen wir dabei unberücksichtigt, daß Gisbert neben seiner Romanproduktion auch die oben so ausführlich besprochene preußische Tragödie hervorgebracht hat. Greifen wir ruhig das Schlagwort auf, das immer gleich zur Hand liegt, wo die Rede aufs epische Genre kommt, den zutreffenden und erhellenden Ausdruck vom langen Atem der Prosa. Historisch betrachtet ist die literarische Kunstform des Romans eine Errungenschaft des modernen bürgerlichen Zeitalters. Das drängt uns zu der Vermutung, daß sich etwas in diese Gattung gerettet hat und sich in ihr bewahrt, was mit der Niederreißung jener Schranken, in die das Mittelalter das Bewußtsein eingepfercht hatte, verloren gewesen wäre.

Die großen Romane der Russen und der Franzosen, wenn wir diese in angeratener nationaler Bescheidenheit als die am meisten vollendeten Muster der Gattung anschauen wollen, haben der Seele den geschlossenen Raum wiedergegeben, der durch den weltumspannenden, weltverändernden Bruch am Ende des 15. Jahrhunderts aufgeknackt war. Die Reformation stellt in diesem Licht ihren Doppelcharakter mit wünschenswerter Deutlichkeit aus. Einerseits war sie nach und neben der humanistischen Bewegung, dem Rinascimento, Symptom und Produkt der einsetzenden Individuation und Entfremdung, andererseits war sie eine Gegenstrebung mit restaurativen Tendenzen.

Als gemeinsamer Nenner von Protestantismus und Aufstieg des Romans zur dominierenden Form in der Dichtung mag uns der Begriff der Innerlichkeit dienen. Ich drücke mich hier etwas gestelzt im Jargon jener bei uns in Deutschland während der letzten Jahre der Republik sich herausbildenden philologischen Richtung aus, die das Nichtwissenswerte von ihrer Wissenschaft abstreifen und unter der Fahne der «Literatursoziologie» mit der Analyse des Kunstwerks zur Aufschlüsselung der gesellschaftlichen Verhältnisse in ihrer Entwicklung vorstoßen wollte. Mir kommt es aber eigentlich nur auf jene Möglichkeiten an, die der Roman der aus den Bindungen der feudalen Epoche gelösten Seele anbietet. Indem der Roman als schöner Schein die in der Realität zerborstene Geschlossenheit eines sozialen Systems vorspiegelt, schenkt er der Seele Trost und Asyl, gleichzeitig bestätigt und zementiert er deren Atomisierung.

Es ist Heimweh, was die Seele unter den Bedingungen der «transzendentalen Obdachlosigkeit» (ebenfalls ein Befund jenes Becher befreundeten ungarischen Juden, dem das Witzwort von der Wissenschaft des Nichtwissenswerten eingefallen ist) in den Roman treibt. Ab einem bestimmten Grad der Empfindsamkeit hält der moderne Mensch das Leben ohne einen anständigen Roman auf seinem Nachttisch gar nicht mehr aus. Ich darf an das Gefühl erinnern, das uns befällt, wenn wir einmal einen uns gemäßen Roman in Händen halten und uns seinem Ende nähern. Wer hätte da nicht gezittert wie unter der Furcht vor dem drohenden Verlust eines nahen Verwandten, eines engen Freundes? Und wer hätte sich nicht aus dieser Verzweiflung geholfen, indem er nach dem mörderischen *finis* sogleich die erste Seite wieder aufgeschlagen und die Lektüre des Buches von vorne begonnen hätte? Wie stark muß die Anhänglichkeit an das Gewebe eines Romans erst für dessen Autor sein? Und klingen nicht aus dem Titel, den Gisbert für seine letzte Arbeit ausgewählt hat, noch ganz andere, seine tiefsten Wünsche bezeichnende Bedeutungen heraus? Sein ewiges Haus, ein unzerstörbares, unangreifbares Luftschloß sollte dieser Roman werden.

Einen Lyriker, einen Dramatiker kann man sich als einen im Leben glücklichen Menschen vorstellen, einen Romanschriftsteller niemals. Einzig in der selbsterschaffenen künstlichen Welt seines Romans fühlt er sich aufgehoben und sicher. Das sind starke Behauptungen, ich bin mir dessen bewußt, und ich besäße durchaus nicht die Kühnheit, sie aufzustellen, läge mir nicht mit Gisberts Tagebüchern das beredte Zeugnis des Kampfes einer Seele um die papierne Utopie und Exterritorialität vor. Gisbert hat wie kaum ein anderer die Konkurrenz von Kunst und Religion an sich empfunden und an ihr gelitten. Hätte ich mich zu seinen Lebzeiten so intensiv mit seiner Gestalt und mit seiner Arbeit beschäftigt, wie ich es jetzt als sein Nachfolger in Iris' Ziehvaterschaft, als sein Nachlaßverwalter und Herausgeber tue, ich hätte es mit naturwissenschaftlicher Logik und Präzision voraussagen können, daß alles ihn dahin drängen mußte, die widerstreitenden Kräfte in seiner Seele zu harmonisieren, sie, salopp gesprochen, unter einen Hut zu bringen. Luther mußte zum Romanhelden werden. Je krasser und unlebbarer die Verhältnisse für Gisbert in ihrer Alltäglichkeit wurden, sosehr wuchs sein Bedürfnis, sich in das Gehäuse seines Romans zu verkriechen und sich darin einzuigeln.

Diejenigen, die sich in literarkritischer oder philologischer Absicht über das Werk eines Dichters hermachen, geraten leicht in den Verdacht der Impotenz, die sie durch die Konsumption des Fruchtbaren vergeblich wettzumachen suchen. Ich war unter dieser Arbeit nicht durchgehend frei von derlei Minderwertigkeitsgefühlen und den daraus resultierenden Anwandlungen der Selbstverachtung. Es ist aber in diesem Dienst am Werk des Begabten, der für sich keine Begabung erheischt, etwas, was an die christliche Erzforderung nach der Nächstenliebe, der Veranderung, dem Altruismus recht, recht nahe heranreicht. Hier entspringt der Quell, aus dem ich mich in Stunden der Ermüdung erquickt habe, aus dem ich die Stärkung beziehe, die mich Tag um Tag weiterwerkeln läßt. Die moralisch höchst fragwürdige Spekulation darauf, mit der Mehrung von Gisberts Ruhm durch abfallende Strahlen meinen eigenen Namen glänzender zu machen, wäre, ich gebe mein Ehrenwort, keine ausreichende Motivation gewesen, mit dieser Hartnäckigkeit an dem Projekt festzuhalten.

Unterwerfung unter den Dichter, Dienst an seinem Wort, das war mein Wesen und Treiben als Schauspieler. Dieser Verbeugung vor der dichterischen Obrigkeit muß aber, will man sein Publikum wirklich fesseln und überzeugen, stets ein Element des Aufruhrs, ein nicht zu geringes Quantum von Geltungsdrang eingemischt bleiben. Ich bin ja, wenn ich in Kostüm und Maske aus der Gasse heraustrete ins Scheinwerferlicht, nicht Shakespeare, sondern Hamlet oder Polonius. Der Dienst, den ich derzeit an Gisberts Werk verrichte, wird mir jedoch nicht mit Applaus gelohnt. Es ist eine gänzlich andere Art von Beglückung, die ich erfahre, und sie ist vollkommen unabhängig davon, ob das, was ich hier schreibe, jemals gedruckt und zu Büchern gebunden wird.

Das allmähliche Hinabsteigen in immer tiefere Schichten der Problematik von Gisberts Existenz verringert laufend meine Achtsamkeit auf das, was ich für meine eigenen Sorgen und Lebensnöte zu halten hätte. Das ist aber ein ganz praktischer, wenn man will, egoistischer Nebeneffekt, und ich erwähne ihn deshalb auch nur am Rande. Mein Studium läßt mich Gisberts Begnadung und Verhängnis so klar und deutlich sehen, wie mir die rücksichtsloseste Selbsterkenntnis die eigene Krux niemals vorspiegeln könnte. Das ist beglückend, ich sagte es, gerade in diesem Moment, da die schreibende Hand nur mit Mühe den Einsichten nachgaloppiert. Es wäre mir auf dem heutigen Stand meines Wissens um Gisbert eine geringe Schwierigkeit, ihn aus der verderblichen Bahn, in der er lief, herauszustoßen und ihn zu retten. Die Seele hätte ich retten müssen, als es noch Zeit war, für den Leib war nichts mehr zu machen, als ich es unternahm.

Wer sich mit Luther einläßt, der läßt sich mit dem Teufel ein. Dafür liefert schon das bis hierhin aus Gisberts Fragmenten Gegebene überreichlich Belege. Faust gehört in verschiedenen Varianten zu meinem Repertoire, und ob der Mann nun gelebt hat oder ein reines Produkt der Legende ist, die Figur atmet Lutherluft, und wenn er sich wirklich seinen Doktorhut an dessen Universität geholt haben sollte, so würde es jedenfalls passen. Strindberg, der ähnlich wie Gisbert sich seinen Weg zum Drama aus protestantischer Atmosphäre und aus protestantischen Befangenheiten zu bahnen hatte, ist wohl nicht zufällig der erste, der in einem Stück die Doktoren Luther und Faust im Dialog einander gegenübergestellt hat. Es wird seine

Gründe gehabt haben, daß der sonst so gern und viel gespielte Schwede ausgerechnet mit seiner «Nachtigall von Wittenberg» auf unseren Bühnen nicht zu reüssieren vermochte. Marlowe und Goethe, in ihrem Tragödienverständnis noch nicht von der modernen Seelenkunde infiziert, waren glücklicher bei der Behandlung des Stoffs. Daß Goethes Dramatisierung des Volksbüchleins vom Doktor Faustus sich den Rang des Klassikers unter den Klassikern erwerben konnte, liegt vielleicht daran, daß er das Schema der antiken Tragödie, wo der Untergang des Helden durch die Hybris, die Auflehnung gegen das göttliche Gesetz, herbeigeführt wird, auf dessen Wiedererscheinen in der bürgerlichen Neuzeit als Blasphemie abgebildet hat. Der Kontrakt mit dem Teufel. Wenn man mit Tintenfässern nach ihm wirft und ihm ins Gesicht furzt, ist man ja nicht mehr gar so weit davon entfernt, sich mit ihm an den Tisch zu setzen und mit ihm zu verhandeln.

Da kann und muß denn im Feilschen zwischen Faust und Mephisto die Seele zu einem Gegenstand werden. Somit hätten wir, um noch eine dritte Vokabel des im Moskauer Lux residierenden marxistischen Literaturpapstes ins Spiel zu bringen, die «Verdinglichung», wie sie die bürgerliche, auf den kapitalistischen Produktionsverhältnissen erbaute Welt charakterisiert.

Für Gisbert war eigentlich schon das Romanschreiben an sich ein Akt der Blasphemie, deswegen ja sein Spleen mit dem «christlichen» Roman, die Kirchenlieder, die der sonst so peinlich auf sein Honorar Bedachte mit Eifer und großer Regelmäßigkeit dichtete und unentgeltlich dem Gottesdienst zur Verfügung stellte, als seien sie als Buße für die Hybris gemeint. Daß derlei gute Werke die Sünde nicht auszulöschen vermögen, ist Luthers häufig aufgegriffenes Axiom, und man ahnt das Ausmaß der Gewissenspein, wenn ein bekennender und missionierender Protestant sich dennoch dieses katholischen Seelenwaschmittels bedient.

Ich halte dafür, daß die Qual, die Gisbert an diesem Punkt empfand, keine eingebildete, sondern eine echte und sachliche war. Ich habe es schon einmal bei Gelegenheit des Vergleichs zwischen der Wehrmacht und der Roten Armee in diesem Kriege ausgesprochen, daß der Mensch mit seinen Blitzsiegen viel tüchtiger am eigenen Grab schaufelt als mit seinen Schlappen und Niederlagen. Der in jeder Hinsicht sensationelle Erfolg seines Romans über den Soldatenkönig war, so will es mir scheinen, für Gisbert bei weitem fataler als die Verehelichung mit einer Frau, deren Stammbaum den an die Macht geratenen Verbrechern mißfiel. Es war ihm gelungen, Friedrich Wilhelm I. als einen durch und durch frommen und gottesfürchtigen Herrscher zu porträtieren und damit die gängigen Klischees vom Psychopathen und gewalttätigen Ignoranten über den Haufen zu werfen, den Preußengeist, den die Nazilümmel für sich reklamieren, auf seine christlichen, bis in die Reformation hinunterreichenden Wurzeln zurückzuführen. Der überwältigende Beifall, die ungeteilte Zustimmung, die ihm aus allen Ecken und Enden des Reiches, aus allen Gruppen der Gesellschaft, aus allen Schichten der Bevölkerung entgegenschlug, haben den Abstinenzler Gutsche trunken gemacht, ihn zu der verhängnisvollsten seiner Selbsttäuschungen verleitet.

Er hatte zwar einen Roman mit einem christlichen Helden, aber er wollte sich vorgaukeln, er habe einen *christlichen* Roman geschrieben. Dabei war das Werk natürlich nur deswegen zum Verkaufsschlager seines Verlages, zum Lieblingsgespräch des Feuilletons geworden, weil er es komplett aus dem Geist des

Romans geschaffen hatte, der dem Geist des Christentums wenn nicht feind, so doch ganz und gar fremd ist. Der Verlust der Selbstkritik, die uns den Alkohol so schätzenswert macht, ist für den, der unter die Fuchtel des Ruhms gerät, weit vollständiger, und zudem wird er von keiner ernüchternden Katerstimmung unterbrochen. Anders als die Trunksucht blendet der Ruhm leider auch die nähere, erst recht die weitere Umgebung des von der Intoxikation Befallenen, und so war niemand zur Stelle, der Gisbert über seinen lebensgefährlichen Selbstbetrug hätte aufklären können. Am wenigsten ich, der ich erst jetzt die Einsicht in den Mechanismus gewinne, der Gisbert vortäuschen mußte, er steigere seine Demut, indem er nach Friedrich Wilhelm I. in das Zentrum des folgenden Romans Martin Luther setzte.

Er sah nicht, daß er mit dem Teufel kontraktierte, daß er sich einem Ikarus-Schicksal auslieferte, aber ahnungsweise muß in den entlegeneren Regionen seines Bewußtseins doch etwas vorhanden gewesen sein. So wenigstens deute ich mir die Skrupel, die ihn an Luther nicht wie an den Preußenkönig von Mann zu Mann herantreten ließen und ihn bewogen, sich durch die Hintertüre, durch Weibervermittlung über seine Frau Eva und Katharina von Bora bei dem Stifter seiner Konfession einzuschleichen.

Will man dieser merkwürdigen, die Bedenklichkeit des Vorhabens bezeichnenden Anlage des Plots nicht die volle Beweiskraft zusprechen, führe ich als nächstes Gisberts Angst vor der Einsamkeit des Schriftstellers ins Feld, die ihn veranlaßt hat, das Vakuum, in dem jene Kunstpflanze, die Roman genannt wird, gedeiht, aufzuweichen und zu durchlöchern, indem er Eva zu direkter Mitarbeit heranzog. Man sieht die ganze schöne Planung, mit der Gisbert in großem Wurf die

Verirrungen und Versäumnisse in seinem Lebenslauf zu begradigen und einzuholen wünschte, und man sieht daneben den fürchterlichen Schlamassel, den die Realisierung herbeiführen mußte. Das Zerbrechen von Ehen, das ist Romanstoff, ich verweise nur auf Effi Briest und die Madame Bovary. Die Psychofusion, die Eva und Gisbert, denen es mit der Einheit im Fleisch nicht genug war, anstrebten, dies nicht nur redensartlich, sondern wahrnehmbar und tatsächlich Ein-Herz-und-eine-Seele-Werden, das ist schon als Material etwas, das sich gegen seine Modellierung in die Romanform sträubt. Wie untauglich müssen die Mittel dieser Technik erst werden, wenn man ihnen die Aufgabe auflädt, nicht etwa in der Sphäre der Kunst, im Bezirk der Interesselosigkeit und des Wohlgefallens, nein, hienieden, inmitten der alltäglichen Verrichtungen des Lebens die Seele einer Frau und die Seele eines Mannes ineinanderzuschmelzen oder sie doch wenigstens miteinander zu verschmieden?

Das war, rein als Begehren, unheilvollste Übersteigerung der romantischen Liebe, von Evas Seite so gut wie von seiner, und dann die fürchterlichste Überforderung des Romans als der romantischen Kunstform per se und par excellence, die man nur Gisbert, nicht ihr anlasten darf. Wie konnte sich der Kenner so weit versteigen, dem Pärchen Katharina von Bora und Martin Luther seine nicht nur persönlich, sondern vor allem historisch vollkommen inkommensurablen Seelenverhältnisse zu imputieren?

Ich will, wenn ich Gisbert hier seinen tödlichen Fehler nachzuweisen versuche, nicht zu seiner Karikatur werden, indem ich das Angeprangerte im eigenen Vorgehen noch überbiete. Wer bin ich, was wäre bitte schön meine Vorbildung, um an dieser Stelle in literatursoziologisch schlüssiger und fundierter Analyse die romantische Liebe als Errungenschaft und Stigma der bürgerlichen Moderne erkennbar werden zu lassen? Was wäre dann mit den Minnesängern? Ich tue klüger daran, derlei Geschäfte den hervorragenden Männern des Fachs abzutreten, denen diese Begriffsprägungen der Sorte «Transzendentale Obdachlosigkeit» und «Verdinglichung» gelingen. Höchstens darf ich mit dem Marxismus behaupten, daß unter unterschiedlichen historischen und gesellschaftlichen Bedingungen auch die Gefühle der Menschen unterschiedliche sein müssen.

Das hätte Gisbert spätestens auffallen sollen, als er sich an die Gestaltung seines Liebespärchens gemacht hatte. Wie konnte er Luthers Predigt von den vielfältigen Ehren des Ehestandes abschreiben, ohne zu bemerken, daß das, was er, Gutsche, unter Liebe verstand und als Liebe empfand, von dem Mann auf der Kanzel nicht einmal andeutungsweise berührt worden ist?

Nehmen wir ruhig an, ich hätte unrecht und es hätte zu Luthers Zeiten, vielleicht schon im Mittelalter, von mir aus sogar in der Antike, so etwas wie die romantische Liebe gegeben. Dann war aber doch das Beispiel, das Gisbert sich herausgegriffen hat, das unbrauchbarste, das er überhaupt auswählen konnte, um die Verkettung zwischen Eva und ihm darin wiederzufinden. Auf einem Plan immerhin hat seine Projektion funktioniert. Die romantische Liebe braucht nämlich, um Handlung werden zu können, notwendig äußere Umstände, die ihr entgegen sind.

Hier kann ich wieder etwas ungenierter und schwungvoller mitreden, denn ich habe als Ferdinand in Schillers «Kabale und Liebe» debütiert, kurz darauf Shakespeares Romeo gespielt. (Das sind aber, notabene, Dramen, keine Romane, und sie sind auf ein tragisches Ende gebaut!) Solche hindernden Umstände der gewaltigsten Art hatte Gisbert zu seinem Glück mit dem großen deutschen Bauernkrieg. Oder zu seinem Unglück, weil ihn diese Möglichkeit nur tiefer hineingezogen hat in sein verdammtes ewiges Haus.

Dummerweise hatten aber die Bauern, die zur Generalabrechnung mit ihren Ausbeutern angetreten waren, gar nichts dagegen, daß Luther sein Käthchen heimführte, sonst wäre eventuell aus der Sache zumindest für die Bühne etwas zu machen gewesen. Schlimmer, sie wußten überhaupt nichts von der entlaufenen Nonne und scherten sich infolgedessen in keiner Weise darum, wer sie heiraten würde.

Jetzt blieb noch, den nicht mehr sonderlich jugendlichen Luther, nachdem er sich einmal von seinem Liebchen in Wittenberg verabschiedet hatte, nach überkommenem Schema zum Drachentöter werden zu lassen. Aber – Deibel und Hexenfurz! – hier hatte die tückische Objektivität für den historisch verpflichteten Romancier gleich die nächste Falle bereit. Wer wäre auf der Folie der uns überlieferten Vorgänge für die Rolle des inkarnierten Bösen in Frage gekommen, wenn nicht Müntzer? Er mußte es sein, ihm hatte Luther den Pferdefuß angedrechselt und den borstigen Schweif angehangen.

Wäre Gisbert nur bei Luthers Gleichsetzung Müntzers mit dem Satan geblieben! Dann hätte er dessen Gefangennahme und Hinrichtung als die tapferste unter Luthers Heldentaten zu glorifizieren vermocht. Aber nein, unser Historiendichter macht sich sein Gewissen und studiert die Figur, die er in seinen Roman stellen will.

Ausgerechnet in Eisleben, das die Nazis nach Wittenberg zu einer zweiten Wallfahrtsstätte der vor ihnen buckelnden echtdeutschen evangelischen Kirche ausgebaut haben, trifft

Gisbert auf einen Pfarrer, der dem Aufrührer und Rottenmeister ein sehr warmes Andenken bewahrt hat. In dessen Bibliothek, mitten in der durch Luthers Geburt und Tod geheiligten Stadt, blättert er zum ersten Mal in dem Band mit den Briefen und Schriften Thomas Müntzers, dessen Erscheinen der Reformationsbeflissene übersehen hatte, und muß verwundert feststellen, daß der Kerl für einen Knecht der Hölle oder für Luzifer in Person – Luther hatte da nie so haargenau unterschieden – erstaunlich bibelfest ist. Gut, der Vorzug gilt den Büchern des älteren Testaments und hier nicht wie bei Luther den Psalmen und dem Hohelied Salomonis, vielmehr den Propheten des zu Babel in der Gefangenschaft gehaltenen Volkes. Wie sich Müntzers Zorn auf die zornigen Propheten und den zornigen Gott, von dem sie zeugen, beruft, das hat, so empfindet es Gisbert, unter rein theologischen Gesichtspunkten Stichhaltigkeit und müßte durchgehen an der Hochschule der Evangelen, wie übrigens auch an der der Katholen. Das ist aber noch nicht alles. Gisbert spürt, sehr zu seinem Mißbehagen – sind das schon die verführerischen Kräfte des Teufels? –, im Pathos, im Ton etwas, das ihm schon bei Luther gefallen hat, das ihn hier aber noch ganz anders bestrickt und heranzieht. Da ist ein Selbst- und Sendungsbewußtsein, das die Vorurteile, mit denen er das Buch aufgeklappt hat, zerstreut, eine Strenge, die sich jede Tändelei mit den großen Hansen verbietet und das Evangelium unnachgiebig als die Sache der Geknechteten und Unterdrückten vertritt.

Näher vielleicht an Christum als am Apostel Paulus, denkt sich Gisbert und liest mit Müntzer Römer 13 einmal andersherum. Gott hat der Oberkeit das Schwert geliehen, nicht aber geschenkt. Wenn die Oberkeit unlauteren Gebrauch von der Leihgabe macht, das Schwert einzig einsetzt, um die Frevel der Gottlosen zu schützen, dann gehört es nicht länger in ihre Hände. Der Zufall will es, daß gerade die Frau des Pfarrers, der ihn beherbergt, in der Küche hinter der Wand mit den Bücherregalen den Volksempfänger einschaltet, wo eben der Klumpfuß in rheinisch-jovialem Singsang die nächsten Bluttaten gegen die Juden ankündigt – gegen Eva, gegen Jessica, so hört es Gisbert –, die mit ihrer Wehrkraftzersetzung den Vormarsch im Osten aufhalten. Wenn sich solche Oberkeit, das liest er bei Müntzer, der göttlichen Forderung nach Rückgabe des Schwerts widersetzt, dann muß Gott ihr dies Schwert entwinden, und Er bedient sich Seiner Gemeinde, um das zu tun.

Der Lutheraner in Gutsche gerät unter diesen Hieben ins Wanken, besonders weil die gute Pfarrersfrau nebenan das bluttriefende Schandmaul auf der vollen Lautstärke hält – wahrscheinlich, um dem Argwohn aus der Nachbarschaft zu begegnen –, aber noch ruht als Fels in dieser Brandung unerschüttert das Preußentum in seiner Brust. Siegesmeldungen, die auf Goebbels' Ansprachen folgen, lohnen ihm diese Staatstreue-trotz-alledem. Es sind ja die Preußen im Offizierscorps, nicht die Propaganda-Affen im Soldatenrock, die im Gefecht die Überlegenheit des Deutschtums beweisen. So denkt es sich Gisbert. Sie sind es, die die Bolschewisten und Atheisten dahin verweisen, wohin sie gehören.

Andererseits: Wie kann es Gottes Wille sein, daß ein Scheusal wie dieser Hitler das Schwert der Obrigkeit führt? Ist nicht vielleicht doch eher der Kommunist, der fern von jeglichem Glauben eine Bombe ins Führerhauptquartier schleust, das Werkzeug des Allerhöchsten, der sein Schwert zurückhaben möchte, um es neu zu vergeben?

Das sind schon nicht mehr Deutungen, das sind bereits Phantasien. Man verzeihe mir das. Ich stehe im Begriff, mir selbst aus Gisbert Gutsche ein Romanfigürchen zu backen, und das geht natürlich nicht. Ganz aus der Luft gegriffen habe ich es nicht, der Pfarrer und die Müntzer-Lektüre sind in seinem Tagebuch durch die Ebenen südlich des Harzes erwähnt. Die Pfarrersfrau allerdings samt Volksempfänger und Klumpfuß waren Zutaten, die ich unverantwortlicherweise aus meiner eigenen Vorratskammer hineingerührt habe. Ich pfeife mich also zurück und untersage mir dergleichen für das Weitere.

Ich spekuliere schon wieder, bleibe aber wenigstens an Gisberts Text, wenn ich sage, daß sein Wunsch, Luthers Vater auftreten zu lassen, wie die Hemmung, die ihn lieber ausufernde Dialoge mit dem Sendling des Arterner Stadtrats aufschreiben ließ, das problematische Verhältnis des Autors zu seinem eigenen Vater ausdrücken.

Guntram Gutsche, Pfarrer der Stadtkirche zu Fürstenwalde, hatte seinem Sohn Gisbert damals den erbetenen Segen zu seiner Verheiratung mit groben, hartherzigen Worten verweigert. Er war weder zur Hochzeitsfeier erschienen, noch hatte er den Brautleuten irgendein Geschenk oder auch nur ein Kärtchen mit seinen Glückwünschen zukommen lassen.

Gisbert hat im Anschluß das elterliche Pfarrhaus in Fürstenwalde nie wieder betreten. Evas Verhältnis zu ihrem Schwiegervater, wenn von einem solchen überhaupt die Rede sein kann, da sich die beiden ja niemals begegnet sind, war dementsprechend. Ob der Antisemitismus beim alten Gutsche tatsächlich so weit ging, daß er, wie Eva behauptete, seine Predigten mit antijüdischen Ausfällen spickte, konnte ich nie überprüfen. Fest steht, daß sein Ressentiment der Grund für die Ablehnung der Eheschließung war und daß er die Entfernung der getauften Juden aus der evangelischen Kirche guthieß. Ein kurzgehaltenes Kondolenzschreiben, das nach dem tragischen Ende ihrer Schwester, ihrer Mutter und ihres Stiefvaters bei Iris in Schweden eintraf, läßt zwischen den Zeilen die Meinung erraten, daß sein Sohn bereits durch die Verheiratung mit Eva die unchristliche Tat als einzigen Ausweg aus einem unchristlichen Leben über sich und seinen rassefremden Anhang beschlossen hatte.

Ich wette, daß wir aus der Schule Sigmund Freuds, der sich glücklicherweise vor dem Anschluß seiner österreichischen Heimat an das Nazireich nach London retten konnte, in nächster Zeit mit Untersuchungen beschenkt werden, die die hohe und weltweite Popularität des Rabbiners von Nazareth auf dessen Geringschätzung seines leiblichen Vaters zurückführen. Sollte diese Theorie einmal fertiggestellt werden, auf Gisbert träfe sie zu. Man versteht aber, daß die hier einmal ganz buchstäblich zu nehmende Unversöhnlichkeit seines Vaters an ihm nagte.

In diesem Punkt bestand wirklich Typenähnlichkeit zwischen Luther und ihm. Ich war von dem Selbstporträt des Muttersöhnchens ergriffen und fieberte auf den Zusammenprall mit dem Haupt der Familie, das in seiner gesellschaftlichen Stellung durch den von Doktor Martinus respektive Gisbert zwischenzeitlich eingesammelten literarischen Ruhm auf eine beinahe demütigende Art überragt wurde. Verstoßen von ihren Vätern waren sie beide, der eine wegen seines Eintritts ins Kloster, der andere wegen des Eintritts in den achtfältig geehrten Stand mit einer Jüdin. Wenn man es unter diesem Gesichtswinkel anschaut, war ja schon die Verherrlichung des Soldatenkönigs eine goldene Brücke, die Gisbert seinem Vater gebaut hatte, um dem Verkünder der christlichen Liebe die in der Kindheit so überreichlich empfangenen Prügel verzeihen und vergeben zu können. Es bedarf kaum noch der Erwähnung, daß Guntram Gutsche nie einen Blick in den Roman geworfen hat.

Mir fällt auch ein, daß er Stammtischler bei den Deutschnationalen in Fürstenwalde war und gerne die Porzellanpfeife rauchte. Gisbert war nicht nur, was mir hervorhebenswert scheint, Antialkoholiker, er war auch Nichtraucher der missionarischen Sorte, was unserem geselligen Beisammensein stets Grenzen gesetzt hat.

Ob Gisbert, wäre ihm die Szene zwischen Hans und Martin Luder geglückt, durch die symbolische Reparatur des zerbrochenen Vaterglaubens sein Verhältnis zu Guntram Gutsche ins reine gebracht, ob er sich selbst damit einen Gefallen getan haben würde, das will ich lieber dahinstehen lassen.

Ich nehme an, daß die fortgesetzte Müntzer-Lektüre im Hause des gastfreundlichen Eislebener Pfarrers, auch die Gespräche, die er mit dem schwärmerisch gesinnten Theologen geführt hat, ihm die Verlebendigung von Luthers gefährlichstem und direktestem Gegenspieler dringender gemacht haben als die Erledigung der häuslichen Angelegenheiten und die Einholung des Vatersegens für die Heirat mit Katharina von Bora.

Wann und wie Luther mit dem jüngeren Schmoller von Mansfeld losgekommen ist, wie und von wem sie sich dort verabschiedet, welche Route sie gewählt haben, das alles ist der Phantasie überlassen geblieben. Gisbert zeigt uns die beiden erst wieder bei ihrer Ankunft in Einzingen, einem Dorf zwischen Sangerhausen und Allstedt.

DER April, der sich unter den zwölf Monaten des Kalenderjahres den Ruf der unberechenbarsten Launenhaftigkeit erworben, hatte seinem Leumund diesmal besonders große Ehre gemacht und sich mit klirrendem Frost, mit Hagel und Schneeflocken verabschiedet. Der Mai, der hinter ihm auftrat, brachte ohne Übergang solche Hitze, als ob sich an seiner Statt der Juli oder der August vordrängeln wollte.

So brannte jetzt, da sie an das Dorf Einzingen heranritten, eine so hochsommerliche Mittagssonne hernieder, daß Luther unter der Einwirkung der sengenden Strahlen die Stirne zu schmerzen begann.

Sie hatten seit dem Frühstück weder Speise noch Trank zu sich genommen. Deshalb geriet Luther, der schier zu verdursten glaubte, als er die Dächer der kleinen Ansiedlung aus dem Horizont herauswachsen sah, in die freudigste Erregung und spornte sein Tier zu forscherer Gangart. Willibald Schmoller, der sich doch in der Gegend hätte auskennen sollen, holte ihn ein, griff ihm in die Zügel und brachte die Pferde zum Stehen. Er war sich nicht sicher, ob sie Röblingen vor sich hatten oder Einzingen, ein Dorf der Herrschaft des Grafen Ernst von Mansfeld oder eines, das zum Amte Allstedt, damit zur kursächsischen Enklave gehörte. Der militante Ketzer- und Bauernfeind hatte Reisige in seine an das Allstedter Gebiet grenzenden Ortschaften gelegt. Man hätte sie dort, gleich ob man sie für reitende Boten des Bauernhaufens hielt oder Luther erkannte, wahrscheinlich nicht mit einem Schoppen und einer Brotzeit, weit eher mit Lanzenstichen und Schwerthieben empfangen.

Luther war fürchterlich gepeinigt von seiner ausgetrockneten Kehle, wollte den Durst aber doch lieber noch ein Weilchen aushalten, bevor er Gefahr lief, mit einem Satans- und Müntzerknecht verwechselt zu werden, den man nach seinem eigenen Ratschlag gleich einem tollwütigen Hund hätte totschlagen müssen.

«Hat Röblingen eine Kirche?» fragte er Willibald.

«Freilich», antwortete der jüngere Schmoller, «und einen Franziskaner, der die schärfsten Predigten gegen den Luthergeist hält.»

«So hat wohl seine Kirche auch einen Turm?»

Willibald nickte.

«Und?» fragte Luther. «Seht Ihr einen Turm?»

Einzingen hatte weder Kirche noch Turm. Darüber wußte Luther, der ja mit Spalatin die Besetzung der Kirchenämter beriet, glücklicherweise Bescheid. So ritten sie denn in flottem Trab voraus.

Etwas gespenstisch war's aber doch, als sie hereinkamen. Es lag eine Totenstille über dem Ort, dessen Hütten und Gehöfte über eine leichte Erhebung verteilt waren, wobei ihre Mauern verwinkelte Gassen bildeten. Kein menschlicher, kein tierischer Laut drang ihnen entgegen, nirgends ein Hund, der angeschlagen, nicht einmal eine Katze, die sich an einer der Mauern entlanggedrückt hätte. Luther fühlte sich unwillkürlich an Erlebnisse jener Wanderung nach Rom erinnert, die er noch als papsttreuer Augustinereremit im Auftrag seines Ordens unternommen hatte. Da war er oft durch solche in der Mittagshitze wie ausgestorben liegende Dörfer gekommen. Selbst den Gäulen schien die Atmosphäre wenig geheuer zu sein, sie schnaubten unruhig und wehrten sich tänzelnd dagegen, in einen engen Weg einzubiegen, der sich zwischen hohen Hecken und Lattenzäunen hindurchschlängelte.

Ein klein wenig behaglicher wurde ihnen erst wieder, als sie am Fuße des Hügels eine breitere Straße erreichten, die sich dann, geradezu anheimelnd, auf einen weiten Platz mit einem wiesengesäumten Teich öffnete. Unter dem schattenspendenden, wohl auch Regen abhaltenden Laub dreier mächtiger Linden war ein grobgezimmerter Tisch mit zwei Bänken aufgestellt. Nicht ohne strenge Ermahnung und einschüchterndes Zerren am Zaumzeug waren die Zossen dazu zu bringen, ihre Reiter noch absitzen zu lassen, bevor sie ihre Mäuler in das moderige, lauwarme Teichwasser senkten.

Willibald Schmoller war kurz davor, dem animalischen Beispiel zu folgen, sich der Länge nach ins Gras zu werfen und seinen Durst mit der grünlichen Brühe, auf der Entengrütze schwamm, zu löschen. Luther konnte ihn gerade noch abhalten, denn sein nicht zuletzt auf jener italienischen Reise geschultes Auge hatte schon den hinter den Linden versteckten Ziehbrunnen entdeckt.

Der Schöpfeimer war gute Böttcherarbeit, und er wurde, bevor man ihn am Seil in die Brunnentiefe hinabließ, von Luther schmunzelnd betastet, denn er wirkte wie das Modell für den Badezuber, den sich jüngst seine alten Leute geleistet. Klar und kühl war das Wasser, das sie heraufholten, und sie setzten sich mit dem Eimer zu Tisch, dankten erst dem Herrn mit einem kurzen Gebet, ehe sie ihn abwechselnd mit beiden Händen zum Mund hoben und von dem labenden Naß in die ausgetrockneten Kehlen hinabrauschen ließen. Pferde und Reiter waren so ganz der köstlichen Erfrischung hingegeben, daß sie gar nicht bemerkten, wie sie von einem Menschen, der auf der anderen Seite des Platzes vor sein Haus getreten war, beobachtet wurden.

Der Mann, klein, weißhaarig, aber nicht so gebeugt, wie

es seinem Alter entsprochen hätte, gab sich, recht unpassend zur Situation und zu der bäuerlichen Tracht, in der er steckte, die Haltung, als bummele er über den Marktplatz einer größeren Stadt. Seine Füße in den geschnürten Stiefeln – sehr ähnlich dem Bundschuh, der im großen Bauernhaufen gar manches Fähnlein zierte – führte er in schlenderndem Gang nicht geradewegs den Ankömmlingen entgegen, sondern am ihnen entfernter gelegenen Ufer des Teiches entlang. Dabei pfiff er durch die Zähne, allerdings unhörbar für Willibald und Doktor Martinus, die Melodie des jetzt sehr verbreiteten Liedchens «Als Adam grub und Eva spann / Wo war da der Edelmann?».

Von einem Laib Brot, den er unter den linken Arm geklemmt hielt, krümelte er Brocken ab und warf sie in den Teich, wobei er mit verstohlenen Blicken die Fremden, so gut es über die Entfernung gehen wollte, zu taxieren versuchte. Luthers Gespür war feiner als das Willibalds oder der Pferde. Er hatte die Witterung der sie belauernden Gestalt zuerst in den Nüstern.

«Jetzt wünschte ich mir sehr, ein Karpfen zu sein», sagte er zu Willibald.

«Ja, die Fische haben zur Andacht die bessere Disposition», entgegnete der jüngere Schmoller aus der Laune, den Doktor mit etwas ausgewählt Klugem zu überraschen. «Der Mensch lernt das Schweigen erst, wenn man ihm die Zunge abschneidet.»

«Ich hab's im Kloster gelernt. Dafür bräucht ich nicht zum Karpfen zu werden. Ich wär's nur jetzt grad eben gern, weil ich dann etwas zu essen bekäme.»

Nun nahm auch Willibald Kenntnis von dem scheinbar einzigen lebendigen Wesen am Orte. Lienhardt Früauf, wie der Mann sich bald darauf vorstellen sollte, fing, ohne es sich anmerken zu lassen, die Blicke, die vom Tisch unter den Linden auf ihn gerichtet wurden, auf und tat weiter so, als seien außer ihm nur die Karpfen im Wasser zugegen. Ein winkender Gruß, den Willibald über den Teich schickte, blieb unbeantwortet.

«Ob wir nicht besser aufsitzen und fortreiten sollten?» sprach er, den Kopf über den Tisch nahe an Luther heranschiebend, in flüsterndem Ton.

«Wir bleiben sitzen», gab Luther unbekümmert zurück. «Schert Euch nicht um den Mann. Um so schneller kommt er geschlichen.» Mit einem Augenzwinkern bedeutete er seinem jugendlichen Begleiter, das Gespräch mit dem Dörfler ganz ihm zu überlassen. Luther war schon im voraus amüsiert über das Verhör, das der Alte gleich mit ihnen anstellen würde. Wer hätte denn im weiten Erdkreis mehr Übung in dieser Veranstaltung erworben als er? Wer dem Druck und der Arglist des päpstlichen Legaten standgehalten hatte, der würde wohl mit einem Bauerntölpel, dessen Neugier durch die Vorgänge im Lande zur Unerträglichkeit angespitzt war und der herkam, um ihn auszuhorchen, ein eher leichtes Spiel haben und umgekehrt dem Einheimischen ein und das andere, was ihnen wissenswert sein mochte, aus der Nase ziehen.

Die zur Schau getragene Lässigkeit und Geduld, mit der Luther auf dem Dorfplatz saß, als habe er Willibald bei sich in Wittenberg im Klostergarten zu Gast, tat rasch ihre Wirkung. Lienhardt Früauf wurde sein Karpfenfüttern, da ihm die Durchreisenden dabei offenbar nicht zugucken wollten, zu dumm. Er beeilte sich, den Brotlaib zu zerrupfen, um sich den Unbekannten mit leeren Händen nähern zu können, bevor sie auf die Idee kommen mochten, das Dorf unausgefragt zu verlassen.

«Gottes Heil und Segen meinen wandernden Brüdern in Christo», war Lienhardts Begrüßung, als er, zuletzt wacker zuschreitend, den Tisch im Schatten der Linden erreicht hatte.

Willibald erhob sich, ihm die Hand zu schütteln. Luther blieb sitzen, sagte etwas Freundliches und forderte Lienhardt auf, Platz bei ihnen zu nehmen, ganz, als ob er hier der Gastgeber wäre. Der Eingeladene faßte es mit Selbstverständlichkeit auf und rutschte neben Willibald auf die Bank.

Er hatte ein verwittertes Gesicht, die vielen Lachfältchen zeigten Lebenslustigkeit an. In seinen hellblauen, vom Alter nicht getrübten Augen lagen Fuchsesschläue und Schalkhaftigkeit, aber Boshaftes oder gar Niederträchtigkeit glaubte Luther in ihnen nicht erkennen zu können. Er griff sich dies vertrauenerweckende Augenpaar mit einem seiner einschüchternden Blicke, die schon damals in Augsburg Cajetan die Gottesfurcht beigebracht hatten, und Lienhardt war dabei kaum anders, als hätte sich eine Eisenfaust auf seiner Brust in den Bauernkittel gekrallt und ihn ein Stückchen in die Lüfte gehoben. Ihm war dadurch der Atem geraubt, mit dem er als nächstes Unverfängliches in prasselndem Schwall auf die Besucher eingeredet haben würde, um sie flugs zutraulich werden zu lassen.

Dieser Spieß war nun, ohne daß er sich's versehen hätte, gedreht und wurde von Luther gehalten. Der fand die schmeichelhaftesten Phrasen zum Lobe des Plätzchens, des Platzes im näheren Sinne, den sie mit dem Karpfenteich und den unter Gottes freiem Himmel aufgestellten Möbeln so liebreizend hergerichtet, daß es Adam und Hewa in Eden kaum hätte gemütlicher sein können. Dann dehnte er die Laudatio auf den Platz im weiteren Verstande, auf die schöne Gegend, die man vom Hügel aus überblickte, die sauber geordneten, wohlbeackerten Flächen, denen er schon jetzt bei der Aussaat die reiche Ernte ansehen wollte, die sie einbringen würden. Rundherum und geradeheraus durfte der Mensch sich Gottes besonderer Bevorzugung rühmen, wenn er ihm das Licht der Welt am Flecken Einzingen hatte aufblitzen lassen. Luther blieb, auch nachdem er von Lienhardt mehrfach korrigiert worden war, dabei, den Namen den Dorfes «Einsingen» auszusprechen.

Lienhardt, der wie jedes bodenständige Wesen sich und seine allernächste Umgebung als den Dreh- und Angelpunkt des Welt- und Heilsgeschehens ansehen mußte, wer tief gerührt, die Bestätigung der eitlen Empfindung aus so hörbar gelehrtem Munde vernehmen zu dürfen. Das rötlich hervortretende Geflecht der Äderchen auf der Haut über den Wangenknochen zeigte seine Beschämung und Verlegenheit an. Solchen Enthusiasmus für die trügerische Idylle des Dorflebens konnten nach seiner Meinung überhaupt nur Leute aufbringen, deren Nerven vom Schmutz und Lärm großstädtischen Getriebes über jede Gebühr strapaziert waren, und so sprach er seine Vermutung aus, daß die beiden Reiter von Leipzig herkämen.

«Ja, ja, von Leipzig, gewiß», beließ Luther Lienhardt in seinem Glauben.

Daß er falsches Zeugnis gegen den Nächsten ablegte, bekümmerte Willibald ein wenig, ihn gar nicht.

Lienhardt Früauf war auch einmal in Leipzig gewesen und begann sofort, mit dem Erlebnis zu renommieren. Die Sehenswürdigkeit der großen Handelsstadt, die er am meisten zu rühmen, die sich am tiefsten in seine Erinnerung gegraben hatte, war Auerbachs Keller.

«Ein solches Bier, wie sie dort ausschenken, haben wir hier allerdings nicht», schloß er, etwas wehmütig, diesen Bericht.

«Aber Ihr sollt sehen, daß auch wir Einzinger aus Hopfen und Malz etwas zu brauen verstehen, das die Kehle erfrischt und das Herz aufgehen läßt.»

Die vorgeblichen Leipziger durften sich nun wundern, mit welcher Behendigkeit das greise Männlein auf das selbstgegebene Stichwort hin aufsprang und zu seinem Haus zurückeilte, wo es durch die geöffnete Tür Anweisungen erteilte. Luther hatte, bis Lienhardt wieder bei ihnen saß, kaum die Zeit, Willibald, der ohne ein Stück fester Nahrung im Magen kein Bier trinken wollte, von der Unschicklichkeit solcher Weigerung zu überzeugen. Was Luther bei ihm nur zur Hälfte vermochte, das besorgte Früaufs Schwiegertochter Adelheid, die bald darauf mit den überschäumenden Krügen erschien, zum Rest, denn ihr properes Bäuerinnengesicht, mit dem sie den Arterner anstrahlte, mußte auch ihn ohne weiteres in Bierlaune versetzen.

Da wurde denn also erst einmal geprostet, und Lienhardt ließ durch sein Weib Gudrun und durch Adelheid, die die Herrschaften am Tisch von seinem Haus aus in Staffette bedienten, auch Schinken und Käse, eingelegte Gurken und frischgebackenes Brot herantragen. Willibald hörte nicht auf, kauenden Mundes die Spezereien zu preisen.

«Nur munter zugeschlagen und dabei des Gerstensafts nicht geschont», freute sich Lienhardt über den Appetit des jüngeren Schmoller. «Wir könnten uns hier in Einzingen nicht besinnen, je Hunger gelitten zu haben.»

An dieser Stelle unterbrach er sich, um zu beweisen, daß auch ein schlichter Ackersmann seine Witzchen mit Effekt vorzutragen vermag.

«Eher schon Durst!» kam nach einer Pause, und in Willibalds und Luthers mehr höfliches Lachen hinein schlug er den

Boden seines Bierkrugs auf den Brettertisch, bevor er ihn zum Mund hob und in einem Zug leerte.

«Aber seit wir die Kutten verjagt haben», fuhr er fort, «ist bei uns in Einzingen die paradiesische Zeit angebrochen. Ihr spracht ja davon. Mein Lebtag – sollte es denn Gottes Wille sein, mir noch einen oder den anderen Frühling zu gönnen – werd ich das Fest nicht vergessen, als wir mit Sense und Morgenstern zum Kloster gezogen. Die frommen Freßsäcke waren im Glauben, wir kämen, ihnen den Zehnten abzuliefern. Da waren sie dann aber sehr schnell am Ende mit ihrem Latein, als sie gesehen haben, daß wir keineswegs vorhatten, ihnen etwas zu bringen. Haben geschissen aufs Stundengebet und ihre ungelenken Füße mit den Sandalen in die Hände genommen. Gelaufen sind sie, als gält es, alle Hasen aus der Aue den Harz hinauf zu hetzen, und haben nicht gehalten, bis sie drüben beim Herzog Georg waren, der das lügnerische, lüsterne Papistengezücht mit dem Schwerte beschützt. Wir haben's dem Doktor Luther zu danken, der dem lieben Gott unser gutes Deutsch beigebracht hat, daß wir's jetzt wissen, daß ein jeder Christ durch die Taufe schon Bischof und Papst ist.»

«Tja, wo er recht hat, da hat er recht, der gute Herr Luther», konnte sich hier der Dolmetscher der Heiligen Schrift nicht enthalten.

Willibald musste sich wegdrehen, um ihn vor Lienhardt nicht durch seinen Lachreiz zu entlarven.

«Wenn ich etwas verstanden haben sollte von der Deutschen Theologie», setzte Luther sein ironisches Selbstreferat fort, «dann wollen die Wittenberger wohl darauf hinaus, daß man Gott bei seinem Wort nehmen muß. Jetzt nehmen aber unsere Bauern für meinen Geschmack diesen Doktor Martinus etwas gar zu wörtlich, denn sie führen sich auf, als wollte ein jeder von ihnen sämtliche Bischöfe und Päpste in der Gottlosigkeit überbieten.»

Lienhardt verschluckte sich an dem Bissen, den er im Mund hatte. Der Mann sprach ja ein wenig um die Ecke herum, aber soweit Lienhardt durchsehen konnte mit seinem Bauernverstand und der neuerdings erworbenen biblischen Kenntnis, mußte man ihn für einen Fürstenfreund halten. Ob er ihn mit zwei, drei direkten Fragen festzurren sollte in dieser Schlinge? Oder besser zuwarten und den trunksüchtigen Tölpel spielen, bis er es aus eigenen Stücken herausspuckte, sich offen für die Schinder und gegen die Bauern erklärte?

Die Entscheidung wurde ihm abgenommen durch Hufgetrappel, das von der Allstedter Straße her in die dörfliche Stille hereinbrach. Daß es Müntzerische waren, was da herantrabte, stand für Luther eigentlich nicht zu befürchten. Das galt ja der christlichen Vereinigung schon als eine Verletzung der geforderten Brüderlichkeit, wenn einer sich hoch zu Roß setzte. Und als erstes mußten die Fürsten, die in ihren Bund schworen, um sich das Leben zu retten, die Pferde abschaffen. Aber nicht einmal hierin war Konsequenz, denn wenn sie sich erst vor den Bauern gedemütigt hatten, durfte ein Herzog immerhin acht, ein Graf vier und ein simpler Edelmann doch noch zwei seiner Zossen behalten. Wie derlei ganz willkürliche Festsetzungen, denen man den Eigennutz und die Beschränktheit des Menschengeists von weiter Ferne her ansah, aus den Biblien herzuleiten wären, das hätte Luther gerne erfahren. Aber Kopfzerbrechen, das hieß bei den Schwärmern, die den gemeinen Mann gegen seine Oberkeit hetzten, in aller Regel: dem Nächsten mit der Axt den Schädel in Stücke zerspalten. Wenigstens hatte die Abneigung gegen alles, was sich auf halbwegs ansehnliche Weise in einem Sattel zu halten vermochte, die Bauernheere daran gehindert, eine schlachttaugliche Reiterei aufzubauen, und daraus würden zur gegebenen Stunde die zurückschlagenden Fürsten ihre Vorteile ziehen.

Aus fünf Reitern bestand der Trupp, der jetzt durch Einzingen kam, und sie schienen es eilig zu haben. Sie hatten den schönen Platz, der den Durchreisenden auf so bezaubernde Art zu verweilender Rast lud, schon passiert. Die drei Männer am Tisch, die ihnen nachgeschaut hatten, wollten sich eben wieder ihrem unterbrochenen Gespräch widmen, da hielten sie plötzlich und machten kehrt.

Die beiden Pferde, die am Karpfenteich grasten, mußten ihren Argwohn erregt haben. Lienhardt sprang auf und hüpfte ihnen entgegen. Luther saß mit dem Rücken zu ihnen und drehte sich auch nicht um, als sich auf den Gesichtszügen Willibalds, der sie beobachtete, Furcht zu malen begann.

«Wir bleiben in jedem Fall sitzen», sagte er vorbeugend, da er ahnte, daß der jüngere Schmoller zur Flucht raten wollte.

Willibald hatte die Feuerrohre entdeckt, welche die Fremden an den Sätteln ihrer Pferde befestigt hatten, sogenannte Hakenbüchsen, die man, um sie abzuschießen, auf ein Gestell auflegen mußte. Die Männer gehörten also jedenfalls zu einer der kämpfenden Parteien und mußten ihnen demnach eine oder die andere Sorte von Unannehmlichkeiten bereiten.

Lienhardt führte sie an den Tisch. Die Sitzenden machte er den Angekommenen als Leipziger Kaufleute bekannt. Die Freundlichkeit, mit der die allesamt kurz vor oder kurz hinter der Schwelle von der Jugendzeit zum Mannesalter befindlichen Menschen ihn und Willibald begrüßten, bevor sie sich zu ihnen setzten, wirkte etwas gekünstelt, aber Luther schöpfte vorderhand noch kein Mißtrauen, als sie sich als reisende Händler im Auftrag einer Nürnberger Firma vorstellten.

Willibalds Skepsis wuchs nur. Die Grobschlächtigkeit, die er unter der vorgetragenen Jovialität zu spüren vermeinte, und noch davor die scharfe Bewaffnung schienen ihm wenig zu Leuten passen zu wollen, die in der Welt friedlich ihren Handel betreiben.

Die Stiche mit Luthers Konterfei aus der Cranachschen Werkstatt waren nicht nur den Gesellen, denen jetzt von Adelheid die Krüge gefüllt wurden, sondern auch Lienhardt Früauf bestens bekannt. Derjenige, der den vom Papst Gebannten als Junker Jörg im Jägerkostüm in seinem Versteck auf der Wartburg zeigte, hatte bis vor kurzem eine Wand in seiner Wohnstube geziert. Lienhardt hatte allerdings dies Porträt im Anschluß an eine Predigt, die er in Allstedt gehört, von seinem Ehrenplatze entfernt und in Schnipsel zerpflückt. Solche Hinrichtung in effigie war Luther letzthin in so mancher Bauernstube des Thüringer Lands widerfahren. Aber hätte Lienhardt selbst jenes Blatt oder dasjenige, welches Luther als jungen, unbeugsamen Mönch porträtierte, vor sich auf dem Tische liegen gehabt, er hätte daraus nicht den Mann, der ihm gegenübersaß, wiedererkannt.

Dem, der unter den vorgeblichen Faktoren der Nürnbergischen Kompanie, obgleich er unter ihnen der stillste und zurückhaltendste war, den Wortführer machte, dem hatte er's schon beim Vorüberreiten angesehen, daß er kein anderer sein konnte als eben der Müntzer, zu dessen Kanzel er damals von seiner Kirchenbank aufgeblickt hatte. Luther, dessen Idiosynkrasie gegen Müntzer längst ins Allergische und Hysterische gesteigert war, hätte sein Gegenüber sofort an seiner Handschrift, hätte an einem beliebigen aus einem Druckwerk herausgegriffenen Satz, an den Eigenheiten des Stils und der Orthographie, dessen Urheber erkannt. Schließlich hatte er mit dem Mann in ruhigeren Zeiten einmal in freundschaftlich-kollegialem Briefwechsel gestanden. Was nun jedoch die leibliche Erscheinungsweise des Perhorreszierten betraf, war Luther in keinerlei Bild. Wäre es nach ihm, Luther, gegangen, hätte an jedem Baum an jeder Landstraße der Steckbrief des Bauernverderbers gehangen. Aber der weise Kurfürst, der jetzt auf seiner Residenz zu Lochau auf dem Sterbebett lag und darüber nachdachte, ob sein Bruder oder der gemeine Mann ihm in seinem Regiment nachfolgen sollte, hatte ja all seine, Luthers, Warnungen in den Wind geschlagen und war in seiner sträflichen Duldsamkeit gegen den Allstedter Ungeist verharrt.

Übrigens wäre Luther ebenfalls außerstande gewesen, seinen Kurfürsten Friedrich, der all seine Kühnheiten gedeckt, ihn zu den meisten überhaupt erst verlockt hatte, wo jener sich von seinem Lager hätte aufrappeln und der illustren Runde zugesellen können, von Angesicht zu erkennen. Er hatte sich mit dem genialen Taktierer, ohne dessen feinfühligen Trotz der Vatikan die ganze Reformation in ihrem Keime erstickt haben würde, ein einziges Mal gemeinsam in ein und demselben Raume befunden. Damals in Worms nämlich, wo er sich, Friedrichs Räte im Rücken, gegen den jungen Kaiser so tapfer gezeigt hatte. Natürlich war Luther bei seinem Auftritt vor dem Reichstag, der – ganz seiner Lehre entgegen – in seinem Selbstbewußtsein doch so etwas wie ein gutes Werk darstellte, das ein ganzes Menschenleben vor Gott rechtfertigen konnte, viel zu aufgeregt gewesen, um unter den Versammelten seinen Gönner auszuspähen.

Und selbst dann hätte sich dessen Physiognomie nicht in sein Gedächtnis gegraben. Da stand als ein alles andere verdrängendes Bild der Kopf des spanischen Habsburgers in seiner Erinnerung an Worms. Späterhin hatte der Kurfürst ihm die unvergleichliche Tat, mit welcher er die deutsche Unabhängigkeit von den Römern begründet, wohl gedankt durch das Asyl auf der Wartburg, mit der großzügigen Dotierung seiner Lehrtätigkeit an Wittenbergs Universität, mit einem und dem anderen Stück Wildbret, das er seiner Tafel über Spalatin hatte zuführen lassen. Allein, zu dem beglückwünschenden Handschlag oder zu einem gütig-herablassenden Schulterklopfen, was Luther als schlichtere und wohlfeilere Belohnung und Anerkennung seines Verdienstes durchaus gefallen hätte, war es niemals gekommen.

Du sollst dir kein Bild von mir machen. Luther nahm gerade diese Forderung des Dekalogs sehr ernst, obwohl ihm die Bilderstürmerei, mit der dies ganze Schwärmer- und Rottenmeisterunwesen eingesetzt hatte, widerlich war. Da er sich's also streng versagte, aus seinem Gott ein gemalt Männlein zu machen, hatten die Züge, mit denen man sich unwillkürlich ein allerhöchstes Wesen zu vermenschlichen sucht, in der Vorstellung, mit welcher Luther sich seinen Kurfürsten zu vergegenwärtigen pflegte, ihren bequemen, unverdächtigen Aufenthalt gefunden. Das war bei ihm phantasiehalber die Verkörperung des holdesten und barmherzigsten unter den Wesen, dem erst seit neuestem in Katharina von Bora eine Konkurrenz erstand.

Am anderen Ende der Skala sozusagen, als Leibwerdung der verwerflichsten Untugenden, figurierte in Luthers Kosmos das Bild Thomas Müntzers. Da überbot der Pinsel, mit dem Luthers Einbildung malte, alles, was im Hause Cranach an Papst- und Teufelsfratzen hervorgebracht worden war. Wollte man sich den Teufel als Gottes Widersacher denken – und in Luthers Theologie trat er ja häufiger in dieser Rolle auf –, hätte man sich eigentlich darüber wundern müssen, daß für ihn das Bilderverbot nicht ebenso galt wie für den Herrn.

Luther war hier in gewisser Weise zum Opfer seiner polemischen Ader geworden und glaubte selbst am festesten an das Schreckgespenst, zu dem er Müntzer in den Augen des kursächsischen Hofes zu machen versucht hatte. In nüchterner Verfassung hätte er sich sagen müssen, daß Müntzers Popularität unverständlich blieb, solange man ihm nicht eine extrem einnehmende Persönlichkeit zugestand. Solches war denn allerdings der Fall, und es lag an Luthers interessierter Selbsttäuschung, die wie ein Schleier vor seinen Augen hing und ihn in Unklarheit hielt über die Identität des Menschen, der ihm hier am Tisch unter den Linden zu Einzingen vorläufig nur deswegen auffiel, weil er nicht wie er selbst und die übrigen Bier trank, sondern um einen Schluck von dem Brunnenwasser bat.

Müntzer war groß gewachsen, was seine Betonung daraus erfuhr, daß er die breiten Schultern nach vorne zog, den Kopf leicht geneigt hielt, als wolle er den unverdient empfangenen Vorteil der Natur den weniger Begünstigten zuliebe ausgleichen. Das Haupthaar war fein seidig und rabenschwarz. Er trug es kurz geschnitten, vorne hing es, ein klein wenig länger als auf dem Schopf, in unregelmäßigen Fransen in die Stirne hinein. Deren tiefgegrabene, Wülste bildende Falten wurden von den weit auseinander liegenden Augen durch ein Paar buschiger, pechschwarzer, sichelförmiger Brauen getrennt. Die Regenbogenhaut war von einer bräunlich-rötlichen Färbung wie der feuchte Ton auf der Scheibe des Töpfers. Die Bewegungen der Augäpfel waren meist gleitend, selten ruckartig, und sie verweilten mit Ruhe auf den Gegenständen, welche der Blick faßte. Den glasigen Schimmer mochten manche als wärmend und gütig empfinden, anderen kam eher die Wirkung einer sonderbaren Abwesenheit, eines Schwebens seines Geistes in entfernteren Gefilden zustande. Die Nase war ein stumpfer Kegel, aus dessen großen Löchern schwarze Härchen hervorschauten, und sie trug die meiste Verantwortung für den bäuerlich-plebejischen Einschlag dieser Physiognomie. Die blutarmen Lippen waren zu einem Strich an die Schneidezähne herangezogen, und wenn beim Sprechen sich der Spalt auftat, sah man, daß diese gelblich verfärbt waren und, weil der Kieferknochen, aus dem sie wuchsen, nicht für alle ausreichend Platz bot, unregelmäßig standen. Die Eckzähne waren etwas vampirhaft verlängert. Das Kinn hatte ein markantes Grübchen, fiel aber zurück, wodurch die Partie zwischen den Schläfen noch stärker betont wurde. An der linken Schläfe wurde die Haut neben der Andeutung eines Judenlöckchens beinahe in Fingerdicke von der tiefvioletten, zackig verlaufenden Schlagader gehoben. Auch aus der mächtigen Stirne trat eine, von der Nasenwurzel zum Haaransatz einen leichten Bogen beschreibende Ader hervor, deren fortgesetztes An- und Abschwellen den jeweiligen Grad der Erregung und Bluterhitzung verriet. Die Ohren waren fleischig, etwas abstehend, an die Henkel eines geschmiedeten Topfes gemahnend und von etwas hellerer als der ansonsten kupferbraunen, wie gegerbtes Leder geglätteten Haut überzogen, am Knorpel vor dem Gehörgang von einer Borste schwarzer Härchen bewachsen. Zottelig, wie bei einem Tierfell beinah, sprossen die schwarzen Haare aus seinen Handrücken hervor. Die Finger waren feingliedrig und von sauber gedrechselter zylindrischer Form, nur an den Kuppen mit den quadratischen Nägeln unmerklich verbreitert, also von andeutungsweise löffelartiger Gestaltung. Müntzers Hände waren im Verhältnis zum Rest seines

Körpers auffallend klein und brachten etwas Graziles, wenn man dies nicht wollte, etwas Affektiertes zum Ausdruck durch ihre Tendenz, die Gegenstände nur mit den Spitzen der Finger zu fassen, der kleine häufig abgespreizt wie bei einem behüteten Edelfräulein. Bei Unterstützung der Rede gelangten diese Hände, diese Händchen, wie man geneigt war zu sagen, in ihren Aktionen viel, viel muntrer und flotter als die gespannten Lippen, die die Worte mehr pfiffen als kauten, zu der erstaunlichsten Expressivität und waren in der Lage, durch simple Figuren schwer zu Denkendes augenfällig und einleuchtend erscheinen zu lassen.

Illustrierend aus ihrem Repertoire nur ein einzelnes Beispiel zu geben, war da eine Geste, die, als nach zähem Beginn das Gespräch zwischen den Exponenten der beiden Richtungen, in welche die Reformation sich aufgespalten, doch noch in Gang kam, auch auf Luther ihren Effekt nicht verfehlte. Wenn oben der Mund ein überaus verwickeltes Problem dargestellt hatte, das durch plötzliche Wendung seiner unerwarteten Lösung zugeführt wurde, so wie Alexander zu Gordion den Knoten durchhauen, dann schlug die Kante der einen Hand in die aufgehaltene Schale der anderen mit einem Geräusch, das an Prägnanz und Volumen von einem kräftigen Peitschenknall nicht weit entfernt war.

Müntzer hätte keine Stiche aus Cranachs Firma nötig gehabt, um zu wissen, daß ihm der Fisch aller Fische ins Netz geschlüpft war. Er hatte ihn seinerzeit zu Leipzig bei jener Disputation mit Eck eingehend studiert. Was Luther in der Welt den Ruf des Löwenmuts eingetragen, war Müntzer damals in der Auseinandersetzung mit dem wendig argumentierenden Eck mehr als Trotz und Dreistigkeit erschienen, wobei ihm natürlich Luthers freisinniges Bekenntnis zu den Böhmen das

Herz gewärmt hatte. Aber, als er es später bei sich bedachte, war für Müntzer doch etwas sehr Ärgerliches daran gewesen, daß Grundsätze, für die Hus beim Konzil in Konstanz auf dem Scheiterhaufen gebrannt hatte, wenn sie dieser Martin Luther vertrat, für eine Steigerung seiner Einkünfte gut sein konnten.

Das Versagen von Müntzers Herzens- und Gesinnungsfreund Andreas Bodenstein von Karlstadt, den zu sehen er die Reise nach Leipzig, den Aufenthalt in den überteuerten Gasthäusern eigentlich auf sich genommen, wog um so schwerer, als er im Resultat jener vielbeachteten Disputation Luther auf den Schild unangefochtener Autorität unter den Wittenbergern gehoben hatte.

Luther begann, Müntzers Begleiter nach Einzelheiten des Handels zu befragen, für den sie angeblich unterwegs waren. Sie wollten Vertreter einer der berühmt-berüchtigten Saigergesellschaften sein, in welcher der Nürnberger Kaufmann Welser die bedeutendste Einlage hielt. Das mußte Luther hellhörig machen, es waren gerade in der jüngsten Zeit von den selbständigen Hüttenmeistern, die auf dem Kupferschiefer im Mansfeldischen saßen, immer lautere Klagen gekommen über die Kapitalgesellschaften, die den Absatz der erzeugten Metalle monopolisierten. Teils befriedigten das aus dem Schiefer gewonnene Kupfer und das aus diesem herausgesaigerte Silber den Bedarf der Nürnbergischen Waffenschmieden und anderer metallverarbeitender Handwerke, teils wurde es durch die Verbindungen der Handelsgesellschaften über Frankfurt in die entferntesten Länder verkauft.

Die Mansfeldischen Hüttenmeister hatten sich gegen die übermächtige Konkurrenz der Franken durch den Zusammenschluß in Gewerken zu wehren versucht, aber die meisten von ihnen waren doch durch Vorschüsse, die sie genommen, in deren Abhängigkeit geraten. Das Spiel lief in der Regel auf den Ruin des Hüttenmeisters hinaus. So waren Luthers Vater, sein Bruder, seine Schwäger ständig vom Verlust ihrer Öfen an eine der Saigergesellschaften bedroht.

Die Grafen unternahmen nichts gegen den Abfluß der Profite nach Nürnberg, begünstigten im Gegenteil die auftretenden Kompanien; offen durch Gesetze und Verordnungen, heimlich dadurch, daß sie bei deren teils verbrecherischen Praktiken durch die Finger sahen. Sabotageaktionen gegen die Bergwerke jener Meister, die ihre Selbständigkeit bis zuletzt zu verteidigen suchten, waren an der Tagesordnung, und konnte man ihnen im Dunkeln keinen Schaden zufügen, dann raubte man ihnen auch schon einmal den geförderten Schiefer. Luthers Bruder hatte sich mehrfach für die Beteiligung an Handgreiflichkeiten, wie sie sich zwangsläufig aus den von den Gesellschaften angewandten Methoden ergaben, vor Gericht verantworten müssen. Dem jüngeren Schmoller wurde, als er von der Art der Handelstätigkeit der Burschen, die sich zu ihnen an den Tisch gesetzt hatten, erfuhr, deren schwere Bewaffnung verständlich.

«Natürlich zerreißt's einem das Herz», ergriff einer, der sich der Runde unter dem Namen Lippes Schwindell vorgestellt hatte, das Wort, «wenn man einem, der sein Lebtag gerackert hat, die Stollen und die Öfen abnehmen muß, weil er mit dem Preis für sein Kupfer, wie wir ihn im Kontrakt festgelegt haben, seine Rückstände nicht ausgleichen kann. Dann hilft ihm kein Gott und kein Graf, dann muß er, alt und gebrechlich, wie er ist, zur Grube hinunter, muß auf den Knien Schiefer hauen, wenn er seinem Weib und den Gören das Brot schaffen will. Und ist vorher doch ein stattlicher Bürger gewest. Das ist der

Lauf der Welt, da nützt kein Jammern und kein Erbarmen. Das Kupfer will einmal ans Licht, und es fragt nicht, war draufgeht bei seiner Geburt.»

«Da es so hell wie die Osterglocken aus Euren Reden herausklingt», sprach Luther hier ein, «was Ihr der Welt für ein vorbildlicher Christenmensch seid, tät es ihr und Euch gewiß keinen Schaden, wenn einmal Ihr anstelle des Alten einführt zur Schicht. Da solltet Ihr's nur versuchen, auf Euren Knien etwas vom Schiefer zu hauen. Wär da so viel Raum, wär's da so bequem, ließe sich wohl auch der Papst einmal auf seiner Sänfte unter das Flöz tragen und würd mit silbernem Hämmerchen ein und das andere Bröcklein herausschlagen. Wenn ein Schieferknecht in solcher Bergarbeit den Anfang machen will, muß er sich ganz nackens ausziehen, an sein linkes Bein ein Brett binden, so ein Treckbrett genannt wird, an seinen linken Arm ein Unterbrett, welchen man das Achselbrett heißt. Und so im Liegen, über all die Stunden der Schicht, muß er sein Untertagwerk verrichten. Davon haben ja die Knappen, die den Schiefer hauen, sich den Spitznamen ‹Krummhälse› geholt. Weil sie zu ihrer Arbeit in der Grube auf der Seite liegen müssen, werden ihnen die Hälse so krumm, daß sie auf andere Bergwerke überhaupt nicht mehr taugen.»

«Potz Donner», wurde Lippes Schwindells Verteidigung von dem ihm zunächst sitzenden Burschen, der sich von den anderen Cuntz Nüchterntrunken rufen ließ, übernommen, «Ihr schwatzt von den Bergwerksdingen mit einer Geläufigkeit, als ob Ihr der Agricola wärt. Seid wohl früher ein Tröckejunge gewesen und habt den Hund mit den Schiefern zum Tagschacht gezogen. Ein Krummhals ist jedenfalls nicht aus Euch geworden, denn Euer kluger Kopf sitzt ja auf einem gar zierlichen Speckrädchen auf. Da wird Euch, denk ich, der barmherzige

Herrgott wie einst seinen verhätschelten Joseph beizeiten aus der Grube heraufgeholt und in seinen persönlichen Dienst gestellt haben. Aufs Wort! Wir sind keine Lutheraner, bei uns dürft Ihr's sagen, daß Ihr Euer stattliches Ansehen von der guten Klosterkost habt.»

«Laßt uns immer froh sein», kam ein dritter von Müntzers Gesellen Luthers Gegenrede zuvor, «daß Gott uns nicht unter den Schiefer gelegt, uns vielmehr über die Geschäftsbücher gesetzt hat. Denn, ob sie nun knien oder liegen, ausbaden müssen's immer die Knappen. Je genauer wir rechnen und ihnen das Gedingegeld kürzen, uns von den Grafen Verordnungen holen, die's ihnen verbieten, gegen besseren Lohn zu anderen Hüttenmeistern zu wechseln, so schneller werden sie unter dem Schiefer herumrutschen müssen auf ihren Brettern.»

«Da wünscht sich manch einer auf seinen Acker zurück, den er in seiner Jugend geflohen», griff Lippes Schwindell den Faden. «Er verbringt sein Leben im finstren Bauch der Erde und sieht doch keinen Heller davon. Da kann er gleich dem Bauern die Hand reichen, der sich zu Tode ackert für seinen Grundherrn und für die Pfaffen.»

«Ich seh's kommen», sprach wieder Cuntz Nüchterntrunken, «daß sie uns zum Teufel jagen mitsamt den großen Nürnberger Hansen, denen wir dienen. Die Bauern und die Knappen zusammen, die einen mit ihren Heugabeln, die andern mit ihren Pickeln. Es ist nicht mehr weit, und sie stoßen all die Oberkeiten, die dem gottlosen Spiel tatenlos zusehen, von ihren Stühlen.»

«Ei, ei, Ihr seid mir feine Faktoren», warf Luther auflachend ein, «wenn Ihr in Kommission Eurer Kaufshandlung, die, wie Ihr selbst sagt, manch fleißigen Mann ins Elend gestürzt hat, den Pofel zum Aufruhr anstacheln wollt! Dem Wucher und

Mißbrauch, den Eure Herren betreiben, wer sollte ihm steuern als unsere gute Oberkeit, die doch von Gott genau zu diesem Zweck eingesetzt ist?»

«Das haben wir die Länge geglaubt», war Müntzers erste Wortmeldung in diesem Gespräch, «daß das eine gute Oberkeit ist, die da über uns sitzt. Hat denn nicht der sächsische Kurfürst, den das Volk unter dem Namen eines Weisen verehrt, als Luther das Evangelion unter der Bank, wo es ein Äon gemodert hatte in seinem Versteck, wieder hervorzog, schützend über ihn seine Hände gebreitet?»

Nicht die leiseste Andeutung eines Schmunzelns, kein Zucken eines Fältchens auf seinem Gesicht, kein federndes Schwingen in seiner Stimme verriet, daß er mit Luther sein todernstes Narrenspiel trieb. Auch seine Spießgesellen hielten die Fassung, als säßen sie schon unter der Folter und müßten gegen den Schmerz ihr Geheimnis bewahren. Was Luther anging, war es für ihn sowenig wie für Müntzer das erste Mal, daß er unter dem Schein angenommener Identität von sich als dritter Person sprechen hörte und selbst von ihr sprach. Es war, wenn er so tat, gewiß ein eitler Genuß, den er aus seiner Berühmtheit bezog. Es peinigte ihn dabei aber nicht der geringste Stich eines Gewissens. Es war ja auch viel Last auf ihn gefallen mit dem großen Namen, den er sich im weiten Kreise der Christenheit gemacht hatte, und eine Verantwortung, die ohne Herkuleskräfte gar nicht zu tragen. Da durfte es schon einmal vorkommen, daß er sich an solchem Kitzel auf diese eher unschuldige Weise erfreute.

«Das will ich wohl meinen», sagte er jetzt, «daß unsere kurfürstlichen Gnaden Friedrich dem König Salomo in der Weisheit nicht nachsteht. Aber vielleicht war die Sache Luther nicht gar so klein wie der Mann.»

Der Ausdruck ließ Müntzer stutzen. «Wie meinen?»

«Da wäre es ums Evangelion und seine Erweckung kaum eine so erhebliche Angelegenheit gewesen, wenn es erst einen weltlichen Fürsten gebraucht hätte, bis einer sich traun wollt und es täte.»

«Das wird sich bald zeigen», sagte Müntzer in seiner trokkenen und zugleich gaumigen Aussprache, «wo es mit Luthers berühmter Standfestigkeit hinaus will, wenn da kein Kurfürst mehr ist, den dieser Papst wie der vorige wie der vorvorige nicht anders denn mit samtenen Handschuhen anfassen durfte. *De mortuis nil nisi bene*, aber allzu schlimm hat er nicht bluten müssen, unser seliger Kurfürst, wenn er die auf Luther zielenden Schläge parierte.»

«Mortuis … selig …»

Luther begriff und wollte doch nicht begreifen.

«Diesen Becher auf Friedrich den Weisen!» hob Cuntz Nüchterntrunken in knarrendem, dröhnendem, dem Anlaß wenig gemäßem Ton seinen Krug zum allgemeinen Prosit.

«Und Ihr wißt?» fragte Luther, und er rang dabei merklich um Atem und Stimme. «Ihr wißt es bestimmt?»

«Wenn in diesem Lande irgend jemand etwas weiß», war nach längerer Pause, während deren er dem Bisherigen in geduckter Hochspannung wie ein Mäuschen, das zwischen zwei Kater geraten ist, gelauscht hatte, wieder einmal Lienhardt Früauf zu vernehmen, «dann sind es die Faktoren vom Fugger in Augsburg. Was Ihr von denen hört, darauf könnt Ihr wetten mit jedem Juden. Gleich darauf kommen die Faktoren vom Welser in Nürnberg. Die wissen's genauso, aber Ihr solltet niemals drauf wetten, schon gar nicht mit Juden. Denn sie sagen nicht immer das, was sie wissen, und sie wissen nicht immer das, was sie sagen.»

«Zuverlässige Leute», bemerkte Luther, und es war nicht genau zu unterscheiden, ob er bloß den Tatbestand feststellen wollte oder ob das Urteil sarkastisch gefärbt war. «Ich will's also glauben. Der Kurfürst ist tot.»

«Ja, der Kurfürst ist tot», wiederholte ihm Lippes Schwindell die Worte. «Er hat seine Augen geschlossen. Für immer.»

ES ist nicht der Bauernkrieg, es ist der Große Vaterländische Krieg, dessen Ende ich glaube voraussehen zu können. Während ich mit einer Gelassenheit und Weltabgeschiedenheit, die mir in höchstem Maße tadelnswert erscheinen, vom Morgen bis in den Abend weiter nichts getan habe, als Gisberts Handschriften zu entziffern und zu kommentieren, haben Millionen Menschen im Ringen um die Zukunft des Erdballs ihr Leben gelassen. Am Sieg der Roten Armee ist vernünftigerweise nicht mehr zu zweifeln. Die Umwandlung des Krieges *gegen* Deutschland in den Krieg *um* Deutschland ist unterdessen zur blutigsten Wirklichkeit geworden. Die westlichen Alliierten, die bis hierhin durch ihre Materiallieferungen Stalin das Blut der Sowjetsoldaten mit Eisen abgekauft haben (in Klammern wage ich an jene Deutschen zu erinnern, die während des Unabhängigkeitskrieges in englischem Sold gegen die amerikanischen Rebellen fochten), diese Alliierten sind in letzter Sekunde doch noch selbst in Aktion getreten und haben in größtem Stil in der Normandie Truppen von der Insel auf das Festland geworfen.

Ich bin durch die Radiosendungen, die von den Lux-Leuten in Moskau ausgestrahlt werden und die wir in Kasachstan empfangen, wie auch durch die Berichterstattung im «Freien Deutschland», dessen pünktliche Zustellung mir den erfreulichsten Beleg für das reibungslose Funktionieren der sowjetischen Kriegs- und Zivilmaschinerie liefert, auf dem laufenden gehalten worden und habe merkwürdigerweise von ihnen die Gewohnheit übernommen, meine Heimat als «den Feind» zu begreifen und zu bezeichnen.

Da beginnt nun hörbar, sichtlich eine Neuorientierung. Das gilt in anderer, für mich deshalb nicht weniger irritierender Weise auch für Iris. Seit neuestem hat sie nämlich den Spleen entwickelt, nach Beendigung des Krieges in Palästina siedeln zu wollen. Bei irgendwelchen Schulfreundinnen (oder bei einem Schul*freund*?! Was weiß ich ...) hört sie heimlich die Sendungen der BBC und hat sich daraus zusammengereimt, daß an der Ostküste des Mittelmeers ein jüdischer Staat unter britischem Protektorat gegründet werden soll.

Aber das sind ja alles wieder Angelegenheiten, von denen mein Mund einzig deswegen überläuft, weil mir das Herz so unerträglich voll gemacht worden ist. Mit Gisberts Luther-Roman haben sie fast gar nichts zu schaffen.

Der Mensch verändert sich. Das ist sein Schicksal. Gisbert war ein Mensch, dem Veränderungen wenig behagten, besonders, wenn sie sich an und in ihm vollzogen. Das ist keine anmaßende Hypothese, wie sie von einem Lebenden über einen Toten ohne jede Gefahr der Widerlegung und Richtigstellung leicht aufgestellt werden kann. Um ein bereits entfaltetes Schema hier aufzugreifen, ist Gisberts entschiedene Vorliebe für den Roman ein bestens deutbares Symptom für seine erstlich und letztlich psychologische Ausrichtung. Ich wage jetzt bereits die Prognose, daß beim Wiederaufbau der deutschen Kunst und Kultur gerade die Romanschriftsteller mit neuartigen, aber leider trotzdem unproduktiven Schwierigkeiten zu kämpfen haben werden, während das Tragische und Dramatische mit dem Trümmerhaufen, zu dem unsere oftbeneidete Nation herabgesunken ist, den fruchtbarsten Humus unter sich finden wird.

Ein verlorener Krieg ist für niemanden eine schöne Sache. Luther war nur schlau, wenn er sich jegliches Sympathisieren mit den zur Gewalt drängenden Bauern verbot. Ihre Fahne war in seinen Augen dem Untergang geweiht, ob sie nun den Bundschuh oder den Regenbogen, das Symbol für Gottes Bund mit den Auserwählten, als Feldzeichen trug.

Die Ausrichtung des Romanschriftstellers sei psychologisch, behauptete ich und bitte jetzt darum, die Augen zu spreizen, um den Sachverhalt sowohl von außen nach innen wie auch von innen nach außen zu betrachten. Es ist die alte mystische Übung der Umwandlung der Zeit in den Raum, ausgedrückt eigentlich schon in dem Titel, den Gisbert seinem Roman zu geben gedachte, in dem seelischen Programm, das er sich vorschrieb: DAS EWIGE HAUS. Die strenge Tageseinteilung unter dem Diktat der Uhr sollte den fließenden, fliehenden Schleim der Zeit zu Ziegeln backen und zu Mauern aufschichten. Das ist natürlich blanker Selbstbetrug und um so erstaunlicher, daß er im Regelfall funktioniert. Ich habe an mir selbst auf die Probe das Exempel, auch wenn ich nur auf dem Trittbrett mit Gisbert durch seine Romanphantasien gereist bin. Was wäre denn Dichtung? Welches sollte der mysteriöse Stoff sein, den der Dichter dichtet? Die Zeit freilich, die an sich gar nicht stofflich, auch in der Idee des Fließens nur durch den Verstand hilfs- und vorstellungsweise verstofflicht ist. Dies Skandalon bringt nicht der historischste, bringt nicht der dialektischste Marxismus heraus aus dieser Welt: Die Zeit rennt uns davon, oder wir sperren uns in ihr ein.

Unter der Voraussetzung, daß der Käfig, in den wir uns sperren, ein Fahrzeug ist, kann das gelingen. Es dürfen eben nur keine Unfälle geschehen. Einmal aus dem Gleis geworfen, können wir uns aus eigener Kraft nicht wieder hineinstellen. Man denke an die berühmte Schildkröte, auf ihren Panzer gelegt. (Oh, ich sehe sie vor mir! Die jungen Landser auf dem Vormarsch während der sommerlichen Kampagne in der Ukraine! Wie sie sich, einen Grashalm im Mundwinkel, an Deck ihrer Mordmaschinen sonnten und Nachmittagsschläfchen hielten! Ob auch sie daran zurückgedacht haben, als sie vor Stalingrad im Schneegestöber erfroren?)

Was einer der Mitwelt offenbart, der Nachwelt überliefert mit seinen Schriften, soll seinen Geist von den Zufällen des Lebens unabhängig machen. Vom Hauptzufall des Lebens, dem Tode, zunächst, aber von den Millionen und Abermillionen der kleineren Zufälle auch.

Der Typus des Romanciers ist das höchstentwickelte Psychosystem solcher Vermeidung. Er baut seinen Raum in die Zeit hinein. Das hat mir Gisbert in einem Gespräch aufs ordentlichste auseinandergelegt. Es war kurz nachdem man ihn aufgefordert hatte, aus dem fetten Epos über den Soldatenkönig ein aufführbares Bühnenstück zu destillieren. Gisbert hatte angefangen und schon in der Mitte des zweiten Aktes die körperlichen, in gewissem Grade auch die moralischen Maße für den Zuschnitt der Gestalt Friedrich Wilhelms I. mir abgenommen. Dem entsprang auf seiner Seite das Bedürfnis, mich recht häufig zu sehen, um seine Schöpfung an ihrem Modell überprüfen zu können. Von meiner Warte habe ich das als Unfug betrachtet, denn Theaterfiguren sollten nicht aus dem Leben gepreßt werden. Wozu wären sonst wir Schauspieler da? Wir ziehen die Berechtigung unserer Existenz im Gegenteil daraus, daß wir die blutleeren und schemenhaften Charaktere der dramatischen Dichter mit unserer prallen Gegenwart ausstatten.

Ich wiederhole mich nur, wenn ich sage, daß Gisbert sich mit der Tragödie auf einem Felde bewegte, dem er sich nicht eigentlich zugehörig fühlte. Schon von daher war er auf das doppelte Korsett von Vers und Reim angewiesen. Von seiner ganzen schriftstellerischen Anlage her war er nicht imstande, dem Drama seinen Raum abzustecken. Heimisch und geborgen empfand Gutsche sich ausschließlich im Roman, dort, wo das Wort nie für sich steht und Aktion wird wie auf der Bühne, sondern immer gebunden bleibt in seinem Geflecht.

Den Plan eines Romans konnte er weit, weit hinauswerfen in das, was sonst Zukunft, Ungewißheit hätte sein müssen. Das tat er denn auch und legte, sobald er sich für einen bestimmten Stoff entschieden hatte, zuallererst den Umfang des zu schaffenden Werkes fest. Die Seitenzahl mußte nur noch durch das tägliche Pensum, das er so gut wie nie unter- und auch in Zuständen der Inspiration ungern überschritt, dividiert werden, um jene Zeitstrecke zu errechnen, die er im Gehäuse des jeweiligen Romans festhalten würde. Das Zieldatum ließ er in seinen Verträgen mit dem Verlag als den Abgabetermin für das Manuskript einsetzen, und er hat denselben, bis auf «Das ewige Haus» natürlich, stets mit der zuverlässigsten Pünktlichkeit eingehalten.

Damit war eine fixierte Periode dem Kontinuum entrissen, sie konnte in der gewohnten Regelmäßigkeit und Routine mit Sinn aufgefüllt und in einen nach allen Seiten ausschreitbaren Raum verwandelt werden. Was Gisbert zu tun blieb, war, wie er mir sagte, sich im Vollzug der Arbeit nicht zu verändern. Der Mensch, der die Seite 289 schrieb, durfte selbst in Kleinigkeiten nicht abweichen von demjenigen, der sich den Eröffnungssatz hatte einfallen lassen.

Das hört sich bieder an, weil man den Kraftaufwand und den dauernden Kampf verkennt, wie sie sich unausweichlich ergeben aus der auferlegten Lebensweise, die man treffender, um ihre Starrheit zu charakterisieren, als Lebensform ansprechen sollte. Besonders, wenn man mit einer Frau verheiratet ist, die von Staats wegen mit sukzessiver Vernichtung bedroht wird. Ganz besonders dann, wenn man, wie Gisbert, in diese Frau auch noch – ich setze das Wort mit Zögern und nicht ohne Schaudern – sterblich verliebt ist.

Eva kannte seine Kondition, hatte aber wohl doch nicht die letzte Einsicht in die Kunstgesetze, denen er sich unterwerfen wollte. Sie betrieb Anpassung bis zur Mimesis, ohne zu ahnen, daß sie ihn damit erst recht zu Verletzungen seiner innersten Künstlermoralität zwang. Daß den Juden beständig wachsende Bereiche des öffentlichen Lebens versperrt wurden, kam, wie ich schon einmal angedeutet hatte, seiner Tendenz zupaß und spiegelte ihm Evas aktive Beteiligung bei der Einigelung in Eigenheim und Romanhaut als den natürlichen Ausdruck ihrer Liebe vor. Die wenigen Personen, deren Geselligkeit man für unentbehrlich hielt, lud man sich eben zu Gast.

Eva litt unter der Isolation. Ihr ganzes Wesen war auf Kommunikation, und zwar auf unmittelbare Kommunikation, angelegt, nicht von ungefähr kam, als sie ihr kleines Modeunternehmen führte, ihre Beliebtheit bei der treuen und zunehmenden Kundschaft. Gisberts Scheuheit, die er durch die erwählte schriftstellerische Lebensform kultivierte und zementierte, hatte ihn ihr als Partner seltsamerweise am stärksten empfohlen, und in den ersten Jahren ihrer Ehe war sie in der Rolle des ihn ergänzenden und abrundenden gesellschaftlichen Wesens aufgegangen. So ist sie noch 1935, ihn vertretend, nach Nürnberg zu seinem Verlag gereist, um dort den Vertrag für ihn zu verhandeln. Es ist auch vorgekommen, daß ich Gisbert zu einer Verabredung aufsuchte, an der Türe von ihr empfangen wurde, zwei Stunden mit ihr beim Tee verplauderte und das Haus verließ, ohne ihn gesehen zu haben.

So beschützte sie, gleichsam mit der Waffe des Charmes in der Hand, seine Arbeitskraft.

Da nun als Folge der mehrfach erwähnten Entwicklungen sich der Strom der Besucher zum Rinnsal verdünnte, um schließlich ganz zu versickern, da jedes Verlassen des Hauses sich mit Demütigungen verband, war es ihr schwergemacht, in ihrer Seele die nötigen Kanäle der Kompensation zu bohren. Das Angebot, sich von ihm als Katharina von Bora porträtieren zu lassen, war gewiß schmeichelhaft, aber in dieser Hinsicht wenig ergiebig. Es war von einem bestimmten Punkt an nicht mehr ausreichend, mit ihm unter einer Decke zu liegen, sie mußte hinein in seine Haut.

Es läßt sich aus dem, was mir vorliegt, nicht mehr genau rekonstruieren, ob die Initiative, sie am «Ewigen Haus» mitschreiben zu lassen, ursprünglich von Gisbert ausgegangen ist oder ob er nur einem Drängen von ihrer Seite nachgab. Ihre daktylographischen Fertigkeiten, ihre Reinschriften seiner Manuskripte werden so oder so als Vorstufe gedient haben. Vielleicht läßt sich aus den Erfahrungen, die von den beiden Unglücklichen und von der armen Jessica so teuer bezahlt worden sind, zum Nutzen künftiger Liebespaare eine Lehre ziehen.

Ja, ich bin mir bewußt, auf welch glitschigem Terrain ich hier manövriere. Die Wissenschaft der Liebe ist im Katalog der Enzyklopädie nicht enthalten. Es muß, was ich sagen will, um sich zu berechtigen, auf das engste mit Luther und seiner Heirat verknüpft sein. Für Luther ging es nicht um seine Katharina. Das haben die von Gisbert herangezogenen Zitate, besonders die ausführlich referierte Predigt über den Ehestand, hinlänglich verdeutlicht. Ihm ging es um die Erfüllung einer von Gott verordneten Lebensform. Ohne Gebet wäre da wenig zu machen gewesen. Das resolute Edelfräulein von Bora hat ihm wohl oft in seinem Rücken die Zunge herausgestreckt und ihm eine Nase gedreht. Die in der Genesis begonnene und in den übrigen heiligen Schriften vielfach akzentuierte Unterordnung des Weibes unter das männliche Kommando entlarvt sich durch Frequenz und Penetranz der Repetition als das männliche Eingeständnis der Unfähigkeit, ein solches Regiment dauernd zu behaupten.

Gisbert wollte seinen Roman mit einem Breitwandgemälde von Luthers Hochzeitstafel beschließen. Die langjährige Bewährung der Lutherschen Ehe lag außer der Perspektive des Werkplans. Sie ist ist durch Luthers Briefe an seine Frau und aus den Protokollen der Teilnehmer an seinen Tischgesprächen, die Gisbert selbstverständlich als Materialien gebrauchte, bestens dokumentiert. Die Regie im Wittenbergischen Augustinerkloster war ihr überlassen, und sie hat der sich reformierenden Welt ein frühes Paradebeispiel für die Umwandlung eines Kirchengutes in einen profitablen kapitalistischen Betrieb der mittleren Ordnung geliefert, jenes Studentenhotel, Schauplatz, Arena der berühmten Tischgespräche, des originellsten aller Bestseller der Firma Luther, die man mit geringer Übertreibung als ihr eigenes literarisches Verdienst ansehen mag.

Goethe, als Ehemann und Familienvater weit weniger tauglich, hat das Verfahren später kopiert in seinen Gesprächen mit Eckermann. Wie wäre Luthers schriftstellerische Karriere verlaufen, hätte sich Katharina als Schnellschreiberin den Gästen, denen er an seiner Tafel extemporierend diktierte, überlegen gezeigt? Es war, wie wir aus dem Gegenbeispiel der Firma Gutsche & Gutsche ersehen, von großem Vorteil, daß Katharina von Bora, die Lutherin, die Arbeit im Garten, in den

Ställen und in der Brauerei derjenigen in der Studierstube vorzog. Ihr dennoch einen Einfluß auf Luthers literarisches Schaffen zu unterstellen fiele nicht schwer, denn der Luther *vor* 1525 ist nicht der Luther *nach* 1525.

Die Entscheidung darüber, ob für die Kehrtwendung der Bauernkrieg oder die Bora verantwortlich war, wollen wir Gisberts Fragment überlassen. Es kam noch, wie er dem Leser signalisiert, im Anschluß an die blutige Niederschlagung der Revolution, nach feierlicher Besiegelung des Lebensbundes mit Katharina, die gelehrteste von Luthers Schriften, seine lateinisch verfaßte Abrechnung mit Erasmus, die theologisch-philosophische Widerlegung, wenn man möchte, Abschaffung der Freiheit des Willens. Der Rest war Haß und Bürokratie. Ich pfuschte Gisbert ins Handwerk, nähme ich hier Luthers immer wieder mit Schaudern zu lesende Aufrufe zum Massenmord aus seinem Bauernbüchlein vorweg. Man kennt sie ohnehin. (Falls nicht, wird man sie immer noch früh genug kennenlernen. Sie fanden sich unter anderem auf Flugblättern, die die SS in der sogenannten Kristallnacht zu Luthers 455. Geburtstag verteilte.)

Diese mehr einem Nero als einem Christus zu Gesicht stehenden Gebärden wider die Schwärmer hatten sich durch die Hinrichtung Müntzers und die Demütigung Karlstadts erledigt. Schweigen wir auch nicht von der Zehntelmillion aufständischer Bauern, die mit Luthers schriftlich erteiltem Segen vom Schwäbischen Bund und den übrigen Fürstenheeren niedergemetzelt worden sind. Da Karl Marx von Stalingrad noch nichts wußte, hat er den Vorgang als die Haupttatsache der deutschen Geschichte charakterisiert. Es ist albern, in der Geschichte mit Maßstäben herumzuhantieren. Ich wage es trotzdem, wenn ich bemerke, daß in der Proportion zur Gesamtbevölkerung sogar das einzelne Opfer von Frankenhausen dasjenige von Stalingrad überwiegt. Diese Bauern verdienten Luthers Haß nicht mehr, denn sie waren ja tot.

«Selig, wer sich vor der Welt / Ohne Haß verschließt», heißt es bei Goethe. Luther hat sich in den beiden letzten Jahrzehnten seines Lebens nicht vor der Welt verschlossen, aber doch von Katharina weitestgehend unter Verschluß halten lassen. Sein Haß, der sich zu einer Raserei zu entfalten vermochte wie selten bei einem Papst, richtete sich nicht mehr gegen konkurrierende Strömungen innerhalb der Reformation, er galt fortan abwechselnd den Türken und Juden. Zwischendrein beschäftigte er sich mit der Dogmatisierung der evangelischen, das kann wohl heißen, der eigenen Lehre. Hervorgebracht hatte er sie als ein über jedes Maß reinlicher Anhänger der katholischen, päpstlichen Kirche, dem es darum zu tun gewesen war, den Unrat vor deren Türe aufzukehren.

Die Hierarchisierung der christlichen Gemeinde, ihr Ausgreifen nach der weltlichen Macht und nach dem weltlichen Besitz von der Spitze her, das war der Skandal gewesen, der vor allem durch ihn namhaft gemacht worden ist. Und umgekehrt war es der durchs Mittelalter vollzogene Aufbau der Kirche zur Kathedrale, zu der weltbeherrschenden Macht, die gesprengt werden sollte, was seinen Namen zu Begriff und Programm werden ließ. Mit der Sprengung, mit der Rückführung der Glaubensgemeinschaft auf das Ideal ihrer Stifterfigur wurde es nichts. Die Nachrichten, die in diesen Tagen vom italienischen Kriegsschauplatz zu uns dringen, besagen, daß sich die deutschen Truppen gegen den Ansturm der Amerikaner im Vatikan als ihrer letzten Zitadelle verschanzen. Die Lässigkeit auf seiten der Alliierten, der Verzicht auf eine Bombardierung Roms nach dem Vorbilde Hamburgs und Dresdens, soll, wie uns zu verstehen gegeben wird, schonender Rücksicht auf den Sitz des Heiligen Vaters geschuldet sein.

Luther, der gegen Erasmus unter Aufbietung seines gesamten geistlichen Rüstzeugs dem Menschen die freie Entscheidung zwischen Gut und Böse bestritt, hat in der Konsequenz den Glauben selbst zu einer Sache am Ende geschmäcklerischen Wählens gemacht. Darauf schmolz die ganze schöne Freiheit des Christenmenschen zusammen, sein Kreuz hier oder dort machen zu dürfen, Katholik zu bleiben oder Lutheraner zu werden. Die Suche nach Schutz für die evangelische Lehre, wie stets ein Euphemismus für aufkeimende Aggression, brachte, noch bevor sich die Schlacht von Frankenhausen gejährt hatte, ehe noch Katharina und Martin die erste Wiederkehr ihres Hochzeitstages begingen, das Gothaer Bündnis zwischen Hessen und Sachsen zustande. Die religiöse Solidarität jener Mächte, die durch ihren Zusammenschluß das Müntzersche Bauernheer in einen blutigen Haufen zerstükkelter Leiber verwandelt, wurde verbrieft.

Das Zeitalter der Religionskriege war damit eröffnet. Deutschlands Emanzipation von der Kurie, von der Furie in Rom, wurde mit der Selbstzerstörung bezahlt. Der Blutsäufer Friedrich mit seinen schlesischen Kriegen, mit seinem siebenjährigen Krieg gegen den Rest der Welt, das von Generation zu Generation tiefer verblödende Hohenzollerngezücht mit seinen imperialistischen Aspirationen haben es nicht geschafft. Unser Volk hatte wahrlich die Bestie in menschlicher Vermummung, dieses Imbezil von einem österreichischen Bastard nötig, um den Tiefstand nach dem Westfälischen Frieden zu unterbieten. Der unbeirrbare, unbeugsame Drang nach der Wahrheit, der durch Luther zur deutschesten aller Tugenden erhoben sein soll, hatte seit Worms, seit dem berühmten Stehen und angeblich Nichtanderskönnen die unterschwellige Tendenz, die eigene Beschränktheit dem Rest des Erdballs mit Gewalt aufzuzwingen.

Ich muß innehalten. Ich merke, daß ich gerade jenen Zug an Luthers Wesen und Wirken, den ich als den häßlichsten und bedenklichsten hervorzuheben versuche, zu karikieren beginne. Ich schreibe mich in die Rage hinein, ich schreibe mich wütend und blind. Ich käme, mich weiter hineinpeitschend, bald an den Punkt, Luther zum Mörder der Gutsches zu erklären. Das wäre natürlich absurd und recht die üble deutsche Art, sich den Sündenbock für die eigenen Missetaten möglichst tief im Vergangenen und Verborgenen zu suchen, um sich noch die Mühe des Abschlachtens zu ersparen. Und doch. Hier stehe ich, gelogen, hier sitze ich und bin von dem fatalen Gefühl erfüllt, nicht anders zu können. Gott helfe mir. Luther konnte am Papst zweifeln, ohne deswegen an Gott zweifeln zu müssen. Für Gisbert lag der Fall anders. Jeder Zweifel an Luther mußte zwangsläufig sein Gottesverhältnis erschüttern.

ALS Luther endlich, wieder ruhiger atmend, den schweren Gedanken bei sich zulassen konnte, war sein nächster der, daß man die teure Leiche von Lochau nach Wittenberg zur Beisetzung in der Schloßkirche überführen würde. Wenn nun seiner Abwesenheit wegen ein anderer an seiner Stelle die Predigt beim Sarge des Kurfürsten halten würde!

«Da sei Gott vor!» entfuhr es ihm unwillkürlich.

«Da ist Gott nicht mehr vor», äußerte darauf Müntzer nicht ohne Zynismus, «sondern anders: Der Kurfürst ist jetzt vor Gott.»

«Es trifft sich», meinte trocken Lippes Schwindell. «Eine Oberkeit weniger, die die Bauern von ihrem Stuhle hinabstoßen müssen, wenn sie gefällig ist und aus eigenen Stücken ins Grab rutscht.»

«Seid unbesorgt», entgegnete Luther, die Stimme kontrollierend, aber, ohne es hindern zu können, mit drohendem Blitz aus seinen Augen, «er wird nicht verwaisen, der Stuhl, den ihr so gern umgestürzt sähet.»

«Der Kurfürst», wußte Cuntz Nüchterntrunken, «ist mit dem Wort auf den Lippen gestorben, so es Gottes Wille sei, solle fortan der gemeine Mann das Regiment führen.»

«Friede seiner Asche», sagte Luther mit Autorität. «Es lebe der Kurfürst Johann! Er wird den gemeinen Mann lehren, was des gemeinen Mannes ist.»

«Ran, ran, ran wird er gehen», kam es von Müntzer, «der gemeine Mann, solange er Tag hat.»

Luther durchzuckte es am ganzen Leib, als habe ihn ein Schwerthieb getroffen.

«Fürchte dich nicht, Bruder Martin», sagte Müntzer, und es war kein Hohn in seine Stimme gemischt. «Du kennst doch die Psalmen.»

Die aufgerissenen Augen des jüngeren Schmoller suchten den Kontakt zu denen Luthers. Nun ging auch ihm auf, wer dieses Gegenüber war. Und er wußte, für Flucht war es zu spät.

Aber wider Erwarten gab Müntzer seinen Leuten kein Zeichen, Luther zu packen. «Bruder Lienhardt», sprach er ohne die geringste Erregung zu Früauf, «sei so gut und fülle dem Doktor Leisetritt seinen Krug. Hast du Branntwein in deinem Hause? Das sanftlebende Fleisch scheint einen kräftigen Schluck nötig zu haben.»

Lienhardt machte keine Anstalt, der Aufforderung Folge zu leisten. Er saß wie die übrigen zur Salzsäule erstarrt.

«So stumm?» brach bald Müntzer das eingetretene Schweigen. «Hat dir deine Schriftgelehrsamkeit die Sprache verschlagen?»

Luther spürte ein heftiges Zittern in den Gegenden zwischen Magen und Steiß. Nicht durch Furcht war es hervorgebracht, denn die hatte er längst zu gründlich aus sich vertrieben. Ein Grauen war es, ein momentanes Zulassen der Möglichkeit, sein Leben in die falsche Schale der Waage gelegt zu haben, um nun von dem wahren Propheten gerichtet zu werden.

«Nein, wir zwingen dich nicht», sagte Müntzer und musterte der Reihe nach die Gesichter seiner Begleiter. «Wir werden dich nicht zum Widerruf pressen. Es muß Sekten geben. Ich frage dich nur so von Christ zu Christ, ob du festhalten willst an deiner Meinung, daß Gott sich den Auserwählten niemals offenbart in direkter Rede. Der große und berühmte Schriftgelehrte bist du, Martin; in mir hat Gott nie mehr gehabt als einen getreuen und furchtsamen Knecht. Drum will ich nicht aus den Biblien Beweis gegen dich führen, nicht Auskunft fordern von dir, wie denn wohl Gottes Wort in die Patriarchen und Propheten hätte gelangen können auf andere Art denn durch Offenbarung. Aber Stimmen hörst wohl auch du, wenn du mit der Mutter beim Herdfeuer hockst. Dem einen sind die Ohren von Gott so gemacht, daß Er seine ewige Wahrheit eingießen kann, der andere hat solche, in denen knistert nur das Geflüster des Teufels. Ist er schon taub gegen die Stimme des Himmels, kann er immer noch mit dem Finger zwischen den Buchstaben nach dem Heiligen Geist forschen. Hast du dich auch eingekratzt beim seligen Kurfürsten als der Großinquisitor deiner eigenen Reformation, so frag ich dich wirklich nur, wie ein christlicher Bruder den anderen wohl fragen darf, was denn der Unterschied sein soll zwischen deinem Theologisieren und dem, gegen das du mit solcher Wut angerannt bist. Was wird er anrichten, der jämmerliche, armselige Menschenverstand, wenn er eindringt ins göttliche Wort wie der Fuchs in den Weinberg? Bibel-Bubel-Babel war's immer, und Bibel-Bubel-Babel wird's bleiben, wenn nicht pinke-panke der gemeine Mann jetzt das Schwert des Gideon schmiedet und allerorten die gottlosen Oberkeiten verjagt.»

Luther war nicht zum Disputieren zumute.

«Müntzer, du hast das Evangelium nie anders als fleischlich genommen», sagte er resignierend. «Was wirst du von mir nehmen können außer dem Fleisch, welches du ein sanftlebendes nennst? Ran, ran, ran also, der du dich mit dem Namen Gideons schmückst, der du das pinke-panke geschmiedete Schwert gegen die Oberkeit zückst. Teile diesen Leib in zwei Hälften, siede die eine, röste die andre am Spieß.»

«Damit wird's, denke ich, Zeit haben. Gott ist in Eile, er will

Gericht über die Ungläubigen halten. Warum bist du aufgebrochen aus deinem Winkel, in den du so gerne den Müntzer zum Verhör gelockt hättest? War's nicht, um den Bauern ihr Joch schönzureden? Ihnen zu predigen, wie gottgefällig das ist, dem Grundherrn zu fronen? Wohin war deines Weges? Nach Sangerhausen? Nach Artern? Du hättest die Kirchen verödet gefunden. Hättest nicht einmal einen von deinen Fürsten getroffen, denen du dienerst aus christlicher Liebe. Sie rüsten. Von den Unsern stehen sechs mal tausend unter der Regenbogenfahne zu Frankenhausen, und der Haufen wächst noch Stunde um Stunde. Jetzt gilt's nicht mehr, Klosterschätze zu rauben, Schlösser niederzubrennen. Der Tag ist aufgegangen, wie es verheißen war, der Tag, an dem abgerechnet wird mit den Schindern und Schabern. Einmal für immer. Bist du tapfer gewesen vorm Reichstag, so soll es dir jetzt erst recht nicht an der Tapferkeit mangeln. Hat Gott dir zu Worms geholfen, läßt er dich in Frankenhausen gewiß nicht im Stiche. Wir reiten gemeinsam, Seite an Seite. Dann tritt frisch hinein in den Ring, und wenn du nicht gezittert hast vor dem Kaiser, warum solltest du zittern vor sechstausend Bauern? Hattest du Mut in deiner Stube, jedem, der einen Aufrührer erwürgt, das Himmelreich zu verkünden, hab den Mut auf freiem Felde im Angesicht von sechstausend tollwütigen Hunden. Leg ihnen nach deiner Art den Römerbrief aus, zeih sie des Aufruhrs, zeih sie der einzigen Sünde, die Gott nicht vergibt. Sie fürchten nicht das schwere Geschütz, das der hessische Landgraf von Fulda und Marburg herankarren läßt, sie fürchten nicht die gepanzerten Reiter, die von den braunschweigischen Herzögen herangeführt werden, sie fürchten Gott allein, und wenn Luther, sein irdischer Dolmetsch, zu ihnen spricht, so kann es an der Wirkung unmöglich fehlen.»

Luther malte sich die Szene aus. Er hatte sie vor sich, die Bauernschädel, zu endloser Masse gereiht, spürte im Busen schon die Donnerstimme, die Gott ihm leihen würde, ihnen wie der Sturmwind über die Köpfe zu fahren, hörte sie aufheulen bei den Stichwörtern «Oberkeit» und «Gehorsam» wie ein einziges Rudel, in dem sich die Wölfe aller Wälder gesammelt. Dann ging es nur noch hin und wider: das Geheul der sechstausend Wolfskehlen und die Stimme des Einzigen. Das Gebrüll des Fleisches, der alte Adam, gesunken zum viehischen Klumpen, dagegen der Funke, der Geist, Christus. Das Geheul wandelt sich in Gekläff, in wütendes Bellen, sie stürzen sich auf ihn. Fleisch reißt Fleisch, sie beißen sich auch untereinander, denn jeder will heran an die Beute. Der Blutgeruch macht sie noch toller, und keiner beruhigt seine Raserei, bevor er nicht sein Stück herausgerissen hat aus dem Erlegten.

«Du kennst die Bauern nicht», sagte er zu Müntzer, jetzt in einem neuen Ton. «Meine Leute waren Bauern, ich komm von ihnen her. Erst müssen die Oberkeiten weg, sagst du, dann wirst du sie zum Glauben erwecken. Ich sage dir, wenn da keine Oberkeit mehr ist, die sie in Zucht hält, werden sie dich verspotten, dich mit ihren Heugabeln verfolgen, mit allen Waffen, die du ihnen in die Hand gedrückt hast, werden sie dich verfolgen, wo du ihnen von Gott sprechen und ihnen ihre Sündhaftigkeit aufzeigen willst. Ich kenne die Bauern. Sie haben immer und überall ihr Los beklagt als das schwerste, das einem Erdenmenschen zuteil werden kann. Der Bauer, der das Jahr durchsoffen hat bis zum dreihundertundsechzigsten Tag und fünf Tage ackert, wird noch immer mit Tränen sich selber bemitleiden. Leichter ist's, ein Kamel durch das Öhr an der Nadel zu zwingen, als einem Reichen den Himmel zu öffnen. Aber leichter ist's auch, einen Ochsen zum Christen zu machen als einen Bauern. Der einzige Dienst am Nächsten, den sie kennen, ist der, in der Not Vorteil aus ihm zu pressen. War je eine Knappheit im Lande, die der Bauer nicht ausgenützt hätte, um mit den Früchten des Ackers zu hökern, daß der schlimmste Wucherjude sich fragen mußte, wie ein Menschenkind so ganz ohne Barmherzigkeit sein kann? Wenn er aber der Oberkeit, die sein Haus beschützt, seinen Hof und seine Felder, die ihm den Frieden schenkt und die Ruhe, ohne die keine Arbeit sein kann und kein Genuß, wenn er dieser Oberkeit steuern soll, dann darf der Müntzer kommen und ihn entflammen fürs Evangelium, weil der's ihm so auslegt, daß solche Oberkeit, die Steuern einzieht, unmöglich von Gott eingesetzt ist. Sie gönnt ja auch dem Müntzer seine Pfründe nicht, einzig deswegen, weil der Müntzer den Aufruhr gegen sie predigt. Gönnt sie ihm nicht in Zwickau, nicht in Allstedt, und sie gönnt sie ihm – o Wunder – nicht einmal in Böhmen. Da wär's denn also gleich doppelt und dreifach bewiesen, wie gottlos diese Oberkeit ist.»

«Wenn du glaubst, daß du mir oder den Leuten hier imponierst», erwiderte Müntzer, gleichfalls mit einem veränderten Klang seiner Stimme, «weil du noch Gift gegen mich spritzt, obwohl ich dich doch in der Hand halt und dir wie einem übermütigen Sperling den Hals zudrehen kann, dann hat sich die Wittenbergische Theologie in ihren nächsten Irrtum verlaufen. Das war dir nicht genug, mich anzuschwärzen bei den Ratsherren in Zwickau, in Mühlhausen, in Allstedt und die braven Männer vor dem gefährlichen Rottenmeister zu warnen. Hättest es am liebsten schon bei den Jüterborgern getan, aber da ging's leider noch nicht, denn denen hatte ja der allwissende Doktor Martinus den Müntzer persönlich aufs wärmste empfohlen. Weißt doch selbst, daß ich vor dir der erste Lutheraner gewesen, denn auf mich, den Müntzer, haben zu Jüterborg die Franziskaner das niedliche Wörtlein geprägt. Hätt auch gern ein Lutheraner sein wollen und bleiben, wär nur der Luther ein Lutheraner geblieben. Waren aber gar nicht so unzufrieden mit ihrem Müntzer, der ihnen die Suppe heiß gereicht hat und mit all den scharfen Gewürzen, wie sie zubereitet ist von unserem Herrn, und nicht die laue Plärre, vom Apostel verdünnt und gestreckt, bis endlich auch die großen Hansen sie löffeln konnten, ohne zu kotzen. Da mußte denn dem Kurfürsten der Müntzer als Teufelsgespenst an die Wand gemalt werden. Hättest dich bei ihm beschweren sollen, daß ich die deutsche Messe und den Laienkelch eingeführt habe, obwohl doch vom Wittenbergischen Papst die Beibehaltung des Götzendienstes angeordnet war, bis einmal der innere Mensch herangewachsen sein würde zur Reife für die Wahrheit des Glaubens. Hast aber fein geschwiegen davon bei deinem Spalatin und dir lieber den Ehrentitel des Doktor Lügner erworben. Hast dem Kurfürsten all deine erfundenen Schauermärchen vom bösen Müntzer zutragen lassen, was dich nicht sonderlich Mühe gekostet, da du ja schon deinen erdichteten Glauben an die Stelle des geoffenbarten gesetzt. Was blieb dem Müntzer, als ein um das andere Mal sein Bündel zu schnüren? Ist es etwa unserem Herren, von den Pharisäern verfolgt und verleumdet, anders ergangen? Aber gewiß hab ich nicht fleißig genug die Bibel studiert, um zu erkennen, daß dein hinterfotziges Betreiben die wahre *imitatio* Christi ist, von der so mancher Römer sich sein Birnchen oder sein Äpfelchen abklopfen könnte. Da wird mich gleich deine unüberbotene Schriftgelehrsamkeit bei den Evangelisten auf die Stellen stoßen, wo es sich der Herr in seinem ehemaligen Kloster am Jordan gemütlich gemacht hat, um von dort dem Pilatus die christlichen Übertreibungen seiner Jünger zu melden.»

Luther wußte nur zu genau, worauf es ankam bei der Nachahmung des christlichen Vorbilds.

AUS kommunistischer Sicht war es von vornherein ein Fehler, die Christen für die eigenen Ziele einspannen zu wollen. Man ist nur tiefer in deren falsche Traditionen hineingesackt. Stalin ist nicht, wie Mirin behauptet hat, gläubig. Ich weiß es bestimmt. Was unter seiner Fahne als Vaterländischer Krieg geführt wird, ist in Wahrheit die Reinwaschung des Kommunismus vom Christentum durch Einschwemmung der asiatischen Reserven für die Rote Armee und die Sowjetunion.

Wem diese Zeilen an irgendeinem Fleck unserer zerbombten Heimat begegnen mögen, dem dürfte diese Behauptung absonderlich erscheinen, aber von dem Platz, an den mich das Schicksal gemeinsam mit der von Gisbert übernommenen Ziehtochter geworfen hat, läßt sich die Zukunft der kommunistischen Bewegung präziser bestimmen. In nicht allzu großer Entfernung von der chinesischen Grenze ahnt man, wie diese Denk- und Lebensform sich aus ihrer Verwurzelung in Judentum und Christentum herauslösen wird.

Eigenartigerweise habe ich unter der Beschäftigung mit den Gutscheschen Skizzen mehr Verständnis für Luthers Entscheidung gegen die Bauern und für die Bora entwickelt als der Autor selbst, der doch mit dem erklärten Ziel angetreten war, in Katharina seine Eva zu glorifizieren. Daß die Reformation auf dem Höhepunkt des Marienkults zu ihrem Durchbruch gelangt ist, scheint mir kein Zufall zu sein. Die Anbetung der Gottheit im Weibe markiert ja eigentlich das Scheitern einer Verbesserung der Welt auf Grundlage der Evangelien, durch Verallgemeinerung der von Jesus vorgelebten altruistischen

Haltung. Wenn sich die Fortschritte bei der geforderten Abtötung des inneren Adam nur durch Abkehr von der Gesellschaft, eben im Mönchtum, erreichen lassen, hat sich das christliche Konzept mit seinem Gebot der Nächstenliebe ad absurdum geführt und als Regelwerk für die Ordnung menschlichen Zusammenlebens versagt. In der Praxis bleibt dann als Selbstverwirklichung im anderen nur noch das gebärende Weib. So hat, glaube ich, Gisbert auf seine Eva geschaut.

Mit dem Verhältnis zwischen Luther und seiner Käthe hat das nach dem Eindruck, wie man sich ihn nach dem Überlieferten notdürftig zusammenschustert, wenig zu tun. Gisbert ist die Inkongruenz nicht entgangen, denn er hat ja wiederholt den Finger darauf gelegt, daß für Luther seine Hochzeit zunächst als eine glaubenspolitische Demonstration gedacht war. Zwar hielt er fest am Dogma von der Unbefleckten Empfängnis, in dem für Juden und Muslime der Hauptskandal des Christentums, die bedenklichste Aufweichung des monotheistischen Prinzips besteht, da es in deren Sicht eine Abkehr vom ersten Gebot darstellen muß. Ja, unser Großreformator hat sich an der Erhärtung der Gottesmutterschaft mit Ernst und Eifer theologisch abgearbeitet, aber man spürt es diesen Texten ab, daß er in der langen Kette der Vernunftwidrigkeiten dieses allerschwachsinnigste Glied mit Kräften verteidigt, die er sich von anderswo hergeholt hat. Die Tatsache, daß es sich bei dem menschgewordenen Gott um einen geborenen Juden gehandelt hat, war schwer verdaulich genug, und wenn er es seiner Gemeinde in der frühen Schrift noch als quasi persönliche Entdeckung und Glücksumstand zu verkaufen gedachte, hat er in den antisemitischen Pamphleten seiner späten Jahre den Juden den gewichtigsten Vorwurf daraus gemacht.

Daß Jesus nach dem Beispiel der Vögel am Himmel sein

Leben als umherziehender Prediger unter deutlicher Bevorzugung der Gemeinschaft ähnlich loser Gesellen hat dahingehen lassen, daß er es nie zu einer Familie und zu eigenem Hausstand gebracht hat, darüber hat Luther nie laut Beschwerde geführt, aber ich bin überzeugt, er hat darunter gelitten. Für Gisbert dürfte dieser Punkt sogar in noch weiterem Umfang Geltung besitzen.

Das Verbot, dem Nachbarn nach dessen Weib zu trachten, konnte doch nur bedeuten, es dem eigenen um so regelmäßiger und leidenschaftlicher zu besorgen. Die Gleichsetzung von Frömmigkeit und Asexualität mußte in Luthers Augen als die mutwilligste Fehlinterpretation der Evangelien erscheinen. Die sprichwörtliche Geilheit der Mönche und Nonnen, die beklagenswerte Vergeudung spiritueller Energien zur Niederhaltung des geschlechtlichen Triebes waren der offenkundige Beweis dafür, daß man dem Geist zur Besiegung des Fleisches die falsche Front angewiesen hatte. Der Cölibat war kein Mittel zur Erlangung der Seligkeit, er war vielmehr ein Hindernis auf dem Wege zu Gott, und hierin hatte die klösterliche Erfahrung, genauer, das verwerfliche Streben nach einem Leben ohne Erfahrung, zwischen Katharina von Bora und Martin Luther einen gemeinsamen Schatz von Frustrationen und von Wünschen zu deren Überwindung gestiftet.

Darüber ragende Merkmale, die ihm gerade dieses Weib als das ihm und nur ihm zugehörige Produkt aus der eigenen Rippe kenntlich gemacht hätten, vermag ich nicht zu entdekken. Das Nichtvorhandensein von Affinitäten, von Wahlverwandtschaften im Sinne der von Goethe so wichtig gemachten Chemie der Liebe, erforderte ja gerade die Ausstaffierung dieser Figur durch Einsatz von Gisberts schriftstellerischem Instrumentarium zu der für den Platz an Luthers Seite prädestinierten Frau. Die freie Wahl des Ehepartners durch die Entscheidung des Herzens oder, nüchterner gesprochen, durch die Entscheidung der Geschlechtsorgane ist ja überhaupt erst eine Errungenschaft der mit Luther und um ihn herum durchbrechenden bürgerlichen Epoche, und ich erinnere hier gerne an die zynische Definition der Ehe aus der Feder ihres vielleicht größten Ideologen, des Königsberger Hagestolzes Immanuel Kant, als des Vertrags zur wechselseitigen, lebenslänglichen Überlassung jener Organe.

Folgt man mir in diesem Gedankengang, so kann ich jetzt doch etwas stichhaltiger nachweisen, daß die romantische Liebe eine Erfindung ist, die ausschließlich der bürgerlichen Moderne gehört und deren allmähliches Verschwinden sich in der nachkapitalistischen, in der sozialistischen Gesellschaft bereits beobachten läßt.

Die Freiheit der Wahl ist eine schöne Sache, die, um Sinn ergeben zu können, allerdings die Freiheit des Willens zu ihrer Voraussetzung hätte. Den diesbezüglichen, vielfach angetippten Streit zwischen Erasmus und Luther einmal Argument für Argument auszubreiten und nachzuvollziehen hätte bestimmt seinen Reiz. Lassen wir aber gelten, daß in der Frage nach der Freiheit des Willens die Theologen und Philosophen nicht sonderlich vorangekrochen sind seither. Mag sein, ich überführe mich fortschreitender Sowjetisierung meiner Denk- und Gefühlsmaschine, wenn ich mir für die Zukunft weitergehende Klärung von der Gehirnforschung erhoffe. Für den Moment soll uns Goethes Scherzwort genügen, der die Idee der Freiheit des Willens für eine viel zu köstliche Illusion hielt, um ihrer entraten zu können. Da wäre denn also der Wille auf das Wünschen zurückzubringen, und dieses hat doch unbestritten mehr mit unserer jeweiligen materiellen

Lage als mit moralischen Prinzipien und ethischen Maximen zu schaffen.

Die westliche Propaganda wird nicht müde, den irreleitenden Slogan von der Demokratie als Löffel mißbrauchend, Faschismus und Kommunismus in einen Topf zu rühren, weil sich hier wie dort nur eine einzige Partei zur Wahl stellt. Von sowjetischer Seite wird mit großem Recht dagegengehalten, daß die farbliche Zusammensetzung eines Parlaments so lange unerheblich bleibt, wie es die wirtschaftliche Diktatur der über die Produktionsmittel verfügenden Minderheit unberührt läßt. Man kann, wie es die Hitlerbande getan hat, eine solche Quasselbude ebensogut schließen oder in Brand stecken.

Weniger farcenhaft als bei der Stimmabgabe für diese oder jene politische Partei innerhalb eines auf das Privateigentum an den Produktionsmitteln gegründeten bürgerlichen Systems scheint es um das Prinzip der freien Wahl zu stehen, soweit es den Liebes- und Lebenspartner angeht. Luther, wie wir ihn bei Gisbert über den Ehestand haben predigen hören, verharrt auch hier in jener merkwürdigen Ambivalenz und Halbherzigkeit, die uns bei ihm so häufig begegnet. Ein Gemahl kommt nicht wie das Haus von den Eltern, sondern von Gott; dann sollen diese aber doch ihr Wort mitreden dürfen, behalten jedenfalls das Recht auf ein Veto.

Das markiert eine ungefähre Schwebe zwischen feudaler und bürgerlicher Ordnung der Verhältnisse. Setzen wir aber, um das Problem in der Theorie zu erörtern, eine ideale bürgerliche Gesellschaft, welche die feudalen Traditionen bis auf den letzten Rest ausgemerzt hat. Keinerlei Schranke des Standes, der Konfession, der Rasse ist mir bei der Wahl meines Partners im Wege. Es springt ins Auge, wie unmöglich das nicht erst in der Praxis, sondern schon in der Theorie ist, spätestens, wenn wir uns die abstrakte Gleichberechtigung von Mann und Frau als eine realisierte hinzuzudenken versuchen.

Ein Mann soll sich also unter allen Frauen mit Ausschließung einzig der blutsverwandten die eine heraussuchen, mit der er frühstücken und Kinder zur Welt bringen will. Das ließe sich hören, wenn umgekehrt die Frau bei der Wahl ihres Mannes nicht ebenso unbeschränkt wäre. Ich will die Wahrscheinlichkeit eines Zusammentreffens gar nicht erst von einem Mathematiker ausrechnen lassen, man erkennt auf den ersten Blick, daß sie geringer ist als diejenige eines Hauptgewinns in der Lotterie.

Es liegt auf der Hand, daß, wenn es mit der Paarbildung unter uns Menschlein nach dieser Art liefe, wir sehr bald hätten aussterben müssen. Das sind wir aber nicht. Wir haben uns im Gegenteil durch und für die industrielle Revolution auf eine solche Weise vermehrt, daß wir die Entwicklung unserer Kriegsindustrien auf jenen momentanen technischen Höchststand treiben mußten, der uns in die Lage versetzt, in der Frist eines Jahres eine größere Zahl von unsereinen zu töten, als in den keineswegs friedlich zu nennenden Lutherschen Zeitläuften insgesamt diese Erde bewohnten.

Durch solchen Augenschein muß sich uns die Vermutung aufdrängen, daß es auch hier nichts ist mit der Freiheit der Wahl, wäre sie selbst durch einen zugegebenermaßen unfreien Willen gesteuert. Es kann sich höchstens so zutragen, daß nur das eine wählt, während das andere gewählt wird. Wir hätten es demnach nicht mit einer Verbindung zweier Subjekte, vielmehr mit einer Beziehung zu tun, die von einem Subjekt zu einem Objekt hergestellt wird. Wer wen? kommt hier die Leninsche Frage oder mit Goethe diejenige danach, wer sich zum Hammer aufschwingt und wer es vorzieht, den Amboß zu spielen. Man muß nicht unbedingt mit Sigmund Freud gewitzt sein, um in der Metapher die sexuelle Symbolik zu enträtseln und Bescheid zu wissen, wer von den Beteiligten der Hammer, wer der Amboß zu sein hat.

Die Dinge lägen tierisch einfach damit, und man wüßte einmal weniger, was meine Klügeleien mit den Gutsches oder den Luthers zu tun haben sollten. Nun ist es aber eine Meinung, die sich große Landläufigkeit zu erwerben vermocht hat, daß die Tücke eine Eigenschaft ist, wie sie sich sehr viel häufiger bei den Objekten als bei den Subjekten vorfindet. Hier sollte uns dämmern, daß wir ein Menschheitsthema am Wickel halten, ein Thema von solch höchstrangiger Eminenz, daß es die Redakteure des Pentateuch gleich als Motiv und Fabel für den ersten Akt der Handlung hergenommen haben, das Thema der Verführung.

So schön das ist, im weltabgeschiedenen Winkel die heiligen Texte glossieren und über Grundfragen unserer Existenz brüten, dabei ab und an von dem Zeile um Zeile sich anfüllenden Blatt den Blick heben und zum Fenster hinausschauen zu dürfen, wo an den Zweigen der Apfelbäume nach dem in gutbeheizter Stube ohne Sorge um das tägliche Brot durchlebten Winter die ersten Knospen sprießen, es fehlt mir doch das Theater, es fehlt mir sonderlich die Kantine, wo man stets die beste Versorgung mit frischen und kräftigen Witzen genoß. So undankbar das klingen mag, ich leide wirklich darunter, seit langem keinen guten Witz mehr gehört zu haben. Remedur wurde mir einzig und einmalig in der vorvergangenen Woche gereicht, und zwar interessanter- und bezeichnenderweise aus jüdischer Quelle. Der Rabbiner von Alma Ata, bei dem Iris in Vorbereitung ihrer «Heimkehr» nach Palästina Hebräischstunden nimmt, hat ihn erzählt, und da er sich wunderbar in den Kontext fügt, möchte ich nicht zaudern, ihn hier niederzulegen. Vorausschicken will ich nur eine Frage mitsamt ihrer Beantwortung, weil das auch zu den Früchten gehört, wie sie mir aus den vergnüglichen Plaudereien mit dem scharfsinnigen Gottesgelehrten gewachsen sind. Ich hatte, was für etliche meiner Bekannten zutraf, immer Schwierigkeiten zu verstehen, wie man Jude bleiben kann, wenn man Atheist geworden ist. Diese Schwierigkeit ist mir seit jüngstem beseitigt durch den Fingerzeig des guten Mannes, es stelle eine nicht unbedingt freundliche Verengung der Sicht dar, wenn man das Judentum ausschließlich als eine Religionsgemeinschaft begreife. Die Deutschen, führte er, um mir das überzeugendste Beispiel zu liefern, aus, seien ja wohl mehr durch Goethe und Schiller als durch Paulskirche und Bismarck zu einer Nation geworden, und so lasse sich, ganz unabhängig von der individuellen Befähigung zum Glauben, das Alte Testament als das literarische Fundament anschauen, auf dem sich die Juden als Nation bilden konnten, wie ja etwa auch das Griechentum sich auf dem Homer aufgebaut hat.

Nun aber, wie versprochen, der Witz, den ich von ihm habe.

Adam durchwandelt in nachdenklicher, beinahe etwas niedergeschlagener Stimmung einen der abgelegeneren Bezirke im Garten Eden. Seine Gedanken drehen sich um das Weib Hewa, das Gott ihm erschaffen hat aus seiner Rippe und an deren Erscheinungsweise ihm verschiedenes nicht recht einleuchten will. Sosehr er sich martert, er kommt mit den Problemen, die ihm das Hirn beschweren und auch schon das Herz, kein Stückchen voran. Es hilft nichts, er benötigt zum Klären den Beistand des Schöpfers.

Erst nach langem, langem Beten läßt Gott sich herab, sein Geschöpf, das Männlein, anzuhören. Es wirkt, als habe er schon mit einer Hewa angehenden Beschwerde gerechnet.

«Jaah, Adam, was ist?» dröhnt aus den Himmeln die Stimme, und sie klingt wie bei einem, der sich nur sehr ungern durch Quisquilien von seinen Geschäften abziehen läßt.

Adam merkt sofort, daß er sich kurz fassen soll.

«Es handelt sich um die Hewa, die Du mir gemacht hast», spricht er so schnell, daß er beinahe stottert.

«Jaah», hört er von oben.

«Also da muß ich Dich noch einmal fragen, Jehova, warum Du ihr um die Hüften so ein ausladendes, rundes Fleisch gemacht hast, daß ich allezeit nur hinschauen und es anfassen will.»

«Das habe ich gemacht, damit du sie liebst», antwortet Jehova bündig und kurz.

«Ach, deswegen, so, so, ich verstehe», nimmt Adam das auf, hat aber offensichtlich so ganz doch nicht verstanden, denn er fragt weiter.

«Und hier oben, so ungefähr da, wo ich die Narbe hab von der Rippe, die Du mir genommen, da hast Du ihr so zwei Kugeln aufgesetzt, so zwei dralle, pralle, daß ich nicht hingucken kann, ohne daß ich Lust krieg, an ihnen zu tätscheln.»

«Das hab ich gemacht, damit Du sie liebst», sagt Jehova, dem man deutlich anmerkt, wie lästig Ihm's ist, das eigene Werk zu kommentieren.

«Natürlich, natürlich, ich verstehe. Und, Jehova, diese Lippen, so rot, so reizend, so süß wie keine der Früchte im Paradies, die ich immer nur küssen will, die hast Du ganz bestimmt so und nicht anders gemacht, damit ich das Hewalein liebe, wie auch ihre Äuglein, das Haar und das Näschen.»

«Richtig, Adam», sagt Jehova, wieder spürbar sanfter und nicht unzufrieden mit der eigenständigen Intelligenz der Kreatur.

Er will die Wolke, die Er geöffnet hatte, schon wieder schließen und an Seine Arbeit zurückkehren, aber Adam hat noch eine Frage.

«Eine letzte, aber wirklich die letzte, Jehova.»

«Nun, Adam?»

«Warum hast Du sie eigentlich so dumm gemacht?»

«Das, Adam, hab Ich getan, damit sie *dich* liebt.»

Ich freue mich schon, mit diesem Witz nach dem Krieg in Deutschlands Theaterkantinen brillieren zu dürfen, und habe ihm einen bevorzugten Platz in meinem Repertoire angewiesen, nicht nur, weil er hier aufgezeichnet wurde, was immer ungebührlich und unbefriedigend bleiben muß, da zum Witz die gesellige Situation gehört und der aufgeschriebene sich zum erzählten in etwa so verhält wie das Kochrezept zu dem in der Schüssel dampfenden Gericht, nein, vornehmlich deswegen, weil sich die tiefsinnigsten Betrachtungen an ihn knüpfen lassen.

Ist nicht unser Problem, das darin bestand, daß die beiden Subjekte, das Männlein und das Weiblein, nicht zueinanderfinden können, ohne sich vordem gegenseitig und wechselweise zu Objekten gemacht zu haben, und das wir selbst nach intensivstem Studium beider Bände der Hegelschen Logik kaum bewältigt hätten, durch den Witz des Rabbiners auf wundersame Weise gelüftet? Darf ich die Lösung, da wir schon einmal witzeln, salopp formulieren: Wollen hilft, Wollen lassen hilft mehr.

Eva Gutsches Kritik an unserem Wissenschaftsbetrieb, der die Pflanzung von Instituten zur Erforschung des Traumes so sträflich versäumt, möchte ich in aller Form den Tadel nachgeschickt haben, daß die Erweiterung unserer Universitäten um jene Fakultät, die sich mit dem Komischen in all seinen Facetten beschäftigt, ebenfalls aussteht. Standardwerk dieser Disziplin, deren sich eine zum Frieden verdammte Menschheit dann vielleicht einmal annehmen wird, müßte die gründliche und umfängliche Untersuchung werden über das Verhältnis, in dem sich die Religion und der Humor zueinander befinden.

Ich bin, seit mich durch Gisbert theologische Fragen bewegen, gerne bereit, darauf zu wetten, daß sich die Beziehungen der beiden, sehr im Gegensatz zu dem, was wir erwarten, als äußerst reichhaltig erweisen werden. Ich würde meinen Einsatz sogar noch erhöhen, um zu behaupten, daß die Humorlosigkeit, die mich zeitlebens von der Religion ferngehalten hat, gar nicht das Teil der Lehre selbst, sondern dasjenige ihrer Anhänger und noch mehr dasjenige ihrer Verfechter ist. Vielleicht käme als das eigentliche Hauptfaszinosum an unserem guten Herrn Luther zutage, daß er die verstopften Kanäle zwischen Religion und Humor wieder durchstochen hat.

Dank, Dank, nochmals Dank jedenfalls an die Adresse von Iris' Rabbiner, der mit seinem lebendigen Beispiel beweist, daß der Mensch, der zu lachen versteht und dem Herrn sein Einverständnis mit der Schöpfung anzeigt, auch im Gebet echter und menschlicher ist als derjenige, der nur turnusmäßig seine Nörgeleien hinaufschickt. Mir hat er mit dem paradiesischen Witzchen die Schuppen von den Augen geklopft, denn ich erkenne jetzt, daß in der Thora selbst komische Züge versteckt sind. Wenn es je ein Liebespaar auf der Welt gegeben haben sollte, für das sich die Qual der Wahl, von der ich hier zu handeln versuche, erübrigte, dann müßten es doch wohl

Adam und Eva gewesen sein. Das denkt sich der Mensch, aber ebendas gefällt dem Herrn nicht, daß der Mensch denkt, und drum lenkt Er es anders.

Unbehelligt von Vermietern, Arbeitgebern, Vorgesetzten, Steuerbeamten und was an dergleichen Plagegeistern mehr aufzählbar wäre, könnten es sich die beiden doch ganz unbekümmert und ungeniert wohlergehen lassen im vereinigten Fleische, aber nein, da hat noch viel zu geschehen, bis sie sich endlich «erkennen» dürfen, und dann ist es auch gleich aus mit der *dolce vita*. Mich beschleicht der Eindruck, als hätten die Autoren dessen, was ich mit unserem alma-atischen Rebben gerne als den Mythos des jüdischen Volkes verstehe, nicht wenig von den Mesquinerien ihres Ehealltags hineingewoben in die Romanze von Adam und Eva. Gisbert, der, was ich selbst am präzisesten beurteile, durchaus Veranlassung gehabt hätte, scheint sich nicht daran gestoßen zu haben, daß Luther in seinen zahlreichen und weitschweifigen Sermonen vom ehelichen Stand nie auch nur in die Nähe des Punktes geriet, daß die Lust an dem annektierten Fleische in aller Regel durch die Wiederholung ohne Abwechslung abzustumpfen, nicht selten komplett zu veröden pflegt. Man könnte hämisch werden und es dem immensen Nachholbedarf des gewesenen Mönches zur Last legen.

Dem sei, wie dem sei, in der Modellbeziehung, wie sie das erste Buch Mose gestaltet, ist diese Brisanz nicht alleine gefühlt, sie ist mit einer für meinen Geschmack sehr reizvollen Schärfe behandelt. Obwohl das sechste Gebot ja noch ganz unsinnig wäre, da Adam weder von einem Nachbarn, über den er sich aufregen müßte, noch von dem Weib eines solchen, das ihm schöne Augen zu machen versuchte, geplagt wird, schwebt es doch schon irgendwie in der Atmosphäre, lange bevor es der biblischen Chronologie zufolge von Moses in die Tafel geritzt wird.

Eva muß seine Blicke von der unsichtbaren Nachbarin ablenken und auf ihr Fleisch ziehen, muß ihn, obwohl dem Mann gar keine greifbare Alternative zur Hand ist, verführen. Verführung, das liegt im Begriff, geschieht mit, noch dazu hinterlistiger, Absicht. Hier kommt uns die Schrift mit einer ihrer goldigsten Pointen. Absichtlichkeit jeder Art ist Gott vorbehalten, sie wird in dem Augenblick böse, da der Mensch sich vermißt, schlau zu werden und seinen Nachbarn oder, während der vorläufigen Abwesenheit eines solchen, eben das Wesen, aus dessen Rippe man geformt worden ist, zu übertölpeln versucht.

Es wäre aber jetzt göttlicherseits ein gar zu arger Schnitzer gewesen, hätte Er gleich das zweite Geschöpf nach Seinem Bilde versehentlich böse gemacht. Der rettende Einfall bestand darin, diejenige, die für die Rolle der Verführerin zum Bösen bestimmt war, erst einmal selbst durch das Böse, zwar nicht in seiner eigenen und eigentlichen Person, dafür in der Verwandlung um so kenntlicheren Figur, verführen zu lassen. Auftritt der Schlange also, was besonders glücklich ist in der Erfindung, weil dem Menschen der Vorwurf nur so halb und halb gemacht werden darf, wenn der Teufel jede erdenkliche Gestalt annehmen und ihn nach Lust und Laune reinlegen kann.

Damit war dem gefallenen Engel, dem für alle Gläubigen so unglaublich schätzbaren Luciferus als Nebengott und Nebenkönig zu seiner Verwaltung und Ausbeutung das große Reich dessen angewiesen, was Gott nicht zu kontrollieren gedachte, und immerhin ist Satan Luthers wenn nicht bester, so doch treuester und beständigster Gefährte gewesen, hat noch Goethe zu seiner effektvollsten Bühnenfigur angeregt und feiert last but not least in der Vermummung des Männleins mit dem Chaplin-Bärtchen und dem rollenden R der Knatterchargen in der Wolfsschanze fröhlichste Urständ.

Sollte es denn wirklich ohne den Teufel nicht zugehen können, daß ein Fleisch zum anderen findet, um mit ihm einig zu werden? Und sei es nur darum, fruchtbar zu sein und Gott zum Gefallen, die Ihm zum Ebenbild geschaffene Art tüchtig zu mehren? Dann müßte man sich aber einmal höchst ehrfurchtsvoll in den Staub werfen vor diesem Herrn Satanus und seiner Firma, wenn er, auf der von ihm eingefädelten Erbsünde fußend, das zustande gebracht haben sollte, daß er aus solch unscheinbaren Anfängen, aus dem Nichts quasi, die Menschlein zu derartiger Überbevölkerung verführte, daß heutzutag die Populationen im weiten Erdenrund schier aus den Nähten platzen.

Ich traue, offen gestanden, Gottes Widersacher den Bienen- und Ameisenfleiß zu einer Leistung dieses Maßstabs nicht zu. Lieber möchte ich an eine andere Sorte von Zauberei glauben, an jene für die zumindest partielle Einhaltung des sechsten Gebots so unabdingbare, den Wundern Jesu, der die Blinden sehend gemacht hat, so konträr laufende Macht der Liebe, die, wie das Sprichwort weiß, die von ihr Befallenen blind zu machen versteht.

Der Luthersche Standpunkt ist geistes- oder hier vielleicht richtiger: sentimentalitätsgeschichtlich von der Romantik noch gute zweieinhalb Jahrhunderte entfernt, aber er zeugt, wie ich finde, von seiner einzigartigen Lebensklugheit. Daß er den Wein, den er gepredigt, auch selbst getrunken hat, und zwar nicht zu knapp, darf wohl als das hauptsächliche Unterpfand seiner andauernden Volkstümlichkeit gelten. Ob es

Gottvertrauen war oder ob er sich dabei mehr auf den Teufel verließ, wenn er den Ursprung nicht in die Liebe, sondern in die Blindheit gesetzt hat, mag meinetwegen unentschieden bleiben. Der Vernunft und erst recht ihrem Ausbau in den Lehrgebäuden der Philosophie war er spinnefeind, aber schon vom simplen Verstand hielt er wenig und traute ihm in der Hand des Menschen kaum etwas zu. Die Entscheidungen über und für das Leben, davon war Luther fest überzeugt, die fällt nie der Verstand, die fällt immer das Herz. Die bedeutendste, folgenreichste seiner Entscheidungen, das ist Dreh- und Angelpunkt seiner Theologie, die nämlich für Gott und den Glauben, die hat das Herz sogar gegen die erbitterte Resistenz des Verstands durchzusetzen.

Auf die Frage, die er uns so überaus wichtig gemacht hat, auf die Frage, wie in den ehelichen Stand zu gelangen und wie in ihm sich zu halten wäre, wurde dies Schema von ihm übertragen.

Es ist eine unromantische, unmoderne Auffassung der Liebe, man kann aber, sobald man darauf aufmerksam ist, Spuren davon bei Zeitgenossen entdecken, die im Ruf stehen, rebellische Geister und Zukunftsdenker zu sein. Ich habe schon wieder den vielerwähnten Wiener Seelenzergliederer im Sinn. Ein Paradebeispiel übrigens für den bekennenden Juden, dem Gott nicht mehr ist als die wirkkräftigste aller menschlichen Illusionen: Sigmund Freud, für den mich Eva nie wirklich zu begeistern, nicht einmal recht zu interessieren vermochte, dem ich erst hier in Alma Ata den gebührenden Respekt zu zollen beginne, sonderlich durch ein Bändchen, das unser Rebbe mir geborgt hat.

Meine Sympathien mußten diesem Forscher zuströmen, als ich erfuhr, daß er nicht nur im Traumgelände als Pionier unterwegs ist, sondern auch dem Phänomen des Witzes eine eigene wissenschaftliche Studie gewidmet hat. Freuds Buch über den Witz also, das vorübergehend das kleine Regal meiner bescheidenen Arbeitsbibliothek ziert, entnehme ich die Formulierung, die sich nach meinem Dafürhalten mit der Lutherschen Konzeption von Liebe berührt.

Freud spricht bei Gelegenheit der Schadchenwitze von der «liebevollen Anpassung», die bei beiderseitiger Anstrengung und Opferbereitschaft den Gleichklang der Seelen eventuell zu ihrem Resultat, nie aber zur Voraussetzung einer Partnerschaft haben kann. Mir gefällt die Idee, weil sie mir eine freundliche Übersetzung des Lutherschen Gedankens darstellt, die erstens die Wärme in der ehelichen Gemeinschaft betont und zweitens ohne Gott und Gebet auskommen kann. Mit dem hochlodernden Feuer des *amour fou* ist es nichts, will Freud uns sagen, weil er nicht die ersehnte Verschmelzung der Seelen herbeiführt, sondern nur die beteiligten Individualitäten, am Ende noch ihr gegenseitiges Interesse aneinander verbrennt. Mit der Eiseskälte, die im anderen Extrem die jeweilige Eigenheit und Eigenständigkeit von Mann und Frau zu verteidigen sucht, kann es natürlich erst recht nichts sein.

Zwischen Luther und Freud liegt die lange Strecke, während deren sich die bürgerliche Gesellschaft entwickelt und über den Globus ausgefaltet hat. Mein Glück ist es, nicht wie Mirin dem Marxismus als einer Ideologie verpflichtet zu sein. Das danke ich meiner Stellung als Angehöriger des Zentralkomitees «Freies Deutschland» und des Bundes Deutscher Offiziere. Ich muß meine an Gisbert sich anlehnenden historischen Betrachtungen nicht in ein auf den Geschichtsoptimismus vereidigtes Dogma der sogenannten «Frühbürgerlichen Revolution» pressen, das sich wahrscheinlich zu Unrecht auf Karl

Marx als den Kronzeugen und Urheber des heiligen Textes beruft. Zusätzlich ist mir im Zuge der Gutsche-Redaktion das Einschüchternde, wie es zuzeiten von der Religion auf mich ausgeübt worden ist, verlorengegangen. Mir ist so eine vergleichsweise unbefangene Sicht entstanden auf Luther und Reformation.

Ich bilde mir ein, das Bürgerliche, das über den Horizont seines Zeitalters Hinausweisende, das Fortschrittliche an Luther also, genauer erkennen und besser beurteilen zu können als die im von den Scheuklappen des Glaubens ausgeschnittenen Gesichtsfeld ihm nachtrabenden Theologen. Den Piloten des hoch über den Wolken als Aufklärer kreisenden Luftschiffes, das «Historischer Materialismus» genannt wird, denen die eigene Bewegung wie diejenige der Landschaften, auf die sie hinabschauen, vorkommen muß, fühle ich mich als ein auf den Boden und in die Tatsachen Versetzter erst recht überlegen. Der Unterschied zwischen dem Fingerzeig und dem Zeigefinger ist eben kaum geringer als der zwischen Tag und Nacht, und ich gestatte mir abermals, ein Diktum Johann Wolfgang von Goethes wiederzugeben: «Das einzige, was uns an der Reformation interessiert, ist Luthers Charakter, und er ist auch das einzige, was der Menge wirklich imponiert hat. Alles übrige ist nur ein verworrener Quark, wie er uns noch täglich zur Last fällt.»

Marx wußte bekanntlich von sich nur eines gewiß, nämlich, daß er kein Marxist war. Das hindert die selbsternannten Marxisten in keiner Weise daran, unter beständigem Gefasel von der Wissenschaftlichkeit seiner Hypothesen über die Gesetzmäßigkeiten im geschichtlichen Ablauf dieselben zu einem Dogma zu versteifen, das es dann auf ähnlich lächerliche und skurrile Weise zu verteidigen gilt, wie es die Christen aller

Couleurs mit der Unbefleckten Empfängnis zu tun pflegen. Als Hüter des Gesetzes, daß die Geschichte immer und ausschließlich eine Geschichte von Klassenkämpfen zu sein hat, machen sie sich eine Pflicht daraus, die Rolle der Persönlichkeit herunterzumanipulieren. Merkwürdigerweise macht dieses Gesetz, ansonsten von der Gültigkeit wenigstens der Newtonschen Gravitationslehre, einen großen Bogen um die Persönlichkeit des Genossen Stalin herum, der in seiner Einzigkeit das Weltproletariat schützt und die Errungenschaften des Sozialismus im Streit mit den Imperialisten, manchmal auch im Verbund mit ihnen, sichert und durchboxt.

In dem Glauben, das Großereignis in ihr Epochenmuster einzwängen zu müssen, kleben die Marxisten eigentlich noch hilfloser auf dem Leim der Reformation als die Theologen des Protestantismus, die dem Vorgang ja immerhin ihren behaglichen Lebensstil schulden, Wein, Weib, Gesang inklusive. Gisbert, vorangetrieben vom Vehikel seines Romans, stand im Begriff, sich aus den Befangenheiten der letzteren zu lösen, und ich bin überzeugt, er wäre, hätte er nicht den Gashahn geöffnet, zu einem neuartigen und äußerst produktiven Lutherverständnis, auch zu einer Revision und Reformation seiner eigenen Bürgerlichkeit durchgebrochen.

Das steht in einem gewissen Widerspruch zu dem, was ich weiter oben gesagt habe, wo ich seine Verzweiflungstat darzustellen versuchte als verhängnishaft hervorgehend aus dem Fehlgriff, den Heiligenschein Luthers der ätzenden Chemie des Romans auszusetzen. Vielleicht können beide Behauptungen nebeneinander bestehenbleiben, ohne sich zu beeinträchtigen, wenn ich sie zu einer höheren Wahrheit zusammenfasse, indem ich mich dahin ausdrücke, daß er mit diesem seinem letzten Projekt sich, das heißt, die Summe seiner Biographie, alle Züge und Tendenzen seines Charakters, in die Zerreißprobe zwischen Kunst und Religion gestellt hatte.

Die Religion bekommt man umsonst, zumindest wenn man wie Gisbert mit Luther geht, die Erlösung aus der Schuld durch das Opfer Christi ernst nimmt, Glauben und Gnade als Geschenk Gottes empfängt und sich nicht einbildet, sie im Krämergeist durch die Aufhäufung frommer Werke erwirtschaften zu können. Die Kunst hingegen will durch nie endende Mühe tagtäglich aufs neue errungen sein. Das meine ich in erster Linie in bezug auf die Hervorbringenden, auf die Künstler, die, wenn sie glücklich sind, wohl immer höhere Stufen ihrer Meisterschaft erklimmen, aber niemals zu der Vollendung gelangen, die sie erstreben. Es trifft aber in abgeschwächter Bedeutung noch auf diejenigen zu, die selbst nichts schaffen und sich zu den Werken der Kunst ausschließlich als Genießer verhalten. Auch der Sammler muß, was er angehäuft hat, Stück für Stück immer wieder mit der Seele erwerben, um es zu besitzen.

Die Religion versucht, uns den Tod einzureden als eine Aufgabe, die uns vom Leben gestellt wäre. Es ist unter den mannigfaltigen Konfessionen die christliche wohl diejenige, die es am energischsten unternommen hat und unternimmt, uns den Tod schmackhaft zu machen. Das erschreckende liegt für mich darin zu sehen, in wie vielen Fällen ihr das geglückt ist. Ich spreche von meinem Freund Gisbert Gutsche. Ich will nicht einmal ausschließen, daß er das Gas am Ende mit Wollust eingesogen hat wie Rosenduft, ich sehe wieder das Lächeln auf seinem letzten Gesicht. Wenn uns die Kirche den Tod gewissermaßen als den tollsten Glücksfall predigt, den das Leben überhaupt für uns bereithält – und zwar als die einzige echt demokratische Einrichtung auf dieser Welt, auf die der Mensch allein per Existenz gesicherten Anspruch erheben darf –, dann kann es nicht wundernehmen, wenn der Selbstmord als extrem häufiger Betriebsunfall auftritt, epidemisch bisweilen als Mode- und Massenerscheinung. Da muß denn die Kirche diesem eigentlich logischen, dafür um so unerwünschteren Erfolg ihrer Propaganda vorbeugen und entgegenwirken, indem sie jenen Ungeduldigen den Lohn des ewigen Lebens verweigert und die physischen Reste solchen Frevels in der geweihten Erde nicht duldet.

«Bis daß der Tod euch scheide», so lautet die Formel des Priesters, wenn er segnend zusammenfügt, was sich zusammengehörig fühlt. Hedwig und ich, wir haben es seinerzeit bei unserer Trauung so hingenommen, ohne den bitteren Sinn dieser Drohung wirklich zu fassen. Völlig einverstanden war ich schon damals nicht damit, daß der Mensch nicht sollte trennen dürfen, was Gott einander verbunden hat, daß dem Tod dagegen solches Recht ausdrücklich eingeräumt wird. Das Heikle jener Stelle in Luthers Ehepredigt, die sich um diesen Punkt dreht, springt ins Auge. Mag sein, daß die hohen Ehren des ehelichen Standes, wie er sie aufzählt, auf unsereinen etwas abstrus wirken, aber man hat dennoch den Eindruck, daß sie vom Vortragenden durchfühlt und durchdacht sind. Die Hurtigkeit, mit der er dann die für das eheliche Verhältnis so grundlegende Frage nach seiner Aufhebbarkeit oder Unaufhebbarkeit antippt, um sie mit ein und derselben Handbewegung gleich wieder wegzudekretieren, verleitet uns zu dem Schluß, daß Luther hier in seinem Urteil keineswegs von der Festigkeit war, wie er es behaupten zu müssen glaubte.

Wem wie mir die grausame Erfahrung aufgezwungen, wem wie mir die geliebte Frau vom Sensenmann geraubt worden ist, der darf und muß wohl etwas nachdenklicher sein, muß etwas länger brüten über diesem Problem als der flott und lustig auf seinen Freiersfüßen daherspazierende Luther. Kant war erwähnt, der die Ehe als einen Vertrag definiert hat, das christliche Scheidungsverbot geht mit den Evangelisten auf Jesus zurück. Wir haben es hier also mit einer vornehmlich von Blinden fabrizierten Farbenlehre zu tun, mit Richtlinien für das eheliche Zusammenleben, die von eingefleischten Junggesellen aufgestellt worden sind. Wäre die Ehe nichts als ein Vertrag, verstünde sich daraus die Möglichkeit seiner Aufhebung im wechselseitigen Einverständnis der Partner, wäre sie von Gott verordnete Bindung, müßte sich auch der Tod daran halten, und es käme einzig die Lösung à la Gisbert in Frage.

Lichtenberg, der alte Scherzkeks, hat einmal gesagt, an Rheuma und die wahre Liebe glaube man erst, wenn man davon betroffen sei. Ich wage in ganzem Ernst, mich vor die Alternative zu stellen: Gibt es die Liebe, oder gibt es sie nicht?

Wollte man es nach der positiven Seite entscheiden, so müßte die Liebe Existenz und Bestand haben unabhängig von den einzelnen Menschen, die sie jeweils empfinden, so wie es das Gold gibt, ohne daß deswegen jeder welches besitzt. Oder sind diese Milliarden und Abermilliarden von Liebesverbindungen, wie sie sich seit Adam und Eva hergestellt haben zwischen Männlein und Weiblein, die zwischen gleichgeschlechtlichen Partnern hinzugezählt, nichts anderes gewesen als die Wolken am Himmel, die sich unter bestimmten physikalischen Voraussetzungen bilden und unter den nächsten vergehen?

Ginge ich nur von dem Persönlichsten an meiner Erfahrung aus, käme ich wohl dahin zu sagen, daß es etwas sei mit der Liebe. Es hätte anders der Tod, als er mir meine Geliebte stahl, auch meine Liebe mit sich ins Nichts fortraffen müssen. Sie ist aber da. Ich meine nicht nur meine eigene Liebe, ich meine besonders die auf Hedwigs Seite, die mich ständig begleitet und die ich, zum Beispiel jetzt in dieser Sekunde, wenn ich mich auf die innere Wahrnehmung konzentriere, als einen unverwechselbaren Wärmestrom in mir spüre. Ich spreche ja auch mit ihr, nicht nur, wenn ich in Weißensee auf dem Friedhof bei ihrem Grab sitze. Selbstredend ist sie neben Iris und mir als eine dritte Person bei unserer Gutsche-Redaktion anwesend. (Von Mirin als der vierten, von einer fünften, sechsten und inzwischen schon siebenten Person, wie sie mir von Moskau aus dreinzufunken und dreinzupfuschen versuchen, einmal geschwiegen.) Ich hole Hedwigs Rat ein, nicht nur in den großen moralischen und Staats-Angelegenheiten, auch in tausend kleinen und kleinsten Dingen, vor die ich vom Alltäglichen gestellt werde. Ich würze beim Kochen die Speisen nach ihrem Geschmack, werde, falls wir das Hitlerpack rechtzeitig loswerden sollten und bei meiner Rückkehr in die Heimat Schuster und Schneider ihre Werkstätten und Läden wiedereröffnen, mir Anzug und Schuhe nach ihren Vorlieben anfertigen lassen. Nun ja, Hedwig hat jetzt nicht mehr die Gelegenheit, ihre Kleider und ihre Dessous so auszuwählen, daß sie mein Auge erfreuen …

Es sind da aber doch unverkennbare Aufmerksamkeiten und Liebesbezeugungen, die sie mir schickt, Schauer, die mich vom Scheitel bis zur Sohle mit Glück übergießen und mich oft über Stunden in dem wonnigsten Schwebezustand erhalten, was mich zu der paradoxen Äußerung nötigt: Hedwig ist tot, ihre Liebe für mich ist es nicht. Das ist das Paradoxon, wie es seit den Anfängen unserer europäischen Bildung bei den vorsokratischen Philosophen auch die Atheisten von der Beschränktheit des Menschenverstands überzeugt, wie es sich durchsetzt und konserviert als spröde Wahrheit, die die

Verbiegungen der Gummiknochen unserer Logik verlacht, aber jetzt decke ich einen simplen Widerspruch auf, in den ich mich bei der Niederschrift der voraufgegangenen Passage verstrickt habe und der an der Logik zerschellt.

Ich sprach, um der Liebe ihre Selbständigkeit zu erweisen, von meiner Liebe und von Hedwigs Liebe als von zwei verschiedenen Dingen. Bei rücksichtsloser Selbstbetrachtung komme ich dahin, daß es sich um zwei unterschiedliche, wenn nicht gar heterogene Substanzen handelt, auch schon gehandelt hat, als wir gemeinsam durch dieses Leben schritten. Ich entsinne mich plötzlich, daß wir in jener Zeit, da wir füreinander entflammten, damals, als Adam Markowski uns zu sich nach Lübeck ans Schauspielhaus engagiert hatte und Schillers «Kabale und Liebe» mit uns inszenierte, recht bald miteinander die Vereinbarung trafen, stets nur von der eigenen Liebe zu sprechen, an die des anderen nach Möglichkeit nicht einmal zu denken.

Es ist das vielleicht nicht die schlechteste Maxime, wenn man es darauf anlegt, die beiderseitige Vergafftheit in eine dauerhafte Zweisamkeit zu überführen. Wer es versucht hat, weiß, wie schwer das ist und daß man dabei gegen die eitlen Tendenzen der eigenen Natur ankämpfen muß. Unter all den Übungen der Selbstzucht führt aber diese, eine im hohen Maße evangelische, christlich lutherische, mit einiger Garantie eine Entlastung der von der Liebesempfindung nicht immer nur beglückten, sondern stets auch gepeinigten Seele herbei.

Die Hebung der seelischen und körperlichen Kräfte entspringt nämlich, wie man nach solcher Verlagerung des Schwerpunktes rasch festzustellen beginnt, gar nicht dem Geliebtwerden, nein, sie entspringt, ausschließlich, möchte ich sagen, dem von innen nach außen gerichteten Lieben, dem es im Grunde schnurzegal ist, ob es von seinem Objekt auch erwidert wird. Geben ist seliger denn Nehmen, der moderne Mensch spricht es meist mit zynischem Unterton aus, aber es stimmt. Wir hatten es uns deshalb verboten, an den Satz «Ich liebe dich» die Replik «Ich liebe dich auch» anzuschließen. Sie kommt normalerweise reflexhaft, ist aber, wenn man es einmal in klarster Beleuchtung anschaut, nicht, wie vermeint, Verdopplung oder auch nur Bekräftigung, sondern vielmehr die Aufhebung des Gesetzten und immer wieder zu Setzenden.

Man muß sich zur Unterlassung des floskelhaften Ich-liebe-dich-auch regelrecht zwingen, und es ähnelt stark der asymmetrischen Reaktionsweise Jesu, der, wenn er den Backenstreich empfangen hat, dem Angreifer die verschont gebliebene Wange ebenfalls anbietet. Aggression mit Aggression zu beantworten ist viehisch, und für die Zärtlichkeit gilt das eigentlich genausogut.

Hat man den leidigen Schematismus einmal suspendiert, sich von dem Vergeltungsprinzip emanzipiert, ist es etwas ganz Neues und Freies, dem anderen seine Liebe zu sagen. Es war natürlich eine lange Strecke und hat seine Zeit gedauert, bis wir uns aus dem Krämergeist herausgewirtschaftet hatten, der die Hand, mit der er gegeben hat, gleich aufhalten muß, um zu empfangen. Es wurde zunächst eine Art Sport daraus, dem anderen zuvorkommen zu wollen mit dem Ich-liebe-dich-Hedwig, Ich-liebe-dich-Wolfgang, und das auf der Zunge zerbissene Ich-liebe-dich-auch wurde nicht verschluckt und verdaut, sondern nur so lange gekaut, bis die gemessene Weile verstrichen war, nach der man es als eine neue Setzung herauslassen konnte.

Wir sind einander in den späteren Jahren sehr dankbar

geworden dafür, daß wir nicht ohne Sturheit an dieser Regel festgehalten haben. All das Grübeln und Hirnen darüber, ob und wie wir vom anderen geliebt werden, ist nämlich nicht allein vergeudete Lebenszeit, verschleuderte Lebenskraft, es nagt vornehmlich an unserer eigenen Liebe. Wenn Luther den Glauben so konstruiert, daß er sich auf keine Weise erwerben läßt, daß er nie anders denn als Gnade und Geschenk auf uns kommt, so darf man dies von der Liebe ja wohl in mindestens gleichem Umfang behaupten.

Gisbert, ich danke dir. Hätte nicht Erich Weinert es mir zur Aufgabe gemacht, in den Geist deines letzten Werkes einzudringen, an dem du deinen Glauben verlorst, wie wäre ich je zu der Selbsterkenntnis gelangt, daß ich mich in der Liebe als Lutheraner aufgeführt habe? Die von Gisbert mehrfach so sauber herausgearbeitete Pointe der Wittenbergischen Theologie, daß gute Werke nie zum Glauben führen, umgekehrt jedoch der Glaube notwendig gottgefälliges Handeln hervorbringt, findet meines Erachtens ihre schönste und zuverlässigste Anwendung auf die Liebe.

Auf den ersten Blick scheint ja die Frau, was die Liebe betrifft, von der Schöpfung dem Mann gegenüber in einen großartigen Vorteil gesetzt worden zu sein, weil die Aufforderung zu dem Spiel immer von ihr ausgeht, was der Mythos vom Sündenfall unter dem Motiv der Verführung aufs plastischste illustriert. Es müßte einer Umstülpung der Gesetze der Schwerkraft gleichkommen, wollte der Mann versuchen, den Anfang zu machen. Keinem Molière oder Mozart wäre es eingefallen, einen Don Juan in solch sicheres Verderben zu schicken. Auch jenes Musterbild des männlichen «Verführers» kann nur solche Chancen verwerten, die sich ihm bieten. Ich halte es für wahrscheinlich, daß die Verärgerung über diesen

Punkt in der Einrichtung unserer Natur häufig den Ursprung für homoerotische Entwicklungen bildet. Ich bin zu meinem Glück oder Unglück nie in solchen Hader mit der Rolle, zu der mein Geschlecht mich bestimmt hat, geraten.

Wenn der Mann mit seiner, aus dem Tierreich unter so vielerlei Varianten bekannten Werbung einsetzt, tut er das nicht aus freien Stücken, sondern weil ihn bestimmte, meist unbewußt auf animalischer Ebene empfangene Signale der Frau dazu eingeladen haben. Daß er hier gleichsam auf der Leimrute tappt und die Augen, die ihm gemacht worden sind, geradezu sklavisch bedient, ist nicht sonderlich erhebend und gibt zweifellos den männlichen Stolz der Lächerlichkeit preis. Trotzdem sollte nicht verkannt werden, daß er bei all dieser Bedingtheit den aktiven Part spielt. Die Frau hat weiter die Lenkung und bestimmt durch die teils versteckten, teils offenen Kundgebungen ihres Wohlgefallens und ihrer Abneigung genauestens die Richtung, in der sich die männliche Werbung bewegt, aber die Bewegung immerhin, die bleibt auf seiner Seite. Er bringt das Gefühl von innen nach außen, wird, getrieben von seinem Wunsch, einzudringen in die Frau, an ihr zum Künstler.

Das ist es, was am Don Giovanni den Zuschauer mehr noch fasziniert als die Baronessen, Cittadessen und Contadinen, die er im Lauf der dramatischen Handlung erobert, und für mich ist in der Mozartschen Oper die anrührendste Szene immer diejenige gewesen, in der der Liebesheld sein Ständchen unter einem Balkon darbringt, auf dem gar kein weibliches Wesen zugegen ist, dem seine Anbetung gelten könnte. Gewiß ist es kein Zufall, daß gerade dieses Werk und dieser Typus die Aufmerksamkeit Kierkegaards, der, mehr nach- als gegenaufklärerisch mit dem Protestantismus hinüberwollte aus der

Theologie in die Philosophie, über so viele Jahre zu fesseln vermochten.

Daß wir also den Affen machen vor der Frau, bis sie uns schließlich das, womit sie uns herangewunken hat, auch gewährt, damit habe ich leben können, damit lebe ich sogar heute noch gut, obwohl ich längst ein Alter erreicht habe, in dem sich die Lächerlichkeit dieser Gebärden ins Peinliche steigert. Wer sich, verkleidet und maskiert, vor einen mit tausend Menschen gefüllten Saal stellt und sich unter angenommener Identität allabendlich zweieinhalb Stunden abstrampelt, um das Volk hinter der Rampe mit seinen Faxen zum Lachen und zum Weinen zu bringen, der hat die Grenze seiner Scham ohnehin weit, weit über die gesellschaftliche Norm hinaus verschoben, und ich durfte mir aus den Kreisen meiner blaublütigen Verwandtschaft manch garstiges Wort über die Art meiner Berufstätigkeit anhören.

Anstrengend bleibt es immer, und ich habe, obgleich, wie gesagt, meine Veranlagung eine andere ist, stets Verständnis bewiesen für die Hagestolze, denen die Bereitschaft fehlt, den einmal für den Genuß der Sinnesfreuden so festgesetzten Preis zu erlegen. Jene Unterart dieser Liebesdienstverweigerer, die es vorzieht, den mühseligen und umständlichen Weg von der Begierde zu ihrer Befriedigung durch Zücken der Brieftasche abzukürzen, die Bordellgänger also, möchte ich ebensowenig verdammen.

Schauspieler neigen dazu, auch in ihrem privaten Leben ihre natürlichen Gefühlsregungen durch Kunst noch zu steigern. Meinungsverschiedenheiten, kleine Eifersüchteleien konnten zwischen Hedwig und mir leicht dahin eskalieren, daß sie uns Beschwerden der Nachbarn bei der Hausverwaltung eintrugen, und als später von den Nazis der Blockwart ernannt worden war, hatten wir ihm mehr als einmal zu nächtlicher Stunde die Wohnungstür zu öffnen, um uns seine Einmischung in unsere häuslichen Querelen gefallen zu lassen. Der Tod löscht alle Schuld, heißt es beim Apostel Paulus, aber ich habe meine gute Hedwig bis auf den Tag nicht von dem Verdacht freizusprechen vermocht, daß sie es bei dem, was als harmlose Neckerei zu beginnen und in den wüstesten Zank auszuarten pflegte, regelrecht derauf anlegte, die Außenwelt zu alarmieren. Das spekuliert dann leider sehr erfolgreich auf Beschützerinstinkte, die im Verein mit noch niedriger anzusiedelnden Affekten außenstehende Männer, die, obschon sie, bevor sie herbeigeeilt sind, eine vielleicht noch schlimmere Xanthippe zurückgelassen haben, zu Verbündeten der bedrohten Vertreterin des schwachen Geschlechts werden. Was ihn in dieser Hinsicht in dem vielfach geheiligten Stande mit seinem Käthchen erwartete, hat Luther mit großer Deutlichkeit vorausgesehen, und möglicherweise ist es ihm ja wirklich gelungen, all diese Wogen, wie gepredigt, nicht mit dem Dreschflegel, sondern mit sanften Worten zu glätten.

Hätte er es statt mit seiner Käthe von Bora mit meiner Hedwig zu tun gehabt, wäre ihm in bestimmten Situationen selbst der Dreschflegel zu nichts mehr nutze gewesen. Wenn es ihr nämlich mißriet, meine Wut Stufe für Stufe hinaufzukitzeln, wenn ich trocken blieb und ihre ehrabschneidenden Beschimpfungen lediglich mit Süffisanz und feinen Sarkasmen quittierte, dem Geschirr, das mir entgegenflog, nur mit den im Boxunterricht erlernten Pendel- und Tauchbewegungen auswich, war ihr letzter Ratschluß in aller Regel, sich an der Garderobe ihren Mantel zu schnappen, in ihre Schuhe zu steigen und davonzuspazieren. Oh, meine über alles, meine in alle Ewigkeiten geliebte Hedwig! Ich habe, wenn ich dran denke, gleich wieder diesen Knall im Ohr, nein, im Nacken hab ich ihn, wie einen Beilhieb, diesen Knall, mit dem unsere Tür hinter dir in ihr Schloß schlug, wenn einer dieser Anfälle über dich kam.

Soll ich es bedauern, daß mit all dem anderen auch deine Abschiedsbriefe an mich, von denen dann gelegentlich einer eintraf und von denen ich eine recht stattliche Sammlung aufbewahrt hielt, dem Bombardement zum Opfer gefallen sind? Laß mich zumindest diesen Verlust lieber begrüßen. Du bist ja, wenn du dann wieder neben mir lagst in unserem ehelichen Bett, wenn du mir wieder gegenübersaßest an unserem gemeinsamen Tisch, noch sonst irgendwann wieder auf einen von ihnen zu sprechen gekommen, hast den Ort deines Aufenthalts während deiner Abwesenheit nie mit einem Worte berührt. Hätte ich dich etwa ausfragen sollen danach? Ich war doch nur froh, daß der erzürnte Gott, der dich von mir gerissen, dich mir in siegender Barmherzigkeit wieder zurückgeschenkt hatte.

Man kann die Liebe auch als eine Baustelle betrachten. Die Probleme liegen beim «Als» und beim «Betrachten». Wenn das Haus fertig ist, stirbt der Mensch, sagen die Türken, und ich habe diese Volksweisheit häufig bestätigt gefunden. Will man nämlich die Liebe als eine Baustelle anschauen, so läuft man allerhöchste Gefahr, daß die vierhändig durchgeführten Arbeiten eines unschönen Tages zu ihrem Abschluß in diesem doppelten Sinne gelangen. Ich denke, bei den meisten Menschen hat die Entscheidung für den von Kirche und Staat überwachten Lebensbund mit dem fatalen Verlangen zu tun, die eigentlich unhaltbare Substanz unter Dach und Fach bringen zu wollen. Hedwig war ein sehr feiner Instinkt für diesen Zusammenhang eigen, und ich glaube, deswegen hat sie periodisch, wenn die Bauarbeiten sich der Vollendung näherten, alles bis auf die Grundmauern eingerissen, so daß wir mehr oder weniger von vorne anfangen mußten.

Für Luther, der nie müde wurde, uns die Freiheit unseres Willens auszureden, war, merkwürdig genug, der einmalige Akt der Entscheidung hinreichend, das dauernde Eheglück zu erlangen. Hat man es vollbracht und sein Herz auf das unter keinerlei Umständen zu ersetzende Wesen gestoßen, wird einem noch an der Seite der widerwärtigsten Schreckschraube der Himmel auf Erden beschert.

Da Luther seine große Ehepredigt noch im Zustand frischester Verliebtheit-Verlobtheit gehalten hat, war von Leibesfrüchten in ihr nicht ausführlich die Rede, dabei wissen wir doch, daß in der überwiegenden Mehrzahl der Fälle sie es sind, um derentwillen ein Mann und ein Weib, deren wechselseitige Gefühle lange erkaltet, dennoch ein Leben in Gemeinsamkeit führen, bis es der Natur beliebt, den Schlußpunkt zu setzen. Iris und Jessica konnten für Eva und Gisbert die Rolle nicht spielen. Leider habe ich nie die Indiskretion aufgebracht, sie oder ihn danach zu fragen, ob etwa ein körperlicher Defekt bei Gisbert die Verantwortung trug, daß Eva von ihm nicht schwanger geworden ist, vermochte es auch durch mit der gebührenden Vorsicht vorgenommenes Nachtasten bei Iris nicht zu ermitteln. Ich könnte mir aber vorstellen, daß er aus Gründen seiner Schriftstellerei und der für ihn daran hängenden Zeiteinteilung davor zurückschreckte, Kinder in die Welt zu setzen, deshalb um so glücklicher war, daß sie die Töchter als lebendige, unumkehrbare Tatsachen mit in die Ehe einbrachte. Wenn es so gewesen sein sollte, hatte er sich jedenfalls gründlich verrechnet. Iris spricht mit frappierender, um nicht zu sagen schockierender Offenheit darüber, wie lächerlich ihr Gisberts überernstes Bemühen, bei ihr an die Stelle ihres verstorbenen leiblichen Vaters zu treten, in seiner Aussichtslosigkeit von Beginn an vorgekommen ist.

Jessica, die fast noch ein Baby war, als ihre Mutter Gisbert kennenlernte, soll ihren Widerstand gegen den designierten Stiefvater sogar bis zu einer Art von Hungerstreik getrieben haben, indem sie sich weigerte, in dessen Anwesenheit Nahrung in fester oder flüssiger Form zu sich zu nehmen. Iris ist heute noch amüsiert, wenn sie erzählt, mit welchen Tricks es ihr und Eva damals glückte, diese kämpferische Verbocktheit der Kleinen mehr als ein Jahr lang vor Gisbert verborgen zu halten. Geplatzt ist es erst, als Gisbert seine Stieftöchter herausputzen und zu einem Gala-Diner seines Verlages im Adlon, wo er sich als stolzer Familienvater zu präsentieren gedachte, mitnehmen wollte. Über die erzieherischen Maßnahmen, die Gisbert nicht etwa durchführte, sondern lediglich in Vorschlag brachte, um Jessica ihre Marotte abzugewöhnen, ist es zwischen ihm und Eva zu langwierigen Auseinandersetzungen gekommen. Ein weiteres Jahr mußte hingehen, bis Eva und Gisbert begriffen, daß Jessica einzig durch den Einfluß der älteren Schwester dahin zu bewegen war, ihre Mahlzeiten mit den anderen am Familientisch einzunehmen.

Hingegen ist Jessica schon zu Zeiten, da Gisbert ihrer Mutter noch den Hof machte, mehr versehentlich die Anrede «Papa» entschlüpft, eine Herzenserquickung, die Iris ihm niemals zu spenden bereit war. Anders als bei Iris hatten nämlich Gisberts Wesen und Erscheinung Jessicas kindliche Zuneigung für sich gewonnen, ihre Sperre entsprang ausschließlich der Treue zu ihrem Erzeuger, der, wie man ihr erklärt hatte, im Himmel wohnte und von dort unablässig sein sorgendes Auge auf sie gerichtet hielt. Gisbert mußte, als er es verstand, neben der Eifersucht auf den Toten auch Hochachtung für den edlen Mut der Kleinen empfinden.

Iris sagt, sie habe gewußt und es verschiedentlich von ihrer Mutter bestätigt gehört, daß es Gisbert kränkte, wenn sie von ihrem «Papa» sprach, womit ja nicht er, sondern der Verewigte gemeint war, und sie habe es aus diesem Wissen um so häufiger getan und stets mit dem Vorsatz, ihn zu verdrießen. Iris ist auch von einer mir etwas unheimlichen Freimütigkeit in dem Bekenntnis, daß sie ihre betonte Reserve ihm gegenüber gesteuert und dazu eingesetzt habe, ihm immer weiter gehende Zugeständnisse, immer kostspieligere Geschenke abzulocken. Die Herabstimmung ihrer ostentativen Antipathie zur Indifferenz mußte ihm als Dank dafür genügen.

Iris' Ton nimmt eine mir schwer erträgliche höhnische Färbung an, in der ich Verachtung gegen das männliche Geschlecht in seiner Gesamtheit zu spüren vermeine, wenn sie davon spricht, wie Gisbert bei jedem Geburtstag, bei jedem Weihnachtsfest aufs neue versuchte, ihr seine Werke unterzujubeln, die er ihr in prächtigem Schmuckeinband und mit den schmeichelhaftesten Widmungen versehen mit auf den Gabentisch legte. Sie sei mit der Lektüre in keinem von ihnen über die zehnte Seite hinausgelangt, sagt sie, der dickleibige Wälzer über den Soldatenkönig immerhin habe ihr als Briefbeschwerer vorzügliche Dienste geleistet.

Dieser einem jungen Mädchen so übel zu Gesicht stehende Zynismus versteigt sich, in Andeutungen durchblicken zu lassen, daß selbst Eva von dem Genie ihres Angebeteten nicht im letzten Grund überzeugt war. Diese Haltung, die geeignet ist, mich mit einer Mischung aus Trauer und Zorn zu erfüllen, schlägt in ihr gerades Gegenteil um, sobald ich es mir herausnehme, eine bestimmte Passage in den Fragmenten mißlungen zu nennen. Der Gisbert, der gelebt hat und so viel vergebliche Liebesmühe daran verlor, seinen väterlichen Gefühlen in ihrer Brust das Echo zu wecken, ist sehr verschieden von dem Gisbert in seinem jetzigen Zustand, dessen Namen sie mit einem längst beim Hochmut angekommenen Stolz als ihren eigenen trägt und dessen Talent von jedermann als unübertrefflich, ja als unfehlbar anerkannt werden muß.

Ich müßte ein Erztrottel sein, um zu verkennen, daß sie mit dieser Idealisierung des Toten jenes Schema, das sie an Gisbert geübt hat, neuerdings auf mich anwendet. Freilich ärgert es mich, aber ich darf Iris darum nicht böse sein. So störend es sich auf unser häusliches Zusammenleben auswirkt, so hilfreich ist es uns bei der Bewältigung unserer Aufgabe. Es ist doch kein Zufall, wenn sich die Phänomene der Religion und der Philosophie, mit deren Hervorbringung wir jene Krone, die uns über dem Vegetativen und dem Animalischen thronen läßt, beanspruchen, an der Tatsache des Todes entzündet haben. Idealisierung in Platos Sinne findet ja statt, wenn ein Mensch stirbt, wenn er sich dessen entäußert, was an ihm das Leibliche und Gegenständliche ist. Die Natur holt sich zurück, was Natur an ihm war, und läßt nur das Geistige übrig.

Die Frage danach, ob dies Geistige nach seiner Trennung vom Körper eine Existenz an sich selbst hat, ob man also an ein Leben der Seele nach dem Tod zu glauben wünscht, ist eigentlich unerheblich. Geist sein, reiner Geist sein, etwas, was nicht mehr gefüttert, gekleidet und gewärmt werden muß, bedeutet schon das Für-andere-Sein. Das passiert auf natürliche Weise, aber es kann ihm auch sehr tüchtig nachgeholfen werden durch Arbeit und Kunst.

Es geschieht ja nicht, um Gisberts Porträt in den leuchtenden Farben, wie sie hier verlangt sind, zu zerkratzen, ehe ich es noch fertiggestellt habe, wenn auch die weniger glücklichen Züge darin zur Mitteilung kommen. Es muß nun einmal, wenn die plastische Wirkung erzielt werden soll, zur Menge des Lichtes das entsprechende Quantum Schatten hinein. Gisbert mußte, als die Perspektive auftauchte, Iris durch ihre Unterbringung in Schweden dem Zugriff der antisemitischen Repression zu entziehen, diese Lösung sympathisch erscheinen. In die schrecklichste Zwangslage mußte sie Eva versetzen. Iris war und ist ihr Ebenbild, nicht nur dem Äußeren nach, auch, was die geistigen Tendenzen angeht. Die Anhänglichkeit an das jüdische Brauchtum stellt sicher den markantesten unter den gemeinsamen Zügen dar, aber ich hätte wenig Mühe, daneben seitenlang kleine, höchst individuelle seelische Besonderheiten aufzulisten, wie sie der Mutter gehörten und jetzt weiter der Tochter gehören.

Trennung mußte für Eva wie für Iris gleichbedeutend damit sein, das Selbst in zwei Stücke zu reißen. Gisbert wollte das Haus. Die spießige Villa in Nikolassee und das «ewige», den Schlußstein seines literarischen Werkes, den Luther-Roman. Über Emigration war mit ihm nicht zu verhandeln. Ob Eva darüber nachgedacht hat, mit Jessica Iris auf ihrem Weg zu begleiten, solange das Türchen noch offenstand? Iris vermag sich an dergleichen nicht zu erinnern, und was ich an Aufzeichnungen aus Evas Hand gerettet habe, gibt ebensowenig Auskunft darüber. Sie hätte es heimlich tun müssen, bei Nacht und Nebel, denn unmöglich hätte er einwilligen können in einen solchen Schritt. Allerdings würde es ihn von der drückendsten seiner Hypotheken entlastet haben. Er hätte als erste Folge seinen Platz in der Reichsschrifttumskammer wieder einnehmen dürfen, wäre in die Akademie gewählt, auch sonst mit Ehrungen und Zuwendungen überhäuft worden von der herrschenden Clique, der das Verbleiben eines Schriftstellers von irgend nennenswerter Begabung in dem von ihrer Barbarei geknechteten Land, wie das leidige Exempel Gerhart Hauptmanns beweist, schon zu drei Vierteln als Loyalität gelten muß. Das hätte mit einiger Wahrscheinlichkeit seine Moral und seine Selbstachtung, damit wohl auch das, was den Schriftsteller eigentlich ausmacht, zerstört, aber es hätte gewiß sein Leben erhalten und ihn in das Vermögen gesetzt, auf Umwegen für seinen Anhang im Ausland zu sorgen, bis der Spuk vorüber gewesen wäre.

«Bis der Spuk vorüber gewesen wäre ...» Das schreibt sich so leichtfertig hin, und doch muß diese Denkungsweise, wie uns die blutigste aller bisherigen Menschheitserfahrungen gelehrt hat, als absolut tödlich in ihrer Irrtümlichkeit gebrandmarkt werden. Die Republik hatte uns an das immer raschere Kommen und Gehen der Kabinette gewöhnt. Ich will mich nicht ausnehmen, ich unterlag selbst viel zu lange der Fehleinschätzung, die ich hier als verhängnisvoll zu kennzeichnen versuche. Die Sozialdemokraten haben erst im Konzentrationslager begriffen, daß nicht die Regierung gewechselt hatte, sondern daß ein System umgestürzt worden war. Zu tief war den Juden die Feindseligkeit ihrer christlichen Umwelt in Fleisch und Blut übergegangen, zu eingeübt ihre Kollektivseele in die Techniken, noch aus den gewaltsamsten Übergriffen Stärkung für die innere Verbundenheit ihrer Gemeinde zu ziehen, um im Gebaren der Nazis etwas grundsätzlich anderes entdecken zu können als das, was man schon von Luther und den Kreuzrittern kannte.

Wo immer der Spuk aufgetaucht war, hatte er seine Opfer auch an Menschenleben gefordert, hatte sie genötigt, von den Spaniern zu den Türken zu ziehen, dieses Land mit dem nächsten zu tauschen, war aber dann doch immer Spuk geblieben, ein vorübergehender Sturm, an dessen Ende ihnen eine Phase der Ruhe und relativen Friedfertigkeit gegönnt worden war. Man hatte diese Verfolgungen überlebt, Welle für Welle, nicht immer als einzelner, aber doch als das gottverbundene Volk, hatte sich nur jedesmal fester geklammert an das rettende Holz der Arche Noah, an die Überlieferung, die verbriefte Erfahrung, die ja mit Ägypten und Babylon von sehr Ähnlichem schon aus den Urzeiten sprach.

Ich möchte den Marxisten raten, die Unerschütterlichkeit ihres Glaubens an den Historischen Materialismus am gegenwärtigen Schicksal der europäischen Juden zu prüfen. Es könnte ihnen eine heilsame Dosis an Skepsis einimpfen, denn ich besitze keine triftigere Erklärung dafür, daß sich die Juden so widerstandslos ihrer Vernichtung entgegentreiben lassen, als das blinde Vertrauen auf das sie begünstigende, in der Weltgeschichte waltende Gesetz, jenes Et-hat-noch-immer-jut-jejange der Rheinländer, des Stammes, der ja auch Friedrich Engels und Karl Marx hervorgebracht hat.

Ich gestatte mir diese Spekulation, weil mir eine stärkere Lichtquelle zur Erhellung der Passivität der Gutsches, besonders derjenigen auf Evas Seite, nicht zur Verfügung gestellt ist. Die Deutschen werden uns, wenn die Stunde der Abrechnung kommt, ihr allerdoofstes Schafsgesicht zeigen und beteuern, sie hätten von alledem nichts gewußt. Die Juden aus ihrer Straße seien abgeholt worden, das habe man wohl beobachtet, auch schon einmal gesehen, wie sie auf den Güterbahnhöfen in Viehwaggons geladen wurden. Aber wer hätte ahnen können, welche Destination diesen Gesellschaftsreisen bestimmt war? Die Juden waren im allgemeinen recht genau unterrichtet, wohin diese Züge fuhren und was mit den Deportierten in den Lagern geschah. Ich müßte mich, um das zu zeigen, nur zur Wiedergabe einiger Stellen aus Evas Korrespondenz mit ihren Nürnberger Verwandten entschließen.

Wenn sie sich irgendwann dazu hat durchringen können, ihrer weit, weit über Gisbert geliebten Tochter das Valet zu sagen, um an seiner Seite dem unausweichlichen Untergang entgegenzuschauen, war's wohl, um in Iris der Welt ein Stück ihrer selbst zu bewahren. In wie über jedes Erwarten begünstigende Umstände Iris dann in Schweden geriet, das muß Eva eine große Herzenserleichterung gewesen sein. Die wenigen Briefe, die ihr die Tochter von dem idyllischen Eiländchen bei den Goldschmidts schrieb, müssen diesem erleichterten Herzen aber doch auch gleich wieder Stiche versetzt haben.

Die Porträts ihrer Pflegeeltern waren mit solch liebevoller Feder gezeichnet, daß es Eva weh getan haben muß. Die Schwärmerei für den ergrauten Gentleman, der Iris als junge Dame behandelte und die Menge seines in der Abgeschiedenheit gestauten Charmes an sie versprühte, konnte Eva nicht anders denn als Kritik an Gisberts so fehlgerichtetem, teils pedantisch-schulmeisterlichem, teils tolpatschig werbendem Verhalten verstehen. Das wäre vielleicht noch zu verkraften gewesen, da es in der alten Wunde an ein Leiden rührte, an das Eva sich zu gewöhnen gelernt hatte. Schlimmer mußte es sie betrüben, daß die Ausdrücke, in denen Iris ihr von ihrem Heimweh und ihrer Sehnsucht sprach, ganz blutleer und formelhaft waren. Wenn Eva in ihren Antworten den Schmerz über die Trennung ins Pathetische forcierte, erntete sie dafür doch keine heißeren Bezeugungen des Vermißtwerdens auf der anderen Seite.

Die Idee des Selbstmords – der Selbstmord ist *Idee* par excellence, das Veto des Geistes gegen die Natur schlechthin – ist ursprünglich bei Gisbert aufgekommen. Das läßt sich aus den Dokumenten genau rekonstruieren. Émile Durkheim, einer der Begründer der positivistischen Soziologie, hat bekanntlich dem Phänomen des Selbstmords eine eigene Studie gewidmet. Da diese neue Wissenschaft ihr Terrain gleichsam erst aus der idealistischen Philosophie heraussprengen mußte, hat er seine Untersuchung auf statistische Tatsachen gestellt. Ich kenne das Buch nur aus Erwähnungen, weiß also nicht, ob es dort explizit ausgeführt worden ist, aber ich möchte wetten, daß der Suizid in der Berufsgruppe der Schriftsteller in der markantesten Häufung auftritt. Künstlerisches Schreiben hat mit dem Selbstmord nämlich immer das gemein, selbst dort, wo die Dichter ihren Stil einen realistischen nennen, daß es mit Geisteskraft die Wirklichkeit überwindet und in den Fällen des ganz großen Gelingens sogar ihre Stelle einnimmt.

Es klingt, wenn man es in Gisberts Tagebüchern nachliest, wie das generöseste aller Angebote, wenn er Eva vorschlug, im Fall, daß man sie abholen wollte, gemeinsam mit ihr den Tod zu suchen. Die Aufopferung des eigenen Lebens bleibt der Inbegriff des Heldentums, und trotzdem sperrt sich etwas in mir dagegen, dieser Regung meines Freundes, die dann schließlich zu seiner Verewigung führte, auch nur im Ansatz Beifall zu spenden.

Ich habe es mir immer verboten und will es mir auch jetzt nicht gestatten, in die Windungen der mißgebildeten Hirne von Himmler und Konsorten einzudringen, aber wenn ich denn Ernst machen wollte mit meiner Absicht, Gisberts Tod als ursächlich von ihnen verschuldet hinzustellen, müßt ich es tun. Welche durch und durch niederträchtige Perfidie, welches Schurkentum lag darin, die mörderische Drohung nicht direkt auf ihn, nicht einmal auf seine jüdische Frau, sondern zuerst auf die kleine Jessica zu richten! Der Naturinstinkt, der uns die Schwachen gegen Gefahren, denen sie wehrlos ausgeliefert wären, schützen läßt, sollte durch den noch tieferen Instinkt der Selbsterhaltung ausgelöscht werden. So haben sie aus einem Volk von Feiglingen ein Volk von Mördern gemacht. Gebe Gott, daß die Alliierten nicht bloß die Mörder wieder zurückverwandeln in Feiglinge und Kriecher! Die zweite Wiederholung der Katastrophe wäre damit schon programmiert.

Ein Schisma innerhalb der Reformation hat sich an der Frage der Kindstaufe entzündet. Der linke Flügel der Reformation, der durch die Abschlachtung der Bauernheere sowenig wie durch die Enthauptung Thomas Müntzers liquidiert werden konnte, hat sich alsbald unter der Fahne des Wiedertäufertums versammelt. Den Eintritt in die Gemeinde sollte der neue Christ in ganzem Bewußtsein, unter Beteiligung seines Verstandes vollziehen. Luther hat in diesem Punkt auf die von ihm so lauthals geforderte Rückkehr zu den Evangelien sehr hörbar geschissen.

Ich habe mich der Verwendung des starkdeutschen Ausdrucks wegen nicht des Vorwurfs der Skatophilie zu erwehren, es ist aktenkundig, daß dem Säugling Luther bei seiner Taufe in Eisleben den liturgischen Vorschriften gemäß vom exekutierenden Pfaffen Kot in das Mündchen geschoben wurde. Vielleicht hat er ihm besser geschmeckt als die Milch aus der Brust seiner Mutter, es gäbe dies jedenfalls, wollte man sich der Deutungsmuster des vielerwähnten Wiener Seelenforschers bedienen, eine bündige Erklärung der ausgeprägten Vorliebe für die Analmetaphorik, mit der der große Mann seinen Polemiken, theologischen Traktaten und selbst seinen Predigten die besondere persönliche Würze verlieh. Zum wenigsten machte es mir die Inbrunst ein wenig verständlicher, mit der Luther das Sakrament der Kindstaufe zu verteidigen pflegte, die sonderbar römisch und verlogen anmutet, weil die Verweise auf die Hauptargumente seiner neuen Theologie in meinen Augen keineswegs überzeugen.

Es ist meine Aufgabe, die lutheranisch Gesinnten im Reich für den aktiven Widerstand gegen das Hitlerregime zu mobilisieren. Ich tue das Gegenteil und stoße sie vor den Kopf, wenn ich zwischen der Kindstaufe und der Kindesverfluchung, die Unmündigen aufgrund ihrer Ahnentafel das Lebensrecht abspricht, eine mentale Nähe behaupte. Ich soll die Festung Martin Luther nicht in Grund und Boden schießen, ich soll sie geduldig berennen und schließlich erobern. Ich will deshalb den etwas ungeheuerlichen Vorwurf reduzieren auf einen ganz persönlichen und punktuellen Einwand gegen Luthers Apologie der Kindstaufe, die als ein verunstaltender und nicht eben wohlriechender papistischer Fleck an ihm haftet.

Es ging mir auch hauptsächlich darum, Mittel heranzuziehen, die uns den schwersten Brocken an Gisberts Art des Ausscheidens aus den hiesigen Dingen etwas verdaulicher gestalten könnten. Einen Doppelselbstmord als etwas Denkbares und Mögliches, ja am Ende Folgerichtiges zu konstruieren, das traue ich mir gerade noch zu. Aber das Kind! Wo um Himmels willen soll ich hin mit dem Kind? Hat man je vom Selbstmord eines Kindes gehört? Vielleicht schließe ich zu selbstgerecht von mir auf andere, vielleicht hat man Ausnahmen gekannt, vielleicht hält mich meine eigene Erinnerung zum Narren, wenn ich behaupte, mir sei, solange ich Kind gewesen bin, der Tod etwas Fremdes gewesen. Sicher habe ich die Erwachsenen von ihm reden gehört, habe die Großmutter auf den Friedhof zum Grab des Großvaters begleitet, habe auch dann und wann mit Erschrecken ein totes Tier auf der Straße gesehen, aber das alles gehörte nicht zu mir, es ging mich nichts an.

Beinahe möchte ich den Schritt aus der Kindheit heraus, die Ichwerdung, in jenen Moment setzen, da ich begriff, daß ich zu den Sterblichen zähle. Ein Paradox wieder, aber diesmal das Paradox des Lebens, der Existenz überhaupt. Das Ich sagt sich erst ab der Sekunde mit Berechtigung aus, da es erkannt hat, daß es sich auflösen wird. Diese Voraussetzung ist es, die mich zu der These verleitet, daß vor jener Wende, an der sich die von der Wiege ausgegangene Kurve wieder zum Grabe hinbiegt, an den Tod nicht gedacht werden kann und damit logischerweise erst recht nicht an Selbstmord.

Jessica war ein ganz außerordentlich verständiges Kind, ihre Redeweise kennzeichnete das, was man als Altklugheit zu tadeln pflegt, weil man an das Vorhandensein der Denkweise, deren Ausdruck sie sein müßte, bei der Sprechenden nicht recht glauben mag. Der mit Kriegsbeginn rapide sich verschärfende Terror gegen die Juden hat die Atmosphäre in der verkleinerten Familie grundlegend gewandelt. Wie Eva es fertiggebracht hat, die Kleine davon zu überzeugen, den Judenstern und die Schmähungen in der Öffentlichkeit als etwas zu tragen, das sie im Innersten mit Stolz erfüllen sollte, davon besitze ich eine vage Ahnung. Sehr viel schwieriger wird es mir zu verstehen, wie sie es vermochte, das redselige Wesen dahin zu bringen, in der Schule jedweder Provokation auszuweichen und jedweder Befragung nach der Art ihres Glaubens durch Mitschüler und Lehrer die Auskunft zu verweigern.

Ich müßte neuerlich die Gedanken à la Sigmund Freud untereinander in die Verbindungen setzen, um in der gehörigen Ausführlichkeit darzutun, warum es schon vom Prinzip her nichts sein kann mit der Selbstkritik, von der hier in der

Sowjetunion so viel Wesens gemacht wird. Mich hat bei der Lektüre der römischen Geschichtsschreiber, wie ich sie zur Vorbereitung von Rollen in Shakespeares Dramen mit stets erstauntem Behagen vornahm, immer wieder die Wendung frappiert: Der Soundso wurde zum Suizid aufgefordert. Wenn mein Gedächtnis mir beisteht, ist weder bei Tacitus noch in einer der übrigen Quellen irgendein Fall überliefert, in dem die Ausführung der Weisung verweigert oder auch nur verzögert worden wäre. Einzig Nero soll von Hemmungen geplagt gewesen sein, Hand an den edlen Körper zu legen, und seine Dienerschaft um Mithilfe gebeten haben. Man wird es mir in Moskau bestimmt nicht verzeihen, aber die Selbstkritik, wie sie von der Spitze der Partei ihren höheren, mittleren oder minderen Funktionäre auferlegt wird, kann ich unmöglich wahrnehmen, ohne unwillkürlich die im alten Rom so gebräuchliche Beseitigung von Reibungen im Betrieb der Staatsmaschinerie zu assoziieren.

Ich wollte harmloser von der Selbstkritik sprechen und die Frage aufwerfen, ob bei der englischen Regierung etwas Derartiges stattgefunden hat, als sie feststellen mußte, daß sie mit ihrer Nachgiebigkeit in der tschechischen Frage Hitler zu dem Überfall auf Polen erst ermutigt hat. Es klingt angesichts des singulären Weltbrandes, den die Nazis entfacht haben, unwahrscheinlich, und ich stutze selbst, aber wenn man ihre Vorgehensweise einmal in der Abfolge der einzelnen Schritte studiert, muß man ihr eigentlich eine enorme Vorsichtigkeit attestieren. Die großspurigen Überrumpelungen, mit denen die Nazis wieder und wieder den Rest der Menschheit in angsterfülltem Staunen erstarren ließen, haben sie nie gestartet, ohne daß zuvor jeder erdenkliche Widerstand ausgeräumt worden war. Daß Gauklertum und Machtgier eine so innige und mörderisch effektive Fusion miteinander einzugehen vermögen, ist nicht leicht zu begreifen, und man kommt nicht darauf, wo der geistige Winzling aus der österreichischen Provinz es gelernt haben könnte.

Man hat seine Schwierigkeit, diese so ganz und gar aus der menschlichen Art geschlagene Kreatur zu bezeichnen. Man vermeidet, wo es gehen will, ihm die Nennung des Namens zu gönnen, zumal er nicht einmal die Ehre besaß, ihn von Geburt an zu tragen. Was uns die Sprache an herabwürdigenden Epitaphien zur Verfügung stellt, reicht lange nicht an das Ausmaß seiner Verworfenheit und seines Verbrechertums heran, so daß derjenige, der von ihm zu handeln versucht, in einer unauflöslichen Verlegenheit steckt. Wie dem auch sei, wenn es dem Antimenschen nächstens an den Kragen geht, so ist er meines Dafürhaltens nicht an seinem allgemein konzedierten Größenwahn gescheitert.

Es liegt nicht daran, daß ich den Lutherschen Glauben an den Teufel nicht teile, wenn ich es ablehne, den Braungeist im Zusammenhang mit Satan zu denken. Alles, was dem Zwergenhirn entsprungen ist, noch das Infamste, trägt deutlich den Stempel biederster Krämerei. Nun ist es aber auch dem bittersten Knicker in seinem Kramladen einmal widerfahren, daß er sich zuungunsten der eigenen Kasse verrechnet hat. Genau das, nicht mehr, nicht weniger, ist Hitler unterlaufen, als er sich zum Angriffskrieg gegen die Sowjetunion verstieg. Er ist nicht Opfer seines Größenwahns, sondern eines gängigen Vorurteils geworden, was seinen Mißgriff, wenn man ihn vom Standpunkt der Oberlehrer beurteilt, sogar verzeihlicher macht.

Der Antikommunismus, den er ja mit den übrigen imperialistischen Räubern, denen er als oberster Oberräuberhauptmann zu präsidieren gedachte, teilt, hat ihn zu den falschen Voraussetzungen verleitet, über die er jetzt stolpert. Daß eine Wirtschaft, die von etwas anderem als der mit Chauvinismus verquickten Profitgier gelenkt wird, außerstande sein müßte, ihre Rüstung industriell zu organisieren, war die irrige Prämisse Numero eins. Die zweite Fehlkalkulation bestand darin, das Schema und die Methoden seines innenpolitischen Erfolgs auf den Globus zu übertragen.

Den politischen Geschäftsträgern des Kapitals, den bürgerlichen Parteien, zu denen die SPD, die schon in der Republik die Arbeiter nicht als Klasse, sondern als Kapitalfaktor vertreten hat, hinzugezählt werden muß, mochten seine verquaste Ideologie, sein rhetorischer Stil, seine uniformierten Schlägertrupps unsympathisch, ja widerwärtig gewesen sein, sie hatten dennoch in ihm rechtzeitig das im Gegensatz zu den nach der Macht strebenden Kommunisten geringere Übel erkannt und ihm als dem erklärten Feind des Parlamentarismus unter Wahrung der demokratischen Spielregeln den Staat ausgeliefert. Hatte nicht der Siegeszug seiner Horden innerhalb der Grenzen des Reiches gültig bewiesen, daß das Kapital, wenn es Spitz auf Knopf stand, viel lieber die demokratische Verfassung als das Verwertungsgesetz suspendierte? Und würden nicht England und Amerika, wo das Parlament nie etwas anderes gewesen war als der gemeinsame Ausschuß aller Kapitalisten zur Akkommodierung ihrer teils entgegengesetzten Interessen, ganz genauso reagieren, wenn er sich anschickte, für sie die Schmutz- und Blutarbeit zu erledigen, indem er den Kommunismus vertilgte?

Man empfindet fast etwas wie Schadenfreude, wenn man sieht, wie dem knödelnden Alpenländer die Spekulation auf das angelsächsische Gemüt fehlschlagen mußte. Da lag denn aus den Jahrhunderten, in denen man, mehr unter Einsatz wirtschaftspolitischer als kriegerischer Mittel, das britische Imperium aufgebaut hatte, eine gar zu solide Erfahrung vor, als daß man den hergelaufenen Rattenfänger nötig gehabt hätte, um von ihm zu lernen, wie man die Feinde der kapitalistischen Weltordnung unschädlich macht. Gisbert hat es immer mit Vehemenz von sich gewiesen, ein politischer Schriftsteller zu sein. Er hielt noch seinen großen Preußenroman und seine preußische Tragödie für die Hervorbringungen einer christlich erweckten Seele. Der Betrachter verkennt aber nicht den politischen Instinkt, der im Spiel ist, wenn ein von der Nazi-Diktatur bedrängter Autor sich der Reformation und der Gestalt Luthers zuwendet.

Selten hat ein Luther-Biograph es versäumt, Hutten als dessen Vorläufer zu porträtieren. Ulrich von Hutten war einer der ersten und lautesten Trommler, nicht für die Luthersche Sache, aber für Luthers Person. Von einer neuen theologischen Linie war ja auch in keiner der 95 Thesen wider den Ablaß irgendeine Spur zu entdecken, geschweige denn von einer radikalen Innovation. Daß da einer wagte, dem Papsttum die Stirne zu bieten, darin allein leuchtete für Hutten das Fanal der Erweckung der deutschen Nation, die er aus den eigenen Kräften nur so unzureichend zu fördern vermochte. Er wurde nicht müde, in diesem Manne den Fürsten das Werkzeug zu preisen, sich aus den römischen Ketten zu lösen und den von klerikalen Besitztümern durchwürfelten Flickenteppich in ein einig Vaterland umzufärben.

Die Zeit wäre reif dafür gewesen, es waren zwischen Ostsee und Alpen die wirtschaftlichen und geistigen Potenzen vorhanden, um sich als eine dritte Nation gegen Frankreich und England zu behaupten. Wenn er überhaupt nötig gewesen ist, haben die Fürsten, voran der sächsische, Huttens Wink jedenfalls begriffen. Nicht anders ist die Inszenierung von Luthers Auftritt vor dem Wormser Reichstag zu deuten. Daß der politische Zweck verfehlt wurde, der die Entwicklung Europas für die kommenden Jahrhunderte in eine weit weniger schmerzensreiche Bahn gerückt hätte, daß Luthers Auftritt in der Hauptsache als theatralischer Effekt, als Bühnenzauber verpuffte, hat vornehmlich daran gelegen, daß die Regie von Friedrich dem Weisen, dem großen Lavierer und Taktierer, geführt worden ist. Man mag sich immerhin vorstellen, ob dieses Wormser Schießen nicht etwas weniger hornbergerisch hätte verlaufen können, wäre dieser Herrscher und dann doch wieder nicht Herrscher wie sein späterer Namensvetter, der zweite König von Preußen, statt bei den Kirchenvätern bei Macchiavelli in die Schule gegangen.

Das böse Ende kam jedenfalls nach, und ich bemühe mich ja gerade zu zeigen, daß sich die Linie ohne gröberen Mutwillen von Frankenhausen bis nach Stalingrad durchzeichnen läßt. Hutten und Sickingen haben Luther ihren Schutz angeboten, hätten ihn lieber auf einer ihrer Burgen gesehen als unter der Kuratel des sächsischen Kurfürsten, den man wohl verehren durfte ob seiner Weisheit, den man unter ehrgeizigerer politischer Zielsetzung aber doch auch der Halbherzigkeit bezichtigen mußte. Da wäre dann der Ritterstand, jenes mit der Krise des Feudalismus aus der sozialen Ordnung herausgesprengte Element, das nur nach Gelegenheiten zum Einsatz seiner schwindenden Gewaltmittel forschte, etwas anderes für Luther geworden als das bloße Inkognito, das er als Junker Jörg auf der Wartburg genoß.

Bei aller Voreingenommenheit für seinen Helden, die sich ihm beim Vorrücken im Roman merkwürdig verdünnt und verflüchtigt haben muß, wollte schon Gisbert Luther das berühmte Hier-stehe-ich-und-kann-nicht-anders, als hätte er's mit geballter Faust und flammendem Blick dem Kaiser ins Gesicht geschleudert, nicht so ganz abkaufen. Glaubwürdiger klingt immer das Ich-bin-hindurch, man hört ihm noch ab, daß Luther sich darauf vorbereitet hatte, das Schicksal des Hus zu wiederholen. Was Hus für die Bildung der tschechischen Nation geleistet hat mit seinem Tod auf dem Scheiterhaufen in Konstanz, dürfte schwer zu überschätzen sein. Im Attentat auf den Reichsprotektor, in den vielen mutigen Akten des tschechischen Widerstands gegen die deutsche Okkupation ist sein Vorbild lebendig.

Die Päpstlichen wußten viel zu genau, daß die Zündschnur, an der sie spielten, an einem Pulverfaß hing, um das, was sie forderten, wirklich wünschen zu können. Hätte man das kaiserliche Geleit gebrochen, um mit dem neuen Ketzer à la Hussienne zu verfahren, es wäre der sichere Untergang des Papsttums gewesen. Der Märtyrer Luther wäre zum Stifter der deutschen Einheit geworden.

Die Erleichterung dessen, an dem der Kelch vorübergewandert ist, spricht sich aus in dem Ich-bin-hindurch. Wie dem Patriarchen Abraham also war's ihm ergangen, Gott hatte im letzten Moment die Annahme des dargebotenen Opfers verweigert, Luther hatte sein Leben. Es *hin*zubringen in aller Stille an einem ruhigen und abgeschiedenen Ort, dafür war es zu famos begonnen, war es in zu weitreichende Bedeutungen und Bezüge eingestellt worden. *Dar*zubringen war es Gott und der deutschen Nation, und was also hätte sich heftiger aufgedrängt als die überfällige Translation der Worte des ersteren in die Sprache der zweiten?

War's schon mißraten in der rauhen Wirklichkeit, ließ sich

doch im Geistigen der Einheit noch dienen, nämlich durch die Herstellung von Einheitlichkeit. Ein einziger Ton von der Genesis bis zur Apostelgeschichte, eine einzige verbindend-verbindliche Sprache von der See bis zum Gebirg. Den Himmel erwerben nicht durch die Tat, sondern durchs Werk. Luther hat gleich auf der Wartburg damit begonnen, das ihm selbst so zweifelhafte Heldentum seines Antiantichristentums durch den saureren Heroismus des beharrlich verfolgten Lebensplanes im Werk zu ersetzen. Er hat viel fremde Arbeit aufgesogen in seiner Übersetzung der Bibel, das schmälert aber nicht den Wert seiner Leistung, denn der Durchhaltende, der immer von neuem Antreibende war er. Es hat die Länge eines Lebens verbraucht, und als es vollbracht war, war da kein Seufzer eines Ich-bin-hindurch, es war geschafft und damit abgetan, das Werk wie das Leben.

Es ist ein Gemeinplatz, daß Luther mit seiner Verdeutschung der Heiligen Schrift unsere Sprache auf ihrer damaligen Höhe nivelliert und auf diese Weise die Basis errichtet hat, auf der die Literatur, wie sie sich später erhob, erst aufbauen konnte. Unter den von Karl Marx eingeführten Koordinaten müßte man allerdings dies immer wieder als das bestaunenswerteste gewürdigte Zeugnis der Lutherschen Existenz noch schärfer verdammen als sein Versagen auf der politischen Ebene.

Man könnte Luther auch den Architekten des Weltinnenraums nennen, wenn ich hier eine Vokabel des sonst wenig protestantisch gestimmten Dichters Rainer Maria Rilke aufgreifen darf. Sein die Paulusbriefe bis auf die letzte Faser nach dieser Seite hin ausschlachtendes Dogma der zwei Reiche hat das deutsche Nationalempfinden hermetisch in die Sphäre des Geistig-Kulturellen geschlossen und das, was seine politische Dimension hätte sein müssen, kastriert. Es ist plausibel, daß die Witterung für jene, die politische Abstinenz und Impotenz kompensierende Hochzüchtung der Künste in Deutschland – und das betrifft interessanterweise nur die aufs Gemüt wirkende der Musik und Literatur, während die der Anschauung dienende der Malerei nach Dürer, Grünewald und Cranach versiegte und nie wieder an die italienische und holländische herankam – im Umfeld der Revolution von 1848 die sensibelste sein mußte.

Von Ludwig Feuerbach wurde der Vorwurf gegen Martin Luther erhoben, er habe mit seiner Umsiedlung Gottes aus den fernen Himmeln in den Innenbereich der einzelnen Seele, mit seiner Umwandlung des Gesetzes in das Gewissen, die Versklavung durch den Katholizismus, gegen die er aufgestanden war, nur um so hartnäckiger gemacht. Marx hat die Feuerbachsche Argumentation nur pointiert und, weil sich der deutschen Philosophie, auf die er zurückblickte, jede Ethik durch den Lutherschen Automatismus ins Ungreifbar-Ungefähre der Ästhetik aufgelöst hatte, seinen Auszug aus derselben verkündet. Friedrich Engels hat seine bedauerlicherweise so oberflächliche Analyse des Bauernkriegs in der erklärten Absicht unternommen, aus ihm das Schema für das Scheitern der Revolution von 48 zu destillieren.

Marx ist dem, was er mit «deutscher Misere» und «Elend der Philosophie» namhaft zu machen versuchte und dem er zu entfliehen hoffte, indem er seine Lehre auf das härtere Gestein der Nationalökonomie gründete, am Ende doch nicht entronnen. Nicht in Deutschland, in Rußland haben seine Ideen ihre Wurzeln ins Erdreich des Wirklichen geschlagen. Und es ist gewiß eine schauerliche Konsequenz, aber ich denke, es ist eine Konsequenz, die Konsequenz einer Entwicklung, die von

Luther ihren Ausgang genommen hat, wenn der erste vollständige Durchbruch des deutschen Nationalismus, der Triumph der Hitlerei, der sich Deutsche Revolution zu nennen gewagt hat, alles, was Geist gewesen ist an dem vorher unwirklichen Deutschland, liquidiert, nicht nur die Repräsentanten, sondern auch die einfachen Träger deutscher Kultur, wo sie nicht versehentlich verjagt worden sind, einsammelt und in die Konzentrationslager sperrt.

Vielleicht sind die Überlegungen, die ich hier anstelle, nicht gar so müßig, wie es auf den ersten Blick scheint. Die Freude über jede kleine Siegesnachricht, über jeden Meter russischer Erde, der von der Roten Armee zurückerobert wird, ist ehrlich, aber ungetrübt ist sie nicht. Der Vormarsch der sowjetischen Streitkräfte nach Westen, noch beschleunigt seit der Invasion in der Normandie, läßt die letzten Hoffnungen schwinden, daß die Deutschen noch aufräumen mit dem Hitlergesindel, bevor es zu spät sein wird, von den Alliierten einen Frieden zu erlangen, der ihnen einen Rest von Würde bewahrt.

Ich staune und will es bei der Unsicherheit meiner Quellen kaum glauben, daß, wie man hört, von den nach Amerika Emigrierten an den sonnigen Stränden des Pazifiks für die Zeit nach dem Krieg eine rücksichtslose Bestrafung des deutschen Volkes als Ganzes gefordert wird. Männer hinter großen, klangvollen Namen, nicht ohne Einfluß auf die Regierung der Vereinigten Staaten, sind es, denen diese Haltung nachgesagt wird, und vielleicht muß ich mir meinen Reim so darauf machen, daß ich es als die nächste Strophe in der ewigen Leier der deutschen Misere verstehe. Wenn also die Nazis aus dem Begriff des Deutschen alles herausgesondert haben, was Geist an ihm war in seiner eigentümlichen Prägung, was sie zu der Absurdität treiben mußte, das Deutschsein als die Zugehörigkeit zu einer Rasse zu definieren, kann der abgesonderte Geist, weil er die Trennung von Land und Leuten überlebt hat und sich, wie's scheint, bei bester Gesundheit befindet, jetzt seine Selbständigkeit proklamieren. Was an der Heimat zu besingen gewesen wäre, haben die britischen und amerikanischen Bomber zerstört, und eigentlich hat schon Goethe von seinen guten Deutschen herzlich wenig gehalten und sonderlich bei Gelegenheit der Befreiungskriege ihnen die kalte Schulter gezeigt, um auf das demonstrativste mit Napoleon von Weltgeist zu Weltgeist zu fraternisieren. Dann also weg mit diesem Volk, das Beifall geklatscht hat, als die Bücher verbrannt wurden, die seinen ganzen Stolz hätten ausmachen sollen, das an die prompte und korrekte Ausführung einer jeglichen vom Staate verordneten Barbarei seinen famosen Bienen- und Beamtenfleiß setzte. Haben sie nicht ihrem Führer wieder und wieder Treue geschworen bis in den Tod? Da kann doch diesen Männern, Frauen und Kindern nur geholfen werden, wenn man sie jetzt beim Wort nimmt. Die Dinge sind einmal so weit heran, daß in deutschen Landen kaum noch etwas übrig ist von dem Reich des Wirklichen, aus dem sich nach Luther der Teufel ja sowieso nicht austreiben läßt, daß es geradezu sündhaft wäre, die Arbeit nicht zu Ende zu führen und es nicht ganz auszurotten mit Stumpf und Stiel.

Ich tue mich schwer, jenen Standpunkt, wie er offensichtlich von Teilen der kalifornischen Kolonie unseres Großschriftstellertums vertreten wird, ins Lächerliche zu ziehen, und ich will auch nicht ernsthaft die Verschiedenheit der Meinungen dem mit der kasachischen Atmosphäre scharf kontrastierenden Klima zuschreiben. Die Luxleute, von denen mir diese uns hier so stark befremdenden Ansichten im Vertrauen mitgeteilt wurden, haben sich darauf geeinigt, dagegen nicht öffentlich zu polemisieren. Der Zwist zwischen der Sowjetunion und ihren westlichen Verbündeten, wie er sich unter der Hand abzuzeichnen beginnt und spätestens mit der deutschen Kapitulation ans Licht treten wird, soll nicht übertragen werden auf die im Exil lebenden Antifaschisten, soll nicht die Emigration aufspalten in ein östliches und ein westliches Lager.

Diese in der selbstauferlegten Zurückhaltung der in Moskau weilenden Freunde sich äußernde Weisheit hat meine Approbation, und ich gedenke keineswegs, aus dem Glied zu scheren, um meinerseits eine Solo-Attacke zu reiten. Ich will die Ranküne der von Hitler disqualifizierten Intellektuellen gegen das ihrem Metzger noch jetzt treuergebene Volk nur als die andere Beule ein und derselben Medaille betrachten, will in der ausgesprochenen Rachsucht weiter nichts sehen als die uralte, durch das Luthertum errichtete Schranke, die die Sphäre des Geistes mit ihren Verwaltern von den im Reich der Notwendigkeit sich Abplagenden scheidet und absperrt.

Ich bin mir dabei bewußt, daß es eine Überheblichkeit darstellt, wenn ich in meine aus der Vogelperspektive vorgenommene historische Schau meine Zeitgenossen einzurücken versuche. Wenn unsere rote Elite, die sich in einer spürbaren Aufbruchsstimmung befindet, als habe sie die Koffer schon gepackt, um morgen die Aufgaben, die ihr mit dem Einmarsch der Roten Armee in Deutschland zufallen werden, übernehmen zu können, mit ihrem besseren Wissen hinter dem Berg hält, wird das allerdings, wie ich vermute, auf der anderen Seite das Mißtrauen eher vergrößern. Vielleicht denkt man auch schlichter und reibt sich heimlich die Hände, weil man davon ausgeht, daß sich diejenigen, die sich jetzt den Siegern für das über das deutsche Volk zu verhängende Strafgericht als Ankläger anbieten, an keiner wie auch immer zu denkenden Neuordnung beteiligen werden und somit ihnen das Feld überlassen. Die alte, gleich nach der Machtübernahme der Faschisten ausgegebene Losung der Kommunisten erhielte dann auf den unvorhergesehenen, weil unvorhersehbaren Wegen der Geschichte bald ihre volle Wahrheit und Berechtigung: Nach Hitler kommen wir.

Es ist ja begreiflich, daß sie sich jetzt gern dieser Stimmung hingeben und Morgenluft wittern. Was immer sie an Privilegien genießen durften, ein Zuckerschlecken waren die Moskauer Jahre bestimmt nicht. Sie haben es – Kommunismus hin, Kommunismus her – aus mancherlei Gründen eiliger, nach Deutschland zu kommen, als die Bewohner der Villenvororte von Los Angeles, und sie fragen nicht viel danach, was von dem Bild der Heimat, wie sie es vor einem Dezennium mit sich fortgetragen haben, noch übrig sein mag.

Auf eine Art teile ich sogar den Wunsch, die Zerstörung Deutschlands vor seinem Wiederaufbau möge eine möglichst gründliche und vollständige sein. Wenn ich an dieser Stelle schwanke, wie ich mich ausdrücken soll, wenn ich schon formulieren will: Unsere Entwicklung als *Nation*, mir das aber nicht recht aus der Feder fließt, wenn ich statt dessen beinahe: Unsere Entwicklung als *Volk*, hingesetzt hätte, so beobachte ich das Symptom jenes Dilemmas, von dem ich zu handeln versuche, an mir selbst, spüre ich den Spalt in meinem eigenen Hirn. Man ist doch verblüfft, wie gängig der Begriff von der deutschen Nation in der Lutherzeit gewesen ist, wie er uns in dem halben Vollzug der Reformation und in deren Gefolge irgendwie abhanden gekommen sein muß, um später in immer prekärerer Weise wiederaufzutauchen und Unheil zu stiften.

Man fühlt, wenn man «Nation» sagt, unbedingt etwas Intelligentes und Reflektiertes mit, während am «Volk» immer etwas Tumbes und Haufenhaftes klebt, das zwischen Populus und Plebs oszilliert. Das soll heißen, daß die Deutschen in der modernen Geschichte das Klassenziel verfehlt haben und sinnigerweise jetzt das Curriculum von vorne aufnehmen müssen. Man könnte das als niederschmetternd empfinden, könnte sich dadurch gedemütigt fühlen, man könnte es aber auch ganz andersherum drehen und es als eine großartige, wenngleich mehr als unverdiente Chance begreifen.

NEIN, der *rex atque imperator,* wie Luther das dem Kurfürsten gegenüber behauptete, war Thomas Müntzer in Mühlhausen nicht. Weder das eine noch das andere. Aber schmeichelhaft doch und gleich in doppelter Weise, wenn das sanftlebende Fleisch zu Wittenberg seine Laute umgestimmt hatte, um ihn jetzt in solchen Tönen bei der Oberkeit zu verschreien. Erstens hieß es, daß der Schriftgelehrte es aufgegeben haben mußte, ihn, den Müntzer, an der Elle seines erdichteten Glaubens zu messen, um ihm das Mal des Ketzers aufzubrennen. Ob die Unterlassung geschah, weil der Doktor Lügner zur Ausnahme mit seinem Schreiberhändchen einmal nicht einen Leckerbissen zum Schleckermäulchen geführt, sondern sich bei der eigenen Nase gefaßt, um sich zu sagen, daß auch die Römischen mit ihrer Verketzerung ihn, den Luther, nicht, wie gewünscht, vertilgt und vernichtet, nur immer größer und größer gemacht hatten, oder ob der Leisetreter endlich zu merken begann, daß er mit seinen Anschwärzungen nach und nach alle dorthin trieb, wohin sie auf keinen Fall sollten, zur Wahrheit des Glaubens nämlich, wo sich die von Menschenhand errichtete Schranke zwischen denen vom Adel und dem gemeinen Volk aufheben wollte, das durfte einerlei gelten.

Den Lauf der Dinge dahin zu drängeln, ihn, den Müntzer, ein zweites Mal vor den Fürsten predigen zu lassen, diese Absicht schien Luther offenbar nicht mehr zu hegen, und an einer Disputation im Ring beim Bauernhaufen war ihm wohl erst recht nicht gelegen. Da war er zwar noch nicht mit seinem Latein, aber doch mit seinem gepachteten Christenglauben am Ende, wenn er ihn, den Müntzer, den Rex zu Mühlhausen nannte und sogar noch den Imperator! Da sprang denn der Doktor Lügner wie ein übermütiges Ziegenböcklein hin und her zwischen den beiden Reichen, die er doch so säuberlich voneinander getrennt haben wollte, versuchte den Kurfürsten jetzt bei seiner Herrschereifersucht zu kitzeln, da er ihn auf dem Christenohre so taub fand.

Ein halb gutmütiges, halb schadenfreudiges Lächeln erheiterte für einen Moment Müntzers sorgenvolles Gesicht bei dem Gedanken, wie schlecht Luther seinen Kurfürsten kannte, dem er doch mehr als sein Leben, dem er seinen Ruhm, seine angemaßte päpstliche Macht, seinen Wohlstand, seine Behaglichkeit dankte. Ob nicht Friedrich von Sachsen vielleicht sogar mehr als der Schirmherr von Luthers Reformation, ob er nicht aus dem Stoff der im göttlichen Sinne regierenden Judenkönige, von denen das Alte Testament zeugte, gewesen, das würde sich nun nicht mehr erweisen. Dem von Müntzer gestifteten Bund würde der große Mann nicht mehr, wie bis zur letzten Stunde gehofft, beitreten können, um mit seiner freiwilligen Erniedrigung allen übrigen Fürsten als Vorbild zu dienen, Friedrich der Weise war abgetreten von der Bühne des Lebens, war erlöst worden aus den Fesseln des Fleisches.

Zweitens war es natürlich schmeichelhaft für Müntzer schon im simplen Verstand, wenn Luther seinen Einfluß auf die Mühlhäuser so übertrieb. Daß der Wittenberger sich geistige Führung nicht anders vorzustellen vermochte denn unter der Form weltlicher Tyrannei, das bestätigte nur das Urteil, wie es für Müntzer seit langer Zeit feststand.

Wär es nur so! schnaubte er, den es nicht an seinem Pult hielt, wo die dringenden Sendschreiben abzufertigen waren an die Mansfelder Knappen, an die Brüder in Sangerhausen,

Sondershausen, in Allstedt, an all den Orten und Flecken, wo sein Wort gehört worden war, um alle, alle aufzurütteln, daß sie sich wappneten und nach Frankenhausen liefen, den Haufen zu stärken.

Wär es nur so! stapfte er in seiner Wohnung bei der Deutschorden-Komturei an der Marienkirche umher, wär es nur so, und der Doktor Lügner hätte dies einzige Mal recht! Ich wollt ihnen schon befehlen und sie kommandieren in diesem letzten Gefecht. Gott hat es mir im Traumgesicht offenbart: Nach Osten muß unser Stoß gehen, nach Osten! Aber ich habe die göttliche Offenbarung nicht einmal als meine persönliche Meinung dem Rat der Stadt vortragen dürfen. Und wär es gewesen, sie hätten auf die göttliche Weisung geschissen und doch auf den Pfeifer gehört.

Es hat leider sein Wahres, daß ich hier in Mühlhausen nie hätte Fuß fassen können ohne den Pfeifer. Denn ein eigensinniges Völkchen, das sind sie, diese Reichsfreien, bei Gott, und noch dazu Thüringer. Gut sind sie in ihrem innersten Kern. Hab ich nicht Predigt für Predigt ihre Herzen entzündet? Sie dahin gebracht, daß sie bereit waren, ihr Gut, den Leib und das Leben daranzusetzen, daß wir Gottes Willen vollstrecken und die Bedränger richten, jetzt, wo uns Tag gemacht worden ist. Und du, Pfeifer? Ich, sagst du mir, ich kenn meine Mühlhäuser, und du, Müntzer, du glaubst sie zu kennen. Das mag schon sein, daß ich deine Mühlhäuser nicht so kenne wie du, mein lieber Pfeifer, und du läßt ja nicht nach, es mir zu beweisen, aber wenn ich schon die Mühlhäuser nicht kenne, so kenn ich den Menschen, denn ich hab viel unter den Leuten umherlaufen müssen. Und ich kenne unseren Gott. Und der da oben kennt mich. Darum, verstehst du mich, Pfeifer? Darum horchen sie, wenn meine Stimme erklingt, weil der da oben durch mich zu ihnen spricht. Und wenn ich ihnen sage, daß sie pinke-panke ihr Schwert schmieden, daß sie dran-dran-dran-gehen sollen, dann ist es, weil der da oben weiß, wo er mit ihnen hinauswill.

Die Fürsten und die großen Hansen, die uns schinden und schaben, die haben nicht erst den Müntzer und seine Predigt gebraucht, um zu erkennen, vor welches Gericht der Höchste sie stellt, daß Gott ihrem sündigen Treiben die längste Zeit zugeschaut hat. Hätten sie uns sonst ihren Doktor Lügner geschickt, alle, die wir aufgeweckt haben, wieder einzulullen, bis sie sich von der Oberkeit einen beschissenen Frieden aufschwatzen lassen?

Dein Zug ins Eichsfeld, was hat er eingetragen, was hat er gekostet? Wo bist du jetzt, Pfeifer? Komm und steh mir die Antwort. Was hat er uns eingebracht? Proviant, Proviant und noch mehr Proviant. Unsere Gottesstreiter im Haufen werden bald feister sein als die Mönche, und sie haben bei deinen Plündereien auf dem Eichsfeld mehr Klosterbier gesoffen als vorher in ihrem Leben.

Warum habe ich hier in Mühlhausen in Gottes Namen das Kloster zur Waffenschmiede gemacht? Warum habe ich drinnen schweres Geschütz gießen lassen? Damit wir mit unseren Kanonen die Spatzen beschießen, daß sie dem Bauern nur nicht die Kirschen vom Baum fressen? Was predige ich ihnen von der ganz anderen Saat, von der großen, die jetzt aufgehen will und die wir vor der Ernte zertrampeln, wann immer der Beutesack schwerer als der Morgenstern sein muß. Da wird der Pfarrer Pfeifer denn plötzlich gesprächig und weiß die passenden Stellen aus der Schrift anzuführen, die zeigen, daß wehrlose Klöster auszurauben, die Dauerwürste und die Schinken wegzuschleppen, nebenbei mit einem Fuß noch ein Fäßchen zu rollen, christlicher ist, als mit dem schweren Geschütz nach Frankenhausen zur Walstatt Gottes zu ziehen und sich der Reiterei der Fürsten zu stellen. Vielleicht ist es dein Gaul, den dir dein Grundherr von der Weide gestohlen, weil es angeblich sein Gras war, an dem sich das Füllen zum Klepper gefressen, mit dem sie dich jetzt totreiten wollen. Nicht einer von denen, Pfeifer, die mit dir auf der gefräßigen Pilgerei über die eichsfeldischen Klöster gegangen, nicht einer von ihnen will sich von uns mustern lassen, jetzt, da von Frankenhausen die Trommeln uns rufen zur großen Entscheidung. Die Schrift fügt Beweis an Beweis, daß die kleine Schar immer die größere Schar besiegt hat, wenn Gott mit ihr stritt. Aber bibbelbubbelbabbel heißt's jetzt nicht mehr, jetzt heißt es gefochten.

Nebenan in der Schlafstube hatte Müntzers Söhnchen in seiner Wiege seinen Nachmittagsschlummer geendigt und meldete sich zurück in der Wachwelt mit durchdringendem Schrei. Das hartnäckige Klopfen eines Fingerknöchels an der Pforte der Wohnung, das sich schon zum Pochen einer Faust verstärkt hatte, kam nicht auf gegen dieses Geräusch, durch Intensität nicht und auch durch Ausdauer nicht.

Es war der uns wohlbekannte, zu Artern gebürtige jüngere Schmoller, der diesmal Einlaß beim Müntzer begehrte. Der hatte mit Kniefall und Handkuß zu Einzingen dem Müntzer sein Leben verpfändet, war förmlich in dessen Leibeigenschaft eingetreten. Die falschen Faktoren konnten den kaufmännischen Geist dieser Handlung nur loben. Einem weit kostbareren Leben ward dadurch die Freiheit zurück. Sie hatten Luther fortziehen lassen, zwar ohne den Gaul, aber dafür auch ohne Verfolgung. Jetzt fungierte Willibald gleichsam als ein Teil von Müntzers eigenem Leib, als seine rechte Hand nämlich, die all das besorgte, was nach außen hin ausgeführt werden mußte.

Müntzer hatte vorläufig wenig Neigung, sich auf Mühlhausens Straßen zu zeigen. Schon Moses hatte sich ja bisweilen dem Kontakt mit der Menge entzogen. Nicht, daß Müntzer die Berührung der tausend fremden Hände in irgendeiner Art unangenehm gewesen wäre, er genoß – meist mit geschlossenen Augen – diese populäre Zärtlichkeit und verglich sie oft mit den Liebkosungen seines Weibes. Aber er wußte wie alle Heiligen, Propheten und Charismatiker vor ihm, daß seine Abgeschiedenheit, die über längere Zeiträume durchgehaltene Isolation, die Voraussetzung war für seine Wirkung in die Menge hinein. Meine Brüder und Schwestern, so sprach er sie an und kannte doch von Angesicht oder Namen nicht den zehnten Teil unter ihnen.

Willibald war bei ihm eingesprungen in die Lücke, die sein Zerwürfnis mit Pfeifer über die eichsfeldische Unternehmung gerissen hatte. Die Bezeichnung «Lücke» war eigentlich noch eine Beschönigung, denn wirklich handelte es sich um eine gewaltige Kluft, die sich da aufgetan hatte zwischen den beiden reformatorischen Eiferern, die Mühlhausen seine jüngste Berühmtheit verschafften. Dabei hatte doch alles den Anschein erweckt, daß ihre Begegnung vorbestimmt war, daß sich hier zwei in die Arme schlossen, die zueinander gehörten. Müntzer, den so etwas wie ein Heiligenschein, wenn nicht von gleißend goldener, so doch von matt glänzender gräulicher Farbe umschwebte, ein Heiligenschein eben nicht wie von Michelangelo, sondern wie von Matthias Grünewald gemalt, und Pfeifer, ein Spitzmündiger, Fuchsäugiger, der wie Luther von den Mönchen herkam.

Pfeifer hätte für die Wahrhaftigkeit seines persönlichen Glaubens keinen besseren Bürgen heranschleppen können als Thomas Müntzer. Dem wiederum wurde Pfeifers Weltgewandtheit zum Vorteil. In einer Handwerksstube hätte man die Perfektion ihrer Arbeitsteilung bewundert. Alles geschah ihnen im Fluge, und alles geschah ihnen gut. Pfeifer war aber schon im Kloster nach der bürgerlichen Gemütsart gestrickt worden. Müntzer hatten die Hammerschläge des Lebens zur Statue gemeißelt.

Hergelaufen waren sie beide, aber das von Luther proklamierte und in Mühlhausen praktizierte Recht der Gemeinde, ihre Seelsorger selbst zu berufen, hatte ihnen einen Aspekt der Auserwähltheit verliehen. Eine Auserwähltheit von unten sowohl als von oben, da es Volkes Stimme war, der sie gefolgt, aber gewiß nicht, ohne daß Gott dabei spielend etwas mitgelenkt hätte.

Es war in Mühlhausen auch schon vor der Ankunft der beiden Hitzköpfe bisweilen recht hitzig zugegangen, man führte im Rat dasselbe offene Wort wie auf der Gasse. Natürlich war von den beiden Müntzer es gewesen, der während ihrer vorübergehenden Verbannung aus der Stadt sich in den Aufstandsgebieten in Süddeutschland umgeschaut, Verbindung zu den Waffenhändlern in Nürnberg aufgenommen hatte. Pfeifer hatte ihm derweil das Weib und das Kind gehütet. Pfeifer wußte überhaupt nicht, was der Bauernkrieg war. Und die allermeisten der Bauern, die dabei waren, darin lag ja eben das Verhängnis, wußten es auch nicht.

Man müßte mehr zur allgemeinen Heiterkeit beitragen können. Das war schon in der Klosterzelle der Stachel gewesen, der Pfeifer am widerwärtigsten gequält hatte. Gleich Luther war ihm sein Eingesperrtsein als böse Vernachlässigung seiner Christenpflichten erschienen, denn die Nächstenliebe mußte doch zuallererst etwas mit Geselligkeit zu tun haben. Andererseits war die Einsamkeit doch wiederum etwas, zu dem einen Gott rief, und wenn man sie nicht gehörig hegte und pflegte, konnte sie bei ihrem unerwarteten Auftreten desto unangenehmer werden.

Die Zwiesprache mit Gott war sicherlich das Schwerste, was ein Mensch überhaupt zu tragen vermochte. Pfeifer entnahm den Evangelien hauptsächlich den Auftrag an den Menschen, das Leben mit allen Kräften und nach allen Seiten zu genießen, was ihn freilich in Müntzers Augen recht lutheranfällig dastehen ließ. Dann war aber Pfeifer auch wieder radikaler als Müntzer und Luther zusammen, was nämlich die Gewaltfrage betraf. Pfeifer hatte schon im Kloster seinen Abt verprügelt und durch handfeste Drohungen davon abgehalten, den Vorfall beim Bischof zu melden. Wenn auch Pfeifer die Erzählung stets mit dem Schleier reuiger Beichte umwob, es blieb doch immer eine Prahlerei und eine unterschwellige Fortsetzung jener Drohungen an die Adresse des zufällig Lauschenden. Pfeifer hatte für den Fall des Eintritts bestimmter Eventualitäten selbst Müntzer körperliche Züchtigung in Aussicht gestellt.

Pfeifers scharfe Abneigung gegen Theologie, die sich bei ihm sogar auf den heiligen Text selbst erstreckte, fand bei Müntzer ihre Entsprechung in dessen Polemik gegen Luther und den «erdichteten» Glauben. Bei Melanchthon wäre es als ein Diktum zum Lobe und Ruhme des bedeutenden Gräzisten von den Wittenberger Druckern in Schmuckbuchstaben hervorgehoben worden, von Pfeifer erzählte man sich's auf dem Mühlhauser Markt nur hinter vorgehaltener Hand, er habe sich im Suff zu der Behauptung verstiegen, es sei ein größeres Verbrechen, die Evangelien ins Deutsche zu holen, als ihre Latinisierung, als die Kreuzigung Christi gewesen. Solcher blasphemischer Gassenhauer Pfeiferscher Provenienz kursierten einige Dutzend.

Sie verschafften ihm bei den Handwerkern mehr Popularität als all die ungeheure Gottesfurcht, die in dem Mann Müntzer ihre Heimstatt gefunden haben mußte und deren Ausdünstungen man zu riechen glaubte, wenn man ihm nahekam. Das hatte auch seine einschüchternden Seiten, und der Mann handhabte sie mit großem Geschick. Wo es noch zur Hitze gesteigerte brüderliche Wärme war, wo es zur bleikalten Erpressung zu werden begann, dieser Punkt ließ sich nicht leicht bei ihm erraten.

Obwohl Pfeifer Junggeselle, Müntzer hingegen mit Weib und Kind gesegnet war, wußte er besser als jener die Vorzüge eines festen Dachs über dem Kopf zu schätzen. Pfeifer hatte Müntzer heimlich in Verdacht, nur deswegen zum Rottenmeister und Aufrührer geworden zu sein, weil er es nicht lange an einem Fleck aushielt in einer in sich gefügten Gesellschaft, deren Gesetze er nicht einfach umwerfen konnte. Ottilie von Gersen, Müntzers Weib, wie Katharina von Bora eine im Kloster abgestellte Adlige, wie diese eine entlaufene Nonne, sie und das Milchbübchen, sie dauerten Pfeifer. Er hatte ihr oft zugehört in schlaflosen Nächten, wenn Müntzer wieder einmal ausgeblieben war von einer Wanderung über die Dörfer, was sie regelmäßig mit der größten Furcht um sein Leben erfüllte. Pfeifer hatte ihr schon versprochen, so Gott ihnen seine Hilfe entziehen und seinen Knecht Thomas zu sich berufen sollte, statt seiner in die Stelle des Oberhaupts der Familie zu treten. Das war keine frühbürgerliche Dreiecksgeschichte, Müntzer kannte den Plan und billigte ihn mehrfach, stets mit großer Ausdrücklichkeit.

Ausdrücklichkeit, allerdings, die war ihm gegeben, und er übertraf darin sogar Luther. Mehr noch als bei dem Wittenberger hatte sie bei ihm etwas Schauspielerhaftes. Einige

Mühlhäuser wollten belauscht haben, wie er bestimmte Perioden seiner Predigten in seiner Wohnung so lange variierend deklamierte, bis er die stärkste Wirkung erreicht hatte. Pfeifer hielt seine Predigten aus dem Stegreif. Sein Publikum waren die Handwerker, die zünftigen Meister wie die freien Gesellen. Seine Hände waren Universalgelehrte, und er setzte sie ein wie sonst nur die Italiener. Müntzers Händen hätte man es kaum zugetraut, einen Pflug zu lenken.

Es war so eingetroffen, daß einige der Mönche aus Pfeifers ehemaligem Kloster zu Mühlhausen auf dem goldenen Boden des Handwerks Fuß gefaßt hatten, und seine Mußestunden verbrachte er gerne bei ihnen, schwatzend, aber auch mithelfend bei den verschiedenen Verrichtungen ihres Geschäfts. Hutmacher und Schuster war Pfeifer bei solch regelmäßiger Übung beinahe geworden. Er fand dann nach und nach für jeden Tag der Woche ein andres Gewerbe, wurde zusätzlich noch Bäcker, Hufschmied und Karrenbauer, einmal für einen Monat sogar Apotheker. Man darf wohl sagen, wäre das Pulver nicht bereits erfunden gewesen, Pfeifer hätte nicht gefehlt, es zu tun.

Es war übrigens ein beliebter Schlenker in seinen Predigten, der Verweis auf den Franziskanermönch Schwarz, dem seinerzeit die Entdeckung geglückt war und der sich in Pfeifers Urteil als Alchemist und Teufelsknecht entpuppte. Nein, Franz von Assisi war für Pfeifer unter den Heiligen keineswegs derjenige, der Christo zunächst stand. Da er es aus der eigensten Erfahrung am besten wußte, daß die Worte «Heuchler» und «Mönch» ungefähr gleich gelten konnten, erschien ihm dessen Orden vom Standpunkt des Evangeliums, wie er ihn eingenommen hatte, sogar noch verdammungswürdiger als die Dominikaner. War das etwa die freiwillige Armut, der selbstlose Dienst an den Bedürftigen, eine Mordwaffe zu erfinden, die die Macht der Fürsten vervielfachte nach außen und nach innen, die zudem die Interessen der Handwerker so verhängnisvoll mit denen des Soldatenstandes verschlang?

Die Franziskaner konnte man wohl verjagen aus ihren Klöstern, das Schwarzpulver blieb.

«Wenn ihr wenigstens in einem der Franziskanerklöster, die ihr auf dem Eichsfeld niedergebrannt habt», hielt Müntzer Pfeifer entgegen, «ein Säckchen gefunden hättet von dem kostbaren Pulver!»

Das war in Gedanken gesprochen, und Müntzer wußte auch gleich, wie Pfeifer sich rechtfertigen würde. Pfeifer war von Anfang an dagegen gewesen, in Mühlhausen großes Kaliber zu gießen, er hatte zu der Einrichtung einer Manufaktur zur Fertigung von Hakenbüchsen geraten.

Müntzer schlug sich mit der Faust vor die denkerisch gebildete Stirne. Um wieviel besser stünden sie jetzt, wenn er sich damals nicht gegen Pfeifer durchgesetzt haben würde! Ausnahmsweise hatte er, Müntzer, die Männer des Rates auf seiner Seite gehabt. Sie befürworteten restlos alles, was die Wehrhaftigkeit ihrer Mauern zu stärken versprach.

Müntzer hatte der Auffassung angehangen, in welcher er durch seine Kontakte zu den kämpfenden Bauernhaufen im Süden noch bestärkt worden war, es müsse sich um eine langwierige Auseinandersetzung handeln, die sich nicht in ihrem ersten Sommer entschied. Er hatte erkannt, wie nützlich der zeitweise Besitz Würzburgs sich auf die in der Fläche operierenden Teile des Heers ausgewirkt hatte, und wollte ihm mit Mühlhausen eine ähnliche Bastion sichern.

Pfeifer dachte in diesem Punkt ratsmännischer als die Betroffenen selbst, mühlhäuserischer als die Familien, die seit

Generationen hier ansässig waren. Es war die Zeit, da Albrecht Dürer die Tragwerkslehre studierte und seine Grundrisse für militärische Befestigungen entwarf, auch Theoretisches zum Thema verfaßte, und es war Krieg, Krieg zwischen unten und oben. Die Kunde von einem außerordentlich zahlreichen und kräftigen Geschütz mußte sich unter diesen Umständen mit der Geschwindigkeit des laufenden Feuers verbreiten und von weit her die Bauern anlocken. Daraus ergab sich berechtigte Sorge um die in der Stadt gelagerten Getreidevorräte, und es mußte im nächsten Schritt eine Belagerung durch die Fürsten nach sich ziehen. Man schuf sich, auf die Länge bedacht, mit solcher Aufrüstung nichts als Hunger und Pest an den Hals. Bis dahin konnten aber die von Pfeifer und Müntzer unterstützten Achtmänner nicht rechnen.

Nun, der Kelch war an ihnen vorübergegangen, und besonders atmete Thomas Müntzer deswegen auf. Er war sich sicher, daß man die Stadt nie und nimmer hätte rechtzeitig säubern können von allen Verrätern und fürstentreuen Gesellen. Das Mühlhäuser Geschütz ist nie zu geschichtlichem Ruhm gelangt. Anders hingegen dasjenige des hessischen Landgrafen Philipp zu Marburg an der Lahn. Er hatte mit ihm meuternde Ritter bezwungen. Solche kamen nun für Thüringen nicht in Betracht, und Müntzer würde es zudem abgelehnt haben, mit einem Florian Geyer oder mit einem Götz von Berlichingen gemeinsame Sache zu machen.

«Der Krieg ist eben auch ein Handwerk», pflegte Pfeifer an diesem Punkt zu sagen, «und er wird auf einer höhrern Stufe zu so etwas wie Kunst. Und diese Kunst, Bruder Thomas, hat uns beide nie in ihre Lehre genommen.»

«Das dauernde Herumziehen so großer Scharen von Menschen kann unserer Erde auf die Länge nicht guttun.»

Landgraf Philipp war auf die braunschweigischen Herzöge mit ihren Reitern gestoßen und beriet sich mit ihnen im Zelt.

«Es wird nicht ausreichen, daß wir die Bauern besiegen. Wir müssen schauen, daß wir den größeren Teil von ihnen erschlagen.»

Die braunschweigischen Brüder drehten einander die Gesichter zu und tauschten verwunderte Blicke. Der blutjunge Hesse war ein Freund von unmißverständlichen Worten, das konnte bei Gott geschworen sein.

Philipp hielt inne, um seinen Verbündeten die Gelegenheit zu liefern, ihre Auffassung der Ziele ihres Kriegszuges darzutun, indem er die beiden abwechselnd fixierte, wobei ein feines ironisches Lächeln seine kirschroten, von keinem Flaum gesäumten Lippen umspielte. Die Braunschweiger schienen keine solchen Ziele ins Auge gefaßt zu haben oder sie wenigstens nicht äußern zu wollen. Philipp bestätigte den Verzicht mit einem leisen Nicken, und da er es war, der fortsetzte in seiner Rede, hatten sie stillschweigend die Übereinkunft getroffen, mit dem obersten Kommando ihn zu betrauen.

«Ob wir im Recht sind, das müssen andere beurteilen. Ich habe jedenfalls vom Magister Melanchthon die Versicherung schriftlich, daß er uns rechtfertigen wird, auch wenn es blutig ausgehen sollte. Luther ist inzwischen hemmungsloser in seiner Bauernfeindlichkeit als die unbarmherzigsten unter uns Fürsten. Er predigt, daß sich das Himmelreich erwirbt, wer einen Aufrührer würgt. Überlassen wir also diesen beiden Männern ruhigen Herzens die Klärung unseres Gewissens. Selbst wenn wir nicht im Recht sein sollten, so befinden wir uns im Vorteil, was ich für entscheidender halte. Wir sind uns einig darüber, daß wir vor allem dem hessischen Geschütz die Begünstigung danken.»

Herzog Heinrich machte eine Handbewegung, die gewissen Zweifel andeuten sollte. Philipp erhob sich und wischte mit großer Geste über die vor ihnen ausgebreiteten Karten.

«Was uns vielleicht nicht weniger Vorteil schenkt», sagte er, als wolle er bloß den von Herzog Heinrich gehegten Zweifel ausgesprochen haben, «das ist die Dummheit der Bauern. Sie hätten uns natürlich angreifen müssen, als wir zwischen sie zogen.»

Kühnheit pflegt Bewunderung hervorzurufen, solange sie mit Erfolg gepaart bleibt. Die braunschweigischen Herzöge zupften und kraulten verlegen an ihren dünn sprießenden Kinnbärten herum.

«Nun, da wir die Pässe auf dem Thüringer Wald besetzt, damit jede Verbindung unterbrochen haben zwischen dem fränkischen und dem thüringischen Haufen, sind sie verloren.»

Darüber, daß er zuvor einen dritten Haufen, den hessischen nämlich, der ihm schon Fulda entrissen, mehr oder weniger eigenhändig zu Blutsuppe verarbeitet hatte, ging er in einer angesichts seiner Jugend geradezu übermenschlichen Bescheidenheit hinweg.

«Dafür sind wir Fürsten, daß wir's als Krieg auffassen können. Wenn der gemeine Mann seine Sache als Krieg führen will, das muß ihm mißraten. Dafür sind wir ja die Fürsten, daß wir das Ganze betrachten und für das gemeine Wohl sorgen.»

Ein künstlich verstärktes und verlängertes Räuspern Heinrichs von Braunschweig hinderte Philipp von Hessen, seinen Gedanken bis zu der Pointe zu leiten, wo denn die Hinschlachtung der Bauern als die erdenklichste Wohltat an ihnen erschienen wäre. Der Landgraf glaubte aus der Miene des Herzogs so etwas wie Mißbilligung, in die Schmerz eingemischt war, zu lesen. Die Braunschweiger hatten es bei ihrer Ankunft in Salza erfahren, der Hesse wußte es schon, seit er mit seiner Einnahme Eisenachs den Keil zwischen die Bauernheere geschoben. Der sächsische Kurfürst war nicht mehr am Leben.

Philipp spürte im voraus, daß er sich vergreifen würde im Ton, mußte aber, da er sich so weit vorgewagt hatte, die Festigkeit, wo er sie nicht mehr besaß, wenigstens markieren.

«Es ist nicht an uns, Gottes Ratschlüsse zu ergründen, ich sagte es schon. Wir haben zu handeln, wo wir unsere Pflicht so deutlich erkennen. Mehr als der Kaiser, der fern von uns weilt, unsere Sprache nicht spricht und es mit den Päpstlichen hält, ist Friedrich, der Kurfürst von Sachsen, unser Leitstern gewesen, an dem ein jeder von uns seine Regierung auszurichten versucht hat. Wir werden es späterhin wissen, welche Fügung es war, die diesen Stern ausgerechnet jetzt, da wir seiner Weisung am nötigsten bedürfen, zum Erlöschen gebracht hat. Es ist uns nicht die Muße geschenkt, nach seinem Grabe zu ziehen, um unseren Verlust zu betrauern. Möge fürs erste uns sein Bruder Johann, der ihm nachgerückt ist in den kurfürstlichen Ehren, zum Beispiele dienen. Wird doch sein Busen stärker noch als die unsrigen zerrissen von der Empfindung der Trauer und jener der Pflicht.»

Philipp wollte mit wenigen Sätzen den Wankelmut berühren, den der sieche Kurfürst auf seinem Sterbebett in der Bauernfrage bezeugt hatte, ließ es aber weg aus Pietät gegen den Toten, auch, weil er unsicher war, wie die Braunschweiger es auffassen würden.

«Seit der Funke des unseligen Aufruhrs auf unsere Lande übergesprungen», setzte er fort, «habe ich mit dem zum Kurfürsten gestiegenen Herzog durch reitende Boten dauernd die Verbindung erhalten. Er wird uns von Weimar aus zuziehen mit der kursächsischen Reiterei, auch mit Geschütz und einigem Fußvolk.»

Die Entspannung auf den Gesichtern der Braunschweiger näherte sich dem Frohlocken. Philipp spürte es, es war der Moment, ihnen die Kröte zu servieren, die ihr evangelischer Sinn nur sehr widerwillig zu schlucken vermochte.

«Und Seite an Seite werden diesmal die aus dem herzoglichen Sachsen neben den kurfürstlichen streiten.»

Es verstand sich schon deshalb, weil Georg, der schlimmste katholische Wüterich unter den norddeutschen Fürsten, Philipp seine Tochter zum Weibe gegeben. Daß man dem anderen papistischen Erzschelm, dessen Benehmen noch den untertänigsten Leibeigenen zum Aufruhr aufreizen mußte, daß man dem Grafen Ernst von Mansfeld, der sich zu Heldrungen in seiner Wasserburg verschanzt hielt, aus der Klemme half, das bedurfte danach kaum der Erwähnung.

Natürlich konnte Willibald Schmoller Müntzer nicht als vollwertiger Ersatz stehen für das, was er an Pfeifer verloren. Immerhin bewährte sich an dem jungen Menschen einmal mehr der Grundsatz, dem zufolge aus den bekehrten Sündern in aller Regel die schärfsten Glaubenseiferer werden.

Willibald zählte zu den wenigen, die beide, Luther und Müntzer, aus nächster Nähe hatten beobachten können, und er fühlte sich mehr als glücklich, daß ihm durch Fügung die Entscheidung abgenommen, daß er jetzt unter die Regenbogenfahne gestellt war. Er meinte es ganz ernst mit seiner Hingabe an Müntzer und lebte jede einzelne seiner abgezählten Stunden in der köstlichen Empfindung, daß niemand einen

Glauben besaß, der nicht wie er bereit war, dafür sein Blut zu verspritzen. Der Apostel Paulus hatte es wenigstens noch zum Märtyrer geschafft, aber Luther war in der kurzen Zeit, während deren Müntzer seinen geistlichen Einfluß auf ihn geübt, in Willibalds Achtung zum unverbesserlichen Maulhelden gesunken.

Müntzer preßte sich die Handballen gegen die Ohrmuscheln, aber das Geschrei des Säuglings fand andere Eingänge in seinen Körper. Ottilie war schon über dem Kleinen und drückte ihn an ihre Brust. Das Kreatürliche durfte jetzt ihren Thomas nicht stören, der Entscheidungen von unschätzbarer Tragweite zu wälzen hatte und seinen klaren Kopf dafür brauchte. Müntzer trat aber doch hinzu und ergötzte sich an dem Bild. Willibalds Klopfen hörte er immer noch nicht.

«Es ist jemand bei der Türe», mußte erst Ottilie ihn aufmerksam machen.

So ließ er die Mutter bei dem Kinde und rief den Klopfer herein. Er empfing Willibald auf einem Lehnstuhle sitzend, jener beugte zur Begrüßung sein Knie, blieb dann einige Schritte entfernt von ihm stehen. Müntzer bildete hier in verkleinertem Maßstab die Szene nach, wenn der Papst zu Rom den Vortrag eines seiner Kardinäle entgegennahm.

Willibald wartete Müntzers Aufforderung ab, bevor er zu sprechen begann.

«Sie weigern uns das große Geschütz. Mit acht Karrenbüchsen sollen wir ziehen. Parthmann, der Geschützmeister, soll mit seinem Knecht in Mühlhausen bleiben.»

«Willibald, es schenkt mir Behagen, jedesmal, wenn ich dir in das Herz schau», versetzte Müntzer ohne sichtbares Zeichen von Verärgerung oder Beunruhigung. «Habe ich dich wohl erzogen in der rechten Furcht Gottes in den wenigen Tagen, die wir uns kennen. Bringst nicht, wie sonst die Boten, die gute Nachricht zuerst. Oder solltest du noch schlechtere haben?»

«Graf Albrecht von Mansfeld hat auf dem Harz mit seinen Reitern zwanzig Bauern, die dem Haufen zuziehen wollten, erschlagen.»

«Und von ihm, dächt ich, wär zu hoffen gewesen.»

«Luther ist schon wieder bei ihm gewesen. Er eilt nach Wittenberg, dem Kurfürsten die Leichenpredigt zu halten.»

«Das, Willibald, soll uns gute Zeitung dünken, daß der Doktor Leisetritt uns das Feld geräumt hat. Und das ist gewiß, daß der Kurfürst zu Wittenberg beigesetzt wird? Ist er nicht zu Lochau auf seinem Schlosse gestorben?»

Willibald zog den Kopf in die Schultern und drehte die Handflächen nach außen, um auszudrücken, daß es in solchen Zeiten des Umsturzes und der Verwirrung nicht eben leicht sei, aus den überall schwelenden Gerüchten den wahren Gehalt auszufiltern.

«Es wird seiner Seele im Himmel nicht eben zum besten Empfang dienen», bemerkte Müntzer sarkastisch, «wenn es der Luther ist, der für ihn betet.»

Müntzers Blick ließ die Dinge los, die um ihn waren, und verlor sich im Ungefähren. Die Erinnerung führte ihm die Szene auf dem Schloß zu Allstedt herauf, als er den Fürsten von Daniel, vom Koloß auf den tönernen Füßen gepredigt. Wäre doch nur damals der Kurfürst *in persona* vor ihm erschienen und hätte nicht seinen Bruder, den Herzog, geschickt. Einmal, ein einziges Mal hätte er Friedrich gegenüberstehen müssen, und alles, alles hätte einen anderen Verlauf genommen.

«Und unser Bruder Heinrich? Was treibt er, was spricht er?»

Willibald hatte schon darauf gewartet, daß Müntzer sich nach Pfeifer erkundigen würde.

«Er will wissen», sagte Willibald, «daß der hessische Landgraf mit Reiterei und Geschütz nebst stattlichem Fußvolk auf Eisenach marschiert ist und daß sie ihm dort die Tore geöffnet haben. Es wird, meint Pfeifer, bald das Gericht über den Haufen bei Frankenhausen und dann auch über Mühlhausen kommen.»

«Pfeifer soll nach Wittenberg laufen und sich unterm Talar von Doktor Lügner verkriechen. Da kann er's dann beschmusen nach Herzenslust, das sanftlebende Fleisch, und Gnade erwinseln für sich. Wir werden kämpfen.»

Es gelang Müntzer nicht recht, sich mit der Verärgerung über Pfeifer und dem Haß gegen Luther hinwegzutäuschen über die strategische Situation, die sich durch Philipps Vorstoß aufs schmerzhafteste zu seinen Ungunsten verändert hatte. Von Eisenach war kein Beistand mehr zu erwarten, und besser war es auch, die Hoffnung auf die Rückkehr jenes Schweizers fahrenzulassen, den er mit viel Geld nach Nürnberg geschickt hatte, um dort das Pulver zu kaufen, das sie in Mühlhausen nicht herstellen konnten und ohne das ihr schönes Geschütz so oder so ganz ohne Wert blieb. Zwecklos auch, weitere Bettelbriefe nach Erfurt zu schreiben. Jetzt hieß es nur noch, schneller zu sein als der Landgraf. Müntzer mußte zum Haufen, und wenn er allein ging. Ohne ihn waren sie dort oben wirklich verloren. Wenn er aber dabei war, dann war auch Gott mit ihnen. Und Er würde Müntzer helfen, die Kugeln aus den hessischen Feldschlangen in seinen Ärmeln zu fangen. Der Allmächtige selbst würde durch Engelsstimmen die Streitrosse der Fürstlichen beflüstern, auf daß sie die Reisigen aus den Sätteln in hohem Bogen ins Gras schleuderten.

Sein Blick fiel auf die Regenbogenfahne, die im Zimmereck lehnte.

«Laß uns jetzt die Sturmglocke läuten», sagte er zu Willibald, «ich will mich umgürten mit dem Schwerte Gideons und nicht eher in einer Kirche predigen, bis wir den letzten Fürsten von seinem Stuhle gestoßen haben, bis alle Macht auf dieser Erde zu Gott zurückgekehrt ist.»

Er reichte Willibald die Feldtrommel, die bei der Fahne stand. Er selbst nahm das Banner. So traten sie in die Hitze des Maientages hinaus.

Müntzer blinzelte gegen die hoch im Mittag stehende Sonne, als vermöchte er, dort die Zeichen abzulesen, die ihm das Nähere kündeten vom Verlauf und Ausgang der zu erwartenden Schlacht. Es konnten nur die allergünstigsten sein, denn Müntzers Gesicht strahlte wie im Glanz des heiligen Scheins, als er mit einem sehr festen und bestimmten Nicken Willibald hinüber nach der Marienkirche in den Glockenturm schickte. Er selbst pflanzte sich neben der Fahnenstange in die Mitte des Oberen Markts.

Es ging kein Windchen, der Stoff mit den Farben des Spektrums wollte sich nicht entrollen. Auch das Sturmgeläut klang in Müntzers Ohr merkwürdig flach, mehr wie aufgeregtes Vogelgezwitscher. Wie hätte er damit seiner Absicht gemäß das Volk scharen können um sich und die Fahne? Eher schien das Geräusch im Verbund mit dem Bild des über dem Prediger schlaff von der Stange hängenden Lappens die Leute zu schrecken und zu verscheuchen, denn der Obermarkt leerte sich, statt sich zu füllen.

Die Glocke schwang noch nach bei Willibalds Rückkehr, und Müntzer ließ ihn, die Trommel schlagend, vorausgehen, um jetzt im Zug durch Mühlhausens Straßen die Getreuen zu sammeln. Sie mieden das Rathaus, wählten den Weg über die Jüdenstraße in die Linsenstraße hinein. Müntzers Blick war starr nach vorne gerichtet, als habe er schon das Schlachtfeld zu Frankenhausen und die Reiterei des Landgrafen im Auge, und doch entging ihm nicht, daß die jüdischen Krämer vor ihren Läden Ware feilboten, die unzweideutig von Pfeifers Plünderungen auf dem Eichsfeld herstammte. Indessen blieb ihm nicht Zeit, daraus Groll gegen die Leugner des Messias zu schöpfen, denn die christlichen Händler auf der Linsenstraße boten den nämlichen Krempel an.

Willibald hatte Mühe, in dem Gewühl seine Trommel zu rühren, und Müntzer mußte die Fahne wie eine Lanze in der Waage halten, um sich die Gasse zu schaffen. Es waren zuerst nur die Kinder, die der Trommel und der Fahne nachliefen, dann traten auch Weiber in ihr Gefolge hinzu, aber nur, weil sie ihre Brut wieder einfangen wollten. Auf dem Kornmarkt vor der Kirche, die den Franziskanern gehört hatte und die vom Rat unter Müntzers Einfluß zur Waffenschmiede und zum Zeughaus gemacht worden war, hielten sie.

Hier waren die Bauern aus den zur Stadt gehörenden Dörfern zu treffen, die die ersten kleinen Erdbeeren, dicke Bohnen und junge Erbsen zum Markt geführt hatten. Die meisten von ihnen hatten ihre Stände schon abgebaut und verladen, tranken jetzt Bier vor der Schenke aus den im Eiskeller kühl gelagerten Fässern.

Willibald entdeckte unter ihnen bekannte Gesichter. Es waren jene zwielichtigen Gesellen, die bei der Begegnung im Dorfe Einzingen nahe Artern unter der Legende Nürnbergischer Faktoren Müntzers Geleit gemacht hatten. Jetzt hatten sie betont ärmliche Bauerntracht angelegt und wiegelten die Mühlhäuser Ackerbürger auf, um sie zum Marsch nach Frankenhausen zu stimmen.

Müntzer, dem das Schleppen der Fahne schon auf den wenigen Metern schwer geworden war, stellte sie am Gemäuer der Kornmarktkirche ab. Er winkte Willibald zu sich und hieß auch ihn die Trommel ablegen. Hier sowenig wie am Obermarkt wollte sich das Volk um ihn scharen, kaum, daß sein Erscheinen bemerkt worden wäre.

Der erzürnte Gott rief sie, sich dort in Frankenhausen die neue christliche Ordnung der Welt zu erstreiten, durch den einen Akt der Tapferkeit und der Geschlossenheit aller Gemeinen auf immer und ewig die beleidigende Herrschaft der Gottlosen von sich zu schütteln, um das, was so lange geschrieben stand, endlich, endlich wahr werden zu lassen. Aber was trieb sie? Die hohle Geschäftigkeit und die Selbstsucht.

Nein, es war nicht mehr die Zeit, ihnen Gottes Wort um die Ohren zu dreschen.

Vater, warum hast Du mich unter diese Erbsen- und Linsenzähler geschickt?! Wäre es da nicht besser gewesen, Du hättest auch mir die Ohren verstopft und mich das Erbsenzählen, das Linsenzählen gelehrt?!

Müntzer spürte noch, daß er sich verstieg, wenn er in seinem stummen Gebet das Wort «Vater» als Anrede für den Unsichtbaren und Allanwesenden gebrauchte. Aber es war weder Zeit, die Gedanken an die Auslegung vom Dogma der Menschwerdung Gottes zu hängen, noch dazu, in sich zu gehen und Reue zu bezeugen ob solcher Verwechslungen, wie sie bei dieser Gottesnähe wohl vorkommen mochten. Er begnügte sich damit, seinen in den wolkenlosen Himmel über dem Kornmarkt gestoßenen Seufzer in genauer zugemessene Sprache zu kleiden.

Warum hast Du mich zu Deinem Knechte erwählt?! Hätte sich nicht aus mir ein den Fürsten dienstbarer Geist ebensogut formen lassen? Vielleicht nicht gerade so ein Doktor Lügner, der auf den Trümmern der alten Papstkirche seine neue Papstkirche erbaut, aber so einer doch wie der Schösser Zeiß in Allstedt, der brav dem Kurfürsten die Steuern eintreibt, aber viel Raum dabei gegeben hat fürs Evangelium und seine Verkündung.

Gott hatte keine Antwort auf solche Fragen. Furchtsam sollte sie sein, die Seele, die Er dem Menschenkind eingeblasen hatte. Furchtsam nicht gegen das, was sich frech eine Oberkeit nannte, furchtsam allein gegen Ihn, auf daß sie sich zur Demut erzöge. Gottesfürchtig, demütig, das ja. Aber nicht klein.

Von den verschworensten, entschlossensten, getreuesten seiner Anhänger, die schon von Allstedt zu seinem Verbündnis gehörten und jetzt biertrinkend unter den Bauern vor der Schenke ihre Agitation trieben, um sie, wenn sie selbst den Schneid nicht besaßen, sich mit den Brüdern dem Heer der Fürsten entgegenzustemmen, wenigstens dazu zu bewegen, Proviant und Zugpferde abzugeben, war Lippes Schwindell der erste, der Müntzer in seiner Anfechtung gewahrte.

Ehe der Hahn dreimal kräht ...

Müntzer konnte es nicht hindern, daß es so in ihm dachte, als Lippes zu ihm trat, ihn mit tröstender Geste umarmte und ihm zum Überfluß die bierfeuchten Lippen auf die Wange drückte. Müntzers Blick in Lippes' treublaue Augen verscheuchte die Verwechslung mit dem Ischariot gleich wieder, und es war da nur in seinen Schläfen, in seinem Hirn dieses gewaltige Hämmern: Ran! Ran! Ran, solange Tag ist!

Müntzer sprach es auch aus gegen Lippes, brauchte weiter nicht viele Worte, um sich mit ihm zu verständigen, daß er mit Willibald zum Tore hinausziehen würde, derweil die anderen versuchten, was in Mühlhausen allenfalls noch auf die Beine zu stellen war, auf die Beine zu stellen.

Es wurde am frühen Abend die Musterung auf einem Brachfeld beim Dorfe Görmar gehalten. Zwei mal hundert, fünfzig und sechs Männer wurden gezählt. Die Weiber, die gekommen waren, teils mit ihren Kindern, schickte Müntzer zurück, darunter die Müntzerin selbst, geboren als Ottilie von Gersen, gewesene Nonne.

Der Anblick der Mutter mit dem Kinde rührte Müntzer nicht mehr. Er war ohne Abschied von ihr gegangen, einem Zufall dankte sie es, daß sie überhaupt noch von dem überhasteten Auszug erfahren hatte. Da war sie, das Kind auf dem Arme, gelaufen, ihn noch einmal zu sehen. Auch sollte doch der Kleine von seinem Vater ein letztes Bild in seinem Herzen bewahren. Der aber fürchtete sich vor der kalten, entrückten Gestalt und schrie, wie sie ihn auch zu trösten und zu beruhigen versuchte.

Wie sehr hätte sie sich von ihrem Thomas eine letzte zärtliche Geste gewünscht, ein Wort der Zuversicht über das Sterben hinaus, das ihr Stecken und Stab hätte werden können in dem schweren Witwenstand, in den er sie schickte. Denn daß er mit dem Leben nicht zu ihr heimkehren würde und zu dem Kind, das war ihr auch ohne Kenntnis des Kräfteverhältnisses, wie es sich Stunde um Stunde zugunsten der Fürsten verschob, eine Gewißheit, und sie hatte sich ein um das andere Mal die Zunge im Munde zerbissen, diese traurigste aller Wahrheiten in ihrem Herz zu verschließen.

Sie brauchte ihrem Thomas ja nur ins Gesicht zu schauen, um auch die letzte Hoffnung, die aufkommen wollte, sogleich zu ersticken. Da stand es ihm mit den zackigen, überdeutlichen Lettern seiner eigenen Schrift in die Stirne geritzt: TOD.

Es war ihr, als ob sie eine Knochenhand hielte, von der die

Würmer schon das Fleisch genagt hatten, und sie hätte auch schreien mögen wie das Menschlein auf ihrem Arm, weil es ihr mit dem Herzen den Busen zerriß, dieses gottgewisse Lächeln, das schon von einer Welt hinter dem Leben herkam und das ihr eine böse Fratze, ein Grinsen der Selbstgerechtigkeit schien. Der Mann hier, nicht mehr ihr Thomas, war schon verkauft und verraten, bevor noch das große Schlachten anging, denn nie würde er Gnade finden bei den Fürsten, die in dem ganzen Aufruhr nichts von ihrer eigenen Schuld, nur das Wirken Müntzers erkannten.

Ottilie schaute mit großen Augen auf ihn, noch hielt ihre letzte Kraft die Tränen zurück. Da war er noch einmal der Mensch, mit einem Wimpernschlag, einem für einen Moment gehaltenen Druck der Lider auf die geschlossenen Augen, ihr Thomas, mit dem sie ihr kleines Glück hätte leben können wie ein anderes Weib mit ihrem Mann.

Es hatte sich der dürftige Zug schon formiert. Ein Trompeter von der Schildwache, der bei ihnen war, blies eine Fanfare zum Marsch, denn sie wollten noch nach Schlotheim vor Einbruch der Nacht. Sie riefen nach Müntzer und den anderen, die sich noch aufhielten bei ihren Weibern im Schwatz, um sich jetzt loszumachen mit einem Kuß, einem Scherzwort, einem muntren «Auf bald!».

Müntzer, der stimmgewaltige, redegewandte Tribun, hatte für die Seine kein Wort, keine Silbe. Stumm entzog er ihr seine Hand, machte zwei Schritte rückwärts, bevor er sich drehte und unbeholfen, mit schlenkernden Armen dem Häuflein, das schon marschierte, hinterdreintrabte. Einmal hielt er doch noch, schaute nach ihr. Er hob seine Hand, um ihr zu winken, aber es wurde unversehens das Zeichen des Kreuzes daraus.

Es war der Hahnenschrei, der Müntzer weckte, und er hatte von Lippes Schwindell geträumt. Die Dämmerung war schneller gewesen als sie, sie hatten Schlotheim erst im Finstern erreicht, hatten keine Zelte aufgeschlagen, keine Feuer entzündet, hatten sich so, wie sie gekommen waren, ins hohe Gras der Viehweiden zur Ruhe gelegt.

Müntzers Erwachen traf mit dem Aufgang der Sonne zusammen, und er freute sich über seinen Leib, der so fein den Takt hielt mit dem Gestirn. Als er genauer hinsah, stellte er fest, daß er in der Nacht seinen Platz so gewählt hatte, daß ihm jetzt der glühende Ball wie die Lava aus einem Vulkan aus dem Kyffhäuser aufstieg, der als dunkelblaues Trapez über der Hainleite in den Horizont eingeklebt war. Das konnte, das mußte er sich als siegverheißendes Vorzeichen deuten.

Von den Schlotheimern wurden sie nach dem Morgengebet mit frischer Milch, Brot, Käse, Eiern und Kuchen bewirtet. Es wurden ihnen aus Kellern und Räucherkammern sehr reichlich die Vorräte gefüllt, ein Schlachtochse ging mit, es wurde Federvieh auf einen Leiterwagen gepfercht, aber die Schlotheimer wollten keinen Dank dafür wissen. Es standen die meisten von ihnen zu Frankenhausen beim Haufen; wenn es dort oben schiefging, war ihnen so oder so die Rache der Fürsten gewiß. Von den Älteren, die weniger kriegstüchtig waren und die man zurückgelassen hatte bei dem Vieh auf den Weiden und der Frucht auf den Feldern, bestanden zwei Dutzend darauf, gemustert zu werden. Es blieb keine Sense, kein Dreschflegel, keine Axt mehr im Dorf.

So waren es doch bald bei dreihundert Mann, was als das Mühlhäuser Aufgebot vor Frankenhausen erschien. Die Späher des Bauernheeres mußten bei ihrer Annäherung glauben, es hätten sie auf dem Weg die Fürstlichen überfallen, denn sie hatten aus Müntzers Hochburg mit einer Verstärkung von wenigstens vier- oder fünffacher Anzahl gerechnet. Auch Müntzer, der ab Schlotheim neben Willibald, den sie zum Fähnrich ernannt, die Spitze gemacht, mußte sich, als er bei Überquerung der Hainleite von einer Anhöhe einmal mit einem Blick den ganzen Trupp überschaute, sagen, daß bei seinen Predigten in der Marienkirche nie weniger als die dreifache Menge an Köpfen sich unter seine Kanzel gedrängt hatte.

Drum waren es lange Gesichter, die sie bei ihrer Ankunft begrüßten. Das Lächeln, das sich auf dem Gesicht des Proviantmeisters zeigte, als er sah, was sie mitbrachten, wog wenig gegen den Unmut des Geschützmeisters, der sich in wilden Flüchen erging, als er hörte, daß die Achtmänner vom Ewigen Rat zu Mühlhausen auf ihren Feldschlangen gluckten. Da sie nun gewahrten, wie herbe sie die Hoffnungen auf Verstärkung der Truppe, auf eine wesentliche Erhöhung ihrer Feuerkraft enttäuschten, Hoffnungen, die Müntzer vor wenigen Tagen ungeschickterweise selbst noch angefacht hatte mit einem volltönenden Schreiben, blieb ihnen nur, daß sie es mit Kampfgeist und Siegermoral einigermaßen wettzumachen versuchten.

Es wurde selbigentags noch große Versammlung im Ring abgehalten, und Müntzer mied es, vorher die Hauptleute und Prädikanten, die bis zu seinem Eintreffen im Haufen das Wort geführt hatten, zu sprechen. Er zog sich in die Stadt auf eine Stube zurück, die man ihm nahe beim Tore anwies. Zur Wohnung einer gebrechlichen Witwe gehörte das Kämmerlein, in dem er sich einschließen durfte. Sie hatten ihm neben dem Strohlager unter der Dachluke ein Pult aufgestellt, auch Feder, Tinte und Papier lagen bereit, denn sie vertrauten weiter auf die Wirkung seiner Briefe, die sie an sich selber verspürt hatten und die doch noch von hier oder dort Verstärkung herbeilocken mochte.

Müntzers Sinn stand ganz und gar nicht danach, den gespitzten Gänsekiel ins Fäßchen zu tauchen, obgleich seine Hand ruhig genug gewesen wäre, eine Lunte zu zünden. Das erste, was er tat, nachdem er der Alten ihre Gastfreundschaft mit sehr herzlichen Worten gedankt und die Tür hinter sich zugemacht hatte, war, ein sicheres Versteck zu suchen für die schwerbeladene lederne Tasche, die er nicht erst seit Mühlhausen, die er vielmehr auf all seinen ausgedehnten Wanderungen, immer von einer erzürnten Oberkeit zu einer wohlgesinnteren fliehend, mit sich geführt hatte, oft am Riemen über der Schulter als sein einziges Gepäck. In ihr bewahrte er die Korrespondenz, mit der er über die Jahre Faden für Faden das weitgespannte Netz geknüpft hatte. Es waren Briefe nicht nur von Karlstadt, auch solche von Melanchthon und Luther darunter. Seine gedruckten Schriften schleppte er nicht, sie waren hinausgegangen und in der Welt. Aber seine auf einzelnen Zetteln niedergelegten Entwürfe für Abhandlungen zu verschiedenen theologischen Fragen hielt er gesammelt. Es würde zu ihrer Ausführung nun doch nicht mehr kommen. Denn hier zu Frankenhausen entschied sich sein eigenes Schicksal, entschied sich die Sache des gemeinen Mannes. Das roch man an der Luft, die über dem Ort schwebte. Gelang es, die Fürsten und ihre Knechte in ihrem Blut zu ertränken, war Gottes Reich da, war die Erde in den Himmel gehoben und jedes Nachdenken über Gott und den Sinn der Geschichte überflüssig geworden. Ging es andersherum, sollten wider jede Erfahrung die Gottlosen siegen, würde es keinen Müntzer mehr geben, der die kryptisch verkürzten, nur der Selbstverständigung dienenden Notizen auf seinen Zetteln in verständliche, eingängige Rede hätte ausbreiten können. Doch war es wichtig, daß in solchem Fall die Papiere ihn überlebten, denn es mußte der Funke ja irgendwann doch wieder aufflammen, und dann konnten sie denen, die die Fahne des Regenbogens aus dem Staube erhoben, auf diese oder jene Art zur Belehrung und Anleitung dienen.

Müntzer entschied sich dafür, sein Archiv dem Strohsack anzuvertrauen. Natürlich würden die Fürsten im Fall eines Sieges ihren Söldlingen die Stadt zur Plünderung überlassen. Fand man die Tasche, war jedem, der zum Verbündnis gehörte und in den Briefen mit Namen erwähnt wurde, der Galgen gewiß.

Daß er einen solchen Ausgang der Geschehnisse überhaupt zu erwägen vermochte, daß er der Eventualität gar bis in diese weitreichenden Folgen nachdachte, warf sich Müntzer als Mangel an Gelassenheit vor. Es war Eile, zurückzufinden zu ihr, wollte er im Ring überzeugen.

Von der Gasse drang Lärm zu ihm herauf. Er schloß die Luke, obwohl die Luft in dem Zimmerchen stickig und heiß war. Das Glas der Scheibe war zu dünn, ihm das Gezänk der Leute unten von den Ohren zu halten. Es gab zwei Parteien im Haufen, das war Müntzer auch in der Entfernung nicht verborgen geblieben, eine, die auf Verhandlungen setzte, und die andere, die die Entscheidung im Kampf suchen wollte. Es mußten Vertreter der beiden Richtungen sein, die sich vor dem Haus in hitzigem Wortgefecht balgten.

Es war Müntzer bisweilen leichter gefallen, daheim seinen Gehörgang gegen das Geplärr seines zahnenden Söhnchens zu sperren als jetzt die zeternden Stimmen, die die Gasse erfüllten, von sich abprallen zu lassen. Was es besonders schwer machte, war, daß man von beiden Seiten wiederholt seinen

Namen aufrief, auch Bibelstellen ins Feld führte, so verkürzt und verdreht, daß es dem Theologen in ihm körperlich weh tun mußte.

Die Schuld war freilich nicht diesen Schreihälsen auf der Gasse zu geben, die nach der Marktweiber Art Gottes Wort für ihre Rechthabereien mißbrauchten. Die Verursachung war bei den Schriftgelehrten zu suchen, die das Bibelkauen als den einzigen Weg zum christlichen Glauben und zur Seligkeit priesen. Müntzer ertappte sich selbst bei solch ängstlich-alberner Schriftgläubigkeit, der immer noch das Wütendste seiner Feindseligkeit galt, denn er blätterte, ohne sich das vorgenommen zu haben, in seinen Biblien, um nach dem richtigen Wortlaut der aufgeschnappten Stellen zu forschen.

Es war eben ein Buch. Im Grunde ja eigentlich nicht einmal das, eine Zusammenstellung höchst unterschiedlicher Bücher vielmehr, teils kenntlich nach ihren Autoren, teils durch die Überlieferung unkenntlich geworden ihrer Urheberschaft nach. Ein Buch allemal und damit etwas vom Geist Unterschiedenes und Separiertes. Zeugnis des lebendigen Gottes, aber nicht zu verwechseln mit diesem Gott selbst. Darin bestand ja der Unfug und die Lästerei jener Schriftgelehrten, von denen der heilige Text sprach und die nun auferstanden waren zu Wittenberg unter der Maske der Reformation.

Ein widersprüchlicher Gott war's, von dem dieses Buch zeugte: einzig, unwandelbar, ewig. Aber diese Qualitäten, die ihn erst zum Gott machten, hatten nicht von allem Anfang an an ihm gehaftet, er hatte sie erst erworben, war ein Gott unter vielen gewesen. Und da er also in Geschichtlichkeit eingetreten war durch sein Bündnis mit Israels Volk, hatte er sich gewandelt, war nicht das ewig sich gleich bleibende Wesen. Daß er in Konkurrenz gestanden hatte mit anderen Göttern und wieder und wieder in solche geriet, das war mit Überdeutlichkeit ausgedrückt im ersten Gebot. Daß er aber in diesem Wettbewerb obsiegt hatte spätestes mit seiner Fleischwerdung in Christo, lag an dem, was ihn auszeichnete vor den übrigen Göttern und ihn zum einzigen machte. Daß er sich offenbarte, daß er der lebendige Gott war ...

Müntzer war, indem er auf diesen wichtigsten aller Punkte reflektierte, wo er zur Entgröberung, zur Lösung vom Kreatürlichen kam, wo er gelassen wurde und die Seele öffnete auf ihren Abgrund, so daß der Geist in sie einfließen konnte, mit den Fingern in seiner Bibel an die abgegriffensten Seiten geraten, an die Bücher der Propheten Israels während der babylonischen Knechtschaft.

Freilich, freilich offenbart sich dieser Gott *auch* im Wort und wäre nicht unser Gott, wenn er's nicht täte. Das, Doktor Lügner, hätten dir die Zwickauer sowenig bestritten wie der Karlstadt oder der Müntzer. Aber ein feiner lebendiger Gott wäre das, wenn er sich anders nicht offenbarte als im *geschriebenen* Wort. Dir wird nichts bleiben, als hinzugehen und die Wunder Jesu zu leugnen.

Deswegen ist's ja Gebot, daß du dir kein Bild machen sollst. Wenn ein jeder ein gemalt Männlein machen darf aus seinem Gott, ist's eben das, was dabei herausschaut. Weil sich der Madensack den Gott nach seinem Ebenbild schafft. Das ist dann sicher ein gar barmherzig Kerlchen, den mußt du nicht fürchten. Hast halt zu oft und zu lang mit deinem Meister Cranach gehockt in seiner Weinstub bei der Apotheke am Markt und willst drum nichts wissen vom Abtun der Bilder. Hätt sich nicht so überstürzen sollen, das ungeduldige Exemplar von einem Gott, und den Adam erschaffen. Hätt sich's sparen können, die Plagen über Ägypten zu schicken. Hätt fein still sitzen und es abwarten sollen, bis ihm die Madensäcklein den Buchdruck erfunden. Wär dann gleich so ein feiner und fleißiger Schriftsteller worden wie der Herr Luther …

Welchem Teufel in welcher Verkleidung hätte je ein fühlendes Herz geglaubt, daß der lebendige Gott aufgehört hat, sich zu offenbaren, und sein Geschäft an den Doktor Lügner verkauft?

Die Fürsten ziehen heran mit Geschütz und gepanzerten Reitern, und ich kann und kann mich nicht losreißen von Wittenberg und seinem Gezücht! Aber das hat man doch gelernt aus der Schrift, daß die Fälscher des Glaubens ärger denn die Ungläubigen sind, daß tausend mal tausend Jüden und Türken weniger Schaden anrichten als einer von diesen Buchstabenfurzern, die die geoffenbarte Religion zu einem Werkzeug für die gottlosen Oberkeiten verbiegen.

Hier steht der Haufen, hier hält Gott sein Gericht.

Müntzer hätte an diesem Punkt nicht mehr zu sagen vermocht, ob der Streit vor dem Haus noch fortgesetzt wurde oder ob sich die Leutchen getrollt hatten, da er nicht willens gewesen war, sich zu zeigen und ihnen Antwort zu stehen. Das Ganze seiner Wahrnehmung war jetzt nach innen gerichtet. Nur schien Gott ihm seinen Ratschluß noch nicht kundtun zu wollen und hielt seine Weisungen wenigstens vorläufig zurück, so daß einmal mehr das Gewürm seines Luther verfolgenden Hasses in das gereinigte und geöffnete Gefäß hatte eindringen können. Die Empfänglichkeit für das gegenwärtig ihn Umgebende verstopfte das aber auch, und so pochte Willibald schon wieder ungehört an Müntzers Türe.

Willibalds Auftrag war dringend genug, ihn die Klinke probieren zu lassen, und da Müntzer nicht mit dem Schlüssel zugesperrt hatte, trat er zu ihm hinein.

«Sie erwarten Euch, Bruder Thomas. Ihr sollt sprechen im Ring.»

Willibalds Gesichtshaut hatte die Farbe verloren, seine Stimme den jugendlichen Schmelz eingebüßt. Es mußte ihn tief erschrocken haben, was er gehört und gesehen in Frankenhausen und um Frankenhausen herum. Gewiß war er auch ermüdet von ihren Märschen.

Frankenhausen besaß keinen Platz, der das Ganze der Bauernversammlung zu fassen vermocht hätte. Es hatte seine Schwierigkeiten damit, die Regeln der Kriegskunst zu verquicken mit den christlichen Forderungen nach Gleichheit und Gemeinschaftlichkeit, die man schlecht auf Pfaffenart vertagen durfte nach Sankt Nimmerlein, die man vielmehr schon im Kampf um ihre Durchsetzung berücksichtigen mußte.

Diejenigen, die man im weiteren Sinne als Kriegskundige ansprechen konnte, hätten bequem ihren Platz im Saal des Rathauses gefunden. Es waren allesamt Landsknechte, die dem Heer angehört hatten, das dem Kaiser bei Pavia den Sieg über den französischen König errungen. Bauernsöhne aus den verschiedenen Landschaften Oberdeutschlands, hatten sie sich nach der Entlassung aus kaiserlichen Diensten der Erhebung in der Heimat angeschlossen, sich manchen Anteil am anfänglichen Kriegsglück der stürmenden Haufen erworben.

Daß die bunten Wechselfälle des Lebens diese Sieger von Pavia in Frankenhausen wieder zusammengebracht hatten, war unter die schätzbaren Umstände zu rechnen, insonderheit deswegen, weil drei von ihnen zuletzt die Zerschlagung des Werrahaufens durch den Landgrafen Philipp miterlitten hatten und also wußten, daß man es mit einem Gegner von äußerster Gefährlichkeit zu tun haben würde.

Wenn wohl im Haufen wenig Zweifel am Wert der Kenntnisse und Fähigkeiten dieser Landsknechte bestand, war ihre Anwesenheit ein Stein des Anstoßes doch wiederum auch, schon weil sie als die einzigen sich aus dem Gemeinen Kasten regelmäßigen Sold zahlen ließen. Zusätzlich litt ihre Beliebtheit unter den Übungen, die sie den wenig kriegstüchtigen Bauern Tag für Tag aufzuzwingen versuchten, sowie unter den Strafen, die sie denjenigen auferlegten, die sich der von ihnen geforderten Disziplin auf diese oder jene Weise entzogen, und die sie durch den von ihnen ernannten Profos auch tatsächlich ausführen ließen.

Natürlich mußte es umgekehrt die Landsknechte aufs äußerste verdrießen, daß man die guten Absichten in ihren Maßnahmen so geflissentlich verkannte, ihnen nicht nur hinter der vorgehaltenen Hand, sondern ganz öffentlich bei der Versammlung im Ring die der Verteufelung gleichkommenden Namen von Schindern und Schabern anhängte und besonders über das von ihnen aus triftigen Gründen erlassene Verbot von Branntwein im Lager sich die Mäuler zerriß, gar noch die verleumderische Behauptung ausstreute, die Konfiskation sei von ihnen einzig zu dem Zweck vorgenommen, sich selbst an den trostspendenden, mutmachenden Tröpflein zu laben.

Die so Verkannten und Verketzerten reagierten auf derlei Anwürfe der mißgünstigen Art, indem sie mit schöner Regelmäßigkeit ihren Rücktritt anboten und damit drohten, dem Lager den Rücken zu kehren. Selbstverständlich hatte sich diese Drohung durch die Häufigkeit ihrer Wiederholung abschleifen müssen, und es glaubte kaum noch jemand daran, daß sie es wahrmachen könnten. Man überließ ihnen murrend und meckernd die militärische Organisation, und sie versuchten, ihrerseits murrend und meckernd, in ihr zu leisten, was allenfalls auszurichten war mit solchen Sensenschwingern und Heugabelfechtern. Ja, sie mühten sich ziemlich vergebens, aus dem Haufen etwas zu formen, was zumindest aus der Entfernung einem Heere ähnlich schauen und einen anrückenden Gegner ein klein wenig einschüchtern mochte.

Es begann schon damit, daß sie die Rotten und Fähnlein mit jedem Tag, den der Herr gab, neu ordnen mußten, weil es dem Gutdünken eines jeden einzelnen Bauernschädels überlassen blieb, beim Morgenappell zu erscheinen und den Tagesbefehl entgegenzunehmen oder nach seinem Dorfe zu wandern, um dort ein Feld zu bestellen oder die Zäune seiner Weiden zu flicken. So unkontrolliert wie der Abgang war der Zuzug, und sie hatten es irgendwann einmal aufgeben müssen, über den Mannschaftsbestand Buch führen zu wollen. Die Erfahrung hatte gelehrt, daß eine ungefähre Proportion herrschte zwischen der Zahl der Gefechtsbereiten und dem Umfang der Lebensmittelvorräte, weshalb sich die zuverlässigsten Schätzungen anstellen ließen, wenn man letztere zur Grundlage nahm.

Wäre es nach den Landsknechten gegangen, hätte man auf die Vollversammlungen mit den Beratungen im Ring, bei denen sich jeder Gimpel zu Wort melden durfte, um die Hauptleute bei bestimmten technischen Vorkehrungen, die sie trafen, nach den legitimierenden Bibelstellen zu fragen, wohl zu verzichten vermocht. So lästig diese Zusammenkünfte einerseits waren, weil sie Zeit und Kräfte auf die unsinnigste Weise verschlangen, boten sie doch den wenigen, die sich nach wie vor die Köpfe zerbrachen über Fragen der Strategie und der Taktik und damit so etwas wie den naturwüchsigen Generalstab der Truppe darstellten, einige Übersicht über das zur Verfügung stehende Potential und den Grad seiner Verwendbarkeit für den Ernstfall. Luther hätte übrigens, wäre es ihm vergönnt gewesen, als unerkannter Beobachter teilzunehmen an den Verhandlungen im Ring, tausendfach die Bestätigung seiner Vorurteile gefunden, hätte mit dem Finger darauf zeigen können, wie es, sobald der Herr Omnes sich zum Souverän aufschwang, je länger, je sicherer auf die Tyrannei der Roheit hinauslief.

Das Langwierige und Umständliche der Meinungsbildung und Beschlußfassung spielte naturgemäß denjenigen Kräften in die Hände, die die zur Aktion drängenden Landsknechte lieber heute als morgen nach Hause geschickt und überhaupt die gewaltsame Konfrontation mit der Oberkeit im größeren Stile gern vermieden hätten. Drahtzieher und Wortführer dieser Gruppierung im Lager war ein gewisser Jost Winter. Er hätte selbst nicht anzugeben vermocht, auf welche Weise er eigentlich in das Gremium der Hauptleute hineingeraten war; eine kriegerische Befähigung oder Erfahrung zeichnete ihn nicht aus, verwandtschaftliche oder freundschaftliche Beziehungen zu einem der Frankenhäuser Ratsleute bestanden ebensowenig.

Von seiner Herkunft war so viel bekannt, daß er denjenigen Untertanen des Herzogs Georg zugehörte, die sich der Verfolgung der Bekenner des Evangeliums durch die Flucht nach Allstedt entzogen hatten. Ob er dort in Müntzers Verbündnis eingeschworen hatte, was die Art seines Handwerks sein mochte, darüber gingen die Meinungen weit auseinander, und er war darüber weder in der Versammlung noch im Rat der Hauptleute jemals befragt worden. Das wiederum hing mit seinem mehr als selbstbewußten Auftreten zusammen. Jost Winter war ein Mann jenes Schlages, der Fragen stellt, bevor er in die Verlegenheit gerät, Antworten geben zu müssen.

Er war groß und kräftig gewachsen, auch sonst von gefälligem Äußeren und bestach besonders mit einer einnehmenden, durchdringenden Stimme und einer seltenen Redegewandtheit, die sich auf eine für einen Laien erstaunliche Bibelfestigkeit stützte. Die kriegerische Ordnung des Haufens ahmte im großen und ganzen das den Landsknechten Gewohnte nach, und in dieser war Jost Winter, ohne daß er sich merklich gedrängt hätte zu diesem Amt, zum obersten Fourier ernannt worden. Diese Wahl schien nicht unglücklich getroffen, denn Jost Winter pflegte von seinen Streifzügen durch die nähere und weitere Umgebung nicht heimzukehren, ohne der Feldküche eine stattliche Zahl von Schafen zuzutreiben. Was jedoch mehr als Stirnrunzeln hervorrief, war die Erzählung von einer dieser Unternehmungen, bei welcher er den von ihm angeführten Bauern befohlen, das Feuer, mit dem sie einen Herrensitz in Brand gesteckt hatten, eigenhändig wieder zu löschen.

Mochte ihn im Anschluß an diesen Vorfall einer oder der andere in dem Verdacht haben, heimlich Verbindung zu den Fürsten, vielleicht gar zu dem katholischen Scharfmacher, dem Herzog Georg persönlich, zu halten, zu einer diesbezüglichen Anschuldigung in der Versammlung war es niemals gekommen. Wenn bei den Verhandlungen im Ring oder bei einer der Beratungen der Hauptleute untereinander wieder einmal die Frage aufgeworfen wurde, warum man nicht endlich mit der Belagerung von Schloß Heldrungen anfing, das ja kaum einen Kanonenschuß von Frankenhausen entfernt lag und weswegen man sich überhaupt hier versammelt hielt in so großer Menge, dann sprach sich Jost Winter zwar nicht gerade gegen das Vorhaben aus, kramte aber unentwegt neue und neuere Bedenken hervor.

Der Graf Ernst von Mansfeld, der zu Heldrungen festsaß, wußte wohl, welchen Grimm er mit seiner Schinderei und Schaberei, mit seiner erbarmungslosen Verfolgung des Evangeliums, die vor Hinrichtungen nicht zurückgeschreckt war, sich an den Hals gezogen hatte. Nicht minder genau war er darüber im Bilde, daß es mit der Uneinnehmbarkeit seiner Festung nicht gar so weit her war, wie man landläufig glaubte, daß er mit den wenigen bei ihm untergeschlüpften Rittern der Belagerung durch den Frankenhäuser Haufen nicht sonderlich lange getrotzt haben würde. Die Hilferufe, die er an die Adresse des Herzogs Georg schickte, nahmen von Tag zu Tag einen verzweifelteren Ton an, und immer drastischer malte er seinem Lehnsherrn die Folgen aus, die eintreten mußten, wenn die Aufständischen in den Besitz seiner Geschütze gerieten. Ob er auch wußte, was er für den Erhalt seiner verworfenen Existenz, für die Konservierung der Oberkeit in all ihrer Gottlosigkeit insgesamt, dem unermüdlich den Mut und die Kräfte des Haufens ermüdenden Jost Winter verdankte?

Der hielt, wenn die Landsknechte, die vom Minieren und Bombardieren einmal mehr verstanden als er, ihm im Kriegsrat Einwand für Einwand auseinandergepflückt hatten, immer noch ein ganz raffiniertes Argument in Reserve: Man müsse erst den Zuzug der Bergknappen aus der Eislebener Gegend abwarten. Das hatte so viel Vernunft und Augenschein für sich, daß man es schlecht mit dem Vorwurf des Defätismus auf Jost Winter zurückdrehen konnte. Wem außer den Kupfergräbern, die tiefer als jeder Maulwurf im Erdreiche wühlten, hätte man die Lösung der nicht eben anspruchslosen Aufgabe zutrauen wollen, dem bösen Grafen das Wasser aus dem seine Mauern beschirmenden See abzuleiten? Hätten es die Bauern mit Eimern und Bierkannen ausschöpfen sollen?

Und waren die Allerbefähigsten nicht auch die Allereifrigsten im Kampf um die große Sache, vor deren endgültiger Ausfechtung man stand? Waren sie nicht, als Müntzer in Allstedt den Gottesdienst hielt, Sonntag für Sonntag zu ihm gepilgert? Waren nicht die Namen der Mansfelder Knappen zu Hunderten in den Listen von Müntzers Verbündnis verzeichnet? Ei, Donner und Blitz, man mußte es zugeben, in diesem Punkt dachte der ansonsten so windige und nachgiebige Jost Winter müntzerischer als Müntzer selbst. Hatte nicht der wortgewaltige, mit dem Schwerte Gideons umgürtete Gottesknecht noch jüngst den flammendsten, mitreißendsten seiner Aufrufe an die Adresse der Bergleute beim Grafen Albrecht geschickt?

Jost Winter trug davon eine Abschrift bei sich, und er las auch bei der passenden Gelegenheit den übrigen, von seiner Verve reichlich verwunderten Hauptleuten daraus einen Passus mit Inbrunst und Heftigkeit vor: «Dran, dran, solang das Feuer heiß ist. Lasset euer Schwert nicht kalt werden, laßt es nicht erlahmen! Schmiedet pinkepanke auf den Ambossen Nimrods, werfet ihnen den Turm zu Boden! Es ist nicht möglich, solang sie leben, daß ihr der menschlichen Furcht solltet leer werden. Man kann euch von Gott nicht sagen, solang sie über euch regieren. Dran, dran, solang ihr Tag habt! Gott geht euch vor, folget, folget! Die Geschichten stehen geschrieben Matthäus 24, Hesekiel 34, Daniel 7, Esra 10, Apokalypse 6, welche alle Römer 13 erklären.»

Warum aber kamen sie nicht? Warum hatten sie es sogar versäumt, dem Haufen einen Boten zu schicken, der ihnen das Ausbleiben verständlich gemacht hätte? Ihre Herzen hätten ja verstockter als das des Pharao sein müssen, wären sie, aufgerufen mit solch glühenden Worten, still in ihren Schächten und Stollen geblieben. Anders als der Pharao hatten allerdings die Mansfelder Knappen die Botschaft des Gottesknechtes überhaupt nicht vernommen. Müntzers Sendbrief war zwar von Mühlhausen nach Allstedt, nicht aber weiter nach Eisleben gelangt. Jedoch erhellte die Kenntnis dieses Umstands nur zu geringen Teilen den wundersamen Stupor, in den sie verfallen sein mußten. Es konnte ihnen doch unmöglich entgangen sein, daß sie eidbrüchig wurden, wenn sie den Haufen im Stich ließen, gerade jetzt, da man ihre Unentbehrlichkeit schmerzhafter als jemals empfand. Schließlich hatten die Maßgebenden unter ihnen auf den Bund der Auserwählten und seine Satzung geschworen, waren der Sache mit Leib und Leben verpflichtet.

Müntzer stand vor der Tatsache, daß sein Manifest bei den Knappen nicht die Spur einer Wirkung gezeitigt hatte, vielmehr verklungen war ohne Echo wie der Ruf in der Wüste, ratloser als Moses mit seinem Stab vor dem ägyptischen Thron. Mochte er gleich der fähigste, kundigste Träumer seines Zeitalters sein, daß ausgerechnet Jost Winter den Schlüssel besaß, der das Verhängnis in seinem Grunde erklärte, hätte er sich nicht zu träumen vermocht.

Müntzer schrie es zwar überall aus, daß man auf das Luthersche Lügenmaul schärfere Acht geben müsse als auf irgendein Schwert, das diese oder jene Oberkeit gegen sie führte, aber das hat der Haß eben mit der Liebe gemein, daß er blendet, und daß der Doktor Martinus in dieser Sache seine Hand sehr direkt im Spiel haben könnte, blieb seinem Sinne entfernt. Jost Winter hingegen wußte genau, was er meinte, wenn er bei Erwähnung des Grafen Albrecht niemals vergaß, ihn «den Lutheraner» zu heißen. Daß Luther noch unter demselbigen Mond in Eisleben Gast in dessen Hause gewesen war, wußte

Jost Winter vom Grafen persönlich. Den Weg hatte sich Luther bestimmt nicht gemacht, um dem Mansfelder den Psalter auseinanderzulegen oder von ihm die Ohrenbeichte zu nehmen. Mit welcher Zange man das heiße Eisen der Bauernempörung am geschicktesten anpacken könnte, darüber hatte sich der weitblickende Graf mit dem berühmten Theologen beraten, darüber vor allem, welche Vorkehrungen sich klüglich treffen ließen, den Funken am Überspringen auf die leicht entflammbaren Gemüter der Knappen zu hindern.

In deren Sinnesart kannte Luther sich aus, hatte Vater, Bruder, Schwager, die ihr tägliches Brot verdienten mit der Förderung und der Verhüttung des Schiefers. In der tristen Landschaft des Reviers hatte der seine Kinderschuhe zertreten, war nicht wie der Müntzer von den waldigen Höhen des Harzes heruntergekommen und mußte nicht wie dieser seine Rede mit Metaphern vom Schmieden, von Pinkepanke und Amboß verzieren, um bei den Knappen als einer zu gelten, der sich auf ihre Sache und ihre Sorgen verstand.

Gering mochte der Unterschied zwischen einem Bauern und einem Bergmann im Auge des Grafen erscheinen, aber das konnte Luther ihm am Beispiel der Seinen sehr deutlich zeigen, daß es einen gar beträchtlichen fühlbaren Aufstieg ausgemacht hatte, den Acker mit der Mine zu tauschen. Nie und nimmer hätte Hans Luder seinen Sohn Martin zum Studium der Rechte auf die Universität schicken können, wäre er wie die Generationen vor ihm an der Scholle klebengeblieben. Die Oberkeit schaufelte an ihrem eigenen Grab, wenn sie die Rede vom «gemeinen Mann» übernahm. Das war eine Rottenmeister-Vokabel, für die Luther in seinen Schriften sehr bewußt die ironische Übersetzung «Herr Omnes» gebrauchte. Den Bauern konnte man getrost einen Bauern nennen, da war die gerade und schlichte Bezeichnung Schimpfwort genug. Unter dem Titel des gemeinen Mannes den ganz großen Sack aufzuschnüren und dahinein alles zu stopfen, was nicht von Adel und auch sonst mittellos war und von daher gezwungen, zur Erhaltung der fleischlichen Existenz sich die Hände schmutzig zu machen, das konnte nur dem Verderber einfallen, der sie alle, alle ihrem Untergang und ihrer ewigen Verdammnis ausliefern wollte.

Das war dem Grafen Albrecht schon eigentlich klar, und er hatte seine Regierung auch zum meisten nach solchen Sätzen gerichtet, aber gut war es trotzdem, wenn ihn der Luther noch einmal in der gehörigen Schärfe ermahnte, seinen Bergleuten zuzugestehen, was sie von ihm verlangten, und sich ihrer Dankbarkeit zu versichern. Da sollten die Prediger, die in Graf Albrechts Herrschaft vornehmlich lutherischer Observanz waren, ruhig einmal das Blatt vom Munde entfernen und tüchtig die Oberkeit schelten, sie darauf aufmerksam machen, daß das Evangelium ihnen an keiner Stelle gebot, ihre Untertanen zu zwicken und zu zwacken. Aber, notabene!, so hatten sie die Worte zu brauchen, nicht etwa vom Schinden und Schaben zu schwatzen, weil das nur böses Blut aufregen konnte.

Da sollten also die Männer der Kanzel recht freimütig vom Leder ziehen, nicht immer nur gegen den «Saubabst» zu Rom, weil das den Leuten mit der Zeit langweilig wurde und ihnen den Eindruck erweckte, als solle ihr Zorn von ihren unmittelbaren Bedrängern abgelenkt werden – nein, herzhaft dazwischen einmal gegen die deutschen weltlichen Fürsten gewettert, gegen die katholischen mit Vorzug, wie sich verstand. Herzog Georg, der Bärtige, zu Dresden empfahl sich, und – hier keine falsche Scham oder Scheu gegen Albrechts Verwandten – dem Grafen Ernst zu Heldrungen gebührte nicht minder sein Fett, denn, das durfte, mußte gesagt sein, mit seinen Spitzbübereien verjuxte er, was der Prophet Paulus ihm mit Römer 13 aufgetragen und geschenkt hatte.

So also erklärte es sich für Jost Winter, nicht aber für Thomas Müntzer, warum die Mansfeldischen Knappen, auf deren Kräfte man gerechnet hatte, nicht am Kampfplatz erschienen.

Auf den Hang, mit dem der Kyffhäuser in die Goldene Aue hinabfällt und an welchen die Stadt sich anlehnt, von den Frankenhäusern «Hausberg» benannt, wurde die volle Versammlung des Haufens berufen. Bei siebentausend Mann waren es, die sich um den Ring scharten, wobei dieser keinen regelmäßigen Kreis bildete, sondern durch die Hanglage zum Oval eingedrückt wurde. Für Müntzer, der noch die beiden Tage zuvor, da er das Banner mit dem Regenbogen durch Mühlhausens Straßen getragen, alles andere als den Sturm der Begeisterung entfacht hatte, entstand hier in der ungeheuer massierten Menge von Menschen, die selbst das, was er in Franken, Schwaben, Baden gesehen, weit, weit übertraf, wie durch Naturkraft bewegt, die breite Gasse, die ihm den Weg in den Ring hinein bahnte. Auch den am meisten entfernt Stehenden kündigte sein Erscheinen sich an durch ein allgemeines Raunen, das den Haufen ergriff und an der Linie, die ihn zerteilte, sich zu einem Brausen steigerte, dem Geräusch der vom Orkan zu Turmhöhe gepeitschten Welle des Ozeans ähnlich. Wer es hörte und sah, konnte nicht umhin, an Moses zu denken, wie das Rote Meer ihm und dem Volk, dem er voranschritt, aus seinen Fluten das Spalier gebaut hatte.

Müntzer hatte eine Predigt vorbereitet an der Kette von Bibelstellen entlang, auf die er zuletzt die Mansfelder in seinem Sendschreiben gewiesen. Er hatte sie wie auf einem seiner Zettel im Kopfe skizziert. Als er jetzt die vor ihm in liebevoller

Ehrerbietung zurückweichende Masse durchschritt, wobei es ihm nicht mehr vorkam, als werde er von den eigenen Füßen getragen, vielmehr als schwebe er auf einem Teppich oder auf einer Wolke, strömte das stumpfe, noch nicht zum Wort geschliffene Wünschen und Wollen der siebentausend in ihn ein, machte seinen Körper zum Mantel, der die Seelen und die Leiber all der vielen, vielen umschloß, und formte sich in seinem Kopf zur Festigkeit des Gedankens.

Diese Eigenschaft, der Masse als Brennpunkt zu dienen, in dem sie sich zu sammeln und zu erkennen vermochte, sie war es, die ihn unterschied von Predigern, die wohl ihr Publikum begeisterten, nicht aber Medium von dessen Begeisterung waren. Der Geschmack des gemeinen Mannes schmückte sich diese Führerqualität unter der Vorstellung höchster Frömmigkeit aus. Anders als Müntzer hat Luther dies Mißverständnis, auf welchem das prekäre Verhältnis zwischen Führer und Masse beruht, sehr früh durchschaut. Luther mußte sich durchringen zu einer Toleranz gegen die Bilder. Müntzer war streng. Er war es sowieso, weil es der Ausrichtung seiner persönlichen Bildung entsprach; er wurde es in der letzten, todverhängenden Konsequenz unter dem Einfluß der Masse.

Müntzer kam nicht dazu, seine Predigt zu halten. Obwohl es hier nicht so angelegt war wie bei den Reichstagen, auf denen sich die Fürsten ihr Stelldichein gaben, um ihre Interessen miteinander abzugleichen, dieselben wo möglich zu bündeln und zu vereinigen, daß nämlich ein jeder seinen bestimmten Platz einnahm und während der Verhandlungen die ausgeklügelten Regeln der Geschäftsordnung einhielt, gab es doch eine Art Vorsitzenden, der die Versammlung eröffnete und den verschiedenen Rednern das Wort erteilte. Dies war neben dem des Oberfouriers ein zweites, inoffizielles Amt, das Jost Winter an sich gezogen hatte. Müntzer war auf das unangenehmste überrascht, als, nachdem er mit einer einzigen Bewegung der Hand siebentausend Kehlen zum Verstummen gebracht, Jost Winter die feierliche Stille mit seiner Stimme durchschnitt. Sie klang, zumindest für die in den vorderen Reihen Stehenden, merkwürdig verändert. Es war jetzt etwas Schrilles, Hysterisches an ihr, das, da man es vorher nicht an ihr gekannt hatte, durch die Präsenz Thomas Müntzers erzeugt sein mußte.

Man fühlte, daß Jost Winter sich Mühe gab, die Begrüßung der Gemeinde in die Länge zu ziehen, um wenigstens mit einigen Sätzen sich in halbwegs freie Rede geschwommen zu haben, bevor er den Namen des Allstedters aussprechen mußte. Er hatte es zu verhindern, daß ihm dieser Name direkt vom Herzen auf die Zunge sprang. Daß Jost Winters Empfindung für Müntzer mit Haß durchtränkt war, wäre nur den Allerunaufmerksamsten entgangen. Er mußte es mit Kunst verhängen, den Tonfall dahin verfärben, daß es wie tiefe brüderlich-christliche Liebe und ehrfurchtsvolle Bewunderung für den Gottesknecht mit dem Schwerte Gideons herauskam. Er täuschte die meisten, und, was das wichtigste war, er täuschte den Mann, der neben ihm stand und den er zu preisen vorgab.

Man kann es ordentlicherweise nicht als Vorsitz bezeichnen, was Jost Winter da führte, schon weil man sich nicht wie die Fürsten im geschmückten Saale unter getäfelter Decke, sondern unter Gottes freiem Himmel traf. Es saß niemand, und Jost Winter saß noch weniger jemandem vor, er stand, und zwar in der Mitte des Rings. Zugefallen war ihm die Aufgabe, ordnend über den Gang von Rede und Gegenrede zu wachen, hauptsächlich der Kräftigkeit seines Organs wegen. Das Anschwellen des Massenkörpers mußte die natürliche Folge zeitigen, daß die Regierung merklich-unmerklich von den Verständigsten überwechselte zu den Lautesten.

Nun hatten aber an diesem Tag die akustischen Verhältnisse ihre Besonderheit darin, daß der obere Teil der Versammlung in eine Art von griechischem Amphitheater gruppiert stand, wo die Luft tüchtig Gesprochenes und gut Artikuliertes bis in höchstgelegene Ränge hinauftrug. Dafür bekamen die Untenstehenden schon ab der dritten Reihe nur noch Wortfetzen mit, Müntzers Auftrittssatz aber hörten sie alle.

«Ich begrüße meine Schwestern und Brüder, die den Kampf Gottes führen.»

Daran schloß sich ein Jubel, der nicht größer gewesen wäre, hätte Müntzer ihnen den endgültigen Sieg über Pfaffen und Fürsten verkündet. So allgemein wie der Taumel war die Ernüchterung, als wieder Jost Winter zu ihnen sprach. Man wollte ihn nicht hören und verstand ihn deswegen kaum. Wie Paukenhiebe allerdings schlugen Jost Winters Worte auf Thomas Müntzers Trommelfell ein. Zwar wurde der Vorwurf in die Form des Bedauerns verkleidet, er traf deshalb doch um so härter.

Daß das Mühlhäuser Aufgebot so jämmerlich ausgefallen, daß es nicht, wie angekündigt, von dem großartigen Geschütz der reichsfreien Handelsstadt, nur von acht wenig furchterregenden Karrenbüchsen begleitet war, das, meinte Jost, erfülle den Bruder Thomas mit nicht geringerem Kummer als ihn selbst. Noch raffinierter war es, wie er das Ausbleiben der Mansfelder Knappen dem Versagen Müntzers zuschrieb.

Das, was Müntzer bei sich in der Tradition der Mystiker die Gelassenheit nannte, wurde der schärfsten Probe ausgesetzt. Der Provokation, der die Tücke des Teufels innewohnte, nachzugeben wäre fatal für ihn gewesen. Wenn ihm eines nicht geschehen durfte, so war es dieses, die in jahrelangen inneren Kämpfen errungene Gelassenheit fahrenzulassen. Das wäre schlimmer gewesen, als hätten sie ihre spärliche Munition vor der Schlacht abgeschossen.

Diese seine Gelassenheit hing mit der ihn aussondernden, auserwählenden Befähigung zur Kommunikation mit der Masse nicht etwa zusammen, sie war identisch mit ihr. Die Entleerung der Seele von allem fleischlichen, selbstischen Wollen schuf den Unterdruck, der das allgemeine Wollen zu sich hereinzog. Hätte Jost Winter mit einem seiner geschickt geführten Nadelstiche hineinzupiksen, Müntzer zu einer wutentbrannten Erwiderung aufzureizen vermocht, die geistliche Führung, auf die jetzt alles ankam, wäre verspielt gewesen.

Müntzer ließ sich denn auch nicht zu einer Rechtfertigung gegen die hinterrücks erhobenen Vorwürfe verlocken. Er hätte es im übrigen schwer gehabt, die Schuld von sich zu waschen, hätte sie, was die Mühlhäuser betraf, höchstens weiterverteilen können an Pfeifer und die, die ihm nachgelaufen waren aufs Eichsfeld, an den Kleingeist und die Selbstsucht des Stadtbürgertums.

Jost Winter hatte im Grunde nicht ernsthaft damit gerechnet, im ersten Wurf Müntzers Ansehen bei den Aufständischen niederkegeln zu können. Geprüft haben wollte er den Mann jedenfalls an dieser offenkundigen Blöße, und wenn er den Zweifel an dessen Auserwähltheit, an dessen prophetischer Mission hier in aller Voraussicht schon einmal gesät hatte, konnte diese Saat später noch aufgehen. Er machte seine Arbeit gut, er unterminierte Müntzers Stellung beim Haufen so fachgerecht, wie eigentlich die Mansfelder Knappen es mit dem Heldrunger Schloß hätten tun sollen.

Wer erwartete, Jost Winter würde Müntzer ins Verhör nehmen über die heikle Frage, warum gerade jetzt in der Stunde der Entscheidung sein Anhang sich so merkwürdig verdünnte, der wurde enttäuscht und eines Besseren belehrt, denn er stimmte seinen Lobgesang noch höher, rückte ihn jetzt selbst mit gesalbten Phrasen in die Nähe der Propheten des Alten Testaments, erklärte ihn rundweg zu jenem Wesen der anderen Beschaffenheit, das sie zu ihrer Errettung herbeigebetet hatten und das das von Pfaffen und Fürsten in den Staub getretene Gesetz zu ihrem Nutzen wieder aufheben würde, erklärte ihn kurzum zu ihrem Richter.

Mit dieser selbstherrlichen Ernennung erntete er dort, wo er noch gehört wurde, stattlichen Beifall. Man dürfe nicht zuwarten, nahm Jost Winter diese Bestätigung seines Vorschlags per Akklamation auf, bis die Tyrannen samt und sonders von ihren Stühlen gestoßen seien, nein, schon hier in der christlichen Vereinigung, im Ring, sei das auf die Kenntnis der Heiligen Schriften gegründete Recht an die Stelle der Willkür zu setzen.

Ohne von Müntzer, sei es nur durch Blickkontakt, das Einverständnis eingeholt zu haben damit, daß er ihm die Gewalt ihres obersten Richters verlieh, kühn auch über das immerhin Fragwürdige hinwegschreitend, ob nicht etwa Wichtigeres vorläge als die Untersuchung gegen den Haufen vorgekommener Verrätereien samt der Aburteilung der Beschuldigten, gab er dem Profos das verabredete Zeichen, woraufhin dieser drei gefesselte Männer in den Ring führte.

Es waren Kreaturen des Grafen Ernst von Mansfeld, womit sie sich bei Müntzer in all seiner Gelassenheit bereits die heftigste Abneigung verdienten. Prinzipiell strafwürdig waren zwei von ihnen zusätzlich deswegen, weil sie zum Adel gehörten. Matern von Gehofen und Stefan von Hartenstein waren die Namen. Der Dritte im Bunde hieß Georg Buchner und stand als Mann bürgerlichen Charakters in den gräflichen Diensten.

Ihre Gefangennahme war in der vorvergangenen Woche zu Artern erfolgt, wohin eine Abteilung des Haufens einen Zug unternommen hatte in der Absicht, die Bewohner der Stadt durch die Kraft des Evangeliums, durch Verlockungen handfesterer Sorte oder nötigenfalls durch Erpressung zum Eintritt in die christliche Vereinigung zu bewegen. Über das Verbrechen, wie es ihnen zur Last gelegt wurde, erfuhr man jetzt näher aus dem Munde Jost Winters, daß sie am bestimmten Tage vor den Toren Arterns erschienen waren. Selbige hatten sie fest verschlossen und von Männern des Haufens bewacht gefunden.

«Es ist der Graf Ernst von Mansfeld zu Heldrungen, der uns mit einem wichtigen Auftrage schickt», hatte Matern von Gehofen dem Posten zugerufen, wie der Mann wiedergab, der in den Ring vortreten durfte, um den Hergang aus dem eigenen Erleben zu schildern. Er habe ob solcher Dreistigkeit seinen Ohren nicht recht trauen wollen, es ward aber auf seine Bitte der Name des Verhaßten laut wiederholt.

Er habe sich mit den übrigen, die dort zur Wache eingeteilt gewesen waren, kurz über das Tunliche beraten, wobei sie es als das klügste erachtet, das Tor den Bittstellern zu öffnen, um es sogleich wieder hinter ihnen zu schließen und die adligen Herrschaften in bäuerlichen Gewahrsam zu nehmen. Es sei die Gelegenheit günstig gewesen, da der Profos mit dieser Abteilung nach Artern gezogen war und nach dem üblichen kurzen Prozeß an Ort und Stelle seines Amtes hätte walten können. Sie seien auch vor Ort noch vom Hauptmann peinlich verhört worden und geständig gewesen. Der habe sie aber nicht richten wollen zu Artern, vielmehr verfügt, sie nach Frankenhausen zu schleppen, um sie dort als Geiseln gegen den Graf zu benutzen oder aber das Versäumte nachzuholen, was ja nun auch geschah.

Die Aussage des Torwächters, seines Zeichens ein Schuster von Gotha, also weder Marktschreier noch Volksredner, wurde Stück für Stück von Jost Winter in die große Runde posaunt, und als sie geendigt, trat Müntzer tatsächlich in die Rolle des Richters, lobte die Handlungsweise der Wache wie sonderlich diejenige des Hauptmanns, den er sogleich als Zeugen vor die unsichtbare Gerichtsschranke rief. Hier geriet der Prozeß ins Stocken, denn der Befehlshaber des Artern-Zugs war nicht zugegen. Hans Hake, wie der Betreffende hieß, konnte dem Standgericht also weder mit einem Protokoll jener Vernehmung noch mit mündlicher Darstellung dienen, weil er sich nämlich in der voraufgegangenen Nacht heimlich vom Haufen gestohlen und davongemacht hatte. So viel ging aus dem Gezeter hervor, das sich an verschiedenen Stellen bei solchen ergab, die den Zug nach Artern mitgemacht hatten und den von Hake ob seiner Verräterei und ob seiner edlen Geburt tapfer beschimpften.

Wie vorher die Sehnsucht den Schlachtenhunger, so pflanzte jetzt die Menge ihre Unruhe in Müntzer hinein. Er spürte schmerzhaft den Abstand, der ihn vom König Salomo trennte, und in einem Blitz an der Peripherie seines Bewußtseins maß er gar die Leistung manch wackerer Leute vom mittleren Adel, die mit sicherer Hand auf den Dörfern ihre Gerichtstage hielten.

Wie urteilen, wenn zwar ein Geständnis vorlag, nicht aber der gerichtlich erstellte Beweis desselben?

Gleichzeitig mit dieser beunruhigenden Unsicherheit und der von ihr bewirkten Diffusion im Haufen empfand er das tiefe und allgemeine Bedürfnis nach Genugtuung und Rache. Sollte er, da die Urkunde nicht zur Verfügung, die Beschuldigten auffordern, ihr Geständnis zu erneuern? Müntzer wußte nicht, was er als nächstes tun sollte, wußte nur, Untätigkeit wäre die verhängnisvollste unter sämtlichen Optionen gewesen.

Wenn es ein peinliches Verhör war, dachte er nach und befand sich damit sehr nah bei der zu findenden Lösung, wenn der zugefügte Schmerz es also gewesen, der sie zur Selbstbeschuldigung getrieben hatte, waren nicht da die Geständnisse wertlos? Jost Winter hatte den nächsten zu gehenden Schritt schon im Auge, hielt aber noch damit zurück, um Müntzer in seiner Gewissensbrühe sieden zu lassen. Endlich stieß er ihn an und wies mit diskreter Geste auf den Profos. Der hatte sich nach Ablieferung der Gefangenen das Beil schon gegriffen. So meinte es Jost aber nicht, und Müntzer begriff es sofort. Der Profos mußte es ja wissen, was sie im Verhör ausgesagt hatten.

Müntzer bedeutete ihm mit einer sehr schönen Bewegung beider Hände, das Werkzeug der Vollstreckung niederzulegen. Dem nur zur Hälfte gehorchend, lehnte der Profos es aufrecht an den Richtblock und folgte dann dem Wink in den Ring. Er wollte von den Daumenschrauben beginnen, was Müntzer schon in diesem Ansatz solche Übelkeit verursachte, daß er den Goliath beinahe angespien hätte. Jedes weitere Wort hätte das Fundament der bäuerlich-christlichen Gerichtsbarkeit nur zusätzlich erschüttert.

Damit war man aber in Sachen Arterner Geständnis so klug und so dumm wie zuvor. In seiner Verlegenheit ließ Müntzer Matern von Gehofen vor sich treten.

«Wir sind eure Brüder in Christo und schwören in Gottes Namen, ihr handelt unrecht an uns.»

Auf dieser Strecke war also erst recht kein Fortkommen. Jost Winter fühlte sich von seinem Triumph kaum noch entfernt. Müntzer zappelte in seiner Falle. Ganz gleich, was er unternahm, es würde ihm schaden. Es fehlte nicht mehr viel daran, daß er sich vor dem versammelten Haufen blamierte.

Müntzer, wach wie nur in wenigen Stunden seines Lebens, blieb seinem Prinzip treu, setzte das Vertrauen in Gott dem Vertrauen in die Masse gleich. Er strapazierte seine stimmlichen Möglichkeiten in das Extrem, wurde laut, sehr laut, jedoch ohne dabei zu brüllen.

«Wer von euch etwas gegen die hier Anwesenden vorzubringen hat, der trete forsch zu uns in den Ring.»

Es hatte also Jost Winter, wie es geschieht, seine Rechnung ohne den Wirt aufgemacht und durfte staunen, welchen Dreh Müntzer der Sache verlieh. Wenn Müntzer sich scheinbar der Gefahr auslieferte, seine Aufforderung unerwidert verschallen zu lassen, so bestand diese Gefahr in Wirklichkeit nicht. Er durfte darauf vertrauen, daß unter den siebentausend mehrere hundert bereit gewesen wären, die Sünde auf sich zu laden, um gegen die Gefangenen frei erfundenes Zeugnis abzulegen.

Es entstand also Gedränge. Der geschwindeste und durchsetzungsfähigste unter den Sykophanten, von denen es ausgelöst wurde, war ein gewisser Voypel, wohnhaft zu Artern. So gab er es an. Die Angeklagten seien schon vor jenem Besuch, der mit ihrer Gefangennahme geendigt, in Artern gewesen. Er, Voypel, habe den von Gehofen gesehen, wie er mit zwei Pferdeladungen Gold von Ratsherr zu Ratsherr getippelt sei. Ob sie es wie der Spanier und der Franzose, als sie um die Wahlstimmen der Kurfürsten warben, wie der Blumengärtner mit der Gießkanne verteilt, ob sie einen einzelnen damit bestochen, das, so Voypel, müßten andere, nicht er bezeugen.

Warum er, Voypel, nicht die mit Gold beladenen Pferde am Zaumzeug gepackt und dem Haufen zugeführt habe, war Müntzers ihn, Voypel, etwas überraschende Frage. Es sei halb Vermutung, halb Beobachtung, setzte er, Voypel, als sei ihm die Frage überhaupt nicht gestellt worden, seine Aussage fort, es sei im übrigen ein weit über Arterns Mauern verbreitetes Gerücht, daß der von Gehofen ihrem Pfarrer Buhlweiber zugeführt habe. Bei diesem weiberverschlingenden Papisten war auch der von Hartenstein ein und aus gegangen.

Es geriet Müntzer zu seinem Glück und Vorteil, daß er nichts mitbekam von den Tumulten, die sich im hangabwärts stehenden Teil des Haufens entzündeten. Sie fanden in den entferntesten Reihen statt, wohin seine, Voypels, Aussage erst drang, nachdem sie unterwegs mehrfach die Münder gewechselt hatte. Mehrere der von Voypel so bezeichneten Buhlweiber hatten sich nach häufigem Besuch der Predigt in Allstedt – eine von ihnen war gar bis Mühlhausen gepilgert, um Müntzer zu hören – nämlich entgröbert und dem fürs Evangelium fechtenden Bauernvolk zugesellt. Voypels ihnen zugetragene Eröffnungen mußten verständlicherweise Empörung auslösen. Man zieh ihn, was den von Hartenstein anging, lauthals der Lüge.

«Der von Hartenstein hat überhaupt noch nie bei einem Weibe gelegen!»

So und ähnlich klangen die Proteste von betroffen-berufener Seite. Sie wurden zwar weitergeflüstert, konnten sich aber bergauf nicht bis zu Müntzer durcharbeiten.

Eine von ihnen, die sie die Freß-Liesl nannten und der im

Bayernland das Herz für das Evangelium aufgesprungen, weswegen der heimatliche Boden für sie nicht der gesündeste war, hatte schon in Franken auf ihre Weise für verschiedene Haufen gekämpft und gehörte inzwischen zu den auffälligsten und bekanntesten Gestalten der jüngsten Frankenhäuser Geschichte. Der Arterner Pfarrer hatte tatsächlich an ihrem üppigen Busen gelegen, kruzifix!, sie stritt es nicht ab. Aber nicht um schnöden Mammon! Wer das behaupte, dem risse sie eigenhändig die verfluchte Lästerzunge aus seinem widerlichen Schandmaul. Der Matern von Gehofen möge bei Gott ein finsterer Wicht sein und ein böser Feind des Evangeliums allemal, aber Geld habe er ihr niemals geboten.

Sie wollte vorwärts zum Ring und ihr Wissen über das geistliche Oberhaupt der Arterner allen verkünden, aber einige aus jenem Kreis, denen die Anwesenheit dieser mehr als freizügigen Weiber ein steter Dorn im Auge war, hielten sie auf. Es war gut, daß Müntzer nichts davon hörte, daß ihm komplett entging, daß im Lager Liebe verkauft wurde. Jener Pfarrer hatte ohnedies weit mehr auf dem Kerbholz. Er war längst gefangen und wurde an geheimem Orte verwahrt, denn man gedachte, nach errungenem Sieg über die Fürsten ihm einen besonders schönen und ausführlichen Prozeß angedeihen zu lassen. Hier ging es um Gehofen, Hartenstein und Buchner, und man mußte dem Voypel recht geben, wenn er behauptete, sie seien nach Artern gekommen, um den schuldbeladenen Römling aus der Stadt zu entführen.

Immer enger zog sich der Ring um die, die in der Mitte standen und sich um die Beweisaufnahme mühten. Die Leute ballten die Fäuste und stießen Flüche gegen die Angeklagten aus. Sie seien nur der Spähtrupp gewesen, wurde gerufen, der den Reisigen die Tore hätte öffnen sollen. Dem Profos wurde es schwierig, seinen Richtblock zu verteidigen, und es gelang ihm nur, indem er das geschliffene Beil über sich in der Luft kreisen ließ.

Es war eigentlich Notwehr, daß Müntzer das dreifache Todesurteil sprach. Der Profos vollstreckte, solange noch Platz dazu war. Die rollenden Köpfe wurden sogleich von den Nächststehenden aufgehoben und in die Höhe geschleudert. Andere fingen sie auf, warfen sie wieder hoch, und alles jauchzte dabei wie eine Horde ungezogener, ausgelassener Kinder. Müntzer wurde von der Menge auf Händen aus dem Ring zur Stadt hinuntergetragen.

Müntzer war, als sich die Tür von des Wittibs Kämmerlein hinter ihm schloß, am merkwürdigsten Punkt seines bisherigen Lebens. Es war der tiefste und zugleich der höchste. Er hatte drei Menschen ermordet. Ihr Blut klebte nicht am Beil des Profos, es spritzte nicht aus den grölenden Mäulern der Menge, es klebte an seinen Händen, es klebte an seinem Hals.

Die Alte hatte ihm eine Schüssel mit heißem Wasser hingestellt, ein Tuch zum Trocknen danebengelegt. Müntzer machte von diesen Bequemlichkeiten Gebrauch, schalt sich im stillen ein sanftlebendes Fleisch, als er sich mit dem weißen Linnen das Gesicht und den Hals abrieb.

Du wirst dabei draufgehen, Müntzer, sprach eine andere Stimme in ihm. Sobald er sich etwas sauberer fühlte, auch die Hände gründlich gereinigt hatte, machte er sich ans Pult. Niemand anders als der Graf Ernst von Mansfeld zu Heldrungen war der Adressat seines Schreibens. Es war immer etwas von einem Kanonenschuß dabei, wenn Müntzer einen Brief aufsetzte, aber dieser hier sollte von allen, die abgegangen waren, sein Ziel mit der größten Genauigkeit treffen.

«Sendebrief zur Bekehrung Bruder Ernstes zu Heldrungen. Die gestreckte Kraft, feste Furcht und der beständige Grund Seines gerechten Willens sei mit Dir, Bruder Ernst. Ich, Thomas Muntzer, Pfarrer zu Allstedt, vermahne Dich zum überflüssigen Anregen, daß Du um des lebendigen Gottes Namen willen Deines tyrannischen Wütens wollest müßig sein und nicht länger den Grimm Gottes über Dich erbittern. Du hast die Christen angefangen zu martern, Du hast den heiligen Christenglauben eine Büberei gescholten, Du hast die Christen unterstanden zu vertilgen. Du elender, dürftiger Madensack, wer hat Dich zu einem Fürsten des Volkes gemacht, welches Gott mit seinem teuren Blute erworben hat? Du mußt und sollst beweisen, ob Du ein Christ bist. Du sollst und mußt Deinen Glauben beweisen, wie 1. Petr. 3 befohlen. Du sollst in wahrhaftiger Wahrheit gut sicher Geleit haben, Deinen Glauben an den Tag zu bringen, das hat Dir eine ganze Gemeinde im Ring zugesagt, und Du sollst Dich entschuldigen Deiner offenbarlichen Tyrannei, auch ansagen, wer Dich so thurstiglich gemacht, daß Du allen Christen zum Nachteil unterm christlichen Namen willst ein solcher heidnischer Bösewicht sein. Wirst Du außen bleiben und Dich aufgelegter Sache nicht entledigen, so will ich's ausschreien vor aller Welt, daß alle Brüder ihr Blut getrost sollen wagen wie etwa wider den Turken. Das sollst Du verfolgt und ausgereutet werden, denn es wird ein jeder viel emsiger sein, da sie an Dir Ablaß verdienen, mehr denn vorzeiten der Papst ausgegeben. Wir wissen's nicht anders an Dir zu bekommen. Es will keine Scham in Dich, Gott hat Dich verstockt wie den König Pharaonem, auch wie die Könige, welche Gott wollt vertilgen, Josue am 10. und am 11. Sei es Gott immer geklagt, daß die Welt Deine grobe, puffel wütende Tyrannei nicht ehe erkannt, wie hast Du doch solchen merklichen unerstattlichen Schaden tan, wie mag sich anders dann Gott selber über Dich erbarmen? Kurzum, Du bist durch Gottes kräftige Gewalt der Verderbung überantwortet. Wirst Du Dich nicht demütigen vor den Kleinen, so wird Dir eine ewige Schande vor der ganzen Christenheit auf den Hals fallen, und wirst Du des Teufels Märtyrer werden. Daß Du auch wißest, daß wir's gestreckten Befehl haben, sage ich Dir: Der ewige lebendige Gott hat's geheißen, Dich von dem Stuhl mit Gewalt uns gegeben zu stoßen; denn Du bist der Christenheit nichts nutze, Du bist ein schädlicher Staubbesen der Freunde Gottes. Gott hat von Dir und Deinesgleichen gesaget, Ezechielis am 34. und am 39., Danielis 7., Michää 3. Abdias der Prophet sagt, Dein Nest muß zerrissen und zerschmettert werden. Wir wollen Deine Antwort noch heuent haben oder Dich im Namen Gottes der Scharen heimsuchen, da wiß Dich nach zu richten. Wir werden unverzüglich tun, was Gott befohlen hat, tu auch Du Dein Bestes. Ich fahr daher. Gegeben zu Frankenhausen anno domini 1525. Thomas Muntzer mit dem Schwert Gedeonis.»

Müntzer hätte das Blatt gerne drucken und im Haufen verteilen lassen, aber auch dazu kam es nicht mehr. Der Sonnabend verlief in heiterer, ja festlich gehobener Atmosphäre, vor vielen Zelten wurde getanzt und gesungen. Müntzers Unerbittlichkeit gegen die gedungenen Fürstenknechte hatte das Vertrauen in die eigenen Kräfte überall im Haufen, in allen Teilen der kampfbereiten Masse gestärkt. Es war, als hätte Gott selbst ihre Führung übernommen. Man erzählte sich als etwas, das ebenso feststand wie die Unbefleckte Empfängnis der Jungfrau Maria, daß Müntzer die Kugeln aus den Geschützen der Fürsten in den Ärmeln seines Mantels auffangen würde.

Die Zuschreibung solcher und ähnlicher kriegerischer Qualitäten an Müntzer fiel um so leichter, als er an diesem Tage einen besonders stattlichen und zugleich heiligen Anblick darbot. Willibald hatte ihm das beste unter den wenigen im Haufen gehaltenen Reitpferde vor das Haus der Witwe beim Tor geführt. Die Gewißheit, daß die Schlacht unmittelbar bevorstand, war allgemein, ohne sich auf gesicherte Nachrichten über die Stärke, die Zusammensetzung, die Bewaffnung und die Bewegung des Feindes stützen zu können und ohne daß viel darüber gesprochen worden wäre. Müntzer war ein guter Reiter, er hatte als Kind oft den Waldarbeitern mehr zugeschaut als geholfen und auf den Rücken der Schlepppferde gesessen. Die Stute, die Willibald ihm brachte, war von Mühlhausen nach Artern und von dort zurück nach Mühlhausen unter ihm gegangen. Er liebte das Tier, und das Tier liebte ihn.

Er war aufgestiegen, ohne die kürzeste Überlegung daran zu verschwenden, daß es Fürstenmanier war, Unberittenen hoch zu Roß zu begegnen. Er imponierte zwar, aber er imponierte doch auf eine andere Weise als die Edelblütigen aus den alten Rittergeschlechtern. Das Schwarz seines Sommergewands verfloß mit dem schwarzglänzenden Fell, und besonders ungewöhnlich war, daß er barfuß in den Steigbügeln stand.

So machte er seine Runde durchs Lager. Spendete Mut oft nur durch ein Nicken. Für manche hatte er Bibelsprüche parat. Er sparte mit strafenden Blicken nach ausgetrunkenen Fässern, nickte hier und da sogar ein Prosit, wohl bekommt's!

So verging dieser Tag. Am folgenden, am Sonntag nach Cantate, waren die Fürsten schon da. Den Spähern am Kyffhäuser fielen laut die Steine vom Herzen, sie rieben sich die Hände und machten freche Sprüche, als sie sahen, wie armselig das Heer war, das sie angreifen wollte. Sie führten nicht eine Kanone, die Bauern hätten sich in Rottenstärke auf jeden einzelnen werfen können.

Im Haufen löste die Meldung helle Begeisterung aus. Die Hauptmänner mußten ihre Leute zurückhalten, weil jeder zuschlagen wollte. Die Disziplin reichte hin, und man rückte in der, wenn schon nicht erprobten, so doch wenigstens einige Male geübten Schlachtordnung gegen die Angreifer aus.

Die Fürstlichen kamen nicht von der Heldrunger Seite, sie kamen von Westen, von Rottleben her. Das Scharmützel wurde links und rechts der kleinen Wipper ausgetragen. Es endete nach einem Stündchen lange vor Sonnenuntergang. Es gab außer ein paar Schrammen auf keiner der beiden Seiten Verluste, aber der Haufen durfte sich als Sieger fühlen, weil der Gegner, seine Unterlegenheit fühlend, den Bauern das Schlachtfeld geräumt hatte.

Jetzt war es Landgraf Philipp, der sich die Hände rieb, sich in Witzeleien und hämischen Kommentaren gefiel, als er von dem Ritter, unter dessen Leitung der Scheinangriff stattgefunden hatte, sich den Verlauf schildern ließ.

«Sie werden sich auf ihre Heldentat sinnlos besaufen und morgen in unsere Kanonenrohre schauen mit einem Kater, der sich gewaschen hat.»

«Sie werden zum Waschen nicht viel Gelegenheit haben», meinte der Braunschweiger, der sich dem Humor des jugendlichen Draufgängers genähert hatte.

Der Herzog erkannte inzwischen mehr von dem militärischen Genie, das der reformierte Landesherr für sämtliche Angehörigen der herrschenden Klasse in die Schale warf, ob sie es nun mit dem Wittenbergischen oder mit dem Römischen Papst hielten.

«Jedenfalls wird es ihnen kaum einfallen», erinnerte der Hesse an sein Kalkül, «uns in der Nacht zu stören, wenn wir unser Geschütz den Kyffhäuser hinaufkarren und es in ihrem Genick aufstellen.»

«Wollten wir nicht warten, bis Herzog Georg mit seinem Leipziger Aufgebot eintrifft?» wurde er von seinem Verbündeten auf einen Widerspruch aufmerksam gemacht.

«Da können wir gleich auf die Kurfürstlichen warten», gab Philipp spöttisch zurück, «oder bis meinem Schwiegervater der Bart zur Erde gewachsen ist. Ihr kennt Euren Feind nicht. Wir lassen es uns von ihrem Thomas Müntzer gesagt sein, pinkepanke, solange es heiß ist, soll man das Schwert schmieden.»

Der Tollkühne war also bereit, den Haufen notfalls ohne die angekündigte Unterstützung beider Sachsen zu überfallen. Hilf dir selbst, dann hilft dir Gott, war der oberste Wahlspruch von Melanchthons Namensvetter und Brieffreund. Vielleicht nicht die Wahrheit, dafür aber die Lebensklugheit dieser Devise zeigte sich wenige Minuten nach Mitternacht, als die Gespanne mit den Feldschlangen unter Umgehung des Bärentals den Fuchsliethe genannten Höhenzug erreichten. Herzog Georg erschien tatsächlich an dem vereinbarten Platz mit einigen hundert Reisigen und so viel Fußvolk, daß sie der Menge, die gegen sie stand, auch zahlenmäßig ebenbürtig wurden.

Man war bei der Siegesfeier nicht ganz so außer Rand und Band geraten, wie der Landgraf sich das gewünscht hatte. Die meisten hatten sich in der beklemmenden Ahnung, daß das, was man am Nachmittag so souverän in die Schranken gewiesen, längst nicht alles gewesen war, was die Fürsten zu bieten hatten, zeitig auf ihre Strohsäcke gelegt, um dem, was da kommen mochte, ausgeruht begegnen zu können.

Müntzer unternahm gar nicht erst den Versuch, in seinem Kämmerlein bei der Witwe nach Schlaf und Erholung zu suchen. Es war bei ihm nicht wie beim Landgrafen die Lust an kriegerischem Handwerk und kriegerischer Kunst, nicht der Ehrgeiz darin, was ihn zu energisch-rastlosem Handeln antrieb. Wie ein gewitzter Brettspieler das Scharmützel an der kleinen Wipper als Ablenkungsmanöver zu durchschauen, mit dem eine viel, viel gefährlichere Bewegung in der anderen Himmelsrichtung gedeckt wurde, dazu reichte sein militärisches Zeug nicht. Gottesnähe und Feinnervigkeit schenkten ihm dennoch die Intuition zu erraten, was der Feind im Schutze der Nacht vornahm. Er schickte Willibald und Lippes Schwindell als Späher in den Wald und erhielt von ihnen die Bestätigung für seine Vermutung.

Die kommandierenden Landsknechte hatten auf einem kleinen Plateau am Hausberg eine Wagenburg aufgebaut, um, falls, wie sie vermuteten, die Fürstlichen ihren Angriff gegen die Mauern der Stadt richten würden, sie mit dem schwachen Geschütz und der knappen Munition wenigstens aus vorteilhafter Stellung beschießen zu können. Müntzer ließ die wichtigsten Hauptleute wecken und hielt nächtlichen Kriegsrat mit ihnen. Merkwürdigerweise saß Jost Winter, den man gar nicht verständigt hatte, mit unter ihnen. Er hatte die triftigsten Gründe, die das Auslösen des allgemeinen Alarms mit dem Ziel, den Transport der gegnerischen Artillerie doch noch zu unterbinden, unratsam erscheinen ließen. Die ganze Reaktion auf Philipps kluge Positionierung seiner Kräfte erschöpfte sich darin, daß man die Wagenburg auch nach der Bergseite durch Sandsäcke ein wenig besser abzusichern versuchte.

Beim Frühgottesdienst vor dem versammelten Haufen saß Müntzer zu Pferde. Mitten in seine Predigt hinein erschien eine Gesandtschaft der Fürsten. Es hätte nicht seines Spürsinns bedurft, um zu erahnen, welcher Art ihr Angebot sein würde. Landgraf Philipp wäre ein Volltrottel gewesen, wenn er die Karte nicht ausgespielt hätte. Müntzer hätte klug daran getan, die Boten von seinen zuverlässigsten und verschwiegensten Anhängern abfangen zu lassen. Jetzt hatte schon Jost Winter den Zettel ergriffen, und selbstverständlich wollte niemand mehr Müntzers Predigt, wollten alle das Anerbieten der Fürsten hören.

Obwohl es doch gewirkt hatte, als wisse Müntzer den Pferdeleib unter sich als Resonanzkörper zu nutzen, übertraf Jost Winters Stimme diesmal die seine an Lautstärke und Reichweite, als er den Brief der Fürsten verlas:

«Den Brüdern von Frankenhausen zu Händen. Weil Ihr die Untugend und verführerische Lehre Eures Verfälschens des Evangeliums angenommen und Euch vielfältig gegen unseren Erlöser Jesus Christus mit Mord, Brand und mancherlei Mißachtung Gottes und besonders des heiligen hochwürdigen Sakraments aufgeführt habt, deshalb sind wir, als diejenigen, denen Gott das Schwert anbefohlen hat, hier versammelt, um Euch als Gotteslästerer zu strafen. Aber nichtsdestoweniger haben wir aus christlicher Liebe und besonders, weil wir glauben, daß mancher arme Mann auf üble Weise dazu verführt worden ist, beschlossen: Wenn Ihr uns den falschen Propheten Thomas Müntzer samt seinem Anhang lebendig ausliefert und Euch uns auf Gnade und Ungnade ergebt, so wollen wir Euch so annehmen und uns so gegen Euch erzeigen, daß Ihr dennoch nach Lage der Dinge unsere Gnade erkennen sollt. Wir begehren hierauf eilend Eure Antwort.»

War Müntzer, der seine unterbrochene Predigt ganz darauf angelegt hatte, der Gemeinde die Furcht vor dem Tod zu verscheuchen, als er das anhörte, etwa betroffen, weil es nicht mehr um den Tod als Tod ging, sondern um den nahe bevorstehenden eigenen Tod? Geriet er in den Besitz der Angst? Wenn es nicht die Angst war, die ihn bewegte, Not war es immerhin. Die Not kann dem Menschen aber nur dann Lehrmeister und Ratgeber sein, wenn er sich von der Angst gelöst hat.

Bei Müntzer war es der Fall, denn er tat das einzig Richtige, das, was seinen Sinn mit dem Sinn aller und dem Sinn des Ganzen verband.

«Brüder, wollt ihr mich dem Fürsten übergeben? An mir soll es nicht liegen.»

Das konnten schon die von seinem Anhang, von denen im Brief ausdrücklich die bestimmte Rede gewesen war, unmöglich gutheißen. Es zeigte sich jetzt, wie zahlreich er war und daß er im Moment der letzten Drohung das Ganze in Brand zu setzen vermochte. Siebentausend Stimmen waren wie eine: Nein.

Von der Nachdenklichkeit der Stummen hörte man nichts. So einmütig war die Stimmung, daß der Strick von Müntzers Hals an die Hälse der Gesandten sprang. Nur im Verbund mit Jost Winter und dem Profos gelang es ihm, einen Gesandtenmord zu verhindern. Es erübrigte sich eine förmliche Beschlußfassung über den Antrag der Fürsten. Auf welche Art man ihnen antworten sollte, war aber keineswegs klar. Sie wurde eindeutig schon dadurch, daß Müntzer es war, der sie unterschrieb. Da sie eilig verlangt war, wurde sie eilig gegeben.

Müntzer, der nach einer Formulierung suchte, saftig, aber

nicht intransigent, blickte, einer seiner Gewohnheiten folgend, nach der Sonne. Was war da? Gott schickte ihnen das innigst erbetete Zeichen. Den Regenbogen. Es war zwar kein richtiger Regenbogen, aber wenigstens schickte ihn Gott pünktlich auf die Sekunde. Müntzer gefror in der zufällig eingenommenen Stellung und hob mit der Gebärde des tragischen Helden die Hand mit den auseinandergespreizten Fingern der Sonne entgegen.

Nicht er, der Himmel selbst hatte zu ihnen gesprochen. Das überzeugte sogar Jost Winter. Aber natürlich war Jost Winter auch der erste, der die unvorschriftsmäßige Gestalt des Regenbogens bekrittelte. Auf der Fahne sah er nämlich ganz anders aus, wie denn auch dem Voypel mit der durch die schwächere Verstandesleistung bedingten Verspätung auffiel. Am Vormittag Pläne schmieden und sie gleich nach dem Mittagessen ins Werk setzen, so war die Vorgehensweise Jost Winters, und so war auch seine, die des Voypel. Daß ein Mann wie Jesus Christus oder Thomas Müntzer den Vater im Himmel so zu bestricken wußte, daß Er sie befähigte, Wunder zu wirken, das glaubten sie am Ende aller Rechnungen nicht. Also war das hier, gelinde gesagt, eine Verwechslung.

Da war kein Bogen vom Himmel zur Erde gespannt, die Iris hielt im farbenprächtigen Ring die Sonne umfaßt, weswegen man ja auch den Teil des Auges, der dieses auffing, so nannte. Als ein Halo der Sonne wäre die Erscheinung von einem Astrologen bezeichnet worden. Von solchen hatten sie im Haufen nur sehr untüchtige, während sich die Spitzenkräfte des Faches bei den Fürsten aufhielten.

Sie konnten den Landgrafen gleich beim ersten Auftreten des Schreckens beruhigen. Gott bot nicht den Trägern der Regenbogenfahne eine Erneuerung seines Bundes mit dem Volk Israel an. Da das Zeitalter das Gebiet des Himmels noch nicht vom Gebiet der Seele getrennt, die beiden im Gegenteil durch die Reformation gerade wieder frisch miteinander verknüpft hatte, ließen sich von dem Phänomen in der Höhe leicht der Zuschnitt von Müntzers Seele und ihre ganz aktuelle Verfassung ablesen.

Die Sonne, das waren selbstverständlich die Fürsten, der Kaiser vorab. Es war aber unverborgen, daß der spanische Kaiser in Deutschland nicht wirklich regierte, daß vielmehr der sächsische Kurfürst Friedrich die Geschicke der Nation lenkte oder gelenkt hatte, da Müntzer, wie am Himmel deutlich zu sehen, ihn im Würgegriff gehalten, bis ihn der letzte Atem verlassen. Es sei damit am hessischen Landgrafen, die Vakanz zu füllen und in die ledige Stelle des Führers der deutschen Protestanten zu treten. Durch Sprengung des würgenden Reifens, was heißen mußte, durch die Liquidierung der Insurgenten.

Philipps Astrologen waren sogar weitsichtig genug, ihn darauf hinzuweisen, daß man es auf der anderen Seite mit umgekehrtem Ergebnis ausdeuten würde. Wie es der Fall war. Die Mäkeleien der Voypels und Winters wurden im allgemeinen Taumel erstickt. Ob man den Fürsten überhaupt noch antworten sollte?

Es lag nicht im Sinne der Fürsten, den Bauern, die ihnen das Schwert der Oberkeit entwinden wollten, zu drohen, sie sollten Individuum für Individuum für immer ausgelöscht werden. Jenseits des Thüringer Waldes waren noch mehrere Haufen, jeder mit über tausend Köpfen, zusammen. Philipp hielt seine Strategie für eine christliche. Er schonte gewissermaßen jene Köpfe, wenn er diese hier abschlug. Deshalb hatte er die äußerste Sorgfalt auf die Tarnung seiner imposanten Batterie von Feldschlangen gewandt. Er hatte mit seinem Schwiegervater und den Braunschweigern vereinbart, daß die Rückkehr der Gesandtschaft das Signal für die Geschützmeister sein sollte, die Lunten zu zünden. Der Inhalt ihrer Antwort mochte dem Nachgericht, das ihrer Niederlage folgen würde, zur Abmessung der Strafen dienen.

Die Gesandten waren noch nicht außer Schußweite der Wagenburg, da schlugen wenige Schritte neben Müntzer, der sich dorthin begeben hatte, die ersten Kugeln ein. Eine traf Willibald, den jüngeren Schmoller aus Artern an der Unstrut. Die nächste riß sechs andere seiner Getreuen von ihm. Es dauerte einen Moment, bis er begriff, wer seine Arme gepackt hatte und ihn hinunter zur Stadt zerrte. Es waren Lippes Schwindell und Jost Winter.

Sein gefährlichster Gegenspieler und sein treuester Gefährte, sie handelten aus sehr unterschiedlichen Motiven, aber sie hatten ein gemeinsames Ziel: Müntzer mußte die Schlacht um jeden Preis überleben. Sie hatten einen kleinen Vorsprung vor der allgemeinen Fluchtwelle, die einsetzte, als die Reisigen ihren Sturmangriff auf die zerbombte Wagenburg ritten. Hauptleute, die versuchten, die Masse zum Stehen zu bringen, wurden niedergetrampelt, anschließend von den Hufen der galoppierenden Pferde in die staubige Erde gestampft. Dies Schicksal drohte auch der Dreiergruppe, weil Müntzer sich immer wieder zurückwandte und viehische Schreie ausstieß bei dem, was er sah. Der Vorsprung schmolz, und der zunehmende Druck der Walze vom Hausberg zum Tor bewegte schließlich auch ihn. Er lief zwischen den beiden mit freien Armen, als sie in das kurz hinter ihnen sich verstopfende Mauseloch schlüpften.

Lippes Schwindell hätte sich später vielleicht mit der Faust vor die Stirne gehauen ob der Dummheit, Müntzer in die Wohnung der Witwe zu bringen, wäre ihm nicht noch in selbiger Stunde von der in die Stadt eindringenden und in alles, was sich bewegte, einstechenden Reiterei der Kopf von den Schultern geschlagen worden. Jost Winter hatte es gar nicht zu empfehlen brauchen, Müntzer war von selbst in diese Richtung gelaufen, er wollte vor allem die Tasche mit seinem schriftlichen Nachlaß in Sicherheit bringen. Wiederum hatten Jost Winter und Lippes Schwindell entgegengesetzte Gründe und diesmal auch einander ausschließende Ziele, aber weder der eine noch der andere konnte bei Müntzer bleiben, um ihn zu bewachen und zu beschützen.

Der rasenden Reiterei, die das Pflaster sämtlicher Gassen mit einem Samtteppich frisch fließenden Bluts überzog, folgte nach gemessener Frist das Fußvolk, das nun plündernd und mordend Haus für Haus, Zimmer für Zimmer durchkämmte. Es war auch ein Landsknecht, aber einer, der für die andere Seite stritt, der dem bewußten Haus beim Tor sein Zeichen aufmalte. Er war etwas verärgert über die Dürftigkeit des Hausrats der Witwe, die er, weil sie ihm nicht ihren Schmuck zeigen wollte, erdolchte. Würde er es mit dem alten Männlein, das in einem Winkel des Kämmerleins kauerte, ebenso machen?

Es schien ihm der Mühe nicht wert, der Tod war mit seiner Arbeit beinahe alleine fertig geworden. Außerdem hatte er den Dolch nach dem Mord an der Witwe gereinigt. Er wollte schon weitergehen, wunderte sich aber über die sonderbare Stellung des vermeintlichen Greises am Boden.

Müntzer brauchte die Agonie überhaupt nicht zu gaukeln, sie war echt. Gott hatte ihn betrogen mit seinem Zeichen. Es war nicht ihm und den Bauern, es war den Fürsten und ihren Schergen gesetzt worden. Jetzt klebte nicht mehr das Blut dreier Männer, die er für ein geringes Vergehen am Leben gestraft hatte, es klebte das Blut von drei mal tausend an seinem Hals. Die Verfolgung währte bis tief in die Nacht, es sollten am Ende weit über sechstausend sein, die aus dem Traum vom Reich Gottes nicht mehr ins Leben erwachten. Knapp über hundert entkamen, und von ihnen wurden später, als die Fürsten Rache an Mühlhausen nahmen, die meisten eingefangen und aufgehängt.

Dennoch wollte sich Müntzer nur die Hälfte der Schuld zurechnen. Die andere gab er insgeheim Gott.

Der Landsknecht besah sich den über ein Paket gekrümmten siechen Leib etwas genauer. Natürlich interessierte ihn das Paket mehr als der Leib. Müntzer hatte blinzelnd aus der Tracht längst die Art des Mannes erkannt. Es konnte einer der Ihrigen sein, der ihm ein Pferd für die Flucht bringen wollte. Die unsanfte Weise, an ihm zu grapschen, belehrte Müntzer über das Gegenteil, und als der Landsknecht ihn, da er die Tasche festzuhalten versuchte, mit dem blinkenden Dolch bedrohte, war der Zweifel endgültig beseitigt.

Müntzer sagte sich in Erinnerung an seine Geißelung des Schriftgelehrtentums, der Christenheit sei mehr an seinem Leben denn an seinen Schriften gelegen, und verteidigte die Tasche nicht länger. Von der Gasse drangen die Schreie und das Stöhnen der Sterbenden zu ihnen herauf. Der Landsknecht, dessen Eltern einmal in dem Wunsche gelebt, aus ihm den Pfarrer des Dorfes zu machen, welche Rechnung die Reformation ihnen durchkreuzt hatte, war der Schrift, auch einigen Lateins kundig. Er brauchte nicht lange in Müntzers Papieren zu blättern, um zu erkennen, welchen Schatz er da aus der Erde gehoben hatte.

Er hätte die erdolchte Witwe gerne wieder ins Leben gerufen, denn das, was er da in der Hand hielt, wog etwa soviel wie der Schmuck einer Königin. Er hatte ihn! Müntzer! Aber hatte er ihn lebend? Der Landsknecht war plötzlich sehr bekümmert um Müntzers Gesundheit. Ihm wurde etwas schwindlig bei der Vorstellung, mit welcher Summe ihn allein Graf Ernst von Mansfeld belohnen mußte, der sich Müntzer gewiß zur Folter nach Heldrungen ausbitten würde. Er mußte es sehr geschickt anstellen, wenn er Müntzer einem der Fürsten unversehrt übergeben wollte.

Er stützte ihn so, daß Müntzer sich am Boden aufsetzen konnte, und gab ihm aus seiner Feldflasche zu trinken.

«Du bist der Prediger Thomas Müntzer», sagte er in einem Ton, wie er ihn zärtlicher nie einer Frau gegenüber getroffen hatte, «der Knecht Gottes mit dem Schwerte Gideons, die Zuflucht aller Armen und Bedrängten.»

Es war also doch einer der Landsknechte aus dem Haufen. Müntzer lächelte, und es strahlte auch wieder aus seinen Augen, als er die Frage mit einem kurzen Nicken bejahte. Müntzer war heil geblieben, es hatte ihn keine Klinge, keine Kugel, kein Splitter getroffen. Die Verletzung an der Seele, am Glauben, an der Liebe, an der Hoffnung reichte hin, ihn von der Hüfte abwärts zu lähmen. Und hätte der Landsknecht selbst ein schnelles Pferd, vielleicht gar die geliebte Stute mit dem rabenschwarzen Fell irgendwo für ihn versteckt gehalten, Müntzer hätte nicht aufsitzen können.

«Die Fürsten haben beinahe alle von uns erschlagen», log sich der Landsknecht auf den Standpunkt des Haufens, wenn die Rede von einem solchen noch angebracht war.

«Haben sie schon ein Geld auf meinen Kopf ausgelobt?» waren Müntzers erste gesprochene Worte.

«Sie wollen dich lebend», erwiderte der Landsknecht.

«Sie wollen, daß ich abschwöre, daß ich mich zum Papsttum bekenne», schloß Müntzer daraus.

«Sie werden dich foltern, Bruder Thomas», sagte der Landsknecht es ihm richtig voraus.

«Aber sei beruhigt», setzte er nach einer Pause fort, «sie werden dich nicht fangen. Ich habe ein Pferd für dich versteckt.»

«Die Stute?»

«Die Stute. Genau. Die Stute.»

«Aber das hilft ja nichts», sagte Müntzer, «ich kann ja meine Beine gar nicht bewegen.»

«Ich werde dich stützen. Bei den Landsknechten habe ich gar manches zu tragen gelernt. Ich werde dich schon hinaufheben auf deinen Gaul.»

Damit hatte er Müntzer unter die Arme gefaßt und ihn auf die Beine gestellt. Sie knickten zu beider Erstaunen nicht ein. Schritte allerdings konnte Müntzer nicht mit ihnen vollführen. Es kam ihm der Gedanke an seine Mutter, die er im Alter in der nämlichen Art, wie es jetzt der Landsknecht mit ihm unternahm, vergeblich zu bewegen versucht hatte. Von der Mutter sprang der Gedanke noch in derselben Sekunde weiter zu Ottilie und dem Söhnchen. Er mußte ihretwegen dringend an den Rat von Mühlhausen schreiben.

Der Landsknecht wollte sich Müntzers Leib schon auf die Schulter packen, überlegte es sich aber noch einmal anders und schob ihm statt dessen einen Stuhl unter.

«Wenn sie dich auf der Straße erkennen, dann ist es um dich geschehen», teilte er Müntzer seine Befürchtung mit. «Wir müssen dich in die Kleider der Witwe stecken. Sie werden denken, du seiest ein Weib, das ich mir zu fleischlichen Lüsten geraubt habe.»

Was der Landsknecht sagte, mußte Müntzer einleuchtend klingen. Also wurde der nur zur Hälfte bewegliche Müntzer in die Röcke der Witwe gestopft. Nach einem kleinen Schnitt mit dem Dolch konnte der Landsknecht Müntzer sogar deren Pantoffeln über die Füße streifen. Das Kopftuch band er Müntzer so, daß es das Gesicht beinahe vollständig bedeckte. Dann lief er mit seiner Beute stracks zum Rathaus, vermied es, auf dem Weg seine Kameraden zu grüßen. Er durfte den Mann und die Tasche persönlich bei Landgraf Philipp abliefern. Er bekam dafür sehr viel weniger Geld, als er gehofft hatte, war aber dennoch von Stund an ein gemachter Mann, denn er stieg für seine Heldentat in den hessischen Adel auf.

Man ließ sich Zeit damit, den endlich entsetzten Bewohnern der Wasserburg Heldrungen den Fang zu melden. Es ärgerte Philipp, daß er Müntzer dem auch ihm ins Extrem widerwärtigen Mansfeldischen Grafen Ernst bis zur Hinrichtung würde überlassen müssen. Zu seinem Leidwesen sah er in der näheren Umgebung keinen anderen halbwegs sicheren Verwahr für seinen Gefangenen, denn daß dessen Weib in Mühlhausen, wo man ihn nach der Eroberung der Stadt durch die Fürsten richten wollte, einen, möglicherweise von dem brandgefährlichen Pfeifer angeführten Trupp zu seiner Befreiung aufstellen würde, war zu erwarten.

So gerne Philipp die Tasche mit dem Müntzerschen Privatarchiv und dem literarischen Nachlaß den Sammlungen seiner Bibliothek zu Marburg einverleibt hätte, er würde das Material zur Auswertung schnellstmöglich Melanchthon zustellen. Es blieb nicht einmal die Zeit, die Dokumente von den nach Heldrungen geflüchteten Mönchen kopieren zu lassen.

Anders als die Wittenberger interessierte Philipp die Theologie nicht um der Theologie willen. Deshalb lag seinem Herzen der Fall Müntzer eigentlich näher als der Fall Luther. Philipp war in der Religion Meister genug geworden, um sich für eine Disputation mit Müntzer stark fühlen zu können. Er benötigte nicht wie der Heldrunger den Beistand des Henkers. Vor der Welt würden ihn Melanchthon und Luther nicht nur freisprechen, sondern belobigen für seine Hinschlachtung der Bauernarmee. Darüber hinaus spürte er ein ihm christlich vorkommendes Bedürfnis, Müntzer in der freien Unterhaltung das Eingeständnis der Gesamtschuld zu entlocken, bevor Ernst es aus ihm herausfoltern würde.

Müntzer war in den beiden Tagen nach seiner Verhaftung, am 16. und am 17. Mai 1525, nicht vernehmungsfähig und erst recht nicht in der Lage, dem hessischen Landgrafen die Fürstenpredigt zu halten. Philipp mußte ihn dann doch auf der Wasserburg inquirieren. Der Schwadron zu seiner Bewachung war er während der Überführung persönlich vorangeritten.

Da mit der Nachricht von der Gefangennahme der Bote nach Wittenberg als erster abgefertigt worden war, ergab es sich, daß die Besprechung der Neuigkeit zwischen Luther und Melanchthon zeitlich mit der Vernehmung Müntzers durch den hessischen Landgrafen zusammenfiel.

Luther tat seine Zufriedenheit in den saftigsten Ausdrükken kund, und Melanchthon, der diese zwar populäre, aber leider eben auch vulgäre Seite an Luthers Charakter niemals geschätzt hatte, versuchte, ihn zu mäßigen.

«Müntzer war doch immerhin –», wollte er beginnen, aber Luther schnitt ihm dieses Wort ab.

«Immerhin! Immerhin!» ereiferte er sich. «Immerhin ist er

der Teufel in menschlicher Gestalt, und die vereinte Christenheit hat ihn in Ketten gelegt.»

Melanchthon, der den kurzen Brief seines hessischen Namensvetters noch in Händen hielt, glaubte, Luther mit der Erinnerung an die zweite empfangene Nachricht umlenken zu können.

«Es haben ihrer sechstausend und mehr das Leben gelassen.»

«Und?!» regte sich Luther nur noch mehr auf. «Das sollen Christen gewesen sein? Das waren nicht einmal mehr Bauern. Es waren tollwütige Hunde, und jeder, der einen davon totgeschlagen hat, hat sich damit das Himmelreich erworben. Der Luther bleibt seinen Versprechungen treu.»

Dann mit einer Wendung zu Katharina von Bora, die mit Kräutertee zu ihnen hereintrat:

«Nicht wahr, mein Käthchen?»

«Ei, was, mein geliebter Doktor?» sagte sie mit einem Augenaufschlag, der ihm tiefer, wärmender ins Herz drang als die Sonnenkraft des Sommertages.

Melanchthon richtete seinen Blick auf die frischgescheuerten Dielen von Luthers weiträumiger Arbeitsstätte.

«Wir feiern Hochzeit!» rief Luther.

«Wir feiern Hochzeit!» kam das Echo von Katharina von Bora.

Sie genierten sich nicht, vor Melanchthon zu im Duett gesummter Musik ein Tänzchen aufzuführen. Das nächste wäre gewesen, daß er sie alle zu einem Umtrunk in die Cranachsche Apotheke eingeladen hätte, um das Ereignis von Frankenhausen mit ihnen zu feiern. Auf den Knochen von sechstausend oder siebentausend erschlagenen Bauern, wie es Melanchthon erschien.

«Es waren immerhin gute Christen darunter», brachte er schließlich mit gequälter Stimme hervor.

Luther erstarrte in seinem Tänzchen, und Katharina wikkelte sich wie ein Zierband um ihn herum. Das konnte Luther nicht leugnen, daß das Schwert der Oberkeit auch Christen getroffen hatte. Es waren, wie er zutreffend vermutete, nicht wenige der Oberkeit eigentlich Geneigte und Dienstwillige im großen Aufwaschen mit umgebracht worden.

«Magister, wo Ihr recht hattet, da hattet Ihr immer schon recht. Es ist auch jetzt wieder so», sagte Luther, dankte seiner Käthe für den Tee und verabschiedete sie mit einem Kuß auf die Lippen. «Laßt uns für sie beten.»

Sie taten es, mit gefalteten Händen, jeder für sich, still in Gedanken.

«Es ist jammerschade», sagte Luther, als er das Gefühl hatte, auch Melanchthon sei zu Ende gekommen mit seinem Gebet, «wirklich jammerschade, daß wir die Gegend so früh haben verlassen müssen, um unseren Kurfürsten in die ewige Ruhe zu betten. Es würde mir eine ganz außerordentliche Lebensbefriedigung bedeuten, wenn ich diesen Märtyrer des Teufels selbst in die Zange nehmen dürfte.»

Das schien Melanchthon weit weniger zu wünschen.

«Beruhigt Euch, Doktor Martinus», sagte er, «dieser Teufel hat ausgespielt. Nur gut, daß wir ihm von Anbeginn auf den Schlichen gewesen sind. Unser verewigter Kurfürst würde ihn mit Karlstadts Hilfe vielleicht noch zum Professor an unserer Leucorea ernannt haben.»

«Wenn mich nicht die Erinnerung täuscht», meinte Luther, «so war es ein gewisser Philipp Melanchthon, der um ein Haar zum Zwickauer geworden wäre, weil ich als Junker Jörg auf der Wartburg festsaß und ihn nicht durchleuchten konnte.»

Melanchthon ließ die Spitze unpariert durchgehen.

«Der Teufel wird diesen Müntzer kaum für sich reklamieren», sagte er mit seiner flachen, lispelnden Stimme.

«Er wäre wohl kaum der Teufel, wenn er es täte», bestätigte Luther das dröhnend.

«Also wird man ihm etwas nachhelfen müssen», sagte Melanchthon.

«Wem? Dem Müntzer?» wunderte sich Luther.

Er dachte an diesem Tage so langsam, als habe er drei Kannen Starkbier intus.

«Dem Teufel natürlich», sagte Melanchthon, «dem Teufel werden wir nachhelfen müssen. Was ist mit Euch, Doktor? Ihr seid es doch sonst immer, der schneller um die Ecken herumdenkt als wir anderen zusammen.»

Die Frage, die Melanchthon da stellte, war etwas rhetorisch, denn er führte ja seit einigem die verminderte Intelligenzleistung Luthers auf den Einfluß der Katharina von Bora zurück.

«Natürlich hab ich's bedacht», sagte Luther mit einem überlegenen Lächeln, «wir müssen dem zuvorkommen, daß der Tod dem Müntzer ein gar zu guter Lehrmeister wird.»

Der Satz stand eine ganze Weile zwischen den beiden Männern im Raum. Diesmal war es Melanchthon, der Zeit brauchte, ihn zu durchdenken.

«Ihr meint», sagte er schließlich, um sich zu versichern, daß er Luthers Sinn richtig erfaßt hatte, «daß er standhalten wird auf der Folter?»

«Wäre er als Fürst geboren», erwiderte Luther, »hätte er sich jedenfalls nicht gedemütigt vor den Bauern.»

«Der Sohn seines Grafen zu Stolberg», wußte Melanchthon, «hat es getan.»

«Ich hätte es auch gerne gesehen», vermaß sich Luther, «wenn der Papst sich vor mir gedemütigt hätte.»

«Ich hoffe beim Verhör auf den Landgrafen», brachte Melanchthon ihr Gespräch wieder auf Müntzer zurück.

«Er hat mit seiner einzigen Tat zu Frankenhausen», drückte Luther seine Wertschätzung für den Landgrafen aus, «mehr für die Christenheit getan als unser seliger Kurfürst in seinem ganzen Leben.»

Melanchthon kam Luther nicht mit dem *nihil nisi*, er war mit dieser Art von Humor hinreichend vertraut.

«Wir müssen von dem schlimmsten der Fälle ausgehen», kehrte auch Luther zum Ernst der Lage zurück, «und es für möglich halten, daß er die Tyrannen noch unter der Folter beschimpft.»

«Mir schwebt ein Büchlein vor», hatte Melanchthon die Angelegenheit endlich ins Unsentimental-Professionelle gerückt.

«Das wichtigste ist eben doch, daß der Mensch jeden Tag schreibt», freute sich Luther und rieb sich die Hände, als wäre ein ganz besonderer Leckerbissen auf der Tafel erschienen.

«Nein, Doktor Martinus», hob Melanchthon seine Hände zu einer Pose der Abwehr. «Diesmal schreibt nicht Ihr selbst. Dafür habt Ihr in Eurer Schrift wider die Bauern zu arg danebengehauen.»

So etwas ließ Luther sich ausschließlich von Melanchthon gefallen.

«Wer soll es tun?» fragte er in bescheidenem Ton, ohne Widerspruch angemeldet zu haben.

«Agricola», war Melanchthons Vorschlag.

«Er ist vielleicht für diese Sache der Schlechteste nicht», bedachte es Luther, «jedenfalls ist er Müntzer gegenüber nicht so verdächtig wie ich. Der beste wäre aber wohl doch der Nürnberger Sachs.»

«In der Manier des Hans Sachs stell ich mir das Sexternlin auch vor», offenbarte Melanchthon, daß er seinen Plan schon etwas genauer ausgezeichnet hatte. «Ein Dialog zwischen zwei Bauern. Einer, der mit uns und dem Evangelium geht, und ein anderer, der von dem Allstedter verführt und enttäuscht worden ist.»

«Vortrefflich!» war Luther schon einverstanden. «Ich denk, daß unser Agricola geschickt dazu ist. Wird auch den Oberkeiten eine kleine feine Lehre draus drechseln, daß sie uns endlich die Schulen einrichten, um die wir so lange betteln. Ein jedes Kind, und sei es das ärmste, die Mädchen genau wie die Knaben sollen lesen lernen und schreiben. Sie müßten sonst dem nächsten Müntzer ebenso nachlaufen wie diesem. Nur das göttliche Wort bewahrt uns vor den falschen Propheten. Der Glaube allein kommt dagegen nicht auf.»

Melanchthon gähnte nicht ohne Ostentation. Gleich hinter der Philosophie des ehelichen Standes rangierte es bei ihm im Grad der Langweiligkeit, wenn Luther sich auf dem Gebiet der Kindererziehung erging. Die Ausarbeitung der neuen Theologie nach der Seite der Volkspädagogik hatte Melanchthon unter Einschmelzung seiner humanistischen Bildung fast ohne Luthers Beistand geleistet. Der andere konnte höchstens wiederkäuen, was ihm von Melanchthon selbst als Speise gereicht worden war. Da war es noch vergleichsweise unterhaltsam, Luther beim Lautenspielen und Liedersingen zuzuhören. Bald wäre der Vorschlag, in das Cranachsche Institut bei der Apotheke hinüberzuwechseln, von Melanchthons Seite gekommen.

«Überlassen wir also unserem braven Schulmeister Agricola die Abfassung des ungelehrt-lehrsamen Dialogs», zog Melanchthon den Faden des Gesprächs wieder an sich.

«Ob das aber ausreichen wird, Müntzer allein und ausschließlich die Schuld für sechstausend erschlagene Bauern aufzuhalsen?» kam endlich auch Luther von den Worten zur Zahl.

«Bei den unteren Ständen gewiß», schätzte Melanchthon es ein, «wenn man es ihnen auf eine manierliche Art vorlesen wird. Für die, die wie wir mit den Fingern durch die Buchstaben gehen, müßte wohl etwas Ernsthafteres her.»

«Euren Humanismus, den werdet Ihr nimmermehr los, Magister Philippus», sagte Luther mit einem leicht wiehernden Lachen, «da seid Ihr mir schlimmer als der Erasmus. Als ob unter den Gelehrten nicht gleich so viel Esel wären wie unter dem Pofel! Die wollen auch nur Schauermärchen hören und nicht philosophieren. Wenn sie's gleich könnten ...»

«Wenn sie was könnten?» mußte Melanchthon nachfragen, um sich zu versichern, daß auch dies als eine Attacke auf seinen Humanismus gemeint war.

«Das Sterben bleibt immer das schwerste im Leben, und wenn er es kann, hat er gewonnen», drückte sich Luther gegen seine Art etwas allgemein und unspezifisch aus.

Melanchthon stimmte das nachdenklich bis hin zu jener Melancholie, zu welcher er geradezu dürerisch neigte.

«Und du, Bruder Martin?» wechselte er plötzlich die Anredeform. «Würdest du die Prüfung bestehen?»

«Bin ich nicht vor eine viel härtere Prüfung gesetzt?»

Melanchthon verstand ihn nicht gleich.

«Werde ich nicht bald in den Ehestand treten», half ihm Luther deshalb, «mich nicht der Führung Gottes, sondern der eines irdischen Weibes anvertrauen?»

Melanchthon erriet nicht, ob es als Scherz gemeint war oder ob Luther sich ernsthaft im Leiden über den Gefangenen, zu Folternden und schließlich zu Hängenden stellte.

«Ach was», waren Luthers nächste Worte, «er wird schon nicht standhalten, wenn sie ihn nur herzhaft genug foltern. Der Mann ist schließlich kein Jan Hus.»

«... und kein Luther», klang es phantasiehalber in Melanchthons Gehör nach.

«Das werden doch wohl der Heldrunger Graf und der katholische Herzog von Sachsen zu besorgen verstehen», sprach er zu Luther.

«Ob er sein Weib wohl geliebt hat?» kam es ihm dann.

«Er liebt sie immer noch», war Luthers schlichte Replik.

«Aber muß ihn dann diese Liebe nicht zwingen, um ihretwillen katholisch zu werden? Sie haben doch das Kind miteinander.»

«Er glaubt, mit Gott den bindenderen Vertrag geschlossen zu haben», konnte Luther einmal mehr die Theorie aus der Lebensklugheit belehren.

«Sollten wir etwas tun für dieses Weib und das Kind?» fragte Melanchthon.

«Ich denke, das sollten wir lassen», sagte Luther, ohne wirklich darüber nachgedacht zu haben.

In der langjährigen, tagtäglichen, engen Zusammenarbeit war es Luther und Melanchthon zur Gewohnheit geworden, ein Gespräch ohne alle ausleitenden Floskeln an dem Punkt abzubrechen, da das, was man für den Moment miteinander auszutauschen hatte, ausgetauscht war. Man reichte sich als äußeres Zeichen der bestätigten Vereinbarung nur flüchtig die Hände, und dann ging ein jeder seiner Wege.

Das Gespräch zwischen Philipp von Hessen und Müntzer, das zwar an einem geringfügig entfernten Ort der Erdkruste, dafür aber unter derselben Konstellation der Planeten stattfand wie dasjenige zwischen Melanchthon und Luther, geriet beiden Seiten zu einer Enttäuschung und mündete, wie es zu geschehen pflegt, wenn man die Kommunikation nicht einfach abbrechen, sondern doch irgendwie aufheben will, in einen Kompromiß.

Fraglich bleibt freilich, ob in Müntzers Fall von einer Enttäuschung überhaupt noch die Rede sein konnte. Sein Tod war ihm gewiß; er konnte höchstens die Frist um diesen und den nächsten Tag noch verlängern. Aber viele diese und nächste Tage aneinandergereiht waren dann auch nichts anderes als ein gewöhnliches Leben. So viele Retter, so viele Mörder.

Es hätte allerdings zu seiner Voraussetzung gehabt, dem Landgrafen als der wahre Christ zu erscheinen. Bei dem großen, Müntzer begünstigenden Altersunterschied zwischen den beiden stand seine Chance nicht einmal schlecht. Philipp hätte aber, wo er sich überzeugen lassen wollte, hier in der Blüte seiner Jugend das Blut der sechstausend selbst am Halse gehabt und achtete aus diesem Grund mit der höchsten Aufmerksamkeit auf seine Verteidigung.

Die hielt stand. Umgekehrt aber Müntzer in die Einsicht der Frevelhaftigkeit seines Treibens, ja seiner Existenz zu zwingen, das gelang ihm ebensowenig. Müntzers eigentlicher Feind war, wie er es sich ein Leben lang zurechtgelegt hatte und wie er es auch jetzt unter der akuten Drohung empfand, gar nicht der Tod, sondern das Nichts. Gegen das Nichts besaß der Mensch ein einziges Mittel, nämlich seine Tätigkeit, sein Schaffen. Das würde nun abgeschnitten werden. Nicht mehr und nicht weniger. Es lag so im Interesse der Fürsten, und sie waren die Sieger. Er hätte in der umgekehrten Lage nicht mehr Erbarmen gezeigt. Das hatte er mit den drei Todesurteilen gegen von Gehofen, von Hartenstein und Buchner, die jetzt in den Protokollen der Verhöre als Gesandte wiedererschienen, deutlich genug bewiesen.

Der Kompromiß zwischen den beiden bestand näher darin, daß Müntzer noch vor der Folter einen Brief an die Mühlhäuser schreiben durfte. Der Landgraf wollte die Stadt nicht gewaltsam erobern, er wollte die freiwillige Übergabe zu Gnaden der guten Herrschaft. Müntzer konnte nach Lage der Dinge auch nichts anderes mehr wünschen.

Er riet also den Brüdern zu Mühlhausen von einer Fortsetzung des Widerstands gegen die Fürsten ab. Beim Stil ließ ihm Philipp die Freiheit und gewährte ihm, sein Weib und sein Kind dem Schutz der Mühlhäuser Bürgerschaft zu empfehlen. Man trug Müntzer zur Erstellung der Epistel eigens ein schönverziertes Pult, gutes Papier, Tinte und Feder in sein Verlies.

WENN ich mich als der zwar schon von Moskau angefochtene, aber doch immer noch befugte Herausgeber noch einmal aufdrängen darf, möchte ich hier den Text von Müntzers Brief einrücken in Gutsches Manuskript. Er wurde mir zufällig vorgestern in einer beim NKWD in fotomechanischer Technik gefertigten Kopie des von Mirin besorgten Originals von einem Armeekurier überbracht. Für die Modernisierung der Orthographie darf man meinen Freund Gisbert nicht verantwortlich halten, denn ich habe sie selbst vorgenommen.

Heil und Seligkeit durch Angst, Tod und Hölle zuvor, liebe Brüder. Nachdem es Gott also wohl gefällt, daß ich von hinnen scheiden werde in wahrhaftiger Erkenntnis des göttlichen Namens, bin ich's auch herzlich zufrieden, daß es Gott also verfügt hat mit all seinen vollzogenen Werken, welche müssen nach dem äußerlichen Ansehen nicht, sondern in Wahrheit geurteilt werden, Johannes am 7. Darum sollt Ihr Euch meines Todes nicht ärgern, welcher zur Forderung den Guten und Unverständigen geschehen ist. Derhalben ist meine freundliche Bitte an Euch, Ihr wollt meinem Weibe die Güter, so ich gehabt, folgen lassen als Kleider und Bücher, was daselbig ist, und sie nicht um Gottes Willen lassen entgelten. Liebe Brüder, es ist Euch vonnöten, daß Ihr solche Schlappen auch nicht empfangt wie die von Frankenhausen, denn solches ist ohne Zweifel entsprossen, daß ein jeder sein eigen Nutz mehr gesucht denn die Rechtfertigung der Christenheit. Darum haltet guten Unterschied und nehmt Eure Sachen eben wahr, daß Ihr nicht weiter verursacht Euren Schaden. Das schreib ich Euch zugut von der frankenhäusischen Sache, welche mit großem Blutvergießen vollzogen ist, nämlich über viertausend. Kommt vor mit der klaren, beständigen Gerechtigkeit, daß Euch solches nicht widerfahre. Ich habe Euch oftmals gewarnt, daß die Strafe Gottes nicht vermieden kann werden, durch die Oberkeit vorgenommen, es sei denn, daß man erkenne den Schaden. Welcher allzeit erkennt, den Schaden meiden kann. Darum haltet Euch freundlich mit einem Jedermann und erbittert die Oberkeit nicht mehr, wie viel durch eigen Nutz getan haben. Mit dieser Handschrift befehle ich meinen Geist in die Hand Gottes und wünsche Euch den Segen des Vaters und des Sohnes und des Heiligen Geistes. Helft Ihr raten mit Fleiß meinem Weibe, und zum letzten fliehet das Blutvergießen, davor ich Euch treulich warnen will. Denn ich weiß, daß Euch der mehrer Teil in Mühlhausen dieser aufrührerischen und eigennützigen Empörung nicht anhängig gewest, sondern das allewege gerne gewehrt und vorkommen. Damit Ihr dieselben Unschuldigen nicht auch in Beschwerung, als etlichen zu Frankenhausen geschehen, kommen dürft, so wollt Ihr Euch der Vorsammlung und Empörung nun nicht anhängig machen und um Gnade bei Fürsten, die, ich verhoffe, Ihr des fürstlichen Gemüts finden werdet, Euch Gnade zu erzeugen, ansuchen. Das will ich jetzt zu meinem Abschied, damit ich die Bürde und Last von meiner Seele abwende, vermeldet haben, keiner Empörung weiter stattgeben, damit des unschuldigen Bluts nicht weiter vergossen werde.

Gegeben zu Heldrungen in meinem Gefängnis und Abschied. Mittwoch nach Cantate anno etc. 25.

THOMAS MUNTZER

NACHDEM die Mühlhäuser Angelegenheit in dieser Weise ganz nach dem Sinn des Landgrafen abgetan war, wurde der Todgeweihte zu peinlicherem Verhör dem Burgherrn Graf Ernst und Philipps Schwiegervater, dem Herzog Georg von Sachsen, übergeben. Als die beiden hinter Müntzer, dem Kanzlisten, der dessen Geständnis für die Nachwelt aufzeichnen sollte, dem Henker und seinem Gehilfen die Schwelle der gräflichen Folterkammer mit ihren samtenen, schnabelförmigen Hausschuhen berührten, fiel der Scherz: «Eigentlich hätten wir ja lieber den Luther gehabt», über den sich die beiden Edelmänner so vor Lachen schüttelten, daß es sie kaum auf der Schwelle hielt und sie sich an den Türpfosten abstützen mußten.

Die Heiterkeit hielt sich auf ihren Gesichtern, als der Henker Müntzer zur Eröffnung der Torturen die Daumenschrauben anlegte. Es wurden ihm erst der linke, dann der rechte Daumenknöchel gebrochen, anschließend zerquetscht, ohne daß man ihm irgendeine Frage gestellt hätte. Wäre Georg und Ernst, als sie diesem Schauspiel folgten, ein Fasan aufgetischt worden, sie hätten ihn mit dem besten Appetit verspeist.

Als Müntzers Daumen nur noch aus Schmerz bestanden, war man wenigstens für die Zukunft vor seiner Handschrift schon einmal sicher. Müntzer trug die Martern mit einer Tapferkeit, die den verhörenden Edelmännern sowohl unheimlich als auch ärgerlich war, weswegen es sie besonders herzhaft erfreute, wenn es einem der Henker mit einer geschickt vorbereiteten Überraschung doch wieder gelang, dem Opfer einen lauten Schmerzensschrei zu entreißen. Wäre einer von ihnen mit seinem Ohr Müntzers von einem sehr schwachen, aber regelmäßigen Atem durchhauchten Lippen nahegekommen, hätte er einen sehr, sehr leisen Gesang hören können.

Denn durch das Ge-heim-nis des ver-mensch-ten Wor-tes ist das neu-e Licht dei-ner Klar-heit den Au-gen un-sers Gemü-tes er-schie-nen, auf daß wir Gott sicht-bar-lich er-kennen, mö-gen kom-men zu der Er-kennt-nis der un-sicht-ba-ren Gott-heit ...

Zum Leidwesen der Peiniger waren ihren Operationen Grenzen gesetzt, denn sie hatten es dem Landgrafen schwören müssen bei ihrer Ehre, von Müntzer genug übrigzulassen, daß er in Mühlhausen selbständig zum Richtblock würde schreiten oder wenigstens humpeln können. Der Henker machte den von den Herrschaften mit Beifall aufgenommenen Vorschlag, Müntzer die Zähne einzeln zu ziehen.

Der Henker begann, sich die Steigerung durch die vielwurzeligen hinteren Backenzähne offenzuhalten, mit einem der oberen mittleren Schneidezähne. Schon diese eigentlich eher präludierende Extraktion bewirkte das bestaunenswürdige Wunder, in Müntzers zwar unbeschädigten, aber unbeweglichen Beinen neues Leben zu erwecken. Man unterbrach sofort die Folter und hieß ihn aufstehen. Müntzer hielt sich nicht nur auf seinen Beinen, er konnte sich auf ihnen sogar ein paar Schritte bewegen.

Um so wichtiger wurde es, ihm auch die übrigen Zähne zu ziehen, höchstens oben und unten zum Zwecke der Behinderung zwei, drei stehen zu lassen, denn es blieb sonst zu befürchten, daß dieser Märtyrer des Teufels sich bei seiner Hinrichtung, die für ein größeres Publikum gedacht war, mit einer fürstenfeindlichen Parole verabschieden würde. Es konnten daher, je weiter man mit der Vernehmung fortschritt, Müntzers Bekenntnisse nur noch gelispelte und gestammelte sein. Man blieb aber bei Wahrheit und Gerechtigkeit und schrieb nur das auf, was man wirklich gehört zu haben glaubte.

Wer seine Arbeit gut verrichtet, der geht auf der sonnigen Seite des Lebens, und Müntzers Arbeit war jetzt eben das Sterben. Er schwor keinem seiner Grundsätze ab, aber er verriet Namen. Denn das freilich war es, was die Fürsten von ihm wollten und weswegen die Folter indiziert war. Wer noch im Verbündnis war und wer ihnen noch gefährlich werden konnte, das mußten sie unbedingt wissen, wenn sie die blutig erkaufte Wiederherstellung ihrer Macht im Lande aufrechtzuerhalten wünschten.

In Allstedt gab Müntzer den Gerber Bartel Krumpe und den Glaser Baltzer Stubener, in Sangerhausen den Prediger Thile Banse an, als im Unterkiefer die Mehrzahl seiner Zähne noch stand. Mit weiteren Zähnen holte man die Namen von fünf weiteren Allstedtern sowie die von dreien seiner Verbindungsleute bei den Mansfelder Knappen aus seinem vom Henkersknecht aufgerissenen Schlunde hervor.

Irgendwann wurde der Himmel, der sich so fürchterlich über Müntzer erzürnt hatte, ihm wieder gnädig. Er erstieg den höchsten Gipfel des zu empfindenden Schmerzes. Er starb noch nicht, aber sein Geist löste sich endlich vom gepeinigten Fleisch. Die Sinne wurden von den Organen nicht weiter mit schlechten Nachrichten versorgt, und so vermochten sie ihn zu entführen in die Welten der Phantasie. Müntzer schaute das Begräbnis seiner geliebten Ottilie. Er selbst sprach an ihrem reichverzierten Sarg mit dem Wappen ihrer Familie die Worte zum Abschied und hielt dabei auf seinem Arm das weinende Kind.

JUBEL! Unaussprechlicher Jubel! Die Rache für Frankenhausen ist vollstreckt.

Soeben konnten wir die Nachricht im Radio hören. Meine Hand zittert vor Freude, wenn ich das heutige Datum hinschreibe, es ist der 3. Mai 1945, gestern früh um sechs nach mitteleuropäischer Zeit haben die deutschen Truppen ihren Widerstand eingestellt und kapituliert. In Berlin, wo sich die Flamme des Weltkriegs entzündet hatte, ist sie von der siegreichen Roten Armee erstickt worden.

Hitler hat sich in letzter Minute erschossen. Im sechsten Kriegsjahr ist die faschistische Bestie endgültig niedergerungen, und der bessere Teil der Menschheit, der nun triumphiert, wird dafür sorgen, daß sie sich nie, nie wieder erhebt.

Allenfalls wäre zu wünschen gewesen, man hätte mit dem Sturm auf die deutsche Hauptstadt die wenigen Tage noch gezögert, um das Ende der Schlacht um Berlin mit der 420. Wiederkehr der Schlacht von Frankenhausen zusammenfallen zu lassen. Es klang durch bei der Meldung, daß der Sieg mit hohen Verlusten bezahlt worden ist, die bei einer behäbigeren Vorgehensweise womöglich geringer ausgefallen wären.

Der Krieg ist aus. Ich schreibe es noch einmal hin und kann es doch nicht wirklich fassen. Der Krieg ist aus. Wir werden es wohl halten müssen wie Luther mit seiner verdoppelten Hochzeit, wir werden noch einmal ein großes, offizielles, das ganze weite Land berauschendes Fest ausrichten müssen, um es begreifen zu können. Die Sowjetunion ist Sieger über Nazideutschland geblieben.

Wer müßte ich sein, in dieser Stunde eine Silbe des Bedauerns darüber zu verlieren, daß ich im Wettlauf mit der Zeit, den ich vom Beginn dieser Arbeit für wenig aussichtsreich hielt, der Unterlegene bin? Ich habe Erich Weinert, habe die Hoffnungen, die das Nationalkomitee in mich gesetzt hat, enttäuscht. Ich habe das vielversprechende Kampfmittel zur Aufrüttelung der christlichen Opposition gegen die Nazidiktatur nicht zur Zeit fertiggestellt. Der Bund Deutscher Offiziere insgesamt ist mit dem Plan, die Hitlerregierung vor dem endgültigen militärischen Zusammenbruch zu stürzen, nicht zu seinem erklärten Ziele gelangt.

Es ist wohl nicht nötig, darauf hinzuweisen, daß diese meine Einschaltung in die Fragmente von Gisberts Luther-Roman nach einer beträchtlichen Pause erfolgt. Das letzte große von mir erwähnte Kriegsereignis war die Invasion der westlichen Verbündeten an der Südküste des Ärmelkanals im Sommer des vergangenen Jahres. Wenn ich den Grund der Unterbrechung angebe, möchte ich damit nicht Iris die Schuld dafür anlasten, daß wir das Manuskript nicht termingerecht bei den Druckereien in Moskau, denen bereits das Papier zugeteilt war, abliefern konnten.

Wir waren kaum noch entfernt vom Abschluß der uns aufgetragenen Edition, da ist mir das gute Kind krank geworden, fürchterlich krank. Die ersten Symptome traten im letzten Sommer unmittelbar vor Beginn der großen Schulferien auf. Es waren heftige Rückenschmerzen, über die Iris klagte, und man hätte als Laie unwillkürlich auf einen Bandscheibenvorfall getippt, hätte nicht die Zartheit ihrer Jugend entschieden gegen eine derartige Abnutzungserscheinung gestimmt.

Ich muß zu meiner Schande gestehen, daß ich ihr anfänglich sogar Simulation oder wenigstens Übertreibung vielleicht vorhandener Monatsschmerzen zutraute. Ihre Schulklasse war nämlich für die Ferien einer drei Autostunden von Alma Ata entfernt gelegenen Kolchose zur Erntehilfe zugeteilt worden, und Iris hatte in der Zeit vor dem Auftreten ihrer Beschwerden keinen Tag vergehen lassen, ohne mich mit teils recht wilden Kundgebungen ihres Widerwillens gegen diese Landverschikkung zu ärgern. Ich warf ihr Undankbarkeit vor gegen dies Land, das uns, die wir dem Status nach Kriegsgefangene sind, das Gefühl vermittelt, seine willkommenen Gäste zu sein, ja uns in Anbetracht des herrschenden Mangels nachgerade verwöhnt, sprach wohl auch von Sabotage, wenn sie sich weigerte, auf der Kolchose die Hände zu ersetzen, die an der Front unter Einsatz des Lebens damit beschäftigt waren, die Mörder ihrer Familie, ihres Stammes zu richten.

Am Morgen des ersten Ferientags, als ich sie weckte, um sie zu dem Bus zu begleiten, der die Kinder aufs Land bringen sollte, hatten ihre Schmerzen so zugenommen, daß sie sich kaum noch rühren, jedenfalls nicht aus ihrem Bett aufstehen konnte. Da überfiel mich mit der Scham über meine vermessene Unterstellung ein mächtiger Schrecken, da ich mich plötzlich erinnerte, daß die Leiden, die zum Tode meiner geliebten Hedwig geführt haben, in ihrem Ursprung ganz ähnliche gewesen sind. Die Lehrerin, bei der ich vor dem wartenden Bus meine Ziehtochter entschuldigen wollte, muß mir die Panik angesehen haben, denn es kam über ihre Lippen kein Wort der Kritik daran, daß Iris nun die Kolchose mit ihrer Ernte im Stich lassen würde; sie versuchte im Gegenteil, mich zu trösten und zu beruhigen, sagte nur immer wieder: «Konjeschno, konjeschno.»

Die Nachricht, daß sie ohne die leiseste Debatte von der Fron auf den Feldern der Kolchose befreit worden war, schenkte Iris entgegen meiner Vermutung nicht die geringste Erleichterung, und ich mußte mich also schnellstens um ärztlichen Beistand bemühen. Jene die ungeheure, uns westlichen Europäern immer unvorstellbare Fläche des Sowjetreichs deckende medizinische Versorgung der Bevölkerung ist mit Recht unter die bedeutenden Errungenschaften des Sozialismus gezählt worden. Unter den Bedingungen des opferreichsten aller dagewesenen Kriege war – oh, wie selig ich bin, dies im Präteritum formulieren zu dürfen! – dieser Zustand naturgemäß nicht durchzuhalten. Gleich mit der ersten Generalmobilmachung wurden die Ärzte auch aus den hinteren asiatischen Republiken zum Dienst bei der Armee eingezogen, die Medizinstudenten aus den Hörsälen direkt in die Lazarette geschickt. Am Beispiel Jelabuga hatte ich Gelegenheit aufzuzeigen, daß die deutschen Kriegsgefangenen auch in puncto diesbezüglicher Betreuung den Vorzug vor der sowjetischen Zivilbevölkerung genossen.

Man hat zwar in der Ukraine ganze Fabriken bis auf die letzte Schraube auseinandergelegt, verpackt, abtransportiert und hier in Kasachstan wieder aufgebaut; umgekehrt ist aber unser städtisches Hospital mit ärztlichem Gerät und Personal der westwärts drängenden Front nachgewandert. Ein Arzt, den ich hätte konsultieren können, um ihn mit Iris' Fall zu befassen, war in Alma Ata schlichtweg nicht mehr vorhanden.

Bürokratischer Selbstlauf, der ja bereits von Lenin als eine der Kinderkrankheiten des Kommunismus diagnostiziert worden ist und offensichtlich auch vor den Türen des Büros 99 nicht haltgemacht hat, hatte mir weitere Einladungen zu Vorträgen aus Gisberts Fragmenten beschert. Ich hatte sie eigentlich zurückweisen wollen, um nicht noch mehr von der Zeit zu verplempern, nach welcher die Vollendung des Manuskripts so schreiend verlangte, fuhr jetzt aber doch hin, weil ich dort noch am ehesten die Möglichkeit sah, seien es gefangene Wehrmachtsärzte, seien es sowjetische Mediziner, die sich wie Larissa Sacharowa in Jelabuga an den verschiedenen Orten um die geschlagenen, ausgemergelten und verseuchten Landser bemühten, um ihren Rat anzugehen.

Schwer wurde mir der Abschied aber doch, denn ich mußte ja Iris zurücklassen. Zu ihrer Beaufsichtigung und Pflege konnte ich mit viel Mühe und noch mehr Überredung eine selbst gebrechliche und kränkelnde Babuschka aus der Nachbarschaft gewinnen. Eine unsympathische, aus ihrer Herzensveranlagung wenig hilfsbereite Person, eine umgesiedelte Weißrussin, die Sohn und Schwiegertochter im Krieg verloren hat und deren Enkel gerade mit den übrigen Schulkindern auf irgendwelchen Kolchosen oder Sowchosen Kartoffeln aus der Erde pulte. Sie ist sowohl gierig als auch gefräßig und ließ sich ihren Dienst an Iris' Krankenbett aus dem, was wir von unseren Sonderrationen noch vorrätig hatten, sehr fürstlich entlohnen. Für keine der insgesamt vier Lesungen, die ich absolvierte, war ich länger als eine Woche abwesend von Alma Ata, mußte aber doch jedesmal bei meiner Rückkehr bei Iris einen beängstigenden Gewichtsverlust registrieren. Einen um so wohlgenährteren Eindruck machte die Person, die ich mit der Versorgung des leidenden Mädchens beauftragt hatte, und zu allem Überfluß bekam ich auch noch Meckereien über Iris' Appetitlosigkeit und Verwöhntheit zu hören.

Ich nahm sie aber doch wieder ins Haus, um abreisen zu können, denn gleich die erste Veranstaltung hatte mir die Bekanntschaft eines der Chefärzte des Heidelberger Universitätsklinikums eingetragen. Natürlich erklärte er mir, wie verantwortungslos es sei, ohne die Patientin untersucht zu haben, rein auf die von mir dargestellten Beschwerden hin, auch nur vermutungshalber eine Diagnose zu wagen. Er gab aber schließlich meinem Drängen nach und ließ sich unter allem Vorbehalt zu einer Beurteilung des Falles herbei. Er gehöre nach seinem Verdacht in das Fachgebiet der Gynäkologie, ich solle es, bis ich einen Spezialisten für die Untersuchung aufgetrieben hätte, zur Schmerzbehandlung mit Kortisoninjektionen in die Hüftgegend versuchen. Ein im Lazarett famulierender Student überließ mir zwei Ampullen des Palliativs, erbat sich als kleine Gegengabe allerdings Iris' Fotografie, die ich ihm vorgezeigt hatte, um sein Mitleid zu erregen.

Das Mittel schlug an. Minuten nachdem ich Iris die Spritze nach den Anweisungen des Heidelbergers gesetzt hatte, konnte sie sich wieder ungehindert bewegen. Das dauerte aber nur zwei Tage, dann kehrten die Schmerzen zurück. Ich konnte auch in den übrigen Lagern, in denen ich auftrat, kleinere Dosen Kortison erbetteln, und wir kamen auf diese Art in den Herbst.

Die Mappen mit Gisberts Handschriften und Evas Typoskripten verschwanden von meinem Schreibtisch, ich füllte die Blätter meines Konzeptpapiers nicht mehr mit Reflexionen über die Ehe im allgemeinen und über die Gutschesche und Luthersche im speziellen, sondern mit Anfragen an meinen sukzessive sich erweiternden medizinischen Bekanntenkreis. Das Kortison, das ich Iris verabreichte, war ja alles andere als ein Heilmittel. Es brachte einzig trügerisch-tückische Besserungen zustande. In einem solchen Anfall vermeintlicher Gesundheit wollte sie gar ihrer Schulklasse auf die Kolchose nachreisen. Aber nur, um wenige Stunden darauf wieder in ihrem Bette zu liegen, nicht sich windend vor Schmerzen, wie man sich ausdrückt, weil solche Bewegung die Intensität der peinigenden Sensation nur erhöhte. Nein, starr ausgestreckt lag sie da, nicht laut brüllend, nur leise und beständig wimmernd.

Man malt sich aus, wie mir dabei zumute sein mußte. Obwohl ich mit dem Kortison so haushälterisch wie irgend möglich zu hantieren versuchte, konnte ich nicht hindern, daß es uns bei Iris' steigendem Verbrauch wiederholt ausging. Ich brachte dann Morphium zum Einsatz, dessen Quelle ich mit Rücksicht auf den noblen Spender hier unerwähnt lasse.

Iris' Gesamtzustand verschlechterte sich unter der dauernden Anwendung dieser Schmerzmittel zusehends. Wobei in dem Wörtchen «zusehends» auch wieder eine Tücke versteckt ist, denn der Zusehende war in der Hauptsache ich, und da die Patientin unter meiner permanenten Beobachtung blieb, entging mir die Dynamik ihrer Krankengeschichte so ziemlich. Man kann ja dem Gras so lange zuschauen, wie man will, man sieht es nicht wachsen. Es wächst aber doch.

Die erste erschreckend ins Auge springende Veränderung trat kurz vor den Feierlichkeiten zum Jahrestag der Oktoberrevolution auf. Iris' Bauch schwoll an. Die «Behandlung», wie ich sie bis dahin der Leidenden angedeihen ließ, folgte teils dem, was ich an Ratschlägen meiner Korrespondenz mit der übers Land verstreuten Ärzteschaft entnahm, teils meiner Intuition. Ich tappte völlig im dunkeln, was den Charakter und den zu erwartenden Verlauf ihrer Krankheit betraf, befand mich aber in der ernstesten Sorge um ihr Leben, weil sich mir immer wieder die Parallelen aufdrängten zu dem, was mit Hedwig geschehen ist. Die Ärzte haben mir nie die Ursache für den Tod meiner Frau angeben können, und sie haben wahrscheinlich auch in dem mir gegenüber bewahrten Schweigen die eigene Unfähigkeit und die begangenen Kunstfehler verhüllt.

Verhüllt habe ich meinerseits Iris gegenüber sowohl die Erfahrung, die ihre Symptome mir in die Erinnerung riefen, wie auch meine mehr und mehr aus Vermutung in Gewißheit sich wandelnde Ahnung der Lebensgefährlichkeit ihrer Erkrankung. Ich vernachlässigte die Rettung von Gisberts schriftstellerischer Ehre, um mich mit allen Kräften um Iris kümmern zu können. Das war bereits eine sehr hohe Belastung für mein Gewissen. Was aber, wenn unter meiner Verantwortung auch noch das einzige aus der Familie immerhin glücklich errettete Leben verlöschte? Der Gedanke, der sich mehr als einmal am Tag erhob, der mich nicht einschlafen ließ und mich aus dem Traum wiedererweckte, war sehr schwer zu vertreiben. Ich unternahm es aber immer wieder mit Erfolg, denn Iris durfte auf keinen Fall merken, was tief in mir vorging.

Ich entschloß mich dazu, zu tun, was zu tun mir gegeben war. Ich setzte zur Bekämpfung des Übels auf gute Ernährung und gute Laune bei der Patientin und hielt mit der mir möglichen Sturheit an dieser Kur fest. Ich darf wohl sagen, daß ich mich dabei zu einem ganz passablen Diätkoch entwickelt habe. Ich vermochte Lebensmittel zu organisieren, die während dieses scheinbar so endlosen und nun doch glücklich beendeten Krieges nur auf sehr, sehr wenige Tische gekommen sind. Wer nur den leisesten Schimmer von den hiesigen Verhältnissen hat, wird sofort ermessen, wieviel Zeit und Kraft ich aufwenden mußte, den Speiseplan für Iris, die gegen Fleisch überhaupt, dann abwechselnd gegen andere Grundnahrungsmittel allergisch wurde, aufzustellen und zu erfüllen, der im Lauf eines Vierteljahres eine Zunahme ihres Körpergewichts um 5800 Gramm zu besorgen vermochte. Der Kaviar hat manches dabei geleistet, und auch seine Quelle soll ungenannt bleiben.

Man vergebe mir den unterschwelligen Stolz bei dieser Hervorhebung meiner Leistung als Koch und Fourier. Um so weniger Hochachtung möchte ich für mein Verdienst als Spaßmacher und Unterhalter verlangen, denn dazu habe ich schließlich berufsmäßige Ausbildung empfangen. Ich konnte Iris über die meiste Zeit ablenken von der Beschäftigung mit ihrer Krankheit. Wir haben in verteilten Rollen viele, viele Theaterstücke gelesen und viel, sehr viel, manchmal Tränen dabei gelacht. Wir haben uns gemeinsam Dramatisierungen ausgedacht für wohl ein Dutzend der großen russischen Romane. Ich habe unsere Skizzen aufbewahrt, vielleicht kann bald der Wiederaufbau der deutschen Bühne davon profitieren. Iris jeden Tag mit einem Geschenk zu überraschen war Grundsatz für mich, und wenn es nichts zu kaufen gab, dann habe ich eben, während sie schlief, etwas für sie gebastelt.

Dann schwoll ihr Bauch an. Das war bei Hedwig auch so gewesen, aber merkwürdigerweise dachte ich nicht daran, als ich bei Iris das Phänomen beobachten mußte. Es ist nun einmal so, daß die Zieh- und Stiefväter geschlechtsreifer Töchter die natürlichen Väter nicht unbedingt in den guten, gewiß aber in den schlechten Eigenschaften zu übertreffen pflegen. Für mich war der Fall klar. Iris war schwanger.

Ich hatte auch sofort einen Verdacht bei der Hand, was den Stifter der Leibesfrucht anging. Ein gewisser Wassili, der in der fraglichen Zeit um sie herumgeschlichen war, uns häufiger besucht hatte unter dem Vorwand, ihr Nachhilfeunterricht in Mathematik zu erteilen, was seine Berechtigung daraus erfuhr, daß er in die Klasse über Iris ging und dort als Leuchte des Fachs galt. Mehrfach hatte er mich grinsenden Mauls zu Schachduellen gefordert, was mir schon damals der Dreistigkeit nicht zu entbehren schien, mir aber jetzt im Nachdenken darüber vollends seine Absicht enthüllte, mir Iris zu entreißen.

Der Junge war dann sehr zu meiner Erleichterung von der Schulbank zu einem militärischen Vorbereitungstraining für seinen Fronteinsatz abkommandiert worden. Iris tat, als ich ihr gegenüber den Namen erwähnte, so, als sei ihr die Erinnerung an den Menschen längst entschwunden. Dabei hatte ich gerade an jenem Morgen in meiner Post eine schwer verliebte, an sie gerichtete Feldpostkarte von ihm gefunden. «Ach ja, Wassili, natürlich», mußte Iris sich geschlagen geben, als sie den Text überflog. «Ein Frontsoldat», sagte ich streng. «Wenn er fällt, was soll dann werden aus eurem Kind?»

Iris reagierte mit einem Lachanfall, dessen Natürlichkeit mich überzeugte. Der Mensch trennt sich, auch wenn er deren Unsinnigkeit völlig durchschaut, nur ungern von Ideen, die ihm das Leben erleichtern. Es dauerte noch ein bißchen, bis ich von der Schwangerschaftshypothese abließ. Ich hing mit einem gewissen Entdeckerstolz an ihr, weil keiner der Ärzte, mit denen ich Briefkontakt hielt, diese Variante ins Auge gefaßt hatte, vor allem aber glaubte ich mit dieser höchst simplen Erklärung für ihren Zustand Iris außer Lebensgefahr.

Die war aber im äußersten Grade gegeben, wie ich wenige Tage später aus den Briefen der mich beratenden Gynäkologen erfuhr. Es gab keine andere Deutung, es mußte sich um eine Geschwulst in der Gebärmutter handeln. Durch Vermittlung des Büros 99 war inzwischen auch Sergej Tschechow, tatsächlich ein entfernter Verwandter des berühmten Arztes und Dichters, in Iris' Fall eingeweiht. Er vertritt in jener für die Mitglieder des Zentralkomitees und deren Angehörige in einer ehemaligen Kapitalistenvilla am Moskauer Stadtrand eingerichteten Klinik die Gynäkologie.

Er schrieb mir, er könne seine Ferndiagnose ausnahmsweise mit relativer Sicherheit stellen. Es käme aufgrund der

Symptomatik nur ein Krebsgeschwür oder aber ein Teratom in Betracht. Das Teratom sei so leicht zu tasten, daß sogar ein Laie die Untersuchung vornehmen könne. Der Brief enthielt mehrere Zeichnungen und eine detaillierte Anleitung, wie dabei vorzugehen sei.

Nun wieder das. Ich konnte Iris doch nicht …

Es sind ja schon die natürlichen Väter nicht vor inzestuösen Anwandlungen gefeit. Nun aber erst ich in meiner Verantwortung Eva und Gisbert gegenüber! Nein, es kam nicht in Frage, schon gar nicht nach der für mich so peinlichen Auseinandersetzung, die ich Wassilis wegen mit Iris gehabt hatte. Es ging um ihr Leben, das war die andere Seite. Not kennt kein Gebot, und jede Art von Scham sollte ihr erst recht unbekannt sein. Ich machte mich schuldig, so oder so. Ich spielte mit dem Gedanken, Iris durch eine extrem hohe Morphiumdosis in Tiefschlaf zu versetzen, um die Untersuchung an der Bewußtlosen durchzuführen, konnte mich zu der Sache aber doch nicht entschließen.

Tschechow nannte, als ich ihm berichtet hatte, in seiner Antwort meine Scheu bürgerlich und inhuman, bot sich aber an, falls ich die Patientin nach Moskau bringen wolle, sie persönlich zu behandeln. Und ob ich das wollte! Den Plan, auf dem Dienstweg den Krankentransport für Iris zu erwirken, erwog ich gar nicht erst ernstlich. Ich hatte aber Kenntnis davon, daß das von mir der Luftwaffe entführte Transportflugzeug schon seit dem Frühling regelmäßig zur Beförderung bestimmter in Alma Ata hergestellter Rüstungsartikel nach Moskau eingesetzt wurde. Wenn mir schon der Mut gefehlt hat, einer Minderjährigen, deren Schutz und Erziehung mir anvertraut sind, die Hand zwischen die Schenkel zu schieben, habe ich immerhin den besessen, sie in der Art des bei Gisbert erwähnten Leonhard Koppe auf dem Anhänger eines Traktors zum Flugplatz zu bringen, kurz vor dem Start das Cockpit zu entern, den Piloten zu überwältigen und die Maschine mit der Kranken an Bord selbst nach Moskau zu fliegen. Ich bin auch jetzt, nach beendigtem Krieg, jederzeit bereit, mich vor jedem beliebigen Gericht dieser Welt für die Tat zu verantworten. Sie hat ein Menschenleben gerettet.

Am Nikolaustag des vergangenen Jahres hatte Sergej Tschechow Iris vor sich auf dem gynäkologischen Stuhl. Iris hatte ein Teratom von der Größe eines Fußballs. Das Teratom ist eine angeborene Mischgeschwulst aus verschiedenen Gewebearten. Es entsteht beim Embryo aus unbefruchteten Keimblättern und ist dem Phänomen, das siamesischer Zwilling genannt wird, nicht unverwandt. Laienhaft ausgedrückt, hatte Iris so etwas wie eine unentwickelte Zwillingsschwester im Bauch.

Die Wissenschaft unterscheidet zwischen reifen und unreifen Teratomen. Die reifen, sozusagen fertigen Teratome gelten als gutartig, während die unreifen in der Regel maligne verlaufen. Die letzteren treten bei Männern sehr häufig, bei Frauen mit großer Seltenheit auf.

Ich konnte Tschechow nur ein einziges Mal sprechen, das war eine knappe Woche nachdem ich Iris eingeliefert hatte. Ich sah auch Iris an jenem Tage noch einmal, ab dann wurde mir jeder weitere Besuch bei der Kranken strikt untersagt. Es war nicht schwer zu erraten, daß dieses Verbot mit der übrigen Patientenschaft in der Klinik zusammenhing, es befanden sich hohe Militärs und andere Geheimnisträger darunter. Es war abgesehen von dem Schmerz, den es bedeuten mußte, das Mädchen ohne meinen Beistand auf Gedeih und Verderb dem Krankenhausbetrieb zu überlassen, eine Kränkung meines Ehrgefühls, daß man jemandem wie mir Spionage für die Hitlerpest zutraute. In kriegführenden Völkern haben sich die Unschuldigsten diesem Verdacht ausgesetzt, und um ihn nicht unnötig zu erhärten, hielt ich mich an das Verbot so strikt, wie es ausgesprochen worden war.

Freilich ließ sich so auch keine Genehmigung für meinen Aufenthalt in Moskau begründen, ich mußte nach Alma Ata zurück. Weihnachts- und Neujahrsfest verbrachte ich hier allein. Ich übergehe die Schilderung der inneren Zustände, die ich dabei durchlebte. In etwa zweiwöchigem Turnus trafen Postkarten von Sergej Tschechow ein. Er hatte die Operation der Geschwulst mehrfach verschoben. Grund dafür sollte ein Magengeschwür sein, das sich durch das viele Kortison gebildet hatte und vorher behandelt werden mußte. Mangelnden medizinischen Verstand hatte ich durch Vertrauen in Tschechows Verfahrensweise zu ersetzen. Iris geht es gut, sie grüßt Sie von Herzen, beim Sieg wird sie wieder springen und tanzen, so endete jeweils der Text von Tschechows Karten.

Iris hat mir aus dem Krankenhaus rund zwanzig mehrseitige Briefe geschrieben. Vielleicht wird sich jetzt im Frieden erweisen, wo sie hingelenkt worden sind. Die operative Entfernung des Teratoms fand am 14. Februar in diesem Jahr statt. Ich erfuhr davon durch die Post von Tschechow am 2. März. Zum ersten Mal ein ausführlicher Brief, der sich wie ein Beitrag für eine humoristische Zeitschrift liest. Es hatte sich in der Tat um eine unreife Geschwulst gehandelt, es muß als ein Wunder angesehen werden, daß Iris am Leben ist. Das Teratom hatte ich mir nach seiner Deskription als eine organische Wundertüte vorzustellen, es wird ja in der wissenschaftlichen Literatur gelegentlich als «Wundergeschwulst» bezeichnet. Es war ein vollständig ausgebildeter Zahn, es waren Haare, Haut, Fett, Horn, Knorpel, Knochen, Muskeln und anderes darin.

Ende gut, alles gut. Sergej, ihr Wunderretter, hat recht behalten. Heute, am Tag des Sieges, tanzt und springt Iris mit ihren Freundinnen unter den neu erblühten Zweigen der Apfelbäume. Ich kann hier Gisberts Schilderungen von dem Fest, mit denen er seinen Roman abschließen wollte, anheften. Dann verschnüre ich das Paket, und wenn es jetzt seinen Dienst zur Beförderung der Ziele des Nationalkomitees Freies Deutschland nicht mehr antreten konnte, findet sein Inhalt in dem Land, das wir aufbauen wollen, eines schönen Tages, wer weiß, doch noch seinen Verlag und seine Leser.

LUTHER hätte es gerne gehabt, wenn seine Braut schon vor der Hochzeit zu ihm ins Schwarze Kloster gezogen wäre. Er fand etwas ihn Verstörendes in dem leicht ziegenhaften Benehmen seiner Käthe, die sich auf Sitte und Anstand berief und bis zum Fest Wohnung bei Meister Cranach behielt. Es fielen unchristliche Worte von beiden Seiten deswegen. Aber man verzieh sich und versöhnte sich gleich wieder, fühlte sich durch das aufgehobene Mißverständnis einander nur um so tiefer verbunden in der wechselseitigen Liebe.

Seinen Freunden gegenüber behauptete Luther weiter, er sei nicht verliebt in sein Käthchen. Die zukünftige Lutherin schmunzelte nur, wenn es ihr über Umwege zugetragen wurde. Gegenstand ihrer Gespräche war beinahe ausschließlich das vorzubereitende Fest. Das größte Vergnügen bereitete ihnen die Liste, in welche sie die Namen der einzuladenden Hochzeitsgäste eintrugen. Luther überzog seine Generosität ins Gönnerhafte, als er ihr vorschlug, den Baumgärtner aus Nürnberg kommen zu lassen. Er wußte, daß sie es ablehnen, wollte aber doch wissen, wie lange sie darüber nachdenken würde. Für seinen Geschmack dauerte es deutlich zu lange, bis sie ausrief:

«Pfui, Doktorchen, Ihr wollt mit mir scherzen!»

Es wurde erwogen, die Komplizinnen ihrer Flucht aus dem Kloster in Nimbschen zu dem Hochzeitsschmaus zu bitten. Das behagte Katharina von Bora ebenfalls nicht, denn sie wußte, daß ihr Martin eine Schwäche für Ave von Schönfeld besessen hatte, möglicherweise noch immer besaß. Sie verbarg aber diese Eifersucht wie die Freude an der seinigen in ihrem

Herzen und bediente sich eines anderen Einwands gegen die Teilnahme der ehemaligen Nonnen.

«Ich weiß es, mein geliebter Doktor Martinus, Ihr sagt es auch jedem, der es zu hören verlangt, daß Ihr mit Eurer Heirat nicht Eure Liebe zu mir, sondern das Evangelium unter Beweis stellen wollt. Wenn wir aber die Klosterflüchtlinge mit unserer Einladung ehren, muß es nicht den Augen der Welt, zu denen die Euren hinschielen, erscheinen, als heiratetet Ihr nicht mich, sondern alle Bräute Christi auf einmal?»

Darum liebte er die Bora, deshalb wollte er sie zur Lutherin machen.

«Käthchen, ich heirat nur dich, und ich mein's aus dem Herzen.»

«Dann laßt mir die Schönfeld und die andern fort. Die Muhme würd ich gern haben, aber ausgerechnet die ist bei ihren Kranken im Kloster geblieben.»

«Das zeigt, daß du eine wahre Christin zur Tante hast, mein liebes Käthchen.»

«Aber der Koppe, der gute Mann», maskierte sie ihr Geschenk an Luther als eine Bitte, «der uns aus den Mauern, in denen Lebendige sich begraben, befreit hat, der muß doch dabei sein.»

«Ich möchte doch immer mehr von dir beglaubigt sein als vom Papst, mein liebes Käthchen. Und es wird noch der Tag kommen, an dem sie einem Weibe die Tiara aufsetzen.»

«Sind nicht die Päpste, wie Ihr sie mir beschrieben habt, die ärgsten unter den Weibern gewesen?»

«Freust du dich, Käthchen, daß du meine Mutter sehen wirst?»

«Gewiß. Aber nicht minder freue ich mich auf deinen Vater.»

Da war Katharina von Bora aus der konventionellen, Luther so schmeichelnden Anrede versehentlich in die Form des intimeren Umgangs gerutscht, was ihr häufig widerfuhr, wenn sie von den Blutsverwandten sprachen.

Die Eltern hatten mit ihrer Zusage gezögert. Sie waren alte, gebrechliche Leute, die Reise schon in friedlichen Zeiten eine kaum zumutbare Strapaze. Jetzt kam hinzu, daß die Straßen unsicherer waren denn je. Aus dem Frankenhäuser Fürstenheer ausgemusterte Landsknechte marodierten. Im Mansfeldischen kochten die Gemüter tief unter der Erde, viele alte und neue Mitglieder der geheimen christlichen Vereinigung hatten Rache für das Blutbad geschworen, und es war nicht die günstigste Zeit für den Montan-Unternehmer Hans Luder, sich von seinem Geschäft zu entfernen.

Aber er glaubte, seinem Sohn die Geste zu schulden. Hans Luder war ein harter Mann. Er dankte es jeden Tag Gott, denn er wäre ohne diese Härte nie zu dem geworden, was er jetzt war. Als jemand, der sich die Kindheit in den Ställen und auf den Feldern vertrieben hatte, war er durch die Kraft seiner Hände und die Unnachgiebigkeit seines Strebens zu einem von denen geworden, die über die Arbeit anderer wachten. Ja, er hatte seinen Sohn damals verstoßen, als er das Studium der Rechte aufgab, um unter die müßigen Mönche zu gehen. Wie wertvoll wäre ihm gerade jetzt ein begnadeter und gelehrter Jurist im Kampf gegen die Nürnbergerischen Saigergesellschaften gewesen, die neuerlich seinen bescheidenen Wohlstand so ernsthaft bedrohten. Schwiegersöhne hatten ihm ersetzt, was er am eigenen Fleische verloren. Sie spielten ihre Rolle im Mansfeldischen Bergbau, auch als familiäres Verbündnis im unbarmherzigen Wettlauf um Kupfer und Silber.

Für den alten Luder war Martins Ruhm höchster Stolz und

tiefste Beschämung zugleich. Hatte es denn der Mönch, der nur noch ins innere Leben und zu Gott gewollt, inzwischen gerade in der Welt nicht viel, viel weiter gebracht als der Vater, der immer noch Tag für Tag hart ringen mußte um den Bestand und das Überleben der Seinen? In den Augen der christlichen Gemeinde mußte sein Martin als ein Besitzloser erscheinen, das war so verlangt. Aber die Hochzeitsgeschenke allein würden ein Vermögen ausmachen, wie er es mit hundert Knappen nicht aus dem Berg geholt hätte.

Was man nicht im Griff behalten kann, das sollte man wenigstens im Auge behalten, lautete einer der Wahlsprüche Hans Luders, und er war mit seinem Martin an der eigenen Maxime gescheitert. Der Junge war seinen Blicken entrückt, sein Name erst wieder als der eines Retters der deutschen Nation vor dem Wormser Reichstag an seinem Ohre erschienen. Aber es war gutzuheißen, daß der Mönch sich vermählte. Das Ablegen der Kutte, das Sich-selbst-freisprechen-von-den-Gelübden reichte nicht aus; erst als Familienvater würde er wirklich aufhören, ein Mönch zu sein.

Von der Mutter zu sprechen, die neben ihrem Hans in der von Graf Albrecht gespendeten Kutsche saß – es fuhren mit ihnen die gräflichen Räte Rühel und Thür –, so war ihr Zustand zur einen Hälfte aus Glück und zur anderen aus Wonne zusammengesetzt. Sie hatte gar nichts darwider, ein Opfer der vielen Wegelagerer zu werden, nur bat sie Gott, es, wenn es denn sein sollte, nicht auf der Hinfahrt, sondern erst auf der Heimreise geschehen zu lassen. Sie liebäugelte mit der Möglichkeit, sich in Wittenberg etwas zu brechen oder anders so schwer zu erkranken, daß man sie nicht mehr nach Mansfeld würde zurückbringen können. Ihre Schwiegertochter würde ganz bestimmt eine hingebungsvolle Pflegerin sein. Man hatte bis zu ihnen von deren Tante, der Magdalena von Bora, gehört, die nicht wie die Prediger auf der Kanzel die Liebe am Nächsten und die Sympathie mit dem Tod ihrer Gemeinde nur mit wohlklingenden Worten empfahl, vielmehr die Siechen fütterte und wusch, mit den Rezepturen aus ihrem Kräutergarten ihren Qualen manche Linderung schuf.

Und Platz hatten sie ja wahrhaftig genug! Wenn man es von dieser Seite her betrachten wollte, standen sich Käthe und Martin im ehemaligen Kloster der Augustiner sogar besser, hatten sie für sich und ihre Gäste mehr freie Kammern zur Disposition als der Kurfürst auf seinem Schloß.

Es stimmte, die alte Luderin war nicht mehr gut zu Fuß. Die Reise war gefährlich und ging über viele Stationen. Mutter Luder wollte keine Treppen mehr steigen. Sie sprach nicht viel mit dem Vater während der fünftägigen Fahrt. Es war wohl ihr gemeinsamer, aber nicht mehr derselbe Sohn, den sie da zu seiner Hochzeit besuchten. Am vorletzten Tag vor ihrer Ankunft erkannte sie die Sündhaftigkeit ihrer Wünsche. Sie spann sich ja da in eine Zukunft mit ihrem Martin hinein, als wäre sie selbst seine Verlobte. Nein, sie mußte beiseite stehen während der Hochzeit und der Braut, ob sie ihr nun gefallen oder ob sie die Wahl ihres Sohnes bedauern würde, in jeder Hinsicht und in jeder Weise den Vortritt gönnen.

Ein ähnlicher Wandel vollzog sich in der Ordnung von Hans Luders Gefühlen, je näher sie Wittenberg kamen. Nicht weit hinter Halle hatte er noch den sehr zwingenden Anfall, den Kutscher die Pferde anhalten zu lassen, auszusteigen und den Weg heimwärts auf Schusters Rappen zu machen. Er besiegte die heftige Wallung in seiner Brust seiner Margarethe zuliebe, die ihm all die Jahre ein so tapferes und treuherziges Weib gewesen war.

All das wurde zwischen den beiden nicht mit Worten berührt. Sie hätten wegen der mitreisenden Räte ohnedies nicht in ihrem privatesten und offensten Ton miteinander zu sprechen vermocht. Darüber hinaus glaubten sie wechselseitig, die Gedanken hinter der Stirne des anderen zu kennen.

Spätestens aber, als die Hufe der eingespannten Pferde den Sand der Straße auf dem Elbdamm traten, wurde all der Neid und all der Zorn auf den unfolgsamen, unbeugsamen Sohn von der Empfindung des Stolzes, als habe sie die Kraft des ihnen entgegenfließenden Stromes, aus dem Herzen Hans Luders gespült. Er freute sich jetzt, daß er vorher nicht so dumm gewesen war, auf die vom Grafen gebotene und zudem kostenlose Beförderung über ein so weites Stück Land verzichtet zu haben.

Sie wurden auf den Stationen in den ersten Herbergen am jeweiligen Platze untergebracht und aufs gräflichste, wenn nicht fürstlichste bewirtet. All das zahlte Graf Albrecht, es gehörte zu dessen Hochzeitsgeschenken an Luther. Er hätte gern teilgenommen am Fest, gewiß dort auch sein Vergnügen gefunden, aber sein Stand erlaubte das nicht. Es wäre auch eine gar zu starke Demonstration für den neuen Glauben im Lande gewesen. Man wollte gerade jetzt mit den katholischen Fürsten in der Familie und sonstwo nicht über Äußerlichkeiten in Zwist geraten, da man sich doch gerade in Frankenhausen so einig gezeigt hatte.

Die Räte waren Luthers Eltern zu Schutz und Begleitung mitgegeben, sie führten neben weiteren Hochzeitsgeschenken und barem Geld wichtige Dokumente mit sich, die sie teils Luther, teils Spalatin, teils Melanchthon aushändigen sollten. Rühel hatte, solange die Bauern noch kriegerisch waren, durch reitende Boten mit Luther in Verbindung gestanden und ihn aus der Nähe zum Schauplatz auf dem laufenden zu halten versucht. Vieles war mündlich nachzutragen, was sich in einem Brief, der sich der Nachwelt erhalten konnte, nicht schickte.

Graf Albrecht und seine Räte konnten Luther nur gratulieren zu der glücklichen Wahl des Zeitpunkts für seine Heirat. Nichts war in dieser Phase gebotener, als dem Pofel frischen Gesprächsstoff zu liefern, der das Getuschel auf den Straßen, das Geschimpf in den Stuben und Schenken von der Frankenhäusischen Sache ablenken konnte. Luther war mit seiner letzten Schrift gegen die Bauern zu weit gegangen. Das fand nicht nur der gräfliche Rat Rühel, das fand auch Graf Albrecht persönlich. Er hatte, was das Gebiet seiner Herrschaft betraf, Anordnung erteilt, die auffindbaren Exemplare einzuziehen. Luther war wütend darüber, ausgerechnet mit seiner fürstenfreundlichsten Schrift bei dem ihm freundlichsten Fürsten auf den Index geraten zu sein, aber sowohl Spalatin als auch Melanchthon hatten Zeichen ihres stillschweigenden Einverständnisses gegeben.

Rühel erinnerte sich noch, wie ihm das Blut in den Adern gestockt war, als er zum ersten Mal gelesen hatte, wie Luther die Fürsten aufrief, die Empörung unter Einsatz aller verfügbaren militärischen Mittel niederzuschlagen. Luther hätte es ihnen nachgerade als eine Todsünde angekreidet, wo sie es versäumten, die Goldene Aue in den größten Friedhof der Christenheit zu verwandeln, den Kyffhäuser in den imposantesten Grabstein der Erde.

Luthers Schrift sollte an weiterer Verbreitung gehindert werden, das hatte der Landgraf auch für Hessen zugeben müssen. Um so eifriger waren Gerüchte um seine Katharina von Bora und um die Verheiratung von Mönch und Nonne zu pflanzen. Wenn auf sie oder Luther dabei etwas Schmutz fiel, so war das nur zu wünschen. Es gab wohl in den Biblien mehr Belege für die Ehrhaftigkeit des ehelichen Standes als solche, die die Hinschlachtung von sechstausend wehrlosen Menschen als eine gottgefällige Tat erscheinen lassen konnten.

Abgesehen von diesen eher amtlichen Reflexionen freute sich Rühel auch menschlich von innen mit Gaumen und Magen, mit Kehle und Leber auf das bevorstehende Fest. Luthers Großartigkeit als Gastgeber war weithin gerühmt, und es galt ja als ein Gesetz, daß nicht irgendwo Hochzeit gefeiert wird, ohne daß sich auf ihr ein neues Paar findet. Vielleicht kam die Reihe schon diesmal an ihn oder an Thür, der neben ihm saß und immer sehr verängstigt in die Landschaft hinausspähte, besonders auf Waldstücken und Hohlwegen sich mit einem ab und an hörbaren Klappern und Knirschen der Zähne tief in die Bank hineinduckte.

Während diese und andere geladene Gäste in solch gemischten Vorgefühlen zu Lande auf Pferdefuhrwerken, zu Wasser auf Booten gen Wittenberg strebten, bettelte sich noch ein weiteres Wesen auf den abgelegenen Pfaden, welche die Klöster der Augustiner miteinander verbanden, zum Sitz des Papstes der Neuen Kirche durch. Das war Anna, das Weib des Andreas von Bodenstein, der Welt unter seinem Gelehrtennamen Karlstadt bekannt. Wie Müntzer hatte Luther ihn durch Spalatins Vermittlung vom inzwischen verewigten Kurfürsten aus Sachsen ausweisen lassen. Das hatte Karlstadt wie Müntzer in den Sog des süddeutschen Bauernkrieges gestoßen.

Einen vorläufigen Halt hatte Karlstadt in Rothenburg ob der Tauber gefunden. In seiner Theologie in vieler Weise durchdachter und radikaler als Müntzer, was zum Beispiel das Gleichheitsgebot des Evangeliums betraf, hatte er niemals Gewaltanwendung gepredigt. Er hatte sich damit die Option bewahrt, so, wie es auch den Bauern auf dem Frankenhäuser Hausberg angeboten worden war, sich Luther auf Gnade und Ungnade zu ergeben. Man sagte das so, aber es mußte automatisch «auf Gnade» bedeuten.

Daß Karlstadt bereit war, sich vor Luther zu demütigen, hing mit seinem Scheitern bei den Rothenburgern zusammen. Daß er, der die Universitäten von Köln und Erfurt nicht allein besucht, vielmehr mit Glanz absolviert, er, der im lateinischen Stil mit Melanchthon wetteifern konnte, es versucht hatte, seinen eigenen Acker zu bestellen, sich und seine Familie von dessen Früchten zu nähren, mußte etwas Schiefes haben und mißlingen. Sein Wesen war städtisch, nicht bäuerlich geprägt und bestimmt. Aber Bruder Endres hatte sich nie auf ein Handwerk geübt, hatte schon als Kind, sobald er sich aufs Buchstabieren verstand, das Interesse an Spielzeug verloren. Nun, das Amt des Seelsorgers hinter städtischen Mauern füllt seinen Mann, wenn er die Aufgabe ernst nimmt, mehr als reichlich aus, man ist kein Mönch, der wohl die Muße besitzt, sich zwischen den frommen Werken dann und wann liebhaberisch an der Töpferscheibe oder an der Hobelbank zu betätigen. Die Drucker, mit denen auch er in Wittenberg hin und wieder zu tun gehabt hatte, hätten ihn vielleicht noch zu einem brauchbaren Gehilfen heranbilden können, aber da wollte Andreas von Bodenstein doch noch lieber in Unabhängigkeit auf der eigenen Scholle sitzen und schwitzen. Mehr war unter den herrschenden Umständen für ihn nicht zu erwirken, und falls man es durchsetzte, war es sehr viel. Luther mußte sich beim neuen Kurfürsten für die Aufhebung des vom alten erlassenen Landesverbotes verwenden.

Luther war prinzipiell nicht abgeneigt, seinem ehemaligen Vorgesetzten und Lehrer die Gefälligkeit zu erweisen, und Melanchthon hatte ihn aufs kräftigste unterstützt in dieser Bereitschaft. Die beiden federführenden Wittenbergischen Evangelisten waren sich jedoch gleichfalls darüber einig gewesen, daß ein solcher Schritt Karlstadts schriftliches Bekenntnis zur Oberkeit und ihrer Pflicht, dem Aufruhr gewaltsam zu steuern, zu seiner Voraussetzung haben mußte.

Das war für Karlstadt das Geringste an dem Kniefall, wie er ihn nun vor Luther zu vollführen hatte. Es war im Gegenteil sein innig drängender Wunsch, öffentlich seinen Abstand von Müntzer zu klären. Es mußte sich in dessen Nachlaß ein Brief von seiner Hand befinden, in welchem er dem Allstedter seines unbiblischen, unchristlichen Hetzens zur Gewalt wider die Oberkeit wegen theologisch wie menschlich arg zugesetzt hatte. Melanchthon hatte die Epistel mit theologischer Befriedigung und mit menschlicher Erleichterung gelesen und besonders ihretwegen dafür plädiert, Karlstadt den Weg zur Rückkehr nach Sachsen zu öffnen.

Das alles konnte Karlstadt, als er nun vermutet-unvermutet von den Rothenburgern aus ihren Mauern ausgewiesen wurde, nicht wissen. Er mißtraute Luther nicht erst seit dessen unchristlicher Schrift wider die Bauern. Er hatte nicht wie Müntzer Luther den neuen Papst geschimpft, dafür aber dessen von der weltlichen Macht gestärkten Arm am eigenen Leibe gespürt. Außerdem hatte Luther in einer ganz auf ihn abzielenden Schrift wider die Schwärmer ihn als einen Anstifter zum Aufruhr verleumdet.

Karlstadt war Schriftsteller genug, um zu erkennen, daß das von Luther und Melanchthon geforderte Bekenntnis ihm die Gelegenheit bot, die beiden Fliegen mit der einen Klappe zu erschlagen. Dennoch war er ausreichend klug geworden, Luther gegenüber seine Vorsicht nicht mehr fallenzulassen. Der Schaden, den ihm das eingetragen hatte, war nicht zu übersehen.

Da aber der im Kloster zu Jahren gekommene Mann jetzt einem Weib die Hand und damit das Geleit anzuvertrauen gedachte, war bei vorheriger Sicherung des Einvernehmens zwischen den beiden Frauen vorläufiger Unterschlupf vielleicht sogar in dem Kloster möglich, das bald zum ehelichen Heim werden sollte.

«Ich werf's dem Müntzer vor», meinte Andreas von Bodenstein, als er sich hierüber mit Anna besprach, «daß er in seinem Opfer, mag es selbst heldenhaft sein, und zwar im tragischen Sinne der Alten, nicht in unserem neuen, christlichen Sinn, nicht sein Weib bedenkt, das er mit dem Kinde schutzlos zurückläßt.»

«Ich liebe dich, Endres», sagte Anna mit jener schmelzenden Stimme, die ihr den Karlstadt immer wieder gewann. «Ich könnte nie ohne dich sein.»

«Und doch mußt du mich nun verlassen, damit wir weiter vereinigt sein können.»

Das Landesverbot des Kurfürsten galt nur für ihn, nicht für sie. Sie konnte sich in Sachsen ungehindert bewegen. Karlstadt wollte sich mit dem Kind in der Nähe seines Heimatortes, dessen Namen er an den Universitäten zwischen Prag und Paris, zwischen Rotterdam und Rom bekanntgemacht hatte, bei Freunden verstecken, während Anna nach Wittenberg ging, um dort im voraus seinen Status zu klären.

Sie verließ aber die Route, die sie mit Bodenstein ausgemacht hatte, und lief nördlich des Thüringer Waldes, um Müntzers Ottilie kennenzulernen und sie nach Maßgabe zu trösten. Anna Karlstadt traf am Tag nach Müntzers Hinrichtung in Mühlhausen ein. Sie fand Ottilie von Gersen im verwirrtesten Seelen- und Geisteszustand. Schnell spürte Anna für sich, Ottilie und das kleine Müntzerlein ein gemütliches Quartier auf bei einem bibelkundigen Schneidermeister, der für seine Schützlinge zweimal am Tag warmes Essen aus dem Gasthof «Zum Löwen» herbeikommen ließ. Anna nahm manchmal das Kind an ihre Brust und entfernte sich mit ihm von Ottilie, die fast ununterbrochen weinte, in den sommerlichen Garten. Nur selten ließ sich mit ihr ein Gespräch im Zusammenhang führen.

«Wo wird wohl mein Thomas jetzt sein?» begann ängstlich fragend Ottilie eines von ihnen.

«Er ist jetzt in Gott», gab Anna zurück. «In dir und dem Kleinen. Aber auch in mir. Er ist in uns allen.»

Sie horchte, ob Ottilie wieder loswimmern würde, aber diesmal blieb sie still.

«Willst du nicht mit mir kommen», konnte sie deswegen fortsetzen, «und den Luther um Gnade anflehen?»

«Das kann ich meinem Thomas nicht antun. Ich habe es ihm mehr als einmal geschworen, daß ich's nicht tue.»

Anna Karlstadt wollte also folgenden Tages allein weiter nach dem Elbstädtchen ziehen, aber immerhin dort etwas für sie erreichen. In der Nacht wurde sie von dem Geschrei von Ottilies Kind geweckt. Sie wartete auf ihrem Lager, daß die Mutter ihr Kind beruhigen würde. Das geschah aber nicht, und als Anna es schon in der Schlafkammer des Schneidermeisters, der gleichfalls erwachte, rumpeln hörte, stand sie auf und fand, daß Ottilie fortgegangen war.

Sie tröstete nun selber den Kleinen, legte sich neben ihn, bis er wieder eingeschlafen war. Ihre Sorgen und ihre Gedanken waren bei Ottilie. Wo mochte sie sein? Es gab nur eine Erklärung. Sie mußte hinaus zum Schindanger sein, sie hätte sonst das hilflose Kind nicht ohne Verabredung in der Obhut der Freundin gelassen.

Müntzers Leib hatten sie unter Landsknechtsbewachung ausgehungerten Hunden zum Fressen gegeben, aber den abgeschlagenen Kopf, den sie ausgestellt hatten, den konnte die Witwe noch retten. Mit einer Auferstehung war immerhin zu rechnen, und sie hatte ja auch beim gekreuzigten Jesus eng mit der Bergung seines Leichnams zusammengehangen.

Es war ein einziger Landsknecht, der in der Nacht den Schindanger bewachte, und Ottilie kannte ihn gut. Er ließ ihr den Kopf auf die Gefahr, den eigenen drum zu verlieren.

Ottilie kehrte heim, und sie brachte den Kopf. Es kostete Anna Mühe, ihn ihr zu entwinden und in Tücher zu wickeln, denn es mußte, um das Kind nicht zu erschrecken, möglichst leise geschehen. Restlos erschöpft sank Ottilie neben ihrem Söhnchen aufs Lager und schlief im nächsten Moment ein.

Anna war es, die mit dem ersten Sonnenstrahl erwachte und sich heimlich davonschlich, den eingewickelten Kopf Müntzers in ihrem über den Rücken geworfenen Sack. Die Torwache visitierte ihr Reisegepäck nicht. Eigentlich wollte Anna Müntzers Haupt nicht weit von Mühlhausen an einem schönen Flecken im Walde bestatten. Sie fand aber nie einen Platz passend genug und trug den mehrfach balsamierten Kopf noch in dem Sack auf ihrem Rücken, als sie sich schon Wittenberg näherte. Hier grub sie das bereits sehr stark riechende Paket an einer markanten Eiche unter die Erde, aber nur zu vorläufiger Bestattung, um es später an würdigerem Orte endgültig zu tun.

Es hätte sich auch nicht gut gemacht, mit ihm in die Stadt

hineinzuspazieren, denn hier wurde ihr Gepäck von der Torwache sehr genau inspiziert. Da die Karlstadts lange die Elbe mit der Saale, Wittenberg mit Orlamünde vertauscht hatten, bevor Leonhard Koppe die Fuhre mit den Nonnen in den Heringsfässern herangekarrt, mußte Anna sich jetzt durchfragen nach der Katharina von Bora. Mit größter Selbstverständlichkeit und ohne ihr irgendwelche Gegenfragen zu stellen, wurde sie nach den Cranachschen Häusern am Markte gewiesen, denn man hatte sich, obwohl sie doch noch gar nicht die Lutherin war, schon daran gewöhnt, daß die minderen Bettler und Landstreicher, die Luther um etwas angehen wollten, von Katharina abgespeist wurden.

Es war aber der Meister selbst, der ältere Cranach, der auf dem Platz im Schatten eines Baumes mit Gesellen seiner Werkstätten saß, der Anna zuerst erblickte und nach kürzerer Verzögerung auch erkannte. Cranach hatte in den Zwistigkeiten zwischen Luther und Karlstadt niemals Partei ergriffen. Natürlich hatte ihm Karlstadts Bilderfeindlichkeit nicht behagen können, und er war dann auch sehr erleichtert gewesen, als Luther von seiner Wartburg herunterkam, um dem Spuk das Ende zu setzen. Er mochte aber Karlstadt und hatte seinen Kopf gerne für Abendmahlszenen benutzt, was sich mit Rücksicht auf Luther leider verbot. Es gab ja ausreichend Bugenhagens und Jonasses, die Zahl der Apostel zu füllen.

Cranach erhob sich, schritt Anna gravitätisch entgegen und begrüßte sie – aufgrund eines in Wittenberg umlaufenden Gerüchtes fälschlicherweise als Bodensteins Witwe, nicht ohne die zugehörige Beteuerung seines aufrichtigsten Beileids. Da hörte man das helle, ungehemmte Mädchenlachen wieder, das einst Wittenbergs Gassen so fröhlich gemacht hatte.

«Ei, Meister Cranach!» rief Anna, als sie sich den Atem zurückgeholt hatte. «Da wird mir mein Endres hundert Jahre alt werden, wenn Ihr mir ihn so vor der Zeit totsagen wollt! Er lebt, und ich wünscht, Ihr sähet ihn bald.»

Cranach zog eine Grimasse, aus der Anna das Wort las: Landesverbot.

«Da wird wohl der Luther helfen müssen», sagte sie, da ihr der Einfluß des Malers und Unternehmers auf den Doktor Martinus nicht unbekannt war.

Das bestätigte denn auch der Meister mit einem Nicken, das Anna als das feste Versprechen seiner tätigen Beteiligung bei der Durchsetzung ihres Anliegens auffassen durfte. Er begann schon damit, indem er Katharina aus dem Schwarzen Kloster, wo sie, wie meist in diesen Tagen, gemeinsam mit ihrem Zukünftigen die süße Vorfreude auf das große Ereignis genoß, herbeiholen und den beiden jungen Frauen in einem Hinterzimmer der Weinstube ein Frühstück auftragen ließ.

Katharina von Bora fühlte sich an etwas erinnert, als sie den ersten Schluck von der Ziegenmilch nahm. Sie mußten sehr laut miteinander sprechen, denn nebenan wurde mit dem Lärm der verschiedensten Gewerke ein großer Festsaal für all diejenigen gerichtet, die an der eigentlichen Hochzeitsfeier nicht würden teilhaben können. Das war um so peinigender, als die beiden Weiber sich ja nicht von Angesicht kannten, sich wechselseitig die Vorstellung von der anderen aus den recht tendenziösen Erzählungen ihrer Männer gebildet hatten. Sympathie war jedenfalls auf Anhieb vorhanden, und nachdem man mit wenigen Floskeln den Teig des Gesprächs weichgeknetet hatte, wurde er ausgerollt.

«Du kamst also nicht so sehr Andreasens und deinetwegen als um der Müntzerin wegen zu mir?» fragte Katharina von

Bora, als sie die Höflichkeit schon abgelegt hatten und vertraut miteinander sprachen.

«Der Bodenstein weiß gar nicht», erwiderte Anna, «daß ich in Mühlhausen war, und er hätt es bestimmt nicht gewollt.»

«Die Männer können vieles nicht wollen», solidarisierte sich Katharina, «verbieten können sie nichts.»

«Die Kinder zum Beispiel», fiel Anna ein, und dann lachten die beiden.

«Auch wenn die Strafe die Müntzerin und das Kind ungerecht trifft», hatte sich Katharina von Bora schon an die lutherische Denkweise gewöhnt, «wir dürfen ihr Kreuz nicht erleichtern.»

Anna erschrak vor dieser Härte. Katharina aber lächelte ihr zu und nahm ihre Hand.

«Für dich und deinen Karlstadt werden Doktor Martinus und ich bestimmt etwas tun können.»

«Ich denke, ich hätte für dich und deinen Martin nicht nur das schönste, sondern auch das kostbarste Hochzeitsgeschenk», ließ sich Anna Karlstadt etwas ungezogen und außerhalb des Zusammenhangs vernehmen.

Katharina von Bora ging nicht darauf ein. Anna spürte aber, daß die andere das Gespräch gerne in dieser Gegend aufgehalten hätte.

«Die schönste Zeit meines Lebens», sagte sie deshalb, «war die, als ich mit Bodenstein noch verlobt war, wir einander nur in den Herzen, noch nicht aber im Fleische besaßen.»

Katharina fühlte mit der würzigen Dünstung der Ziegenmilch einen Verdacht gegen sich steigen.

«Und wie steht es nach den Jahren und nach dem Kind in den Herzen?» fragte sie Anna, um dem etwas entgegenzulenken. «Und wie steht es im Fleische?»

«Ach, im Fleisch steht es immer recht gut», bewahrte sich Anna vor dieser Kontrolle. «Und aus unser beider halben Herzen hat die Liebe ein ganzes geformt. Leg nur dein Ohr hier an meinen Busen, so hörst du Bodensteins schlagen.»

Katharina wußte nicht, ob das eine Redensart oder eine Aufforderung war. Sie folgte ihr jedenfalls nicht.

«Es heißt ja», kam Katharina etwas näher zur Sache, «die Männer verlören mit den Jahren die Kraft. Bei meinem Martin ist das andersherum, bei ihm hat sie nur zugenommen von Jahr zu Jahr.»

Anna wollte das für ihren Bodenstein nicht bestätigen.

«Es wird etwas dauern», wich jetzt Katharina in eine andere Sphäre, «bis sich Luthers Verhältnis zu unserem neuen Kurfürsten eingespielt haben wird. Er wird wohl nicht wie mit dem verewigten über Spalatin, wird vielmehr direkt mit ihm korrespondieren. Der Luther muß ja das eigene Urteil revidieren, und das kann er unter Wahrung der eigenen Würde nur tun, wenn man ihm gehörige Zeit dazu gönnt, seine Gründe offenzulegen.»

Das sah Anna ohne weiteres ein.

«Ihr müßt euch», folgerte Katharina, «versteckt halten, bis Luther beim Kurfürsten für euch die Gnade erlangt.»

«Wo sollen wir uns denn versteckt halten?» fragte Anna. «Bei den wilden Tieren im Walde? Bei den Böhmen etwa?»

Katharinas Jungmädchenstirne legte sich in die Falten einer erfahrenen Frau. Anna senkte ihr Haupt, um nicht das Denken der andren zu stören.

«Es wird weiter nichts übrigbleiben», kam es endlich aus Katharina heraus. «Wir werden euch bei uns im Schwarzen Kloster versteckt halten müssen.»

Luther war einverstanden unter der Bedingung, daß er weder Karlstadt noch dessen Weib zu Gesicht bekommen würde, ehe er die Sache mit Kurfürst Johann ins reine gebracht hatte. Damit stand fest, daß man den heimlichen Gästen ihre Wohnung in den Kellerräumen würde einrichten müssen. So konnten sie zu bestimmten Nachtstunden die Latrine im Freien benutzen. Zudem waren sie nah bei der Küche, und außerdem hatte der Aufenthalt in den Katakomben in der heißen Jahreszeit, die bevorstand, den Vorzug der Kühle.

Anna tauchte noch in der Nacht des selbigen Tags unter in dem Bewußtsein, für die nächste Zeit vom Tageslicht gemieden zu werden. Nun, ein klein wenig davon fiel durch die Lichtschächte doch bis zu ihnen hinunter, und Anna nutzte die Frist bis zur Ankunft Karlstadts und des Kindes, ihnen mit Katharinas Hilfe in der Tiefe ein schmuckes Nest herzurichten.

Wie Luthers reumütiger Widersacher nach Sachsen hereinzuschmuggeln wäre, zur Lösung dieses Problems hatte einmal mehr Katharina den lustigsten Einfall. Leonhard Koppe, auf dessen Verschwiegenheit Verlaß war, wurde mit einer Fuhre gesalzener Heringe nach Magdeburg hinübergeschickt, und so konnte Karlstadt mit dem Kleinen nach der Art flüchtiger Nonnen die Grenze passieren. Karlstadt fühlte sich zwar, als er sich in das Faß gehockt und Koppe den Deckel über ihm geschlossen hatte, mehr an den Diogenes erinnert, behielt aber, obwohl er von dem findigen Kaufmann aus der unbequemen Lage sehr bald wieder befreit worden war, für die Zeit seines Aufenthalts im Lutherschen Hause die gründlichste Abneigung gegen Fischgerichte jeglicher Sorte.

Koppe mußte, nachdem er diese Fracht ebenso glücklich herbeigekarrt hatte wie vor Jahr und Tag die Nonnen, seine

Zossen in der Woche, welche der Hochzeit voraufging, wieder und wieder in Luthers Auftrag einspannen, denn der Erneuerer des Glaubens war emsig darauf bedacht, die Bierspenden, die ihm von den verschiedensten Orten angezeigt wurden, pünktlich einholen zu lassen. Über die Frage der herbeizuschaffenden Weine hielt er sich mit Cranach in langen Beratungen auf und freute sich, wenn er zur Wahrung des Scheins auch Protest dagegen erhob, als Katharina, die mit ihnen saß, ihren Hauswirt, der bei der Gelegenheit die Vorräte seines Ausschanks aufstocken konnte, beredete, die Kosten des Transports auf seine Konten zu nehmen.

So kam denn allerlei herbei, was an den Ufern der Saale, der Unstrut, des Rheins, der Mosel, der Saar an den Rebstöcken gereift und gekeltert worden war. Streit brach aus zwischen Luther und Cranach, als der Maler, der übrigens gleich nach deren Ankunft damit begonnen hatte, die Porträts von beiden Eltern Luder in seinen teuersten Farben zu pinseln, ihm Wein, der unter der kräftigeren Sonne des Welschlands gediehen war, für seine Hochzeitstafel vorschlug und zur Verköstigung anbot. Luther spie, da er hörte, daß Cranach es gewagt, ihm mit Gesöff zuzuprosten, an dem sich der Antichrist labte, das Zeug in hohem Bogen von sich, schimpfte sein Gegenüber einen erbärmlichen Ablaßkrämer und verbot ihm aufs strengste, sich bei seiner Hochzeitsfeier zu zeigen. Dabei wäre es wohl geblieben, hätte nicht Katharina geschlichtet.

Über dem Frankenhäusischen Hausberg, der nach seiner blutigen Taufe von den wenigen überlebenden Bewohnern der Stadt in «Schlachtberg» umbenannt worden war, hatte der Mond sich eben erneuert, gezählte 29 Tage hatten die Abflußrinnen der gepflasterten Straßen und der aufgewühlte Boden der Umgebung gehabt, den Saft aus sechstausend geöffneten

Menschenleibern zu trinken, als Martin Luther am 13. Juni 1525, dem Dienstag nach Trinitatis, zu Wittenberg mit Katharina von Bora förmlich den Bund der Ehe beschloß. Das war noch nicht das große, öffentliche Fest, zu dessen Vorbereitung die Räder des Koppeschen Fuhrwerks nach den verschiedenen Himmelsrichtungen über die Fernstraßen rollten, es war ein schlichtes Abendmahl in engerem Kreis.

Mit Sorgfalt ausgewählt waren die vier Männer, die Luther als seine Trauzeugen zu Tisch lud. Cranach, wieder versöhnt, war dabei als Repräsentant der reichen Bürger und vornehmen Steuerzahler Wittenbergs, in der Eigenschaft des Ratsherrn und Kämmerers der Stadt also mehr denn in derjenigen des Illustrators der Reformation, nächst Bugenhagen als dem Pfarrer der Stadtkirche und Jonas als dem Propst des Allerheiligenstifts. Ein vierter Gast war in Doktor Apel zugegen, einem zum Evangelium übergetretenen Lehrer des Rechts, besonders des Kirchenrechts, der selbst eine Nonne geehelicht hatte.

Bevor man sich niedersetzte zu Speis und Trank, nahm Pfarrer Bugenhagen von den Brautleuten das Jawort.

«Martinus, willst du Katharina zum ehelichen Gemahl haben?»

«Ja!» rief Luther überlaut und mit funkelnden Augen.

Es war dabei mehr Trotz als freudige Begeisterung, weswegen es klang wie jenes Hier-stehe-ich-und-kann-nicht-anders, das er der von ihm niemals richtiggestellten Legende zufolge, an welche auch die Anwesenden glaubten, auf dem Wormser Reichstag dem Kaiser und den päpstlichen Legaten entgegengeschleudert haben sollte. Als darauf Bugenhagen die Katharina befrug, ob sie ihrerseits den Martinus zum Ehegemahl haben wolle, verzog sie etwas mit ihrer Antwort, und es war schwer zu unterscheiden, ob Rührung sie überwältigte oder ob sie plötzlicher Zweifel befiel; jedenfalls kam vor oder gleichzeitig mit ihrem nach dem Fußboden gemurmelten «Ja» von der Straße aus dem Maul der Eselsstute eines vom Markt nach seinem Dorf heimziehenden Bauern ein sehr vernehmliches I-Ahh, was unter den Trauzeugen natürlich größere Heiterkeit auslösen mußte.

Luther hätte, wäre sein Leib weniger füllig, sondern beengter gewesen, wohl vor Zorn aus demselben herausplatzen mögen, immerhin wurde durch die strafenden Blicke, mit denen er erst nach seiner auf der Schwelle von der Braut zum Weibe schwankenden Katharina, dann in die Runde hineinstach, das Gelächter erstickt. Bugenhagen hielt es für geboten, im wiedergefundenen Ernst die Frage an Katharina noch einmal zu stellen.

«Ja», antwortete sie diesmal mit ihrer festesten Stimme und ähnlich trotzig wie zuvor Luther, so daß es sich anhörte wie: Ja, verdammt noch einmal, wen denn sonst?! Dann wurden endlich die Ringe getauscht, und Bugenhagen konnte die beiden zu Mann und Weib erklären, die voneinander zu scheiden einzig der Tod noch berechtigt sein sollte.

Das Gespräch während der Mahlzeit war merkwürdig gedämpft, und namentlich gab zu verwundern, daß Luther als einziger von den Männern sich weder Bier noch Wein einschenken ließ, sich vielmehr an das wärmliche, leicht abgestandene Brunnenwasser hielt. Der Hausherr und frischgebackene Ehemann war an diesem Abend schweigsamer noch als die mit ihm tafelnden Zeugen, mit Katharina unterhielt er sich überhaupt nicht mit dem Mund, einzig mit den Augen, griff gelegentlich nach ihrer Hand und befühlte den Finger mit dem Ring, den er ihr aufgesteckt hatte.

Als man zum Abschluß des Mahls von dem vorzüglichen

Brotpudding genossen, den unter Tage zum Zeichen ihrer Dankbarkeit Anna Karlstadt nach altem Familienrezept hergestellt hatte, versiegte das Gespräch auch unter den Gästen, und unangenehm breitete sich eine nervöse Stille über die Häupter der kleinen Tischgesellschaft. Es hatte nun nach dem Zeremoniell das Beilager zu folgen. Luthers Blicke schwammen in Katharinas Augen, die halb melancholisch, halb ängstlich dreinschauten, und er schien vergessen zu haben, daß er sich auf seiner eigenen Hochzeit befand und daß dazu noch etwas gehörte.

Bugenhagen räusperte sich und klapperte mit dem Besteck auf seinem Teller, um das Paar aus seiner Kontemplation in die Gegenwart zu erwecken. Luther machte eine ruckartige Bewegung mit dem Kopf, als wolle er eine Fliege verscheuchen, dann erhob er sich wortlos, reichte Katharina seinen Arm und schritt mit ihr den anderen voran die Treppe zu ihrem Schlafgemach hinauf. Luther, eigentlich Katharina, denn von ihr waren den Handwerkern die Anweisungen erteilt, von ihr war deren Arbeit beaufsichtigt worden, hatte drei aneinanderstoßende Mönchszellen durch Einreißen der Zwischenwände zu einem großen, lichtdurchfluteten Zimmer vereinigt. Der Kalk an den Wänden war noch nicht ganz trocken und jetzt von der Abendsonne mit einem rosafarbenen Schimmer überzogen. Die Mitte des Raums nahm ein prunkvolles Himmelbett ein, ein Geschenk der Tischlerzunft, dessen Teile der ausführende Meister mit seinen Gesellen erst wenige Stunden zuvor zusammengeleimt hatte.

Bei den Schnitzereien hatten Lehrlinge aus den Cranachschen Werkstätten mitgeholfen, und deshalb war es jetzt der Firmenchef, der sich etwas vergaß, indem er vor den Brautleuten an das gute Stück herantrat, um mit dem Auge und mit den

Fingerspitzen die Arbeit zu prüfen. Er fand Grund, sich selbst zu beglückwünschen zu dem sicheren Gespür für die Talente der jungen Menschen, die er in seine Ausbildung genommen, und zu dem, was er ihnen beigebracht hatte. Die Entwürfe, angelehnt an Sachen, die er vor Jahren selbst gemacht hatte und jetzt wiedererkannte, waren vortrefflich, die Werkzeuge bei den Miniaturen mit einem Geschick und Gefühl geführt, über die er mit den vom Alter ermüdeten Augen und den zittrig gewordenen Fingern schon nicht mehr verfügte.

Er sah den kecken Burschen vor sich, dem er das meiste der in so knapper Frist erbrachten Leistung zurechnen wollte und den er nicht nur ob seiner begnadeten Hände, sondern auch seiner Schalkhaftigkeit und Schlagfertigkeit wegen liebhatte und schätzte. Ihm kam der Auftrag für einen monströsen Altar in den Sinn, der von seiten eines Luther wenig geneigten Bischofs eingegangen war und der auf dem Schreibtisch in seinem Kontor zuoberst lag. Es war in der Sekunde ein beschlossenes Ding, daß er die Leitung dieser Arbeit dem begabten Jungen zuteilen würde, und er durfte bei der Offenkundigkeit von dessen Fähigkeiten den Kostenvoranschlag besten Gewissens um ein Drittel nach oben hin korrigieren.

Niemand war ihm gram, daß er sich hindernd zwischen die Eheleute und die Stätte ihrer künftigen Fleischesvereinigungen stellte. So war er eben, und so kannte man ihn, daß er auch in den Stunden höchster Feierlichkeit nicht in seiner Geschäftstüchtigkeit nachließ. Man wartete schmunzelnd, bis Cranach die Unschicklichkeit seines Betragens selber bemerkte, das Bett wieder freigab und unter leichtem Erröten und mit einer hingemurmelten Entschuldigung zu den übrigen Zeugen der Trauung in den Hintergrund trat.

Luther hatte sein Käthchen schon auf die Arme gehoben,

sie schlang sich um seinen Hals, um ihm ins Ohr zu flüstern, daß er ganz, ganz vorsichtig sein müsse, da dem Leim, der noch nicht vollständig abgebunden hatte, die letzte Festigkeit noch nicht zugetraut werden dürfe. Das beobachtete er und ließ sie ähnlich rücksichtsvoll und feinfühlig auf das Federbett nieder, wie er die frischgeborenen Christenkinder ins Taufbecken zu senken pflegte. Es wäre ein gar zu böses Omen für ihre gemeinsame Zukunft im geheiligten Ehestand, eine schreckliche Befleckung des Evangeliums und der ärgerlichste Triumph für den Teufel gewesen, wäre beim Beilager das Bett unter ihnen zusammengekracht und der Himmel aus hellblauem Atlas über ihnen eingestürzt. Als er ihr nachstieg immerhin, ächzte das Holz auf die verdächtigste Weise.

Katharina half ihm dabei, sein Gewicht so zu verteilen, daß die Zapfen unter dem Druck das Bettgestell zusammenzuhalten vermochten. Luther wurde erst jetzt gewahr, daß er in seinen bequemsten Hauspantoffeln geheiratet hatte. Bugenhagen zog ihm nämlich nun einen davon vom Fuße, um ihn zum Zeichen der dem Manne zukommenden Herrschaft über das Weib auf dem Baldachin zu deponieren. Katharina hatte ihm das komfortable Schuhwerk aus gespaltenem Ziegenleder eigenhändig zugeschnitten und zusammengenäht. Als es, von Bugenhagen, der auf einen Stuhl geklettert war und es auf Katharinas Zuruf mied, sich an den fein gedrechselten Stützen des Betthimmels zu halten, zuletzt geworfen, den ihm zugedachten Platz eingenommen hatte, machte es mehr den Eindruck der Fußbekleidung einer orientalischen Prinzessin als derjenigen eines machtvoll durchs Leben schreitenden Patriarchen. So blieb also dieser Symbolismus zweideutig wider den Geist und den Buchstaben der Schrift.

Mit extremer Langsamkeit der Bewegung, die teils der Behähigkeit seines Alters, teils der Rücksicht auf das wenig zuverlässige Möbel geschuldet war, faßte Luther sein Käthchen bei den Schultern und küßte sie auf den Mund. Ihre Arme umfingen seine Lenden in reflexhafter Liebkosung, und ebenso reflexhaft griffen im nächsten Moment ihre Hände ineinander, spannten sich ihr an Ober- und Unterarmen die Muskeln, denn sie mußte fürchten, daß der schwere Mann nach beendetem Kuß auf das Lager zurückplumpsen würde.

So blieben die beiden Körper eine Zeit aneinander fixiert in einer Verkeilung und Verkrampfung, wie man sie bisweilen bei Ringkämpfern sieht. Denen, die dies Beilager zu bezeugen hatten, klappten vor ungläubigem Staunen die Münder auf, und auch den Küssenden öffneten sich die Lippen, als wollten sich noch ihre Zungen ineinander verschlingen, um den wechselseitigen Halt zu verbessern.

Luther überkam, als er Katharinas Zunge an seinem Gaumen spürte, als er ihren Speichel schlürfte, eine nie dagewesene Wollust, ins Maßlose noch gesteigert durch sein Bibelwissen, das den Jubel des Fleisches in der ehelichen Begattung als die höchste Form der Keuschheit, als die Vollstreckung der tiefsten Absicht des Schöpfers erkannte. Nicht von den Zuschauenden war er geniert, einzig von der Furcht, durch heftige Bewegung das wacklige Bett zu erschüttern, und während er sich, weiter küssend, mit Katharina in der Umarmung hielt, durchliefen nebeneinander zwei Reihen von Gedanken sein Hirn. Die eine war, sich sachte, sachte aus der Verschlingung zu lösen, aus dem Bett zu steigen, mit Katharina die gute, mit Roßhaar gestopfte Matratze vor das Fenster zu tragen und dort ihre Leiber den Freuden, nach denen sie strebten, zu überlassen.

Das zweite war Deduktion theologischer Art. Wenn sich in ehelichem Beischlaf der göttliche Wille erfüllte, warum sollte man es dann bei dem symbolischen Nebeneinanderliegen, bei dem symbolischen Kusse belassen? Warum nicht den wirklichen Akt vor den versammelten Zeugen vollziehen?

Wäre Luther, der sich später in seinen Glossen zur Verdeutschung des Alkorans, in seinen flammenden Aufrufen zum Türkenkrieg als profunder Kenner und unerbittlicher Verwerfer des muslimischen Glaubens aufspielen sollte, tatsächlich so vertraut gewesen mit den näheren Umständen der Entstehung jener Variante des Monotheismus, es hätte ihm auffallen müssen, daß er in einer ganz ähnlichen Zwangslage steckte wie einmal Mohammed. Auf einer seiner Hochzeiten war der Prophet in eine Zwickmühle geraten. Das brennende Verlangen, mit seiner Braut die Ehe wirklich zu machen, sah sich aufgehalten durch die übriggebliebenen Gäste der Hochzeitsgesellschaft, die sich in keiner Weise anschickten, nach Hause zu gehen. Das bei den Arabern über allen koranischen Verordnungen stehende Gebot der Gastfreundschaft erlaubte es ihm nicht, diejenigen, die er eingeladen hatte und die sich offenbar wohl fühlten bei ihm, fortzuschicken. Die Jungfer vor deren Augen zum Weibe zu machen wollte ihm ebensowenig behagen.

Zerrissen vom Widerstreit der Pflichten, einerseits seine Angetraute ohne Verzug im Fleische beglücken zu wollen, andererseits seinen Gästen ein zuvorkommender Wirt bleiben zu müssen, war der findige Prophet mit einem Einfall gesegnet worden, der ihn aus dem überaus schmerzhaften Dilemma erlöste. Er ließ von den Bediensteten zwischen Tisch und Bett quer durch das Zimmer einen Vorhang aufspannen, welcher sein Liebesspiel mit der Braut den Blicken der an der Tafel weiter sich vergnügenden Männer entzog. Der Spruch, mit dem er diese Maßnahme begründete, hatte seiner Geistesprägung gemäß theologisch-apodiktische Färbung und wurde von dem sinnenfeindlichen sunnitischen Klerus späterer Jahrhunderte zu dem heute noch gültigen Gebot an die Frauen entstellt, demjenigen nämlich, mittels Textilien die Reize ihres Körpers dem als unheilbar geil gedachten Auge des Manns zu verhüllen. Wenn die protestantische Frau nicht wie die muslimische durch kirchliche Autorität und ihre eifernden Büttel zu solcher Veraschenputtlung verdammt ist, so danken wir das vielleicht dem guten Meister Cranach, der Bugenhagen, Jonas und Apel, die zu Säulen erstarrt waren, an den Hemdsärmeln zupfte und sie leise mit sich zur Türe hinauszog.

Da hatten denn Katharina und Martin ihr prächtiges Himmelbett, das sich, nachdem der Leim einmal getrocknet war, als ausgesprochen solide erwies und die heftigsten Belastungen geduldig aushielt, schon tüchtig eingeweiht, als ihnen vierzehn Tage darauf die ganz große, der Christenheit als Demonstration zugedachte Feier ins Haus stand. Luther war von Umarmung zu Umarmung unbegreiflicher geworden, wie es der Teufel vermocht hatte, mit Hilfe der von ihm in die christliche Kirche eingeschleusten Eunuchen die Priesterschaft insgesamt dem Cölibat zu unterwerfen. Und er mühte sich redlich, an jedem Stückchen von Katharinas Fleisch die tätigste Buße zu üben für die fürchterliche Gotteslästerung, die er mit seinem Gelübde und dessen sklavischer Einhaltung über die langen Klosterjahre seinem Gewissen aufgeladen hatte.

Katharina begriff unter seinen Liebkosungen erst richtig, was seine Lehre von der Rechtfertigung meinte. Sie hatte in den vielen schlaflos in ihrer Zelle zugebrachten Nächten auch schon erahnt, wie sündhaft das war, ihren Leib, von Gott doch wohl nicht grundlos als ein fruchtbarer erschaffen, dem Heiligen Geist aufzusparen. War es denn etwa nur ihr persönliches Unvermögen gewesen, daß es ihr niemals hatte gelingen wollen, so wie gefordert ihre ganze Liebe, ihr ganzes Herz, ihr ganzes Gefühl ihrem Bräutigam Jesum Christum zu weihen? Lag es nicht eher daran, daß das Weib, aus der Rippe des Mannes gebaut, durch die Natur zurückstrebte zu diesem Körper, aus dem es genommen? War es denn nicht dem Weibe weniger noch als dem Manne gegeben, durch die eigene Kraft dem Zustand der Sündhaftigkeit zu entrinnen?

Wie sollte denn das Weib bei der Beschaffenheit seiner Seele, die doch trotz allem irgendwie zusammenhängen mußte mit der Beschaffenheit ihres Leibes, überhaupt fähig sein, aktiv zu lieben, noch dazu den Gekreuzigten, der doch trotz allem, ja trotz allem und allem ein Gespenst blieb, eine Hervorbringung der schieren Vorstellungskraft? Wie der Mensch nichts zu tun vermochte, um der göttlichen Gnade würdig zu werden, nur die Seele weiten, um, wo Gott die Gnade schenken wollte, dieselbe auch zu empfangen, so war jede vom Weib auf den Mann gewandte Liebesmüh nicht allein vergeblich, sie war geradeheraus schädlich. Das Weib war nicht geschaffen, um zu spenden, es war geschaffen, um zu empfangen. Gott hatte ihren Schoß als ein Becken geformt, auf daß es den Samen des Mannes auffangen konnte. Das lief dann vielleicht schon wieder ein bißchen gegen den Strich jener Neuordnung, wie Martinus sie vornahm im Verhältnis zwischen Mensch und Gott, wo er keinen besonderen Stand als geweihte und bestallte Vermittler zulassen wollte, wenn sie sich seiner bediente, um ihre Rechtfertigung zu erlangen vor dem Höchsten. Ein klein wenig aber, so dachte Katharina und fühlte sich hierin bestätigt durch ihre Auslegung des heiligen Buches, mußte schließlich jede Frau, wollte sie glücklich werden mit ihrem Gemahl, den

Herrn in ihrem Haus und in ihrem Herzen schon heranrükken an den Herrn über den Himmeln. Zumal das erste Gebot mußte angewendet werden auf den da ganz oben gleich wie auf den, der im Bett über ihr lag.

Nur immer zulassen in deinem Herzen, was er in seinem Herzen für dich bereithält. Nur immer aufnehmen, was er dir spendet, einzig davon wächst seine Liebe.

Luther wußte nichts von dem Rezept, das sein Käthchen befolgte, aber das spürte er gar zu deutlich, wie sein Herz wuchs, nicht von Tag zu Tag, sondern von Stunde zu Stunde. Wie er sein Liebchen vermißte, wenn sie sich nur auf ein Viertelstündchen von ihm entfernte, um beim Schneider, beim Bäcker eine Kleinigkeit zu besorgen! Wie sein Herz dann vor Freude zu hüpfen und merklich, sehr merklich an der Rippe, ja, an der bewußten Rippe zu scheuern begann, wenn die Tür ging und der Widerhall ihrer Schritte im Hause erklang! Ob sie wohl die Treppe heraufsteigen, sich im Schlafgemach unter dem Baldachin ausstrecken würde, unter dem Vorwand, ein klein bißchen ausruhen zu wollen von all den Geschäften, die ihr die Vorbereitung der großen Feierlichkeiten auftrug? Nein, scheinbar nicht. Und warum hätte er es auch abwarten sollen? Er steckte die Feder ins Tintenfaß, verließ mitten im Satz das Blatt, an dem er schrieb, und lief zu ihr hinunter, sie in den Arm zu nehmen, sie zu herzen und sie zu drücken, bis sie, ihm ins Ohr flüsternd, vorschlug, sich nach dem Himmelbett zu begeben, ehe einer der Eltern oder sonst einer der Gäste sie überraschte bei ihren Kosereien im Kreuzgang.

Wie auch dies nur zur Hälfte aus dem nach seinem Recht drängenden Fleisch kam, wie sich diese Empfindungen bei der Einswerdung der Leiber noch einmal gründlich gewandelt hatten, seit sie sich vor den Zeugen einander erklärt auf die Länge des Lebens, seit Bugenhagen ihrer Verbindung den Segen erteilt!

Das war ihre Hochzeit gewesen. Beide dachten sie, wenn sie später gesprächsweise zurückkamen auf das Ereignis, immer nur an jene erste stille Feier, die lang, lang nachdem der Malerfürst sich mit den Magistern und Doktoren von dannen geschlichen, auf der dann doch vor das Fenster getragenen Matratze im gleichzeitigen Höhepunkt den Gipfel des physisch Erreichbaren gefunden hatte. Das große Fest für die Familie und die gelehrte Welt, diese lebensfrohe Manifestation gegen das Dogma und gegen das, was sie einst beim Namen Gottes gelobt, das ließ sich nur in einer sehr gewandelten und stark verminderten Form als ein Fest zwischen ihnen beiden betrachten.

Die Lebenssphären, die sie vereint glaubten, zogen sich schon wieder auseinander dabei. Luther kämpfte an diesem 27. Juni 1525 nicht mehr um Katharinas Schoß, er kämpfte um Leser mehr als um Proselyten, pflanzte seinen Ruhm, der ihn auch irdischerseits überdauern sollte. Es war, als wäre sie bei dieser zweiten Feier gar nicht zugegen gewesen, denn vorher wie nachher wurde stets und ausschließlich von Luthers Hochzeit, zu keiner Zeit von der Hochzeit der Katharina von Bora gesprochen. Dabei tat sie mit.

Zum Beispiel nahm sie die Geschenke entgegen. Sie ahnte schon, daß es mit Luther Debatten darüber geben würde. Zwei der Geschenke wollte er um jeden Preis zurückgewiesen haben. Das eine war aus Nürnberg, das andere aus Mainz gekommen. Der Baumgärtner hatte einen Globus, der Bischof und Kurfürst 200 Gulden geschickt. Katharina wußte schon, sie würde auf ihrem Gegenargument beharren und Luther der Unaufrichtigkeit zeihen. Der Globus sei nur schlecht, weil er vom Baumgärtner sei, die 200 Gulden nur schlecht, weil der Bischof sie schickte. Luther würde nämlich behaupten, der Globus sei Blasphemie, weil er Gottes Erde als Kugel darstelle, das Geld durch den Albrechtisch-Fuggerschen Ablaßhandel vom leidenden Volke erpreßt.

Da mußte Katharina sich eigentlich wundern, daß Luther ein anderes von Nürnberg stammendes Geschenk mit Freude annahm und sogar in seinem Arbeitszimmer aufstellte: eine mechanische Uhr. Als ob das Zeitmessen nicht auch unter die Todsünde des Geizes fiele und Diebstahl am Himmelreich wäre. Auch gegen die Gratifikationen der Universität erhob Luther keinen Protest. Man würde schließlich einiges zum Umbau des Klosters aufwenden müssen. Luther war nachgerade beschämt, in welchem Ausmaß sich die Gottesverheißung in Handfestes und Sichtbares ummünzte. Nie sollte ein Mann vor der Heirat zurückscheuen, nur weil er nicht weiß, womit das Weib und die Kinder ernähren. Gott wird es schenken. Dafür heiligt er den ehelichen Stand.

Gedruckte Schriften, wie sie Luther, mit teils vom Setzer eingerückten, teils mit Tinte und Feder nachgetragenen Widmungen aus Anlaß seiner Eheschließung verehrt wurden, liefen in solcher Stückzahl ein, daß man den Eindruck gewann, das gesamte Gewerbe von der Ostsee bis zu den Alpen habe wenigstens eine Woche lang ganz exklusiv für ihn produziert. Katharina erschrak, als sie die an der dafür bestimmten Wand aufgetürmten Stapel sah. Da hätte ihr geliebter Martin hundert Jahre alt werden können und doch nie wieder eine Minute Zeit für sie gehabt, wenn er das alles hätte durchlesen wollen. Es stand auch nicht ernsthaft zu befürchten. Bücher nahm Luther außer der Bibel nur zur Hand, wenn er ein Gegenbuch dazu zu schreiben gedachte oder wenn er aus den Kirchenvätern etwas nachschlagen mußte. Aber allein, all den Verfassern schriftlich zu danken, würde ihn schon über mehrere Monate beanspruchen.

Ach, die Nürnberger Wanduhr, dachte Katharina, die wird nun mein Schicksal! Ihre Zeiger würden jeden Tag in die vorher festgesetzten Abschnitte zerlegen wie damals die Gebete im Kloster. Er hatte in der Zeit zwischen den beiden Feiern, denen doch so etwas angenehm Fließendes, beinahe Fliegendes anhaftete, schon vor Eintreffen des Nürnbergischen Geräts damit begonnen, sich nach ihrem gemeinsamen Frühstück in seine Denk- und Dichtbude einzusperren, und ihr streng untersagt, an seine geschlossene Türe zu pochen. Da waren, ehe sie ihre vollzogene Vermählung vor der großen Öffentlichkeit noch einmal zelebrierten, Zeichen gesetzt worden, aus denen Katharina verstehen mußte, daß ihr Doktor Martinus sich etwas von seiner mönchischen Einsamkeit und Selbstgenügsamkeit im ehelichen Stande zu bewahren gedachte. Das kränkte ihren weiblichen Stolz, denn lieber wäre ihr's gewesen, er hätte sie nicht nur, wie er das gelegentlich tat, mit «meine Sonne» angeredet, sondern gleich jeden Versuch unterlassen, sich dem Feld ihrer Gravitation, und sei's um abgezählte Stunden, zu entziehen.

Aber sie betrübte sich deswegen nicht. Der Zeit, der von seiner Seite nicht beizukommen war, und hätte das ganze große Haus vollgehangen mit solchen tickenden Apparaten aus Nürnberg, ihr durfte sie diese Arbeit vertrauen. Die Zeit würde es richten. Sie war eine Frau, und sie kannte sich schon von daher besser aus in dem Mann als er selbst. Sicher, der Glaube war gut, aber über die Dauer würde immer das Leben und nicht der Geist sich als das stärkere von beiden erweisen. Wenn dann erst die Kinderlein dazukommen würden, dann würde gewiß auch diese letzte Insel seiner Mönchshaftigkeit, die er sich da in seinem Arbeitszimmer krampfhaft trocken zu halten versuchte, von der Kraft des Tatsächlichen fortgespült werden.

Aber das war's ja, was der Luther, wenn er es auch nicht laut heraussagen durfte, eigentlich wollte, das, wonach es ihn im tiefsten Grund seines Herzens verlangte. Melanchthon, der schon verkündet hatte, auch der zweiten Feier auf eine demonstrative Art fernbleiben zu wollen, wurde nicht von Hirngespinsten genarrt, machte sich nicht zum Affen der eigenen Misogynie, wenn er seine Feindseligkeit gegen Katharina aufrechterhielt. Aber er hatte eben in Luther immer nur den halben Mann gesehen, der er selbst war. Drum war's ja überhaupt gut, daß es ihn gab, den Melanchthon. Natürlich würde Luther mit ihm die Verdeutschung der Bibel zu ihrem Ende bringen, das gehörte sich wohl, schon weil's begonnen war und so weit voran, würde auch wie er an der Universität seine Kollegs und Vorlesungen halten, aber dem aus dem Evangelium erneuerten Glauben wie ein Thomas von Aquin ein Gedankengebäude zu formen, wo sich das eine aus dem anderen erschloß, das durfte nun getrost ihm überlassen werden, der als Hirnmensch dazu geboren und auserwählt war.

Für Luther hingegen galt ab sofort in einem höheren Sinne jener Seufzer, mit dem er, nachdem er seine Prüfung vor dem Reichstag in Worms so glänzend bestanden, dem Himmel gedankt hatte: Ich bin hindurch! Deshalb hatte er Katharina als eine bessere Hälfte zu sich genommen, weil er mit ihr in die zweite, bessere Hälfte seines Lebens eintrat.

Die großen Kämpfe seines Lebens waren bestanden. Die inneren zunächst, die seine Klosterzeit ausgefüllt und ihn zur Freiheit des Christenmenschen geführt hatten. Dem war sein mutiges Festhalten an dieser Freiheit im Widerstand gegen die Angriffe der Heuchler und Papisten gefolgt. Und schließlich hatte er, das war ja noch ganz frisch und lag erst Wochen zurück, die Reformation gegen die Schwärmer verteidigt, die sie als Vorwand gebrauchen wollten, die Oberkeit aus der Welt zu entfernen.

Das hatte ihn die Sympathien des Pofels gekostet, die ihm einst zugefallen waren, weil er sich so trotzig wider Kaiser und Papst aufgeführt. Katharina hielt es nicht für eine Selbstüberschätzung, wenn sie glaubte, mit ihrer Liebe ihm das, was da verlorengegangen, nicht unbedingt zu ersetzen, aber doch etwas, das weit wertvoller und ihm entschieden zuträglicher war, an die Stelle zu rücken. Es tat ja nach ihrer Auffassung dem Manne nicht gut, wenn man ihn mit der eigenen Liebe bedrängte, es hinderte ihn nur daran, sein inneres Wesen als ein Liebender nach außen zu tragen.

Darin unterschied sich in Katharinas Verständnis erst der Mann, der mit Recht ein Großer genannt werden durfte, von denen, die bloß als aufgeblasene Namen in der Erinnerung schwebten, daß er die gefräßige Liebe der Masse von sich abzuhalten vermochte. Wer sich weibisch diesen höchst selbstsüchtigen Liebesbezeugungen beugte, der machte aus sich nichts anderes als einen Affen und Handlanger des Pofels; der Müntzer war das beste und abschreckendste Beispiel davon.

Die alte, verkommene Kirche, die jede Verbindung zu ihrem göttlichen Ursprung, zu Christus, zu Paulus, zu Petrus eingebüßt hatte, in Trümmer zu legen, das war die eine Sache gewesen. Luthers Verdienst daran sollte nicht übermäßig hoch in Anschlag gebracht werden. Sie wäre ohne sein Auftreten in nächster Zukunft von alleine in sich zusammengestürzt. Auf dem gereinigten Grund die neue Kirche zu bauen, das war die andere Aufgabe, die noch vorauslag, und sie war die ungleich schwierigere. Sie brauchte zu ihrer Bewältigung einen besseren Mann als den, der aus Tapferkeit ausschließlich besteht und auch im Angesicht des Todes wacker an dem festhält, was er als wahr und richtig erkannt hat. Den Gottesdienst neu zu ordnen, an sämtlichen Örtern die Gemeinde Christi im ursprünglichen Geiste wieder zu pflanzen, all diese Gemeinden miteinander zu verbinden und zu verknüpfen zu der *einen* großen Gemeinde, das brauchte einen Mann, der nicht nur hart war, sondern auch weich, einen Mann, wie es ihn gegeben hatte im Apostel Paulus und wie er wiedererstanden war am Ende eines anderthalb Jahrtausende währenden Irrwegs in Martin Luther, einen Mann, der die Menschen in ihren Nöten und Sehnsüchten fühlte und begriff, einen Mann, der mit seinem Weib lebte und mit seinen Kindern.

Das waren die weiteren Perspektiven, die einen Sinn stifteten für Katharinas Leben und ihr eine Aufgabe zuwiesen an der Seite Luthers, die ihr sehr viel schmeichelhafter und ehrenvoller erscheinen mußte als das, was sie allenfalls als eine der ungezählten Bräute Christi vermocht hätte. Nicht Ruhm in der Welt würde ihr zufallen, der war auf Luthers Haupt und Schultern niedergesunken, längst, längst über den Grad hinaus, wo er aufhört, beflügelnd, und anfängt, belastend zu sein. In der häuslichen Verborgenheit jedoch würde ihr stilles, wenig bedanktes Wirken ihr neben ihm, für ihn, mit ihm einen Anteil an der Vollendung der Reformation erwerben, dessen Umfang höchstens noch Melanchthons sehr viel anders geartete Mitleistung vergleichbar bleiben sollte.

Sie würde ihm die Ruhe und die Zufriedenheit schenken, die er niemals entbehrt hatte, weil sie ihm gänzlich unbekannt gewesen waren, und die er eben erst als das Wunder ihrer Nähe zu empfinden, auch schon als die Voraussetzung eines echteren Schaffens zu begreifen und zu schätzen begann, eines Schaffens, das nicht mit der Tat nach der Spitze hinstrebte, wo sich doch nie anderes erfahren ließ als der immer noch unermeßliche Abstand zu Gott, eines Schaffens vielmehr, das durch seine Beständigkeit und durch seine Allseitigkeit an der Veredlung des Menschengeschlechts arbeitete. Luthers Wohlbefinden würde allzeit ihre Aufmerksamkeit gelten. Gesund und munter mußte er bleiben und vor allem am Leben über die vielen, vielen Jahre, die er benötigen würde, um das Schiff der neuen Kirche fertigzubauen. Reichliche, nahrhafte Kost, behüteter Schlaf, regelmäßige Pflege des Körpers, reinliche Kleidung, das würde sie stets besorgen, und dann würden ihm auch die zwei Krüge Bier zu Mittag und der am Abend mit Freunden genossene gute Tropfen keinen sonderlichen Schaden mehr zufügen können. Denn alt mußte er werden, darauf kam's an.

So faßte sie denn ihre zweite, nicht mehr ganz eigentliche Hochzeitsfeier als die Gelegenheit zu zeigen, was eine brave Lutherin wert war, wie erst durch sie Gott und der Welt ein Luther zugerichtet wurde, der alles hatte und vollständig war. Die Küche des ehemaligen Klosters, seit der allgemeinen Mönchsflucht, die Luther mit dem Prior allein in dem riesigen Hause zurückgelassen hatte, mehr oder minder verwahrlost, mußte auf Vordermann gebracht werden. Die Pfannen und Töpfe und das sonstige Gerät waren zum hauptsächlichen Teil entweder verschwunden oder nicht mehr zu brauchen. Bloß für die Instandsetzung des Herdes hatte sie viele Hände herbeirufen und über mehrere Tage bei der Arbeit beobachten müssen.

Besonders lästig war diese Reparatur, die eigentlich auf

einen kompletten Neubau hinauslief, für Karlstadt und seine kleine Familie gewesen, die im Tiefgeschoß in den an die Küche grenzenden Räumen wie einst nach der Legende die Christen in den Katakomben an der Via Appia im Finstern zu hausen gezwungen wurden. Natürlich versuchten die Handwerker immer wieder die Türe zu öffnen, hinter welcher sie die Weinvorräte des Hauses vermuten mußten. Nun, nach dieser Seite ging's glimpflich ab, die heimlichen Gäste, die immer noch unter dem Bann des vorigen Kurfürsten standen, blieben unbemerkt, bis das Feuer im Herde wieder prasselte und der Rauch durch den entrußten Kamin in die warme Sommerluft stieg.

Schwieriger war es schon für Katharina geworden, als die Schwiegermutter anreiste, diese fern von der Küche zu halten. Margarethe Luder war nämlich ihrem auf der Reise gefaßten Vorsatz nicht treu geblieben und hatte sich wenig mächtig gezeigt, der Anziehungskraft, wie sie der Lebensmittelpunkt auf die Hausfrauen nun einmal übt, zu widerstehen. «Ich will dir doch nur helfen, mein Kind», war ihre gängige Rede gewesen, wenn sie sich an der Schwiegertochter vorbei nach der Küche zu drängen versuchte. Mit viel Dank und liebreizenden Worten hatte Katharina ihr's abgeschlagen. Da hatte die Alte sich denn beleidigt auf ihr Zimmer verzogen, aber nur, um nächstentags mit ihrem unvermeidlichen «Ich will dir doch nur helfen, mein Kind» den neuen Vorstoß zu wagen. Und als die in ihren Augen von Mal zu Mal böser werdende Schwiegertochter ihr's abermals verweigert, war sie schließlich zum Sohn gerannt, ihm die Unartigkeit seines Weibes zu petzen.

«Sie will dir doch nur helfen, mein Lieb», hatte dann auch Martin Katharina in das Gewissen zu reden gesucht. Sie hatte es gar nicht erst unternommen, ihren hochgelehrten Gatten ins Bild zu setzen darüber, daß unter den Weibern der Kochlöffel die nämliche Rolle spielt wie bei den Männern der Zepter, daß Eindringlinge in fremde Küchen nicht hilfreich sind, nur der rechtmäßigen Herrscherin im Wege stehen und ihr in ihr Werk hineinpfuschen. Sie hatte sich darauf beschränkt, Martin in andeutender Rede daran zu erinnern, was er, da er es so überhaupt nicht zu wissen wünschte, schon fast nicht mehr wußte, daß nämlich außer den geladenen Gästen noch andere, ungebetene und sogar verbotene, unter ihrem Dach verweilten. Da hatte denn Mutter Luder selbst den Rüffel geerntet, den sie hatte aussäen wollen, und strengstens hatte ihr Sohn sie ermahnt, sein Käthchen als die unumschränkte Gebieterin über sein Hauswesen zu achten und sich wie alle übrigen in deren Verordnungen zu fügen.

Als der Schwiegermutter solcherart auf die Hände geklopft worden war, hatte sie es immer noch nicht unterlassen, wenigstens mittels der Zunge sich hineinzumischen und den Entwurf für das Hochzeitsmahl, den Katharina ihr vertrauensvoll unterbreitet, bekrittelt und, sich auf ihre Erfahrung berufend, Gegenvorschläge gemacht. Mehr Mitleid als Zorn hatte es bei Katharina erregt, was das greise Mütterlein anläßlich der hochbedeutenden Feierlichkeit aufzutischen gedachte. Nicht in ihr runzliges Gesicht hatte sie es der alten Luderin gesagt, aber es doch leis zu sich selber gesprochen, daß das, was sie ihr da vorfaselte, vielleicht passend sein mochte, einer Runde von Bergleuten die Bäuche zu füllen, aber doch nun wirklich nicht auf die Hochzeitstafel von Martin Luther und Katharina von Bora gehörte. Sie wollte den Beweis dafür antreten, daß man sich in der Sphäre des Kulinarischen zu Wittenberg ganz auf der Höhe des Zeitalters bewegte. Für dreißig Personen sollten im Garten des Klosters an langer Tafel Teller und Besteck aufgelegt werden. Insgesamt fünfzehn Schüsseln wollte sie reichen. Die Rezepte dazu hatte sie teils den in der Cranachschen Hausbibliothek aufgestellten Kochbüchern entnommen, teils von Freundinnen gehört, teils waren sie ihr auf ihre Anfragen aus dem von Boraschen Familienkreis zugeschickt worden.

Wenn sie schon Martins Mutter als gänzlich unzuständig hatte erklären müssen, so besaß sie doch in Anna Karlstadt eine wahrhaft hilfsbereite Beraterin. Doch, doch, Bodensteins Anna verstand sich auf das Zubereiten verfeinerter Speisen, das durfte Katharina um so neidloser einräumen, als ja deren Mitwirkung an den zu erzielenden Gaumenfreuden in einem recht buchstäblichen Sinne im dunkeln bleiben würde.

Für drei der fünfzehn geplanten Schüsseln nahm sie Annas Vorschläge mit Beifall entgegen. Die sollte die Bodensteinsche dann aber auch, bitte, vollkommen selbständig besorgen, Katharina nur aufschreiben, was sie an Zutaten brauchte. Es handelte sich dabei um Gerichte, die man sich im Süddeutschen ausgedacht hatte, wie erstens die Suppe von schwarzen Bohnen nach der Art des Küchenmeisters vom Tegernsee mit Rotwein, Fleischbrühe, Zwiebeln und Speck.

Aus dem Tegernsee hätte Anna auch gerne Saiblinge gehabt, weil sie für diese so überaus schmackhaften Fischlein ein vorzügliches Rezept kannte. Aber es gelang ihr, Maränen aus brandenburgischen Seen beschaffen zu lassen. Sie rochen bei ihrem Eintreffen kaum und ließen sogar noch eisweiß ihre Augen aufplatzen, als sie im Sud ein letztes Mal schwammen. Die Steinpilze, unverzichtbar zur Erzielung der charakteristischen Note, hatte Katharina im Vorjahr gesammelt und mit Steigerung ihres Aromas getrocknet. Anna fand nachher, daß das Fleisch der Maränen mit den übrigen Zutaten besser noch harmonierte als mit dem der Saiblinge. Katharina störte es nicht, daß die Maränen von den Gästen über den Dornbutt, einen in einer Kruste aus Estragon, Dill, Thymian, Fenchelsamen und Borretsch gebackenen Steinbutt, den sie selbst zubereitet, gepriesen wurden, weil ihr Erzeugnis auf der Zunge nicht ganz das hielt, was es dem Auge verhieß. Sie schob es darauf, daß der Butt von der Elbmündung, wo er gefangen, auf seinem Kahn eben länger gebraucht hatte, an den Oberlauf des Flusses zu kommen.

Mit dem dritten der ihr von Katharina konzidierten Items übertrumpfte Anna alles, was ihr je in einer Küche geglückt war. Es war die Krebstorte, in der sie geriebenen Käse, geriebene Lebkuchen, Milch, Petersilie und getrocknete Feigen mit den Eiern und den zerkleinerten Krebsschwänzen verbuk. Dazu gab sie eine Soße von gedämpftem, dann zerstampftem Weißkohl mit Kümmel, Sauerrahm und geraspelten gelben Rüben.

Das Wildbret, vom neuen Kurfürsten reichlicher noch gespendet, als man es von dem verblichenen gewohnt war, behielt Katharina sich vor. Anna hätte das Fleisch der Fasane lieber, mit gehackter Petersilie und geriebenem Hartkäse von Ziegenmilch vermengt und in Nudelteig zu schwäbischen Maultaschen gewickelt, in der eigenen Brühe gekocht. Aber Katharina vertraute mehr ihrer erprobten Art, sie, mit einer Paste von Walnuß und Granatapfel gefüllt, im Herdfeuer zu braten. Vom Hirsch und vom Wildschwein wurden die besten Stücke im Freien über der Flamme gegart. Der Hase kam, nachdem er sich über Nacht im Buttermilchbad seines typischen bitter-fauligen Beigeschmacks entledigt, in einer Tunke von in süßem Rheinwein gequollenen Trockenfeigen und Honig.

Das mundete, wenn man Annas Spätzle oder Katharinas Grießklöße mit der Gabel in der Soße zerdrückte, schon fast wie ein Nachtisch. Das Feld der eigentlichen Süßspeisen versuchte Anna Katharina gar nicht erst streitig zu machen, es war ihre Spezialität nicht. Wenn sie schon mit ihrer Krebstorte der Tafel den Höhepunkt aufgesteckt hatte, Obst- oder Topfkuchen gelangen ihr selten.

Katharina dagegen war mit dem, was sie zumal aus den gerade reifenden Kirschen erschuf, nahe der Zauberei. Der Blechkuchen, auf dem sie mit zimtgebräuntem Schmant gedeckt waren, durfte noch hausbacken genannt werden. In dem Pudding jedoch, für den sie aus Cranachs Apotheke nebst Vanilleschoten auch scharfes Indergewürz geholt hatte, wurden sie zu einem Gedicht, für das sich weder Ovid noch Homer geschämt hätten. Man glaubte, die Engel musizieren zu hören, wenn er einem auf der Zunge zerging.

Den Zuckerbäcker wurmte es mächtig, als es die Fama ihm zutrug – denn er hatte freilich nicht das Privileg genossen, zwischen all den Würdenträgern mit an der Tafel sitzen zu dürfen –, daß er nicht bei der Zeit Katharina, die doch so lange ledig die Gassen des Städtchens durchwandelt, um ihre Hand angehalten.

Wittenberg hatte nie eine erlesenere Schlemmerei gesehen als jene, die an diesem 27. Juni 1525, den Gästen in geradezu verlogener Bescheidenheit als vormittägliche Kollation annonciert, schon mit der zehnten Morgenstunde anhob. Es geschah auch späterhin nichts, das geeignet gewesen wäre, den Teilnehmenden das Ereignis aus dem Gedächtnis der Geschmacksnerven zu drängen. Daß der Mann, dessen Hochzeit man feierte, seinen Deutschen in mehr als einer Schrift die Freßsucht als einen ihrer Kardinalfehler vorgehalten, kam erstaunlicherweise niemandem in den Sinn, noch weniger, daß die Völlerei vor dem Gesetz die Brandmarke der Todsünde trug.

Man überließ sich den Gaumenfreuden im Gegenteil in dem allerbesten Gewissen, da es ja galt, mit der von Schüssel zu Schüssel aus starkem Wohlbefinden in höchste Glückseligkeit sich steigernden Anteilnahme etwas so Einschneidendes wie den Bruch mit dem Cölibat vor der Geschichte merkwürdig zu machen. Einen einzigen gab es, dessen Miene, den immer fröhlicher und verbindlicher, allerdings auch immer gemeinplätzlicher werdenden Unterhaltungen der Gäste lauschend, von Stunde zu Stunde verdrossener wurde.

Das war der Hausherr und Gastgeber persönlich, der diese ganze Zusammenkunft veranlaßt hatte, um mit dem eigenen, weit über dem Durchschnitt beweiskräftigen Beispiel zu bezeugen, daß die wahre Frömmigkeit nicht in der Askese, sondern in der heitren Erfüllung der uns von Gott auferlegten Pflichten und im Genuß der von ihm bereiteten Freuden bestand. Gleich zu Beginn hatte es ihn verärgert, daß niemand mit ihm von dem guten Einbecker Bier trinken wollte, welches ihm vom städtischen Magistrat nebst zwanzig Gulden in Silbermünzen zum Hochzeitsschmaus und zur Einrichtung seiner häuslichen Wirtschaft verehrt worden war. Johann Pfister, ein gewesener Mönch und inzwischen Luthers Lieblingsstudent an der Universität, dem er das in seinen Augen für diesen Tag wichtigste Ehrenamt, dasjenige des Mundschenks, verliehen, hatte, noch ehe die erste Schüssel auf den Tisch kam, die besten Bouteillen, gleichfalls eine kostspielige Zuwendung von seiten des Magistrats, entkorkt. In feingeschliffenen Kristallgläsern, einem Hochzeitsgeschenk, das unschicklicherweise bereits ausgepackt und sofort in Gebrauch gesetzt worden war, kredenzte Pfister den edlen Tropfen, von dem sich die Gäste willig einschenken ließen.

Infolgedessen hatte Luther niemanden zum Anstoßen, da er Gefahr lief, mit seinem massiven Bierkrug ein oder das andere der filigranen Gläschen zu zerdeppern, was denn wohl unzeitgemäß Zank mit der Domina heraufbeschworen haben würde. Zusätzlich hinderte ihn der Aberglaube, für den er sich insgeheim schämte, daß, wer Bier gegen Wein prostet, Mißgeschick zu sich heranzieht. Er bekam deshalb auch keinen der ebenso niedlichen wie tiefsinnigen Trinksprüche an den Mann, die er sich seit Wochen für die Okkasion aufgespart hatte, was die Verärgerung spürbar ins Grimmige färbte.

Er hätte sich beide Ohren abreißen mögen, als er anhören mußte, wie da die Länge der Tafel hinauf und hinab mit Zitaten aus dem Vergil und dem Horaz über die Qualitäten des schlückchenweise genippten Weins geschwatzt wurde. Soll ich denn, grummelte es in ihm, zum Donner, das ganze Faß von dem guten Einbecker, weil es einmal angezapft ist und bis morgen verdirbt, etwa alleine aussaufen?!

Es sah für den Rest der Gesellschaft stark danach aus, als sei er gewillt und entschlossen, solches zu tun und auf seiner eigenen Hochzeit den Herkules zu markieren, denn er spülte Krug um Krug in sich hinein, ohne irgendeinen Bissen der so reichlich und verführerisch dargebotenen festen Nahrung dazwischenzuschieben. So war sein Geist schon von recht dichtem Nebel umwölkt, als man zum gemeinsamen Kirchgang aufbrechen wollte.

Luther wäre lieber hocken geblieben, sein Krug war eben erst wieder aufgefüllt worden. Die höflichen, freundlichen, dann auch drängenden Bitten von allen Seiten schienen ihn nur mürrischer und verstockter zu machen. Schließlich wurden aber die Schwaden, in die er sein Haupt eingehüllt hatte, zerspalten vom strahlenden Antlitz der Braut. Er griff die Hand, die sein Käthchen ihm reichte, und schwankte den andern voran an ihrer Seite die Hauptstraße hinunter zur Kirche. Zwar hatte Bugenhagen, den offenkundigen Zustand des Bräutigams in Rechnung stellend, geistesgegenwärtig seine Predigt auf einen Bruchteil ihres vorgesehenen Umfangs verkürzt, sie war aber immer noch zu lang. So fühlte sich Luther, obwohl er sich redlich mühte, die Pein bis zu Bugenhagens «Amen» auszuhalten, gezwungen, sich vorher kurz aus dem Gotteshaus zu entfernen, um draußen den Druck von seiner Blase zu lassen.

Das Beilager, das, nachdem man zum Schwarzen Kloster zurückgekehrt war, für das größere Publikum wiederholt werden mußte, fiel sogar noch kläglicher aus. Katharina mußte sich mit Macht zusammennehmen, um in halbem Ernst zwischen Lachen und Weinen das Schauspiel zu überstehen. Sie kam sich dabei vor wie eine Possenreißerin, die einen Tanzbären vorführt. Bugenhagen, der sich doch diesmal gut festhalten konnte an den gedrechselten Pfosten, setzte den Schuh so ungeschickt auf den Baldachin auf, daß er sogleich wieder hinabpurzelte und ihm mit der Hacke auf die Glatze am Hinterkopf schlug.

Die Lokomotion und das Herumstehen in der überfüllten Kirche hatten fördernd auf die Verdauung der Hochzeitsgäste gewirkt, und so machte man sich, als man wieder zu Tisch saß, mit erfrischtem Appetit über die Schüsseln her. Es waren, nachdem man den Vormittag über die allerbesten Weine ausgeschlürft hatte, immer noch sehr gute vorhanden. Luther, dem es nicht gegeben war, Wasser in Wein zu verwandeln, stieg jetzt immerhin vom Gerstengebräu auf den Rebensaft um, ließ es sich auch vom Hasen und von der Krebstorte schmecken.

Wie dies bei ihm stets der Fall zu sein pflegte, ernüchterte ihn der Wein aus dem Bierrausch. Er war offenkundig erleichtert, daß er die Zeremonien von Kirchgang und Beilager hinter sich hatte. Man glaubte, es ihm von seinen nun wieder sehr vergnügt dreinblickenden Augen ablesen zu können, daß er am liebsten sein «Ich bin hindurch!» über den Tisch gebrüllt hätte.

Indessen verkniff er sich das, um, mit dem Glas in der Hand die Tafel umwandernd, an verschiedenen Plätzen sich niederlassend, Zwiesprache besonders mit den von weit hergereisten Gästen zu halten.

Er fand dabei zu der Eloquenz, die man so hoch an ihm schätzte und deren Geistesblitze in die entlegensten Felder einschlagen konnten. Jede Stufe der Bildung schien ihm gleichermaßen geeignet, seinen Witz an ihr zu schärfen, die Pointen, die er in die Unterredung mit der Mutter hineinsetzte, waren nicht weniger geistreich als die lateinischen Bonmots, die in seinem Wortwechsel mit Spalatin fielen.

Nicht ohne Rührung war jenes Bild zu betrachten, welches entstand, als er auf dem neben dem Vater frei gewordenen Stuhl Platz nahm. Cranach, der ihnen schräg gegenüber saß, zog sofort eines seiner Skizzenblätter hervor, die er, wenn er sein Haus verließ, nie einzustecken vergaß, und begann ungeniert, die beiden so eigenartig zusammengesteckten Köpfe mit einem Kohlestummel zu stricheln.

Hans Luder war überglücklich, und er sprach auch auf das freiherzigste aus, daß er sich das, was sich hier erfüllte, nicht mehr zu träumen gewagt hatte. Der Sohn, den er ans Kloster und an den frömmelnden Müßiggang verloren geglaubt, hatte ein so tüchtiges und liebreizendes Weib wie die Katharina von Bora zu der Seinen gemacht, und sie würden ihm nun gemeinsam Enkel bescheren. Hausvater werden, das strich er vor dem Sohne mit dem erhobenen Zeigefinger heraus, dazu gehöre sehr, sehr viel mehr Mut, als sich unter der schützenden Hand des Kurfürsten vom Papst als Ketzer verfolgen zu lassen.

Da klopfte Martin ihm auf die Schulter, wie er es wohl bei Studenten, die er durchpromoviert hatte, getan, und sprach:

«Vater, du bist vielleicht der einzige, der versteht, wo es hinauswill mit meiner Theologie. Nun vergib mir, daß ich erst vierzig Jahre herumlaufen mußte, eh ich mich zu der Einsicht bequemt.»

«Spät ist immer besser als gar nicht», versetzte der Vater, «und wenn es auch nie zu früh sein kann, so hat man doch manchmal mehr von einer Sache, wenn man erst spät zu ihr kommt.»

Martin gefiel der Spruch, weil er so haargenau paßte auf den Apostel Paulus und auf ihn selbst, so gut, daß er augenblicks ein Liedchen daraus zu machen wünschte, vielleicht nicht unbedingt für den Gottesdienst, aber so, an besinnlichen Abenden zur Laute zu singen. Auf den Gesichtern der in der Nähe Sitzenden, die mitgehört hatten, malte sich leises Entsetzen. Man war allzu bekannt mit Luthers periodischen Rückfällen in die Sitten seiner Studentenzeit und glaubte, befürchten zu müssen, das für die Christenheit so erhebliche und erhebende Fest könne in den Mißtönen trunkener Junggesellenherrlichkeit ausklingen.

Nur Cranach, der seit dem Morgen beständig an den verschiedenen Weinen genippt und zuletzt starken Gefallen an einem von ihm selbst beigesteuerten Tokajer gefunden hatte, in dem sehr viel Feuer steckte, redete, nachdem er das Blatt, das ihm mißraten schien, zerrissen, Luther aufs eifrigste zu. Das war eine alte Idee von ihm, seinen Freund einmal nicht in Heiligenpose, sondern mit der Laute und dem gefüllten Becher, am besten noch mit einem putzigen Weib, was hier und jetzt natürlich heißen mußte: mit *seinem* Weib, auf den Knien zu porträtieren.

Katharina, die ja nicht allein wußte, wen sie heiraten würde, sondern tatsächlich schon seit zwei Wochen mit ihm verheiratet war, hatte diesen Moment herankommen sehen und wohlweislich das Instrument an einem unauffindbaren Ort im Haus versteckt. Luther, da er merkte, daß ihn außer Cranach niemand drängen würde, der Gesellschaft zu Tanz oder Rundgesang aufzuspielen, bat mit großer Geste den Meister Lucas um ein klein wenig Geduld und verschwand in das Innere des Klosters, um dort nach seiner Laute zu suchen.

Da Katharina dafür gesorgt hatte, daß dieselbe ergebnislos blieb, wurde er mit jeder Kammer, die er vergeblich durchstöberte, böser, riß schon die Türen von abgelegenen, seit Ewigkeiten ungenutzten Mönchszellen auf, in denen die Spinnen in ungestörter Arbeit ihre Netze teils von der Decke bis zum Fußboden aufgespannt hatten, bis ihm endlich die Karlstadts einfielen.

«Bodenstein, du elender Verräter!» stieß es aus ihm heraus, und er war schon auf den Stiegen, die in den Keller hinabführten. «Bodenstein, du Lump, hat es dir nicht gereicht, Wittenbergs Kirchen, während ich auf der Wartburg gefangen saß, ihres schönsten Bilderschmucks zu berauben?! Willst jetzt dem Luther auch noch seine festeste Waffe gegen den Teufel entwinden? Bodenstein, du unverbesserlicher Aufrührer, gib meine Laute heraus!»

Das war unvorsichtig, denn er führte dieses Selbstgespräch so überlaut, daß leicht im Garten jemand etwas davon hätte auffangen können. Wie aber mußte Luther sich wundern, als er dort unten weder einen Karlstadt vorfand noch dessen Weib oder Kind! Spuren von ihnen, das wohl. Da waren in einem finstren und feuchten Gemach an der Erde Strohlager gerichtet, ein Schreibpult mit Kerzen, zu Stummeln heruntergebrannt.

«Bodenstein, Bodenstein, jetzt kenn ich dich wieder! Dreist wie die Elster und feig wie der Hase dazu! Hast wohl gerochen, daß der Luther dir, wenn deine Reue aufrichtig ist, vielleicht noch den Aufruhr verzeiht, daß er aber zur unerbittlich strafenden Rute werden muß, wenn du ihm seine Laute wegnimmst! Hast dich davongestohlen mit deinem Anhang bei Nebel und Nacht, wie's eben das Diebsgesindel so macht.»

Da war es Luther plötzlich dringender, sein Käthchen danach zu befragen, ob sie's schon wußte, daß die Asylanten, denen sie so großherzig ihren Schutz gewährt hatten, entfleucht waren, ohne Abschied zu nehmen, statt weiter nach seiner Laute zu suchen. Doch der nächste Schlag traf ihn, als er wieder in den Garten hinaustrat.

Seine Gäste waren alle auf und davon. Ohne mit einem Wort von ihm Abschied zu nehmen. Nur Cranach saß noch mit Pfister, der eben der letzten Flasche Tokajer, die er zwischen den Oberschenkeln eingeklemmt hielt, den Korken herausziehen wollte. Katharina stand bei ihnen. Sie hatte ihre Hand auf Pfisters Schulter gelegt, um ihn abzuhalten von seinem Tun und ihm zu empfehlen, den Meister Cranach bis zu seinem Haus an den Markt zu begleiten und ihn dabei ein wenig zu stützen. Dort, im gesicherten Hafen, meinte sie, könnten sie ihren Nachttrunk doch viel unbeschwerter genießen.

«Nachttrunk?» schaltete Luther sich ein. «Manchmal, mein geliebtes Käthchen, springt aus deinem ach so klugen Köpflein doch der bare Unsinn hervor. Siehst du nicht, wie hoch die Sonne noch steht? Vorwärts, Pfister, nur heraus mit dem Korken!»

«Aber, Martin, es ist doch *unsere* Hochzeit», sagte Katharina mit einer Stimme, deren Vibrieren den unmittelbar bevorstehenden Ausbruch anzeigte.

«Die war vor zwei Wochen», wäre Luthers Replik darauf gewesen, aber Cranach war schneller.

«Laß gut sein, Martin», sagte er, «ich will dich nicht erinnern an deine Predigt vom geheiligten Stand. Ich red von mir. Ich hab, glaube ich, deine bedeutsame Konversion etwas zu tüchtig begossen. Mir will gar nicht mehr einfallen, wie ich's mein Lebtag angefangen habe, mich auf die eigenen Beine zu heben. Ich brauch den Pfister wirklich, daß er mich stützt.»

«Den einen Scheidebecher noch», hielt Luther dagegen.

«Nein», sprach Cranach mit einem Rest von Energie. «Ich schick dir, so es dein Wille ist, wenn er mich heimgebracht hat, den Pfister zurück. Mag er für mich trinken.»

Auf dieses Versprechen wurde denn Cranach gnädig entlassen. Luther goß sich von dem Tokajer in eins der umherstehenden Gläser.

«Wenn du denn die Flasche lieber hast als dein Weib», wollte Katharina beginnen und sich dann in Tränen auflösen.

Sie bremste aber, bevor er herausbrechen konnte, ihren Affekt. Es war nun wahrlich nicht seine beste Figur gewesen, die Luther heute gezeigt. Aber es war doch im großen und ganzen eine würdige Feier gewesen, und sie hatte wohl daran getan, die Leute im rechten Moment nach Hause zu schicken.

«Ich bin so müde», sagte sie zu Luther, «so fürchterlich müde.

Ich gehe jetzt zu Bett und lege mich schlafen. Dann will ich am Morgen ausgeruht aus schönen Träumen erwachen. Denn morgen beginnt ja erst eigentlich mein Leben.»

Luther drückte sie fest in seine Arme und hielt sie lange darin.

«Geh nur voraus», sagte er, als er den Griff wieder gelöst hatte. «Ich sitze hier noch ein Viertelstündchen und will alles noch einmal bei mir bedenken, wie's meine Art ist. Dann komm ich dir nach und leg mich zu dir.»

Ein klebriges und für einen deutschen Mann ein viel zu süßes Getränk, hörte, als Katharina fort war, der Tokajer sein Urteil. Luther war unsicher, ob er es bis zu Pfisters Rückkehr bei diesem Gallert aushalten würde. Er hatte Katharina gar nicht nach dem Verbleib der Karlstadts befragt. Er wollte es nachholen und sich dann gleich zu ihr legen, wie sich das für den Stand, in den er sich für den Rest seines Lebens erhoben, denn wohl auch ziemte.

Auf dem Weg kam er an den langen Tischreihen vorüber, auf denen die Hochzeitsgeschenke aufgestellt waren. Da konnte er nicht widerstehen und ließ sich, bevor er zu Katharina hinaufging, herbei zu einer wenigstens vorläufigen Visitation. Die Menge und der Wert der von nah und fern eingetroffenen Gaben brachten ihm erst vollends zu Bewußtsein, daß er jetzt verheiratet war.

Eines der Geschenke störte sein Auge: eine Kugel, gebildet von zwei Kupferschüsseln, die von einem roten Band zusammengehalten wurden, an dem noch eine dicke Schriftrolle befestigt war. Er hatte mit Bedacht angeordnet, alles, was an Schriftwerken herankommen würde, an einem gesonderten Ort zu sammeln. Er löste also den Knoten, an dem das Papier hielt, um es von diesem Gabentisch zu entfernen, warf aber gewohnheitsmäßig doch einen Blick auf den Kopf der Schrift, um Titel und Autor zu registrieren.

Es war Karlstadts Entschuldigung an Kurfürst Johann und Martin Luther, Doktor der Heiligen Schrift, zu gleichen Teilen.

Brav, Bodenstein, doch wieder brav, dachte Luther, und sofort waren seine Finger dabei, auch das Band zu lösen, mit dem Karlstadt die beiden Kupferschalen zur Kugel zusammengeschnürt hatte. Ein beißender, höchst widerwärtiger Geruch von Verwesung stieg Luther in die Nase, als er sie auseinander hatte. Müntzers halbverfaulter Kopf. Erdklümpchen klebten an den Augenbrauen und Haaren.

Doch, Karlstadt, ein feines Geschenk, das darfst du mir glauben, wo immer du sein magst, in höchsten Ehren will ich es halten. Ich bring's gleich morgen zum Metzger, daß er mir den Totenschädel herausschabt. Er soll mir die Hirnschale aufsägen und ein Scharnier daran setzen. Dann will ich rote Tinte dahinein gießen, wo der Teufel seine ekligsten Gedanken gebrütet, und ich gelobe es heilig: Ich will jeden Tag, den Gott mir schenkt, einen Satz schreiben mit dieser Tinte, als wär's das Blut der sechstausend, das der Teufel in deiner Gestalt von mir gefordert ...